中國古典文學名家選集

韓愈選集

孫昌武 選注

圖書在版編目(CIP)數據

韓愈選集 / 孫昌武選注. —上海：上海古籍出版社，2013.4(2024.1重印)
（中國古典文學名家選集）
ISBN 978-7-5325-6763-8

Ⅰ.①韓… Ⅱ.①孫… Ⅲ.①唐詩－選集②古典散文－散文集－中國－唐代 Ⅳ.①I214.232

中國版本圖書館 CIP 數據核字(2013)第 035591 號

中國古典文學名家選集

韓愈選集

孫昌武 選注

上海古籍出版社出版發行
（上海市閔行區號景路 159 弄 1-5 號 A 座 5F 郵政編碼 201101）
(1) 網址：www.guji.com.cn
(2) E-mail：guji1@guji.com.cn
(3) 易文網網址：www.ewen.co
上海中華商務聯合印刷有限公司印刷
開本 890×1240 1/32 印張 15.375 插頁 5 字數 385,000
2013 年 4 月第 1 版 2024 年 1 月第 9 次印刷
印數：10,251—11,350
ISBN 978-7-5325-6763-8
I·2658 定價：72.00 元
如有質量問題,請與承印公司聯繫

出 版 説 明

　　上海古籍出版社及其前身中華書局上海編輯所一向重視中國古典文學的普及工作,早在二十世紀六十年代,在出版《中國古典文學作品選讀》等基礎性普及讀物的同時,又出版了兼顧普及與研究的中級選本。該系列選本首批出版的是周汝昌先生選注的《楊萬里選集》和朱東潤先生選注的《陸游選集》。

　　一九七九年,時值百廢俱舉,書業重興,我社爲滿足研究者及愛好者的迫切需要,修訂重印了上述兩書,并進而約請王汝弼、聶石樵、周振甫、陳新、杜維沫、王水照等先生選輯白居易、杜甫、李商隱、歐陽修、蘇軾等唐宋文學名家的作品,略依前書體例,加以注釋。該套選本規模在此期間得以壯大,叢書漸成氣候,初名"古典文學名家選集"。此後,王達津、郁賢皓、孫昌武等先生先後參與到選注工作中來,叢書陸續收入王維、孟浩然、李白、韓愈、柳宗元、杜牧、黃庭堅、辛棄疾等唐宋文學名家的選本近十種,且新增了清代如陳維崧、朱彝尊、查慎行等重要作家的作品選集,品種因而更加豐富,并最終定名爲"中國古典文學名家選集"。

　　本叢書的初創與興起得到學界和讀者的支持。叢書作品的選注者多是長期從事古典文學研究的名家,功力扎實,勤勉嚴謹,選輯精當,注釋、箋評深淺適宜,選本既有對古典文學名家生平、作品特色的總論,又或附有關名家生平簡譜或相關研究成果,所以推出伊始即深受讀者喜愛,很快成爲一些研究者的重要參考用書,在海内外頗獲好評。至上世紀九十年代,本叢書品種蔚然成林,在業界同類型選集作品中以其特色鮮明而著稱:既可供研究者案頭參閱,也可作爲古典文學愛好者品評賞鑒的優秀版本。由於初版早已售罄,部分品種雖有重印,但印數有限,不成規模,應讀者呼籲,今特予改版,重新排印,并稍加修訂。此叢書將以全新的面貌展現在讀者面前。

上海古籍出版社

二〇一二年十二月

前　言

本書所選韓愈作品篇數約爲其現存總數的七分之一。選注者希望這本書能有助於讀者對這位中國文化偉人和文壇宗匠取得較全面、準確的瞭解。下面就集中幾個問題,對韓愈簡略地加以介紹。

歷史轉折期中的文化偉人

韓愈(唐代宗大曆三年,七六八——唐穆宗長慶四年,八二四),字退之,河陽(今河南孟州市西)人;郡望昌黎,稱"韓昌黎";曾任吏部侍郎,稱"韓吏部";又謚曰"文",稱"韓文公"。存《昌黎先生集》通行本四十卷,《外集》十卷,遺文一卷①。

從整個中國歷史發展看,唐代是經濟、政治、文化等層面發生重大轉折時期。在這三百年間,封建專制國家按等級名份分配土地的屯田、占田、均田制度被地主階級自由兼併、占有土地的制度所取代;漢代以來豪强、門閥、氏族的大地主貴族專政則被代之以地主階級各階層更廣泛的品級聯合統治。正是在實現這種變革的

---

① 又存題韓愈、李翱纂《論語筆解》二卷(有摘出韓愈論述的一卷本),歷代有關真僞意見莫衷一是,一般認爲是後人整理、寫定。

劇烈社會動蕩中，一批没有門第背景、依靠文才政能進身的文人進入統治階層，並形成爲整個社會政治、思想、文化諸領域的極其活躍的重要力量。韓愈所生活的中唐時期，朝廷頒行"兩税法"，以法律形式確立了"户無主客，以見居爲簿；人無丁中，以貧富爲差"（《舊唐書》卷四八《食貨志上》）的"賦於人"的制度，正標誌着中國古代土地制度改變的一個轉折點①。唐代"安史之亂"後動亂頻仍，社會矛盾叢生，統治階級内部連續不斷的藩鎮割據、朝官黨爭、宦官專政等長期、劇烈的鬪爭，實際上是地主階級各階層權利再分配、關係再調整的過程。韓愈就是作爲起身於地主官僚較低階層的文人的代表，被推到歷史矛盾的漩渦中來的。

韓愈出生在"安史之亂"平定（唐代宗廣德元年，七六三）後五年。頒行"兩税法"的建中元年他十三歲；次年即爆發了歷時四年的"建中之亂"。他出仕於德宗末年，這正是以二王（叔文、伾）、劉（禹錫）、柳（宗元）爲代表的部份朝官爲推行後來失敗了的革新而與保守勢力激烈鬪爭的時期。接着他又經歷了憲宗一朝十餘年間割據與削藩的反覆較量，並親身參與了平定淮西之役。到他逝世前，暫時的安定局面又被新的戰亂所破壞，各種社會矛盾進一步把唐王朝拖向衰敗與崩潰。這樣，他所涉身的德、順、憲、穆四朝，以所謂"元和中興"爲中心，是已在走下坡路的唐王朝由振作走向衰敗的大轉變關頭。反映着社會一些階層對自身利益的維護或一些階層改造現實的理想，這也是唐代社會又一個思想、政治鬪爭十分複雜、激烈的階段。韓愈一生基本上没有處在政治權力之爭的關鍵位置上，但當時的社會動蕩和政治局勢却直接影響並決定着他的命運，他本人也以高度自覺和極大的熱忱參與了時代的鬪爭。

---

① 參閲侯外廬《中國封建社會史論》第一四七頁，人民出版社，一九七九，北京。

個人一身與現實重大矛盾緊密相聯繫,本是常常自負"以天下爲己任"的古代士大夫的性格特色,而這一點在韓愈身上表現得更十分鮮明與突出。

韓愈三歲而孤,就養於長兄韓會和嫂夫人鄭氏。韓會能清言,善文章,有名聲;在朝依附權臣元載。大曆十二年(七七七),元載在朝廷政爭中敗滅,韓會受累由起居舍人貶官嶺南,韓愈隨從南行。韓會不久染病殁於貶所,韓愈隨鄭氏夫人扶柩北歸河陽故里。十歲的韓愈首次體驗了流貶生活,這段艱辛給他留下深刻的印象。

建中二年(七八一),韓愈十四歲,河北成德鎮李寶臣死,其子李惟岳求繼襲,聯合魏博鎮田悅、淄青鎮李納等起兵反唐,大規模的割據戰爭又起。戰亂繼續擴大,以至"五盜(除上述三人之外,另有成德鎮王武俊、淮西鎮李希烈)僭擬於天王,二朱(朱滔、朱泚)憑陵於宗社"(《舊唐書》卷一三《德宗紀》),朝廷被迫逃亡至奉天(今陝西乾縣)、梁州(今陝西南鄭縣)。韓愈一家也爲避亂南下宣城(今安徽宣城市)。這又使他親歷戰亂逃亡之苦。時代使藩鎮動亂與他的一生結下了不解之緣。貞元十二年(七九六),他仕途不利,應董晉之辟到汴州(今河南開封市)任宣武軍觀察推官;十五年初董晉薨,愈護喪西歸,行四日汴軍即亂,家屬陷於汴州。他迎家屬暫居符離(今安徽宿縣),又應張建封之邀至徐州(今江蘇徐州市)任武寧軍節度推官。次年張建封死,徐州軍又亂。汴、徐二府處中原心腹之地,但已觥觫不安,變亂迭起。韓愈在短短的兩年中兩次險及於難,使他對割據之患與悍將驕兵的危害有了進一步的瞭解。元和九年(八一三)淮西(淮西節度使,治蔡州。今河南汝南縣)吳少誠反,在朝廷主戰與姑息兩派意見的爭執中,他堅決站在主戰的裴度等人一邊;十二年,並以行軍司馬身份參與裴度幕府平定淮西。到他晚年的長慶二年(八二二),鎮州(今河北正定縣)兵亂,他受朝命親赴宣慰,順利復命。他在實際活動中一貫堅持維護統一、反對割據分裂的立場,同樣鮮明地表現在詩文之中。

韓愈七歲讀書,十三而能文,大約在貞元二年(七八六)十九歲時,自宣州赴長安求貢舉。他的祖上本是北朝門閥:七世祖者,為後魏常山太守,諡武安成侯;六世祖茂,為尚書令、征南大將軍,贈安定桓王。但在隋、唐時期階級關係變動中,這個家族的地位已大大下降。韓愈的祖父叡素,官至桂州都督府長史;父仲卿,任武昌、鄱陽令,秘書郎。到了韓愈,只能靠政能文才"求舉覓官",尋找進身之路。他在長安生活相當困頓,"窮不能存"(《殿中少監馬君墓誌》①),不得不寄居在先世故交、中唐名將馬燧府上;仕進也不順利,經四次進士試,至貞元八年(七九二)才在陸贄門下及第,參加吏部科目試三次(貞元九、十、十一)均落榜,這即是所謂"四舉於禮部乃一得,三選於吏部卒無成"(《上宰相書》)。因而才不得不應方鎮徵辟去做幕僚。

韓愈求舉以及後來仕途坎坷的原因很多。朝中沒有有力的黨援是個直接原因:在吏部調選中有一次已上名中書省,却被黜落。他個性的狂傲不合流俗當然也是一個原因。但最根本的原因還在於當時統治集團腐敗,内部鬥爭加劇,有理想、有抱負的新進之士已難於容身。德宗經過"建中之亂",懼於強藩威勢,對外惟務因循,對内則心懷忌刻,"躬親庶政"(《舊唐書》卷一三五《韋渠牟傳》)。貞元後期行政所任用者,不是盧杞、竇參、裴延齡等奸佞貪暴之徒,就是盧邁、賈耽、趙憬等謹廉畏慎之輩。德宗更親小勞,侵衆官,貞元後期多年不任宰相,"仕進道塞,奏請難行"(錢易《南部新書》壬卷)。一些革新派朝官曾力圖扭轉頹勢,改革弊政,並在順

---

① 本文引用韓文,均據東雅堂本。僅在引文後標舉篇名,不出卷次。

宗朝短期掌權;但尋被貶斥,造成所謂"八司馬事件"。"八司馬"中如劉禹錫、柳宗元都是韓愈好友。憲宗朝號稱"中興",一時頗有振作氣象,並任用了裴垍、李絳、裴度等能臣,但朝中保守腐敗勢力仍然很大,朝官朋黨相争也日趨嚴重。韓愈在政壇上長期屈沉,旋進旋黜,主要是這種政治局勢造成的。

貞元十七年(八〇一),韓愈三十四歲,始選授國子監四門博士。直到元和八年(八一三)四十六歲授尚書比部郎中、史館修撰,在這十二年間,除貞元十九年短期任監察御史尋貶陽山(今廣東陽山縣)令,元和四年至七年任都官員外郎分司東都、河南令、尚書職方員外郎,基本上任學官。學官本是"冷曹",其時又值政治衰敗,"太學荒墜日久,生徒不振"(《唐會要》卷六六《東都國子監》)。韓愈抱負不得施展,以至落入"冬暖而兒號寒,年豐而妻啼飢"(《進學解》)的極困頓的境地。

元和九年,韓愈四十七歲,轉考功郎中、知制誥,始參與朝廷機要。在他生命的最後十年間,得機會積極參與朝政,但也一再經歷波折。元和十一年遷中書舍人,以贊成淮、蔡用兵,爲執政者所不喜,尋降爲太子右庶子;十二年,隨裴度平淮西,以贊助謀畫功,遷刑部侍郎;十三年,轉兵部侍郎;十四年初,以諫迎佛骨,觸怒憲宗,險及死,貶潮州刺史(今廣東潮州市),這已是他第三次到嶺南;年末,轉袁州(今江西宜春市);十五年,被召回朝,拜國子祭酒;長慶元年(八二一),再爲兵侍;二年,宣慰鎮州(今河北正定縣,成德軍節度使駐節地)亂軍,回朝報命,轉吏部侍郎;三年,爲京兆尹、御史大夫,再爲吏侍;四年,卒。終年五十七歲。

總觀韓愈曲折的、坎壈的生涯就會發現,他在政治上十分積極,富進取精神,但實際功業却十分有限。他從没能在一個職務上安定過一兩年的時間,貶降黜辱總伴随着他,流放嶺南的長途他就走了三個來回。而正是這充滿動盪與不幸的人生,鍛鍊了他的思想與才華,造就出他思想上、文學上的業蹟,使他成爲歷史轉折期中的文化偉人。

一身二任——儒與官

韓愈又是歷史上評價多有分歧的人物。對於他的儒學,有人稱頌他是張揚道統功過孟子的"賢人之卓"(石介《尊韓》,《徂徠石先生全集》卷七),但也有人說他"以爲文人則有餘,以爲知道則不足"(張耒《韓愈論》,《張右史文集》卷五六);對於他的文章一般評價很高,但也多有批評,攻之者甚至說他"事理不辨,學理不精,發爲文章,已弗能達,況根柢淺薄,有文無質哉"(田北湖《與某生論韓文書》,《國粹學報》第一年第一期;轉引舒蕪等編《中國近代文論選》,人民文學出版社,一九八一,北京),斥爲"無稽"、"剿襲"、"詭佞"(陳登原《韓愈評》,《金陵學報》二卷二期)。近人反尊孔、反道統、反舊文化,往往集矢於韓愈,並有"韓鬼歐臺"之說。至於歷史上評價他的政治立場,特別集中到他與"永貞革新"的關係,更是聚訟紛紜。產生如此矛盾的現象,除了由於評論者本身各有不同的立場、觀點之外,更主要的是因爲韓愈性格中充滿了矛盾,表現在實踐活動中矛盾更爲突出。這其中決定他的人生與思想的一個重要矛盾就是:他是個堅信孔、孟"聖人之道"、努力以儒家大義律己行事的"儒",又是熱衷利祿、積極進取、作爲統治集團一員的"官"。這本是古代士大夫身上普遍存在的矛盾,但在韓愈身上却表現得特別突出與尖銳。

韓愈一生追求仕進,走學優則仕的道路。早年求舉不利,致書友人表明心志說:

　　方今天下風俗尚有未及於古者，邊境尚有被甲執兵者。主
　上不得怡而宰相以爲憂。僕雖不賢，亦且潛究其得失，致之乎
　吾相，薦之乎吾君，上希卿大夫之位，下猶取一障而乘之。若
　都不可得，猶將耕於寬閒之野，釣於寂寞之濱，求國家之遺事，
　考賢人哲士之終始，作唐之一經，垂之於無窮，誅姦諛於既死，
　發潛德之幽光。二者將必有一可。（《答崔立之書》）

這裏反映韓愈思想上的一個特點：他不是如孟子所説達則兼濟、窮
則獨善，而是一貫地積極用世，窮通之際只是所取方式不同而已。
後人常常責難他熱衷於功名，如指出其《示兒》詩所言皆利祿事，這
也確是事實。因爲仕宦對於古代士大夫是實現人生價值的唯一出
路。這樣，韓愈在董晉幕府攀附宦官監軍俱文珍（《送汴州監軍俱
文珍序》），在四門博士任上吹捧權臣京兆尹李實（《上李尚書書》），
對貪濁的藩帥裴均、于頔、鄭權等也多有諛詞，貶潮州後又上表請
封禪等等，就不奇怪了。這些多受人非議的行爲，顯示了韓愈作爲
朝廷命官思想性格的庸俗方面。
　　但他又絶不以一己的窮通作爲人生理想的全部。他還要做傳
繼儒道的聖人之徒，也就是大儒。他自詡“平生企仁義，所學皆周、
孔”（《赴江陵途中寄贈三學士》），“若世無孔子，不當在弟子之列”
（《答呂醫山人書》），聲稱要濟儒道於已壞之後，“使其道由愈而粗
傳”（《與孟尚書書》）。他在《原道》中，虛構了一個傳道統緒：

　　……曰：斯道也，何道也？曰：斯吾所謂道也，非向所謂
　老與佛之道也。堯以是傳之舜，舜以是傳之禹，禹以是傳之
　湯，湯以是傳之文、武、周公，文、武、周公傳之孔子，孔子傳之
　孟軻。軻之死，不得其傳焉。荀與揚也，擇焉而不精，語焉而

不詳。由周公而上，上而爲君，故其説行；由周公之下，下而爲臣，故其説長。

這樣，他顯然暗示自己上承孔、孟正統，爲當世聖人。

人們常常批評韓愈這種抱負誇誕不實，以及虚擬“道統”的妄誕。但他信仰並努力實踐儒道，確乎是他人生的原則之一。這就使他超越了僅爲維護自身及本階級利益的狹隘境界，立身行事有了更爲正大、積極的依據。特別是儒家思想在長期發展中積累了許多具有進步價值的内容，韓愈努力汲取並發揮了儒家傳統的這一方面，使他的思想與行動更富於積極意義。特別應指出的是，韓愈宗奉孔、孟聖人之道又有其特點，一方面他往往是着眼於解決當世現實矛盾，表現出一定的批判精神；另一方面又並不拘守章句教條，並能吸取百家雜説以豐富、改造儒學傳統，如對於道、墨、法以至佛各家均有所取。他説孔子曾師老子（《師説》），孔、墨相爲用（《讀墨子》）；批評“羞言管、商”（《進士策問》）的偏頗；對於佛教禪宗的心性學説也有所借鑑，從而“卒開後來趙宋新儒學新古文之文化運動”，成了“唐代文化學術史上承前啓後轉舊爲新關捩點之人物”（陳寅恪《論韓愈》，《歷史研究》一九五四年第二期）。從一定意義上説，韓愈的儒學從總傾向看又是處在時代思潮發展的前列的。

韓愈作爲庸俗官僚和積極的儒家思想家的兩重人格，表現在他一生活動的各方面，産生出積極的與消極的、進步的與保守的後果。

首先看一看他在思想理論方面的成績。

這方面他的主要貢獻是張揚儒道，批判佛、老。特別是他勇犯人主之怒，倡言闢佛，表現出無畏的膽識與勇氣，成爲中國文化史上興儒反佛的一面旗幟。但如具體分析其反佛内容，却集中在批評佛教所言業報無徵、蔑棄忠孝、不事生産、混淆華夷等等方面，這都是自南朝郭祖深、荀濟、唐初傅奕等人以來反佛的常言。實際他所側重的，是佛教危害社會的倫理政治方面。當他諫迎佛骨、觸怒憲宗時，裴度、崔羣等爲他緩頰説"非内懷至忠，安能及此"，憲宗也承認"愈前所論，是大愛朕"（《新唐書》卷一七六《韓愈傳》）。這表明他反佛是出於維護傳統社會秩序和統治階級利益的作爲"官"的立場的。

但他主張的儒道又有着更爲廣泛深刻的内涵。他在《與孟尚書書》中引用孟子的話，説"楊、墨交亂，而聖賢之道不明，則三綱淪而九法斁，禮樂崩而夷狄橫，幾何其不爲禽獸也"；他更談到佛法傳入中國以後的情形：

> 漢氏已來，羣儒區區修補，百孔千瘡，隨亂隨失，其危如一髮引千鈞，綿綿延延，寖以微滅。於是時也，而唱釋老於其閒，鼓天下之衆而從之，嗚呼，其亦不仁甚矣！

在《論佛骨表》裏，他又强調侫佛"傷風敗俗"，"口不言先王之法言，身不服先王之法服，不知君臣之義、父子之情"。韓愈的這種觀點，顯然是把漢代以來的社會動亂歸因於儒學的衰敗了。他不是從現實基礎去探究思想意識變化的原因，而是從意識的變化追索社會變動的原因，這當然是一種因果倒置的看法。但在他的這種觀點中包含着對於悖理害道、多行不義的現實社會的批判，也是很顯然的。而從他的正面主張看，他所提倡的"先王之道"是"仁與義爲定名，道與德爲虛位"，是以"仁義"爲核心的。他在闡述思想綱領的文章《原道》裏，具體發揮了儒家的"博愛"之道，指出這是士、農、工、賈四民的"相生養之道"，禮、樂、刑、政的作用在調節社會各階層的關係,保證人類的生存發展。韓愈用這樣的"先王之道"反佛,不只具有批判宗教唯心主義思想的意義,更具有政治上的批判現實黑暗的意義。

正如人們經常指出的,韓愈的反佛在理論上有很大局限,以至有人指出他是"攻其皮,嗜其髓"(袁宏道《祇園寺碑文》,劉大杰編校《袁中郎全集·碑文》)。但其批判又自有其強有力的方面。即是說,雖然他的闢佛在理論上未達到一定深度,他所攻駁的重點主要在佛教迷信的表面,然而宗教首先是羣衆的實際活動,其危害最明顯地表現在實踐方面,因此其批判在一定意義上又是正中要害的,這正如紀昀所説:

> 抑嘗聞五臺僧明玉之言曰:"闢佛之説,宋儒深而昌黎淺,宋儒精而昌黎粗。"然而披緇之徒畏昌黎不畏宋儒,衛昌黎不衛宋儒也。蓋昌黎所闢,檀施供養之佛也,爲愚夫婦言之也;宋儒所闢,明心見性之佛也,爲士大夫言之也。天下士大夫少而愚夫婦多,僧徒之所取給亦資於士大夫者少、資於愚夫愚婦者多。使昌黎之説勝,則香積無烟,祇園無地,雖有大善知識,能率恒河沙衆枵腹露宿而説法哉!(紀昀《閲微草堂筆記》卷一八《姑妄聽之》)

這就辯證地指出了韓愈闢佛的現實作用。在反佛上理論批判比較軟弱的韓愈卻得到後人的高度評價,不是沒有道理的。

其次,看看韓愈的政治活動。

韓愈文章中經常表達這樣的意思:"布衣之士,身居窮約,不借勢於王公大人,則無以成其志;王公大人,功業顯著,不借譽於布衣之士,則無以廣其名",主張二者"其事勢相須,其先後相資"(《與鳳翔邢尚書書》)。這就把"士"放到了"王公大人"的附庸的地位。他在《答劉秀才論史書》中表示不敢以史事爲褒貶，懼怕"不有人禍，則有天刑"，柳宗元批評他是"近密地，食奉養……取以供子弟費，古之志於道者不若是"(《與韓愈論史官書》，《柳河東集》卷三一)。在《潮州刺史謝上表》裏他勸唐憲宗封禪，表示要"鋪張對天之閎休，揚厲無前之偉蹟"，佞媚之態可拘。也正是由於韓愈身上有着對權勢利禄企羡屈從的一面，才有前面提到的那些結納宦官、諂媚權奸的行爲。

　　他在政治上的局限更特別集中地反映在他對"永貞革新"的態度上。從出身背景、思想觀念等方面看，他與革新派代表人物如柳宗元、劉禹錫並没有什麽大的不同，他們之間私交也甚好。革新派實行的限制割據、打擊貪官、減免賦税等措施大體也符合韓愈的主張。革新派也是以儒家仁義之道爲推行改革的依據的。例如柳宗元主張的"以生人爲主"的"大中"之道(《唐故給事中皇太子侍讀陸文通先生墓表》，《柳河東集》卷九)就與韓愈的"相生養之道"在精神上大體一致。但由於人事的、性格的，更重要的是思想觀念上的原因，韓愈却站到了革新派的反面。按他的緩進的、比較保守的立場，革新派是"羣小用事"，竊奪國柄。他因此被革新派排斥並被流貶嶺南。在以後的詩文中他對改革派一再大張撻伐。這成了他一生活動中的消極方面。

　　但韓愈又立志做"處心有道，行己有方"(《答李翊書》)的"君子"。他的理想是"居官行道"。他早年寫《争臣論》，明確批判"禄仕"，主張堅持"官守"、"言責"："有官守者，不得其職則去；有言責者，不得其言則去"。而他所堅持的又是"畏天命而閔人窮"(《争臣論》)的"仁義"之道。因此，他又常常對現實的腐敗黑暗取批判態度，十分關懷民生疾苦。他赴吏部調選不利，上宰相書，對科舉敗

壞、人才被抑進行批評;在御史臺上疏諫天旱人飢,對統治者不恤
民生也有所指斥;任都官員外郎時分判祠部,從中官功德使手中爭
回管理京城寺觀的權力,"禁譁衆以正浮屠";任河南令,對魏、鄆、
幽諸鎮在京留邸"貯潛卒以橐罪士"(皇甫湜《韓文公神道碑》,《皇
甫持正文集》卷六),加以揭發查禁;任中書舍人,又以贊同平定淮
西而被貶;以至後來從征淮西、諫迎佛骨、宣慰鎮州等,都是堅持大
義的行動。這又都反映了他政治活動的積極、進步方面。

韓愈政治態度與社會活動中的矛盾,往往使他在實際活動中
左右支絀。他不爲革新派所容,又爲保守派所不喜,結果是"跋前
躓後,動輒得咎"(《進學解》),一生充滿波折坎坷。這是他的特殊
處境與思想決定的人生悲劇。

再次,簡略地看看韓愈的文學活動。

韓愈是依附於統治集團的文人,因此如前所述他公開承認對
統治階級歌功頌德是自己的職責。他寫了不少隱惡揚善的虛假不
實之詞,以至受到"諛墓"①的譏評。典型例子如洪邁所指出:

> 唐穆宗時,以工部尚書鄭權爲嶺南節度使,卿大夫相率爲
> 詩送之。韓文公作序,言權"功德可稱道","家屬百人,無數畝
> 之宅,僦屋以居,可謂貴而能貧,爲仁者不富之效也"。《舊唐
> 史·權傳》云:"權在京師,以家人數多,奉入不足,求爲鎮,有
> 中人之助。南海多珍貨,權頗積聚以遺之,大爲朝士所嗤。"又
> 《薛廷老傳》云:"鄭權因鄭注得廣州節度。權至鎮,盡以公家
> 珍寶赴京師,以酬恩地。廷老以右拾遺上疏,請按權罪,中人
> 由是切齒。"然則其爲人乃貪邪之士爾,韓公以爲仁者,何邪?

---

① 李商隱《齊魯二生·劉义》:"後以爭語不能下諸公,因持愈金數斤去,曰:'此諛
墓中人得耳,不若與劉君爲壽。'"(《樊南文集詳注》卷八)

（洪邁《容齋續筆》卷四《鄭權》）

這種批評確實也揭示了韓文的部分事實。

但這又並不是韓文的全部。韓愈創作的主導思想是“文以明道”。這個提法最初出現於《爭臣論》：

> 愈曰：君子居其位，則思死其官；未得位，則思修其辭以明其道。我將以明道也。

他又表示：

> 愈之爲古文，豈獨取其句讀不類於今者耶？思古人而不得見，學古道則欲兼通其辭。通其辭者，本志乎古道者也。（《題哀辭後》）

> 愈之志在古道，又甚好其言辭。（《答陳生書》）

這樣，他把詩文寫作看作是發揚儒道的大事業的一部份。因此他又要求“行之乎仁、義之途，游之乎《詩》、《書》之源”（《答李翊書》），自許要“誅姦諛於既死，發潛德之幽光”（《答崔立之書》）。也因此，他又能堅持儒家仁義道德的原則性，確立起對現實的批判態度，寫出許多具有深刻思想意義的作品。舉凡中唐時期的重大社會問題，諸如强藩跋扈、朝政腐敗、賦役繁重、佛道橫流以至賢才被抑等等，在他的詩文中都有相當鮮明、深刻的表現。

以上，從幾個側面簡單分析了韓愈在特定時代條件下一身而兼爲“官”與“儒”的矛盾，可以更清楚地看出他作爲一個出身統治階級的有理想、有抱負的知識分子堅持經世濟民的理想和操守所做出的艱苦卓絶的努力及其所取得的成就。

裂文與道爲兩物

在中國思想史上，韓愈是儒學由漢學向宋學轉變的重要人物，是一位卓有建樹的思想家；而同時他又是中國文學史上屈指可數的偉大的文學家之一，他作爲詩人與古文家的聲望往往蓋過了他儒學家的名聲。實際上他在文學上的成就，又成爲發揚他的儒學的最主要的手段。他以承繼儒道爲職志，而又能在文學上取得衆多創獲，與他對文、道關係的獨特的、較爲辯證的處理直接相關。

主張文要以儒道爲内容，反對空洞浮靡的文風，不自韓愈始。這可以説是儒家文學觀念在邏輯上的應有之義。但韓愈倡導“文以明道”，却注意到兩個方面。一方面是主張文要明道，因此就要反對形成爲“程式”的“繡繪雕琢”之文、“妖淫諛佞譸張之説”（《上宰相書》），韓愈把這些斥之爲“類於俳優者之辭”（《答崔立之書》）。另一方面則爲明道而重文，提出“辭不足不可以爲成文”（《答尉遲生書》）。這樣，他的觀點就不同歷史上各種“文以載道”、“道勝言文”，以至“因文害道”等片面強調儒道的主張，而強調文的獨立價值和它對於道的特殊意義。因此招致理學家的朱熹指責他“裂道與文以爲兩物”（朱熹《讀唐志》，《朱文公全集》卷七〇）。

韓愈雖自負“世無孔子，不當在弟子之列”，但在實際上他更熱心作個“文人”。王守仁説：“退之，文人之雄耳。”（《傳習録》上，《王文成公全書》卷一）韓愈自叙説：

> 愈也，布衣之士也。生七歲而讀書，十三而能文，二十五而擢第於春官，以文名於四方。（《與鳳翔邢尚書書》）
>
> 今有人生二十八年矣。名不著於農工商賈之版，其業則讀

> 書著文,歌頌堯舜之道;雞鳴而起,孜孜焉亦不爲利……(《上
> 宰相書》)

這表明,社會地位決定了他作爲"文人"的生涯。他對文章又確有特嗜,他說:

> 雖愚且賤,其從事於文,實專且久。(《上襄陽于相公書》)
> 性本好文學,因困厄悲愁,無所告語,遂得究窮於經傳史記百家之說,沈潛乎義訓,反復乎句讀,礱磨乎事業,而奮發乎文章。(《上兵部李侍郎書》)

他的一些文章,如《答李翊書》、《進學解》等更詳細記述了自己長期刻苦研習文章的體會。後來許多人的批評也集矢於韓愈對文的畸重。程頤說他"倒學",是"因學文日求所未至,遂有所得"(《二程語録》卷一一《遺書伊川先生語》)。楊時說:

> 若唐之韓愈,蓋嘗謂"世無仲尼,不當在弟子之列",則亦不可謂無其志也。及觀其所學,則不過欲乎雕章鏤句,取名譽而止耳。(《與陳傳道序》,《楊龜山集》卷四)

朱熹指出:韓、柳用力處"只是要作好文章","用了許多歲月,費了許多精神,甚可惜也"。(朱熹《滄州精舍諭學者》、《朱文公文集》卷七四)。這些是道學家的批評。如從強調儒道的角度看,韓愈確實流於過度重文的偏頗。後來人也有類似看法,如程廷祚:

> 退之以道自命,則當直接古聖賢之傳,三代可四、而六經

可七矣。乃志在於沉浸醲郁,含英咀華,作爲文章,戛戛乎去陳言而造新語以自標置,其所操亦末矣。(《復家魚門論古文書》,《青溪集》卷十)

陳衍:

> 昌黎長處,在聚精會神,用功數十年,所讀古書,在在擷其菁華,在在效法,在在求脫化其面目。然天資不高,俗見頗重,自負見道,而於堯、舜、孔、孟之道,實模糊出入。故其自命因文見道之作,皆非其文之至者。(《石遺室論文》卷四)

這類相當普遍的批評,確也反映了韓愈的實際。

更值得注意的是,在韓愈對古代文章廣取博采的繼承中,他又特別注重文學傳統,而不是儒學傳統。北齊高湝致楊遵彥書中説:"經國大體,是賈生、晁錯之儔;雕蟲小技,殆相如、子雲之輩。"(《隋書》卷四二《李德林傳》)在唐人的觀念中,經學家、政治家、文學家的不同文章類型已區別得很清楚。但韓愈所重不在董仲舒和晁、賈的經術政論文章,而在兩司馬、揚雄等文人創作。他説:

> 漢朝人莫不能爲文,獨司馬相如、太史公、劉向、揚雄爲之最。(《答劉正夫書》)

在《送孟東野序》裏提到的歷代"善鳴"、"能鳴"者中,漢代人中提到的也是司馬遷、相如、揚雄;唐代則提出了陳子昂以下到張籍九位,都是文學家。他批評當世科舉之文:

　　誠使古之豪傑之士若屈原、孟軻、司馬遷、相如、揚雄之徒
進於是選，必知其懷慁乃不自進而已耳。(《答崔立之書》)

因此柳宗元也指出：“退之所敬者，司馬遷、揚雄。”(柳宗元《答韋珩
示韓愈相推以文墨事書》，《柳河東集》卷三四)近人陳衍則説：“昌
黎雖倡言復古，起八代駢儷之衰，然實不欲空疏固陋，文以艱深。
注意於相如、子雲，是其本旨。”(《石遺室論文》卷四)而且，韓愈對
儒經也多注意其文學價值，並把它們與司馬相如等人文章相並列，
如《進學解》談到學文：

　　沉浸醲郁，含英咀華，作爲文章，其書滿家；上規姚、姒，渾
渾無涯，周《誥》殷《盤》，佶屈聱牙；《春秋》謹嚴，《左氏》浮誇，
《易》奇而法，《詩》正而葩；下逮《莊》、《騷》，太史所録，子雲、相
如，同工異曲……(《進學解》)

這顯然是從文學表現上表揚儒典的價值的。
　　對於韓愈的這種傾向，後代人有各種評論。如王鏊説：

　　嘗怪昌黎論文，於漢獨取司馬遷、相如、揚雄，而賈誼、仲
舒、劉向不之及。蓋昌黎爲文主於奇，馬遷之變怪、相如之閎
放、揚雄之刻深，皆善出奇；董、賈、向之平正，非其好也。(《震
澤長語》卷下)

這是從風格論着眼的。方東樹説：

　　退之論文，屢稱揚子，而不及董子。蓋文以奇爲貴，而董

子病於儒。余聞之劉先生（大櫆）説如此。然竊以爲退之所好揚子文，亦謂其賦及他雜文耳。若《法言》、《太玄》，理淺而詞艱，節短而氣促，非文之工者也。退之所好不在此。（《書〈法言〉後》，《儀衛軒文集》卷六）

這是從文之工拙着眼的。方孝孺則批判説：

漢儒之文有益於世、得聖人之意者，惟董仲舒、賈誼；攻浮靡綺麗之辭、不根據於道理者，莫陋於司馬相如。退之屢稱古之聖賢文章之盛，相如必在其中，而董、賈不一與焉。其去取之謬如此，而不識其何説也。（《答王秀才》，《遜志齋集》卷一一）

這則是從更根本的儒學角度來批評韓愈重文的傾向的。

這樣，韓愈在實踐中重視與發揚的主要不是古代著述的傳統，而是文學創作的傳統。他説："凡自唐虞已來，編簡所存，大之爲河海，高之爲山嶽，明之爲日月，幽之爲鬼神，纖之爲珠璣華實，變之爲雷霆風雨，奇辭奧旨，靡不通達。"（《上兵部李侍郎書》）這表明他之所重在"奇辭奧旨"。他沒有留下系統的創作理論，但詩文中的片言隻語却能反映他的文學創作觀念。例如他提倡文章"務出於奇，以不同俗爲主"（《國子助教河東薛君墓誌銘》）；要求"文麗而思深"（《與祠部陸給事書》），"海含地負，放恣橫從"（《南陽樊紹述墓誌銘》）；主張"文章語言，與事相侔。憚赫若雷霆，浩瀚若河漢，正聲諧《韶》、《濩》，勁氣沮金石。豐而不餘一言，約而不失一辭。其事信，其理切。"（《上襄陽于相公書》）這些體會有得之言，涉及文章風格、語言、表現方法、聲韻等多方面，也透露出韓愈本人在創作藝術方面的努力。

　　唐代當時人也特別肯定韓愈"文章"方面的成就。如李翺《行狀》説他"深於文章,每以爲自揚雄之後,作者不出。其所爲文,未嘗效前人之言,而固與之並"(《李文公集》卷一一)。李漢更稱贊他"先生於文,摧陷廓清之功,比於武事,可謂雄偉不常者矣"(《唐吏部侍郎昌黎先生韓愈文集序》,《全唐文》卷七四四)。到了明胡震亨説得更爲絶對:

　　　　余曰:退之亦文士雄耳。近被腐老生因其闢李、釋,硬推
　　入孔家廡下,翻令一步那動不得。(《唐音癸籤》卷二五)

當然,韓愈實際上在儒學上的貢獻是不可忽視的。這一點已如上述,這裏祇從文學史的角度講,指出他文、道並重,爲明道而重文,促使他對文學創作做出多方面的巨大努力,從而取得詩文寫作的巨大成就,在文學史上建立起不朽的功業。

起八代之衰與取八代之髓

　　韓愈在散文上的主要貢獻,是倡導"古文",從理論到實踐,全面地實現了文體、文風和文學語言的根本革新,造成了文學散文發展的又一個高峯。

　　一種具有代表性的觀點是認爲韓愈"文起八代之衰"(蘇軾《潮州韓文公廟碑》,《東坡後集》卷一五)。這主要是指他以古文取代了東漢以來逐漸興盛起來的駢文。桐城派的創始人方苞認爲,所謂"古文"乃是"六經及孔子、孟子之書之支流餘肆也"(《古文約選序例》,《方望溪先生全集·集外文》卷四);曾國藩則明確指出,古文者"韓退之氏厭棄魏、晉、六朝駢儷之文,而反之於六經、兩漢,從

而名焉者也"(《覆許仙屏》,《曾文正公全集·書札》卷一四)。這都
從對流行的駢文摧陷廓清之功上肯定了他在轉變文體與文壇風氣
上的貢獻。

關於韓愈的文體"復古",涉及問題很多。這裏衹討論一點,即
韓愈倡導與創作"古文"得以成功,不僅由於他善於繼承與發揚上
古秦漢散文優秀傳統,並多方面學習古代各體文章的表現方法,也
是他廣泛汲取東漢以來散文發展、包括駢體文發展所取得的藝術
成就的結果。

造成"古文運動"的興盛,本不是韓愈一個人的功勞。古文取
代空洞浮豔、雕繡藻繪的駢文是在一定歷史條件下文體與文學發
展的歷史潮流。舊史説:

> 大曆、貞元之間,文字多尚古學,效揚雄、董仲舒之述作,
> 而獨孤及、梁肅最稱淵奧,儒林推重。愈從其徒遊,鋭意鑽仰,
> 欲自振於一代。(《舊唐書》卷一六〇《韓愈傳》)

清人趙懷玉也指出:

> 退之起衰,卓越八代,泰山北斗,學者仰之。不知昌黎固出
> 於安定(梁肅)之門,安定實受洛陽(獨孤及)之業。公則懸然天
> 得,蔚爲文宗。大江千里,已濫觴於巴岷;黃河九曲,肇發源於星
> 宿。(《獨孤憲公毘陵集序》,《毘陵集》卷首,《四部叢刊》本)

這都説明,大曆、貞元年間,倡導"古學"已形成風氣。而如追溯淵
源,提倡文體復古早已始於北朝;至隋代南北文風融合,改革文體、
文風的要求更漸趨强烈,代表者有李諤、王通等人。入唐以後,批

判六朝浮靡文風、提倡革正文體已是文壇一般主張。經陳子昂到開、天年間的李華、蕭穎士、元結等人的努力，到中唐時期"古文"已漸成聲勢。韓、柳等人不過是順應歷史潮流取得傑出成就的佼佼者而已。

但應當承認，韓愈及其文壇盟友柳宗元在倡導與創作古文方面確實取得了遠遠度越前人與同時流輩的成就，而做到這一點又有多方面的原因。其重要一點在於他們總結了散文發展的歷史經驗，不是形式主義地擬古（如北朝蘇綽仿《周書》作《大誥》，王通仿儒典作《元經》），更不是單純追求實用而反藻飾（如隋文帝楊堅反對文表華豔、要求"實錄"），也不如李華等人片面強調文必宗經；而是更辯證地理解並遵循文學自身的發展規律，對前人積累的藝術經驗去粗取精、融液搜澤，將其有價值的成果納入自己的創作實踐，從而實現了"復"中有"變"的創新與發展。而從文學發展歷史看，正是自魏晉以後進入了"文學自覺"的時代；文學創作中藝術表現上的許多進步，是在這一時期取得的。韓愈等人否定駢文，是實現了辯證的"揚棄"，即捨棄了它的僵化的形式，而繼承了它所取得的藝術成就。葉適說："若夫言語之緒爲辭章，千名百體，不勝浮矣。韓、歐雖挈之於古，然而益趨於文也。"（《櫟齋藏書記》，《水心文集》卷一一）就說出了這個道理。

阮元論駢文，謂"文體不可謂之不卑，而文統不得謂之不正"（《書梁昭明太子〈文選〉序後》，《揅經室三集》卷二）。他作爲新"文筆論"的代表，爲駢文爭正統，看法往往流於偏頗，但其見解又是有合理內容的。駢文文體發展中把中國散文中固有的排比對偶、聲韻詞藻、使典用事等表現方法絕對化、程式化了。但這種"別於經傳子史，通於詩賦韻言"（章學誠《文史通義》外篇卷三《雜說下》）的對偶用韻之文，確乎發展了中國散文的技巧，取得了獨特的藝術成就。因此後人謂"駢體者,修詞之尤工者也"(袁枚《胡稚威駢體文序》,《小倉山房文集》卷一一)。唐代作家大都嚴於指斥六朝文風,但唐代文學的偉大成就卻又是在六朝文學發展的基礎上取得的。韓愈的"古文"成就也是如此。後來不少人指出了這一點,如袁中道説:

> 昔昌黎文起八代之衰,亦非謂八代以内都無才人。但以辭多意寡,雷同已極。昌黎去膚存骨,蕩然一洗,號爲功多。(《解脱集序》,《珂雪齋文集》卷一)

劉開説:

> 夫退之起八代之衰,非盡掃八代而去之也。但取其精而汰其粗,化其腐而出其奇。其實八代之美,退之未嘗不備有也。(《與阮芸臺宮保論文書》,《劉孟塗文集》卷四)

劉熙載説:

> 韓文起八代之衰,實集八代之成。蓋惟善用古者能變古;以無所不包,故能無所不掃也。(《藝概》卷一《文概》)

蔣湘南説:

> 淺儒但震其起八代之衰,而不知其吸六朝之髓也。(《與田叔子論古文第二書》,《七經樓文鈔》卷四)

如此等等。韓愈的創作正可印證這些看法。

　　從行文體制上看。韓愈的"古文"已完全不同於先秦盛漢質樸無華的散行文體,在句式、聲韻、詞藻等方面都融入了駢體的技巧。他主張文章要"引物連類,窮情盡變,宮商相宣,金石諧和"(《送權秀才書》),要求"言之短長與聲之高下者皆宜"(《答李翊書》),這都涉及駢體結句和聲韻等技法。他的有些文章如《進學解》、《送窮文》等,基本上用整句韻語;如《原毀》,則全篇以長排組成。他更把儷詞偶語融入行文,取其嚴整流暢,音調諧合;他還靈活使用意對語不對,語對意不對,散行中兼用四、六偶句等方法,把駢儷消化在散體的語氣文情之中。這樣,他調動了駢體修辭的各種功能,增強了文章的表現力。包世臣曾指出:

　　　　凝重多出於偶,流美多出於奇。體雖駢必有奇以振其氣,勢雖散必有偶以植其骨。儀厥錯綜,至爲微妙。(《文譜》,《藝舟雙楫·論文》卷一)

韓愈在發揮駢、偶兼行的功能上就是如此深入化境的。

　　從文章體裁看。吳汝綸曾指出:先秦以來有集録之書,自著之言,前者出於《詩》、《書》,後者出於《易》、《春秋》,"及唐中葉,而韓退之氏出,源本《詩》、《書》,一變而爲集録之體"(《天演論序》,《桐城吳先生文集》卷三)。而這種單篇集録的創作體制正是形成於魏、晉以來"四部分,文集立"之後。也正由於創作單篇集録的文章,才發展了不同於秦漢著述形式的各種散文文體。包世臣又指出:

　　　　周、秦文體未備,是矣,魏、晉以後漸備,至唐、宋乃全。(《復李邁堂書》,《藝舟雙楫·論文》卷三)

實際上，韓愈所運用與發展的散文體裁，基本是直承六朝的。劉開則指出：

> 文之義法，至《史》、《漢》而已備；文之體制，至八代而乃全。（《與阮芸臺宮保論文書》，《劉孟塗文集》卷四）

因此，沒有六朝各體散文的創造，就不會有韓愈各體散文的成就。例如韓文中藝術成就很高的碑傳、記序、書信等體裁，都先後興盛、完善於六朝。而在韓愈創作中，比起另一類論說、表狀等文章，這些文體的作品顯示出更強的藝術創造特性，更能突現出他的散文藝術的高度水平。

從表現方法看。韓愈散文的藝術獨創性表現得非常突出，重要一點是更強烈地發展了文學主觀創造的特性，在這方面大大超越了先秦盛漢的傳統。如袁宏道就曾指出：

> 古之為詩者，有泛寄之情，無直書之事；而其為文也，有直書之事，無泛寄之情，故詩虛而文實。晉、唐以後，為詩者有贈別，有叙事；為文者有辨說，有論叙。架空而言，不必有其事與其人，是詩之體已不虛，而文之體已不能實矣。（《雪濤閣集序》，劉大杰編校《袁中郎全集·序文》）

這裏涉及詩的問題不論；關於文的用"虛"而"不能實"，正是發揮作家主觀創造力的表現。朱宗洛在分析《送溫處士赴河陽軍序》時說：

> 如題是《送溫處士》，便當讚美溫生。然必實講溫生之賢若何，便是呆筆。作者已有送石生文，便從彼聯絡下來，想出

“空”、“羣”二字，全用吞吐之筆，令讀者於言外得温生之賢，而
烏公能得士意，亦於筆端帶出。此所謂避實擊虛法也。(《古
文一隅》卷中)

如這裏的“避實擊虛”，不只是黏題不黏題的構思問題，更重要的是
發揮作者想像、聯想、虛構的能力，以實現藝術概括與創造的問題。
韓愈善於架空虛説，別開生面，“文體均稱，翻出異樣，采繪照耀耳
目”，“用意筆墨皆烟雲”(惲敬《答來卿》，《大雲山房言事》卷二)；批
評他的人又説他的文章多“出於詼諧戲豫、放浪而無實者”(朱熹
《讀唐志》，《朱文公全集》卷七〇)。“詼諧”當然不足取，但“戲豫”
追求趣味，“無實”有虛構成分，用之得當，乃是有藝術價值的寫作
手法。在韓愈寫作中，這些都顯示出他有意識地從事藝術創新的
努力。而在這方面，他也是發展了六朝的傳統的。六朝文的浮靡
不實也是一種用“虛”，只是表現的內容多淺薄或頹唐而已。

清人王鐵夫指出：

古文之術，必極其才而後可以裁於法，必無所不有而後可
以爲大家。自非馳騖於東京、六朝沈博絶麗之塗則無以極其
才……韓、柳皆嘗從事於東京、六朝。韓有六朝之學，一掃而
空之，融其液而遺其滓，遂以夐絶千餘年。(轉引淩揚藻《蠹勺
編》卷三八《王鐵夫論韓柳》)

這個看法是符合實際的。

以 文 爲 詩

韓愈詩奇崛高古，獨創新境，“山立霆碎，自成一法”(蔡絛《西

清詩話》轉引胡仔《苕溪漁隱叢話後集》卷三三），與孟郊詩一起創中唐詩壇的韓孟詩派；而從詩歌史的發展看，"唐之少陵、昌黎、香山、東野，實唐人之開宋調者"（錢鍾書《談藝錄》第二頁，中華書局，一九八四年補訂本，北京），則韓愈又是詩歌史上轉變風氣的、極富獨創性的關鍵人物。

後人概括韓詩特點爲"以文爲詩"。這當初本是一種貶抑性的評語，據傳出於陳師道：

> 退之以文爲詩，子瞻以詩爲詞，如教坊雷大使之舞，雖極天下之工，要非本色。①

釋惠洪有記載説：

> 沈存中、呂惠卿吉甫、王存正仲、李常公擇，治平中在館中，夜談詩。存中曰："退之詩，押韻之文耳，雖健美富贍，然終不是詩。"吉甫曰："詩正當如是。吾謂詩人亦未有如退之者。"正仲是存中，公擇是吉甫，於是四人者相交攻，久不決……予嘗熟味退之詩，真出自然，其用事深密，高出老杜之上……（《冷齋夜話》卷二）

惠洪記述的評價是截然對立的，但諸人認爲韓愈"以文爲詩"的看法却是一致的。全面評論韓詩，用這一簡單的概括當然不夠，但它確能反映韓詩藝術的主要特徵。而自宋人即開始的有關這一問題的爭論，則又關係到對唐、宋詩不同藝術風格的看法。沈存中

---

① 《後山詩話》。此書後人多疑其僞。參閱程千帆《韓愈以文爲詩説》，《程千帆詩論選集》，山西人民出版社，一九九〇，太原。

等人的辯論,表明由韓愈等開創、並由宋人發展的新詩風,當時尚未被人們普遍承認。

唐詩重意興情韻,宋詩主筋骨思理;重意興情韻則多用興象,講究韻味深長;主筋骨思理則多用議論,講究思致細密。這樣,宋人"以文字爲詩,以才學爲詩,以議論爲詩"(嚴羽《滄浪詩話·詩辨》),概括起來就是"以文爲詩",韓愈實開此風氣的先河。這應該説是對以前的詩的規範的突破,是詩歌藝術的創獲,是把中國古典詩歌發展推向了新階段。從這個意義上,是應當充分肯定韓詩的貢獻的。

韓詩"以文爲詩"的直接表現是詩的"散文化"。趙秉文説他"以古文之渾灝,溢而爲詩,然後古今之變盡"(《與李孟英書》,《閑閑老人滏水文集》卷一九)。方東樹論七古説:"觀韓、歐、蘇三家,章法剪裁,純以古文之法行之,所以獨步千古。"(《昭昧詹言》卷一一)。這實際也是杜甫"鋪陳終始,排比聲韻"(元稹《唐故工部員外郎杜君墓係銘并序》,《元氏長慶集》卷五六)的技巧的發展。如韓愈早年的《此日足可惜》一詩,記述離亂經過,瑣細生動,仿佛杜甫《北征》;《赴江陵途中寄三學士》詩,也同樣使用了散文的叙事、描摹技巧。陳沆又曾批評説:《謝自然》,送靈、惠,則《原道》之支瀾;《薦孟郊》、《調張籍》,乃譚詩之標幟,以此屬詞,不如作論。"(《詩比興箋》卷四)實際如此以論爲詩,也是詩境的開拓。陳寅恪謂韓詩"既有詩之優美,復具文之流暢,韻散同體,詩文合一,不僅空前,恐亦絶後"(《論韓愈》,見前)。就其善於把古文之法用之於詩一點而言,這一評價是相當準確的。

韓愈"以文爲詩",又使詩的內容也大爲擴大了,即把一般作爲文的內容納入到了詩裏。歐陽修説:

　　退之筆力，無施不可，而嘗以詩爲文章末事。故其詩曰
"多情懷酒伴，餘事作詩人"也。然其資談笑，助諧謔，叙人情，
狀物態，一寓於詩，而曲盡其妙。(《六一詩話》)

確實，韓詩容入許多奇特的、難以入詩的題材。例如《陸渾山火》寫
野火，《叉魚》寫捕魚，都盡力鋪排描摹，把景象形容得淋漓盡致；
《永貞行》寫政治事變，《寄盧仝》寫訟案，都鋪陳原委，叙事清晰；又
如《石鼓歌》描寫石刻，《峋嶁山》叙説訪古，都是前人詩中不多見的
內容。韓愈更把不是詩的內容納入詩，如鼾睡、落齒、瘧病等都被
他寫成了詩。後人指出他是"以醜爲美"(劉熙載《藝概》卷二《詩
概》)，或評論他寫非詩之詩。這使他真正做到了"胸中牢籠萬象，
筆下鎔鑄百家"(李重華《貞一齋詩説》)。

　　韓詩"以文爲詩"的特點還表現在詩中多用"賦"。他改變了先
秦以來詩歌多用比興的傳統，在創作中又不重掩抑收斂，少用省略
含蓄，而且不避瑣細，極力鋪排。趙翼曾指出：

　　　　自沈、宋創爲律詩後，詩格已無不備。至昌黎又斬新開
闢，務爲前人所未有。如《南山》詩內，鋪列春夏秋冬四時之
景；《月蝕》詩內，鋪列東西南北四方之神；《譴瘧鬼》詩內，歷數
醫師灸師詛師符師是也。又如《南山詩》，連用數十"或"字；
《雙鳥》詩，連用"不停兩鳥鳴"四句；《雜詩四首》內，一首連用
五"鳴"字；《贈別元十八》詩，連用四"何"字，皆有意出奇，另增
一格。(《甌北詩話》卷三)

多用鋪陳則易於造成淺露冗長，使得詩的內在情韻不足。但韓愈
卻善於用表達的繁簡詳略、構思的移步換形、結構的波瀾起伏等等

加以補救,造成强烈的藝術效果。例如有名的《南山詩》,大幅地舖排山間四時景致,瑣細地叙述自己遊山經過,特别是五十一個"或"字組成的排比形容,把賦的舖陳技法發揚到了極點,也確實寫出了南山的偉麗壯觀。另一首寫遊山的詩《山石》,篇幅比《南山詩》短得多,則一步步叙寫自己登山、入寺、進食、留宿直到清晨出山的過程,好像不施剪裁,寸步不遺;但由於其高超的描寫技巧,獨特的捕捉細節的本領以及内含的飽滿的情致,使這篇作品成爲意境鮮明、情致豐富的好詩。又如《洞庭湖阻風》寫湖上風浪,《陸渾山火》寫野火焚燒,由於極力舖張而造成了驚心動魄的效果。這種多用賦的技法,創造出與講究"味外味"、"韻外深致"的一類詩全然不同的風格。

　　"以文爲詩"還體現在詩的句法聲韻上。中國古典詩發展到唐代,不但古、今各種詩體皆備,而且詩句的内部結構如對偶、音節、押韻的方式也已形成了規範。韓愈打破這些規範,採取與已定型的詩的格式不同的表達方式。這種突破也可以看作是把更爲自由的文的寫法活用於詩。在對偶方面,他往往自創新格,有的五言長古如《縣齋有懷》通首皆對;有的五律如《答張徹》則包括起結句句作對,且全用拗體,這都因難見巧,令人轉覺生峭;而在另一些詩中他又力避偶對,或在五言詩中用十字長句,以散漫形古奧。中國詩的節奏一般取兩個音節一個音步的形式,韓愈常常有意改變這種習慣的格式,例如五言句中使用"一四"、"三二"的意義節奏,以顯出一種生梗古樸的聲韻效果。他還精心推敲用韻,如歐陽修説:

　　　　余獨愛其工於用韻也,蓋其得韻寬則波瀾橫溢,泛入傍韻,乍還乍離,出入迴合,殆不可拘以常格,如《此日足可惜》之類是也;得窄韻則不復傍出,而因難見巧,愈險愈奇,如《病中贈張十八》之類是也。余嘗與聖俞論此,以謂譬如善馭良馬者,通衢廣陌,縱橫馳逐,惟意所之;至於水曲蟻封,疾徐中節,而不少蹉跌,乃天下之至工也。(《六一詩話》)

韓愈如此突破定格,是尋求表達上的"自由",但從一定意義上說又是有意造成"不自由"。突破定格並不是不要格式,而是在創造新格。"以文爲詩"不是把詩寫成散文,而是寫出融入散文技法的新型的詩。在格律方面的努力,正是爲達到這一目標。

中國傳統詩還積累了一整套詩的語彙,形成了詩語的一般構造方式。韓愈在這方面也勇於突破。他好用奇字新語,如袁枚所説:

> 昌黎尤好生造字句,正難其自我作古,吐詞爲經,他人學之便覺不妥耳。(《隨園詩話》卷三)

韓愈在詩語上往往是探幽索微,千錘百鍊,自鑄奇語;他還主張"橫空盤硬語,妥帖力排奡"(《薦士》),即把精心結撰的奇詞硬語平熨妥帖地運用於作品中。趙翼指出:

> 盤空硬語,須有精思結撰。若徒掇摭奇字,詰曲其詞,務爲不可讀以駭人耳目,此非真警策也……其實《石鼓歌》等傑作,何嘗有一語奧澀,而磊落豪橫,自然挫籠萬有。(《甌北詩話》卷三)

又例如《赴江陵途中寄贈三學士》、《岳陽樓別竇司直》、《薦士》、《送無本師歸范陽》等名篇,遣詞造語都戛戛生新,詼詭奇崛,造成了獨特的藝術效果。韓愈也有時故意摭摭奇字以嘩衆駭俗，如《南山詩》的"突起莫閒篷"、"堛塞生怐愁"、"達桙壯復奏"，《陸渾山火》的"盆池波風肉陵屯"、"電光殲磹頯目暖"，《征蜀》詩的"投奅鬧碻礚"、"填隍俪偽偺"等等，眩耀奇字險語，務爲不可讀，則是大才欺人，不可爲法了。

總之，可以概括爲"以文爲詩"的韓愈詩，富於矜創，成績卓卓，在盛唐李、杜等諸大家之後，發展了詩的藝術技巧，並給未來詩的發展開拓出一個新生面。但韓愈的詩有時刻意求奇，流於險怪，這前面已經指出；又往往用遊戲筆墨，矜其餖飣之巧；而更主要的是如沈德潛所説："昌黎豪傑自命，欲以學問才力跨越李、杜之上，然恢張處多，變化處少，力有餘而巧不足也。"（沈德潛《説詩晬語》卷上）因而韓詩雖然恢宏奧衍，却不足於李、杜那種自然精美、變化萬千的氣象。至於"以文爲詩"造成某些作品興象情韻之不足，也是不争的事實。但這已是中國詩史上風格論的應另行研究的課題了。

學奇於韓愈

對韓愈詩文風格的總評價，一般歸結爲"雄奇"、"奇偉"、"奇詭"等等，甚至説"奇者極於韓"（翁方綱《石州詩話》卷四録朱彝尊語）。

早自韓愈的同時代人已注意到他的這一風格特徵。王建評論他：

> 序述異篇經揔核，鞭驅險句物先投。（《寄上韓愈侍郎》，《文苑英華》卷二五四）

柳宗元讀《毛穎傳》，説他"怪於文"，認爲其作品可救治"模擬竄竊，取青媲白,肥皮厚肉,柔筋脆骨"(《讀韓愈所著〈毛穎傳〉後題》,《柳河東集》卷二一)的疲軟雕琢文風。皇浦湜説他的作品"茹古涵今,無有端涯,渾渾灝灝,不可窺校。及其酣放,豪曲快字,凌紙怪發,鯨鏗春麗,驚耀天下。然而栗密窈眇,章妥句適,精能之至,入神出天"(《韓文公墓銘》,《皇甫持正文集》卷六)。稍後李肇指出:

> 元和已後,爲文筆則學奇詭於韓愈……(《唐國史補》卷下)

司空圖論詩與創作實踐都是主蘊藉含蓄的,但他這樣稱贊韓詩:

> 愚嘗覽韓吏部歌詩數百首,其驅駕氣勢,若掀雷扶電,撐挟於天地之間,物狀奇怪,不得不鼓舞而徇其呼吸也。(《題〈柳柳州集〉後》,《司空表聖文集》卷二)

關於韓愈尚奇的原因,趙翼這樣解釋:

> 李、杜之前,未有李、杜,故二公才氣橫恣,各開生面,遂獨有千古。至昌黎時,李、杜已在前,縱極力變化,終不能再闢一徑。惟少陵奇險處,尚有可推擴,故一眼覷定,欲從此闢山開道,自成一家。(《甌北詩話》卷三)

這只是強調韓愈主觀上爭奇鬥勝的一面。但還應看到客觀因素的一面,即韓愈"尚奇"風格的形成與他的遭遇、性格和思想變化直接相關。

如果綜觀韓愈創作風格的演變就會發現,無論是詩還是文,早

期作品平正古樸者居多，“尚奇”特色並不顯著。雄奇變怪的追求
是在貶陽山之後才明顯起來的。而到了晚年，隨着境遇心情的轉
變，詩文風格又漸趨平緩。特別表現在詩作上，元和十年以後雄肆
奇古的長篇古詩很少寫作了，而多寫清新蘊藉的小詩。這個事實
表明，韓愈尚奇，首先決定於他的心境。坎坷不平的人生經歷鬱結
下的憤懣之氣無可發洩，加上他又具有爭奇好勝、不安凡庸的個
性，這都促使他在創作中形成奇崛不凡的美學特徵。

　　這樣，韓愈詩文的奇，就不僅如前已指出的奇在字句等形式方
面，更主要的是奇在内容，奇在境界。這就與形式主義地在詞句上
求險怪不同。他的詩給人感受最深的是奇情、奇境、其感受與表現
現實的奇特角度與方式。那掀天的巨浪(《洞庭湖阻風》)、燎原的
大火(《陸渾山火》)、苦寒(《苦寒》)、酷暑(《鄭羣贈簟》)，還有那如
火傘的柿葉(《遊青龍寺》)，如雪堆的李花(《李花二首》)，以至嶙峋
神秘的高山(《峋嶁山》)、荒寂無人的古刹(《山石》)，在如此不平凡
的景象裏，在在都流露出詩人不平静的心聲。韓愈的文章也是一
樣。如《伯夷頌》的開端：

　　　　士之特立獨行、適於義而已、不顧人之是非，皆豪傑之士、
　　信道篤而自知明者也。一家非之，力行而不惑者寡矣。

這一雄肆磊落的長句，千迴百轉，自胸中鬱積而來，奇文正有奇情
爲依托。如《進學解》、《送窮文》、《南海神廟碑》、《柳州羅池廟碑》
以及王適、張署、馬繼祖、柳宗元、張徹等人的墓誌銘等一系列奇
文，都各有豐厚而獨特的思想積蘊，奇突不凡的藝術表現正有相應
的思想感情爲基礎。

　　韓愈“尚奇”表現在藝術上又是豐富的、多樣化的，並不是單純

的、偏枯的險怪。張耒説:"韓退之窮文之變,每不循軌轍。"(《明道雜志》)劉大櫆説:"文貴變……一集之中篇篇變,一篇之中段段變,一段之中句句變,神變、氣變、境變、音節變、字句變,惟昌黎能之。"(《論文偶記》)豐富多樣的奇變造成雄肆不羈的藝術風貌。例如寫山,有"孤撑有巉絶"、"巖巒雖嵂崒"(《南山詩》)的山;有"出入高下窮烟霏"、"山紅澗碧紛爛熳"(《山石》)的山;又有"江作青羅帶,山如碧玉簪"(《送桂州嚴大夫》)的山,都同樣工於描畫,景象都很新奇,但寫法却很不相同。同是寫孟東野,《醉留東野》與《薦士》不同;《送孟東野序》與《貞曜先生墓誌銘》迥異。紀念柳宗元的三篇文章:墓誌銘、祭文、神廟碑,從取材到用語也絶不相襲。另外,他的不少詩文是專求艱奧硬澀的,但也有的文章如《祭十二郎文》瑣瑣如道家常,有的詩如《寄盧仝》、《瀧吏》則多用口語、方言。這種淺白實際也是出奇的一種途徑。

韓愈詩文之奇還表現爲一種氣勢。他發展了傳統的養氣理論與文氣説,提出:

> 氣,水也;言,浮物也。水大而物之浮者大小畢浮。氣之與言猶是也,氣盛則言之短長與聲之高下者皆宜。(《答李翊書》)

古代一些人論文氣談得多飄渺恍惚,而韓愈在這裏把它與文章的外在表現直接聯繫起來。對韓愈來説,養根才能竣實,本深才能末茂,具有對仁義之道的深切領會與堅定信心才能形成雄肆豪放之氣。這種氣質也正反映在他自己的詩文從構思立意到遣詞造語之中。他在《送無本師歸范陽》詩中説"無本於爲文,身大不及膽",《東都遇春》詩中説"文章倚豪橫",這也正是他的自身寫照。有人作譬喻説，就像蓋房子，柳宗元先要丈量自家四至所到，不敢侵占別人田地；韓愈則惟意所適，橫斜曲直，肆意而成，不問是誰的地方。這很生動地説明了韓愈的氣魄和他與柳宗元的不同。有了這種氣魄就會勇於打破常規，出奇而生新。因而，飽滿充溢、雄肆不凡的文氣是"尚奇"的基礎。韓愈有些文章論理並不那麽嚴正，邏輯也欠細密，但由於有一種"霸氣"，却也能造成强悍的藝術效果。

以上，簡單地就韓愈思想與創作的幾個問題寫出選注者的粗淺看法。

本選集的選篇力求兼顧作家思想、藝術的各方面，因此，既選了那些思想性、藝術性俱佳、長期被人們傳誦的名篇，也選了在内容上或表現方法上有一定特色的作品（如《南山詩》、《平淮西碑》）；有些作品思想局限較大，但確實代表了作家思想的重要方面（如《永貞行》、《潮州刺史謝上表》）也被入選；又所輯諸家評論，亦兼採褒貶不同看法。選注者希望能够給讀者提供一部比較全面地瞭解韓愈全貌的選本。

本選集全部選篇出自《昌黎先生集》正集四十卷之内。該集爲李漢原編。《順宗實録》作爲史書不選。《外集》未選，主要因爲無可選之作。對於《外集》，歷來多有人主張不可盡信。選注者認爲應具體分析論定。如《明水賦》、《通解》、《上考功崔虞部書》、《河南同官記》等已具見趙德《文録》，不必致疑；《送汴州監軍俱文珍序》，《答劉秀才論史書》等，證之韓愈生平亦合。《與大顛書》三首，自宋以來，聚訟紛紜，特別有歐陽修、朱熹斷言不僞，增强了肯定意見的力量，值得慎重對待。但即使認爲出於僧徒附會，也不能動搖韓愈與大顛結交論道的事實及其意義。

本選集按詩、文、賦三類，依寫作年代排列（寫作年代難於確考者,根據内容判斷置相應處),庶利於讀者認識韓愈思想、藝術的發展脈絡。

韓集版本多,異文多,校勘成果亦多。本選集以東雅堂本爲底本,參照諸本作了校勘。東雅堂本曾受譏評,但校訂文字在諸本中向稱精審,且最爲通行並被多數選家遵用,以此選爲底本。校勘時還使用了臺灣故宮博物院一九八二年影刊宋淳熙元年臨安本,該本大陸學者罕見利用,彌足珍貴。爲避免繁瑣,謹在注文中列出重要參校結果,分兩種情況:一種是對底本作了校改的,在該校改文句注解解釋字句前先予注出;再一種是或異文可供參考、或可以兩存、或推想原文應有訛誤的,在有關文句注解後面注出。參校中較多汲取了方崧卿(《韓集舉正》,簡稱"方《正》")、朱熹(《韓文考異》,簡稱"朱《考》")、魏仲舉(《五百家注昌黎文集》,簡稱"魏《集》")、陳景雲(《韓文點勘》,簡稱"陳《勘》")、馬其昶(《韓昌黎文集校注》,簡稱"馬《校》")、錢仲聯(《韓昌黎詩繫年集釋》,簡稱"錢《釋》")、童第德(《韓集校詮》,簡稱"童《詮》")、陳邇冬(《韓愈詩選》,簡稱"陳《選》")等人的成果,必要處一一注明,不敢掠美。

本選集注釋包括作品寫作年代、背景的考證和詞語的注釋與文句的疏通。引證力求詳悉,並標明出處,以利讀者覆案。

本選集於每篇之後附有評箋。所集録者不僅有正面的肯定意見,亦有批評意見,這是遵照章學誠箋注應"醇駁兼收,虛實互致"(《東雅堂校刻韓文書後》,《校讎通義·外篇》)的意思,讀者可比較參考。選注者也加有一些按語,往往是就某個問題的一得之愚,供讀者討論、批評。

孫昌武
一九九一年八月二十五日天津

目　　録

文選

賦選

詩選

孟　生　詩〔一〕

　　孟生江海士，古貌又古心〔二〕。嘗讀古人書，謂言古猶今〔三〕。作詩三百首，窅默《咸池》音〔四〕。騎驢到京國，欲和薰風琴〔五〕。豈識天子居，九重鬱沉沉〔六〕。一門百夫守，無籍不可尋〔七〕。晶光蕩相射，旗戟翽以森〔八〕。遷延乍却走，驚怪靡自任〔九〕。舉頭看白日，泣涕下露襟。朅來遊公卿，莫肯低華簪〔一〇〕。諒非軒冕族，應對多差參〔一一〕。萍蓬風波急，桑榆日月侵〔一二〕。奈何從進士，此路轉嶇嶔〔一三〕。異質忌處羣，孤芳難寄林〔一四〕。誰憐松桂性，競愛桃李陰〔一五〕。朝悲辭樹葉，夕感歸巢禽〔一六〕。顧我多慷慨，窮簷時見臨〔一七〕。清宵静相對，髮白聆苦吟。採蘭起幽念，眇然望東南〔一八〕。秦吳脩且阻，兩地無數金〔一九〕。我論徐方牧，好古天下欽〔二〇〕。竹實鳳所食，德馨神所歆〔二一〕。求觀衆丘小，必上泰山岑〔二二〕。求觀衆流細，必泛滄溟深〔二三〕。子其聽我言，可以當所箴〔二四〕。既獲則思返，無爲久滯淫〔二五〕。卞和試三獻，期子在秋礗〔二六〕。

〔一〕孟生：稱孟郊。《史記·儒林列傳》“言《禮》自魯高堂生。”司馬貞索隱：“云‘生’者，自漢已來儒者皆號‘生’，亦‘先生’省字呼之耳。”貞元八年(七九二)，韓愈與孟郊、李觀同在長安應進士試，孟郊落第東歸，將謁徐、泗、濠節度使張建封於徐州(今江蘇徐州市)，韓愈因有此詩贈別。孟郊有《答韓愈李觀別因獻張徐州》的答詩。

〔二〕江海士：《莊子·刻意》：“就藪澤，處閒曠，釣魚閒處，無爲而已矣；此江海之士，避世之人，閒暇者之所好也。”

〔三〕古猶今：即“今猶古”。《列子·楊朱》：“五情好惡，古猶今也；四體安危，古猶今也；世事苦樂，古猶今也；變易治亂，古猶今也。”此譽孟郊心懷古道，不作世俗之想。

〔四〕育(yǎo)默：深遠幽隱。《咸池》：古樂曲名，或以爲黄帝之樂，或以爲堯樂。《周禮·春官·大司樂》：“舞《咸池》以祭地示。”陳《勘》：“按蘇子容詩‘孟郊篇什况《咸池》’，自注云：‘唐人題孟郊詩三百篇爲《咸池集》，取退之詩義。’又《劉貢父詩話》亦云：‘孟有集號《咸池》，僅三百篇。’至宋次道跋東野詩，卻云蜀人蹇濟用退之贈郊句纂成《咸池》二卷一百八十篇，與蘇、劉之説不同，未詳孰是。”

〔五〕騎驢：《後漢書·向栩傳》：“少爲書生，性卓詭不倫……或騎驢入市。”京國：京城，指長安。薰風琴：《孔子家語·辯樂》：“舜彈五弦之琴，造《南風》之詩，其詩曰：南風之薰兮，可以解吾民之慍兮。”上句寫孟郊落拓到京城求舉，下句稱贊他關心民瘼，有致君堯舜的志向。杜甫《奉贈韋左丞丈二十二韻》詩有“騎驢十三載，旅食京華春”之句。

〔六〕九重：指皇宫。宋玉《九辯》：“豈不鬱陶而思君兮，君之門以九重。”鬱沉沉：幽暗深邃的樣子。《史記·陳涉世家》：“涉之爲王沉沉者也。”應劭云：“沉沉，宫室深邃之貌。”

〔七〕無籍：指未步入仕途。《古今注·問答釋義》：“籍者，尺二竹牒，記人之年、名字、物色，縣之宫門，案省相應，乃得入焉。”《新唐書・百官志》：“(尚書省刑部)司門郎中、員外郎各一人，掌門關出入之籍及闌遺之物。凡著籍，月一易之，流內記官爵姓名，流外記年齒貌狀，非遷解不除。凡有名者，降墨勅，勘銅魚、木契然後入。”不可尋：不可求。

〔八〕晶光：光耀照人。旗戟：此指儀仗。戟，古兵器，後來列戟以爲儀仗。翻以森：翻，翩翻，飄揚，上屬“旗”。森，森嚴，上屬“戟”。

〔九〕遷延：退卻貌。乍：猝然。卻走：離去。《漢書・王商傳》：“單于仰視商貌，大畏之，遷延卻退。”靡自任：自身不堪忍受。靡，非。《魏書・北海王詳傳》：“北海叔奄至傾背，痛慕抽慟，情不自任。”此二句是説：面對上面所述情形，倉皇離去，驚怪異常。

〔一〇〕朅來：段玉裁《説文解字注》：“古人文章多言‘朅來’，猶往來也。”遊公卿：奔走公卿之門。低華簪：意謂低頭。華簪，華麗的頭簪，古代男子以簪縮髮。

〔一一〕軒冕族：有官爵禄位的一類人。軒冕，本義指古卿大夫的軒車和冕服。差參：“參差”的倒裝，齟齬不合。此二句謂心知自己非膺官受禄之輩，因此應對之間多齟齬之語。

〔一二〕萍蓬：喻身世飄泊無定。潘岳《西征賦》：“陋吾人之拘攣，飄萍浮而蓬轉。”桑榆：《淮南子・天文訓》佚文：“日西垂，景在樹端，謂之桑榆。”(見《太平御覽》卷三)曹植《贈白馬王彪》：“年在桑榆間，影響不能追。”李善注：“日在桑榆，以喻人之將老。”

〔一三〕從進士：參與進士科舉。嶇嶔(qū qīn)：山石險峻貌。王褒《洞簫賦》：“嶇崟歸崎。”李善注：“皆山險峻之貌。”唐進士科最重，亦最難。此謂孟郊科場不利。孟後至貞元十二年始登進士第。

〔一四〕此二句意謂資質特異，羣居每爲庸衆所忌，正如孤單的芳草難於生長在林木間。

〔一五〕憐：與下“愛”同義。上句中“松桂”喻堅貞，下句中“桃李”喻浮薄。

〔一六〕此二句意謂早晨悲嘆落葉離枝，晚上感念禽鳥歸巢。上句寄慨時光流逝，身世飄零；下句反襯有家難歸，長處羈旅。

〔一七〕顧：但。窮簹：指貧居。“簹”或作“閭”；“窮簹”指居處貧陋，“窮閭”則指人跡罕至之窮僻處。童《校》以爲作“閭”爲長。此二句意謂然而知道我性情多有感慨，因此時常光臨我的貧舍。

〔一八〕採蘭：束晢《補亡詩六首·南陔》：“循彼南陔，言采其蘭。眷戀庭闈，心不遑安。”《序》曰：“蘭陔，孝子相戒以養也。”採蘭、幽念指思親之情。眇然：曠遠貌。望東南：孟郊故鄉在湖州武康（今浙江德清縣），故云。

〔一九〕秦吳：長安爲古秦地；武康居古吳地。脩且阻：路途長遠而又阻隔。脩，通“修”，長。江淹《別賦》：“況秦吳兮絶國。”此二句意謂自長安回故鄉路途遙遠，兩地又都無資財可賴以謀生。

〔二〇〕徐方牧：指徐、泗、濠節度使張建封。《資治通鑑》卷二三三：“（貞元四年）以（張）建封爲徐、泗、濠節度使。”徐方，本指古徐國地，故址在今安徽泗縣。牧，此指州守。唐節度使例兼所治州刺史，建封兼徐州刺史。范雲《贈張徐州謖詩》中有“疑是徐方牧”之句，爲詩語所本。好古：錢《箋》：“‘好古’應篇首古貌古心。”

〔二一〕“竹實”句：《韓詩外傳》卷八：“鳳乃止帝東國，集帝梧桐，食帝竹實，沒身不去。”此句寫鳳凰，用《詩·大雅·卷阿》：“鳳凰于飛，翽翽其羽，亦集爰止。”鄭箋：“鳳凰往飛，翽翽然亦與衆鳥集於所止，衆鳥慕鳳凰而來，喻賢者所在，羣士皆慕而往仕也。”“德馨”句：德馨，謂道德遠被。馨，芳香遠聞；《書·君陳》：“黍稷非馨，明德惟馨。”神所歆（xīn），神明所享；歆，享。上句美張建封爲賢能所附，下句頌他德望遠聞。

〔二二〕岑（cén）：小而高的山，這裏指山巔。《孟子·盡心上》：“孔子登東山而小魯，登太山而小天下。”太山，泰山。

〔二三〕滄溟：大海。李斯《諫逐客書》：“泰山不讓土壤，故能成其大；河海不擇細流，故能就其深。”

〔二四〕箴：規諫，告誡。

〔二五〕滯淫：久留。《國語·晉語》：“底箸滯淫，誰能興之，盍速行乎？”注：“滯，廢也；淫，久也。”王粲《七哀詩》：“荊蠻非我鄉，何爲久滯淫。”

〔二六〕卞和：《韓非子·和氏》：“楚人和氏，得玉璞楚山中，奉而獻之厲王。厲王使玉人相之。玉人曰：‘石也。’王以和爲誑，而刖其左足。及厲王薨，武王即位，和又奉其璞而獻之武王。武王使玉人相之。又曰：‘石也。’王又以和爲誑，而刖其右足。武王薨，文王即位，和乃抱其璞而哭於楚山之下，三日三夜，淚盡而繼之以血。王聞之，使人問其故，曰：‘天下之刖者多矣，子奚哭之悲也？’和曰：‘吾非悲刖也，悲夫寶玉而題之以石，貞士而名之以誑，此吾所以悲也。’王乃使玉人理其璞而得寶焉，遂命曰‘和氏之璧’。”和氏即卞和。秋碪(zhēn)：本義指秋季擣衣；碪，同“砧”，擣衣石；實指秋季貢舉時期。唐代生徒由州縣舉選者曰“鄉貢”，在秋季拔解，仲冬隨上計吏集於京師。這兩句是鼓勵孟郊再次應舉並期望他成功。

【評箋】　尤袤《全唐詩話》卷二：李翱薦孟郊於張建封云：“茲有平昌孟郊，正士也。伏聞執事舊知之。郊爲五言詩，自前漢李都尉、蘇屬國及建安諸子、南朝二謝，郊能兼其體而有之。”李觀薦郊於梁肅補闕書曰：“郊之五言詩，其有高處，在古無上；其有平處，下顧兩謝。”韓愈送郊詩曰：“作詩三百首，杳默《咸池》音。”彼三子皆知言也，豈欺天下之人哉！

程學恂《韓詩臆説》：此薦孟生於張建封也。然及建封處，只末段數語，仍是歸重孟生。古人立言之體，嚴重如此。

按：本詩慰勉、推揚孟郊，以“古”字爲關紐：首先揭出孟郊“古貌又古心”，然後由文寫到行，痛惜其道不行於今，最後稱許張建封“好古天下欽”，預期孟郊在彼處必定有合。韓、孟結交，即有復古之志爲基礎。他們所希之“古”，一方面是儒家“聖人之道”的價值觀念，另一方面是先秦盛漢古詩文的傳統。本詩寫法亦求合於“古”：遣詞用語、使典用事多取法魏、晉以上，比喻方法亦規倣《詩》、《騷》、古詩；整個格調古樸渾厚。

【附録】
孟郊《答韓愈李觀別因獻張徐州》

　　富別愁在顏，貧別愁銷骨。懶磨舊銅鑑，畏見新白髮。古樹春無花，子規啼有血。離弦不堪聽，一聽四五絶。世途非一險，俗慮有千結。有客步大方，驅車獨迷轍。故人韓與李，逸翰雙皎潔。哀我摧折歸，贈詞縱橫設。徐方國東樞，元戎天下傑。禰生投刺遊，王粲吟詩謁。高情無遺照，朗抱開曉月。有土不埋冤，有讎皆爲雪。願爲直草木，永向君地列。願爲古琴瑟，永向君聽發。欲識丈夫心，曾將孤劍説。（《孟東野詩集》卷七）

古　　風〔一〕

　　今日曷不樂？幸時不用兵〔二〕。無曰既蹙矣，乃尚可以生〔三〕。彼州之賦，去汝不顧；此州之役，去我奚適〔四〕？一邑之水，可走而違〔五〕。天下湯湯，曷其而歸〔六〕？好我衣服，甘我飲食。無念百年，聊樂一日〔七〕。

〔一〕古風：即古詩；題曰“古風”，表明是有意擬古之作；李白有《古風》
　　　五十九首。顧嗣立引胡渭，據“幸時不用兵”，定此詩作于貞元十
　　　四年（七八八）之前。
〔二〕曷（hé）：何，何故。不用兵：德宗貞元前期“雖一州一鎮有兵者，
　　　皆務姑息”（《資治通鑑》卷二三五），詩語微而有諷。
〔三〕既蹙：完全危殆了。既，盡。蹙，緊迫。
〔四〕奚：何。適：往，至。此四句意謂：彼州有重賦，離去無所顧念；
　　　然此州又有酷役，離開它我又能到哪裏？意本《詩經·魏風·碩
　　　鼠》：“碩鼠碩鼠，無食我黍。三歲貫汝，莫我肯顧。逝將去汝，適

彼樂土。”

〔五〕走而違：謂逃離。走，跑。

〔六〕湯湯（shāng shāng）：大水急流貌。《書·堯典》：“湯湯洪水方
割。”曷其而歸：何歸。其、而，皆爲虛詞。《書·五子之歌》：“嗚
呼曷歸，予懷之悲。”此二句謂賦役如洪水橫流，無處逃避。

〔七〕百年：一生。聊：暫且。四句取義《史記·淮陰侯列傳》：“農夫莫
不輟耕釋耒，褕衣甘食。”索隱：“恐滅亡不久，故廢止作業，而事美
衣甘食。”

【評箋】　孟郊《贈韓郎中愈二首》之一：何以定交契？贈君高山石。
何以保貞堅？贈君青松色。貧居過此外，無可相彩飾。聞君《碩鼠》詩，
吟之淚空滴。（《孟東野集》卷六）（按：此明言本詩意同《碩鼠》，指出韓愈
創作意向。）

何焯《義門讀書記·昌黎集》卷一：《平準書》：楊可告緡，杜周治之，
“於是商賈中家以上大率破，民偷甘食好衣，不事畜藏之產業。”托之方
鎮，以覺其上者也。“幸時不用兵”，蓋以兵方自此不解，正言若反也。

陳沆《詩比興箋》卷四：刺賦役之困也……安、史之後，方鎮相望，跨
州連郡。兵驕則逐帥，帥強則叛上。軍旅不息，重斂因之。此云“幸時不
用兵”，當作於德宗朝，非憲宗時事。

醉　留　東　野〔一〕

　　昔年因讀李白杜甫詩，長恨二人不相從〔二〕。吾與東
野生並世，如何復躡二子蹤〔三〕？東野不得官，白首誇龍
鍾〔四〕。韓子稍姦黠，自慙青蒿倚長松〔五〕。低頭拜東野，
願得終始如駏蛩〔六〕。東野不回頭，有如寸莛撞鉅鐘〔七〕。

吾願身爲雲，東野變爲龍〔八〕。四方上下逐東野，雖有離別無由逢〔九〕。

〔一〕孟郊貞元十二年登進士第，十三年寄寓汴州(今河南開封市)，時韓愈在汴；十五年春離汴南下，往遊吳越。此詩爲送別之作。

〔二〕李白、杜甫天寶三載(七四四)在洛陽相會，偕遊梁園、濟南等地，次年秋分手，即無緣再會。二人詩直接言及不能相從之恨者，如李白《送杜二》："何時石門路，重有金樽開。"《沙丘城下寄杜甫》："思君若汶水，浩蕩寄南征。"杜甫《送孔巢父謝病歸遊江東兼呈李白》："南尋禹穴見李白，道甫問訊今何如。"《不見》："不見李生久，佯狂真可哀。"等等。

〔三〕復躡(niè)：重蹈。躡，踩。

〔四〕龍鍾：衰憊失意態。時東野四十九歲，即以"白首"、"龍鍾"相誇耀，是自嘲之意。

〔五〕姦黠：狡獪。青蒿：一種野草。此二句亦用自嘲語氣。"青蒿倚長松"之喻脫胎自《詩經·小雅·頍弁》"蔦與女蘿，施于松栢"、《世説新語·容止》"蒹葭倚玉樹"等文意。

〔六〕駏蛩：即蛩蛩駏虛(qióng qióng jù xū)，同"邛邛岠虛"，獸名；相傳與蟨相互依存，蟨又稱"比肩獸"(《爾雅·釋地》)。《吕氏春秋·不廣》："北方有獸，名曰蟨，鼠前而兔後，趨則路，走則顛，常爲蛩蛩距虛取甘草以與之。蟨有患害也，蛩蛩距虛必負而走。此以其所能託其所不能。"

〔七〕莛(tíng)：原作"筳"，據錢《釋》校改。寸莛：一寸長的草莖。《漢書·東方朔傳》："語曰：'以管闚天，以蠡測海，以莛撞鐘。'豈能通其條貫，考其文理，發其音聲哉！"

〔八〕《易·乾卦》："同聲相應，同氣相求。水流濕，火就燥，雲從龍，風從虎。"

〔九〕"四方"二句：《錢釋》："按蘇武詩：'願爲雙黃鵠，送子俱遠飛。'公意所本也。"或以爲末句語意殊不合，恐傳寫有誤。

【評箋】 劉克莊《滿領衛詩》：唐元和、大曆間詩人，多是韓門弟子，如湜、籍，如翱者，舊皆直呼其名，雖稱盧仝"玉川先生"，然語意多諧謔。惟於孟郊特加敬，比之"長松"、"鉅鐘"，自比"青蒿"、"寸莛"，又曰"低頭拜東野"；其没也，諡之曰"貞曜先生"。史稱退之木强，非苟下人者。余嘗論唐詩人，自李、杜外，萬竅互鳴，千人一律。忽有《月蝕》（按：盧仝詩，韓愈有《月蝕詩效玉川子作》）等作，退之自是驚異，非謔之也。如東野諸詩，自出機杼，無一字犯唐人格律，如鵜弁短衣中見古人衣冠，如盆盎中見罍洗。退之豈陽尊而謬歌之哉！（《後村先生大全集》卷一一一）

俞弁《逸老堂詩話》卷上：人之於詩，嗜好往往不同。如韓文公《讀孟東野詩》（按：題目有誤），有"低頭拜東野"之句。唐史言退之性倔强，任氣傲物，少許可。其推讓東野如此。東坡《讀孟郊詩》有云："初如食小魚，所得不償勞。又如食蝤蛑，竟日嚼空螯。"二公皆才豪一世，而其好惡不同若此。元次山（按："遺山"之訛）有云："東野悲鳴死不休，高天厚地一詩囚。江山萬古潮陽筆，合卧元龍百尺樓。"推尊退之而鄙薄東野至矣，此詩斷盡百年公案。

按：孟郊詩雖取境窘窄，但筆法力求高古瘦硬，別具一格。孟郊長韓愈近二十歲，韓愈登上文壇時，孟郊創作已臻成熟。韓對他表示傾服，並是在孟的影響下形成了自己的獨創詩風的。本詩以"醉"言出之，肆口道來，設想奇僻，幽默風趣；開端即表示對李、杜的嚮往，亦可看出在詩歌藝術上的追求與自信。

此日足可惜贈張籍〔一〕

此日不足惜，此酒不可嘗〔二〕。捨酒去相語，共分一日光。念昔未知子，孟君自南方。自矜有所得，言子有文章〔三〕。我名屬相府，欲往不得行〔四〕。思之不可見，百端在中腸。維時月魄死，冬日朝在房〔五〕。驅馳公事退，聞子適及城。命車載之至，引坐於中堂。開懷聽其説，往往副所望。孔丘歿已久，仁義路久荒。紛紛百家起，詭怪相披猖〔六〕。長老守所聞，後生習爲常〔七〕。少知誠難得，純粹古已亡〔八〕。譬彼植園木，有根易爲長。留之不遣去，舘置城西旁〔九〕。歲時未云幾，浩浩觀湖江〔一〇〕。衆夫指之笑，謂我知不明。兒童畏雷電，魚鼈驚夜光〔一一〕。州家舉進士，選試繆所當〔一二〕。馳辭對我策，章句何煒煌〔一三〕。相公朝服立，工席歌《鹿鳴》〔一四〕。禮終樂亦闋，相拜送於庭〔一五〕。之子去須臾，赫赫流盛名〔一六〕。竊喜復竊嘆，諒知有所成。人事安可恒，奄忽令我傷〔一七〕。聞子高第日，正從相公喪〔一八〕。哀情逢吉語，惝怳難爲雙〔一九〕。暮宿偃師西，展轉在空牀〔二〇〕。夜聞汴州亂，遶壁行傍徨〔二一〕。我時留妻子，倉卒不及將〔二二〕。相見不復期，零落甘所丁〔二三〕。驕女未絶乳，念之不能忘。忽如在我所，耳若聞啼聲。中途安得返，一日不可更〔二四〕。俄有東來説，我家免罹殃〔二五〕。乘船下汴水，東去趨彭城〔二六〕。從喪朝至洛，還走不及停。假道經盟津，出入行澗岡〔二七〕。日西入軍門，羸馬顛且僵〔二八〕。主人願少留，延入陳壺觴〔二九〕。卑賤不敢辭，忽忽心如狂〔三〇〕。飲食豈知味，絲竹徒轟轟。平明脱身去，決若驚鳧翔〔三一〕。黄昏次汜水，欲過無舟航〔三二〕。號呼久乃至，夜濟十里黄〔三三〕。中流上灘潬，沙水不可詳〔三四〕。驚波暗合沓，星宿争翻芒〔三五〕。轅馬蹢躅鳴，左右泣僕童〔三六〕。甲午憩時門，臨泉窺鬪龍〔三七〕。東南出陳許，陂澤平茫茫〔三八〕。道邊草木花，紅紫相低昂。百里不逢人,角角雄雉鳴〔三九〕。行行二月暮,乃及徐南疆〔四〇〕。下馬步堤岸,上船拜吾兄〔四一〕。誰云經艱難,百口無夭殤〔四二〕。僕射南陽公,宅我睢水陽〔四三〕。篋中有餘衣,盎中有餘糧〔四四〕。閉門讀書史,窗戶忽已涼。日念子來遊,子豈知我情。別離未爲久,辛苦多所經〔四五〕。對食每不飽,共言無倦聽。連延三十日,晨坐達五更〔四六〕。我友二三子,宦遊在西京〔四七〕。東野窺禹穴,李翺觀濤江〔四八〕。蕭條千萬里,會合安可逢〔四九〕。淮之水舒舒,楚山直叢叢〔五〇〕。子又捨我去,我懷焉所窮〔五一〕。男兒不再壯,百歲如風狂〔五二〕。高爵尚可求,無爲守一鄉〔五三〕。

〔一〕貞元十三年,韓愈在汴州,孟郊自南方來,向他推薦張籍。十月,籍來自和州(安徽和縣),從韓愈習文。次年秋,韓主汴州貢舉,籍中試。再次年春,籍於高郢下及進士第。是年秋,韓愈在徐州依張建封,張籍來訪,留月餘,此爲送別時作。

〔二〕《詩經·小雅·瓠葉》:“君子有酒,酌言嘗之。”

〔三〕上四句言孟郊向自己稱譽張籍。籍有《贈別孟郊》詩云:“才名振京國,歸省東南行。停車楚城下,顧我不念程。”

〔四〕此二句謂自己當時在董晉幕府中任職,不能前去會見張籍。韓愈時爲試秘書省校書郎、汴州觀察推官。中唐後,節度使多帶宰相銜,據《舊唐書·德宗紀》:“(貞元十二年)七月乙未,以東都留守、兵部尚書董晉檢校左僕射同中書門下平章事、汴州刺史、宣武軍節度使、宋、亳、潁觀察使”,故稱其幕府爲“相府”。

〔五〕維:發語詞。月魄死:指朔日。《漢書·律曆志》:“死霸,朔也;生霸,望也。”霸,“魄”古字。朝在房:《禮記·月令》:“季秋之月,日在房。”房爲二十八宿之一。此二句是説張籍抵汴的時間在季秋朔日(九月一日)。

11

〔六〕詭怪：奇僻怪誕，此指離經叛道之言。披猖：猖狂跋扈。

〔七〕長老：年長之人。守所聞：指謹守聞於"百家"者。

〔八〕少知：指稍許瞭解聖人仁義之説。《漢書·賈誼傳》："因使少知治體者，得佐下風。"下"純粹"亦指篤於仁義之道者。

〔九〕舘置：設舘舍安置。

〔一〇〕此謂張籍學問道德之廣大深博。方《正》引《漢臯詩話》："'植園木'以喻籍之始從學也；'觀湖江'以喻其成也。"

〔一一〕夜光：夜明珠。

〔一二〕此二句謂自己任汴州鄉貢試官。是年，張籍在汴州拔解，試《反舌無聲》詩等。"繆所當"指任考官；繆，通"謬"。

〔一三〕馳辭：謂行文敏捷。對我策：指應答試卷。策，指時務策，是當時考試科目之一。煒(wěi)煌：光彩鮮明，這裏形容文采出衆。

〔一四〕相公：指董晉。朝服立：身穿朝服肅立。工席：佈設酒席。歌《鹿鳴》：歌唱《詩經·小雅·鹿鳴》之詩。據《詩序》：《鹿鳴》"燕羣臣嘉賓也"。《新唐書·選舉志》：州縣舉鄉貢者"皆懷牒自列于州縣。試已，長吏以鄉飲酒禮會屬僚。設賓主，陳俎豆，備管弦，牲用少牢，歌《鹿鳴》之詩，因與者艾叙長少焉。"

〔一五〕闋：樂曲終了。《禮·文王世子》："有司告以樂闋。"鄭注："闋，終也。"

〔一六〕須臾：不久。赫赫：顯赫的樣子。此二句指張籍中進士，名聲四揚。

〔一七〕奄忽：謂變化迅疾。馬融《長笛賦》："奄忽滅没。"這裏説人事無常，指董晉去世，一切變化出於意外。

〔一八〕唐進士放榜一般在二月。貞元十五年二月張籍及進士第；而是月三日董晉死，死前知汴州必亂，命其子三日斂，既斂即行。韓愈護喪至洛。董晉生前以使相封隴西郡開國公，故稱"相公"。

〔一九〕惝怳(chǎng huǎng)：精神恍忽貌。屈原《遠遊》："視儵忽而無見兮，聽惝怳而無聞。"難爲雙：謂二者難以同時接受。

〔二〇〕"展轉在空牀"原作"徒展轉在牀"，據朱《考》校改。偃師：今市，在河南。

〔二一〕《資治通鑑》卷二三五：“(貞元十五年)二月,丁丑,宣武節度使董晉薨;乙酉,以其行軍司馬陸長源爲節度使。長源性刻急,恃才傲物。判官孟叔度,輕佻淫縱,好慢侮將士,軍中皆惡之……是日,軍士作亂,殺長源、叔度,臠食之,立盡。”

〔二二〕倉卒(cù)：忽促。卒,通“猝”、“促”。不及將(jiāng)：來不及攜帶。將,攜帶。時韓愈家屬陷亂中。

〔二三〕零落：指家庭離散。甘所丁：甘心接受遭遇的一切。丁,陳《選》：“這裏音義俱同‘當’。”遭逢。《詩經·大雅·雲漢》：“寧丁我躬。”

〔二四〕更：度過。此謂痛苦難以度日。

〔二五〕俄：俄而,不久。罹(lí)殃：受禍;罹,遭遇。

〔二六〕汴水：唐宋人稱通濟渠爲汴水。通濟渠西起洛陽,引穀、洛二水入黄河,又自板渚(今河南滎陽市北)引黄河至盱眙入淮河。彭城：古縣,即徐州。

〔二七〕假道：借路,此謂取路。盟津：即孟津,古黄河津渡,亦爲著名關隘,在河南府河陽(今河南孟州市)南。

〔二八〕軍門：這裏指河陽三城節度使府門。羸(léi)馬：瘦弱的馬。顛且僵：倒下不動。

〔二九〕主人：指河陽三城節度使李元淳。據《資治通鑑》,本年三月,李元淳自河陽遷帥昭義(《舊唐書·德宗紀》作“李元”,爲後來避憲宗諱改名)。陳壺觴(shāng)：指設酒筵;觴,古酒器。

〔三○〕忽忽：精神恍惚貌。

〔三一〕決(xuè)：快疾。《莊子·逍遥遊》：“我決起而飛,槍榆枋而止。”鳧(fú)：野鴨。這裏是説像受驚飛起的野鴨一樣急忙離去。

〔三二〕次：停留。屈原《離騷》：“夕歸次於窮石兮,朝濯髮乎洧盤。”汜水：發源於河南鞏縣東南,流經滎陽北入黄河。

〔三三〕十里黄：言黄河寬闊。

〔三四〕潬(dàn)：沙灘。《爾雅·釋水》：“潬,沙出。”

〔三五〕合沓：重叠。賈誼《旱雲賦》：“遂積聚而合沓。”(見《文選》謝朓

13

《敬亭山詩》五臣注，《古文苑》作“給沓”）翻芒：光茫閃動。此二句寫水中漩渦與波光水影。李白《九日登山》有“連山似驚波，合沓出溟海”的形容，此移來直寫水。

〔三六〕“轅馬”二句：意本屈原《離騷》：“僕夫悲余馬懷兮，蜷曲顧而不行。”躑躅(zhí zhú)：徘徊不進貌。《禮·三年問》：“躑躅焉，踟躕焉，然後乃能去之。”

〔三七〕甲午：是年二月乙亥朔，甲午爲二十日。時門：古鄭國都城門（今河南新鄭市）。臨泉：泉爲“淵”之諱；此指流經新鄭的洧水。窺鬬龍：《左傳》昭十九年：“鄭大水，龍鬬於時門之外洧淵。”此二句言經新鄭遇水患；或以爲“窺鬬龍”“想當然耳”（錢鍾書《管錐編》第一册八九頁）。

〔三八〕東南：原作“東西”，從陳《勘》等校改。陳許：陳州治宛丘，今河南淮陽市；許州治長社，今河南許昌市；按路途經過應先許州後陳州。陂(bēi)澤：沼澤。陂，池塘。平：或作“路”、“何”，朱《考》以爲“語義尤勝”。

〔三九〕角角(gǔ gǔ)：象聲詞，此形容雉鳴。雉：野雞。

〔四〇〕行行：《古詩》：“行行重行行。”

〔四一〕吾兄：未詳所指；韓愈上有三兄（會、介，一不知名），皆早逝，從兄有雲卿之子俞、申卿之子岌等。

〔四二〕百口：謂全家人；《晉書·周顗傳》：“（王）導呼顗曰：‘伯仁，以百口累卿。’”夭殤：死亡；早死曰夭，未成年死曰殤。

〔四三〕“僕射”句：指張建封；《舊唐書·張建封傳》：“（貞元）七年，進位檢校禮部尚書。十二年，加檢校右僕射。”南陽公是他的封爵。“宅我”句：安置我住在睢水北岸。睢(suī)同“濉”，古代鴻溝支派之一，自開封東流入泗水。韓愈《與孟東野書》：“主人與吾有故，哀其窮，居吾于符離睢上。”

〔四四〕篋(qiè)：小箱子。盎(àng)：大腹歛口的盆。

〔四五〕張籍去年十月入京，至此時來訪僅半年餘。

〔四六〕五更：古時夜計時，分甲、乙、丙、丁、戊五段，五更即戊時，近天明時。

〔四七〕二三子：泛稱友人。《論語・陽貨》：“子曰：‘二三子，偃之言是也。’”宦遊：仕宦在外。西京：長安。

〔四八〕“東野”句：孟郊於貞元十五年春離汴州，南遊吳越；《史記・太史公自序》：“二十而南遊江淮，上會稽，探禹穴。”《集解》引張晏：“禹巡狩至會稽而崩，因葬焉。上有孔穴，民間云禹入此穴。”禹穴在今浙江紹興市會稽山。“李翱”句：李翱于貞元十二年自徐州至汴州，與韓愈訂交，十五年春，亦離汴南遊。李翱《復性書》：“南觀濤江，入於越。”枚乘《七發》：“將以八月之望，與諸侯遠方交遊兄弟，并往觀濤乎廣陵之曲江。”

〔四九〕蕭條：寂寥貌。

〔五〇〕舒舒：舒展貌。叢叢：即“簇簇”，聚集貌。《尚書大傳・虞夏傳》：“卿雲蘃蘃（“叢”古字）。”淮水、楚山指張籍故鄉和州地。

〔五一〕焉所窮：哪裏有盡頭。

〔五二〕此二句謂人生如風吹過隙，光陰速逝。

〔五三〕無爲：不要，勸勉之詞。歸結到希望張籍出仕。

【評箋】 歐陽修《六一詩話》：退之筆力，無施不可，而嘗以詩爲文章末事，故其詩曰“多情懷酒伴，餘事作詩人”也。然其資談笑，助諧謔，叙人情，狀物態，一寓於詩，而曲盡其妙。此在雄文大手固不足論，而余獨愛其工於用韻也。蓋其得韻寬則波瀾橫溢，泛入傍韻，乍還乍離，出入回合，殆不可拘以常格，如《此日足可惜》之類是也；得韻窄則不復傍出，而因難見巧，愈險愈奇，如《病中贈張十八》之類是也。

張耒《明道雜志》：韓吏部《此日足可惜》詩，自“嘗”字入“行”字，又入“江”字、“崇”字，雖越逸出常制，而讀之不覺，信奇作也。

嚴虞惇《顧嗣立韓詩注》批語：長篇叙情事，無偶對語，而不覺其冗漫，此見筆力。

愛新覺羅・弘曆《唐宋詩醇》卷二八：追溯與籍交結之始，至今日重逢別去，而其中歷叙己之崎嶇險難，意境紆折，時地分明。摹刻不傳之情,並靦縷不必詳之事,倥偬雜沓,真有波濤夜驚、風雨驟至之勢。若後人爲之,鮮不失之冗散者。須玩其勁氣直達處,數十句如一句。尤須玩其通篇章法,摶控操縱,筆力如一髮引千鈞,庶可神明於規矩之外。

按:方東樹說:"韓公縱橫變化,若不及杜公,而丘壑亦多。"(《昭昧詹言》卷一)本詩是惜別道情的長篇,全用鋪陳,避駢偶,雜用韻,形似散漫自如,敷衍成章。然而由於精心安排結構穿插,注意轉折變換、提掇頓挫,使得作品全無冗散之態,敘事即淋漓詳贍,述情又紆餘深厚。本篇遣詞造句力求高古不俗,時用生詞險韻點綴,已顯示出韓詩獨特的技巧與風格。

齪　　齪〔一〕

齪齪當世士,所憂在飢寒。但見賤者悲,不聞貴者嘆〔二〕。大賢事業異,遠抱非俗觀〔三〕。報國心皎潔,念時涕汍瀾〔四〕。妖姬坐左右,柔指發哀彈〔五〕。酒肴雖日陳,感激寧爲歡〔六〕。秋陰欺白日,泥潦不少乾〔七〕。河堤決東郡,老弱隨驚湍〔八〕。天意固有屬,誰能詰其端〔九〕。願辱太守薦,得充諫靜官〔一〇〕。排雲叫閶闔,披腹呈琅玕〔一一〕。致君豈無術,自進誠獨難〔一二〕。

〔一〕以首二句立題,援《詩》例。齪齪(chuò chuò):拘謹貌。《史記·貨殖列傳》:"而鄒魯濱洙泗,猶有周公遺風,俗好儒,備於禮,故其民齪齪。"韓愈此詩用爲貶義,卑瑣自私的意思。其《與于襄陽書》有云:"世之齪齪者既不足以語之,磊落奇偉之人又不能聽焉。"用法相同。詩應作於貞元十五年秋。

〔二〕“賤者”、“貴者”皆爲“齷齪”之士，處卑賤則悲傷，居富貴則自足。

〔三〕遠抱：心懷遠大。俗觀：見解庸俗。

〔四〕汍瀾(huán lán)：流淚貌。馮衍《顯志賦》：“淚汍瀾而雨集兮，氣滂浡而雲披。”

〔五〕妖姬：美女。哀彈：悽清的樂曲。潘岳《笙賦》：“輟張女之哀彈，流廣陵之名散。”

〔六〕感激：心有感慨。

〔七〕泥潦：雨後積存泥水；潦，同“澇”，水淹。宋玉《九辯》：“皇天淫溢而秋霖兮，后土何時而得漧。”又杜甫《秋雨嘆》：“秋來未曾見白日，泥汙后土何時乾。”

〔八〕東郡：指滑州(今河南滑縣)。《舊唐書·地理志》：“(河南道)滑州，望，隋東郡，武德元年改爲滑州。”驚湍：激流。此二句謂黃河在滑州決口。《舊唐書·德宗紀》：“(貞元十五年七月)鄭、滑大水。”

〔九〕固有屬：本來有所寄託。屬，通“囑”。詰其端：追問其緣由。

〔一〇〕辱：謙詞，承受之意。太守：指刺史，張建封兼徐州刺史。諫諍官：指朝廷中司諫諍的拾遺、補闕等官職。

〔一一〕排雲：撥開雲彩。閶闔(chāng hé)：天門。屈原《離騷》：“吾令帝閽開關兮，倚閶闔而望予。”司馬相如《大人賦》：“排閶闔而入帝宮兮，載玉女而與之歸。”披腹：剖腹。琅玕(láng gān)：美石，此喻忠心。《書·禹貢》：“黑水西河惟雍州……厥貢惟球琳琅玕。”

〔一二〕致君：謂輔佐君主；致，引導。此二句謂自己有輔佐君主的治術，只是無人舉薦難以進身。

【評箋】　王元啓《讀韓記疑》卷一：讀此詩首章八句，襟期宏遠，氣厚辭嚴，見公惻惻當世之誠發於中，所不能已……

按：此詩爲抒寫懷抱之作，筆力力追漢魏古詩。但李白當年以管、葛自許，杜甫則“竊比稷與契”，而韓愈只期望爲“諫諍官”，憤慨中透露出悲涼，從中可以看出時勢氣運的變化。這種變化反映在詩風上，就是儘管韓詩高古雄奇，力追古作，却不復有李、杜渾厚、開闊、高朗的氣象。

雉　帶　箭〔一〕

原頭火燒静兀兀，野雉畏鷹出復没〔二〕。將軍欲以巧伏人，盤馬彎弓惜不發〔三〕。地形漸窄觀者多，雉驚弓滿勁箭加〔四〕。衝人決起百餘尺，紅翎白鏃隨傾斜〔五〕。將軍仰笑軍吏賀，五色離披馬前墮〔六〕。

〔一〕此詩爲隨侍張建封射獵而作，時在貞元十五年秋冬。

〔二〕原頭：原野。火燒(shào)，大火。燒野火。李世民《出獵》詩：“平原燒火紅。”兀兀：沉静貌。出復：朱《考》：“方作‘伏欲’。按：‘出復没’而射者，彎弓不肯輕發，正是形容持滿命中之巧，毫釐不差處，改作‘伏欲’，神彩索然矣。”

〔三〕盤馬：跨馬盤旋。《世説新語·雅量》：“(庚)翼便爲於道開鹵簿盤馬。”彎弓：挽弓。惜不發：謂珍惜時機而不射出。

〔四〕地形漸窄：謂狩獵者越加接近獵物，故地形顯得狹小。“地形”猶“地勢”；曹植《七啓》：“人稠網密，地逼勢脅。”

〔五〕衝人：衝開人羣。決起：急飛起來；參閲《此日足可惜一首贈張籍》注〔三一〕。紅翎白鏃：紅色的箭羽，白色的箭頭。此二句形容中箭的野雉始則掙扎飛起，終于帶箭墜落。

〔六〕五色離披：彩色斑駁。離披，散亂貌。潘岳《射雉賦》：“有五色之名翬。”宋玉《九辯》：“白露既下降百草兮，奄離披此梧楸。”

【評箋】　洪邁《容齋三筆》卷三：“原頭火燒”云云，此韓昌黎《雉帶箭》詩。東坡嘗大字書之,以爲絶妙。予讀曹子建《七啓》論羽獵之美云:"人稠網密,地逼勢脅。"乃知韓公用意所來處。

黃震《黃氏日抄》卷五十九:峻特有變態。

顧嗣立《删補昌黎先生詩集注》卷一:"將軍"二句,無限精神,無限頓挫,公蓋示人以運筆作文之法也。

沈德潛《唐詩別裁》卷七:李將軍度不中不發,發必應弦而倒,審量於未彎弓之先。此矜惜於已彎弓之後。總不肯輕見其技也。作詩作文,亦須得此意。

按:韓詩多鋪陳,但在叙事中既能於空處斡旋,又能就細節渲染。如此詩中將軍"盤馬彎弓"一節,情境逼真,傳達出無限神情。後四句錢鍾書謂"物態人事,紛現紙上,方駕潘賦(《射雉賦》)不啻過之"(《管錐編》第三册一一七三頁)。

歸 彭 城〔一〕

天下兵又動,太平竟何時〔二〕?訏謨者誰子,無乃失所宜〔三〕。前年關中旱,閭井多死飢〔四〕。去歲東郡水,生民爲流屍〔五〕。上天不虚應,禍福各有隨〔六〕。我欲進短策,無由至彤墀〔七〕。刳肝以爲紙,瀝血以書辭〔八〕。上言陳堯舜,下言引龍夔〔九〕。言詞多感激,文字少葳蕤〔一〇〕。一讀已自怪,再尋良自疑。食芹雖云美,獻御固已癡〔一一〕。緘封在骨髓,耿耿空自奇〔一二〕。昨者到京師,屢陪高車馳〔一三〕。周行多俊異,議論無瑕疵〔一四〕。見待頗異禮,未能去毛皮〔一五〕。到口不敢吐,徐徐俟其巇〔一六〕。歸來戎馬間,驚顧似羈雌〔一七〕。連日或不語,終朝見相欺〔一八〕。乘間輒騎馬,茫茫詣空陂〔一九〕。遇酒即酩酊,君知我爲誰〔二〇〕?

〔一〕徐州爲古彭城郡、彭城國(唐天寶年間亦一度改徐州爲彭城郡)。韓愈貞元十五年冬以徐州從事朝正(唐時外官以正月朝覲曰朝正)京師,翌年春歸徐,作此詩。

〔二〕據《資治通鑑》卷二三五:貞元十五年三月,彰義節度使(治蔡州,今河南汝南縣)吳少誠遣兵襲唐州(今河南泌陽縣),殺監軍邵國清、鎮遏使張嘉瑜,掠百姓千餘人而去;八月,掠臨潁(今河南臨潁縣);十二月,討吳諸軍自潰於小溵水(淮水支流大溵水上流,流經郾城。今河南郾城縣北)。"兵動"謂發生戰亂;《孟子·梁惠王下》:"今又倍地而不行仁政,是動天下之兵也。"

〔三〕訏謨(xū mó)者:指朝廷當政者;訏謨,大的謀畫。《詩經·大雅·抑》:"訏謨定命,遠猶辰告。"毛傳:"訏,大。謨,謀。"失所宜:措置失當。據《新唐書·宰相表》,當時宰相僅鄭餘慶一人,而德宗所信重者有李齊運、王紹、李實、韋渠牟等。

〔四〕關中旱:《新唐書·德宗紀》:"(貞元十四年)是冬無雪,京師饑。"關中,以長安爲中心的渭水流域地區,以在東函谷、西散關、南武關、北蕭關之間,故曰"關中"。閭井:村落。古以二十五户爲閭。

〔五〕貞元十五年滑、鄭水患,參閱《齪齪》詩注〔八〕。

〔六〕不虛應:不憑空有所感應。《後漢書·順帝紀》:"異不空設,必有所應。"

〔七〕短策:簡短的策文。彤墀(chí):即丹墀,指殿堂。墀,殿上空地,亦指臺階。《漢書·梅福傳》:"故願壹登文石之陛,涉赤墀之塗。"應劭:"以丹掩泥塗殿上也。"

〔八〕刳(kū)肝:呈露肝胆。刳,剖開。瀝血:滴下鮮血。瀝,滴。《大般涅槃經·聖行品》:"迦葉菩薩白佛言:……我於今者實能堪忍,剥皮爲紙,刺血爲墨,以髓爲水,析骨爲筆,寫如是《大涅槃經》。"

〔九〕龍夔:二人爲傳説中的舜臣,儒家理想的賢臣。《書·舜典》:"帝曰:夔,命汝典樂,教胄子……帝曰:龍,朕聖讒説殄行,震驚朕師,命汝作納言,夙夜出納朕命。"

〔一○〕葳蕤(wēi ruí):鮮麗貌。陸機《文賦》:"紛葳蕤以馺遝,唯毫素之所擬。"

〔一一〕"食芹"二句:《列子·楊朱》:"宋國有田夫,常衣縕黂,僅以過冬,暨春東作,自曝於日……顧謂其妻曰:'負日之暄,人莫知者,以獻吾君,將有重賞。'里之富室告之曰:'昔人有美戎菽、甘枲莖、芹萍子者,對鄉豪稱之。鄉豪取而嘗之,蜇於口,慘於腹。衆哂而怨之,其人大慚。子此類也。'"嵇康《與山巨源絕交書》:"野人有快炙背而美芹子者,欲獻之至尊,雖有區區之意,亦已疏矣。"獻御,上獻君主。

〔一二〕緘封:密閉。耿耿:誠信貌。此二句謂(把自己的意見)密藏在心中,耿耿忠懷只能自我欣賞。

〔一三〕昨者:前些天。高車:指乘高車的達官貴人。

〔一四〕周行(háng):本義爲大路,引申爲朝廷官位。《詩經·周南·卷耳》:"嗟我懷人,寘彼周行。"毛傳:"思君子,官賢人,寘周之列位。"瑕疵:毛病。白玉上的紋點稱瑕,皮膚上的瘢點稱疵。

〔一五〕此二句謂自己被特別禮貌地接待,未能免去表面的虛禮。曾國藩《求闕齋讀書録》卷八:"謂不能披肝瀝膽,豁露天真,猶今諺云客氣也。"

〔一六〕俟其釁(xī):等待機會。俟(sì),通"竢",待。釁,罅隙。《鬼谷子·抵巇》:"巇者,罅也。"

〔一七〕"歸來"句:身在節度使府,故云。羈雌:失羣無伴的雌鳥。枚乘《七發》:"龍門之桐……暮則羈雌、迷鳥宿焉。"又謝靈運《晚出西射堂》:"羈雌戀舊侶,迷鳥懷故林。"李善注:"羈,無偶也。"陳《選》:"這裏借喻没有志同道合的人。"

〔一八〕見相欺:或作"相見欺"、"見我欺";朱《考》謂"此三字三本疑皆有誤"。

〔一九〕茫茫：神情恍惚貌。詣空陂：到空曠的山地徜徉。陂，山坡。
〔二〇〕酩酊(mǐng dǐng)：大醉貌。《水經注·沔水上》：“……歌曰：‘山公(簡)出何去，往至高陽池。日暮倒載歸，酩酊無所知。’”

【評箋】 查慎行《十二種詩評》：一肚皮不合時宜，無所發洩，於此章吐之，究竟不能盡吐。一起一結，感嘆何窮。

愛新覺羅·弘曆《唐宋詩醇》卷二八：憂時傷亂，感憤無聊，騎馬空陂，不減窮途之哭。“周行”、“俊異”數語，風刺微婉，所謂“中朝大官老於事，詎肯感激徒媕娿”也。

按：從此詩可清楚看出韓愈努力學杜的迹象。首先是感時傷亂的精神仿佛杜詩，具體寫法上也多由杜蛻化而出：“上言陳堯舜”與杜的“致君堯舜”一致；“披肝”“瀝血”遠取佛典，杜甫《鳳凰臺》詩也說：“我能剖心出，飲啄慰孤愁。心以當竹實，炯然無外求。血以當醴泉，豈徒比清流。”“騎馬空陂”的意境則與杜甫《哀江頭》“欲往城南忘城北”相似，等等。

贈　侯　喜〔一〕

吾黨侯生字叔起，呼我持竿釣溫水〔二〕。平明鞭馬出都門，盡日行行荊棘裏。溫水微茫絕又流，深如車轍闊容輈〔三〕。蝦蟆跳過雀兒浴，此縱有魚何足求〔四〕。我爲侯生不能已，盤鍼擘粒投泥滓〔五〕。晡時堅坐到黃昏，手倦目勞方一起〔六〕。暫動還休未可期，蝦行蛭渡似皆疑〔七〕。舉竿引線忽有得，一寸纔分鱗與鬐。是日侯生與韓子，良久嘆息相看悲。我今行事盡如此，此事正好爲吾規。半世遑遑就舉選，一名始得紅顏衰〔八〕。人間事勢豈不見，

徒自辛苦終何爲。便當提攜妻與子，南入箕穎無還
時〔九〕。叔迟君今氣方銳，我言至切君勿嗤。君欲釣魚須
遠去，大魚豈肯居沮洳〔一〇〕。

〔一〕韓愈《與祠部陸員外書》："有侯喜者，……喜之家，在開元中衣冠
　　　而朝者，兄弟五六人。及喜之父，仕不達，棄官而歸。喜率兄弟操
　　　耒耜而耕于野，地薄而賦多，不足以養其親。則以其耕之暇，讀書
　　　而爲文，以干于有位者而取足焉。喜之文章，學西京而爲也，舉進
　　　士十五六年矣。"此書作於貞元十八年(八〇二)。韓有《洛北惠林
　　　寺題名》："韓愈、李景興、侯喜、尉遲汾，貞元十七年七月二十二
　　　日，魚於溫洛，宿此而歸。昌黎韓愈書。"本詩即是記述此次釣魚
　　　之作。
〔二〕吾黨：指志同道合者。叔迟：迟，"起"古字。溫水：即洛水。
　　　《易・乾鑿度》："帝盛德之應，洛水先溫，六日乃寒，故曰溫洛。"唐
　　　時洛水自西南方流入洛陽，橫穿市區流向東北，此次韓愈等人垂
　　　釣處在洛陽東北。
〔三〕微茫：寫天旱水少。闊容輈：謂河水只有一車的寬度。輈
　　　(zhōu)，車轅，亦泛指車。
〔四〕蝦蟆：《風俗通》："蝦蟆一跳八尺，再丈六。"
〔五〕盤鍼：彎鍼爲鉤。擘粒：剖粒爲餌。泥滓：泥漿；滓，澱也。
〔六〕晡(bū)時：申時，下午三點到五點。晡，日偏斜。宋玉《神女賦》：
　　　"晡夕之後，精神怳忽。"
〔七〕蝦行蛭(zhì)渡：蝦與水蛭在水中游走。蛭，俗稱馬蟥。賈誼《弔
　　　屈原文》："偭蟺獺以隱處兮，夫豈從蝦與蛭螾。"此二句形容垂釣
　　　時看到水面時有波動，原來是蝦、水蛭等游動讓人疑心有魚在
　　　水下。
〔八〕遑遑：匆忙的樣子；《列子・楊朱》："遑遑爾競一時之虛譽，規死
　　　後之餘榮。"舉選：科舉、調選。一名始得：謂中舉或任一官。
〔九〕箕穎：箕山與穎水。箕山，指在河南登封市東南者，又稱許由山。

相傳堯時巢父、許由曾隱於此,後伯益避禹之子於箕山之陰。潁
水,源出河南登封市西。皇甫謐《高士傳》:"(許)由於是遁而耕於
中嶽潁水之陽、箕山之下。"因此又把隱居之志稱爲"箕潁之思"。
〔一〇〕沮洳(jù rù):地低濕,此指潭水。《詩經·魏風·汾沮洳》:"彼汾
沮洳,言采其莫。"

【評箋】 查慎行《十二種詩評》:通篇多爲結句作勢。

蔣抱玄《評注韓昌黎詩集》:竹垞嫌此詩太繁,以余視之,非繁也,亦
淅瀝之商音也。

按:正如查慎行所說,本詩主旨在結句。這與李白《夢遊天姥》等篇
寫法相似(如歸結到"人間行樂亦如此"等等),但又別有意趣。詩中不作
豪放熱烈的抒情和繁麗誇張的描寫,只是層層敘寫,不避瑣細,刻畫中時
露調侃與諷喻,創造出鮮明的情境,別具一番情致。所謂"以文爲詩"的
特徵多在這些地方表現出來。

山　石〔一〕

山石犖确行徑微,黃昏到寺蝙蝠飛〔二〕。昇堂坐階新
雨足,芭蕉葉大支子肥〔三〕。僧言古壁佛畫好,以火來照
所見稀〔四〕。舖牀拂席置羹飯,疏糲亦足飽我飢〔五〕。夜
深靜臥百蟲絕,清月出嶺光入扉〔六〕。天明獨去無道路,
出入高下窮煙霏〔七〕。山紅澗碧紛爛漫,時見松櫪皆十
圍〔八〕。當流赤足蹋澗石,水聲激激風吹衣〔九〕。人生如
此自可樂,豈必局束爲人鞿〔一〇〕。嗟哉吾黨二三子,安得
至老不更歸〔一一〕。

〔一〕此詩寫作年月不可確考。方世舉繫於《贈侯喜》之後;詳意義應爲
　　　早年作品,現從之。或有人以爲是去徐即洛途中作(如樊汝霖),
　　　亦有人認爲所述爲南方景物,是南遷山陽或潮州時作品(如王
　　　鳴盛)。

〔二〕犖确(luò què):石多貌。行徑微:謂山路狹窄。

〔三〕支子:支通“梔”。段成式《酉陽雜俎》卷十八:“諸花少六出者,惟
　　　梔子花六出……相傳即西域薝蔔花也。”肥:狀梔子菓實飽滿。
　　　杜甫《陪鄭廣文遊何將軍山林》:“紅綻雨肥梅”。

〔四〕稀:稀微不清。

〔五〕羹飯:飯菜。羹,和味的湯。《古詩》:“羹飯一時熟,不知貽阿
　　　誰。”疎糲:粗糙的飯食。疎,同“疏”。左思《魏都賦》:“非疏糲之
　　　士所能精。”李善注:“疏糲,麤也。”麤,“粗”古字。糲,糙米。杜
　　　甫:“百年粗糲腐儒餐。”

〔六〕扉(fēi):門扇。

〔七〕煙霏:流動的煙雲。霏,雲氣。此二句謂山行無路,高高下下在
　　　雲霧中摸索。

〔八〕爛漫:色彩鮮麗貌。司馬相如《上林賦》:“麗靡爛熳於前。”櫪:通
　　　“櫟”,麻櫟。

〔九〕“當流”二句:杜甫《早秋苦熱堆案相仍》:“南望青松架短壑,安得
　　　赤腳蹋層冰。”又《醉歌行》:“風吹客衣日杲杲。”

〔一○〕局束:羈束,拘束。爲人靰(jī):被人所拘繫。靰,馬口嚼。屈原
　　　《離騷》:“余雖好脩姱以靰羈兮,謇朝誶而夕替。”王注:“轡在口曰
　　　靰,革絡頭曰羈,言爲人所係累也。”

〔一一〕不更歸:謂不歸隱山林。

　　　【評箋】　元好問《論詩三十首》:“有情芍藥含春淚,無力薔薇臥晚
枝。拈出退之《山石》句,始知渠是女郎詩。”(《遺山先生文集》卷一一)
　　　何焯《義門讀書記·昌黎集》卷一:直書即目,無意求工,而文自至。
一變謝家模範之迹,如畫家之有荆、關也。“清月出嶺光入扉”,從晦中轉

到明。“出入高下窮煙霏”，“窮煙霏”三字是山中平明真景，從明中仍帶晦。都是雨後興象，又即發端“犖确”，“黄昏”二句中所包藴也。“當流赤足蹋澗石”二句，顧“雨足”。

方東樹《昭昧詹言》卷一一：凡結句都要不從人間來，乃爲匪夷所思，奇險不測。他人百思所不解，我卻如此結，乃爲我之詩。如韓《山石》是也。不然，人人胸中所可有，手筆所可到，是爲凡近。 同上卷一二又云：不事雕琢，自見精彩，真大家手筆。許多層事，只起四語了之。雖是順叙，卻一句一樣境界，如展畫圖，觸目通層在眼，何等筆力。五句、六句又一畫。十句又一畫。“天明”六句，共一幅早行圖畫。收入議。從昨日追叙，夾叙夾寫，情景如見，句法高古。只是一篇遊記，而叙寫簡妙，猶是古文手筆。他人數語方能明者，此須一句，即全現出，而句法復如有餘地，此爲筆力。

劉熙載《藝概·詩概》：昌黎詩陳言務去，故有倚天拔地之意。《山石》一作，辭奇意幽，可爲《楚辭·招隱士》對，如柳州《天對》例也。

按：本詩紀遊，寫入山、到寺、留宿、離山，只是順叙。寫場景變換，情境鮮明，使人應接不暇。記叙中用奇辭麗語提綴，如顧嗣立説：“七言古詩易入整麗而亦近乎熟，自老杜始爲拗體，如《杜鵑行》之類。公之七言，皆祖此種。而中間偏有極鮮麗處，不事雕琢，更見精彩，有聲有色，自是大家。”（《昌黎先生詩集注》卷三）盛唐以來，古詩向律體化發展，寫作中多雜用律句以使音韻條暢、表達整麗，而韓愈卻另闢一途，多用散句記叙，力避偶儷，在用語造境上亦創新求奇，取得了獨特的藝術效果。

湘　中〔一〕

猿愁魚踊水翻波，自古流傳是汨羅〔二〕。蘋藻滿盤無處奠，空聞漁父叩舷歌〔三〕。

〔 一 〕韓愈貞元十九年冬貶陽山,行至湘中在次年春,作此詩。

〔 二 〕汨羅:汨羅江源出江西,西北流至湖南湘陰縣磊石山入洞庭湖。
古傳江上屈潭爲屈原自沉處。賈誼《弔屈原文》:"側聞屈原兮,自
湛汨羅。"

〔 三 〕"蘋藻"句:意謂由於傳聞不實找不到祭奠之處。蘋與藻都是水
草,古人用以祭祀。《詩經·召南·采蘋》:"于以采蘋,南澗之濱。
于以采藻,于彼行潦。"鄭箋:"古者婦人先嫁三月,祖廟未毀,教于
公宫;祖廟既毀,教于宗室,教以婦德、婦言、婦容、婦功。教成之
祭,牲用魚,芼用蘋藻,所以成婦順也。""空聞"句:此爲實境,暗
用屈原《漁父》。屈原被貶,行吟澤畔,有漁父勸諫,"漁父莞爾而
笑,鼓枻而去,歌云……"

　　按:此詩意在弔屈原,全從空處用筆,恍惚古今之間。陳《選》:"此詩
寫楚地,吊楚賢,所以用《楚辭》詞彙。"

答 張 十 一〔一〕

　　山净江空水見沙,哀猿啼處兩三家。篔簹競長纖纖
笋,躑躅閑開豔豔花〔二〕。未報恩波知死所,莫令炎瘴送
生涯〔三〕。吟君詩罷看雙鬢,斗覺霜毛一半加〔四〕。

〔 一 〕張十一名署(七五八—八一七),河間(今河北河間市)人,貞元二
年(七八六)進士,舉博學宏辭,爲校書郎,自武功縣尉拜監察御
史。貞元十九年冬十二月與韓愈同時被貶南方,韓愈得連州陽山
(今廣東陽山縣)令,張得郴州臨武(今縣,屬湖南)令,二人相偕南
行,出秦嶺,下襄、漢,次年正月過洞庭,溯湘江,抵長沙,南至九嶷

山,同至臨武。韓愈繼續南行。二人一路唱和,張署有《贈韓退之》詩,此詩爲和答之作,應寫於抵臨武時。各本題下有"功曹"二字,應删。

〔二〕箟簹(yún dāng):竹名。皮薄,節長而竿高。楊孚《異物志》:"箟簹生水邊,長數丈,圍一尺五六寸。一節相去六七尺,或相去一丈,廬陵界有之。"纖纖:細小貌。躑躅(zhí zhú):即杜鵑花。《嶺南異物志》:"南中花多紅赤……唯躑躅爲勝。嶺北時有,不如南之繁多也,山谷間悉生。二月發時,照耀如火,月餘不歇。"詩應作於二月。

〔三〕恩波:指帝王的恩澤。丘遲《侍宴樂遊苑送徐州應詔詩》:"參差別念舉,蕭穆恩波被。"死所:身死之處。《左傳》文公二年:"(狼)瞫云:'吾未獲死所。'"炎瘴:炎熱地區的瘴氣。瘴,疫氣。送生涯:杜甫:"應須美酒送生涯。"此二句謂因爲尚未報答朝廷恩遇知道另有死所,不要染上疫病斷送了性命。

〔四〕斗覺:頓然發覺。張相《詩詞曲語辭匯釋》卷二:"斗,與'陡'同,猶頓也。杜甫《義鶻行》:'斗上捩孤影,嗷哮來九天。'韓愈《答張十一功曹》云云。"霜毛:白髮。

【評箋】 何焯《義門讀書記·昌黎集》卷一:五六既不如屈子之狷慰,結仍借答詩以見其憔悴,可謂怨而不亂矣。(按:"怨而不亂"的態度正表現了韓愈思想觀念上的矛盾。)

程學恂《韓詩臆說》:退之七律只十首,吾獨取此篇爲真得杜意。(按:本詩寫景有開闔變化,表達感情富於頓挫與深度,如從這方面看,確有杜律風神。)

【附錄】

張署《贈韓退之》

九疑峯畔二江前,戀闕思鄉日抵年。白簡趨朝曾並命,蒼梧左宦一聯翩。鮫人遠泛漁舟水,鵬鳥閒飛霧裏天。浼汗幾時流率土,扁舟西下

共歸田。(《全唐詩》卷三一四)

貞　女　峽〔一〕

江盤峽束春湍豪，雷風戰鬪魚龍逃〔二〕。懸流轟轟射水府，一瀉百里翻雲濤〔三〕。漂船擺石萬瓦裂，咫尺性命輕鴻毛〔四〕。

〔一〕《元和郡縣圖志》卷二九：“(江南道連州)桂陽縣(唐連州治所，今廣東連州市)……貞女峽在縣東南一十里。”《水經注・湟水》：“《地理志》曰：‘湟水出桂陽南，至四會是也……溪水下流，歷峽南出，是峽謂之貞女峽。峽西岸高巖名貞女山。山下際有石如人形，高七尺，狀如女子，故名貞女峽。’”此詩爲貞元二十年春至連州作。

〔二〕“江盤”二句謂：江水盤流，峽山如束，春水形成一派激流，聲如風雷相搏擊，使水中的魚龍都逃遁了。意本杜詩“峽束滄江起”、“高江急峽雷霆鬪”等意象。

〔三〕懸流：瀑布。此形容峽中流水。郭璞《江賦》：“淵客築室於巖底，鮫人構舘於懸流。”水府：指神話中水神的宮殿。木華《海賦》：“爾其水府之內，極深之庭，則有崇島巨鼇，岹峴孤亭。”翻雲濤：形容水流飛濺。

〔四〕擺石：撥動巨石。擺，排，撥。鴻毛：《漢書・司馬遷傳》：“死有重於泰山，或輕於鴻毛。”此二句是說激流漂起船隻，捲起巨石，會使船隻粉碎，咫尺之間就讓人喪命。

　　按：本詩寫峽江風光，壯偉恢奇，描摹生動。以六句收束，收到斬截雄健的效果。

宿龍宮灘〔一〕

　　浩浩復湯湯，灘聲抑更揚〔二〕。奔流疑激電，驚浪似浮霜。夢覺燈生暈，宵殘雨送涼〔三〕。如何連曉語，一半是思鄉。

〔一〕沈欽韓補注引《陽山縣志》：“同官峽在縣西北七十里，峽水東流，注於湟水；又流過域南，爲陽溪水；又南十里，曰龍坂灘；又南十五里，爲龍宮灘。”此詩作於貞元二十年秋。

〔二〕湯湯：大水貌。參閱《古風》注〔六〕。

〔三〕夢覺：夢醒。暈：日、月或燈火周圍的光圈。此句謂夢醒所見燈火光影模糊。

　　【評箋】　蔡條《西清詩話·聽水詩》：退之《宿龍宮灘》詩云：“浩浩復蕩蕩，灘聲抑更揚。”黄魯直曰：“退之才聽水句尤見工。”所謂浩浩蕩蕩抑更揚者，非諳客裏夜臥，飽聞此聲，安能周旋妙處如此耶？

　　按：此詩“夢覺”一轉，點出客宿，始明前幅爲聽水，孤燈爲所見，結以夜語思鄉，短篇中一唱三嘆，情境渾成。

縣齋有懷〔一〕

　　少小尚奇偉，平生足悲吒〔二〕。猶嫌子夏儒，肯學樊

遲稼〔三〕。事業窺皋稷,文章蔑曹謝〔四〕。濯纓起江湖,綴
珮雜蘭麝〔五〕。悠悠指長道,去去策高駕〔六〕。誰爲傾國
媒,自許連城價〔七〕。初隨計吏貢,屢入澤宮射〔八〕。雖免
十上勞,何能一戰霸〔九〕。人情忌殊異,世路多權詐。蹉
跎顔遂低,摧折氣愈下〔一〇〕。冶長信非罪,侯生或遭
罵〔一一〕。懷書出皇都,銜淚渡清灞〔一二〕。身將老寂寞,
志欲死閑暇〔一三〕。朝食不盈腸,冬衣纔掩骼〔一四〕。軍書
既頻召,戎馬乃連跨〔一五〕。大梁從相公,彭城赴僕
射〔一六〕。弓箭圍狐兔,絲竹羅酒炙〔一七〕。兩府變荒涼,
三年就休假〔一八〕。求官去東洛,犯雪過西華〔一九〕。塵埃
紫陌春,風雨靈臺夜〔二〇〕。名聲荷朋友,援引乏姻
婭〔二一〕。雖陪彤庭臣,詎縱青冥靶〔二二〕。寒空聳危闕,
曉色曜脩架〔二三〕。捐軀辰在丁,鍛翮時方褚〔二四〕。投荒
誠職分,領邑幸寬赦〔二五〕。湖波翻日車,嶺石坼天
罅〔二六〕。毒霧恒熏晝,炎風每燒夏〔二七〕。雷威固已加,
颶勢仍相借〔二八〕。氣象杳難測,聲音吁可怕〔二九〕。夷言
聽未慣,越俗循猶乍〔三〇〕。推摘兩憎嫌,睢盱互猜
訝〔三一〕。祇緣恩未報,豈謂生足藉〔三二〕。嗣皇新繼明,
率土日流化〔三三〕。惟思滌瑕垢,長去事桑柘〔三四〕。釃嵩
開雲扃,壓潁抗風榭〔三五〕。禾麥種滿地,梨棗栽繞舍。兒
童稍長成,雀鼠得驅嚇〔三六〕。官租日輸納,村酒時邀
迓〔三七〕。閑愛老農愚,歸弄小兒姹〔三八〕。如今便可爾,
何用畢婚嫁〔三九〕。

〔一〕此詩亦在陽山作。詩中寫到"嗣皇新繼明",指順宗李誦即位,在
　　貞元二十一年正月二十六日。

〔二〕尚奇偉：嚮往豐功偉績；尚，崇尚。悲吒（zhà）：悲憤；吒，憤怒。郭璞《遊仙詩》：“臨川哀年邁，撫心獨悲吒。”本詩以“尚奇偉”與“足悲吒”的矛盾統攝全篇。

〔三〕子夏：名卜商，孔子弟子。《論語·雍也》：“子謂子夏曰：‘女爲君子儒，無爲小人儒。’”相傳他作《易傳》、《詩序》、《禮記·喪服》等。樊遲：孔子弟子，名須，字子遲。《論語·子路》：“樊遲請學稼。子曰：‘吾不如老農。’請學爲圃。曰：‘吾不如老圃。’”此二句謂不做章句之儒，亦不甘心老於田園。

〔四〕竊皋稷（jì）：謂上比皋、稷。皋，即皋陶（或作“咎繇”），傳爲舜臣，掌刑獄之事。稷，傳爲舜時農官，教人稼穡，周人祖先。杜甫《自京赴奉先縣詠懷五百字》：“許身一何愚，竊比稷與契。”蔑曹謝：下視曹植與謝靈運。《南史·文學傳》：“（吳）邁遠好自誇而蚩鄙他人，每作詩得稱意語，輒擲地呼曰：‘曹子建何足數哉！’”上句述志，下句表詩文之才。

〔五〕濯纓：洗滌帽纓。纓用以結冠。本《孟子·離婁上》：“滄浪之水清兮，可以濯我纓。”爲隱逸之詞，本詩中以表志向高潔。綴珮：佩戴飾物。珮，通“佩”，古人衣帶上的飾物。蘭麝：蘭與麝香，皆爲香料。佩飾薰香以表品德美好。

〔六〕策高駕：本義是鞭策駕車的快馬，這裏指努力於遠大目標。

〔七〕傾國媒：美女之媒。《漢書·外戚傳》：“（李）延年侍上起舞，歌曰：‘北方有佳人，絶世而獨立。一顧傾人城，再顧傾人國。寧不知傾城與傾國，佳人難再得。’”連城價：謂價值連城。《史記·廉頗藺相如列傳》：“趙惠文王時，得楚和氏璧。秦昭王聞之，使人遺趙王書，願以十五城請易璧。”曹丕《又與鍾繇書》：“不煩一介之使，不損連城之價。”此二句表示自視極高，惜出身無人爲介。

〔八〕計吏貢：古代年終地方官（或遣吏）至京師上計籍，稱“上計”。詩中指唐時初冬地方向朝廷納貢品。唐鄉貢制度，“每歲仲冬，州、縣、舘、監舉其（生員）成者，送之尚書省”（《新唐書·選舉志》）。澤宮射：古代於澤宮習射取士，詩中指參與科舉考試。《周禮·

夏官・司宮矢》：“澤共射椹質之弓矢。”鄭注：“澤，澤宮也，所以習
　　射選士之處也。”此二句謂自己曾經列身“鄉貢”參加科舉。

〔九〕十上勞：《戰國策・秦策》：“(蘇秦)説秦王，書十上而説不行。”一
　　戰霸：一戰而取勝。霸，超勝於人；《左傳》僖二七年：“一戰而霸，
　　文之教也。”韓愈自貞元四年應禮部試，至八年始及第，故云。

〔一〇〕蹉跎：失足，困頓。摧折：挫折，困辱。

〔一一〕“冶長”句：公冶長，字子長，孔子弟子。《論語・公冶長》：“子謂：
　　‘公冶長可妻也，雖在縲絏之中，非其罪也。’”“侯生”句：侯嬴，戰
　　國時魏隱士，大梁夷門監者。魏公子信陵君禮重之而爲其執轡。
　　《史記・信陵君列傳》：“公子(爲侯生)執轡，從騎皆竊駡侯生。”此
　　二句説自己無故被斥。

〔一二〕皇都：指長安。清灞：指灞水，源出藍田縣，西北流經長安東入渭
　　水，其上有灞橋，爲出都送別之所。此二句叙貞元十一年三上宰
　　相書不報，自長安東歸。

〔一三〕“身將”二句：謂失意消沉，已甘心老死於寂寞淪落之中。

〔一四〕掩髂(qià)：遮住腰。髂，胯骨。

〔一五〕軍書：軍府文書；此指招聘文書。戎馬：戰馬。韓愈先後在宣武
　　軍和武寧軍中任幕職，故云。

〔一六〕“大梁”句：謂在汴州(古稱大梁)從董晉。董晉爲使相。參閲《此
　　日足可惜一首贈張籍》注〔四〕。“彭城”句：謂在徐州從張建封。
　　建封爲僕射，同上詩注〔四三〕。

〔一七〕酒炙：酒肉。炙，同“炙”，烤肉。此二句描寫軍府射獵生活。

〔一八〕“兩府”句：貞元十五年二月，董晉薨，汴州宣武軍亂；次年五月，
　　張建封薨，徐州武寧軍亂。“三年”句：韓愈自離徐至十八年春爲
　　四門博士，休閒三年。休假，休閒。

〔一九〕韓愈離徐後居東都洛陽，往來長安求調選。自洛赴京過華山下，
　　在十六、十七二年皆當冬季，故曰“犯雪”。

〔二〇〕紫陌：帝都的道路。賈至《早朝大明宮呈兩省僚友》：“銀燭熏天
　　紫陌長，禁城春色曉蒼蒼。”靈臺：西周臺名，又漢宮名。此指任

職的四門學。《漢書·河間獻王傳》:"武帝時,獻王來朝,獻雅樂,對三雍宮及詔策所問三十餘事。"應劭:"辟雍、明堂、靈臺也。"此二句謂任職長安四門學,奔走於塵埃風雨之中。

〔二一〕荷朋友:依靠朋友。荷,承擔。姻婭:同"姻亞"。婿稱父爲姻,兩婿互稱爲婭,泛指姻親關係。此二句謂名聲是靠朋友延譽,而非有親舊爲奧援。

〔二二〕"雖陪"句:指身爲監察御史得側身朝列。彤庭,指殿庭。張衡《西京賦》:"金釭玉階,彤庭煇煇。""詎縱"句:謂難以實現馳騁雲天的大志。詎,豈,何。青冥靶,指飛馳青天的駿馬。青冥,青天。屈原《九章·悲回風》:"據青冥而攄虹兮,遂儵忽而捫天。"靶,繮繩。《漢書·王褒傳》:"王良執靶。"顏注引晉灼:"靶音霸,謂轡也。"

〔二三〕危闕:高崇的宮闕。闕,古代宮廟或墓門所立裝飾性雙柱,後稱望樓。脩架:指重樓叠閣。童《校》:"《淮南子·本經訓》:'大夏曾加。'高注:'曾,重;架,材木相乘架也。'脩架與'曾加'義同,曾同層,加同架。"此二句渲染貶官那天早晨宮殿風景。

〔二四〕捐軀:謂自己冒死上表。曹植《求自試表》:"捐軀濟難,忠臣之志也。"辰在丁:記上疏之日。貞元十九年十二月戊申朔,十日爲丁巳。鎩翮(shā hè):羽毛摧落。鎩,傷殘。翮,羽莖。謝瞻《於安城答靈運詩》:"踸行安步武,鎩翮周數仞。"此指貶官。時方褙(zhà):記遭貶之時。褙通"蜡",亦作"臘",歲終之祭。

〔二五〕投荒:被貶荒遠之地。領邑:指貶爲陽山縣令。此二句謂被貶荒遠之地是份所應當,任職縣令是蒙受寬赦。

〔二六〕日車:指太陽。李尤《九曲歌》:"年歲晚暮時已斜,安得力士翻日車。"坼(chè)天罅(xià):謂裂縫露出青天。坼,裂開;罅,裂縫;這裏是形容懸崖壁立的山徑。此二句描寫過洞庭湖和南嶺的艱險。

〔二七〕熏晝:鮑照《代苦熱行》:"瘴氣晝熏體。"此句寫陽山瘴暑。

〔二八〕"雷威"二句:謂雷霆聲勢本已很大,又借助颶風的力量。

〔二九〕杳:昏暗不明。

〔三〇〕夷言：指當地方言。越俗：泛指嶺南風俗。古越族居於江浙閩粵
之地。循猶乍：雖已習熟却仍感詭異。乍，通“詐”。

〔三一〕推摘：指官府與居民相互指斥。憎嫌：憎惡。睢盱（suī xū）：橫
暴貌。《莊子‧寓言》：“而睢睢，而盱盱，而誰與居。”猜訝：驚疑。
此二句形容當地民情橫暴。

〔三二〕生足藉：人生足可慰藉。

〔三三〕嗣皇：新繼位的皇帝，指唐順宗李誦。繼明：繼承聖明，指繼位。
率土：境域之中。《詩經‧小雅‧北山》：“率土之濱，莫非王臣。”
日流化：教化一天天廣被。

〔三四〕滌瑕垢：清洗污點，指改正過錯。班固《東都賦》：“於是百姓滌瑕
蕩穢而鏡至清。”事桑柘：謂從事耕織。桑、柘都是用以養蠶的。

〔三五〕劚（zhú）嵩：謂開墾嵩山。劚，鋤斷根株。開雲扃：披開雲霧，指
登上高山。扃，門户。鮑照《從登香爐峯詩》：“羅景藹雲扃，沾光
熹龍策。”壓潁：謂在潁水之上。抗風榭：迎風的臺榭。榭，臺上
的高屋。此二句叙歸耕嵩潁之志。

〔三六〕驅嚇：吆喝驅趕。《莊子‧秋水》：“鵷得腐鼠，鵷鶵過之，仰而視
之，曰：嚇。”

〔三七〕邀迓：邀請。迓，迎接。此二句説做個交納租賦的平民，與村民
們飲酒過從。

〔三八〕弄：戲弄。小兒姹：小兒女。姹，少女。《後漢書‧明德馬皇后
紀》：“吾但當含飴弄孫。”又《五行志》：“河間姹女工數錢。”

〔三九〕畢婚嫁：辦完兒女嫁娶之事。後漢向長字子平，隱居不仕，建武
中，男女婚嫁事畢，勅家事勿相聞，當如我死也。又《南齊書‧蕭
惠基傳》：“惠基常謂所親曰：‘須婚嫁畢，當歸老舊廬。’”

【評箋】　顧嗣立删補《昌黎先生詩集注》卷二：公詩句句有來歷而能
務去陳言者，全在於反用。如《醉贈張秘書》詩，本用嵇紹鶴立雞羣語，偏
云“張籍學古淡，軒鶴避雞羣”；《送文暢》詩本用老杜“每愁夜中自足蝎”
句，偏用“照壁喜見蝎”；《荐士》詩本用《漢書》“强弩之末，力不能入魯縞”

語,偏云"强箭射魯縞";《嶽廟》詩本用謝靈運"猿鳴誠知曙"句,偏云"猿鳴鐘動不知曙"。此詩結語本用向平婚嫁畢事,偏云"如今便可爾,何用畢婚嫁",真令舊事翻新。解得此秘,則臭腐皆化爲神奇矣。

愛新覺羅·弘曆《唐宋詩醇》卷二八:仄韻排律,名手所希。似此組織精工,頓挫悲壯,在集中亦自成一格。

曾國藩《求闕齋讀書録》卷八:首十六句,叙少年中進士試宏博時事。"人情"以下二十句,叙出都從董晉、張建封幕事。"求官"以下十四句,叙爲御史上疏被謫事。"湖波"以下十四句,叙道塗及陽山之苦。"嗣皇"以下十六句,思得赦宥而歸故土。

按:此詩通首用對句,又用賦體的鋪叙,本易流於板滯平庸;但韓愈力創奇語,引僻典,押險韻,用仄韻,以突出磊落不平的詩情,造成奇崛高古的藝術效果。結構上亦頗具匠心:由"少小尚奇偉"的宏偉抱負到退耕田園的消沉,成爲鮮明對比;中間懇切詳明地記述自己立志、出仕、入幕、居官、被貶的經歷,寫出了一個有理想的文人的困頓境遇及其人生歷程。

八月十五夜贈張功曹〔一〕

纖雲四卷天無河,清風吹空月舒波〔二〕。沙平水息聲影絶,一盃相屬君當歌〔三〕。君歌聲酸辭且苦,不能聽終淚如雨:"洞庭連天九疑高,蛟龍出没猩鼯號〔四〕。十生九死到官所,幽居默默如藏逃〔五〕。下牀畏蛇食畏藥,海氣濕蟄熏腥臊〔六〕。昨者州前搥大鼓,嗣皇繼聖登夔皋〔七〕。赦書一日行萬里,罪從大辟皆除死〔八〕。遷者追迴流者還,滌瑕蕩垢朝清班〔九〕。州家申名使家抑,坎軻衹得移荆蠻〔一○〕。判司卑官不堪説,未免捶楚塵埃間〔一一〕。同時輩流多上道，天路幽險難追攀〔一二〕。"君歌且休聽我歌，我歌今與君殊科〔一三〕。一年明月今宵多，人生由命非由他，有酒不飲奈明何〔一四〕！

〔一〕張功曹即張署。貞元二十一年正月順宗繼位，二月十四日大赦天下。夏秋之際，昌黎離陽山到郴州(今湖南郴州市)待命，即韓愈《祭郴州李使君文》中所謂"竢新命於衡陽，費薪芻於館候……輟行謀於俄頃，見秋月之三殽。逮天書之下降，猶低迴以宿留"云。"天書"下降，朝廷授張署爲江陵(荆州治所，今湖北江陵縣)功曹參軍，韓愈爲法曹參軍。唐上州諸曹參軍事，從七品下。八月四日，順宗禪位，下詔大赦，改元永貞；九日，憲宗李純即位；十四日，赦書傳至郴州。韓愈十五日夜作此詩。

〔二〕纖雲：微雲。四卷：四散。天無河：謂明月朗照不見銀河。月舒波：月亮放射光輝；《漢書・禮樂志》："月穆穆以金波。"

〔三〕屬：通"囑"，此處義指勸飲。《漢書・灌夫傳》："及飲酒酣，夫起舞屬蚡。"顏注："屬，猶付也，猶今之舞訖勸酒也。"陳《選》謂"相屬，即相祝——以酒相祝，勸飲的意思"，亦一解。君當歌：曹操《短歌行》："對酒當歌，人生幾何。"

〔四〕洞庭：《元和郡縣圖志》卷二七："洞庭湖在(巴陵)縣西南一里五十步，周迴二百六十里。"九疑：九嶷山。疑同"嶷"，在今湖南寧遠縣南。《水經注・湘水》："營水……蟠基蒼梧之野，峯秀數郡之間，羅巖九舉，各導一溪，岫壑負阻，異嶺同勢，遊者疑焉，故號九疑山。"猩鼯(wú)：猩猩與飛鼠。自此以下爲張署歌辭，起始二句寫南遷山水之險。

〔五〕官所：任官之處。張署在郴州臨武。幽居：深居簡出。《禮記・儒行篇》："幽居而不淫。"鄭注："幽居謂獨處時也。"

〔六〕畏藥：謂害怕蠱毒。鮑照《苦熱行》李善注引顧野王《輿地志》："江南數郡有畜蠱者，主人行之以殺人，行食飲中，人不覺也。"濕蟄：潮濕。《洛陽伽藍記》卷二："(楊)元慎正色曰：'江左假息，僻居一隅,地多濕蟄,攢育蟲蟻……'"

〔七〕"昨者"句:謂十四日州府前擊鼓宣布赦書;《新唐書·百官志》:
"(少府監·中尚署令)赦日,樹金雞於仗南……擊搁鼓千聲,集百
官、父老、囚徒。"州縣施赦亦有相似制度。"嗣皇"句:謂憲宗繼
位,登用賢臣。夔,相傳舜時為樂官。皋,傳為舜時掌刑獄之臣。
參閱《縣齋詠懷》注〔四〕。

〔八〕行萬里:言其疾速。大辟:死刑。《禮記·文王世子》:"獄成,有
司讞於公,其死罪,則曰某之罪在大辟。"除死:免死。《舊唐書·
順宗紀》載赦文云:"自貞元二十一年八月五日已前死罪降從流,
流以下遞減一等。"

〔九〕遷者:指左遷者,貶官者。流者:流徙者。滌瑕蕩垢:謂讓負罪
者改過自新。參閱《縣齋有懷》注〔三四〕。朝清班:在朝臣班列
中晉見。白居易《重贈李大夫》:"早接清班登玉陛,同儕別詔直金
鑾。""朝清班"魏《集》作"清朝班",則意為清整朝廷。雖詩意亦
通,但過渡稍感突兀。

〔一○〕州家申名:指郴州刺史已將名字列入施赦回朝名單中。使家抑:
指被湖南觀察使楊憑所壓制;《舊唐書·德宗紀》:"(貞元十八年)
九月乙卯朔,以太常少卿楊憑為潭州刺史、湖南觀察使。"移荊蠻:
謂轉移到江陵。移,量移,被貶官員移至較近處安置。荊蠻,江陵
為古荊楚地區。《國語·晉語》:"楚為荊蠻。"此二句暗示楊憑迎
合權貴之意壓制張署等人不得回朝。陳《勘》曰:"按公自陽山遇
赦,僅量移江陵法曹,蓋本道廉使楊憑故抑之。《贈張功曹》詩所
謂'州家申名使家抑,坎軻祇得移荊蠻'是也。時韋(執誼)、王(叔
文、伾)之勢方熾,憑之抑公,乃迎合權貴意耳。"

〔一一〕判司:唐州、府判官分曹判事,稱判司,亦泛指僚屬。沈欽韓《韓
集補正》:"唐制在府為曹,在州為司(府曰功曹、倉曹,州曰司功、
司倉)。按云判司者,判一司之事,而司祿為之長。"捶楚:用杖或
板子打。《隋書·高祖紀》:"(開皇十七年)三月景辰詔曰:……
諸司論屬官,若有愆犯,聽於律外斟酌決杖。"唐沿隋俗,下級官吏

可受杖責,如杜甫《送高三十五書記十五韻》云:"脱身簿尉中,始與笙楚辭。"

〔一二〕輩流:同一類人。《北史·李穆傳》:"(穆)長子惇……惇於輩流中特被引接。"上道:謂上路回朝。《晉書·李密傳》:"郡縣逼迫,催臣上道。"天路:謂入朝之路。追攀:追隨。此二句寫回朝無路的苦衷。以上爲張署所歌。

〔一三〕殊科:不一樣。《廣雅·釋言》:"科,品也。"《漢書·公孫弘傳》:"與内厚富而外爲詭服以釣虚譽者殊科。"

〔一四〕奈明何:謂怎對得起這月色。明,指月。《易·繫辭上》:"懸象著明,莫大乎日月。"

【評箋】 朱熹《昌黎先生集考異》卷一:言張之歌詞酸苦,而己直歸之於命,蓋《反騷》之意。而其詞氣抑揚頓挫,正一篇轉換用力處也。

方東樹《昭昧詹言》卷一二:貞元二十一年正月順宗赦,公故俟命柳(按:"郴"之誤)州。一篇古文章法。前叙,中間以正意苦語重語作賓,避實法也。一線言中秋,中間以實爲虚,亦一法也。收應起,筆力轉換。

程學恂《韓詩臆說》:此詩料峭悲涼,源出楚《騷》。入後換調,正所謂一唱三嘆有遺音者矣。

按:此詩結構上富於虚實開闔、頓挫渟蓄之妙。中間主體部分爲張署所歌,形式上反客爲主,實際是借他人酒盃澆自己胸中壘塊。前後都寫月色,相互照應,並以襯托内心感慨。這樣三個段落,哀樂相形,把感情寫得十分曲折深沉。詩用七言歌行體,六換韻,分別以二句至八句換韻不等,又用單句收尾,這種聲韻節奏都有助於表達内容。

謁衡嶽廟遂宿嶽寺題門樓〔一〕

五嶽祭秩皆三公,四方環鎮嵩當中〔二〕。火維地荒足

韓 愈 選 集

妖怪，天假神柄專其雄〔三〕。噴雲泄霧藏半腹，雖有絶頂誰能窮〔四〕。我來正逢秋雨節，陰氣晦昧無清風〔五〕。潛心默禱若有應，豈非正直能感通〔六〕。須臾静掃衆峯出，仰見突兀撑青空〔七〕。紫蓋連延接天柱，石廩騰擲堆祝融〔八〕。森然魄動下馬拜，松柏一逕趨靈宮〔九〕。粉牆丹柱動光彩，鬼物圖畫填青紅〔一〇〕。升階傴僂薦脯酒，欲以菲薄明其衷〔一一〕。廟令老人識神意，睢盱偵伺能鞠躬〔一二〕。手持盃珓導我擲，云此最吉餘難同〔一三〕。竄逐蠻荒幸不死，衣食纔足甘長終〔一四〕。侯王將相望久絶，神縱欲福難爲功〔一五〕。夜投佛寺上高閣，星月掩映雲曈曨〔一六〕。猿鳴鐘動不知曙，杲杲寒日生於東〔一七〕。

〔一〕衡嶽：南嶽衡山，在今湖南衡山市南嶽區。《元和郡縣圖志》卷二
　　九：“衡山，南嶽也，一名岣嶁山，在（衡山）縣西三十里……衡嶽廟
　　在縣西三十里。《南嶽記》曰：‘南宮四面皆絶，人獸莫至，周迴天
　　險，無得履者。’”韓愈在衡州寫《合江亭》詩有“窮秋感平分，新月
　　憐半破”之語，時爲九月上旬。此詩即在衡州遊衡嶽廟所作。題
　　中或無“廟”字。

〔二〕“五嶽”句：謂五嶽（即中嶽嵩山、東嶽泰山、西嶽華山、南嶽衡山、
　　北嶽恒山）祭祀品級比於三公。三公謂太師、太傅、太保。《書·
　　周官》：“立太師、太傅、太保，兹惟三公，論道經邦，燮理陰陽。”
　　此據《禮·王制》：“天子祭天下名山大川，五嶽視三公，四瀆視諸
　　侯。”然據《唐會要》卷四七《封諸嶽瀆》，至天寶年間五嶽已封王，
　　南嶽神封司天王，因此沈欽韓《補注》謂“‘皆’乃‘加’之誤”。“四
　　方”句：謂五嶽有四方主山環繞，嵩山居中。鎮，一方主山。據
　　《周禮·夏官·職方氏》：正南曰荆州，其山鎮曰衡山。又《史
　　記·封禪書》：“昔三代之君，皆在河、洛之間，故嵩高爲中嶽，而四
　　嶽各如其方。”

〔三〕"火維"句：謂炎熱荒僻之地多有妖怪。火維，南方屬火；維，邊隅。"天假"句：謂上天賦予祝融神以權柄專得鎮壓一方。神柄，神的權威。據葛洪《枕中書》："祝融氏爲赤帝，治衡、霍山"；又祝融傳爲高辛氏火正，死後爲火神，鎮南方。

〔四〕泄霧：霧氣瀰漫。左思《魏都賦》："窮岫泄雲，日月恒翳。"藏半腹：謂掩蔽山腰。絶頂：最高峯。杜甫《望嶽》："會當凌絶頂，一覽衆山小。"

〔五〕晦昧：昏暗不明。吳均《送柳吳興竹亭集詩》："躑躅牛羊下，晦昧崦嵫色。"

〔六〕正直：《左傳》莊公三二年："神，聰明正直而壹者也。"感通：《易·繫辭上》："《易》無思也，無爲也，寂然不動，感而遂通天下之故。"

〔七〕靜掃：謂掃除雲霧。突兀：高聳貌。撐青空：謂山峯矗立在青空中。

〔八〕"紫蓋"二句：形容山峯連延聳立。《長沙記》："衡山七十二峯，最大者五：芙蓉、紫蓋、石廩、天柱、祝融。"杜甫《望嶽》："祝融五峯尊，峯峯次低昂。紫蓋獨不朝，争長羣相望。"騰擲：形容高聳形勢。

〔九〕森然：肅穆貌。魄動：神魂觸動。江淹《別賦》："左右兮魄動。"靈宮：指嶽廟。班固《西都賦》："乃有靈宮，起乎其中。"

〔一〇〕鬼物：神怪之類。填青紅：謂用青紅色彩繪畫。此二句謂廟堂的白牆紅柱閃耀光彩，壁上是青、紅顔色圖畫的神怪。

〔一一〕傴僂(yǔ lǚ)：曲背。《左傳》昭公七年："一命而僂，再命而傴，三命而俯，循牆而走。"薦脯酒：用脯酒祭奠。脯酒，乾肉和酒。《史記·封禪書》："秦併天下，令祠官所常奉名山大川鬼神可得而序也……春以脯酒爲歲祠。"此二句謂：登上臺階，曲背鞠躬，用脯酒祭奠，用這菲薄的祭品來表達自己的誠心。

〔一二〕廟令：《新唐書·百官志》："五嶽四瀆令各一人，正九品上，掌祭祀。"睢盱：此謂威嚴貌。參閱《縣齋有懷》注〔三〕。偵伺：仔細察看。鞠躬：《論語·鄉黨》："入公門，鞠躬如也。"此二句形容廟令威嚴謹敬的姿態。

〔一三〕盃珓:亦稱"杯角"、"盃教"、"盃角",古占卜用具,以兩片蚌殼(或竹、木)擲地,視其伏仰以定吉凶,詳見程大昌《演繁露》。最吉:謂最靈驗。此二句寫廟令讓來客擲盃珓占卜吉凶。

〔一四〕甘長終:甘心終老。《史記·扁鵲列傳》:"棄捐填溝壑,長終而不得返。"

〔一五〕"侯王"二句:謂對於做王侯將相久已絕望,即使嶽神福佑也難以有什麽効驗。

〔一六〕捭映:捭,同"掩";遮掩襯託。朣朧(tóng lóng):似明不明貌。朣,當作"瞳"。潘岳《秋興賦》:"月瞳朧以含光兮,露淒清以凝冷。"

〔一七〕"猿鳴"句:此翻用謝靈運《從斤竹澗越嶺溪行詩》:"猿鳴誠知曙。"鐘動,指廟裏敲鐘。"杲杲"句:謂日出東方,一夜過去,應題目"宿"字。杲杲,明亮貌。《詩經·衛風·伯兮》:"其雨其雨,杲杲出日。"

【評箋】 黃震《黃氏日鈔》卷五九:惻怛之忱,正直之操,坡老所謂"能開衡山之雲"者也。

方東樹《昭昧詹言》卷十二:莊起,陪起。此典重大題,首以議爲叙,中叙中夾寫。意境託句俱奇創。以己收。凡分三段。"森然"句奇縱。

程學恂《韓詩臆説》:七古中此爲第一。後來惟蘇子瞻解得此詩,所以能作《海市》詩。……我公富貴不能移、威武不能屈之節操,忽於嬉笑中無心現露。公志在傳道,上接孟子,即《原道》及此詩可證也。文與詩義自各別。故公於《原道》、《原性》諸作皆正言之,以垂教也;而於詩中多諧言之,以寫情也。

按:此詩作於量移北上途中,言志曠然正大,謂"正直"可以通神;但"神縱欲福難爲功",陡然反跌,感慨頗深。詩中寫衡嶽,寫得雄偉奇麗,描摹生動;又用陪襯與想像,多方爲山嶽傳神。具體點染處,如入寺祭奠一節，形容如畫。一起極其雄健，一結餘意無窮。此詩可與同是記宿山寺的《山石》詩相對照，顯出韓詩雄健高古的風格。

赴江陵途中寄贈王二十補闕李十一拾遺李二十六員外翰林三學士〔一〕

　　孤臣昔放逐，血泣追愆尤〔二〕。汗漫不省識，恍如乘桴浮〔三〕。或自疑上疏，上疏豈其由〔四〕？是年京師旱，田畝少所收〔五〕。上憐民無食，征賦半已休〔六〕。有司恤經費，未免煩徵求〔七〕。富者既云急，貧者固已流〔八〕。傳聞閭里間，赤子棄渠溝〔九〕。持男易斗粟，掉臂莫肯酬〔一〇〕。我時出衢路，餓者何其稠〔一一〕。親逢道邊死，佇立久咿嚘〔一二〕。歸舍不能食，有如魚中鉤。適會除御史，誠當得言秋〔一三〕。拜疏移閣門，爲患寧自謀〔一四〕。上陳人疾苦，無令絕其喉〔一五〕。下陳畿甸內，根本理宜優〔一六〕。積雪驗豐熟，幸寬待蠶繅〔一七〕。天子惻然感，司空嘆綢繆〔一八〕。謂言即施設，乃反遷炎州〔一九〕。同官盡才俊，偏善柳與劉〔二〇〕。或慮語言洩，傳之落冤讎。二子不宜爾，將疑斷還不。中使臨門遣，頃刻不得留〔二一〕。病妹臥牀褥，分知隔明幽〔二二〕。悲啼乞就別，百請不頷頭〔二三〕。弱妻抱稚子，出拜忘憂羞。傴僂不迴顧，行行詣連州〔二四〕。朝爲青雲士，暮作白首囚〔二五〕。商山季冬月，冰凍絕行輈〔二六〕。春風洞庭浪，出沒驚孤舟。逾嶺到所任，低顏奉君侯〔二七〕。寒酸何足道，隨事生瘡疣〔二八〕。

遠地觸途異，吏民似猿猴〔二九〕。生獰多忿很，辭舌紛嘲啁〔三〇〕。白日屋簷下，雙鳴鬭鵂鶹〔三一〕。有蛇類兩首，有蠱羣飛游〔三二〕。窮冬或搖扇，盛夏或重裘。颶起最可畏，訇哮簸陵丘〔三三〕。雷霆助光怪，氣象難比侔〔三四〕。癘疫忽潛遘，十家無一瘳〔三五〕。猜嫌動置毒，對案輒懷愁〔三六〕。前日遇恩赦，私心喜還憂〔三七〕。果然又羈繫，不得歸鋤耰〔三八〕。此府雄且大，騰凌盡戈矛〔三九〕。棲棲法曹掾，何處事卑陬〔四〇〕？生平企仁義，所學皆孔周〔四一〕。早知大理官，不列三后儔〔四二〕。何況親犴獄，敲搒發姦偷〔四三〕。懸知失事勢，恐自罹置罦〔四四〕。湘水清且急，涼風日脩脩〔四五〕。胡爲首歸路，旅泊尚夷猶〔四六〕。昨者京使至，嗣皇傳冕旒〔四七〕。赫然下明詔，首罪誅共吺〔四八〕。復聞顛夭輩，峩冠進鴻疇〔四九〕。班行再蕭穆，璜珮鳴琅璆〔五〇〕。佇繼貞觀烈，邊封脫兜鍪〔五一〕。三賢推侍從，卓犖傾枚鄒〔五二〕。高議參造化，清文煥皇猷〔五三〕。協心輔齊聖，政理同毛牦〔五四〕。《小雅》詠鳴鹿，食苹貴呦呦〔五五〕。遺風邈不嗣，豈憶嘗同裯〔五六〕。失志早衰換，前期擬蜉蝣〔五七〕。自從齒牙缺，始慕舌爲柔〔五八〕。因疾鼻又塞，漸能等薰蕕〔五九〕。深思罷官去，畢命依松楸〔六〇〕。空懷焉能果？但見歲已遒〔六一〕。殷湯閔禽獸。解網祝蛛蝥〔六二〕。雷煥掘寶劍，冤氛銷斗牛〔六三〕。茲道誠可尚，誰能借前籌〔六四〕？殷勤謝吾友，明月非暗投〔六五〕。

〔一〕此詩爲離衡州赴江陵途中所作，時間應在前詩後。王二十補闕：
　　王涯，字廣津，太原(今山西太原市)人，貞元八年進士(與韓愈爲

"同年"),登宏辭,釋褐藍田尉,貞元二十年召充翰林學士,拜右拾
遺、左補闕。李十一拾遺:李建,字杓直,趙郡(今河北趙縣)人,
舉進士,授秘書省校書郎,擢右拾遺,翰林學士。李二十六員外:
李程,字表臣,隴西(今甘肅隴西縣)人,貞元十二年進士,登宏辭,
二十年入爲監察御史,充翰林學士,三遷爲員外郎。翰林學士:
唐初置翰林,爲内廷供奉之官,玄宗時又置學士院,以翰林學士掌
内制;韓愈寫此詩時李程已罷學士。此詩題或無"翰林"二字,或
逕作《寄三學士》。

〔二〕孤臣:謂失勢無援之臣。《孟子·盡心上》:"獨孤臣孽子,其操心
也危,其慮患也深,故達。"放逐:指貶陽山事。泣血:《禮記·檀
弓》:"高子皋之執親之喪也,泣血三年。"此指三年之喪。追愆
(qián)尤:追悔過失。愆,罪過。張衡《東京賦》:"卒無補於風
規,祇以昭其愆尤。"

〔三〕汗漫:不着邊際。《淮南子·俶真訓》:"甘暝於溷澖之域,而徙倚
於汗漫之宇。"高注:"汗漫,無生形。"怳(huǎng):精神恍忽。乘
桴(fú)浮:謂乘着木排飄浮。語出《論語·公冶長》:"道不行,乘
桴浮於海。"桴,以竹木編成的舟。此二句形容自己不知有什麼罪
過,模糊不清。

〔四〕"或自"二句:謂疑惑因上疏得罪。上疏指上《御史臺上論天旱人
饑狀》。

〔五〕"是年"二句:《舊唐書·德宗紀》:"(貞元十九年)自正月至是(六
月)未雨,分命祈禱山川。秋七月戊午,以關輔饑,罷吏部選、禮部
貢舉……八月乙未,大雨霖。"

〔六〕半已休:謂一半已停止徵收。

〔七〕"有司"二句:言官府顧惜支出費用,仍然苛刻徵收賦稅。有司:
指官府。《資治通鑑》卷二三六:"京兆尹嗣道王(李)實務徵求以
給進奉,言於上曰:'今歲雖旱,而禾苗甚美。'由是租稅皆不減。
人窮至壞屋賣瓦木、麥苗以輸官。"

〔八〕既云急:已經感到緊張。云,語助辭,無實義。固已流:本來已經

逃亡了。流,逃亡。

〔九〕閭里:里巷。《周禮·天官·小宰》:“以官府之八成經邦治……三曰聽閭里以版圖。”疏:“在六鄉則二十五家爲閭,在六遂則二十五家爲里。”赤子:嬰兒。《書·康誥》:“若保赤子,惟民其康乂。”孔傳:“子生赤色,故言赤子。”

〔一○〕“持男”二句:言用男孩來換一斗糧食,都搖臂而去没有答應的。掉臂,搖臂不顧。《史記·孟嘗君列傳》:“馮驩曰:‘日暮之後過朝市者,掉臂而不顧。’”《御史臺上論天旱人饑狀》:“今年已來,京畿諸縣夏逢亢旱,秋又早霜,田種所收,十不存一。陛下恩踰慈母,仁過陽春,租賦之間,例皆蠲免。所徵至少,所放至多,上恩雖弘,下困猶甚。至聞有棄子逐妻以求口食,坼屋伐樹以納税錢,寒餒道塗,斃踣溝壑。”

〔一一〕衢路:大路。《爾雅·釋宮》:“四達謂之衢。”

〔一二〕道邊死:死通“尸”,尸體。《左傳》哀公一六年:“白公奔山而縊,其徒微之,生拘石乞,而問白公之死焉。”佇立:久立。咿嚘(yī yōu):嘆息聲。

〔一三〕“適會”句:貞元十九年冬,韓愈自四門博士除監察御史。陳《勘》:“唐制:三院御史有缺,悉由御史大夫及中丞薦授……公之入臺,時李汶爲中丞,蓋由汶薦。”監察御史,正八品上,掌分察百僚,巡按州縣,糾視刑獄,肅整朝儀。得言秋:謂得以向朝廷進言的時候。

〔一四〕拜疏:拜而上疏。移閣門:謂至東上閣門,在宣政殿後,爲平日常事上奏之所。此二句謂自己向朝廷上疏諫天旱,雖明知危及自身,但不爲一己打算。

〔一五〕絶其喉:謂斷糧。

〔一六〕畿甸:指京城地區。《書·益稷》:“弼成五服。”孔傳:“五服,侯、甸、綏、要、荒服也,服五百里。”畿,天子領地。理宜優:道理上宜加優待。《御史臺上論天旱人饑狀》:“又京師者,四方之腹心,國家之根本,其百姓實宜倍加憂恤。”

〔一七〕此二句仍是諫疏中的意思：因冬季多雪可知來年必然豐收，請待絲成麥熟時再徵收賦稅。待蠶麰(móu)：謂等待絲成麥熟；麰，大麥。《御史臺上論天旱人饑狀》：“今瑞雪頻降，來年必豐。急之則得少而人傷，緩之則事存而利遠。伏乞特敕京兆府：應今年稅錢及草粟等在百姓腹內徵未得者，並且停徵，容至來年蠶麥，庶得少有存立。”

〔一八〕惻然感：悲憫受感動。惻然，憂傷貌。司空：指杜佑。《舊唐書·德宗紀》：“(貞元十九年)三月壬子朔，以杜佑檢校司空同中書門下平章事、太清宮使。”綢繆(chóu móu)：情意殷勤。《三國志·蜀書·蜀先主傳》：“先主至京見(孫)權，綢繆恩紀。”此二句謂上疏起初得到皇帝、宰相的肯定。

〔一九〕施設：施行。遷炎州：指貶陽山。遷，左遷，貶官。炎州，南方酷暑之地。

〔二〇〕此下六句是自己對貶官緣由的推測。貞元十九年閏十月，劉禹錫任監察御史，柳宗元爲監察御史裏行，均與韓愈善，並爲“同官”，韓疑心或有譏評朝廷權臣(王叔文等)之言被劉、柳洩露，但他又覺得二人品質忠直不至如此。《資治通鑑》卷二三六：“(王)叔文……密結翰林學士韋執誼及當時朝士有名而求速進者陸淳、呂溫、李景儉、韓曄、韓泰、陳諫、柳宗元、劉禹錫等，定爲死友。而凌準、程异等又因其黨以進，日與遊處，蹤跡詭秘，莫有知其端者。”

〔二一〕中使：朝廷使者，唐時多由宦者充任。臨門遣：到家門遣送。“頃刻”句：唐制，重罪譴譴官員聞詔即行。

〔二二〕“分知”句：謂料想到這是生離死別。分，料想。明幽，生死。

〔二三〕頷頭：點頭允諾。

〔二四〕僶俛(mǐn miǎn)：勉力，此謂强制自己。賈誼《新書·勸學》：“舜僶俛而加志。”

〔二五〕青雲士：指地位清要的朝官。《史記·伯夷列傳》：“閭巷之士，欲砥行立名者，非附青雲之士，惡能施於後世哉。”白首：陳《選》：“指著白衣冠——罪人的服裝。又可作白身——平民——解。”可備一解。

〔二六〕商山：在唐商州(今陜西商洛市)東，亦稱商嶺、商坡。季冬月：十二月。絶行輈：斷絶車輛通行。唐時自長安南下襄漢，路出商山。

〔二七〕"逾嶺"句：謂越過南嶺到陽山。韓愈自湖南至嶺南走郴州、臨武、連州一路，須翻越騎田嶺等高山。"低顔"句：謂畏慎小心地事奉所在連州地方官。君侯，指連州刺史。

〔二八〕生瘡疣：喻惹出麻煩。

〔二九〕觸途異：謂所遭逢的一切人事都與中原不同。

〔三〇〕生獰：兇惡貌。忿很：暴戾好鬪。很，通"狠"。辭舌：謂言語。嘲啁(zhōu)：鳥鳴聲，此指方言古怪難懂。

〔三一〕鵂鶹(xiū liú)：猫頭鷹。《博物志·佚文》："鵂鶹鳥一名鴟鵂，畫目無所見，夜則目至明。人截爪甲棄路地，此鳥夜至人家，拾取爪視之，則知吉凶，輒便鳴，其家有殃。"

〔三二〕"有蛇"句：劉恂《嶺表異録》卷下：(兩頭蛇)"一頭有口眼，一頭似蛇而無口眼。"類，大抵。"有蠱"句：顧野王《輿地志》："(蠱)飛遊妄走，中之則斃。"又參閲《八月十五夜贈張功曹》注〔六〕。

〔三三〕訇(hōng)哮：風勢猛烈。訇，擬聲詞。簸陵丘：撼動山嶺。

〔三四〕光怪：謂奇光，閃電。比侔：比況。侔(móu)，等。

〔三五〕癘疫：傳染病。《周禮·天官·疾醫》："四時皆有癘疾。"鄭注："癘疾，氣不和之疾。"潛遘：謂不知不覺間遇到。遘，遭遇。瘳(chōu)：病愈。《書·金縢》："王翼日乃瘳。"

〔三六〕猜嫌：猜忌;《三國志·蜀書·劉巴傳》："歸附非素，懼見猜嫌。"此二句謂人們動輒在食物中放毒，因此不敢進食。

〔三七〕"前日"二句：據《舊唐書·順宗紀》：貞元二十一年正月癸巳(二十三日)德宗崩;丙申(二十六日)，順宗即位於太極殿;二月甲子(二十四日)，御丹鳳樓，大赦天下。由於順宗即位，王叔文一派進一步鞏固了地位，因此韓愈遇赦"喜還憂"。

〔三八〕羈縶(zhí)：束縛，指被羈留在南方。縶，拴縛馬匹。歸耡櫌：歸田務農。耡，同"鋤";櫌，播種時覆土。詩意指遇赦北歸。

〔三九〕此府:指江陵。騰凌:氣勢雄大。《尉繚子》:"人人無不騰凌張膽,絶乎疑慮。"江陵爲荆南節度使府所在地,因此寫軍容盛大。

〔四〇〕棲棲:慌亂不安貌。《漢書·叙傳》:"是以聖喆之治,棲棲皇皇。"法曹掾:指任法曹參軍。掾,僚屬。事卑陬:做讓人慚愧的事。卑陬,慚愧貌。《莊子·天地》:"子貢卑陬失色,頊頊然不自得。"

〔四一〕企仁義:嚮往仁、義之道。企:舉足而望。

〔四二〕此二句謂在歷史上掌刑法的皐陶(《史記·五帝本紀》謂皐陶作士,即獄官之長。)不與伯夷、禹、稷"三后"等列。儔:同輩。《後漢書·楊賜傳》:"賜自以代非法家言,曰:'三后成功,惟殷于民,皐陶不與焉,蓋吝之也。'"李注:"吝,恥也;殷,盛也。《尚書》曰:'伯夷降典,折人惟刑;禹平水土,主名山川;稷降播種,農植嘉穀,三后成功,惟殷于人。'言皐陶不預其數者,蓋恥之。"

〔四三〕親犴(àn)獄:接近牢獄。犴,古代鄉亭拘留刑犯之所。敲搒:擊打;搒(péng),笞擊;指施刑。發姦偷:揭露罪行;姦偷,邪惡狡猾之人。此表不滿自己任法曹刑獄之職。

〔四四〕懸知:久已知道。罹罦罛(jú fú):陷于刑獄。罹,遭遇。罦罛,本義指捕獸的網。《莊子·胠篋》:"削格、羅落、罦罛之知多,則獸亂於澤矣。"此二句説自己早知道處身於不利地位,深恐自身陷入刑獄。

〔四五〕脩脩:猶"蕭蕭",風聲。

〔四六〕首歸路:出發踏上歸途。首,始。旅泊:旅途中停留。夷猶:同"夷由",遲疑不進。屈原《九歌·湘君》:"君不行兮夷猶,蹇誰留兮中洲。"此二句謂夏秋之際自陽山出發,途中多有停留。

〔四七〕京使:原作"京師",從陳《勘》"當從蜀本作'京使'"校改。魏《集》亦作"京使"。嗣皇:即位的新皇帝,指唐憲宗李純。傳冕旒:謂即帝位。冕旒,古代天子禮冠,冠前檐有組纓垂掛玉珠稱旒,天子冕十二旒。這裏"昨者"指前些天,謂在郴州得憲宗即位詔書。

〔四八〕赫然:鮮明貌。誅共吺:處罰共工、驩兜,喻處置王叔文、王伾。《尚書·舜典》:"流共工于幽州,放驩兜于崇山。"吺,"兜"古字。

共工、驩兜是與舜對抗的部落首領。據《資治通鑑》卷二三六：永貞元年(即貞元二十一年)八月壬寅(十日)，詔貶王伾開州(今重慶開縣)司馬、王叔文渝州(今重慶市)司戶。

〔四九〕顛夭輩：輔佐周文王的太顛、閎夭一類人，指當朝大臣。《書·君奭》："惟文王尚克修和我有夏，亦惟有若虢叔，有若閎夭，有若散宜生，有若泰顛，有若南宮括。"峨冠：高冠。這是儒臣的象徵。鴻疇：鴻同"洪"，此指《尚書》中的《洪範》、《九疇》兩篇，前者傳爲商末箕子作向周武王陳述天地之大法，後者傳爲禹治天下的九類大法，引申指治國良策。《書·洪範》："天乃錫禹《洪範》、《九疇》，彝倫攸叙。"又："以箕子歸，作《洪範》。"此二句歌頌朝廷當政者賢明有治國之術；其時宰相爲杜黄裳、鄭餘慶等人。

〔五〇〕班行：猶言"朝列"，羣臣朝見排班。璜珮：玉珮；半璧爲璜。琅璆(láng qiú)：均爲美玉。璆，亦作"球"。《書·貢禹》："黑水西河惟雍州……厥貢惟球琳琅玕。"

〔五一〕佇繼，立待承繼。貞觀烈："貞觀之治"那樣的功業。烈，功業。邊封：邊疆。封，疆界。脱兜鍪：謂解除武備。兜鍪，頭盔，又稱"胄"。

〔五二〕"三賢"句：謂王涯、李建、李程等三人被推選爲侍從之官。"卓犖"句：謂三人才能出衆高過枚乘和鄒陽。卓犖，此處義爲卓絶不凡。枚乘與鄒陽都是西漢梁孝王客，以文名重於世。謝惠連《雪賦》："召鄒生，延枚叟。"

〔五三〕參造化：參與天地之造化萬物，謂創造新世界。煥皇猷：使帝王的謀劃發揚光大。《隋書·牛弘傳》："今皇猷遐闡，化覃海外。"此二句贊揚王涯等人的議論、文章。

〔五四〕輔齊聖：輔佐與聖人等齊的帝王。《書·囧命》："昔在文、武，聰明齊聖。"政理：政治。同毛輶(yóu)：本意爲如毛一樣輕，謂致治容易。輶，輕。《詩經·大雅·蒸民》："德輶如毛，民鮮克舉之。"

〔五五〕"小雅"二句：《詩經·小雅·鹿鳴》曰："呦呦鹿鳴，食野之苹。我有嘉賓，鼓瑟吹笙。吹笙鼓簧，承筐是將。人之好我，示我周行。"

《序》曰:"鹿鳴,燕羣臣嘉賓也。"《淮南子·泰族訓》曰:"鹿鳴興於
獸,君子大之,取其見食而相呼也。"此二句引《詩》表示希望王涯
等人援引。

〔五六〕遺風:指《鹿鳴》詩中表現的珍重賓友的上古遺風。邈不嗣:早已
無人繼承。邈,遠。同裯:指親密伙伴。裯同"幬",床帳。《詩
經·秦風·無衣》:"豈曰無衣,與子同袍。"曹植《贈白馬王彪》:
"何必同衾幬,然後展慇懃。"

〔五七〕衰換:衰老。蜉蝣:一種壽命極短的小蟲。《詩經·曹風·蜉
蝣》:"蜉蝣之羽。"陸璣《毛詩草木鳥獸魚蟲疏》卷下:"蜉蝣,方土
語也,通謂之渠略……隨雨而出,朝生而夕死。"此二句謂自己志
不得施已未老先衰,瞻念前途不會活很久了。

〔五八〕舌爲柔:劉向《説苑·敬慎》:"老子曰:'夫舌之存也,豈非以其柔
邪?齒之亡也,豈非以其剛邪?'"

〔五九〕等薰蕕:謂不辨香臭。此與上二句均爲感慨憤激之語。薰,香
草;蕕,臭草。《左傳》僖公四年:"一薰一蕕,十年尚猶有臭。"

〔六〇〕畢命:了結餘生。依松楸:松樹與楸樹多植於墓地,此"松楸"指
祖塋。此二句謂想罷官回鄉了此餘生。

〔六一〕歲已遒(qiú):年歲已晚。遒,盡。宋玉《九辯》:"歲忽忽而遒盡
兮,恐余壽之弗將。"

〔六二〕"殷湯"二句:《史記·殷本紀》:"湯出,見野張網四面,祝曰:'自
天下四方皆入吾網。'湯曰:'嘻,盡之矣。'乃去其三面,祝曰:'欲
左,左;欲右,右。不用命,乃入吾網。'諸侯聞之曰:'湯德至矣,及
禽獸。'"蛛蝥,傳爲發明網罟的人,"祝蛛蝥"即祝願張網者網開一
面。這裏舉殷湯德及禽獸暗示自己亦應解脱羈束。

〔六三〕"雷焕"二句:據《晉書·張華傳》:吳未滅時,斗牛(二十八宿中的
斗宿和牛宿)之間常有紫氣,吳滅愈明。張華以豫章人雷焕妙達
緯象,共尋之,補焕爲豐城令,到縣掘獄屋基,入地四丈,得一石
函,中有龍泉、太阿二劍,是夕斗、牛間氣不復見。此二句舉雷焕
掘劍,冤氣頓銷,表示希望起用冤滯。

〔六四〕兹道：指“殷湯解網”和“雷焕掘劍”中體現的用人之道。可尚：可以推崇。借前籌：《史記·留侯世家》：“臣請藉前箸爲大王籌之。”籌，計算用的數碼，引申爲謀劃；“借前籌”即指劃獻策之意。

〔六五〕殷勤：懇切。謝吾友：告吾友。明月：指夜明珠。《漢書·鄒陽傳》：“臣聞明月之珠，夜光之璧，以闇投人於道，衆莫不按劍相眄者，何則？無因而至前也。”這裏表示希望自己獻詩能有結果。

【評箋】　黄震《黄氏日抄》卷五十九：次叙明密，是記事體。内有云：“早知大理官，不列三后儔。何況親犴獄，敲榜發姦偷。”此語可警世俗。蓋比肩唐虞之朝者，大禹、皋陶、稷、契也（按：此與《後漢書·楊賜傳》有異，參閲注〔四二〕）。禹平水土，稷教播種，而契教以人倫，是謂“三后”，獨皋陶不預焉。三后子孫爲三代，享國長久；雖益之後爲秦，亦緜延千百祀。獨皋陶之後無聞焉。或謂皋陶之所司者，刑也。漢高祖再整宇宙，一時際會，如蕭、曹、韓信、張良。蕭之後爲蕭梁；曹之後爲曹魏；張良好道家學，至今名天師者亦其後。獨韓信夷族，以其所用者兵，而刑之大者也。皋陶明刑，所以輔唐虞之仁，雖不當以漢事比，然且不得列三后之儔，則刑之不可易言昭昭也。司刑君子，其可不盡心歟！

王鳴盛《蛾術編》卷七十六：方崧卿云：公陽山之貶，《寄三學士》詩叙述甚詳，而《行狀》但云“爲幸臣所惡，出宰陽山。”《神道碑》亦只云：“因疏關中旱饑，專政者惡之。”而公詩云：“或自疑上疏，上疏豈其由。”則是未必上疏之罪也。又曰：“同官盡才俊，偏善柳與劉。或慮語言泄，傳之落冤讎。”《岳陽樓》詩云：“前年出官由，此禍最無妄。姦猜畏彈射，斥逐恣欺誑。”是蓋爲王叔文等所排矣。《憶昨行》云：“伾文未揃崖州熾，雖得赦宥常愁猜。”是其爲叔文等所排，豈不明甚？特無所歸咎，駕其罪於上疏耳。昌黎於俱文珍不知其將爲惡，而輕以文假借之；於叔文不知其忠於爲國，心疑讒譖而恨之，此不知人之故也。叔文行政，首貶京兆尹李實爲通州長史，而實乃毁愈者也；贈故忠州别駕陸贄兵部尚書，謚曰“宣”，而贄乃愈之座主也；罷宫市爲五坊小兒，而此事乃愈所諫正也；諸道除正勅賦税外，諸色雜税並禁斷，除上供外不得别有進奉，貞元二十一年十月以前百姓所欠諸色課利、租賦、錢帛共五十二萬六千八百四十一貫、石、匹、束並除免,正愈詩所云"適會除御史,誠當得言秋。拜疏移閣門,爲忠寧自謀"者也。愈與叔文,事事牴合如此。愈固大賢,叔文亦忠良,乃目爲共、咬,以嗣王誅之爲快,非不知人邪? 又疑柳、劉言洩。子厚《答許孟容書》:"與負罪者親善,奇其能,謂可共立仁義。"《叔文母劉夫人墓銘》:"叔文堅明直亮,獻可替否,利安之道,將施於人。"子厚心事光明如此,若云"洩言"、"冤讎"以賣其友,夢得亦不肯,況子厚邪?

按:韓愈貶陽山緣由,歷來衆説紛紜。王鳴盛據韓詩自述加以分析,斷定是被王叔文集團所排擠,應爲確論。但韓愈與"二王、劉、柳"在觀念與作爲上有重大矛盾,造成政治上的對立,也是事實。此不具論。本詩是陳情乞援之作,但全篇自明心迹,高自標置,從而佔下地步,没有卑下乞憐之態,氣格高昂倔强。全詩長篇叙事,是如宋人批評的"押韻之文"(沈括《夢溪筆談》、魏泰《臨漢隱居詩話》),但感情深沉,描摹情境相當生動,叙事多感慨,並不給人以"格不近詩"的冗淡之感,反而讓人感到富贍雄肆,氣象萬千。本詩長篇大幅却一韻到底,多用奇字險韻,在聲韻連貫的流動中造成奇突拗折,很好地烘托出詩情,這再一次顯示了詩人用韻的功力。

洞庭湖阻風贈張十一署〔一〕

十月陰氣盛,北風無時休。蒼茫洞庭岸,與子維雙舟〔二〕。霧雨晦争泄,波濤怒相投〔三〕。犬雞斷四聽,糧絶誰與謀〔四〕。相去不容步,險如礙山丘。清談可以飽,夢想接無由〔五〕。男女喧左右,飢啼但啾啾〔六〕。非懷北歸興,何用勝羈愁〔七〕。雲外有白日,寒光自悠悠。能令暫開霽,過是吾無求〔八〕。

〔一〕此詩爲赴江陵途中過洞庭湖與張署唱和之作。

〔二〕維雙舟：謂繫船以避風。

〔三〕晦争泄：争相宣泄陰晦之氣。

〔四〕斷四聽：四方聲響斷絶。糧絶：《論語·衛靈公》：“(孔子)在陳絶糧，從者病，莫能興。”

〔五〕清談：應璩《與侍郎曹長思書》：“幸有袁生，時步玉趾。樵蘇不爨，清談而已。”夢想：《古詩》：“獨宿累長夜，夢想見容輝。”

〔六〕男女：指男女孩童。啾啾：擬聲詞，悲啼聲。

〔七〕此二句謂若不是懷抱北歸的興致，又用什麽來克服這羈旅的愁情呢？

〔八〕開霽：雲開雨止。霽，雨止。宋玉《高唐賦》：“風止雨霽，雲無處所。”

岳陽樓別竇司直〔一〕

洞庭九州間，厥大誰與讓〔二〕。南匯羣崖水，北注何奔放〔三〕。潴爲七百里，吞納各殊狀〔四〕。自古澄不清，環混無歸向〔五〕。炎風日搜攪，幽怪多冗長〔六〕。軒然大波起，宇宙隘而妨〔七〕。巍峨拔嵩華，騰踔較健壯〔八〕。聲音一何宏，轟輷車萬兩〔九〕。猶疑帝軒轅，張樂就空曠〔一○〕。蛟螭露筍簴，縞練吹組帳〔一一〕。鬼神非人世，節奏頗跌踼〔一二〕。陽施見誇麗，陰閉感悽愴〔一三〕。朝過宜春口，極北缺隄障〔一四〕。夜纜巴陵洲，叢芮纔可傍〔一五〕。星河盡涵泳，俯仰迷下上〔一六〕。餘瀾怒不已，喧聒鳴甕盎〔一七〕。明登岳陽樓,輝焕朝日亮。飛廉戢其威,清晏息纖纊〔一八〕。泓澄湛凝綠,物影巧相况〔一九〕。江豚時出戲,驚波忽蕩瀁〔二〇〕。時當冬之孟,隙竅縮寒漲〔二一〕。前臨指近岸,側坐眇難望。滌濯神魂醒,幽懷舒以暢〔二二〕。主人孩童舊,握手乍忻悵〔二三〕。憐我竄逐歸,相見得無恙〔二四〕。開筵交履舄,爛漫倒家釀〔二五〕。杯行無留停,高柱送清唱〔二六〕。中盤進橙栗,投擲傾脯醬〔二七〕。歡窮悲心生,婉孌不能忘〔二八〕。念昔始讀書,志欲干霸王〔二九〕。屠龍破千金,為藝亦云亢〔三〇〕。愛才不擇行,觸事得讒謗〔三一〕。前年出官由,此禍最無妄〔三二〕。公卿採虛名,擢拜識天仗〔三三〕。姦猜畏彈射,斥逐恣欺誑〔三四〕。新恩移府庭,逼側廁諸將〔三五〕。于嗟苦駑緩,但懼失宜當〔三六〕。追思南渡時,魚腹甘所葬〔三七〕。嚴程迫風帆,劈箭入高浪〔三八〕。顛沉在須臾,忠鯁誰復諒〔三九〕。生還真可喜,剋己自懲創〔四〇〕。庶從今日後,粗識得與喪〔四一〕。事多改前好,趣有獲新尚〔四二〕。誓耕十畝田,不取萬乘相〔四三〕。細君知豔織,稚子已能餉〔四四〕。行當掛其冠,生死君一訪〔四五〕。

〔一〕岳陽樓在岳州(今湖南岳陽市)城西門上,下瞰洞庭湖,為登臨勝地。竇司直名庠,字冑卿,釋褐國子博士,轉吏部侍郎,陟大理司直,權知岳州刺史。此詩為韓愈赴江陵過岳州告別竇庠所作。大理司直,掌承制出使推案,從六品上;這是竇庠的京銜(虛銜)。竇有和答《酬韓愈侍郎登岳陽樓見贈》詩。

〔二〕此二句謂洞庭湖是九州間最大的湖泊。《書·禹貢》劃分中國為冀、豫、雍、揚、兗、徐、梁、青、荆九州(《周禮·夏官·職方氏》九州無徐、梁而有幽、并;《爾雅·釋地》則無青、梁而有幽、營)。誰與

讓：謂無可匹敵。《荀子·正論》：“夫有誰與讓矣。”楊注：“讓者，
勢位均敵之名。”

〔三〕此二句謂自南方匯集源出南嶺諸水，向北又濤濤流入長江；流入
洞庭的有湘、資、沅、澧等江河。

〔四〕潴(zhū)：水停積。七百里：《方輿勝覽》：“洞庭湖在巴陵縣西，西
吞赤沙，南連青草，橫亘七八百里。”又參閱《八月十五夜贈張功
曹》注〔四〕。吞納：形容容納江河。郭璞《江賦》：“并吞沅、澧，汲
引沮、漳……呼吸萬里，吐納靈潮。”

〔五〕澄不清：經沉澱也不清澈。《後漢書·黃憲傳》：“叔度(憲)汪汪
若千頃陂，澄之不清，淆之不濁，不可量也。”環混：水流盤旋
交錯。

〔六〕搜攬：騷擾。冗長(zhǎng)：多而無用。長，多餘。陸機《文賦》：
“故無取乎冗長。”

〔七〕軒然：高舉貌。隘而妨：此謂洪波捲起，宇宙都顯得狹窄而成
阻礙。

〔八〕巍峨：高峻貌。騰踔(chuó)：跳躍。踔，通“趠”，踢。左思《吳都
賦》：“狑䝙猓然，騰趠飛超。”此二句形容波浪聲勢：超越嵩山、華
山，似在騰躍比高。

〔九〕轟輵(hé)：同“轟磕”，擬聲詞，此處形容車輪滾動聲。司馬相如
《上林賦》：“砰磅轟磕。”司馬彪：“皆水聲也。”兩，通“輛”。

〔一〇〕軒轅：即黃帝，傳說中華夏民族的祖先。張樂：奏樂。空曠：空
曠之地。《莊子·天運》：“帝張《咸池》之樂於洞庭之野。”謝朓《新
亭渚別范零陵詩》：“洞庭張樂地，瀟湘帝子遊。”這裏形容濤聲如
洞庭張樂。

〔一一〕筍簴(jù)：同“筍虡”、“簨虡”、“拘虡”，古代懸鐘磬的架，橫曰筍，
直曰簴。《周禮·考工記·梓人》：“梓人為筍虡。”此句承上“張
樂”，謂波濤形似蛟螭撞出了筍簴。縞練：白色絲綢。生絲曰縞，
熟絲曰練。組帳：為出行者餞行所設帳篷。鮑照《數名詩》：“六
樂陳廣坐，組帳揚春風。”此句形容波濤如勁風吹起白色營帳，語

本枚乘《七發》描寫浙江潮："其少進也,浩浩澄澄,如素車白馬帷蓋之張。"

〔一二〕節奏:謂波濤推湧的節拍。《禮記·樂記》:"節奏合以成文。"跌踢:踢通"蕩",抑揚頓挫。

〔一三〕此二句以陰陽變化形容湖上氣象:一時陽氣發舒景物顯得艷麗,一時陰氣閉塞又讓人感到悽涼悲愴。《淮南子·原道訓》:"與陰俱閉,與陽俱開。"揚雄《甘泉賦》:"帥爾陰閉,霅然陽開。"

〔一四〕宜春口:通往江西宜春的港汊,在岳陽西南;宜春,古縣,今江西袁州市。陳《勘》謂是岳陽南洞庭中小洲渚名。隄障:隄同"堤";堤壩。

〔一五〕纜:維舟。巴陵洲:岳州自前宋元嘉年間稱巴陵郡,隋廢,自天寶元年(七四二)至乾元元年(七五八)復置。叢芮(ruì):水涯雜草叢生之處。芮,通"汭",河流彎曲之處。

〔一六〕星河:星辰與銀河。杜甫《閣夜》:"三峽星河影動搖。"涵泳:謂沈浸其中。左思:《吳都賦》:"黿鼉鯖鰐,涵泳乎其中。"此二句謂星河映照在水面上,人們俯仰之間辨不清水天。

〔一七〕餘瀾:餘波。《梁書·敬帝紀》:"雖泰山頹峻,一簣不遺;而泗水餘瀾,千載猶在。"喧聒:刺耳鬧聲。郭璞《江賦》:"其羽族也……千類萬聲,自相喧聒。"甕盎(wèng àng):罌子和大腹歛口的盆子。《莊子·德充符》:"甕盎大癭。"此二句謂餘波仍然震蕩,就好像許多甕盎撞擊發出的聲音。

〔一八〕飛廉:傳說中的風神。屈原《離騷》:"前望舒使先驅兮,後飛廉使奔屬。"王逸:"飛廉,風伯也。"戢(jí)其威:收斂起它的威風。戢,收斂。清晏:晴朗無雲。揚雄《羽獵賦》:"天清日晏。"許慎:"晏,無雲也。"息纖繀:猶言紋絲不動;《書·禹貢》"厥篚纖繀。"正義:"繀是新綿耳,纖是細,故言細綿。"此句意本木華《海賦》:"輕塵不飛,纖蘿不動。"

〔一九〕泓澄:水清深貌。湛凝綠:形成濃重的深綠色。湛,深厚。相況:相比。此二句謂湖水清深呈現濃重如凝的綠色,岸上景物與水中倒影相互對映。

〔二〇〕江豚:《玉篇》:"鱝,鮬魚,一名江豚,欲風則踊。"瀁:同"漾"。

〔二一〕冬之孟:孟冬,十月。此二句謂時屆初冬,一切縫隙孔穴(指江湖)都收縮了,因而寒流漲起。

〔二二〕滌濯:清洗。幽懷:懷抱,心懷。

〔二三〕主人:指竇庠。孩童舊:少時舊識。韓愈與竇庠兄弟早年定交。據長慶二年(八二二)所作《唐故國子司業竇公(牟,庠二兄)墓誌銘》:"愈少公十九歲,以童子得見,於今四十年。"則與竇氏兄弟結識在十幾歲時。乍忻悵:乍忻乍悵,忽喜忽悲。忻,通"欣"。

〔二四〕無恙:平安無事。《説文解字》:"恙,憂也。"《戰國策·齊策》:"威后問使者曰:'歲亦無恙耶?民亦無恙耶?王亦無恙耶?'"

〔二五〕交履舄(xì):履舄交錯。古代席地而坐,脱鞋入席,履舄交錯是形容賓客衆多。鞋單底爲履,複底而着木者爲舄。《史記·滑稽列傳》:"履舄交錯,杯盤狼藉。"爛漫:同"爛熳",此處形容放浪不拘。劉向《列女傳》卷七《夏桀末喜》:"造爛漫之樂。"家釀:家製酒。《世説新語·賞譽》:"劉尹云:'見何次道飲酒,使人欲傾家釀。'"

〔二六〕杯行:飲宴中傳遞酒杯飲酒。王粲《公讌詩》:"但愬杯行遲。"高柱:柱謂琴柱,柱高則弦急。此句是説高揚的琴聲爲清亮的歌唱伴奏。

〔二七〕傾脯醬:傾倒肉醬。脯,乾肉。

〔二八〕歡窮:歡極。《史記·滑稽列傳》:"酒極則亂,樂極則悲。"婉孌:此謂情意深摯。婉,通"惋",歡。孌(luán),慕。《後漢書·朱佑傳贊》:"婉孌龍姿,儷景同釁。"李注:"婉孌,猶親愛也。"

〔二九〕干霸王(wàng):干求王霸之業,即求爲輔相。《左傳》閔公元年:"親有禮,因重固,閒攜貳,覆昏亂,霸王之器也。"

〔三〇〕此二句謂費千金之産學屠龍之技,技藝也够高超的了。《莊子·列禦寇》:"朱泙漫學屠龍於支離益,單千金之家,三年技成,而無所用其巧。""屠龍"有藝高而無用的意思。亢,高。

〔三一〕觸事：遇事。此二句謂自己擇友不慎，指結交劉、柳等人。

〔三二〕無妄：出其不意。《易·無妄》："六三。無妄之災。或繫之牛，行人之得，邑人之災。"

〔三三〕擢拜：拔擢而拜官。識天仗：謂任監察御史爲近侍之官。天仗，指朝堂天子儀仗。

〔三四〕姦猜：姦狡而多疑的人。畏彈射：害怕上封章揭露指斥。彈射，以言論指責。張衡《西京賦》："街談巷議，彈射臧否。"斥逐：指被貶陽山。恣欺誑：恣意欺騙造謠。此二句謂王叔文等人害怕被論諫，用欺騙方法給自己定罪貶官。

〔三五〕"新恩"句：謂順宗即位施赦量移爲江陵法曹參軍。府庭，指荊南節度使府。"逼側"句：謂自己被拘束廁身於軍府無知武將之中；逼側，謂相迫近；司馬相如《上林賦》："逼側泌瀄。"司馬彪："逼側，相迫也。"廁，側身，參與。

〔三六〕于嗟：感嘆詞。于同"吁"。苦駑緩：苦於自己才能低下。駑緩，如劣馬一樣遲緩。失宜當：失時宜，不合宜。此二句慨嘆自己才能低下，深恐動不合宜。陳《勘》："當，謂奏當也。'奏當'見《漢書》師古注，謂當處其罪。時公量移江陵法曹，故云爾。言惟恐司刑而不得其平也。"可備一解。

〔三七〕南渡：指南下陽山過洞庭時。魚腹：屈原《漁父》："寧赴湘流，葬於江魚之腹中。"

〔三八〕嚴程：程期限制嚴格。劈箭：喻如箭射入。此二句謂南行時王命催促，只好加速行舟，冒風浪前進。

〔三九〕顚沉：翻船沉沒。忠鯁：忠誠耿直。《世説新語·規箴》注引《吴録》："(陸)遜族子(凱)忠鯁有大節，篤志好學。"諒：諒解。此二句説如果當時在須臾之間沉船淹没，那又有誰瞭解自己的忠誠耿直呢。

〔四〇〕剋己：約束自己。《論語·顏淵》："克己復禮爲仁。"自懲創：懲戒自己。

〔四一〕庶：庶幾，希冀之詞。

〔四二〕前好：以前所嗜好。趣：通"趨"，旨趣。《孟子・告子下》："三子者不同道，其趨一也。一者何也？曰仁也。"新尚：時下所崇尚。此二句謂自己要更改前習，追隨時流。

〔四三〕萬乘相：謂宰相、高官。《孟子・梁惠王上》："萬乘之國，弒其君者必千乘之家。"注："萬乘，謂天子也。"

〔四四〕細君：妻子。《漢書・東方朔傳》："歸遺細君。"顏注："細君，朔妻之名。一説：細，小也，朔輒自比於諸侯，謂其妻曰小君。"餉：謂餉飯，送飯。

〔四五〕行當：將要，預擬之詞。掛其冠：謂棄官而歸隱。《後漢書・逢萌傳》："萌謂友人曰：'三綱絶矣，不去，禍將及人。'即解冠挂東都城門歸。""生死君一訪"即"君一訪生死"。王僧孺《送殷何兩記室詩》："儻有還書便，一言訪生死。"結出竇司直，謂自己歸隱後，希望他前來訪問。

【評箋】 唐庚《文録》：過岳陽樓，觀杜子美詩不過四十字爾，氣象閎放，涵蓄深遠，殆與洞庭爭雄，所謂"富哉言乎"者。太白、退之，率爲大篇，極其筆力，終不逮也。杜詩雖小而大，餘詩雖大而小。

何焯《義門讀書記・昌黎集》卷一：注：劉禹錫有和篇。按：劉詩見《外集》。"炎風日搜攪"，只賦其大，便是死句，借風形容，因爲比興。"朝過宜春口"，宜春口未詳，注以宜春郡當之，謬甚。"餘瀾怒不已"，歸到風上。"飛廉戢其威"二句，此聯是詩中轉關，生出下半。"江豚時出戲"，風之餘。"憐我竄逐歸"，伏後追思南渡一段。此下皆賦清宴之意。"此禍最無妄"，不説人以無罪。"姦猜畏彈射"一聯，退之出官，頗猜劉、柳泄其情於韋、王，乃此詩即以示劉，令其屬和，毋乃强直而疏淺乎！或者竇庠語次深明劉、柳之不然，勸其因倡和以兩釋疑猜，而劉亦忍訕以自明也。"嚴程迫風帆"，關合。（按：劉禹錫和詩爲《韓十八侍郎見示岳陽樓別竇司直因令屬和重以自述故足成六十二韻》。）

沈德潛《唐詩別裁》卷四：前兩段陽開陰闔，入竇司直後見忠直被謗，而以追思南渡數語挽轉前半，筆力矯然。

按：此詩前半鋪寫洞庭景色，後半叙事，開闔轉折，層次井然，雄文大筆，神氣貫注。寫洞庭，描繪風濤激蕩與風恬雨霽兩幅畫面，誇張奇麗，立譬新穎，又以議論點綴其間，極其生動鮮明。自"主人孩童舊"轉入別竇庠，叙述人生坎坷，世態翻覆，感傷身世，寄情友人。此種磊落長篇，盡力鋪排，窮極筆力，用語用韻更逞奇求新，典型地表現出韓詩特色。詩中評説"永貞事變"，斥"二王"爲"姦猜"，則表現出韓愈在政治上的偏向了。

【附録】
竇庠《酬韓愈侍郎登岳陽樓見贈時予權知岳州事》

巨浸連空闊，危樓在杳冥。稍分巴子國，欲近老人星。昏旦呈新候，川原按舊經。地圖封七澤，天限鎖重扃。萬象皆歸掌，三光豈遁形。月車繞碾浪，日御已翻溟。落照金城柱，餘霞翠擁屏。夜光疑漢曲，寒韻辨湘靈。山晚雲常碧，湖春草遍青。軒黄曾舉樂，范蠡幾揚舲。有客初留鵷，貪程尚數驛。自當徐孺榻，不是謝公亭。雅論冰生水，雄材刃發硎。座中瓊玉潤，名下苣蘭馨。假手誠知拙，齋心匪暫寧。每慙公府粟，却憶故山苓。苦調當三歎，知音願一聽。自悲由也瑟，敢墜孔悝銘。野杏初成雪，松醪正滿瓶。莫辭今日醉，長恨古人醒。(《竇氏連珠集》卷四)

劉禹錫《韓十八侍御見示岳陽樓別竇司直詩
因令屬和重以自述故足成六十二韻》

楚江何蒼然，曾瀾七百里。孤城寄遠目，一寫無窮已。蕩漾浮天蓋，四環宣地里。積漲在三秋，混成非一水。冬遊見清淺，春望多洲渚。雲錦遠沙明，風烟青草靡。火星忽南見，月魄方東迤。雪波西山來，隱若長城起。獨專朝宗路，駛悍不可止。支川讓其威，蓄縮至南委。熊武走蠻落熊、武，二溪名，瀟湘來奧鄙。炎蒸動泉源，積潦搜山趾。歸往無旦夕，包含通遠邇。行當白露時，眇視秋光裏。曙色未昭晰，露華遥斐亹。浩耳神骨清，如觀混元始。我風忽震盪，驚浪迷津涘。怒激鼓鏗訇，蹙成山巋砈。鷗鵬疑變化，岡象何恢詭。噓吸寫樓臺，騰驤露鬐尾。景移羣動息，波静繁音弭。明月出中央，青天絶纖滓。素光淡無際，緑静平如砥。空

影渡鵁鴻，秋聲思蘆葦。鮫人弄機杼，貝闕駢紅紫。珠蛤吐玲瓏，文鰩翔
踦旎。水鄉吳蜀限，地勢東南庳。翼軫粲垂精，衡巫屹環峙。名雄七澤
藪，國辨三苗氏。唐羿斷修蛇，荆王憚〔丁逹反〕青兕。秦狩跡猶在，虞巡路
從此。軒后奏宮商，騷人詠蘭芷。茅嶺潛相應，橘洲傍可指。郭璞驗幽
經，羅含著前紀。觀律戚里族，按道侯家子。聯袂登高樓，臨軒笑相視。
假守亦高卧〔賣時權領郡事〕，墨曹正垂耳〔韓亦量移江陵法曹〕。契闊話溫涼，壺觴慰
遷徙。地偏山水秀，客重杯槃侈。紅袖花欲然，銀燈晝相似。興含更抵
掌，樂極同啓齒。筆鋒不能休，藻思一何綺。伊余負微尚，凤昔懣知己。
出入金馬門，交結青雲士。襲芳踐蘭室，學古遊槐市。策慕宋前軍，文師
漢中壘。陋容昧俯仰，孤志無依倚。衞足不如葵，漏川空歎蟻。幸逢萬
物泰，獨處窮途否。鍛翮重疊傷，兢魂再三褫。蓬瑗亦屢化，左丘猶有
恥。桃源訪仙宮，薜服祠山鬼。故人南臺舊，一別如弦矢。今朝會荆巒，
斗酒相宴喜。爲余出新什，笑抃隨伸紙。奕若觀五色，歡然臻四美。委
曲風濤事，分明窮達旨。洪韻發華鐘，淒音激清徵。羊濬要〔平聲〕共和，江
淹多雜擬。徒欲仰高山，焉能追逸軌。湘洲路四達，巴陵城百雉。何必
顔光禄，留詩張内史。

永　貞　行〔一〕

君不見太皇亮陰未出令，小人乘時偷國柄〔二〕。北軍
百萬虎與貔，天子自將非他師〔三〕。一朝奪印付私黨，懍
懍朝士何能爲〔四〕。狐鳴梟噪爭署置，睗睒跳踉相嫵
媚〔五〕。夜作詔書朝拜官，超資越序曾無難〔六〕。公然白
日受賄賂，火齊磊落堆金盤〔七〕。元臣故老不敢語，晝卧
涕泣何汍瀾〔八〕。董賢三公誰復惜，侯景九錫行可歎〔九〕。
國家功高德且厚，天位未許庸夫干〔一○〕。嗣皇卓犖信英

主,文如太宗武高祖〔一一〕。膺圖受禪登明堂,共流幽州鯀死羽〔一二〕。四門肅穆賢俊登,數君匪親豈其朋〔一三〕。郎官清要爲世稱,荒郡迫野嗟可矜〔一四〕。湖波連天日相騰,蠻俗生梗瘴癘烝〔一五〕。江氛嶺祲昏若凝,一蛇兩頭見未曾〔一六〕。怪鳥鳴喚令人憎,蠱蟲羣飛夜撲燈〔一七〕。雄虺毒螫墮股肱,食中置藥肝心崩〔一八〕。左右使令詐難憑,慎勿浪信常兢兢〔一九〕。吾嘗同僚情可勝,具書目見非妄徵〔二〇〕,嗟爾既往宜爲懲〔二一〕。

〔一〕永貞,唐憲宗李純年號;貞元二十一年(八〇五)八月,順宗李誦被迫禪位,改元永貞。在順宗朝執政的王叔文一派官僚先後被貶官,柳宗元初貶邵州(今湖南邵陽市)刺史,劉禹錫連州刺史。劉南行過江陵,會見韓愈,愈示以《岳陽樓別竇司直》詩,劉有和詩(參見前詩)。此詩即贈劉之作,應作於是年十月初至江陵時。劉擬前往的連州即韓舊貶之地。不久劉、柳等人遭加貶,劉朗州(今湖南常德市)司馬,柳永州(今湖南永州市)司馬。

〔二〕"君不見"句:謂唐順宗李誦即位後中風不語,不能直接發號施令;《舊唐書·順宗紀》:"(貞元二十一年)八月丁酉朔,庚子詔:⋯⋯宜令皇太子即皇帝位,朕稱太上皇。"亮陰(ān),同"亮闇"、"梁闇"、"諒陰"、"涼陰",本爲天子居喪之稱。《書·說命上》:"王宅憂,亮陰三祀。"孔傳:"陰,默也;居憂信默,三年不言。"《舊唐書·順宗紀》:"貞元二十一年正月癸巳,德宗崩。丙申,即位於太極殿。上自二十年九月風病不能言。暨德宗不豫,諸王親戚皆侍醫藥,獨上臥病不能侍。""小人"句:謂王叔文一派人利用時機奪取朝政大權。乘時,《孟子·公孫丑上》:"雖有智慧,不如乘勢;雖有鎡基,不如待時。"國柄,謂朝政大權。《六韜·守土》:"無借人國柄;借人國柄,則失其權。"《舊唐書·王叔文傳》:"德宗崩,已宣遺詔,時上寢疾久,不復關庶政,深居施簾帷。閹官李忠言、美人牛昭容侍左右。百官上議,自帷中可其奏。王伾常諭上屬意叔文,宮中諸黃門稍稍知之。其日,召自右銀臺門,居于翰林爲學士。叔文與吏部郎中韋執誼相善,請用爲宰相。叔文因王伾,伾因李忠言,忠言因牛昭容,轉相結構。事下翰林,叔文定可否,宣於中書,俾執誼承奏於外。"

〔三〕北軍:唐禁衞軍,因置於宮城北,故稱北衙。《舊唐書‧音樂志》:"北衙四軍(謂羽林、龍武、神武、神策)甲士,未明陳仗。"虎與貔(pí):喻勇如虎貔;貔,猛獸名,豹屬。《書‧牧誓》:"如虎如貔。"天子自將:這是歪曲的説法,掩飾宦官掌禁軍統率權。《舊唐書‧德宗紀》:"(貞元十二年六月)乙丑,初置左、右護軍中尉監,中護軍監,以授宦官。以左、右神策軍使竇文場、霍僊鳴爲左、右神策護軍中尉監;以左、右神威軍使張尚進、焦希望爲左、右神威中護軍監。"自此禁軍兵權即掌在宦官之手。

〔四〕此二句實指王叔文等謀奪宦者兵權,也是委曲説法。私黨指本派黨羽;懍懍朝士,指反對王叔文派的官僚。懍懍,嚴正貌。《世説新語‧品藻》:"廉頗、藺相如雖千載上死人,懍懍恒如有生氣。"事實上謀奪兵權並未成功。《舊唐書‧王叔文傳》:"(叔文)引其黨與竊語,謀奪內官兵柄,乃以故將范希朝統京西北諸鎮行營兵馬使,韓泰副之。初,中官尚未悟。會邊上諸將各以狀辭中尉,且言方屬希朝,中人始悟兵柄爲叔文所奪。中尉乃止諸鎮,無以兵馬入希朝。"

〔五〕狐鳴梟噪:喻小人喧囂如狐狸、鴟梟鳴叫。爭署置:爭相任命爲官。《資治通鑑》卷二三六:"榮辱進退,生於造次,惟其所欲,不拘程式。士大夫畏之,道路以目。素與往還者,相次拔擢,至一日除數人。"賜睒(shī shǎn)跳踉(liáng):形容猖狂得意。賜睒,目狂視。左思《吳都賦》:"輕禽狡獸,周章夷猶,狼跋乎縱中,忘其所以睒睒,失其所以去就。"跳踉,跳躍。《晉書‧諸葛長民傳》:"眠中驚起跳踉,如與人相打。"相嫵媚:相互取悦。

〔六〕"夜作"二句:形容急速拔擢私黨。超資越序,謂不顧資歷與昇遷次序，如韋執誼自吏部郎中爲相等。

〔七〕火齊：玫瑰珠石。班固《西都賦》：“翡翠火齊，流耀含英。”磊落：
　　衆多貌。潘岳《閒居賦》：“石榴蒲陶之珍，磊落蔓衍乎其側。”或以
　　爲“磊落者，亦珠琲之類也。”（龐元英《文昌雜録》卷四）《舊唐書·
　　王叔文傳》：“而伾與叔文及諸朋黨之門，車馬填湊，而伾門尤盛，
　　珍玩賂遺，歲時不絶。”

〔八〕元臣故老：前朝舊臣和老臣。晝卧：謂失權歸卧不再理事。汍
　　瀾：流淚貌。參閲《齪齪》詩注〔四〕。《資治通鑑》卷二三六：“（永
　　貞元年三月）賈耽以王叔文黨用事，心惡之，稱疾不出，屢乞骸骨。
　　丁酉，諸宰相會食中書。故事，宰相方食，百寮無敢謁見者。叔文
　　至中書，欲與執誼計事，令直省通之。直省以舊事告，叔文怒，叱
　　直省。直省懼，入白。執誼逡巡慚赧，竟起迎叔文，就其閣語良
　　久。杜佑、高郢、鄭珣瑜皆停筯以待。有報者云：‘叔文索飯，韋相
　　公已與之同食閣中矣。’佑、郢心知不可，畏叔文、執誼，莫敢出言。
　　珣瑜獨嘆曰：‘我豈可復居此位。’顧左右，取馬徑歸，遂不起。”

〔九〕董賢三公：董賢，字聖卿，漢雲陽人。據《漢書·董賢傳》，哀帝時
　　賢以貌美便辟善媚得寵幸，元壽元年（前二）封高安侯，欲極其位，
　　遂以賢爲大司馬衛將軍，賢年二十二爲三公。侯景九錫：侯景，
　　字萬景，南朝梁懷朔人。據《梁書·侯景傳》，景初爲北朝爾朱榮
　　將，後歸高歡，又附梁，封河南王，矯詔自加九錫，冕十有二旒，建
　　天子旌旗，後叛梁自立爲帝。九錫，是古代帝王尊禮大臣的九種
　　器物，賜九錫往往是奪取帝位的前奏，九種器物説法、排列不同，
　　一般爲一曰車馬，二曰衣服，三曰樂則，四曰朱户，五曰納陛，六曰
　　虎賁，七曰斧鉞，八曰弓矢，九曰秬鬯。行：且。此二句謂王叔文
　　等位超三公，欲加九錫，有篡逆之心。

〔一〇〕天位：帝位。庸夫：平庸的小人。干：干求。

〔一一〕嗣皇：指憲宗李純。卓犖：卓越傑出。文如太宗：文治如唐太宗
　　李世民。武高祖：武功如唐高祖李淵。

〔一二〕膺圖：受瑞應之圖。圖，圖讖，預告吉祥的文書圖記。潘岳《爲賈

謐作贈陸機詩》：“子嬰面櫬，漢祖膺圖。”受禪（shàn）：接受讓與帝位。禪，禪讓，自動讓帝位與賢德，實則多是掩飾篡奪帝位的説法。登明堂：謂登上殿堂；明堂爲古代帝王宣明政教之所，或以爲明堂與清廟、太廟、太室、辟雍爲一事。共流幽州：流放共工於幽州。鯀死羽：殛鯀於羽山。相傳共工、鯀、驩兜、三苗爲堯臣，並稱“四凶”，流共工、殛鯀見《書·舜典》。這裏指憲宗即位，流貶王叔文等人。

〔一三〕“四門”句：謂新朝廣用四方賢明之士；《書·舜典》：“賓於四門，四門穆穆。”孔傳：“穆穆，美也；四門，四方之門。舜流四凶族，四方諸侯來朝者舜賓迎之，皆有美德，無凶人。”登，進用。“數君”句：謂劉禹錫、柳宗元等人並非王叔文派親信，不是他們的朋黨。

〔一四〕郎官清要：劉禹錫在順宗朝任屯田員外郎，柳宗元爲禮部員外郎，均爲尚書省郎官，爲清要之職。荒郡迫野：指劉、柳貶地連州、邵州爲荒涼迫窄之地。嗟可矜：可悲嘆憐憫。此二句謂劉、柳在王叔文執政時只任清要之職，現貶非其罪是可矜憫的。

〔一五〕日相騰：謂洞庭湖水每日波浪喧騰。蠻俗生梗：南方少數民族地區風俗野蠻强橫。《北史·郭彥傳》：“蠻左生梗，不營農業。”瘴癘烝：瘴癘之氣薰蒸。

〔一六〕江氛嶺祲（jīn）：謂江上山嶺間的毒霧。氛，預示災禍的凶氣。祲，陰陽二氣相侵形成的不祥雲氣。一蛇兩頭：參閲《赴江陵途中寄贈三學士》詩注〔三二〕。見未曾：未嘗見。

〔一七〕“蠱蟲”句：參閲《八月十五夜贈張功曹》詩注〔六〕。

〔一八〕雄虺：雄的毒蛇。虺（huǐ），毒蛇。毒螫：以毒刺人。墮股肱：使大腿與胳臂斷落。食中置藥：參見《赴江陵途中寄贈三學士》注〔三六〕。

〔一九〕使令：使令之人，婢僕。難憑：難以依靠。浪信：輕易相信。兢兢：小心戒慎貌。《詩經·小雅·小旻》：“戰戰兢兢，如臨深淵，如履薄冰。”

〔二〇〕吾嘗同僚：謂與劉同在御史臺爲監察御史。《左傳》文公七年：

“同官爲僚。吾嘗同僚，敢不盡心乎？”情可勝：謂情不可盡。勝，
盡。妄徵：胡亂説。徵，證明。
〔二一〕爾：指劉禹錫。宜爲懲：應做爲戒鑑。懲，戒；或謂此“懲”爲懲前
　　　毖後之意。

【評箋】　蔡啓《蔡寬夫詩話》：退之陽山之貶，史不載所由。以其詩
考之，亦爲王叔文、韋執誼等所排爾。所謂“伾、文未揃崖州熾，雖有赦宥
常愁猜”是也。時柳子厚、劉禹錫同爲御史，二人於退之最爲厚善，然至
此不能無疑。故其詩云：“同官盡才俊，偏善柳與劉。或慮言語泄，傳之
落冤讎。二子不應爾，欲疑斷還不。”蓋伾、文用事時，亦極力網羅人物，
故韓、柳輩皆在彀中。然退之豈終爲人役者？雖不能自脱離，可視劉、柳
終有閒。及其爲《永貞行》，憤疾至云“數君匪親豈其朋”，又曰“吾嘗爲僚
情可勝”，則亦見其坦夷尚義，待朋友終始也。

黄徹《䂬溪詩話》卷五：莊子文多奇變，如“技經肯綮之未嘗”，乃未嘗
技經肯綮也。詩句中時有此法，如昌黎“一蛇兩頭見未曾”、“拘官計日
月”、“欲近不可又”、“君不强起時更難”……餘人罕敢用。

愛新覺羅・弘曆《唐宋詩醇》卷二九：前幅天昏地暗，中間日出冰銷，
閱至後幅，又如凄風苦雨。文生於情，變幻如是。

何焯《義門讀書記・昌黎集》卷一：“一朝奪印付私黨”，叔文欲奪中
人兵柄，還之天子，此事未可因其人而厚非之。下文“九錫”、“天位”等
語，直欲坐之以反，公於是乎失大人長者之度矣。“董賢三公誰復惜”四
句，二連過矣，有傷詩教。“具書目見非妄徵”二句，“具書目見”亦有君來
路吾歸路之意，非長者言也。末句言將來朝士咸宜以數子既往之事懲躁
進也。

王鳴盛《蛾術編》卷七十六：“太皇亮陰未出令，小人乘時偷國柄”，揭
出王叔文偷柄更明白。夫傅得諸版築，吕起於漁釣，叔文之進用何嫌？
且二月方得柄，八月即遠斥，叔文亦可憐矣。又云“北軍百萬虎與貔，天
子自將非他師。一朝奪印付私黨，懍懍朝士何能爲”。《新唐書・兵志》：
天子禁軍者，南北衙兵也。南衙諸衛兵，北衙禁軍。上元中，以北衙軍使

衛伯玉爲神策軍節度使,魚朝恩爲監軍。後朝恩以軍歸禁中,分爲左、右廂,勢居北軍右,遂爲天子禁軍,非他軍比。自肅宗以後,北軍增置不一。京畿之西,多以神策鎮之。塞上往往稱神策行營,皆内統於中人。叔文用事,欲取神策兵柄,乃用故將范希朝爲左、右神策京西諸城鎮行營兵馬節度使,以奪宦者權而不克。亦以宦者典兵爲"天子自將",且云"奪印付私黨"。《新書·希朝傳》稱其"治軍整毅,當世比之趙充國",歷叙其安民、禦虜、保塞之功,與《舊書·韓遊瓌傳》所云"大將范希朝善將兵,名聞軍中"者正合,豈可謂之"私黨"乎?唐天子被弑者自憲宗始,以後大權咸歸宦者。昌黎地下有靈,得無悔乎?又云"董賢三公誰復惜,侯景九錫行可嘆。國家功高德且厚,天位未許庸夫干",董賢以男寵進,而以比叔文,可謂擬不於倫,亦太不爲順宗地;侯景篡梁,豈可以比叔文?且何至説到干"天位"?真所謂惡而不知其美者。

按:關於"永貞革新"的性質,自范仲淹(《述夢詩序》,《范文正公集》卷六)至王鳴盛已多有辨正。韓愈此詩,集中反映了他對德宗末至順宗朝這場政爭的保守態度,並爲迎合當道而對革新派人士誣衊攻訐,這成爲他生平的污點。但他詩中對劉、柳等人又表回護與同情,流露出他思想上的矛盾。因此這首詩是瞭解韓愈思想的重要材料。

感春四首(選二)〔一〕

皇天平分成四時,春氣漫誕最可悲〔二〕。雜花粧林草蓋地,白日座上傾天維〔三〕。蜂喧鳥咽留不得,紅蕚萬片從風吹〔四〕。豈如秋霜雖慘冽,摧落老物誰惜之〔五〕。爲此徑須沽酒飲,自外天地棄不疑。近憐李杜無檢束,爛漫長醉多文辭〔六〕。屈原《離騷》二十五,不肯餔啜糟與

醨〔七〕。惜哉此子巧言語，不到聖處寧非癡〔八〕。幸逢堯
舜明四目，條理品彙皆得宜〔九〕。平明出門暮歸舍，酩酊
馬上知爲誰〔一〇〕。

〔一〕此組詩爲元和元年春在江陵作。

〔二〕皇天平分：宋玉《九辯》：“皇天平分四時兮。”漫誕：散漫無拘貌。
　　　首二句用宋玉典，翻宋玉悲秋意。

〔三〕雜花粧林：謂林樹花開。丘遲《與陳伯之書》：“暮春三月，江南草
　　　長，雜花生樹，羣鶯亂飛。”傾天維：謂動搖了天之常道；傾，傾側；
　　　天維，天經，天之常軌。張衡《西京賦》：“振天維，衍地絡，蕩川瀆，
　　　籠林薄。”

〔四〕鳥咽：形容鳥鳴如咽。紅萼萬片：意本杜甫《曲江二首》：“一片花
　　　飛減却春，風飄萬點正愁人。”

〔五〕慘列：凄慘懍列。司馬相如《美人賦》：“流風慘列，素雪飄零。”張
　　　衡《西京賦》：“雨雪飄飄，冰霜慘烈。”老物：此謂欲彫之草木；老
　　　物本指萬物，爲古代蜡祭對象。《周禮·春官·籥章》：“國祭蜡，
　　　則龡《豳頌》，擊土鼓，以息老物。”鄭注：“求萬物而祭之者，萬物助
　　　天成歲事，至此，爲其老而勞，乃祀而老息之，於是國亦養老焉。”
　　　“慘”，魏《集》作“凛”，童《校》以爲言秋霜“凛列”爲長。

〔六〕李杜：李白與杜甫。檢束：拘束。爛漫長醉：謂長期狂放醉酒；
　　　李、杜自陳長醉的詩如李白《將進酒》：“鐘鼓饌玉不足貴，但願長
　　　醉不願醒。”杜甫：“誰能更拘束，爛醉是生涯。”

〔七〕“屈原”句：《前漢書·藝文志》：“屈原賦二十五篇。”一般以爲合
　　　《離騷》一、《九歌》十一、《九章》九、《天問》一、《遠遊》、《卜居》、
　　　《漁父》各一共二十五篇。“不肯”句：屈原《漁父》中漁父規勸説：
　　　“聖人不凝滯於物，而能與世推移……衆人皆醉，何不餔其糟而啜
　　　其醨？”屈原不能接受。糟，酒滓；醨，薄酒。

〔八〕巧言語：謂善辭賦。《史記·屈原列傳》：“博聞彊志，明於治亂，
　　　嫻於辭令。”不到聖處：古稱清酒爲聖人，酒醉爲“中聖人”，不到

聖處即不能"爛漫長醉"之意。《三國志·魏書·徐邈傳》:"魏國初建,爲尚書郎。時科禁酒,而邈私飲至於沈醉。校書趙達問以曹事,邈曰:'中聖人。'達白之太祖,太祖甚怒。度遼將軍鮮于輔進曰:'平日醉客謂酒清者爲聖人,濁者爲賢人。'"

〔九〕堯舜:謂堯舜之君,指憲宗。明四目:《書·舜典》:"明四目,達四聰。"孔傳:"廣視聽於四方,使天下無壅塞。"條理品彙:謂致治有法度。條理,層次,脈絡,《孟子·萬章下》:"金聲也者,始條理也;玉振也者,終條理也。始條理者,智之事也;終條理者,聖之事也。"品彙,品種類別。《晉書·孝友傳序》:"資品彙以順名,功包萬象。"

〔一〇〕"酩酊"句:語本陶潛《五柳先生傳》:"先生不知何許人也,亦不詳其姓字。"又《晉書·山簡傳》:"簡優游卒歲,唯酒是耽……時有童兒歌曰:'山公出何許,往至高陽池。日夕倒載歸,酩酊無所知……'"

我恨不如江頭人,長網橫江遮紫鱗。獨宿荒陂射鳧鴈,賣納租賦官不嗔〔一〕。歸來歡笑對妻子,衣食自給寧羞貧。今者無端讀書史,智慧只足勞精神〔二〕。畫蛇著足無處用,兩鬢雪白趨埃塵〔三〕。乾愁漫解坐自累,與衆異趣誰相親〔四〕。數盃澆腸雖暫醉,皎皎萬慮醒還新〔五〕。百年未滿不得死,且可勤買抛青春〔六〕。

〔一〕荒陂(bēi):荒涼的湖邊。陂,澤畔障水之岸。《詩·陳風·澤陂》:"彼澤之陂,有蒲與荷。"嗔:怒。

〔二〕無端:沒來由。悔恨之詞。

〔三〕畫蛇著足:畫蛇添足。《戰國策·齊策》:"楚有祠者,賜其舍人卮酒。舍人相謂曰:'數人飲之不足,一人飲之有餘,請畫地爲蛇,先

成者飲酒。'一人蛇先成,引酒且飲之,乃左手持巵,右手畫蛇曰:
'吾能爲之足。'未成,一人之蛇成,奪其巵曰:'蛇固無足,子安能
爲之足?'遂飲其酒。爲蛇足者,終亡其酒。"趨埃塵:謂奔定於塵
埃之中。

〔四〕乾愁:謂空愁而無益。坐自累:由于自己的過失。異趣:意趣與
衆不同。《史記·李斯傳》:"非主以爲名,異趣以爲高。"此二句謂
消解自己的窮愁卻終受自身之累,與衆人意趣不同又有誰親近。

〔五〕澆腸:謂飲酒。《世説新語·任誕》:"王孝伯問王大:'阮籍何如
司馬相如?'王大曰:'阮籍胸中壘塊,故須酒澆之。'"皎皎:清
晰貌。

〔六〕且可:張相《詩詞曲語辭匯釋》:"且可,且也,可爲助詞。"拋青春:
酒名。李肇《唐國史補》卷下:"酒則有郢州之富水,烏程之若下,
滎陽之土窟春,富平之石凍春,劍南之燒春……"唐俗以"春"
名酒。

【評箋】 許顗《彦周詩話》:韓退之詩云:"酩酊馬上知爲誰。"此七字
用意哀怨,過於痛哭。

黃震《黃氏日鈔》卷五九:謂春光漫誕之可悲,甚於秋霜摧落之不足
惜。此意亦奇。東坡云:"春蟾投醪光陸離。不比秋光,只爲離人照斷
腸。"皆是此意翻出。

何焯《義門讀書記·昌黎集》卷一:《四愁》、《十八拍》之間,而筆力
逾健。

方東樹《昭昧詹言》卷十二:第二首(按:即前選第一首)比興。本言
近學三人,而故非之,曲折。"豈如"句,折深。"近憐"四句,以曠爲憤,放
縱豪闊意高,胸襟遠大,勢亦闊遠。"平明"句,不得職之故。深開荆公。

馬星翼《東泉詩話》卷一:退之《感春》詩:"近憐李杜無檢束……不到
聖處寧非癡。"大似史論,實驚人語也。渠欲到聖處,不愧所言。

程學恂《讀韓臆説》:末首(按:即前選第二首)鬱憤極矣,吐爲此吟,
其音悲而遠。至"皎皎萬慮醒還新",可以泣鬼神矣。

醉贈張秘書〔一〕

人皆勸我酒，我若耳不聞。今日到君家，呼酒持勸君。爲此座上客，及余各能文。君詩多態度，藹藹春空雲〔二〕。東野動驚俗，天葩吐奇芬〔三〕。張籍學古淡，軒鶴避雞羣〔四〕。阿買不識字，頗知書八分〔五〕。詩成使之寫，亦足張吾軍〔六〕。所以欲得酒，爲文俟其醺〔七〕。酒味既泠冽，酒氣又氛氳〔八〕。性情漸浩浩，諧笑方云云〔九〕。此誠得酒意，餘外徒繽紛〔一〇〕。長安衆富兒，盤饌羅羶葷〔一一〕。不解文字飲，惟能醉紅裙〔一二〕。雖得一餉樂，有如聚飛蚊〔一三〕。今我及數子，固無蕕與薰〔一四〕。險語破鬼膽，高詞媲皇墳〔一五〕。至寶不雕琢，神功謝鋤耘〔一六〕。方今向泰平，元凱承華勛〔一七〕。吾徒幸無事，庶以窮朝曛〔一八〕。

〔一〕張秘書即張署。署於貞元初曾任秘書省校書郎，這裏是依俗以舊京銜相稱。詩作於元和元年二人同官江陵時。魏《集》等以秘書爲張徹，誤。

〔二〕態度：風姿。《荀子・修身》：“容貌態度，進退趨行，由禮則雅。”藹藹：茂盛貌。束晳《補亡詩》：“瞻彼崇丘，其林藹藹。”此二句說對方的詩如春雲布空，舒捲無方。

〔三〕東野：孟郊，見《孟生》詩。天葩(pā)：天花。葩，草木的花。此二句形容孟郊詩奇崛驚俗，如天花散發異香。

〔四〕張籍：見《此日足可惜贈張籍》。古淡：古樸淡雅。軒鶴：乘軒之鶴。軒，有帷幕的車子。《左傳》閔公二年：“衛懿公好鶴，鶴有乘軒者。"孔疏:"服虔曰:'車有藩曰軒。'"春秋時大夫乘軒。雞羣:《世説新語・容止》:"有人語王戎曰:'嵇延祖卓卓如野鶴之在雞羣。'"此二句形容張籍詩風古淡,如鶴立雞羣。何焯《義門讀書記》以爲"'避'當作'辟',言軒鶴一至,雞羣辟易也。猶《孟子》'行辟人'之'辟',與上驚俗語意相類也。"

〔五〕阿買:韓愈子侄輩一人小名,不詳確指。不識字:謂不解文字之學。書八分:寫八分書。八分書爲漢字書體的一種,相傳爲秦王次仲所造,具體解釋各異:或以爲二分似隸八分似篆故曰八分;近人以爲八分非定名,小篆爲大篆之八分,漢隸爲小篆之八分,今隸爲漢隸之八分等。錢《釋》:"阿買既能書八分,則公謂之不識字者,不識文字之形義耳,非如世俗之不識字也。"

〔六〕張吾軍:謂張大我們一派的聲勢。《管子・七法》:"是故張軍而不能戰……則可破毀也。"

〔七〕俟其醺:等待大家醉酒。這裏是説大家飲酒沉醉作出好詩。

〔八〕泠洌(líng liè):清涼。泠,涼;洌,水潔淨。《易・井》:"井洌寒泉,食。"氛氲(fēn yūn):盛多貌。謝惠連《雪賦》:"氛氲蕭索。"

〔九〕浩浩:開朗貌。諧笑:調笑。云云:亦作"芸芸",衆多貌。《老子》:"夫物芸芸,各復歸其根。"河上公注:"芸芸者,華葉盛。"

〔一〇〕繽紛:雜亂貌。張衡《思玄賦》:"私湛憂而深懷兮,思繽紛而不理。"

〔一一〕盤饌:盤中飯菜,此指飲食。羶薰:指各種肉食。羶,牛羊腥氣。《吕氏春秋・本味》:"肉獲者臊,草食者羶。"

〔一二〕解:張相《詩詞曲語辭匯釋》卷一:"解,猶會也;得也;能也……李白《月下獨酌》詩:'月既不解飲,影徒隨我身。'不解飲,不會飲也。"此二句謂富家兒不能在詩文酬唱中以酒助興,只能沉醉在歌伎身邊。

〔一三〕一餉:一時。聚飛蚊:形容飲酒喧鬧。朱翌《猗覺寮雜記》:"《楞嚴經》云:'一切衆生,如一器中聚百蚊蚋,啾啾亂鳴,於方寸中鼓發狂鬧。'退之雖闢佛,然亦觀其書。"

〔一四〕“今我”二句：謂自己與孟郊、張籍、張署等氣味相投。猶與薰，參閱《赴江陵途中寄贈三學士》詩注〔五九〕。

〔一五〕險語：奇險的言詞。媲(pì)皇墳：匹配三皇的《三墳》。媲，比配。皇墳，《尚書序》：“伏羲、神農、黃帝之書，謂之《三墳》。”

〔一六〕至寶：最完美的玉石。神功：神奇的技藝。《南史·謝惠連傳》：“(謝靈運)嘗於永嘉西堂思詩，竟日不就，忽夢見惠連，即得‘池塘生春草’，大以爲工。嘗云：‘此語有神功，非吾語也。’”謝鋤耘：不必鋤耘。謝，推辭。此二句謂“險語”、“高詞”得之自然，非雕篆而就。朱《考》：“‘琢’或作‘瑑’”，童《校》引《漢書·董仲舒傳》：“臣聞良玉不瑑，資質潤美，不待刻瑑。”顏注：“瑑謂彫刻爲文也，音篆。”

〔一七〕泰平：即太平。元凱：亦作“元愷”。《左傳》文公十八年謂高辛氏有才子八人爲八元，高陽氏有才子八人爲八愷；此指賢臣。華勛：亦即“華勳”。《書·堯典》：“曰若稽古帝堯曰放勳。”《書·舜典》：“曰若稽古帝舜曰重華。”華勳即堯舜；此指明君。此二句謂當今天下正走向太平，有賢臣輔佐明君。

〔一八〕窮朝曛(xūn)：窮盡一整天；朝曛，從早到晚；曛，黃昏。謝靈運《擬魏太子鄴中集詩·陳琳》：“夜聽極星爛，朝遊窮曛黑。”結句歸之于我輩優遊無事，希望每日詩酒度日。

【評箋】 吳子良《荊溪林下偶談》卷一《退之詩善形容》：退之《贈無本》詩有云：“風蟬碎錦緵，綠池垤菡萏。芝英擢荒榛，孤翮起連葰。”《醉贈張徹(按：“署”之訛)》云：“君詩多態度，靄靄春空雲。東野動驚俗，天葩吐奇芬。張籍學古淡，軒昂避鷄羣。”至論李、杜則云“想當施手時，巨刃磨天揚。垠崖劃崩豁，乾坤擺雷硠”。其形容諸人之詩，亦可謂奇巧矣。

黃震《黃氏日鈔》卷五九：謂座客能文、性情浩浩爲得酒意；而富兒紅裙之醉，如聚飛蚊，可謂逸興。卒章有云：“至寶不雕琢，神功謝鋤耘。”此謂文字混然天成之妙也。公之自得蓋如此。

黄子雲《野鴻詩的》：昌黎極有古音，惜其不由正道，反爲盤空硬語，以文入詩，欲自成一家言，難矣。然集中《琴操》、《秋懷》、《醉贈張秘書》、《山石》、《雉帶箭》、《謁衡嶽》、《縣齋有懷》數篇，居然大家規範。

李調元《雨村詩話》卷下：韓昌黎詩云："險語破鬼膽，高詞媲皇墳。"此是公自贊其詩，不可徒作贊他人詩看。然皆經籍光芒，故險而實平。

方東樹《昭昧詹言》卷九：句法精造，亦山谷所常橅。又："高詞媲皇墳"與"至寶不雕琢，神功謝鋤耘"是兩境。上言"艱窮怪變"，下言"平淡"。此公自述兼此二能，不拘一律也。

按：此詩爲酬贈體，實爲一篇詩論。在詩的寫法與表現上，强調高古雄奇而歸之於"不雕琢"的"神功"，這是韓愈的獨創主張。另一方面，在對詩酒唱和的態度中，也流露出文人的創作自覺，即肯定文人創作的獨立價值。詩中以比喻、聯想來形容詩的風格，新穎而又形象。中唐時代這是流行的批評方式，韓愈運用得很成功。

南　山　詩〔一〕

吾聞京城南，兹惟羣山囿〔二〕。東西兩際海，巨細難悉究〔三〕。山經及地志，茫昧非受授〔四〕。團辭試提挈，挂一念萬漏〔五〕。欲休諒不能，粗叙所經覯〔六〕。嘗昇崇丘望，戢戢見相湊〔七〕。晴明出稜角，纚脉碎分繡〔八〕。蒸嵐相澒洞，表裏忽通透〔九〕。無風自飄簸，融液煦柔茂〔一〇〕。横雲時平凝，點點露數岫〔一一〕。天空浮脩眉，濃緑畫新就〔一二〕。孤樽有巉絶，海浴褰鵬噣〔一三〕。春陽潛沮洳，濯濯吐深秀〔一四〕。巖巒雖崒崉，頹弱類含酎〔一五〕。夏炎百木盛，蔭鬱增埋覆〔一六〕。神靈日歆欷，雲氣爭結構〔一七〕。秋霜喜刻轢，磛卓立癯瘦〔一八〕。參差相疊重，剛耿陵宇宙〔一九〕。冬行雖幽墨，冰雪工琢鏤〔二○〕。新曦照危峨，億丈恒高袤〔二一〕。明昏無停態，頃刻異狀候。西南雄太白，突起莫閒簉〔二二〕。藩都配德運，分宅占丁戊〔二三〕。逍遙越坤位，詆訐陷乾竇〔二四〕。空虛寒兢兢，風氣校搜漱〔二五〕。朱維方燒日，陰霰縱騰糅〔二六〕。昆明大池北，去覿偶晴晝〔二七〕。縣聯窮俯視，倒側困清漚〔二八〕。微瀾動水面，踊躍躁猱狖〔二九〕。驚呼惜破碎，仰喜呀不仆〔三○〕。前尋徑杜墅，坌蔽畢原陋〔三一〕。崎嶇上軒昂，始得觀覽富〔三二〕。行行將遂窮，嶺陸煩互走〔三三〕。勃然思坼裂，擁掩難恕宥〔三四〕。巨靈與夸娥，遠賈期必售〔三五〕。還疑造物意，固護蓄精祐〔三六〕。力雖能排斡，雷電怯呵詬〔三七〕。攀緣脫手足，蹭蹬抵積甃〔三八〕。茫如試矯首，堛塞生怐愗〔三九〕。威容喪蕭爽，近新迷遠舊〔四○〕。拘官計日月，欲進不可又〔四一〕。因緣窺其湫，凝湛閟陰獸〔四二〕。魚蝦可俯掇，神物安敢寇〔四三〕。林柯有脫葉，欲墮鳥驚救〔四四〕。爭銜彎環飛，投棄急哺鷇〔四五〕。旋歸道迴睨，達枿壯復奏〔四六〕。吁嗟信奇怪，峙質能化貿〔四七〕。前年遭譴謫，探歷得邂逅〔四八〕。初從藍田入，顧眄勞頸脰〔四九〕。時天晦大雪，淚目苦矇瞀〔五○〕。峻塗拖長冰，直上若懸溜〔五一〕。褰衣步推馬，顛蹶退且復〔五二〕。蒼黃忘遐眴，所矚纔左右〔五三〕。杉篁咤蒲蘇，杲耀攢介胄〔五四〕。專心憶平道，脫險逾避臭〔五五〕。昨來逢清霽，宿願忻始副〔五六〕。崢嶸躋冢頂，儵閃雜鼯鼬〔五七〕。前低劃開闊，爛漫堆衆皺〔五八〕。或連若相從，或蹙若相鬥〔五九〕。或妥若弭伏，或竦若驚雛〔六〇〕。或散若瓦解，或赴若輻輳〔六一〕。或翩若船遊，或決若馬驟〔六二〕。或背若相惡，或向若相佑〔六三〕。或亂若抽筍，或嵲若炷灸〔六四〕。或錯若繪畫，或繚若篆籀〔六五〕。或羅若星離，或蓊若雲逗〔六六〕。或浮若波濤，或碎若鋤耨。或如賁育倫，賭勝勇前購〔六七〕。先強勢已出，後鈍嗔諷譳〔六八〕。或如帝王尊，叢集朝賤幼〔六九〕。雖親不褻狎，雖遠不悖謬〔七〇〕。或如臨食案，肴核紛飣餖〔七一〕。又如遊九原，墳墓包槨柩〔七二〕。或纍若盆罌，或揭若登豆〔七三〕。或覆若曝鼈，或頹若寢獸。或蜿若藏龍，或翼若搏鷲〔七四〕。或齊若友朋，或隨若先後〔七五〕。或迸若流落，或顧若宿留〔七六〕。或戾若仇讎，或密若婚媾〔七七〕。或儼若峨冠，或翻若舞袖〔七八〕。或屹若戰陣，或圍若蒐狩〔七九〕。或靡然東注，或偃然北首〔八〇〕。或如火熺焰，或若氣饋餾〔八一〕。或行而不輟，或遺而不收。或斜而不倚，或弛而不彀〔八二〕。或赤若禿鬝，或燻若柴楱〔八三〕。或如龜坼兆，或若卦分繇〔八四〕。或前橫若剝，或後斷若姤〔八五〕。延延離又屬，夬夬叛還遘〔八六〕。喁喁魚闖萍，落落月經宿〔八七〕。闟闟樹牆垣，巘巘架庫廄〔八八〕。參參削劍戟，煥煥銜瑩琇〔八九〕。敷敷花披萼，閜閜屋摧霤〔九〇〕。悠悠舒而安，兀兀狂以狃〔九一〕。超超出猶奔，蠢蠢駭不懋〔九二〕。大哉立天地，經紀肖營腠〔九三〕。厥初孰開張，僶俛誰勸侑〔九四〕。創茲朴而巧，戮力忍勞疚〔九五〕。得非施斧斤，無乃假詛咒〔九六〕。鴻荒竟無傳，功大莫酬僦〔九七〕。嘗聞於祠官，芬苾降歆齅〔九八〕。斐然作歌詩，惟同贊報酭〔九九〕。

〔一〕南山,即終南山,古稱中南、地肺、太一、周南,指長安城南羣山,秦
　　　嶺山脈之一部。詩中説"前年遭譴謫"、"昨來逢清霽",可知作於
　　　元和元年六月召回長安之後。題中或無"詩"字。

〔二〕兹惟:這裏是。惟,語辭。羣山囿:謂羣山匯聚之處。囿,園圃,
　　　引申爲事物萃集之處。司馬相如《上林賦》:"遊于六藝之囿。"

〔三〕兩際海:謂東、西方均連接海洋,此爲誇飾之語。《史記·春申君
　　　列傳》:"王之地一經兩海。"或以爲西連蜀川(《史記·張儀列傳》
　　　索隱:"西海爲蜀川也。")、東接關中(《漢書·東方朔傳》師古注:
　　　"關中山川物產富饒,是以謂之陸海也。"),故稱"兩際海"。錢
　　　《釋》:"'東西兩際海',猶司馬相如《上林》而曰'左蒼梧右西極'
　　　也,不必鑿求。"

〔四〕山經:記録山脈的輿地書。地志:地誌,輿地書。茫昧:幽暗不
　　　明。陶潛《怨詩楚調示龐主簿鄧治中》:"天道幽且遠,鬼神茫昧
　　　然。"受授:傳授,流傳。

〔五〕團辭:結撰文辭。又一解:張相《詩詞曲語辭匯釋》:"團,猶估量
　　　也,精度也。"提挈:提綱挈領,指把握綱要。此二句謂試把南山
　　　扼要地描述一番,恐怕要挂一而漏萬。

〔六〕諒不能:實在不能。《論語·子罕》:"博我以文,約我以禮,欲罷
　　　不能。"經覯:經行親見。覯,同"遘"、"逅",遇見。

〔七〕戢戢(jí jí):聚集貌。杜甫《又觀打魚》:"小魚脱漏不可記,半死半
　　　生猶戢戢。"相湊:相聚。

〔八〕"晴明"二句:謂明朗的晴天可看見山嶺的稜角,一條條山脈細碎
　　　若錦繡交錯。

〔九〕蒸嵐:山氣蒸騰。嵐,霧氣。澒洞(hóng dòng):同"鴻洞",連續
　　　不斷貌。童《校》釋爲"無形之象"。賈誼《旱雲賦》:"運清濁之澒
　　　洞兮,正重沓而並起。"此二句謂蒸騰的山間雲氣彌漫,忽然間内
　　　外都被籠罩。

〔一〇〕飄籭:飄蕩;籭,播揚。融液:融化。煦柔茂:謂陽光下雲氣輕柔
　　　盛大;煦,陽光温暖。此二句謂山間無風,雲在天上飄流,如同在

　　温暖的陽光下融化了一樣輕柔茂密。

〔一一〕岫：峯巒。謝朓《郡内高齋閑望答吕法曹詩》：“窗中列遠岫,庭際俯喬木。”

〔一二〕脩眉：長眉。《西京雜記》卷二形容文君“眉色如望遠山”,此“倒喻”爲遠山如眉。濃緑：此指眉黛。古代眉黛爲青緑色。

〔一三〕孤樘(chēng)：樘,同“撐”、“撑”;獨立支持。巉絶：巉巖絶壁。劉峻《廣絶交論》：“太行、孟門,豈云巉絶。”襄(qiān)鵬噣(zhòu)：形容山如飛起大鵬的喙。襄,提起;噣,鳥嘴。此二句形容山巖聳立,如在海面上戲水的大鵬的喙。陳《勘》謂“襄”應爲“騫”,舉首貌。

〔一四〕春陽：春天的陽氣。《詩經・豳風・七月》：“春日載陽。”沮洳(jù rù)：土地低濕。《詩經・魏風・汾沮洳》：“彼汾沮洳,言采其莫。”孔疏：“沮洳,潤澤之處。”濯濯：明净貌。《世説新語・容止》：“濯濯若春月柳。”此二句謂春日陽氣在地下潛發,羣山吐出明净的秀色。

〔一五〕崒崒(lù zú)：高峻貌。司馬相如《子虚賦》：“其山則盤紆岪鬱,隆崇崒崒。”輭：同“軟”。含酎：酒醉。酎,醇酒。此二句繼續形容春日的山巒,雖然高聳險峻,但神態柔弱如人醉酒一樣。

〔一六〕蔭鬱：草木枝葉茂盛。埋覆：掩藏覆蓋。

〔一七〕歊歔(gāo xū)：熱氣上昇。結構：聯結。此二句謂神靈日日鼓動起熱氣,形成雲彩聚結爲各種形狀。

〔一八〕刻轢(lì)：猶言陵踐。轢,敲打。《漢書・酷吏傳序》：“高后時,酷吏獨有侯封,刻轢宗室,侵辱功臣。”磔(zhé)卓：卓立貌。磔,截裂肢體。此二句謂秋霜陵踐萬物,羣山卓立也顯得消瘦。

〔一九〕剛耿：强直貌。陵宇宙：高出于宇宙之中。

〔二〇〕幽墨：墨通“默”,静寂無聲。屈原《九章・懷沙》：“眴兮杳杳,孔静幽默。”《史記・屈原列傳》中作“幽墨”。琢鏤：雕刻。

〔二一〕新曦：冬去春來,一陽新生,故曰“新曦”。危峩：高峯。峩,高山峻嶺。高表：崇高廣表。表,南北曰表。

〔二二〕雄太白：雄峙着的太白山。太白山是終南山峯之一,在今陝西周
至縣南,西連武功山,冬夏積雪,望之皓然,故稱"太白"。莫閒
(jiān)簉：没有相匹配的。閒,近。簉(chòu),副。張衡《西京
賦》："屬東之簉,載獫獟猗。"注："簉,副也。"

〔二三〕藩都：屏衛都城。藩,《詩經·大雅·板》："价人維藩,大師維
垣。"毛傳："藩,屏也。"配德運：唐爲土德,故以太白山藩垣帝都
爲配合德運。德運：秦、漢間方士以金、木、水、火、土五行相生相
尅來配合王朝存滅,是爲德運。分宅：分佔位置。占丁戊：以天
干配五方,丁爲南,戊爲中,太白山在帝都之南,居秦嶺之中,故爲
占丁戊。

〔二四〕坤位：指西南方。詆訐：謂陵犯。乾竇：乾位的地穴。乾指西北
方,竇謂地穴。此二句是形容太白山從西南逐漸向西北下傾。

〔二五〕兢兢：本義爲戒懼顫慄,此處形容嚴寒。風氣：指風。校搜漱：
謂疾風一陣陣更猛烈。校,競相;搜漱,猶"颼颼"。此二句形容太
白山上氣候寒冷,疾風勁吹。

〔二六〕朱維：南方,此指山南。陰霰(xiàn)：山背面的霰雪。霰,雪珠。
縱騰糅：恣意騰飛。糅,雜。此二句謂山南朝日正在昇起,山北
則大雪紛飛。

〔二七〕昆明大池：在長安西南,漢武帝時爲習水戰而鑿,周迴四十里;唐
德宗時又加修浚,引交水、灃水入池;至宋時堙没。去覿(dí)：前
去觀看。覿,相見。《論語·鄉黨》："私覿,愉愉如也。"偶晴晝：
遇上晴天。

〔二八〕困清漚：謂映現現池水中,影像被池岸所限,故曰"困"。清漚,清清
的池水;漚,水泡。此二句形容山在池中倒影連綿不斷,窮極人的
視力。

〔二九〕此二句謂水波動蕩,山影動搖,如躁動的猿猴。躁,急。猱狖(náo
yòu),獼猴和長尾猿。

〔三〇〕呀不仆：仆同"撲";驚嘆不倒下。此二句形容觀看水面山影：正
驚叫山影破碎,擡起頭來驚喜地發現山還矗立在那裏。

〔三一〕徑杜墅：徑，通“經”；取路杜墅。杜墅即杜陵，在今西安市南，古昆明池東北，本古杜伯國地，漢宣帝陵在此，因號杜陵。坌（bèn）蔽：坌，同“坋”；塵埃遮掩。畢原：在今西安市西南，爲咸陽附近渭水南的高地，以西周畢公高封於此得名，武王、周公及漢諸陵並在其上。

〔三二〕軒昂：高峻貌，此指高山。觀覽富：可觀覽景致繁多。

〔三三〕嶺陸：山嶺與高地。高平之地曰陸。煩互走（zòu）：指多有交錯。互走，走向交錯。

〔三四〕坏裂：裂縫。劉歆《遂初賦》：“地坏裂而憤忽急兮，石捌破之巖巖。”擁掩：擁通“雍”；雍蔽，阻塞。恕宥：寬恕。此二句説忽然想山嶺間裂開一條通道，但羣山雍蔽，難以寬恕。

〔三五〕巨靈：古代神話中擘開華山的河神。張衡《西京賦》：“綴以二華，巨靈贔屓。高掌遠蹠，以流河曲。”夸娥：娥或作“蛾”，傳説中的大力神。《列子·湯問》：“帝感其（愚公）誠，命夸蛾氏二子負二山（太行和王屋），一厝朔東，一厝雍南。”遠賈：遠來推銷；《左傳》成公二年：“欲勇者賈余餘勇。”此二句説如巨靈和夸娥遠來受僱，一定會僱傭他們。

〔三六〕造物：造物者，指天帝。《莊子·大宗師》：“偉哉夫造物者，將以予爲此拘拘也。”固護：牢固；鮑照《蕪城賦》：“觀基扃之固護，將萬祀而一君。”蓄精祐：蓄積神明福佑。此二句謂又懷疑是造物者有意護衛這些山嶺，來積蓄神明福佑。

〔三七〕排幹：排除；幹，運轉。呵詬（gòu）：呵斥辱罵。此二句謂巨靈、夸蛾雖有力排山，但却懼怕雷電的呵斥。

〔三八〕蹭蹬（cèng dèng）：困頓失路。木華《海賦》：“或乃蹭蹬窮波，陸死鹽田。”抵積甃（zhòu）：達到如深井的谷底。甃，磚井。此二句謂向上攀登手足失控，結果落到了如深井的谷底。

〔三九〕矯首：擡頭。張衡《思玄賦》：“仰矯首以遥望兮，魂懭悢而無疇。”堛塞：土塊堵塞。堛，土塊。怐愗（gòu mào）：怨愁的樣子。宋玉《九辯》：“然潢洋而不遇兮，直怐愗而自苦。”此二句是説茫茫然擡頭向前看,大山阻路讓人發愁。

〔四〇〕威容:端莊的儀容;常璩《華陽國志》卷一一:"(杜軫)入爲尚書郎,每升降趨翔廊閣之下,威容可觀。"蕭爽:超逸貌。杜甫《玄都壇歌寄元逸人》:"鐵鎖高垂不可攀,致身福地何蕭爽。"此二句謂高山本讓人神態頹喪,近處又一高山掩蔽了遠處的山。

〔四一〕拘官:束身於職守。時韓愈爲國子博士。不可又:不可復,此謂不可深入羣山之中;《詩經・小雅・賓之初筵》:"室人入又。"鄭箋:"又,復也。"

〔四二〕湫(qiū):深潭,此指南山炭谷湫,韓愈有《題炭谷湫祠》詩。凝湛:謂深水如凝。閟(bì)陰獸:謂禁閉水中蛟。閟,關閉。陰獸,《禮記・禮運》:"龍以爲畜。"此二句説借機會遊覽炭谷湫,那兒深水下閉鎖着蛟龍。韓愈有《秋懷》詩説:"其下澄湫水,有蛟寒可劚。"

〔四三〕俯掇:低頭拾取。神物:指魚蝦爲神靈養護之物。寇:侵犯。

〔四四〕林柯:樹枝。

〔四五〕彎環:猶言迴旋。此狀鳥之盤旋。哺鷇(kòu):母鳥喂幼鳥。鷇,待母哺食的幼鳥。《爾雅・釋鳥》:"生哺,鷇。"此二句謂羣鳥銜着落葉盤旋,又抛掉它們去哺喂幼鳥。

〔四六〕旋歸:返回。《詩經・小雅・黃鳥》:"言旋言歸,復我邦族。"正義:"故我今迴旋,我今還歸。"迴睨(nì):回視。睨,斜視。達枿(niè):指林木。枿,同"糵",樹木重發新生的枝條。《詩經・商頌・長發》:"苞有三糵,莫遂莫達。"壯復奏:奏,通"湊";苗壯而又繁密。此二句謂回來的路上往後看,山間高高的林木苗壯而又密集。

〔四七〕峙質:不可變的本性。化貿:變化。貿,變易。此二句謂確實讓人慨嘆驚異的是,不可變的山嶺也有變化。

〔四八〕遭譴謫:指貞元十九年冬貶陽山。得邂逅:謂南行途中,曾過此山。邂逅,不期而遇。《詩經・鄭風・野有蔓草》:"邂逅相遇,適我願兮。"

〔四九〕藍田:藍田山,在今陝西省藍田縣東,爲驪山之南阜,山南有藍田
　　　　關,唐時此爲自長安南下襄漢的通道。顧眄:謂環視。還視爲
　　　　顧,邪視爲眄。勞頸脰(dòu):謂左右迴顧使頸項疲勞。脰,
　　　　頸項。

〔五〇〕矇瞀(mào):目昏花不清。矇,失明;瞀,眼睛昏花。韓愈謫陽山
　　　　過藍田山遇大雪。

〔五一〕懸溜:瀑布。此形容險峻道路上的"長冰"。陶潛《祭從弟敬遠
　　　　文》:"淙淙懸溜,曖曖荒林。"

〔五二〕褰衣:提起衣襟。顛躓:跌倒;倒仆曰顛,失足曰躓。

〔五三〕蒼黃:匆遽貌。杜甫《新婚別》:"誓欲隨君去,形勢反蒼黃。"遐睎
　　　　(xī):遠望。睎,望。班固《西都賦》:"於是睎秦嶺,睋北阜。"

〔五四〕杉篁:杉樹與篁竹。篁,竹的通稱。吒蒲蘇:誇耀其生長繁茂。
　　　　吒,通"詫",誇耀。蒲蘇,猶"扶疏",繁茂分披貌。杲(gǎo)耀:輝
　　　　耀。杲,光明。攢介胄:謂杉竹披上冰雪如攢集的甲胄;介,
　　　　通"甲"。

〔五五〕"脫險"句:謂急於脫險的心情愈於避臭。

〔五六〕清霽:雨過雲散的晴明天氣。忻始副:謂心喜遊山的宿願方能達
　　　　成。忻,通"欣"。

〔五七〕峥嶸:高峻貌。屈原《遠遊》:"下峥嶸而無地兮,上寥廓而無天。"
　　　　躋(jì)冢頂:登上山頂。躋,登上。倏閃:一閃而過。雜鼯(wù)
　　　　鼬(yòu):交雜有飛鼠和鼬鼠。鼯,飛鼠。鼬,又名鼪,俗稱黃
　　　　鼠狼。

〔五八〕劃開闔:忽開闔。張相《詩詞曲語辭匯釋》卷二:"劃,猶忽也;突
　　　　也。"爛漫:散亂貌。堆衆皺:形容登上高處看羣山如皺紋堆聚。
　　　　司馬相如《子虛賦》:"襞積褰皺,紆徐委曲,鬱橈谿谷。"張揖:"襞
　　　　積,簡齰也;褰,縮也;綯,裁也。其綯中文理莃鬱迴曲,有似於谿
　　　　谷也。"此處是倒用,謂谿谷似綯;綯,通"皺"。

〔五九〕蹙(cù):接近。

〔六〇〕妥:安穩。弭(mǐ)伏:馴順地趴下。弭,順服。竦,通"悚",驚懼。

驚雊(gòu)：被驚的野雞。雊,本義爲雉鳴。

〔六一〕瓦解：瓦片碎裂。《史記·淮南王安列傳》："於是百姓離心瓦
　　　解。"輻輳：同"輻湊",狀車輪條輻集中於軸心。輳,車輻集中於
　　　輪轂。《戰國策·魏策》："諸侯四通,條達輻湊。"

〔六二〕翩：猶"翩翩",輕疾貌。決(xuè)：快疾。《莊子·逍遥遊》："我決
　　　起而飛,槍榆枋而止。"(按："而止"據劉文典校補)馬驟：馬奔馳;
　　　驟,奔馳;《莊子·齊物論》："麋鹿見之決驟。"

〔六三〕相佑：相助;佑,"右"後出字。

〔六四〕嶭(niè)：高峻貌。炷灸：炷原作"注",據魏《集》改,點燃的艾卷;
　　　炷,點燃;灸,灸艾。

〔六五〕繚：繚繞。篆籀(zhuàn zhòu)：篆書與籀書;篆指小篆,行於西
　　　漢;籀指大篆,行於戰國與秦。

〔六六〕蓊(wěng)：聚集;宋玉《高唐賦》："滂洋洋而四施兮,蓊湛湛而弗
　　　止。"雲逗：雲彩停留。

〔六七〕賁(bēn)育倫：古代傳説的孟賁、夏育一類勇士。宋玉《高唐賦》：
　　　"賁、育之斷,不能爲勇。"賭勝：競争勝負。勇前購：謂勇往直前
　　　以求恩賞。

〔六八〕鈍：魯鈍。嗔詬譳(dòu nòu)：謂嗔怒不能言。詬譳,言語遲鈍。
　　　《玉篇》："詬譳,詀詉也。""詀詉,言不正也。"

〔六九〕此二句謂一山高崇如帝王尊,羣山如臣下叢集向它朝拜。

〔七〇〕褻狎：輕忽、怠慢。《北史·韓顯宗傳》："無令繕其蒲博之具,以
　　　成褻狎之容。"悖謬：悖通"誖";拂逆。

〔七一〕案：古人陳食之具,有足曰案,無足曰盤。《史記·田叔列傳》：
　　　"(高祖)過趙,趙王張敖自持案進食,禮恭甚。"殽核：殽,通"殽";
　　　殽核指肉、菓類食品。《詩經·小雅·賓之初筵》："殽核維旅。"毛
　　　注："殽,豆實也;核,加籩也。"紛飣餖(dīng dòu)：謂食品紛雜堆
　　　積;飣餖,同"餖飣",食品堆積。

〔七二〕九原：指墓地。本爲地名,在絳州(今山西新絳縣)北。《禮記·
　　　檀弓下》："是全要領以從先大夫於九京也。"鄭注："晉卿大夫之墓

地在九原，'京'蓋字之誤，當爲'原'。"椁柩：棺材。椁謂外棺，柩
謂斂尸之棺。

〔七三〕盆罌(yīng)：古酒器。罌，小口大腹的陶瓶。揭：高聳。《詩經・
小雅・大東》："維北有斗，西柄其揭。"登豆：原作"甌桓"，據魏
《集》校改；古代盛食品的器具。《爾雅・釋器》："木豆謂之豆，竹
豆謂之籩，瓦豆謂之登。"

〔七四〕蜿：蜿蜒。翼：振翼，飛翔。搏鷙：拼搏的鷙鷹。

〔七五〕先後：指妯娌。《史記・孝武本紀》："故見神於先後宛若。"《索
隱》："即今妯娌也。韋昭云：'先娰後娣。'"或以爲指兄弟，見費袞
《梁溪漫志》卷四。

〔七六〕迸：噴湧。宿留：逗留。

〔七七〕戾：違背。《荀子・榮辱》："果敢而振，猛貪而戾。"注："戾，乖背
也。"仇讎(qiú chóu)：仇人。婚媾：同"昏媾"，姻親。《左傳》隱公
二年："如舊昏媾。"杜注："婦之父曰昏，重昏曰媾。"

〔七八〕儼：莊重貌。峩冠：高的禮帽。翻：通"飜"，飛，此謂飄舞。

〔七九〕蒐狩(sōu shòu)：打獵。《左傳》隱公五年："故春蒐、夏苗、秋獮、
冬狩。"

〔八〇〕靡然：傾倒貌。東注：東流，狀山勢東向。偃然：倒臥貌。北首：
北指。

〔八一〕熺(xí)焰：熺，同"熹"；火焰光亮。饙餾(fēn liù)：一蒸曰饙，再蒸
曰餾。

〔八二〕不彀(gòu)：謂不拉緊。彀，張滿弓弩。《孟子・告子上》："羿之
教人射，必志於彀。"

〔八三〕赤：空無。秃鬝(qiān)：秃鬢；鬝，鬢秃。燻：同"熏"，熏煙。柴
梄(yǒu)：薪柴堆積。梄，聚集；《詩經・大雅・棫樸》："芃芃棫
樸，薪之梄之。"

〔八四〕龜坼兆：古代占卜時灼龜，以坼裂的紋理卜吉凶，坼兆即燒裂紋
理表現的兆候。《周禮・春官・占人》："占人占坼。"鄭注："坼，兆
璺也。"卦分繇(yòu)：《周易》中每卦有卦辭叫做繇，組成卦的每

個符號稱爻;此處繇指每卦的卦象,每卦分六爻,故曰"分繇"。

〔八五〕若剥:狀山形若《易》的剥卦卦象,坤下艮上,上有一陽,作䷖,故曰"前横"。若垢:狀山形若《易》的垢卦卦象,巽下乾上,下有一陰,作䷫,故"後斷"。

〔八六〕延延:綿延。《廣雅·釋訓》:"延延……長也。"離又屬(zhǔ):分離又連接。屬,連接,跟隨。《書·禹貢》:"涇屬渭、汭。"孔疏:"屬謂相連屬。"夬夬(kuài kuài):果決貌。《易·夬》:"君子夬夬。"正義:"若能夬夬,決之不疑,則終無咎矣。"叛還遘:離開又相遇。遘,遭遇。

〔八七〕喁喁(yóng yóng):羣魚之口出水貌。落落:稀疏貌。月經宿:月亮運行經過星宿。

〔八八〕訔訔(yán yán):同"言言",高大貌。《詩經·大雅·皇矣》:"臨衝閑閑,崇墉言言。"毛傳:"言言,高大也。"巚巚(yǎn yǎn):同"巘巘",高崇貌。張衡《西京賦》:"反宇業業,飛檐巘巘。"庫廐:倉庫和牲口棚,此謂高大建築。

〔八九〕參參:脩長貌。張衡《思玄賦》:"修初服之娑娑兮,長余佩之參參。"銜瑩琇(xiù):謂含藏晶瑩的美石。琇,石之似玉者。《詩經·衛風·淇奥》:"有匪君子,充耳琇瑩,會弁如星。"

〔九〇〕敷敷:舖展貌。花披蕚:花蕚張開。闒闒(tà tà):物墜地聲。屋摧霤(liù):屋檐水落地。霤,屋檐水。

〔九一〕兀兀:昏憒貌。狂以狃(niǔ):狂亂而又驕横。狃,性驕横。

〔九二〕超超:奔跳貌。《説文》:"超,跳也,從走,召聲。"骇不懋:恐骇而不勉勵。

〔九三〕經紀:條理,秩序。《史記·倉公列傳》:"此謂論之大體也,必有經紀拙工。"肖營腠:謂與人體營衛腠理相彷彿。營衛,同"榮衛",中醫學上指血氣。腠理,皮下肌肉組織的空隙條理。

〔九四〕開張:猶言開闢。僶俛(mǐn miǎn):同"黽勉",努力。勸侑(yòu):規勸;侑,勸。

〔九五〕戮力:勉力,并力。《書·湯誥》:"聿求元聖,與之戮力。"忍勞疚

(jiù)：謂忍受辛苦。疚,久病。

〔九六〕此二句謂創造這樣的羣山豈不是用斧斤或借助詛咒造成；“得非”、“無乃”皆詰問之詞,難道不是之意；假,借。

〔九七〕鴻荒：太古蠻荒之世。揚雄《法言·問道》：“鴻荒之世,聖人惡之。”酬傗：酬其功值。傗,租賃,僱傭。此二句謂山的形成在太古鴻荒之世,詳情今已不傳,功績偉大却没有酬勞。

〔九八〕祠官：指終南山廟的廟令。芬苾(bì)：義同“苾芬”,芳香。苾,香氣。《詩經·小雅·楚茨》：“苾芬孝祀,神嗜飲食。”降歆齅：謂神靈降臨接受祭祀；歆,享,食；齅,同“嗅”,以鼻聞味。此二句謂聽祠官説起,山神會降臨接受祭祀。

〔九九〕斐然：五色相錯貌,引申爲有文采。《論語·公冶長》：“吾黨之小子狂簡,斐然成章,不知所以裁之。”贊報酭：謂贊助報謝神明之功。報酭(yòu),報謝。酭,通“侑”,酬答。《爾雅·釋詁》：“酬、酢、侑,報也。”

【評箋】　范溫《潛溪詩眼·山谷論詩文優劣》：孫莘老嘗謂老杜《北征》詩勝退之《南山》詩：王平甫以謂《南山》勝《北征》,終不能相服。時山谷尚少,乃曰：“若論工巧,則《北征》不及《南山》；若書一代之事,以與《國風》、《雅》、《頌》相爲表裏,則《北征》不可無,而《南山》雖不作未害也。”二公之論遂定。

胡仔《苕溪漁隱叢話前集》卷二：《雪浪齋日記》云：……讀退之《南山》詩,頗覺似《上林》、《子虛》賦,才之小者不能到……

朱翌《猗覺寮雜記》卷上：退之《南山》詩,每句用“或”字：“或連若相從,或蹙若相鬭”而下,五十句皆用“或”字。《詩·北山之什》自“或燕燕居息”而下,用“或”字廿有二,此其例也。

曾季貍《艇齋詩話》：韓退之《南山》詩,用杜詩《北征》詩體作。

黃震《黃氏日鈔》卷五九：險語層出,合看其布置處。

范晞文《對牀夜話》卷四：退之《南山》詩云：“延延離又屬”云云,連十四句皆用雙字起,蓋亦《古詩》“青青河畔草,鬱鬱園中柳”之意。

吳喬《圍爐詩話》卷二：《咏懷》、《北征》，古無此體，後人亦不可作，讓子美一人爲之可也。退之《南山》詩，已是後生不遜。詩貴出於自心。《咏懷》、《北征》，出於自心者也。《南山》欲敵子美，而覓題以爲之者也。山谷之語只見一邊。

沈德潛《說詩晬語》卷上：《鴟鴞》詩連下十"予"字，《蓼莪》詩連下九"我"字，《北山》詩連下十二"或"字，情至不覺音之繁、辭之複也。後昌黎《南山》用《北山》之體而張大之（下五十餘"或"字），然情不深而侈其詞，只是漢賦體段。

愛新覺羅·弘曆《唐宋詩醇》卷二七：入手虛冒開局。"嘗昇崇邱"以下，總叙南山大概；"春陽"四段，叙四時變態；"太白"、"昆明"兩段，言南山方隅連亘之所自。"頃刻異狀候"以上，只是大略遠望，未嘗身歷。瞻太白、俯昆明，眺望乃有專注，而猶未登涉也；徑杜墅，上軒昂，志窮觀覽矣，躑躅不進，僅一窺龍湫止焉。遭貶由藍田行，則又跋涉艱危，無心觀覽也。層層頓挫，引滿不發。直至"昨來逢清霽"以下，乃舉憑高縱目所得景象，傾囊倒篋而出之。疊用"或"字，從《北山》詩化出，比物取象，盡態極妍，然後用"大哉"一段煞住。通篇氣脈逶迤，筆勢竦峭，蹊徑曲折，包孕宏深，非此手亦不足以稱題也。

趙翼《甌北詩話》卷三：盤空硬語，須有精思結撰。若徒摛摭奇字，詰曲其詞，務爲不可讀以駭人耳目，此非眞警策也。昌黎詩……至如《南山》詩之"突起莫間簇"、"眡訐陷乾寶"、"仰喜呀不仆"、"塓塞生怐愗"、"達栝壯復奏"……此等詞句，徒聱牙轇舌，而實無意義，未免英雄欺人耳。其實《石鼓歌》等傑作，何嘗有一語奥澀，而磊落豪橫，自然挫籠萬有……

方東樹《昭昧詹言》卷一：《北征》、《南山》，體格不侔。昔人評論以爲《南山》可不作者，滯論也。論詩文政不當如此比較。《南山》蓋以《京》、《都》賦體而移之於詩也；《北征》是《小雅》、《九章》之比。

金湜生《粟香三筆》卷一：不讀《南山》詩，那識五言材力放之可以至於如是。猶賦中之《兩京》、《三都》乎！彼以囊括包符，此以鑴鑱造化。

　　按：論韓愈詩往往及於《南山》，而歷來對此詩褒貶不一。這是一篇遊山詩，其思想價值不可也不應與杜甫《北征》之類作品相比。但如僅就其藝術表現而言，在這篇詩裏韓愈却把自己的藝術追求發揮到了極致，在結構布局、鋪陳描寫、語言運用、韻律安排等方面，都突出表現了韓詩尚奇求新、不避誇飾的特色；而在這些方面，又在在流露出對古代傳統的嚮往。這樣，這首詩在鋪排的繁富、狀景的生動、奇詞險韻的運用、氣勢的烘托等點上表露的才力與技巧是難以企及的。但詩人在運用才力與技巧時往往求奇而至於怪，求新而至於險，以至炫耀技藝流於形式，迷失了藝術上的目標，則是偏頗了。這在韓詩中也是有一定典型意義的。

薦　士〔一〕

　　周詩三百篇，雅麗理訓誥〔二〕。曾經聖人手，議論安敢到〔三〕。五言出漢時，蘇李首更號〔四〕。東都漸瀰漫，派別百川導〔五〕。建安能者七，卓犖變風操〔六〕。逶迤抵晉宋，氣象日凋耗〔七〕。中間數鮑謝，比近最清奧〔八〕。齊梁及陳隋，衆作等蟬噪〔九〕。搜春摘花卉，沿襲傷剽盜〔一〇〕。國朝盛文章，子昂始高蹈〔一一〕。勃興得李杜，萬類困陵暴〔一二〕。後來相繼生，亦各臻閫奧〔一三〕。有窮者孟郊，受材實雄驁〔一四〕。冥觀洞古今，象外逐幽好〔一五〕。橫空盤硬語，妥帖力排奡〔一六〕。敷柔肆紆餘，奮猛卷海潦〔一七〕。榮華肖天秀，捷疾逾響報〔一八〕。行身踐規矩，甘辱恥媚竈〔一九〕。孟軻分邪正，眸子看瞭眊〔二〇〕。杳然粹而清，可以鎮浮躁〔二一〕。酸寒溧陽尉，五十幾何耄〔二二〕。孜孜營甘旨，辛苦久所冒〔二三〕。俗流知者誰，指注競嘲傲〔二四〕。聖皇索遺逸，髦士日登造〔二五〕。廟堂有賢相，愛遇均覆燾〔二六〕。況承歸與張，二公迭嗟悼〔二七〕。青冥送吹噓，強箭射魯縞〔二八〕。胡爲久無成，使以歸期告〔二九〕。霜風破佳菊，嘉節迫吹帽〔三〇〕。念將決焉去，感物增戀嫪〔三一〕。彼微水中荇，尚煩左右芼〔三二〕。魯侯國至小，廟鼎猶納郜〔三三〕。幸當擇珉玉，寧有棄珪瑁〔三四〕。悠悠我之思，擾擾風中纛〔三五〕。上言愧無路，日夜惟心禱。鶴翎不天生，變化在啄菢〔三六〕。通波非難圖，尺地易可漕〔三七〕。善善不汲汲，後時徒悔懊〔三八〕。救死具八珍，不如一簞犒〔三九〕。微詩公勿誚，愷悌神所勞〔四〇〕。

〔一〕此詩爲向鄭餘慶推薦孟郊而作。韓愈於元和元年六月召授權知國子博士，抵長安後與孟郊、張籍、張徹、侯喜會聚。郊於貞元二十年辭溧陽尉，時僑寓長安。鄭餘慶元和元年五月罷相，爲太子賓客；九月十六日爲國子祭酒，韓爲其僚屬，向他推薦孟郊。後餘慶於十一月爲河南尹，以李翶薦，奏署郊爲水陸運從事，韓愈此番舉薦應與有力焉。

〔二〕三百篇：《史記·太史公自序》：“《詩》三百篇，大抵賢聖發憤之所爲作也。”《詩經》計三百十一篇，六篇有目無詩，“三百”舉成數。雅麗：雅正而又華美；《文心雕龍·徵聖》：“然則聖文之雅麗，固銜華而佩實者也。”理訓詁：比於《尚書》中的《訓》（如《伊訓》）、《誥》（如《大誥》）之文；理，童《校》：“理猶並也。理讀爲氂，《詩·臣工》鄭箋云：‘氂，理也，以聲訓。’《方言》：‘陳、楚之間凡人獸乳而雙產謂之氂孳。’《廣雅·釋詁》：‘氂，孿也。’皆並之義（說本于邑香草校書校《孫子》）。雅麗理訓詁，即雅麗並訓詁也。”“雅麗”或作“麗雅”，“理”或作“埋”。朱《考》謂“（理、訓）二字皆未安，恐必有誤”。王元啓《讀韓記疑》謂“埋者包藏之意”。俞樾《俞樓雜纂》謂應作"雅理麗訓詁"。

〔三〕《史記·孔子世家》:"古者詩三千餘篇,及至孔子,去其重,取可施於禮義……三百五篇,孔子皆弦歌之,以求合《韶》、《武》、《雅》、《頌》之音。"

〔四〕"五言"句:鍾嶸《詩品序》:"昔'南風'之辭,'卿雲'之頌,厥義夐矣。《夏歌》曰:'鬱陶乎予心。'《楚謡》曰:'名余曰正則。'雖詩體未全,然是五言之濫觴也。逮漢李陵,始著五言之目。古詩眇邈,人世難詳,推其文體,固是炎漢之製,非衰周之倡也。""蘇李"句:謂蘇武、李陵始更改《詩經》四言體而創作五言詩;《文選》收署名蘇武的五言詩三首、李陵的五言詩四首,後《古文苑》等續有所録,計得李詩十三、蘇詩六,一般論定爲僞託。

〔五〕東都:謂東漢,以東漢建都於東都洛陽。瀰漫:水勢浩大,引申爲發展、普及。派別:分派、分支;左思《吴都賦》:"百川派別,歸海而會。"此二句謂在東漢時期五言詩漸漸發展,造成後來百川競流的局面。

〔六〕建安:漢獻帝劉協年號,計二十四年(一九六—二一九)。能者七:指"建安七子";曹丕《典論·論文》:"今之文人,魯國孔融文舉、廣陵陳琳孔璋、山陽王粲仲宣、北海徐幹偉長、陳留阮瑀元瑜、汝南應瑒德璉、東平劉楨公幹,斯七子者,於學無所遺,於辭無所假,咸以自騁驥騄於千里,仰齊足而並馳。"卓犖:參閱《永貞行》注〔二〕。變風操:改變了風範、風習。

〔七〕逶迤:此狀逐漸衰微。凋耗:衰敗。此二句説繼續發展到晉、宋時期,就多有衰敗氣象出現了。

〔八〕鮑謝:鮑照與謝靈運;杜甫:"賦詩何必多,往往陵鮑謝。"比近:比與近義同,此謂接近古之作者。清奥:清新而又有内含。

〔九〕蟬噪:蟬,俗謂知了;蟬噪喻聲音雜亂低俗。楊泉《物理論》:"夫虚無之談,尚其華藻,此猶春蛙秋蟬,聒耳而已。"

〔一〇〕此二句謂齊、梁以下詩追求華豔,沿襲剽竊。

〔一一〕此二句謂唐朝文章興盛,自陳子昂始開高遠境界。高蹈,本義爲遠行;《左傳》哀公二一年:“魯人之皐,數年不覺,使我高蹈。”杜注:“高蹈,猶遠行也。”盧藏用《右拾遺陳子昂文集序》:“道喪五百歲而得陳君。君諱子昂,字伯玉,蜀人也。崛起江漢,虎視函夏,卓立千古,橫制頹波,天下翕然,質文一變。”

〔一二〕勃興:勃,通“浡”,蓬勃振起;《孟子·梁惠王上》:“天油然作雲,沛然下雨,則苗浡然興之矣。”陵暴:欺陵壓迫。此二句謂李白、杜甫造成詩歌大盛,他們摹畫萬物使之全都在自己牢籠之中。

〔一三〕臻閫奧:謂達到深微境界;閫奧:內室深隱之處;《三國志·魏書·管寧傳》:“(寧)娛心黃老,游志六藝,升堂入室,究其閫奧。”

〔一四〕窮者:困頓之人。受材:謂所受天賦之才。雄驁(áo):雄健出眾;驁,駿馬名。

〔一五〕冥觀:深察。洞古今:洞徹古往今來。象外:物象之外。逐幽好:追求深幽美好的境界。

〔一六〕橫空:橫出高空;虞世南《侍宴應詔賦韻得前字》:“橫空一度鳥,照水百花然。”盤硬語:結撰艱深生梗的言詞。妥帖:穩妥合宜;陸機《文賦》:“或妥帖而易施,或岨峿而不安。”力排奡(áo):謂有力量可推開奡那樣的壯士;奡傳爲夏寒浞子,力大;《論語·憲問》:“羿善射,奡盪舟。”

〔一七〕敷柔:敷衍柔美。肆紆餘:充分表現委婉含蓄之態。海漻:海水。此二句謂孟詩表現多變:有的柔美委曲,有的奮厲雄肆。

〔一八〕榮華:此謂華美言詞;《莊子·齊物論》:“道隱於小成,言隱於榮華。”成玄英疏:“榮華者,謂浮辯之辭,華美之言也。”肖天秀:像天花一樣。捷疾:此狀言詞敏捷。逾響報:謂比迴聲還快。此二句形容孟郊富於詞藻,文思又敏捷。

〔一九〕媚竈:喻阿附權貴;《論語·八佾》:“與其媚於奧,寧媚於竈。”朱注:“媚,親順也。室西南隅爲奧,竈者,五祀之一,夏所祭也……喻自結於君,不如阿附權臣也。”崔寔《政論》:“長吏或實清廉,心平行潔,內省不疚,不肯媚竈。”此二句謂郊立身行事有原則,甘辱于下位也不阿附權貴。

〔二〇〕眸子：眼珠。瞭眊(liǎn mào)：目明曰瞭，目不明曰眊。此二句
　　　　義取《孟子·離婁上》：“胸中不正，則眸子瞭焉；胸中不正，則眸子
　　　　眊焉。”

〔二一〕此二句謂孟郊眸子深幽而又清明，可以鎮壓浮躁之氣。

〔二二〕溧陽尉：孟郊以貞元十六年至洛陽應銓選，選爲溧陽(古縣，唐屬
　　　　宣州，今江蘇溧陽市)尉，至二十年辭尉不作；縣尉，從九品下。幾
　　　　何耄(mào)：謂去耄幾何；耄，年老；《禮·曲禮上》：“八十九十
　　　　曰耄。”

〔二三〕孜孜：勤勉不怠；《書·益稷》：“予思日孜孜。”營甘旨：追求美味
　　　　飲食，此指奉養老母；《禮·內則》：“由命士以上，父子皆異宮，昧
　　　　爽而朝，慈以旨甘。日出而退，各從其事。日入而夕，慈以旨甘。”
　　　　孟郊任溧陽尉時曾迎母奉養。

〔二四〕指注：猶言指目，手指而目注之。競嘲傲：傲，同“傲”；競加嘲弄
　　　　輕侮。此謂俗流對孟郊妄施攻訐。

〔二五〕聖皇：美唐憲宗李純。索遺逸：索求遺留草野的隱逸之士。髦
　　　　士：英才；《詩·小雅·甫田》：“攸介攸止，烝我髦士。”日登造：每
　　　　日被進用；《宋書·謝莊傳》：“進選之軌，既弛中代，登造之律，未
　　　　聞當今。”

〔二六〕廟堂：謂朝廷。賢相：指鄭餘慶。愛遇：善待於人。均覆燾
　　　　(dào)：謂遍及衆類；覆，蓋；燾，通“幬”，義亦爲覆蓋；《禮·中
　　　　庸》：“辟如天地之無不持載，無不覆幬。”

〔二七〕歸與張：舊注以爲歸指歸崇敬；崇敬(七二〇—七九九)，字正禮，
　　　　吳郡(今江蘇蘇州市)人，官至工部尚書、翰林學士；張指張建封。
　　　　迭嗟悼：屢屢對之表同情傷嘆；嗟悼，傷嘆；潘岳《楊荊州誄》：“聖
　　　　王嗟悼，寵贈衾襚。”此二句謂：況且前有歸、張二人屢屢爲之傷
　　　　嘆。孟郊於貞元八年落第東歸時曾訪張建封於徐州，但其與歸崇
　　　　敬交誼不可考；或以爲歸指歸登。

〔二八〕青冥：青天；屈原《九章·悲回風》：“據青冥而攄虹兮，遂儵忽而
　　　　捫天。”吹噓：出氣急曰吹，緩曰噓；吹噓意謂揄揚；《後漢書·鄭

太傅》：“公業曰：孔公緒清談高論，噓枯吹生。”射魯縞：《史記·韓長孺列傳》：“彊弩之極，矢不能穿魯縞。”集解：“許慎曰：魯之縞尤薄。”此二句謂上述諸人（“賢相”、“歸與張”）只要吹噓即可送上青天，正像強箭射穿魯縞一樣容易。

〔二九〕此二句承上言：薦舉如此之易，爲什麼使孟郊求官久而無成，至作歸鄉之計呢。

〔三〇〕此二句指時近九月九日重陽節；《晉書·孟嘉傳》：“後爲征西桓溫參軍，桓甚重之。九月九日，溫燕龍山，僚佐畢集，時佐吏並著戎服，有風至，吹嘉帽墜落，嘉不之覺。溫使左右勿言，欲觀其舉止。嘉良久如廁，溫令取還之，命孫盛作文嘲嘉，着嘉坐處，嘉還見，即答之，其文甚美，四坐嗟嘆。”以孟郊比孟嘉，用“吹帽”典，有傷其落拓、佳其文才之意。

〔三一〕決(xuè)焉去：很快將離開；決，快疾貌。感物：有感於時令風物變遷。增戀嫪(lào)：增加留戀之情；嫪，留戀；《廣韻》卷一一引《聲類》：“姻嫪，戀惜也。”

〔三二〕此用《詩經·周南·關雎》：“參差荇菜，左右芼之。”毛傳：“芼，擇也。”荇指水葵。按《詩序》：“《關雎》樂得淑女以配君子，愛在進賢，不淫其色，哀窈窕，思賢才，而無傷善之心焉。”詩中説那微末的水中荇菜還靠人幫助採擇，以喻賢才要有人輔助。

〔三三〕此用《春秋》魯桓公獻郜鼎於周王室典，以説明應爲朝廷網羅人材；《春秋》桓公二年：“三月，公（魯桓公，爲侯爵）會齊侯、陳侯、鄭伯於稷，以成宋亂。夏四月，取郜大鼎于宋，戊申，納于大廟。”《左傳》杜注：“郜國所造器也，故繫名於郜；濟陰城武縣（今山東城武縣）東南有北郜城。”郜(gào)，春秋時國名。

〔三四〕幸當：張相《詩詞曲語辭匯釋》卷二：“幸，猶本也，正也……韓愈《薦士》詩云云，幸當，正當也，意言正當分玉石也。”珉(mín)：同“瑉”，似玉的美石。珪瑁：同“圭冒”，玉器，上或圓或尖，下方，天子所執爲瑁，諸侯所執爲珪。

〔三五〕擾擾：紛亂不寧貌。風中纛(dào)：風中的大旗；纛，本爲帝王乘旌上用犛牛尾或雉尾製的飾物,泛指儀仗中的旗幟。此處用"風中旌"喻思緒,意本張協《雜詩十首》:"羈旅無定心,翩翩如懸旌。"

〔三六〕啄菢(bào):孵化;啄,卵生孵化時啄破外殼;菢,孵卵;玄應《一切經音義》卷一八引《風俗文》:"雞伏卵,北燕謂之菢。"此二句以鶴生依靠孵化,以喻人材成長靠外力扶持。

〔三七〕通波:與海溝通;班固《西都賦》:"與海通波";此喻孟郊爲巨魚,將致之通波。易可漕:易於挖出水道;漕,水運穀糧,引申爲水路;《史記·河渠書》:"徑易漕。"此二句謂不難致之通波,因爲尺地易於挖通,以喻提拔孟郊一舉手之勞耳。

〔三八〕善善:善待善良之人;《公羊》昭公二〇年:"君子之善善也長,惡惡也短。"汲汲:急切貌;《禮·問喪》:"其送往也,望望然,汲汲然,如有追而弗及焉。"此二句謂如不及時提拔賢才,以後要徒然悔恨。

〔三九〕八珍:《周禮·天官·膳夫》:"珍用八物。"鄭注:"珍謂淳熬、淳母、炮豚、炮牂、擣珍、漬、熬、肝臂也。"("八珍"何指文獻記載不一)一簞(dān)犒:一竹盒普通飯食;簞,盛飯用圓形竹器;犒(kào),用以慰勞的酒肉食品;《左傳》宣公二年:"初,宣子田於首山,舍於翳桑,見靈輒餓,問其病,曰:'不食三日矣。'食之……而爲之簞食與肉,寘諸橐而與之。"

〔四〇〕公勿誚:請鄭餘慶不要譏誚。愷悌(kǎi tì):同"豈弟";和樂寬簡;此謂待人寬厚親切。《詩經·大雅·旱麓》:"豈弟君子,神所勞矣。"神所勞:謂神明所嘉勉;勞,勞倈,勸勉。

【評箋】　蘇轍《詩病五事》:唐人工於爲詩,而陋於聞道。孟郊嘗有詩曰:"食薺腸亦苦,强歌聲無歡。出門如有礙,誰謂天地寬。"郊,耿介之士,雖天地之大,無以安其身,起居飲食有戚戚之憂,是以卒窮以死。而李翱稱之,以爲郊詩"高處在古無上,平處猶下顧沈、謝"。至韓退之亦談不容口。甚矣,唐人之不聞道也……(《欒城第三集》卷八)

范晞文《對床夜話》卷四:退之序孟東野詩云:"東野之詩,其高出魏、晉,不懈而及於古,其他浸淫乎漢氏矣。"又薦之以詩云:"有窮者孟郊……捷疾逾響報。"東坡讀東野詩乃云:"孤芳擢荒穢,苦語餘《詩》《騷》。水清石鑿鑿,湍急不受篙。初如食小魚,所得不償勞。又如煮彭越,竟日嚼空螯。要當鬥僧清,未足當韓豪。人生如朝露,日夜火消膏。何苦將兩耳,聽此寒蟲號。"退之進之如此,而東坡貶之若是,豈所見有不同邪?然東坡前四句,亦可謂巧於形似。

胡仔《苕溪漁隱叢話前集》卷五:荊公云:"詩人各有所得:'清水出芙蓉,天然去雕飾',此李白所得也;'或看翡翠蘭苕上,未掣鯨魚碧海中',此老杜所得也;'橫空盤硬語,妥帖力排奡',此韓愈所得也。"

許顗《彥周詩話》:六朝詩人之詩不可不熟讀。如"芙蓉露下落,楊柳月中疏",鍛鍊至此,自唐以來,無人能及也。退之云:"齊梁及陳隋,眾作等蟬噪。"此語我不敢議,亦不敢從。

翁方綱《石洲詩話》卷二:諫果雖苦,味美於回。孟東野詩則苦澀而無回味,正是不鳴其善鳴者。不知韓何以獨稱之。且至謂"橫空盤硬語,妥帖力排奡",亦太不相類。此真不可解也。蘇詩云"那能將兩耳,聽此寒蟲號",乃定評不可易。

趙翼《甌北詩話》卷三:遊韓門者,張籍、李翱、皇甫湜、賈島、侯喜、劉師命(服)、張徹、張署等,昌黎皆以後輩待之。盧仝、崔立之,雖屬平交,昌黎亦不甚推重。所心折者,惟孟東野一人。薦之於鄭餘慶,則歷敘漢、魏以來詩人,至唐之陳子昂、李白、杜甫,而其下即云:"有窮者孟郊,受才實雄驁。"固已推爲李、杜後一人。其贈東野詩云:"昔年曾讀李白杜甫詩,長恨二人不相從。吾與東野生並世,如何復躡二子蹤……我願化爲雲,東野化爲龍。"是又以李、杜自相期許,其心折東野,可謂至矣。蓋昌黎本好爲奇崛喬皇,而東野盤空硬語,妥帖排奡,趣尚略同,才力又相等;一旦相遇,遂不覺膠之投漆,相得無間,宜其傾倒之至也……

馬星翼《東泉詩話》卷一:韓退之詩有兩派:《薦士》等篇,劗削極矣;《符讀書城南》等篇,又往往造平淡。賢者固不可測。

按:此詩薦孟郊,亦可看作是一篇詩論。詩人通過對孟郊詩的評論,表達了自己的創作主張。正如在前《孟生》詩按語中所指出：孟詩在藝術上實爲韓愈的前導，二者都力求"奇"與"古"。但其所企向又有不同。歐陽修在《讀蟠桃詩寄子美》詩中說："韓孟於文詞，兩雄力相當。偶以怪自戲，作詩驚有唐。篇章綴談笑，雷電擊幽荒。衆鳥誰敢和，鳴鳳呼其凰。孟窮苦纍纍，韓富浩穰穰。窮者啄其精，富者爛文章。發生一爲官，摯斂一爲商。二律雖不同，合奏乃鏘鏘。"（《歐陽文忠公文集》卷二）這比較鮮明地指出了韓、孟二人風格上的不同與各自的特點。韓愈走雄肆奇崛一路，孟郊則求古奧鑿削。韓愈在本詩中表現的詩歌創作主張，亦與他本人的實踐相符合。本詩在寫法上則突出了"橫空盤硬語"的一面，多用生詞、僻典，押仄韻、險韻，力求用奇崛古奧的表達形式來抒寫拗折不凡的詩情，發揮了韓詩藝術上的特長。

陸渾山火和皇甫湜用其韻〔一〕

皇甫補官古賁渾，時當玄冬澤乾源〔二〕。山狂谷很相吐吞，風怒不休何軒軒〔三〕。擺磨出火以自煏，有聲夜中驚莫原〔四〕。天跳地踔顛乾坤，赫赫上照窮崖垠〔五〕。截然高周燒四垣，神焦鬼爛無逃門，三光弛隳不復暾〔六〕。虎熊麋鹿逮猴猿，水龍鼉龜魚與黿，鴉鴟雕鷹雉鵠鵷，燖炰煨爊孰飛奔〔七〕。祝融告休酌卑尊，錯陳齊玫闢華園，芙蓉披猖塞鮮繁〔八〕。千鐘萬鼓咽耳喧，攢雜啾嚄沸簫塤，彤幢絳旆紫纛翻〔九〕。炎官熱屬朱冠褌，髹其肉皮通胮臗〔一〇〕。頹胸垤腹車掀轅，緹顏靺股豹兩鞬〔一一〕。霞車虹靷日轂輇，丹蕤緼蓋緋繙帑〔一二〕。紅帷赤幕羅脤膰，嵒池波風肉陵屯〔一三〕。谽呀鉅壑頗黎盆，豆登五山瀛四

鐏,熙熙醲醹笑語言〔一四〕。雷公擘山海水翻,齒牙嚼齧舌
齶反,電光礰碝頳目暝〔一五〕。頊冥收威避玄根,斥棄輿馬
背厥孫,縮身潛喘拳肩跟〔一六〕。君臣相憐加愛恩,命黑螭
偵焚其元〔一七〕。天關悠悠不可援,夢通上帝血面
論〔一八〕。側身欲進叱於閽,帝賜九河湔涕痕〔一九〕。又詔
巫陽反其魂,徐命之前問何冤〔二〇〕。火行於冬古所存,我
如禁之絕其飧〔二一〕。女丁婦壬傳世婚,一朝結讎奈後
昆〔二二〕。時行當反慎藏蹲,視桃著花可小騫〔二三〕。月及
申酉利復怨,助汝五龍從九鯤,溺厥邑囚之崑崙〔二四〕。皇
甫作詩止睡昏,辭夸出真遂上焚〔二五〕。要余和增怪又煩,
雖欲悔舌不可捫〔二六〕。

〔一〕本詩是和皇甫湜《陸渾山火》一詩的。皇甫湜,字持正,睦州新安
　　(今浙江淳安縣)人;元和元年(八〇六)登進士第;三年春,試賢良
　　方正直言極諫科,以策論權倖得罪,出爲陸渾(屬河南道河南府,
　　故治在今洛陽市西)尉。縣東有陸渾山。是年冬,作《陸渾山火》
　　(已佚)。韓愈自元和二年夏末權知國子博士分司東都,其時在
　　洛。詩題或作《次韻和皇甫湜陸渾山火》。

〔二〕賁渾:即陸渾;《公羊》宣公三年經文:"楚子伐賁渾戎。"注:"賁
　　渾,舊音六,或音奔,下戶門反;二傳作陸渾。"春秋時晉遷古陸渾
　　(今甘肅敦煌一帶,古瓜州地)"允姓之戎"於伊川之地,漢建陸渾
　　縣,故稱"古賁渾"。玄冬:冬季;揚雄《羽獵賦》:"於是玄冬季
　　月。"李注:"北方水色黑,故曰玄冬。"此二句謂正當冬季水源乾涸
　　之時,皇甫湜被調補爲陸渾尉。

〔三〕很:通"狠",兇暴。軒軒:狀狂風勁吹;《淮南子·道應訓》:"軒軒
　　然方迎風而舞。"此二句謂狂風勁吹不休,在山谷間猖狂施虐。

〔四〕攍磨:煽動磨擦。自燔(fán):自然燃燒;燔,燒。莫原:莫,同
　　"暮";高平曰原;謂黃昏的原野。此二句謂風力搧動磨擦自然引

起大火,烈火燃燒聲振驚了日暮原野。

〔五〕踔(chuō):騰躍;馬融《廣成頌》:"踔蹷枝,杪標端。"《後漢書‧馬融傳》李賢注:"踔,跳也。"顛乾坤:謂天地顛倒。赫赫:干旱炎熱貌;《詩經‧大雅‧雲漢》:"旱既太盛,則不可沮。赫赫炎炎,云我無所。"窮崖垠:窮盡大地邊際;"崖"與"垠"(yín)都義爲邊際;班固《東都賦》:"北動幽崖,南耀朱垠。"此二句謂大火燒得天翻地覆,熊熊火光照徹天際。

〔六〕四垣:四周圍牆,此指四面羣山;垣,短牆。三光:謂日、月、星辰。不復暾(tūn):不再有光亮;暾,初昇的太陽,此指放光明;屈原《九歌‧東君》:"暾將出兮東方,照吾檻兮扶桑。"此三句謂大火燒到四方羣山,燒得鬼神焦頭爛額無處藏逃,天上的日、月、星辰也失去了光明。

〔七〕"虎熊"四句,謂山中走獸、水中魚鼈、空中飛禽都被大火焚燒。麋:糜鹿。逮:及。鼉(tuó):鼉龍,即揚子鱷。黿(yuán):大鼈。鵠(hú):天鵝。鷳:昆雞。燖(xún):將肉以熱水脫毛煮熟。炰:同"炮",燒烤;《廣韻》:"炰,含毛炙物也。"煨:以文火烤熟;《說文》:"煨,盆中火。"熬(āo):同"爊",煨烤;《廣韻》:"熬,埋物灰中令熟也。"此處用漢《栢梁詩》"枇杷橘栗桃李梅"句法。

〔八〕祝融告休:祝融相傳爲高辛氏火正,死爲火神;"告"與"休"同義;此謂冬令爲孟夏之神祝融告休之時。酌卑尊:按尊卑次序飲酒。錯陳:雜置。齊玫:火齊珠與玫瑰;《急就篇》注:"玫瑰,美玉名也……或曰珠之尤精者曰玫瑰。"披猖:紛亂貌。此下幻想火神施虐情形:祝融告休時大宴賓客,在花園裏如珠寶璀璨一樣繁花盛開。

〔九〕咽耳喧:謂響聲振耳;咽,鼓聲;《詩經‧魯頌‧有駜》:"鼓咽咽。"毛傳:"咽咽,鼓節也。"攢雜:雜集。啾嚄(jiū huò):擬聲詞;《廣韻》:"啾唧,小聲;嚄嘖,大喚。"沸篪塤(chí xūn):篪、塤之聲沸騰;篪,篪竹,古代管樂器;塤,同"壎",古代陶土燒製的吹奏樂器;《詩經‧小雅‧何人斯》:"伯氏吹壎,仲氏吹篪。"彤幢:紅色的幢;幢是以羽毛爲飾的旗。絳斿:紫紅色的斿;斿是赤色曲柄旗。紫纛旛:紫色的纛與旛;纛是犛牛尾裝飾的旗,旛是長條旗。此三句寫火神儀仗:鐘鼓喧闐,麾旒齊鳴,各種紅色旗幟飄揚。

〔一〇〕炎官熱屬:謂祝融的部下。朱冠裩(kùn):紅帽紅褲;裩,褲子。髹(xiū)其皮肉:狀膚色紅赤;髹,亦作"髤",赤黑漆。通髀(bì)臀:遍及大腿與臀部;髀,同"𦡞",大腿。此二句形突炎官外貌。

〔一一〕頹胸垤(dié)腹:謂腹部隆起;垤,小丘;據《易·説卦》,"離"爲火,其於人爲大腹,故對炎官有此形容。車掀轅:謂身軀沉重。緹(tí)顔:紅色面孔;緹,橘紅色。韎(mò)股:腿上戴赤黃色蔽膝;韎,韎韐,赤黃蔽膝。豹兩鞬(jiān):佩戴兩鞬以豹皮製成;鞬,盛弓的帶。此二句形容炎官姿態的勇武。

〔一二〕霞車:彩霞的車子。虹靷(yǐn):如彩虹的車套;靷,套馬拉車的帶子。日轂輀(gǔ fān):車輛兩旁的蔽障畫着太陽;轂,車輪中間貫入車軸的圓木;輀,車的蔽障。丹蕤:指車蓋上垂下的紅色飾物,揚雄《甘泉賦》:"風漇漇而扶轄兮,鸞鳳紛其銜蕤。"顔注:"蕤,車之垂飾縷蕤也。"纁蓋:赤黃色帛製的車蓋;《説文》:"纁,帛赤黃色。一染謂之縓,再染謂之䞓,三染謂之纁,從系,原聲。"緋繙帠:緋紅色的旗旛;繙帠(fàn yuān),旗旛。此二句形容火神所乘的車子。

〔一三〕紅帷赤幕:指宴客的紅色帳幕。羅脤膰(shèn fān):羅列肉食;脤膰,《周禮·春官·大宗伯》:"以脤膰之禮,親兄弟之國。"賈疏:"分而言之,則脤是社稷之肉,膰是宗廟之肉。"衁(huāng)池:血聚成池。《左傳·僖公十五年》:"士刲羊,亦無衁也。"杜注:"衁,血也。"陵屯:屯積如陵。此二句形容宴席上的酒池肉山。

〔一四〕谽(hán)呀:山谷空闊貌;司馬相如《上林賦》:"谽呀豁閜。"頗黎:同"玻璃",古代玻璃實爲天然水晶之類。豆登:古代盛食品的器具,參閱《南山詩》注〔七三〕。瀛:大海。熙熙:歡樂貌;《老子》:"衆人熙熙,如享太牢,如登春臺。"醮酬(jiào chóu):自飲畢而導賓;醮,飲盡;酬,同"酬",勸酒。此三句繼續描寫飲宴:頗黎盆如巨鏊,豆登如五岳,酒樽如四海,賓主酬酢,笑語喧嘩。

〔一五〕雷公:司雷之神;屈原《遠遊》:"左雨師使徑侍兮,右雷公以爲
衛。"嚼齧(niè):咬嚼,齧,同"嚙",咬。舌齶反:齶原作"腭",據
魏《集》校改;舌齶外翻;齶,口腔上膛。礥碘(xiàn diàn):閃電
光;《海内十洲記》:"獸舐脣良久,忽叫,如天大雷霹靂,又兩目如
礥碘之交光,光朗衝天。"赬(chēn)目暖(xuān):紅色大眼睛;赬,
紅色;暖,大目。此三句描繪參與宴會的雷神:擘山搗海,咬牙切
齒,舌齶外翻,紅色大眼閃爍着電光。

〔一六〕顓冥收威:謂冬季主神水神顓頊與玄冥收起了威風;《禮記·月
令》:"季冬之月……其帝顓頊,其神玄冥。"避玄根:避開身軀;
《列子·天瑞》:"牝牝之門,是謂天地之根。"背厥孫:根據五行相
生法則,火爲水之孫(水生木,木生火),水逃避火,故謂背其孫。
拳肩跟:肩與足跟拳曲在一起。此三句寫冬季主神水神的狼狽
情形。

〔一七〕"君臣"二句,謂水神君臣只能相互悲憐,又命黑螭去偵察情況,反
被燒了頭顱。元,頭顱。

〔一八〕"天關"二句,謂水神訴于上帝,但天門高遠不可攀登,只好在夢中
血淚滿面地論爭。

〔一九〕叱於閽(hūn):被守天門人所叱,閽,守門人;屈原《離騷》:"吾令
帝閽開關兮,倚閶闔而望予。"九河:天河。屈原《九歌·少司
命》:"與女游兮九河,衝飈至兮水揚波。"湔(jiān)涕痕:洗淚痕;
湔,洗滌。此二句謂上訴天帝時被守天門人所拒叱,後來天帝賜
天河水洗淚痕。

〔二〇〕"又詔"二句:謂天帝命巫陽爲水神招魂,並問有何冤屈。巫陽爲
傳説中古巫師;《楚辭·招魂》:"帝告巫陽曰:有人在下,我欲輔
之。魂魄離散,汝筮予之。"

〔二一〕此下爲天帝對水神所説的話:自古以來冬天就有大火,我如加以
禁絶,就斷了火神的生路。絶其飧(sūn),斷絶飲食;飧,夕食。
《孟子·滕文公上》:"饔飧而治。"趙注:"饔飧,熟食也。朝曰饔,

夕曰飧。”

〔二二〕“女丁”句：意謂火與水本來世世爲婚；陰陽家以丁爲火，壬爲水，丁爲陽中之陰，壬爲陰中之陽，女丁爲婦於壬則水火相合。《左》昭一七年：“梓慎曰：‘……水，火之牡也……’”孔疏：“陰陽之書有五行嫁娶之法，火畏水，故以丁爲壬妃，是水爲火之雄。”“一朝”句：謂一次結下冤仇，後代子孫無可奈何；後昆，後世子孫。《書·仲虺之誥》：“垂裕後昆。”

〔二三〕此二句謂以後隨着時間推移形勢會反轉，現在你要謹慎躲藏，到桃花開的時候就會稍稍得勢。鶱(qiān)，飛舉，謂得勢。

〔二四〕月及申酉：申七月，酉八月，水生於申，火死於酉，故七、八月多水潦。利復怨：利於報仇。五龍：郭璞《遊仙詩》：“奇齡邁五龍，千歲方嬰孩。”李注引《遁甲開山圖》榮氏解，謂五龍爲木、火、金、水、土之仙。九鯤：鯤爲巨魚，據《列子·湯問》，東海歸墟有巨鰲十五，其六爲龍伯國人所釣，故餘爲九。溺厥邑：謂漂溺火神領地。此三句仍是天帝的話：到七、八月是報仇的有利時機，那時讓五龍、九鯤去援助你，漂溺火神的領地，把它囚禁在崑崙山。

〔二五〕“皇甫”二句：謂皇甫湜所作《陸渾山火》詩本是“止睡昏”的遊戲文章，言辭誇飾，超出真實，燒掉它以告上天。此“焚”字出韻，或以爲有誤。

〔二六〕“要余”二句：謂讓我作和詩只能增加怪異和冗煩，雖想罷手但却又不能自制。要，通“邀”；和，倡和；舌不可捫：不能控制口舌。《詩經·大雅·抑》：“莫捫朕舌，言不可逝矣。”

【評箋】　張耒《明道雜志》：韓退之窮文之變，每不循軌轍。古今人作七言詩，其句脈多上四字而下以三字成之，如“老人清晨梳白頭”、“先帝天馬玉花驄”之類，而退之乃變句脈以上三下四，如“落以斧斤引繩徽”、“雖欲悔舌不可捫”之類是也。退之作詩，其精工乃不及柳子厚……

員興宗《永嘉水并引》：韓退之《陸渾山火》詩，變體奇澀之尤者，千古

之絕唱也。併用其韻,效之賦《永嘉水》一首……(《九華集》卷二)

吳可《藏海詩話》:葉集之云:"韓退之《陸渾山火》詩,浣花決不能作;東坡《蓋公堂記》,退之做不到。碩儒巨公,各有造極處,不可比量高下……"

沈作喆《寓簡》卷四:自昔文章之言水者,如《七發》、《上林》、《子虛》等,皆詼奇雄武,神變非常,其狀甚偉,獨未有言火者。韓退之乃作《陸渾山》詩,極於詭怪,讀之便如行火所焮,鬱攸衝噴,其色絳天,阿房欲灰,而回祿煽之。然不見造化之理,未可與語性空真火之妙也。

瞿佑《歸田詩話》卷上:昌黎《陸渾山火》詩,造語險怪,初讀殆不可曉。及觀《韓氏全解》,謂此詩始言火勢之盛,次言祝融之御火,其下則水火相剋相濟之説也。題云"和皇甫湜韻",湜與李翱皆從公學文,翱得公之正,湜得公之奇。此篇蓋戲效其體,而過之遠甚。東坡有《雲龍山火》詩,亦步驟此體,然用意措辭皆不逮也。

愛新覺羅·弘曆《唐宋詩醇》卷三〇:只是詠野燒耳,寫得如此天動地歧。憑空結撰,心花怒放。

陳沆《詩比興箋》卷四:是詩自來説者莫得其解,第謂其詞奇奧詰屈而已。考集中奇作無過此篇與《石鼎》、《月蝕》者。昌黎言必由衷,何苦爲此等不情無謂之詞以自耗其精思乎!《月蝕》之爲刺詩,見於《新書》列傳,故後人尚知吹索;《石鼎》已詳前箋。此篇自"頊冥收威"以下,宛煩幽憤,幾於屈原之《天問》。第以此詩爲好怪者,何異以《天問》爲好怪耶?以史證之,蓋哀魏博節度使田弘正爲王庭湊所殺,朝廷不能討賊雪仇而作也……此事蓋昌黎所深痛,而又不忍顯言以傷國體,長驕鎮,故借詞以寄其哀。首二段言變起不測,被禍之酷。次三段言賊黨得志,凶燄氣勢之盛也。"頊冥"以下,言田弘正忠魂冤抑,雖自訴於帝而卒不能爲雪,僅以姑息了事也。"女丁婦壬"云云,喻河北諸鎮,互相樹援,世相傳襲,挾制朝命,其來已久也。皇甫尉《陸渾》在元和之初,其詩追和在長慶之初,非一時所作,亦猶《石鼎》託於彌明聯句,《月蝕》託於效玉川體,皆廋詞寄託以避誹謗,故末云"雖欲悔舌不可捫"。

沈欽韓《韓集補注》:《册府元龜》:元和三年,詔舉賢良方正,有皇甫湜對策，其言激切；牛僧孺、李宗閔亦苦諫時政，爲貴幸泣訴於帝。帝不得已，出考官楊於陵、韋貫之於外。按：牛僧孺補伊闕尉、湜補陸渾尉，制科登用較元年之元稹、獨孤郁等大相懸絕，皇甫之作，蓋其寓意也。火以喻權倖勢方薰灼；炎官熱屬則附和之人；牛、李等以直言被黜，猶黑螭之遭焚；終以申雪幽枉屬望九重，其詞詭怪，甚旨深淳矣。

沈曾植《海日樓札叢》卷七：《韓愈遊青龍寺贈崔羣補闕詩》從柿葉生出波瀾，烘染滿目，竟是《陸渾山火》縮本。吾嘗論詩人興象與畫家景物感觸相通。密宗神秘於中唐，吳、盧畫皆依爲藍本。讀昌黎、昌谷詩皆當以此意會之……

又：韓愈《陸渾山火》詩：作一幀西藏曼荼羅畫觀。

按：此詩詠山火，意旨不可求之過深。這是詩人“以文爲戲”之作，也是刻意求奇的典型篇章。詩中摹寫烈火燎原的壯觀，使用奇辭僻典，輔以想像誇張，使人驚心動魄。特別是刻劃火神飲宴場面，以擬人手法寫炎官、水神，涉想離奇，表現譎怪，創造出一個奇幻莫測的超現實境界。詩中山狂谷很、天跳地踔、神焦鬼爛、頦胸垤腹等詞語，都戛戛獨造，富於表現力。句法上則諸種句式皆備：律句、散句、柏梁體交錯使用；句中節奏又有意打破七言上四下三的一般形式；韻律上多用險韻，多用連三平以至一句後四字、後五字皆平的作法。這些都有助於造成奇拔恢詭的藝術印象。全詩又流露出嘲戲誇誕的特有格調。但詩中“生割”之處過多，奇詞僻典連篇，求奇過度，多使人難以索解。這也正代表了韓愈“尚奇”有時失之險怪、艱晦的方面。

和虞部盧四汀酬翰林錢七徽赤藤杖歌〔一〕

赤藤爲杖世未窺，臺郎始攜自滇池〔二〕。滇王掃宮避使者，跪進再拜語嗢咿〔三〕。繩橋拄過免傾墮，性命造次蒙扶持〔四〕。途經百國皆莫識,君臣聚觀逐旌麾〔五〕。共傳滇神出水獻,赤龍拔鬚血淋漓〔六〕。又云羲和操火鞭,暝到西極睡所遺〔七〕。幾重包裹自題署,不以珍怪誇荒夷〔八〕。歸來捧贈同舍子,浮光照手欲把疑〔九〕。空堂晝眠倚牖戶,飛電著壁搜蛟螭〔一○〕。南宮清深禁闥密,唱和有類吹塤篪〔一一〕。妍辭麗句不可繼,見寄聊且慰分司〔一二〕。

〔一〕本篇是盧汀酬錢徽《赤藤杖歌》的再和作;盧、錢作均佚。盧汀,字雲天,貞元元年(七八五)進士,歷虞部、司門、庫部郎曹,後遷中書舍人,終給事中;虞部屬尚書工部,郎中一人,從五品上,掌天下虞衡山澤之事。錢徽,字蔚章,吳郡人,貞元進士,三遷祠部員外郎,召充翰林學士,官至華州刺史、潼關防禦鎮國軍等使,尚書左丞。紫藤杖見嵇含《南方草木狀》卷中:“紫藤,葉細長,莖如竹根,極堅實……其莖截置煙炱中,經時成紫香。”韓愈此詩寫於元和四年(八○九)六月擔任都官員外郎分司東都判祠部後。題中或無“四”、“七”二字。

〔二〕臺郎:漢尚書治事之地曰中臺,唐尚書省亦稱中臺,故尚書郎稱臺郎。滇池:即昆池、滇南澤,在今雲南昆明市南;《史記・西南夷列傳》:“(莊)蹻至滇池,地方三百里。”《正義》引《括地志》:“滇池澤在昆州晉寧縣西南三十里,其水源深廣而更淺狹,有似倒流,故謂滇池。”

〔三〕滇王:古滇國爲戰國楚使莊蹻以兵定夜郎諸國後據有其地所建,至漢武帝時滇王降,置益州郡;此指唐時南詔諸國國王。避使者:避謂避席;離開座位對唐使臣表示恭敬。嗢咿:擬聲詞,狀少數族語言聲音。

〔四〕繩橋:《梁益記》:“笮橋連竹索爲之,亦名繩橋。”造次:倉卒間。《論語・里仁》:“君子無終食之間違仁,造次必於是,顛沛必於是。”

〔五〕逐旄麾：謂旄麾一個接一個；形容各國君臣相逐來看赤藤杖；旄麾，指國王的儀杖旄旗。

〔六〕滇神：滇池之神。赤龍拔鬚：語本《史記·封禪書》：“龍髯拔墮。”此二句謂傳説赤藤杖是滇神拔赤龍鬚製成。

〔七〕羲和：神話中太陽的御者；屈原《離騷》：“吾令羲和弭節兮，望崦嵫而勿迫。”王注：“羲和，日御也。”火鞭：杜甫《同諸公登慈恩寺塔》：“羲和鞭白日。”西極：西方極遠之處，傳爲日没之地。屈原《離騷》：“朝發軔於天津兮，夕余至乎西極。”此二句謂又傳説是日御羲和所操火鞭，夜里到西極睡覺時遺落的。

〔八〕題署：書寫。誇荒夷：對蠻夷少數族人誇耀；《書·禹貢》：“五百里甸服……五百里荒服”，荒服距王畿二千五百里。

〔九〕同舍子：猶“同舍郎”，同在臺省爲郎官者。浮光：表面的光澤。欲把疑：欲拿而又遲疑。

〔一〇〕牖户：窗户。《詩經·豳風·鴟鴞》：“徹彼桑土，綢繆牖户。”此二句用劉敬叔《異苑》典：“陶侃嘗捕魚，得一織梭，還挂於壁。有頃電雨，梭變成赤龍，從屋騰躍而去。”（《太平御覽》卷九三〇）這裏説白天睡覺把赤藤杖放在窗旁，雷電以爲是蛟龍擊到墻壁上。

〔一一〕南宫：木爲南方列宿名，漢時以擬尚書省，後代沿襲，此指盧汀所在；杜甫《別唐十五誡因寄禮部賈侍郎》：“南宫吾故人，白馬金盤陀。”禁闈（wéi）：宫禁之中；闈，宫中小門，此指錢徽所在翰林學士院。吹塤箎：形容錢、盧唱和詩古雅優美；塤箎，古樂器，參閱《陸渾山火和皇甫湜用其韻》注〔九〕。

〔一二〕“妍辭”二句，謂二人詩詞句華美不可追繼，寄給我暫且做爲安慰。分司，韓愈自指；這是冷落的閑職，故有“慰分司”之語。

【評箋】　陳善《捫虱新話》卷七：韓文公嘗作《赤藤杖歌》云：“赤藤爲杖世未窺，臺郎始攜自滇池。”“共傳滇神出水獻，赤龍拔鬚血淋漓。又云羲和操日鞭，暝到西極睡所遺。”此歌雖窮極物理，然恐非退之極致者。

欧阳公遂每每效其体,作《凌溪大石》云……观其立意,故欲追做韩作。然颇觉烦冗,不及韩歌为浑成尔。

黄震《黄氏日钞》卷五九:《赤藤杖歌》"赤龙拔鬓"、"羲和遗鞭"等语,形容奇怪。韩诗多类此。然此类皆从庄生寓言来。

方东树《昭昧詹言》卷一二:怪变奇险。只造语奇一法。叙写只各数语,笔力天纵。起二句叙。"滇王"二句追叙。"绳桥"句议。"共传"二句虚写。"几重"句叙。"光照"句写。"空堂"二句冲口而出,自然奇伟。

　　按:本诗小小情事,短短篇幅,但运思颇佳,虚实相生,富腾挪变化。以此不但造语多奇,亦颇能创奇境,出奇情。

李 花 二 首〔一〕

　　平旦入西园,梨花数株若矜夸〔二〕。旁有一株李,颜色惨惨似含嗟。问之不肯道所以,独绕百匝至日斜〔三〕。忽忆前时经此树,正见芳意初萌牙〔四〕。奈何趁酒不省录,不见玉枝攒霜葩〔五〕。泫然为汝下雨泪,无由反斾羲和车〔六〕。东风来吹不解颜,苍茫夜气生相遮〔七〕。冰盘夏荐碧实脆,斥去不御慭其花〔八〕。

〔一〕元和五年(八二〇)冬韩愈任河南县(河南府首县,治洛阳)令,此二诗为次年春作。二首或联而为《李花一首》;或题下无"二首"字样;又或以为二首非一时所作。

〔二〕平旦:清晨。西园:本在邺都(今河北临漳县),曹操所建,即曹丕《芙蓉池作诗》"逍遥步西园"是也,此处借用字面。矜夸:夸,通"誇",誇耀。

〔三〕百帀(zā)：百圈；帀同“匝”，周，圈。

〔四〕牙：“芽”本字。

〔五〕省録：檢點收拾；《漢書·膠西于王傳》：“遂爲無訾省。”蘇林：“爲無所省録也。”玉枝攢霜葩：謂樹枝開滿白花；霜葩，形容花白如霜。此二句謂：爲什麽當初不趁酒興來觀賞開滿枝頭的潔白李花呢。

〔六〕泫然：流淚貌；泫，水滴下垂。反斾：謂迴車；《左傳》宣公十二年：“令尹南轅反斾。”杜注：“迴車南鄉，斾，軍前大旗。”羲和車：指太陽；參閲《和虞部盧四汀酬翰林錢七徽赤藤杖歌》注〔七〕。此二句悲傷時光不可倒流。

〔七〕解顔：開顔而笑；曹植《七啓》：“南威爲之解顔，西施爲之巧笑。”生相遮：謂硬是遮蓋一切；生，張相《詩詞曲語辭匯釋》卷二：“生，甚辭，猶偏也；最也；只也；硬也。”

〔八〕“冰盤”二句，謂到夏天用冰盤獻上碧緑清脆的果實，只因爲對李花抱愧而斥去不食。御，進用；張衡《思玄賦》：“斥西施而弗御兮，覊要褭以服箱。”

當春天地爭奢華，洛陽園苑尤紛挐〔一〕。誰將平地萬堆雪，剪刻作此連天花。日光赤色照未好，明月暫入都交加。夜領張徹投盧仝，乘雲共至玉皇家〔二〕。長姬香御四羅列，縞裙練帨無等差〔三〕。静濯明粧有所奉，顧我未肯置齒牙〔四〕。清寒瑩骨肝膽醒，一生思慮無由邪〔五〕。

〔一〕奢華：華麗；奢，過份。紛挐：紛亂相牽。“挐”通“拏”，魏《集》等作“拏”。王逸《九思·悼亂》：“嗟嗟兮悲夫，殽辭兮紛挐。”《史記·衛青列傳》：“漢、匈奴相紛挐。”《正義》：“《三蒼解詁》云：紛挐，相牽也。”

〔二〕張徹：韓愈友人，後任官御史中丞、殿中侍御史、幽州節度判官，
見後《故幽州節度判官贈給事中清河張君墓誌銘》。盧仝：自號
玉川子，范陽(今北京市附近)人，一説濟源(古縣，今河南濟源市)
人，少隱少室山，不願仕進，時貧居洛陽。玉皇家：喻李花園一片
聖潔；道教稱天帝爲玉皇、玉皇大帝。

〔三〕“長姬”，二句：以美女形容李花，謂修長芬芳的美女四周羅列，都
穿白絹裙、繫白絹巾，沒有差別。姬、御本是女官名，此謂玉皇女
官；縞裙，白色生絹裙；練帨(shuì)，白色熟絹佩巾；帨，佩巾。

〔四〕“静濯”二句：承上，謂美女們净洗梳粧有所奉獻，但是我却不肯
進食。顧，然而；“置齒牙”語本《南史·謝朓傳》：“朓好奬人才。
會稽孔顗粗有才筆，未爲時知，孔珪嘗令草讓表以示朓。朓嗟吟
良久……謂珪曰：‘士子聲名未立，應共奬成，無惜齒牙餘論。’”

〔五〕此二句謂花的品格清净高寒透人骨髓，使得肝膽甦醒，一生思慮
不再有邪想。“無由邪”語本孔子論《詩》“思無邪”(《論語·
爲政》)。

【評箋】　陳沆《詩比興箋》卷四：《楚辭》：“惟草木之零落兮，恐美人
之遲暮。”言賢者當及其盛年而用之也。梨花“若矜夸”，謂物得其時者。
李色“慘慘似含嗟”，謂物已過時者。“忽憶前時經此樹”云云，謂吾不能
早知子，至今而晚知之，則已負其芳華之年也。“夏薦碧實”，慚不忍御，
所謂臣壯既不如人，今老復何能爲，此用人者之所當愧也。負其春華，用
其秋實且不可，況并秋實而負之哉！
　　又：此章自言其志。“奢華”、“紛挐”，世之所競，君子不必避而去之，
但愈置之紛華之中而愈增其皜白之志，瑩其清寒之骨，醒其肝膽思慮而
無由邪，則道眼視之，無往非道也。“芳與澤其雜糅兮，惟昭質其猶未
虧。”不然，出見紛華而悦，入見道德而悦，何年是戰勝之日哉！此等詠花
詩，肅肅穆穆，如對越在天，駿奔走在廟，《離騷》而下，無敢跂其彷彿，與
《感春》詩皆昌黎最高之境。世人學韓，曾夢見此境否耶！

　　按：陳沆解詩，喜附會史實，索隱比興，往往失之深曲。對韓愈《李花》詩的疏解，比較通達確切（但從枝枝節節上求深意，仍失之"鑿"）。由于本詩重在運用比喻象徵，也就特別爲陳沆所稱揚。借花草以寓零落之思，皓潔之志，這是承自楚《騷》以來的主題，本無新意；但詩的寫法上構思曲折，情境摹畫鮮明，並多有奇逸高遠的意想，把情志表達得深沉委婉，因而很有藝術特色。

寄　盧　仝〔一〕

　　玉川先生洛城裏，破屋數間而已矣。一奴長鬚不裹頭，一婢赤脚老無齒〔二〕。辛勤奉養十餘人，上有慈親下妻子〔三〕。先生結髮憎俗徒，閉門不出動一紀〔四〕。至令鄰僧乞米送，僕忝縣尹能不恥〔五〕。俸錢供給公私餘，時致薄少助祭祀〔六〕。勸參留守謁大尹，言語纔及輒掩耳〔七〕。水北山人得名聲，去年去作幕下士〔八〕。水南山人又繼往，鞍馬僕從塞閭里〔九〕。少室山人索價高，兩以諫官徵不起〔一〇〕。彼皆剌口論世事，有力未免遭驅使〔一一〕。先生事業不可量，惟用法律自繩己〔一二〕。《春秋》三傳束高閣，獨抱遺經究終始〔一三〕。往年弄筆嘲同異，怪辭驚衆謗不已〔一四〕。近來自説尋坦塗，猶上虛空跨綠駬〔一五〕。去歲生兒名添丁，要令與國充耘耔〔一六〕。國家丁口連四海，豈無農夫親未耜〔一七〕。先生抱才終大用，宰相未許終不仕。假如不在陳力列，立言垂範亦足恃〔一八〕。苗裔當蒙十世宥，豈謂貽厥無基阯〔一九〕。故知忠孝生天性，潔身亂倫安足擬〔二〇〕。昨晚長鬚來下狀，隔牆惡少惡難似〔二一〕。每騎屋山下窺闞,渾舍驚怕走折趾〔二二〕。憑依婚媾欺官吏,不信令行能禁止〔二三〕。先生受屈未曾語,忽此來告良有以〔二四〕。嗟我身爲赤縣令,操權不用欲何俟〔二五〕。立召賊曹呼伍伯,盡取鼠輩尸諸市〔二六〕。先生又遣長鬚來,如此處置非所喜。況又時當長養節,都邑未可猛政理〔二七〕。先生固是余所畏,度量不敢窺涯涘〔二八〕。放縱是誰之過歟,效尤戮僕愧前史〔二九〕。買羊沽酒謝不敏,偶逢明月曜桃李〔三〇〕。先生有意許降臨,更遣長鬚致雙鯉〔三一〕。

〔 一 〕此詩與前篇作於同一時期,即元和六年春,作者在河南令任上。

〔 二 〕長鬚:王褒《僮約》中寫到"髯奴",並有《責髯髯奴辭》。裹頭:古代男子成丁巾裹頭,披頭散髮是放縱非禮的表現。

〔 三 〕慈親:雙親;多指母親;《呂氏春秋‧執一》:"慈親不能傳於子。"

〔 四 〕結髮:指結髮之年,古代自成童束髮。動一紀:動輒一紀,歲星運轉一週爲一紀。《書‧畢命》:"既歷三紀。"傳:"十二年曰紀。"

〔 五 〕忝:謂忝官,愧居官位,謙詞。縣尹:古代縣的長官,此指縣令。

〔 六 〕"俸錢"二句:謂自己俸錢用於公私供給的剩餘,時時拿出少許資助盧仝。助祭祀,資助祭祀香火,此是給以資助的委婉説法。

〔 七 〕"勸參"二句:謂曾勸説盧仝參見東都留守與河南尹求助,但遭拒絕。古代帝王巡幸、出征時派重臣留守京城;唐貞觀十九年太宗親征遼東,任蕭瑀爲東都留守,此爲唐於洛陽(東都)設留守之始;此時東都留守爲鄭餘慶。《舊唐書‧憲宗紀》:"(元和三年六月)甲戌,以河南尹鄭餘慶爲東都留守……(六年四月)癸酉……東都留守鄭餘慶爲兵部尚書,依前留守。"大尹指河南府長官河南尹,時李素爲河南少尹行大尹事(據韓愈《河南少尹李公墓誌銘》)。據錢《釋》,李素任職始元和六年三月,其前任河南尹者有郗士美。

〔 八 〕水北山人:指石洪。幕下士:幕僚。此指石洪於元和五年受河陽軍節度使烏重胤徵辟爲僚屬,詳後《送石處士序》。

〔九〕水南山人:指居洛水南的溫造。閭里:此指里巷。參閱《赴江陵途中寄贈三學士》詩注〔九〕。此謂溫造繼受烏重胤之辟署,詳後《送溫處士赴河陽軍序》。

〔一〇〕少室山人:指李渤,字濬之,時居東都,曾隱居少室山;至元和九年始以右補闕召,後官至御史中丞、桂管經略使;少室山在登封市北,嵩山西。索價高:謂待價而沽;意本《論語·子罕》"沽之哉,沽之哉,我待賈者也。"兩以諫官徵:《舊唐書·憲宗紀》:"(元和元年九月)癸丑,以山人李渤爲左拾遺,徵不至。"又《李渤傳》:"元和初,戶部侍郎、鹽鐵轉運使李巽,諫議大夫韋況更薦之,以山人徵,爲左拾遺,渤託疾不赴。"不起:指不出仕。

〔一一〕"彼皆"二句:謂上述諸人都熱衷世事榮華,因而受當權者驅使。刺口,多言。童《校》:"謂責在上者愆咎也。"李渤後經韓愈遺書譬說,心善其言,始出家東都。每朝廷有闕政,輒附章論列,故亦屬"遭驅使"之列。

〔一二〕法律:指禮法綱常等。繩己:約束自己。

〔一三〕"春秋"二句:謂盧仝精《春秋》,但棄左氏(丘明)、公羊(高)、穀梁(赤)三傳不用,專從經文求取大義。"三傳"魏《集》等作"五傳",據馬永卿《懶真子》卷四:"《孝經序》曰:'魯史《春秋》,學開五傳。'韓退之云:'《春秋》五傳束高閣。'然今獨有三家。今按《漢書·藝文志》序云:'《春秋》分爲五。'注云:'左氏、公羊氏、穀梁氏、鄒氏、夾氏,而鄒氏、夾氏有錄無書。'乃知二氏特有名爾。"究終始:謂探究根本。許顗《彥周詩話》:"玉川子《春秋傳》,僕家舊有之,今亡矣。詞簡而遠,得聖人之意爲多。後世有深於經而見盧《傳》者,當知退之之不妄許人也。"晁公武《郡齋讀書志》卷一下著錄"唐盧仝《春秋摘微》四卷",謂"祖無擇得之於金陵"。

〔一四〕弄筆嘲同異:盧仝有《與馬異結交詩》,中有"昨日仝不仝,異自異,是謂大仝而小異;今日仝自仝,異不異,是謂仝不往兮異不至"等語。馬異,河南人,與盧仝友善,爲詩尚險怪。驚衆:顏延之

《五君詠·阮步兵》:"長嘯若懷人,越禮自驚衆。"

〔一五〕"近來"二句:謂尋找出路如騎馬上天,純屬幻想。綠駬(ěr),亦作"綠耳",周穆王"八駿"之一,見《穆天子傳》。又《淮南子·主術訓》:"夫華騮、綠耳,一日而至千里。"

〔一六〕要:原作"意",據魏《集》校改。添丁:盧仝有《示添丁》詩。充耘籽(zǐ):謂作農夫。耘,除草;籽,培土。《詩經·小雅·甫田》:"今適南畝,或耘或籽。"

〔一七〕丁口:古代通稱男子爲丁,又男子成年曰丁。唐初規定年二十一成丁,後續有變更。親耒耜:謂耕作;耒耜,古代翻土工具,耒爲柄,耜在耒下端,狀如鍬。《易·繫辭下》:"斲木爲耜,揉木爲耒。"

〔一八〕陳力列:爲國盡力(指作官立功)一類人。《論語·季氏》:"孔子曰:'求,周任有言曰:陳力就列,不能者止。'"立言垂範:創立學說遺留下教訓。《左傳》襄公二四年:"大上有立德,其次有立功,其次有立言,雖久不廢,此之謂不朽。"足恃:足以自負。

〔一九〕苗裔:後世子孫。屈原《離騷》:"帝高陽之苗裔兮。"朱注:"苗者,草之莖葉,根所生也;裔者,衣裾之末,衣之餘也,故以爲遠末子孫之稱也。"十世宥:宥,寬免,赦罪;謂子孫十代如有罪皆得到寬赦。《左傳》襄公二一年:"夫謀而鮮過、惠訓不倦者,叔向有焉,社稷之固也,猶將十世宥之,以勸能者。"貽厥:同"詒厥"。《書·五子之歌》中有"有典有則,貽厥子孫"的話(《詩經·大雅·文王有聲》也說"詒厥孫謀,以燕翼子"),自晉代以來爲"子孫"歇後語。基阯:阯,同"址",建築物的最下層。《漢書·疏廣傳》:"子孫幾及君時,頗立産業基阯。"此二句謂後世將得到福祐,爲子孫後代打下了良好根基。

〔二〇〕潔身亂倫:古人以不仕爲潔身亂倫。《論語·微子》:"子路曰:'不仕無義。長幼之節,不可廢也;君臣之義,如之何其廢之,欲潔其身而亂大倫……'"此謂盧仝天性忠孝,不出仕不可指爲潔身亂倫。

〔二一〕下狀:送來文書,自謙故稱"下"。惡少:無賴少年。《荀子·修身》：“偷儒憚事，無廉恥而嗜乎飲食，則可謂惡少者矣。”難似：難比，猶言“至極”。

〔二二〕屋山：屋脊。窺闞(kàn)：偷看。闞，窺。渾舍：全家。

〔二三〕憑依婚媾：謂依靠豪門親屬關係。婚媾，參閲《南山詩》注〔七七〕。令行禁止：有令則行，有禁則止；《汲冢周書·文傳》：“令行禁止，王之始也。”

〔二四〕良有以：確有緣由。有以，有因，有道理；《詩·邶風·旄丘》：“何其久也？必有以也。”曹丕《又與吳質書》：“古人思炳燭夜遊，良有以也。”

〔二五〕赤縣：唐制，縣分赤、畿、望、緊、上、中、下七等，縣治設在京師地區者爲赤縣，河南縣在東都，故爲赤縣。何俟：俟，通“竢”；何待。

〔二六〕賊曹：本爲漢官名，爲州縣屬吏，主刑獄。伍佰：亦作“五百”，古代官員出行作前導的吏卒。《後漢書·曹節傳》：“越騎營五百妻有美色。”李注：“韋昭《辯釋名》曰：‘五百，字本爲伍。伍，當也；伯，道也。使之導引，當道陌中以驅除也。’案，今俗呼行杖人爲五百也。”詩中皆指主刑吏。尸諸市：殺掉陳尸於市；尸，陳尸。《左傳》襄公二八年：“尸崔杼于市。”

〔二七〕長養節：指春季萬物生育季節。《禮記·月令》：“仲春之月……命有司省囹圄，去桎梏，毋肆掠，止獄訟。”猛政：嚴苛的治理措施。《左傳》昭公二〇年：“鄭子産有疾，謂子大叔曰：‘我死，子必爲政，唯有德者能以寬服民，其次莫如猛……’”

〔二八〕涯涘(sì)：水邊，引申爲界限。涘，河岸。

〔二九〕效尤：明知錯誤而倣效之。《左傳》襄公二一年：“(晉)欒盈過于周，周西鄙掠之……王曰：‘尤而效之，其又甚焉。’”戮僕：僕，御也。《左傳》襄公三年：“晉侯之弟楊干亂行于曲梁，魏絳戮其僕。”此二句謂放縱惡少是自己的過錯，效尤戮僕殺掉他們更愧對前史。

〔三〇〕不敏：不才，謙詞。《論語·顔淵》：“顔淵曰：‘回雖不敏，請事斯語矣。’”

〔三一〕降臨：謂來訪。雙鯉：指書信；樂府《飲馬長城窟行》：“客從遠方來，遺我雙鯉魚。呼兒烹鯉魚，中有尺素書。”此二句謂希望派長鬚僕人下書來訪。

【評箋】　劉攽《中山詩話》：韓吏部《贈玉川》詩曰：“水北山人得聲名，去年去作幕下士。水南山人又繼往，鞍馬僕從塞閭里。少室山人索價高，兩以諫議徵不起。”又曰：“先生抱材須大用，宰相未許終不仕。”王向子直謂韓與處士作牙人，商度物價也。

愛新覺羅·弘曆《唐宋詩醇》卷三〇：玉川垂老，尚依時宰，致罹“甘露之難”，其人固非高隱。退之何以傾倒乃爾？觀詩中所叙，特與鄰人構訟，而以情面聽其起滅耳。却寫得壁立千仞，有執鞭忻慕之意。乃知唐時處士，類能作聲價如此。

按：此詩叙寫友人一時情事，對落拓士人的不幸深表同情。詩中把盧仝的不遇於時與一般“處士”待價而沽、趨赴勢要作了對比，着力表現其兀傲不馴、不合流俗；又贊揚其“獨抱遺經”，好古敏求，突出他是有道之士。描寫這樣的人的落拓困頓，具有一定的思想意義。詩的表達也別具一格：質而不俚，多用散句和口語，充滿幽默情趣。韓愈爲詩“尚奇”，但具體作品中着力點不同，如此詩，並不奇在字句、構思上，而奇在創意和獨特的情調中。

石　鼓　歌〔一〕

張生手持石鼓文，勸我試作石鼓歌〔二〕。少陵無人謫仙死，才薄將奈石鼓何〔三〕。周綱陵遲四海沸，宣王憤起揮天戈〔四〕。大開明堂受朝賀，諸侯劍珮鳴相磨〔五〕。蒐于岐陽騁雄俊，百里禽獸皆遮羅〔六〕。鐫功勒成告萬世，鑿石作鼓隳嵯峨〔七〕。從臣才藝咸第一，揀選撰刻留山阿〔八〕。雨淋日炙野火燎，鬼物守護煩撝呵〔九〕。公從何處得紙本，毫髮盡備無差訛〔一〇〕。辭嚴義密讀難曉，字體不類隸與科〔一一〕。年深豈免有缺劃，快劍斫斷生蛟鼉〔一二〕。鸞翔鳳翥衆仙下，珊瑚碧樹交枝柯〔一三〕。金繩鐵索鎖紐壯，古鼎躍水龍騰梭〔一四〕。陋儒編詩不收入，二《雅》褊迫無委蛇〔一五〕。孔子西行不到秦，掎摭星宿遺羲娥〔一六〕。嗟余好古生苦晚，對此涕淚雙滂沱〔一七〕。憶昔初蒙博士徵，其年始改稱元和〔一八〕。故人從軍在右輔，爲我量度掘臼科〔一九〕。濯冠沐浴告祭酒，如此至寶存豈多〔二〇〕。氈苞席裹可立致，十鼓秖載數駱駝〔二一〕。薦諸太廟比郜鼎，光價豈止百倍過〔二二〕。聖恩若許留太學，諸生講解得切磋〔二三〕。觀經鴻都尚塡咽，坐見舉國來奔波〔二四〕。剜苔剔蘚露節角，安置妥帖平不頗〔二五〕。大廈深簷與蓋覆，經歷久遠期無佗〔二六〕。中朝大官老於事，詎肯感激徒媕娿〔二七〕。牧童敲火牛礪角，誰復著手爲摩挲〔二八〕。日銷月鑠就埋没，六年西顧空吟哦〔二九〕。羲之俗書趁姿媚，數紙尚可博白鵝〔三〇〕。繼周八代爭戰罷，無人收拾理則那〔三一〕。方今太平日無事，柄任儒術崇丘軻〔三二〕。安能以此上論列，願借辯口如懸河〔三三〕。石鼓之歌止於此，嗚呼吾意其蹉跎〔三四〕。

〔一〕石鼓是一組鼓形刻石，共十枚，上各刻四言詩一首，現一般判定爲春秋時期秦國遺物，存北京故宮博物院。唐初發現於岐州雍縣（即鳳翔府，今陝西鳳翔縣），長期散棄於野，在韓愈作此歌之後，鄭餘慶帥鳳翔時始移置鳳翔孔子廟。唐人如韋應物、張懷瓘、李吉甫均以爲是周宣王鼓，史籍書寫(也有認爲是成王之物的)；韓愈此詩也主張這一當時流行説法。參閲朱彝尊《石鼓文跋》(《曝書亭集》卷四七)。詩寫作於元和六年夏入朝爲職方員外郎之前。

〔　二　〕張生：指張徹，時在洛。

〔　三　〕少陵：杜甫。少陵爲漢宣帝許后之陵，在長安南，其地因稱少陵原，杜甫曾居於此，並自稱"少陵野老"。謫仙：李白。李白《對酒憶賀監二首序》："太子賓客賀公(知章)於長安紫極宫一見余，呼余爲謫仙人，因解金龜換酒爲樂。"

〔　四　〕周綱陵遲：周王朝紀綱紊亂。陵遲，衰敗。司馬相如《封禪文》："爰周郅隆，大行越成，而后陵遲衰微，千載亡聲。"四海沸：天下動蕩。《漢書·霍光傳》："今羣下鼎沸，社稷將傾。"宣王：周宣王姬静，厲王子；厲王死於彘，周、召共立之，北伐玁狁，南征荆蠻、淮夷、徐戎，史稱"中興"。揮天戈：謂南征北戰。帝王行天討，故曰天戈。

〔　五　〕明堂：謂殿堂。參閲《永貞行》注〔一二〕；又《禮記·明堂位》："昔者周公朝諸侯于明堂之位。"劍珮：帶劍與佩玉。相磨：磨，通"摩"；鳴相摩，撞擊聲。

〔　六　〕蒐(sōu)于岐陽：《左傳》昭公四年："成(王)有岐陽之蒐。"蒐，春獵，引申爲陳兵以示威。岐陽：岐山(今陝西岐山縣北)之南一帶地方。騁雄俊：發揚其雄大俊偉之才。百里：原作"萬里"，據别本校改。童《校》引張衡《西京賦》："結罝百里，远杜蹊塞。"以爲"百里爲是，萬里則失之矜夸"。遮羅：攔阻網羅。周宣王"蒐於岐陽"史無明文，但《詩經·小雅·吉日》寫他田獵於西都，《車攻》寫他在東都與諸侯會獵，韓愈移用了《左》昭四年有關成王的字面。

〔　七　〕鐫(juān)功勒成：刻石紀功。鐫與勒皆爲雕刻；功、成義亦同。班固《東都賦》："封岱勒成。"隳(huī)嵯峨：指破取山石。隳，壞。嵯峨，山高峻貌，此指高山上的石頭。淮南小山《招隱士》："山氣龍漎兮石嵯峨。”

〔八〕山阿：山脚。

〔九〕鬼物：精靈；參閲《謁衡嶽廟遂宿嶽寺題門樓》注〔一〇〕。撝呵：揮去呵斥。撝，通“揮”，“麾”；呵，同“訶”，喝斥。此謂煩勞鬼物護持。

〔一〇〕無差訛：謂紙本與原刻一致。

〔一一〕辭嚴：文詞精確。義密：意義深刻。隸與科：隸書和科斗文。科斗文，科斗通“蝌蚪”，科斗文是上古字體，以頭粗尾細形似科斗得名；《尚書序》：“至魯共王好治宫室，壞孔子舊宅以廣其居，於壁中得先人所藏古文虞、夏、商、周之書及傳《論語》、《孝經》，皆科斗文字。”

〔一二〕此下五句模寫石鼓文字形態。此謂字跡年久剥蝕，喻如利劍斬斷蛟鼉形貌；意本杜甫《李潮八分小篆歌》：“快劍長戟森相向”，“蛟龍盤拏肉屈强”。

〔一三〕鸞翔鳳翥（zhù）：鸞鳳飛舞。翥，飛舉。韋續《墨藪·五十六種書第一》：“少昊金天氏作鸞鳳書，以鳥紀官，文章衣服取象古文。”珊瑚碧樹：司馬相如《上林賦》：“玫瑰碧琳，珊瑚叢生。”《史記正義》引郭璞：“珊瑚生水底石邊，大者樹高三尺餘，枝格交錯，無有葉者也。”又班固《西都賦》：“珊瑚碧樹，周阿而生。”此二句形容石鼓文龍飛鳳舞，字劃神奇。

〔一四〕“金繩”二句，繼續形容石鼓文勁健如金繩鐵索，飄逸如蛟龍躍水，係分用秦始皇求鼎故事。《史記·封禪書》：“其後百二十歲而秦滅周，周之九鼎入于秦。或曰宋太丘社亡，而鼎没於泗水彭城下。”又《秦始皇本紀》：“二十八年，始皇東行郡縣……還，過彭城，齋戒禱祠，欲出周鼎泗水。使千人没水之，弗得。”

〔一五〕陋儒：指孔子前搜集古詩的儒生。《荀子·勸學》：“上不能好其人，下不能隆禮……則末世窮年，不免爲陋儒而已。”二《雅》：《詩經》中的《大雅》與《小雅》。褊（biǎn）迫：狹小迫隘。褊，狹小。《荀子·修身》：“狹隘褊小，則廓之以廣大。”委蛇（wěi yí）：同“逶迤”、“逶遲”，委曲自得貌。此二句謂古代儒生採詩未收石鼓文，二《雅》所收內容狹窄，無雍容闊大之度。

〔一六〕不到秦：孔子周遊衛、宋、陳、蔡、齊、楚諸國，未到秦國。掎摭(jǐ zhí)：摘取。遺羲娥：意謂遺漏了日、月；羲娥指日御羲和與月御嫦娥。此二句謂孔子編《詩經》，《秦風》中未收石鼓文這樣的好作品。

〔一七〕滂沱：大雨貌。此狀淚如雨落。《詩經·陳風·澤陂》：“涕泗滂沱。”

〔一八〕此指元和元年自江陵法曹參軍徵爲權知國子博士。

〔一九〕故人：老朋友，未詳所指。右輔：指鳳翔。漢代京兆、左馮翊、右扶風稱畿內三輔，右扶風別稱右輔；唐時指關內道鳳翔府；時“故人”爲鳳翔節度使僚屬，故曰“從軍”。量度(duó)：思考、計劃。掘臼科：指發掘石鼓。科，通“窠”；臼科謂坑坎，即石鼓所在。

〔二〇〕濯冠沐浴：行大事的齋戒之禮，以示鄭重。祭酒：國子祭酒，國子監長官，從三品，時爲鄭餘慶；《舊唐書·憲宗紀》：“(元和元年九月)丙午，以太子賓客鄭餘慶爲國子祭酒。”韓愈爲其僚屬，任權知國子博士分司東都。

〔二一〕苞：通“包”。席：通“蓆”。駱駝：駱或作“駞”，當作“橐”。

〔二二〕郜鼎：春秋時郜國所造鼎。參閱《薦士》詩注〔三三〕。光價：聲名、價值。《魏書·李神儁傳》：“凡所交遊，皆一時名士，汲引後生，爲其光價。”

〔二三〕太學：此指京師國學國子監。唐設國子、太學、四門、律、書、算六學，後增廣文爲七學，均屬國子監。切磋：研習討論。《詩經·衛風·淇奧》：“如切如磋，如琢如磨。”

〔二四〕觀經鴻都：東漢洛陽鴻都門內置學與書庫。又《後漢書·儒林傳》，“熹平四年，靈帝乃詔諸儒正定五經，刊於石碑，爲古文、篆、隸三體書法，以相參檢，樹之學門”；碑始立，其觀見及摹寫者，車乘日千兩，填塞巷陌(參閱《水經注·穀水》)。韓愈此處合用二事。填咽：擁擠，堵塞。坐見：旋見。坐，將然之詞。

〔二五〕露節角：謂露出字劃。不頗：平正。頗，不平。

〔二六〕無佗(tuó)：謂無它損失。佗，同“他”、“它”。

〔二七〕中朝大官：指朝中主事大臣。漢朝官有中朝、外朝之分；《漢書·劉輔傳》：“於是中朝左將軍辛慶忌……”孟康：“中朝，内朝也；大司馬、左右前後將軍、侍中、常侍、散騎諸吏爲中朝。”老於事：指閱事多，處事老練。婘婴(ān ē)：同“婘阿”；俯仰隨人，無所作爲。此二句謂移置石鼓之議獻之祭酒，終不爲朝中主事大臣所注意。

〔二八〕敲火：擊石取火。礪角：磨角。摩挲：撫摸，謂愛惜賞玩。

〔二九〕“日銷”二句：謂石鼓日日風雨剥蝕沉埋在荒野，六年來西望鳳翔徒然傷嘆。“銷”與“鑠”都指金屬熔蝕。吟哦，吟唱，此謂嗟嘆。

〔三〇〕羲之俗書：王羲之，字逸少，琅玡臨沂(今山東臨沂市)人，晉書法家，世稱“書聖”。韓愈所謂“俗書”，或以爲指羲之書多不講偏旁作俗體，或以爲對“古書”而言，或以爲指合“風俗”、“時俗”而無關雅俗。趁姿媚：追求運筆嬌媚。博白鵝：《晉書·王羲之傳》：“性愛鵝……山陰有一道士，養好鵝。羲之往觀焉，意甚悦，固求市之。道士云：‘爲寫《道德經》，當舉羣相贈耳。’羲之欣然寫畢，籠鵝而歸。”

〔三一〕繼周八代：指石鼓所在之地的朝代更替，即秦、漢、魏、晉、元魏、齊、周、隋八代(亦有他説，不贅)。語本《論語·爲政》：“其或繼周者，雖百世可知也。”理則那(nuó)：哪有道理，詰問之詞。那，何。《左傳》宣公二年：“牛則有皮，犀兕尚多，棄甲則那？”杜注：“那，猶何也。”

〔三二〕柄任：本義爲任用，授以權柄，此謂尊崇，使用。丘軻：孔丘、孟軻。

〔三三〕上論列：向朝廷條列論説。如懸河：《世説新語·賞譽》：“王太尉(衍)云：‘郭子玄(象)語議如懸河寫水，注而不竭。’”

〔三四〕蹉跎：失足，顛躓，此指願望不能實現。

【評箋】 洪邁《容齋隨筆》卷四《爲文矜夸過實》：文士爲文，有矜夸過實，雖韓文公不能免。如《石鼓歌》，極道宣王之事，偉矣。至云"孔子西行不到秦，掎摭星宿遺羲娥"，"陋儒編詩不收入，二《雅》褊迫無委蛇"，是謂《三百篇》皆如星宿，獨此詩如日月也。"二《雅》褊迫"之語，尤非所宜言。今世所傳石鼓之詞尚在，豈能出《吉日》、《車攻》之右，安知非經聖人所删乎？

吳沆《環溪詩話》卷中：善詩俞秀才一日到環溪，以詩一篇贄見……環溪云："韓愈之妙，在用疊句。如'黃簾綠幕朱户閈'，是一句能疊三物；如'洗粧拭面著冠帔，白咽紅頰長眉青'，是兩句疊六物。惟其疊多，故事實而語健。又諸詩《石鼓歌》最工，而疊語亦多，如'雨淋日炙野火燒'，'鸞翔鳳翥衆仙下'，'金繩鐵索鎖鈕壯，古鼎躍水龍騰梭'，韻韻皆疊。每句之中，少者兩物，多者三物乃至四物，幾乎皆是一律。惟其疊語，故句健，是以爲好詩也。"

胡應麟《詩藪·内篇》卷三：退之《桃源》、《石鼓》，模杜陵而失之淺……

毛先舒《詩辯坻》卷三：《石鼓歌》全以文法爲詩，大乖風雅。唐音云亡，宋響漸逗，斯不能無歸獄焉者。陋儒曉曉頌韓詩，亦震於其名耳。

王士禎《帶經堂詩話》卷二：《筆墨閒録》云："退之《石鼓歌》全學子美《李潮八分小篆歌》。"此論非是。杜此歌尚有敗筆，韓《石鼓》詩雄奇怪偉，不啻倍蓰過之，豈可謂後人不及前人也？後子瞻作《鳳翔八觀》詩中，《石鼓》一篇，別自出奇，乃是韓公勍敵。（《池北偶談》）

翁方綱《石洲詩話》卷一：蓋漁洋論詩，以格調撐架爲主，所以獨喜昌黎《石鼓歌》也。《石鼓歌》固卓然大篇，然較之此歌（杜甫《李潮八分小篆歌》），則杜有停蓄抽放，而韓稍直下矣。但謂昌黎《石鼓歌》學杜此篇，則亦不然。韓又自有妙處。

方東樹《昭昧詹言》卷一：東坡《石鼓》，飛動奇縱，有不可一世之概，故自佳。然似有意使才，又貪使事，不及韓氣體肅穆沉重。海峯謂蘇勝韓，非篤論也。以余較之，坡《石鼓》不如韓；韓《石鼓》又不如杜《李潮八分小篆歌》文法縱橫，高古奇妙，要之此三詩更古今天壤，如華嶽山峯矣。

按：本篇是古典詩歌中詠金石書法的名篇，其中不僅可看到詩人"思古之幽情"，而且表現出濃厚的文化意識。這種民族文化意識是韓愈思想的重要內容之一，對它的宣揚與提倡也是韓愈在歷史上的重大貢獻之一。本詩在寫作上，借用詩中的話，可以説是"辭嚴義密"。叙事筆力健舉，描摹形神兼備，音節鏗鏘有致，氣格渾穆厚重，典型地代表了韓詩雄奇高古的風格。

送無本師歸范陽〔一〕

無本於爲文，身大不及膽〔二〕。吾嘗示之難，勇往無不敢。蛟龍弄角牙，造次欲手攬〔三〕。衆鬼囚大幽，下覷襲玄窞〔四〕。天陽熙四海，注視首不頷〔五〕。鯨鵬相摩窣，兩舉快一啖〔六〕。夫豈能必然，固已謝黯黮〔七〕。狂詞肆滂葩，低昂見舒慘〔八〕。姦窮怪變得，往往造平澹〔九〕。蜂蟬碎錦纈，綠池披菡萏〔一〇〕。芝英擢荒榛，孤翮起連菼〔一一〕。家住幽都遠，未識氣先感〔一二〕。來尋吾何能，無殊嗜昌歜〔一三〕。始見洛陽春，桃枝綴紅糝〔一四〕。遂來長安里，時卦轉習坎〔一五〕。老懶無鬭心，久不事鉛槧〔一六〕。欲以金帛酬，舉室常顑頷〔一七〕。念當委我去，雪霜刻以憯〔一八〕。獰飆攬空衢，天地與頓撼〔一九〕。勉率吐歌詩，尉女別後覽〔二〇〕。

〔一〕無本，詩人賈島爲僧時的法號。賈島，字閬仙，范陽(今北京市附近)人，元和五年冬至長安，見張籍；六年春至洛陽，謁韓愈，此詩即爲是年冬韓愈在長安(時已任職方員外郎)送之歸故里時作。

後島反初服,曾任長江(今四川蓬溪縣)主簿、晉州(今四川安岳縣)司倉參軍。

〔 二 〕爲文:謂作詩,取"有韻爲文,無韻爲筆"之義。

〔 三 〕弄角牙:掉弄角牙,謂張牙舞爪。造次:倉促間。參閱《和虞部盧四汀酬翰林錢七徽赤藤杖歌》注〔七〕。此二句以欲手攬蛟龍喻其搜奇抉怪。

〔 四 〕大(tài)幽:本指極北之處,《山海經》北海之內有"大幽之國";此指地下極深處。下覰(qù):向下窺看。襲玄窞:到深坑底。襲,觸,及。玄窞(tàn),深坑;窞,坎中小穴。《易·坎》:"入於坎窞,凶。"此二句以欲捕捉大幽衆鬼喻詩膽。

〔 五 〕熙:曝晒。首不頷(hàn):不低頭。"頷"原作"頜",下有"顝頜",不當重出,據別本校改。朱《考》:"方云:李本'頜'作'頷'。《説文》:'頷,低頭也。'《列子》:'巧夫頷其頤。'"

〔 六 〕摩窣(sù):摩擦。啍:同"啖"、"喀";食。此二句鯨、鵬本《莊子·逍遥遊》,謂把變化的鯨、鵬一起拿來快意地大嚼一頓。

〔 七 〕黯黮(dǎn):不明貌。宋玉《九辯》:"彼日月之照明兮,尚黯黮而有瑕。"此二句承上八句對賈島藝術追求的形容而來,意謂雖未必達到如上境界,但終究擺脱了暗淡衰颯的狀態。

〔 八 〕狂詞:狂放的言詞。肆滂葩:發揚滂沛、紛葩的風貌。低昂:指音調的抑揚高下。見舒慘:表現出情緒的舒徐和慘淡。

〔 九 〕"姦窮"二句:謂賈島詩得自姦窮、變怪,而往往歸於平淡自然。姦窮:詩俗;姦,違逆;窮,極。怪變:怪異新變。

〔一○〕錦纈(xié):織錦。纈,染花的絲織品。披菡萏(hàn dàn):荷花紛披。菡萏,荷花。此二句形容賈詩,或如蜂翅蟬翼那樣斑斕錦繡,又像綠池荷花那樣自然秀美,意本《南史·顏延之傳》:"延之嘗問鮑照己與靈運優劣,照曰:'謝五言如初發芙蓉,自然可愛;君詩若鋪錦列繡,亦雕繢滿眼。'"

〔一一〕芝英:瑞草;《宋書·符瑞志》:"芝英者,王者親近者老,養有道,則生。"擢荒蓁:拔起於荆棘叢中。擢,抽,拔。蓁通"榛",棘叢。

孤翾:指獨自高飛的鳥;翾,羽莖,指代飛鳥。起連菼(tǎn):飛起
在一片蘆荻之上。菼,初生之荻。此二句喻賈島如叢棘中的瑞
草,如荒原上的飛鳥。

〔一二〕幽都:唐幽州治幽都縣(今北京市西南),即賈島故鄉范陽地。氣
先感:聲氣相感發。《易·乾》:"同聲相應,同氣相求……則各從
其類也。"

〔一三〕嗜昌歜(zhǎn):喜歡昌蒲菹即用蒲根切製成的醃菜。昌,通
"菖"。《呂氏春秋·遇合》:"文王嗜菖蒲菹,孔子聞而服之,縮頞
而食之,三年然後勝之。"此二句謂賈島看重自己來進謁,無異於
嗜菖蒲菹,是背俗的特嗜。

〔一四〕綴紅糝(sǎn):謂長滿紅色花苞。糝,飯粒,引申爲粒狀物,此指
花苞。此二句謂桃花初放時始見於洛陽。

〔一五〕"時卦"句:謂占卜遇到"習坎"卦,意即其時運氣不佳。《易·
坎》:"習坎,重險也。"習坎即二坎相重☵,坎爲險,習坎爲重險。
舊注解爲以八卦推算時間,坎卦指十一月,送無本的時間。

〔一六〕鬭心:謂進取之心。事鉛槧(qiàn):謂從事寫作。鉛,鉛粉筆;
槧,木板,都是古代書寫工具。《西京雜記》卷三:"揚子雲好事,常
懷鉛提槧,從諸計吏,訪殊方異域四方之語。"

〔一七〕舉室:全家。顑頷(kǎn hàn):因飢餓而面黄肌瘦。屈原《離騷》:
"苟余情其信姱以練要兮,長顑頷亦何傷。"此二句謂自己衣食不
充無法在經濟上接濟賈島。

〔一八〕刻以憯(cǎn):憯,通"慘";嚴刻而又凄慘。此二句形容賈島向我
告別回范陽,表情如冰霜一樣慘淡。

〔一九〕獰飆:狂風。獰,凶猛。空衢:空曠的街道。與頓撼:一起摇撼。
此二句寫別時季候。

〔二〇〕勉率:勉力從命。《書·大禹謨》:"惟時有苗弗率。"孔傳:"率,
循、徂,往也。"尉女:尉,通"慰";女,通"汝"。此二句謂自己勉力
作這首告別詩,讓你別後閱讀心得安慰。

【評箋】 方東樹《昭昧詹言》卷九：《醉贈張秘書》與《贈無本》，特地做成局陣，章法參差迷離，讀者往往忽之，不能覺也。然此等皆尚有迹可尋。

程學恂《韓詩臆説》：自蘇子瞻有郊寒島瘦之謔，嚴滄浪有蟲吟草間之誚，世上寡識之流，遂奉爲典要，幾薄二子不值一錢。宜乎風雅之衰，靡靡日下也。試看韓、歐集中推崇二子者如何？豈其識見反出蘇、嚴下耶！再子瞻詆樂天爲俗，而其一生學問專學一樂天，此等處須是善會。黃泥搏成人，多是被古人瞞了。

按：本篇亦可看作是韓愈的富有創意的詩論和詩人論之一。詩中稱贊賈島，由“姦窮變怪”而“造平淡”，也是作者本人的藝術追求的重要方面。但在創作實踐中，他多用力在“姦窮變怪”。此詩即爲一例。

奉和虢州劉給事使君三堂新題二十一詠（選五）〔一〕

渚　亭〔二〕

自有人知處，那無步往蹤。莫教安四壁，面面看芙蓉。

〔一〕虢州劉給事使君：指劉伯芻。伯芻，字素芝，進士及第，徵拜右補闕，歷官給事中。據《舊唐書·劉伯芻傳》：“裴垍罷相，爲太子賓客，未幾而卒。李吉甫復入相，與垍宿嫌，不加贈官。伯芻上疏論之，贈垍太子少傅。伯芻妻，垍從姨也，或讒於吉甫，以此論奏。伯芻懼，亟請散地，因出爲虢州（今河南靈寶市）刺史。”使君是對州、郡長官的稱呼。三堂是虢州刺史宅旁的園林，開元中建，明臣子在三之節故曰三，勵宗室肯堂之義故曰堂。據韓愈詩序曰：“虢

125

州刺史宅連水池竹林,往往爲亭臺島渚,目其處爲三堂。劉兄自給事中出刺此州,在任逾歲,職修人治,州中稱無事。頗加增飾,從子弟而遊其閒,又作二十一詩以詠其事,流行京師,文士争和之。余與劉善,故亦同作。"元和七年(八一二)劉伯芻出守虢,此組詩當作於元和八年,時韓愈爲國子博士。選五、八、一五、一八、二一等五首。題目或無"奉"字,或無"奉"、"新題"三字。

〔二〕渚(zhǔ)亭:小洲上的亭子。

花　島

蜂蝶去紛紛,香風隔岸聞。欲知花島處,水上覓紅雲。

花　源

源上花初發,公應日日來。丁寧紅與紫,慎莫一時開。

孤　嶼〔一〕

朝遊孤嶼南,暮戲孤嶼北。所以孤嶼鳥,與公盡相識。

〔一〕嶼:有山的洲島。

月　池

寒池月下明,新月池邊曲。若不妒清妍,却成相映燭〔一〕。

〔一〕若：你們，指月與水。清妍：水之清，月之妍。映燭：映照。此二
　　　句謂月與水不相嫉妒，却相互映照。

【評箋】 王正德《師餘録》卷二《張芸叟》：退之詩，惟《虢園二十一
詠》爲最工。語不過二十字，而意思含蓄過於數千百言者。至爲《石鼓
歌》，極其致思，凡累數百言，曾不得鼓之彷彿。豈其注意造作，求以過
人，與夫不假琢磨得之自然者，遂有間邪？ 由是觀之，爲人爲文，言約而
事該、省文而旨遠者爲佳。

　　方回《跋無名子詩》：昌黎爲劉給事賦《二十一詠》，乃刺史州宅也。
然專道林泉間興趣，於外務不毛髮沾。“洞門無鎖鑰，俗客不曾來”，以此
見自無俗客，則自不必有鎖鑰。風致甚高，與夫用意以拒俗客者異矣。
既曰“朝游孤嶼南，暮遊孤嶼北。所以孤嶼鳥，與人盡相識”，又曰“郡樓
乘曉上，盡日不能迴”，又曰“吏人休報事，公作送春詩”。苟如此，則郡事
全廢，簿書期會，一切不問可也。然必具道眼識詩法者，始知昌黎爲善立
言。譬之曾點舍瑟，異乎三子者之撰也。（《桐江集》卷四）

　　按：此組詩前人多擬之王（維）、裴（迪）輞川倡和。韓詩雖不如王、裴
之高妙超逸而更富理致，但閑淡自然、精切朗暢，與長篇大幅力求雄奇高
古一類作品不同。這一方面顯示了韓愈創作風格、體裁的多樣化；另一
方面這類詩多寫於元和後期，也反映了詩壇風氣的變化和詩人思想情緒
的轉變。

盆 池 五 首 (選二)〔一〕

　　莫道盆池作不成，藕梢初種已齊生。從今有雨君須
記，來聽蕭蕭打葉聲。

〔一〕盆池：謂埋盆爲池。此組詩寫作年月不詳，姑從舊本繫於元和十年。詩中有“恰如方口釣魚時”之句，方口即濟源（今河南濟源市）方口，見于《盧郎中雲夫寄示送盤谷子詩兩章歌以和之》詩“平沙綠浪榜方口”句，詩作于元和七年，所述方口釣魚或以爲即盤谷尋李愿時事（參見後《送李愿歸盤谷序》）。選第二、五兩首。

　　池光天影共青青，拍岸纔添水數瓶。且待夜深明月去，試看涵泳幾多星〔一〕。

〔一〕涵泳：沉浸其中。參閱《岳陽樓別竇司直》注〔一六〕。

　　【評箋】　程學恂《韓詩臆說》：韓律詩誠多不工，惟此五首却有致。貢父以“老翁”、“童兒”句（按：第一首：“老翁真箇似童兒，汲水埋盆作小池……”）少之，鄙矣。若獨取“拍岸”、“青蛙”二句（按：第四首：“泥盆淺小詎成池，夜半青蛙聖得知……”），亦無解處。予謂“忽然分散無蹤影，惟有魚兒作隊行”（按：第三首），“且待夜深明月去，試看涵泳幾多星”，乃好句也。

調　張　籍〔一〕

　　李杜文章在，光焰萬丈長〔二〕。不知羣兒愚，那用故謗傷〔三〕。蚍蜉撼大樹，可笑不自量〔四〕。伊我生其後，舉頸遥相望〔五〕。夜夢多見之，晝思反微茫。徒觀斧鑿痕，不矚治水航〔六〕。想當施手時，巨刃磨天揚〔七〕。垠崖劃崩豁，乾坤擺雷硠〔八〕。惟此兩夫子，家居率荒涼。帝欲長吟哦，故遣起且僵〔九〕。剪翎送籠中，使看百鳥翔。平生千萬篇，金薤垂琳琅〔一〇〕。仙官勅六丁，雷電下取將〔一一〕。流落人間者，太山一豪芒〔一二〕。我願生兩翅，捕逐出八荒〔一三〕。精誠忽交通，百怪入我腸〔一四〕。刺手拔鯨牙，舉瓢酌天漿〔一五〕。騰身跨汗漫，不著織女襄〔一六〕。顧語地上友，經營無太忙〔一七〕。乞君飛霞珮，與我高頡頏〔一八〕。

〔一〕調：調笑，狂言相戲。元和六年韓愈自洛陽回長安，與張籍重新聚首，倡和頻繁。韓有《題張十八所居》、《晚寄張十八助教周郎博士》等詩，張任國子助教在元和十一年(八一六)前後，此詩應在此前後作。

〔二〕文章：辭章，此指詩歌。

〔三〕那用：怎麼使用。故謗：陳舊的謗言。

〔四〕蚍蜉：大螞蟻。

〔五〕伊：發語詞。

〔六〕"徒觀"二句：以夏禹治水鑿山導河之功比喻李、杜詩的創造，謂只可看到其鑿削技巧，卻無法追蹤其創作成就。治水航，治水的航船。航，兩船相併，方舟。沈欽韓《補注》引《寰宇記》、《郡國志》謂"杭州餘杭縣，夏禹東去，捨舟船登陸於此。"

〔七〕施手：下手。磨天：磨，通"摩"；抵到天上。此承上"斧鑿"之喻，以巨刃摩天形容創作的偉大魄力。

〔八〕垠(yín)崖：謂陡峭的山崖。垠，邊際。崩豁：崩塌破裂；郭璞《江賦》："礔如地裂，豁若天開。"乾坤：天地。擺雷硠：排擊振動。擺，據童《校》，擺爲"捭"的後出字，義爲兩手擊也；雷硠，左思《吳都賦》："拉擸雷硠。"李注："崩弛之聲。"此二句繼續形容"斧鑿"之功，謂山崖用巨刃一劃而崩落，天地在排擊下振動，狀創作時的磅礴氣勢。

〔九〕帝：天帝。起且僵：起來又仆倒。僵，倒下。

〔一〇〕金薤：金錯書，倒薤書，一種字體——薤葉書；王愔《文字志》：“倒薤，書名，小篆法也，垂枝濃直，若薤葉也。”琳琅：美玉名。此二句謂李、杜平生千萬篇詩作，如用金錯書刻在玉版上那樣珍貴。

〔一一〕六丁：火神。《後漢書·梁節王暢傳》：“從官卞忌自言能使六丁，善占夢。”李賢注：“六丁，謂六甲中丁神也。若甲子旬中，則丁卯爲神；甲寅旬中，則丁巳爲神之類也。”取將：取去；將，攜帶。此二句設想李、杜大量作品是仙官派火神用雷電取走了，實指已佚失了。顧嗣立引《異人記》：“上元中，台州道士王遠知善《易》，知人死生禍福，作《易總》十五卷。一日雷雨雲霧中，一老人語遠知曰：‘所泄者書何在？上帝命吾攝六丁雷電，追取上方秘文，自有飛天保衛金科，秘藏玄都，汝何者輒藏緗帙？’遠知曰：‘青邱元老傳授也。’”

〔一二〕豪芒：豪，通“毫”。此語本自司馬遷《報任安書》“死有重於泰山，或輕於鴻毛”。

〔一三〕八荒：八方荒遠之地。劉向《説苑·辨物》：“八荒之内有四海，四海之内有九州。”

〔一四〕交通：交互感通。

〔一五〕剌手：剌疑爲“捋”；捋手猶言捵手，扭手，即下《送窮文》中所謂“捵手覆羹”之“捵手”；或以爲剌通“赤”，剌手即赤手。天漿：天上的美酒。此二句形容自己受李、杜感發的境界：或去深海中拔鯨牙，或到天上去斟美酒。

〔一六〕汗漫：不着邊際貌。《淮南子·俶真訓》：“甘暝于溷澗之域，而徒倚于汗漫之宇。”織女襄：《詩經·小雅·大東》：“跂彼織女，終日七襄。”陳《選》據《説文》解釋爲“織女織成的文章”。童《校》依《毛傳》訓“襄”爲“反”，“終日七襄”即從旦至暮，七更其次。童説爲長。此二句謂自己到天上遨遊，不再如織女那樣終日勞苦。

〔一七〕地上友：指張籍。此處歸結爲“調”的題旨。經營：此指用心於世事，營求富貴等。《詩經·小雅·北山》：“旅力方剛，經營四方。”

〔一八〕乞君：給予你。乞，給予。飛霞珮：珮，通“佩”；霞佩，彩霞製成的
　　大帶。頡頏(xié háng)：鳥上下飛。《詩經・邶風・燕燕》：“燕燕
　　于飛，頡之頏之。”此二句規勸張籍：給你一條彩霞的佩帶做翅
　　膀，請與我一起高飛吧。

【評箋】　魏泰《臨漢隱居詩話》：元稹作李、杜優劣論，先杜而後李。
韓退之不以爲然。詩曰：“李杜文章在，光燄萬丈長。不知羣兒愚，何用
故謗傷。蚍蜉撼大樹，可笑不自量。”爲微之發也……元稹自謂知老杜
矣，其論曰：“上該曹、劉，下薄沈、宋。”至韓愈則曰：“引手拔鯨牙，舉瓢酌
天漿。”夫高至于酌天漿，幽至于拔鯨牙，其思頤深遠宜如何，而詎止於
曹、劉、沈、宋之間耶？
　　胡仔《苕溪漁隱叢話前集》卷十六：《雪浪齋日記》云：退之參李、杜
透機關，於《調張籍》詩見之。自“我願生兩翅，捕逐出八荒”以下，至“乞
君飛霞珮，與我高頡頏”，此領會語也。從退之言詩者多，而獨許籍者，以
有見處可以傳衣鉢耳。
　　葛立方《韻語陽秋》卷二：韓退之《調張籍》詩曰：“刺手拔鯨牙，舉瓢
酌天漿。”魏道輔謂“高至于酌天漿，幽至于拔鯨牙，其用心深遠如此”。
彼獨未讀《送無本》詩爾。其曰：“吾嘗示之難，勇往無不敢。蛟龍弄牙
角，造次欲手攬。衆鬼囚大幽，下覷襲玄窞。”言手攬蛟龍之角，下覷衆鬼
之窞，皆難事，而無本“勇往無不敢”。蓋作文以氣爲主也。則《調張籍》
之句，無乃亦是意乎！
　　沈德潛《唐詩別裁》卷四：言平生欲學者惟在李、杜，故夢寐見之，更
冀生羽翼以追逐之。見籍有志于古，亦當以此爲正宗，無用歧趨也。元
微之尊杜而抑李，昌黎則李、杜並尊，各有見地。至謂“羣兒愚”指微之，
魏道輔之言，未可援引。
　　趙翼《甌北詩話》卷一：詩家好作奇句警語，必千錘百鍊而後能成。
如李長吉“石破天驚逗秋雨”，雖險而無意義，祇覺無理取鬧。至少陵之
“白摧朽骨龍虎死，黑入太陰雷雨垂”，昌黎之“巨刃磨天揚”、“乾坤擺礌
硠”等句，實足驚心動魄，然全力搏兔之狀，人皆見之。青蓮則不然，如

"撫頂弄盤古,推車轉天輪。女媧戲黃土,團作愚下人。散在六合間,濛濛如沙塵。"……皆奇警極矣,而以揮灑出之,全不見其錘鍊之迹。

按:韓愈推揚李、杜,對當時與後世詩壇上李、杜傳統的繼承與發揚作出了巨大貢獻,他在這方面的功績也是十分重大的。而他本人在實踐上所追求的,更重在李、杜雄奇高古的一面。這也使他能在李、杜之後另闢蹊逕,多所獨創,他的這種實踐也給後人以啓發。

聽穎師彈琴〔一〕

昵昵兒女語,恩怨相爾汝〔二〕。劃然變軒昂,勇士赴敵場〔三〕。浮雲柳絮無根蒂,天地闊遠隨飛揚。喧啾百鳥羣,忽見孤鳳凰〔四〕。躋攀分寸不可上,失勢一落千丈強〔五〕。嗟余有兩耳,未省聽絲篁〔六〕。自聞穎師彈,起坐在一旁。推手遽止之,濕衣淚滂滂〔七〕。穎乎爾誠能,無以冰炭置我腸〔八〕。

〔一〕穎:原作"穎";朱《考》:"穎師若是道士,則穎字之姓當從水;是僧,則穎字是名,當從禾。"其人爲僧,當從"禾"作"穎"。下文亦依此校改。穎爲藝僧,李賀有《聽穎師琴歌》云:"竺僧前立當吾門,梵宮真相眉稜尊。古琴大軫長八尺,嶧陽老樹非桐孫。涼館聞弦驚病客,藥囊暫別龍鬚席。請歌直請卿相歌,奉禮官卑復何益。"賀元和十一年終于奉禮郎,詩爲罹病時所作。韓愈此詩中有失意語,應作于左降太子右庶子以後。

〔二〕昵昵:昵,同"暱"、"妮";親切貌。兒女:小兒女,青年男女。《史記·魏其武安侯列傳》:"生平毀程不識不值一錢,今日長者爲壽,乃效女兒咕囁耳語。"相爾汝：謂彼此親暱，不拘形迹。杜甫《醉時歌》："忘形到爾汝，痛飲真吾師。"此下狀琴聲，首言如青年男女切切私語，互訴恩怨。

〔三〕劃然：忽然。軒昂：高揚。參閱《南山詩》注〔三二〕。

〔四〕喧啾：羣鳥齊鳴貌。

〔五〕躋(jī)攀：攀登。躋，登，升。

〔六〕未省：不解。絲篁：絲竹，即絲弦樂器和竹管樂器。《文心雕龍·樂府》："志感絲篁，氣變金石。"

〔七〕遽：疾，速。滂滂：大水涌流貌，此狀淚如雨下，句意本張協《七命》："拂促柱則酸鼻，揮危弦則涕流。"

〔八〕誠能：謂確乎技藝高超。冰炭置我腸：喻感情激烈動蕩。《莊子·人間世》郭象注："喜懼戰於胸中，固已結冰炭於五藏矣。"又東方朔《七諫·自悲》："冰炭不可以相并兮，吾固知乎命之不長。"

【評箋】　蘇軾《東坡題跋》卷六《歐陽公論琴詩》："昵昵兒女語，恩怨相爾汝。劃然變軒昂，勇士赴敵場。"此退之《聽穎師琴》詩也。歐陽文忠公嘗問僕："琴詩何者最佳？"余以此答之。公言："此詩固奇麗，然自是聽琵琶詩。"……

胡仔《苕溪漁隱叢話》卷一六：《西清詩話》云：三吳僧義海以琴名世。六一居士嘗問東坡："琴詩孰優？"東坡答以退之《聽穎師琴》。公曰："此祇是聽琵琶耳。"或以問海，海曰："歐陽公一代英偉，然斯語誤矣。'昵昵兒女語，恩怨相爾汝'，言輕柔細屑，真情出現也；'劃然變軒昂，勇士赴敵場'，言精神餘溢，竦觀聽也；'浮雲柳絮無根蒂，天地闊遠隨飛揚'，縱橫變態，浩乎不失自然也；'喧啾百鳥羣，忽見孤鳳凰'，又見穎孤絕，不同流俗下俚聲也；'躋攀分寸不可上，失勢一落千丈強'，起伏抑揚，不主故常也。皆指下絲聲妙處。惟琴爲然，琵琶格上聲，烏能爾邪？退之深得其趣，未易譏評也。"

許顗《彥周詩話》：韓退之《聽穎師彈琴》詩云："浮雲柳絮無根蒂，天地闊遠隨飛揚。"此泛聲也，謂輕非絲、重非木也。"喧啾百鳥羣，忽見孤鳳凰”,泛聲中寄指聲也。“躋攀分寸不可上”,吟繹聲也。“失勢一落千丈强”,順下聲也。僕不曉琴,聞之善琴者云,此數聲最難工。自文忠公與東坡論此詩作聽琵琶詩之後,後生隨例云云。柳下惠則可,我則不可。故特論之,少爲退之雪冤。

王楙《野客叢書》卷二七《退之琴詩》:退之《聽琴》詩曰:“昵昵兒女語,恩怨相爾汝。劃然變軒昂,勇士赴敵場。”此意出於阮瑀《筆賦》:“不疾不徐,遲速合度,君子之衢也;慷慨磊落,卓礫盤紆,壯士之節也。”阮瑀之意又出於王褒《洞簫賦》,褒曰:“澎濞沆瀣,一何壯士;優游溫潤,又似君子。”

倪瓚《題陳惟允畫》:韓公曾聽穎師琴,山水蕭條太古音。不作王門操瑟立,溪山高隱竟何心。(《倪雲林先生詩集》卷六)

奉和裴相公東征途經女几山下作〔一〕

旗穿曉日雲霞雜,山倚秋空劍戟明。敢請相公平賊後,暫攜諸吏上崢嶸〔二〕。

〔一〕裴相公:裴度,字中立,河東聞喜(今山西聞喜縣)人。貞元進士,任監察御史,擢御史中丞,元和十年六月,進中書侍郎同平章事。時淮西吳元濟據蔡州(屬河南道,今河南汝南縣)叛亂,度力主用兵。十二年七月,以守門下侍郎同平章事爲使持節蔡州諸軍事、蔡州刺史充彰義軍節度、申、光、蔡觀察處置等使出討淮西。韓愈爲其幕下行軍司馬,從行,參閱後《平淮西碑》。此詩爲途中和裴度《東征途經女几山下作》詩作,裴詩已佚,僅在《白氏長慶集》中存“待平賊壘報天子,莫指仙山示老夫”一聯。女几山,據《元和郡縣圖志》卷五,在河南府福昌縣(今河南宜陽縣)西南三十四里。

〔二〕暫攜：且攜。張相《詩詞曲語辭匯釋》：“暫，且也。李白《月下獨
　　　酌》詩：‘……暫伴月將影，行樂須及春。’”崢嶸：指高山。

次潼關先寄張十二閣老使君〔一〕

荆山已去華山來，日出潼關四扇開〔二〕。刺史莫辭迎
候遠，相公親破蔡州迴〔三〕。

〔一〕潼關：東漢末建，古稱桃林塞，在今陝西潼關縣北。張十二：張
　　　賈，貞元二年進士，曾任禮部員外郎，時被譴爲華州（今陝西華縣）
　　　上佐。唐俗，“兩省相呼爲閣老”（《唐國史補》卷下），此以舊銜稱。
　　　詩爲征淮西回朝途中作。
〔二〕荆山：此指河南陝州（今河南三門峽市）之荆山，即《漢書·郊祀
　　　志》所傳“黃帝鑄鼎”處，又名覆釜山。
〔三〕刺史：指華州刺史；京畿道華州治鄭縣。康駢《劇談録》：“（裴度）
　　　出征淮西，請韓愈自中書舍人爲掌書記，及賊平朝覲，樂和李僕射
　　　方爲華州刺使，戎服櫜鞬，迎於道左。”相公：指裴度，度帶宰相銜
　　　（守門下侍郎同平章事）統兵，故稱。

【評箋】　施補華《峴傭説詩》：望岱一題，若入他人手，不知作多少
語，少陵只以四韻了之，彌見簡勁。“齊魯青未了”五字，囊括數千里，可
謂雄闊。後來唯退之“荆山已去華山來”七字足以敵之。
　　程學恂《韓詩臆説》：説歌舞入關，不着一字，盡於言外傳之，所以
爲妙。

華　山　女〔一〕

街東街西講佛經，撞鐘吹螺鬧宮庭〔二〕。廣張罪福資誘脅，聽衆狎恰排浮萍〔三〕。黃衣道士亦講說，座下寥落如明星〔四〕。華山女兒家奉道，欲驅異教歸仙靈〔五〕。洗粧拭面著冠帔，白咽紅頰長眉青〔六〕。遂來昇座演真訣，觀門不許人開扃〔七〕。不知誰人暗相報，訇然振動如雷霆〔八〕。掃除衆寺人跡絕，驊騮塞路連輜軿〔九〕。觀中人滿坐觀外，後至無地無由聽。抽釵脫釧解環佩，堆金疊玉光青熒〔一〇〕。天門貴人傳詔召，六宮願識師顏形〔一一〕。玉皇頷首許歸去，乘龍駕鶴來青冥〔一二〕。豪家少年豈知道，來繞百匝腳不停〔一三〕。雲窗霧閣事慌惚，重重翠幔深金屏〔一四〕。仙梯難攀俗緣重，浪憑青鳥通丁寧〔一五〕。

〔一〕華山女：指華山一女道士。此詩寫作年代不可考；惟唐憲宗晚年崇信佛、道，有奉迎佛骨、任用道士柳泌等舉，詩或作於元和末。姑繫於此。

〔二〕街東街西：謂長安城內處處。街指縱貫南北的朱雀門大街即“天街”。講佛經：指“俗講”，是佛教因時制宜、隨類化俗的一種法會，興起於初唐，至中唐大盛，往往依朝廷敕命舉行。撞鐘吹螺：元照《四分律行事抄資持記》卷三講到“導俗”儀式；“最初鳴鐘集衆，練爲十法，今時講導，宜依此式。”螺指螺號，寺院中用奏法螺。王勃《益州綿竹縣武都山淨慧寺碑》：“撫香象而高視，鳴法螺而再唱。”鬧宮庭：謂寺院裏一片喧囂；宮庭謂宮室庭院。

〔三〕廣張罪福：廣泛宣揚輪迴報應之說。《資治通鑑》卷一九一傅奕

上疏："僞啓三途,謬張六道,恐愒愚夫,詐欺凡品,乃追懺既往之
罪,虛規將來之福。"張,張揚,張大。資誘脅:用作利誘威脅之
資。狌狌恰:同"洽洽",稠疊密集貌。方《正》謂乃唐人語;白居易
《吴櫻桃》:"洽洽舉頭千萬顆。"(《白氏長慶集》卷二四)

〔四〕黄衣道士:《舊唐書・輿服志》:"禁士庶不得以赤、黄爲衣服雜
飾。"惟五品以上得服黄,則此爲被賜黄衣的高級道士。亦講説:
道教亦有"俗講",稱"道講"。

〔五〕奉道:歸信、修練仙道。異教:指道教以外的宗教,如佛教。仙
靈:指神仙之説。

〔六〕著冠帔:戴道冠,披肩帔,爲道士裝束。長眉青:語本《楚辭・大
招》:"青色直眉,美目媔只。"

〔七〕演真訣:宣演神仙口訣,即開"道講"。觀門:道觀之門。開扃:
開門。扃,門栓。

〔八〕訇(hōng)然:大聲貌。訇,擬聲詞。李白《夢遊天姥吟留別東魯
諸公》:"洞天石扉,訇然中開。"

〔九〕掃除:謂清除,一掃而空。驊騮:赤色駿馬,此泛指馬。輜軿(zī
píng):輜車、軿車,都是婦人所乘有衣蔽的車,《漢書・張敞傳》:
"禮,君母出門則乘輜軿。"顔注:"輜軿,衣車也。"此二句寫衆人離
開寺廟羣趨華山女的道觀,車馬喧闐,男女奔波。

〔一○〕"抽釵"二句:描寫施捨情況。青熒,玉發青光;此狀金玉堆積,光
彩閃爍。揚雄《羽獵賦》:"玉石嶜崟,眩曜青熒。"李注:"青熒,光
明貌。"

〔一一〕天門貴人:即中貴人,宦官。六宮:指后妃。《周禮・天官・内
宰》:"上春,詔王后帥六宮之人。"鄭玄以爲正寢一、燕寢五爲
六宮。

〔一二〕"玉皇"二句:謂華山女成仙飛昇。玉皇:玉皇大帝,道教的天帝。
龍、鶴爲神仙所乘,如《莊子・逍遥遊》藐姑射山神人"御飛龍",
《神仙傳》王子喬駕鶴等。青冥:青天。屈原《九章・悲回風》:
"據青冥而攄虹兮,遂儵忽而捫天。"或以爲"玉皇"指皇帝,"歸去"

指入皇宮,可備一解。

〔一三〕知道:解仙道。百匝:一百圈,狀圍追不離。

〔一四〕"雲窗"二句:謂華山女飛昇事從深密道宮中傳出,内情難得其詳。雲窗霧閣:指道觀。翠幔:翠綠的幔帳;金屏:鑲金的屏風;均指華山女居停處。

〔一五〕俗緣:塵世因緣。浪憑:漫憑,隨意憑借。青鳥通丁寧:丁寧,同"叮嚀";《漢武故事》:"七月七日,上於承華殿齋。日正中,忽見有青鳥從西方來集殿前。上問東方朔,朔對曰:'西王母暮必降尊像……'……有頃,王母至,乘紫車,玉女夾馭,戴七勝,履玄瓊鳳文之舄,青氣如雲,有二青鳥如鸞,夾侍母旁。"後以青鳥爲交通仙凡的使者;通丁寧即通消息。此二句暗示飛昇純屬欺騙,而道觀中正有男女隱秘之事。

【評箋】 朱熹《昌黎先生集考異》卷二:或怪公排斥佛、老不遺餘力,而於華山女獨假借如此,非也。此正譏其衒姿首,假仙靈以惑衆,又譏時君不察,使失行婦人得入宮禁耳。觀其卒章"豪家少年"、"雲窗霧閣"、"翠幔"、"金屏"、"青鳥"、"丁寧"等語,褻慢甚矣,豈真以神仙處之哉!

許顗《彦周詩話》:詩人寫人物態度至不可移易。元微之《李娃行》云:"髻鬟峨峨高一尺,門前立地看春風。"此定是娼婦。退之《華山女》詩云:"洗粧拭面著冠帔,白咽紅頰長眉青。"此定是女道士。東坡作《芙蓉城》詩,亦用"長眉青"三字,云"中有一人長眉青,炯如微雲淡疏星",便有神仙風度。

何孟春《餘冬詩話》卷下:退之詠《華山女》詩"白咽紅頰長眉青",《贈僧澄觀》詩"伏犀插腦高頰權"……等語,皆寫真文字也。

左遷至藍關示姪孫湘〔一〕

一封朝奏九重天,夕貶潮州路八千〔二〕。欲爲聖明除

弊事,肯將衰朽惜殘年〔三〕。雲橫秦嶺家何在,雪擁藍關
馬不前〔四〕。知汝遠來應有意,好收吾骨瘴江邊〔五〕。

〔一〕左遷:指元和十四年(八一九)正月十四日諫佛骨貶潮州(今廣東
　　　潮州市)刺史。藍關:藍田關,參閱《南山詩》注〔四九〕。姪孫湘:
　　　韓湘字北渚,韓愈兄會之孫、姪老成之子,後於長慶三年(八二三)
　　　中進士,官至大理丞。此詩是韓愈南下過藍關偶遇韓湘而作。

〔二〕一封:謂一篇奏章,即後選《論佛骨表》。朝奏:早朝上奏報。九
　　　重天:言宮禁深密,指皇帝。宋玉《九辯》:"豈不鬱陶而思君兮,
　　　君之門以九重。"五臣注:"君門深邃,不可至也。"路八千:據《元
　　　和郡縣圖志》卷三四潮州"西北至上都取虔州路五千六百二十五
　　　里",八千是約數。

〔三〕聖明:聖明之世,即指當朝。《抱朴子·釋滯》:"聖明御世,唯賢
　　　是寶。"弊事:指佞佛奉迎佛骨。肯:張相《詩詞曲語辭匯釋》:
　　　"肯,猶豈也。"衰朽:老邁無能。殘年:餘年,餘生。此二句謂自
　　　己本意是效忠朝廷除去弊政,因而不顧惜自己衰朽性命。

〔四〕秦嶺:藍田山爲秦嶺一部份。馬不前:語本屈原《離騷》:"僕夫悲
　　　余馬懷兮,蜷局顧而不行。"又陸機《飲馬長城窟行》:"驅馬涉陰
　　　山,山高馬不前。"

〔五〕瘴江:潮州有古員水,又稱惡溪(後爲紀念韓愈改稱韓江),而南
　　　方多瘴氣,故稱瘴江。

【評箋】　胡仔《苕溪漁隱叢話前集》卷四一:蘇子由云:"東坡居士謫
居儋耳,置家羅浮之下,獨與幼子過負檐渡海,葺茅竹而居之,日啗諸芋,
而華屋玉食之念不存於胸中。平生無所嗜好,以圖史爲園囿,文章爲鼓
吹,至是亦皆罷去。猶獨喜爲詩,精深華妙,不見老人衰憊之氣。"苕溪漁
隱曰:凡人能處憂患,蓋在其平日胸中所養。韓退之,唐之文士也,正色
立朝,抗疏諫佛骨,疑若殺身成仁者。一經竄謫,則憂愁無聊,概見於詩
詞。由此論之,則東坡所養,過退之遠矣。

何焯《義門讀書記·昌黎集》卷一:安溪云:妙在許大題目,而以"除弊事"三字了却。結句即是不肯自毀其道以從於邪之意。非怨懟,亦非悲傷也。

紀昀《瀛奎律髓刊誤》卷四三:語極凄切,却不衰颯。三、四是一篇之骨,末二句即歸繳此意。

按:趙翼指出,韓詩中律詩最少,七律僅十二首,蓋由于才力雄厚,惟古詩足以資其馳驟,而"七律更無一不完善穩妥,與古詩之奇崛,判若兩手"(《甌北詩話》卷三)。此詩感情深沉,結構精工,正可顯示韓愈律詩的技巧。

瀧　　吏〔一〕

南行逾六旬,始下昌樂瀧〔二〕。險惡不可狀,船石相舂撞〔三〕。往問瀧頭吏:"潮州尚幾里〔四〕?行當何時到?土風復何似〔五〕?"瀧吏垂手笑:"官何問之愚?譬官居京邑,何由知東吳〔六〕。東吳遊宦鄉,官知自有由〔七〕。潮州底處所,有罪乃竄流〔八〕。儂幸無負犯,何由到而知〔九〕。官今行自到,何遽妄問爲!"不虞卒見困,汗出愧且駭〔一〇〕。吏曰:"聊戲官,儂嘗使往罷〔一一〕。嶺南大抵同,官去道苦遼。下此三千里,有州始名潮。惡溪瘴毒聚,雷電常洶洶〔一二〕。鱷魚大於船,牙眼怖殺儂。州南數十里,有海無天地。颶風有時作,掀簸真差事〔一三〕。聖人於天下,於物無不容〔一四〕。比聞此州囚,亦有生還儂〔一五〕。官無嫌此州,固罪人所徙〔一六〕。官當明時來,事不待説委〔一七〕。官不自謹慎，宜即引分往〔一八〕。胡爲此水邊，神色久懔慌〔一九〕。瓴大瓶罌小，所任自有宜〔二〇〕。官何不自量，滿溢以取斯〔二一〕。工農雖小人，事業各有守。不知官在朝，有益國家不〔二二〕。得無虱其閒，不武亦不文〔二三〕。仁義飾其躬，巧姦敗羣倫〔二四〕。”叩頭謝吏言：“始慙今更羞。歷官二十餘，國恩並未酬〔二五〕。凡吏之所訶，嗟實頗有之。不即金木誅，敢不識恩私〔二六〕。潮州雖云遠，雖惡不可過〔二七〕。於身實已多，敢不持自賀。”

〔一〕瀧(shuāng)：激流，詩中所言昌樂瀧，指嶺南道韶州樂昌縣(今廣東樂昌市)的瀧水；以其地有昌樂山，故稱昌樂瀧。王士禎《南來志》：“曲江城西南武溪，水自樂昌來，注於滇水，即馬文淵所謂‘武溪毒淫’者也。武溪中有三瀧，韓退之《瀧吏》詩‘南行逾六旬，始下昌樂瀧’，今曰韓瀧。”(張宗柟纂集《帶經堂詩話》卷一三)瀧吏指當地小吏。詩曰“南來逾六旬”，當作於元和十四年三月。

〔二〕“昌樂”：方《正》作“樂昌”，縣名樂昌，或以樂昌爲是；胡仔《苕溪漁隱叢話後集》卷一〇引歐陽修云：“《韶州圖經》：‘樂昌縣西一百八十里武溪，驚湍激石，流數百里。’按武水源出郴州臨武縣，其俗謂水湍峻爲瀧。劉仲章者，前爲樂昌令，余初以《韓集》云昌樂瀧，疑其謬，乃改從樂昌。仲章云：不然。縣名樂昌，而瀧名昌樂，其舊俗所傳如此，《韓集》不誤也。”

〔三〕春撞：春，通“衝”；撞擊。

〔四〕瀧頭：瀧水岸邊。

〔五〕土風：《宋書·文帝紀》：“城邑高明，土風淳壹。”

〔六〕東吳：指韶州一帶地方；韶州乃三國時吳始興郡。

〔七〕遊宦：外出爲官。陸機《東宮作詩》：“羈旅遠遊宦，託身承華側。”

〔八〕底處所：什麼地方。底，何，吳地方言。竄流：流放。

〔九〕儂：自稱，亦吳地方言。負犯：犯罪；負，敗。

〔一〇〕不虞：沒有料到。《孟子·離婁上》：“有不虞之譽，有求全之毀。”卒(cù)見困：謂倉猝間被困語塞。卒，通“猝”、“促”。

〔一一〕使往罷：被遣去而遭疲困。罷，通“疲”。

〔一二〕惡溪：參閱《左遷至藍關示姪孫湘》注〔五〕。洶洶：擬聲詞，此謂流水如雷電轟鳴。屈原《九章·悲回風》：“聽波聲之洶洶。”

〔一三〕掀簸：掀動顛簸。差事：差，同“詫”，怪事；或以爲差謂相左，差事即事有差池，出事故。

〔一四〕“聖人”二句：《左傳》成公六年：“聖人與衆同欲。”

〔一五〕比聞：近來聽說。生還儂：生還的人。此“儂”泛指人，亦爲吳語。樂府《尋陽樂》：“雞亭故儂去，九里新儂還。”謂“故人”、“新人”也。

〔一六〕所徙：謂流徙之地。

〔一七〕明時：聖明時代。説委：細説委曲。

〔一八〕引分(fén)：謂自所應得，自咎、自責之意。分，本分。

〔一九〕懺慌(tǎng huǎng)：恍惚失意貌。劉向《九歎·逢紛》：“心懺慌其不我與兮，躬速速其不吾親。”王注：“懺慌，無思慮貌。”

〔二〇〕瓨(gān)、罌(yīng)：和瓨類似的瓦器。瓨，大瓮；罌，小口大腹的瓶。所任：所用。

〔二一〕滿溢：謂器小過量。《書·大禹謨》：“滿招損。”

〔二二〕不：同“否”。

〔二三〕得無：莫非，能不。蟲其間：蟲官於其間。蟲官謂蠹害國家的官員。《商君書·去彊》：“國無禮樂蟲官，必彊……蟲官生，必削。”

〔二四〕“仁義”二句：謂表面上躬行仁義，實則狡猾邪惡，敗壞了朝中同輩人。

〔二五〕“歷官”二句：謂自貞元十二年受董晉之辟署爲官，至今經二十餘職，朝廷厚恩未報。

〔二六〕即：就，受。金木誅：受刑罰。金指刀鋸斧鉞，木指棰鞭桎梏；誅，罰。《莊子·列御寇》：“爲外刑者，金與木也。”恩私：指朝廷恩寵。私，偏愛。

〔二七〕"潮州"二句：謂潮州雖遠而又非人所居。過，過訪。

【評箋】　何焯《義門讀書記·昌黎集》卷一：最古。自訟兼望後命，亦得體。

錢謙益《牧齋有學集補·龔孝昇過嶺集序》：韓子之詩，莫奇於《瀧吏》、《南食》諸篇。

沈德潛《唐詩別裁》卷四：借吏言以規諷，自嘲，亦自寬解也。從古樂府得來，韓詩中之別調。

程學恂《韓詩臆説》：此詩變屈、賈之語，而得屈、賈之意，最爲超古。

按：此詩立意與屈原《漁父》、賈誼《鵬鳥賦》相似，表達上則以"怨而不怒"抒寫牢騷不平，戲謔中又流露出堅毅不屈的情志。詩中全用拙樸語，特別是雜用俚語方言。這也是求奇古的一種方式。

送桂州嚴大夫〔一〕

蒼蒼森八桂，兹地在湘南〔二〕。江作青羅帶，山如碧玉簪〔三〕。户多輸翠羽，家自種黄甘〔四〕。遠勝登仙去，飛鸞不假驂〔五〕。

〔一〕桂州：爲嶺南道桂管經略使治所，今廣西桂林市。嚴大夫：指嚴謩，長慶二年四月以秘書監爲桂管觀察使，例帶御史大夫銜。送嚴謩，白居易、張籍亦有詩。詩題或有"赴任"二字，下或注"同用南字"。

〔二〕森：茂盛。八桂：《山海經·海内南經》："桂林八樹，在賁隅東。"注："賁隅，音番隅，今番禺縣。"沈約《齊司空柳世隆行狀》："臨姑蘇而想八桂,登衡山而望九疑。"

〔三〕碧玉篸:篸,同"簪";碧玉的頭簪。

〔四〕輸翠羽:進貢翠鳥羽毛。《新唐書·地理志》:"嶺南道……厥貢金、銀、孔翠、犀象、綵藤、竹布。"黄甘:陳《選》謂指當地所產"黄皮果",與橘屬黄柑非一物。

〔五〕不假驂:不須騎乘。不假,不予;驂,驂乘,陪乘。江淹《別賦》:"鶴駕上漢,驂鸞騰天。"

【評箋】 蘇軾《東坡題跋》卷二《對韓柳詩》:韓退之詩云:"水作青羅帶,山爲碧玉簪。"柳子厚詩云:"海上羣山若劍鋩,秋來處處割愁腸。"陸道士云:二公當時不相計會,好做成一屬對。東坡爲之對云:繫愁豈無羅帶水,割愁還有劍鋩山。此可編入詩話也。

袁宗道《答楊員外肖墨》:韓昌黎桂林詩云:"水作青羅帶,山如碧玉簪。"每讀此詩,未嘗不神馳龍洞仙岩之間……(《白蘇齋類集》卷一六)

紀昀《瀛奎律髓刊誤》卷四:應酬率筆。七句太俗。

早春呈水部張十八員外二首(選一)〔一〕

天街小雨潤如酥,草色遥看近卻無〔二〕。最是一年春好處,絕勝花柳滿皇都〔三〕。

〔一〕此詩爲長慶三年春任吏部侍郎後贈張籍作。

〔二〕天街:朱雀門大街,參閱《華山女》詩注〔二〕。潤如酥:溫潤如乳酪;酥,酪類。

〔三〕皇都:首都長安。"花"魏《集》作"煙"。

【評箋】 胡仔《苕溪漁隱叢話後集》卷一〇:"天街"云云,此退之《早春》詩也。"荷盡已無擎雨蓋,菊殘猶有傲霜枝。一年好景君須記,最是橙黄橘綠時。"此子瞻《初冬》詩也。二詩意思頗同而詞殊,皆曲盡其妙。

劉燻《隱居通議》卷一一《半山絶句悟機》:"天街小雨"云云,此韓詩也。荆公早年悟其機軸,平生絶句實得於此。雖殊欠骨力,而流麗閒婉,自成一家,宜乎足以名世。其後學荆公而不至者爲四靈,又其後卑淺者落江湖,風斯下矣。

南溪始泛三首(選一)〔一〕

南溪亦清駛,而無檝與舟〔二〕。山農驚見之,隨我觀不休。不惟兒童輩,或有杖白頭。饋我籠中瓜,勸我此淹留〔三〕。我云以病歸,此已頗自由。幸有用餘俸,置居在西疇〔四〕。囷倉米穀滿,未有旦夕憂〔五〕。上去無得得,下來亦悠悠〔六〕。但恐煩里閭,時有緩急投〔七〕。願爲同社人,鷄豚燕春秋〔八〕。

〔一〕南溪:在終南山下,韓愈有莊園在其傍。張籍《祭退之》詩曰:"去夏公請告,養疾城南莊。籍時休官罷,兩月同遊翔……移船入南溪,東西縱篙撑……公爲遊溪詩,唱詠多慨慷。"即述遊溪及詠詩事。此組詩爲長慶四年夏病中作。所選爲第二首。
〔二〕清駛:清澈流急。駛,疾。
〔三〕饋:餉,贈送。淹留:久留。
〔四〕西疇(chóu):意本陶潛《歸去來兮辭》:"農人告余以春及,將有事於西疇。"疇,已耕田地。
〔五〕囷(qūn)倉:糧倉;囷,圓倉。旦夕憂:指平日生活憂患。
〔六〕上去、下來:分指居官與閑居。得得:與"悠悠"義同,自得貌。

145

〔七〕緩急：複義偏指，緊急之事。《史記·絳侯周勃世家》：“即有緩
　　　急，周亞夫真可任將兵。”此二句謂只恐自己時常有緊急之事，麻
　　　煩鄉里近鄰。

〔八〕同社人：指同鄉人。社，本是古代地方基礎行政單位。《左傳》昭
　　　公二五年：“自莒疆以西，請致千社。”杜注：“二十五家爲社。”燕春
　　　秋：燕，同“宴”，謂在春、秋社日飲宴。春社祭祀土地以祈農作，
　　　在立春後第五個戊日舉行；秋社祭祀土地以酬收穫，在立秋後第
　　　五個戊日舉行。

【評箋】　姚合《和前史部韓侍郎夜泛南溪》：辭得官來疾漸平，世間
難有此高情。新秋月滿南溪裏，引客乘船處處行。(《姚少監詩集》卷九)

　　陳師道《後山詩話》：韓詩如《秋懷》、《別元協律》、《南溪始泛》，皆佳
作也。

　　蔡啓《蔡寬夫詩話·荊公選杜、韓詩》：退之詩豪健雄放，自成一家，
世特恨其深婉不足。《南溪始泛》三篇，乃末年所作，獨爲閑遠，有淵明風
氣。而《詩選》(指《四家詩選》)亦無有，皆不可解。公亦自有旨也。

　　王直方《王直方詩話·山谷惟愛退之〈南溪始泛〉詩》：洪龜父言山谷
於退之詩少所許可，最愛《南溪始泛》，以爲有詩人句律之深意。

　　方東樹《昭昧詹言》卷二：(曹植)《贈徐幹》……直抒胸臆，一往清警，
纏綿悱惻，此自是一體……後來杜公、韓公有白道一種，亦從此出。而語
加創造，以警奇爲貴，至矣。如韓《南溪始泛》、《贈別元十八》、《送李翺》、
《人日城南登高》、《同冠峽》、《過南陽》……大約同一杼柚……

　　按：錢鍾書《談藝錄》論“詩用虛字”，説韓語“薈萃諸家句法之長”、
“能用虛字”，並舉出《南溪始泛》。如此詩，開頭兩聯用“亦”、“而”、“與”、
“之”四字，語氣顯得樸茂流轉，搖曳生姿，頗有“以文爲戲”意味，亦是“以
文爲詩”的一法。

文選

應科目時與人書〔一〕

月日,愈再拜〔二〕:

天池之濱,大江之濆,曰有怪物焉〔三〕;蓋非常鱗凡介之品彙匹儔也〔四〕。其得水,變化風雨、上下於天不難也;其不及水,蓋尋常尺寸之閒耳〔五〕。無高山大陵、曠途絕險爲之關隔也〔六〕。然其窮涸不能自致乎水、爲獱獺之笑者,蓋十八九矣〔七〕。如有力者哀其窮而運轉之,蓋一舉手一投足之勞也〔八〕。

〔一〕本篇爲韓愈貞元九年(七九三)爲應"科目"選而求人汲引的書信。韓愈貞元八年中進士。根據唐代官吏銓選制度,科舉中常科(如進士、明經等)出身的人還要經過吏部主持的分科考試方得授官任職,這就是"科目選"。韓愈"三選於吏部卒無成"即指此,三次分別在貞元九、十、十一年。九年這一次,據《上考功崔虞部書》,已錄取上名,但爲中書所黜落。題中"與人"或作"與韋舍人";舍人姓名不詳。

〔二〕再拜:一拜而又拜。拜,據閻若璩《潛邱劄記》卷五《答萬公擇》,指"兩揖",拱手;《論語·鄉黨》:"問人於他邦,再拜而送之。"劉寶楠《正義》:"凡拜有奇有耦,耦者尤爲敬。""月日"原文應有具體日期,編輯文集時省略。"愈再拜"或作"應博學宏詞前進士韓愈謹

147

再拜上書舍人閣下”。

〔三〕天池：大海；《莊子·逍遙遊》：“南冥者，天池也。”濆(fén)：水邊，沿河高地。《詩經·大雅·常武》：“鋪敦淮濆，仍執醜虜。”怪物：謂龍。《太平御覽》卷九二九《鱗介部》録《家語》：“鱗蟲三百六十，而龍爲長。水之怪龍、罔象。”

〔四〕常鱗凡介：平常的水族生物；鱗，指魚類；介，指介殼類。品彙匹儔：謂同一種類。品彙，屬同類。《晉書·孝友傳序》：“資品彙以順名。”匹儔，同“儔匹”，指伴侶。古樂府《傷歌行》：“悲聲命儔匹，哀鳴傷我腸。”

〔五〕此意本《易·乾》“同聲相應，同氣相求。水流濕，火就燥；雲從龍，風從虎”等義。

〔六〕曠途：長途。絶險：不可克服的險阻。關隔：謂阻塞之物。

〔七〕窮涸：困於無水；涸，水乾枯。獱(bīn)獺：水獺。獱，小獺。

〔八〕運轉：輸送。一舉手一投足：言其輕易。投足，舉步。此處意本《莊子·外物》：“莊周家貧，故往貸粟於監河侯。監河侯曰：‘諾。我將得邑金，將貸子三百金，可乎？’莊周忿然作色曰：‘周昨來，有中道而呼者。周顧視車轍中，有鮒魚焉。周問之曰：“鮒魚，來，子何爲者邪？”對曰：“我東海之波臣也，君豈有斗升之水而活我哉？”周曰：“諾。我且南遊吳越之王，激西江之水而迎子，可乎？”鮒魚忿然作色曰：“吾失我常與，我無所處。吾得斗升之水然活耳。君乃言此，曾不如早索我於枯魚之肆。”’”

　　然是物也，負其異於衆也〔九〕。且曰：爛死於沙泥，吾寧樂之；若俛首帖耳、搖尾而乞憐者，非我之志也〔一〇〕。是以有力者遇之，熟視之若無覩也〔一一〕。其死其生，固不可知也。今又有有力者當其前矣，聊試仰首一鳴號焉。庸詎知有力者不哀其窮而忘一舉手一投足之勞而轉之清波乎〔一二〕? 其哀之,命也;其不哀之,命也;知其在命而且鳴號之者,亦命也〔一三〕。

〔九〕負:自負。

〔一〇〕俛首:俛,同"俯";低下頭。

〔一一〕熟視之若無覩:劉伶《酒德頌》:"静聽不聞雷霆之聲,孰視不見泰山之形。"

〔一二〕庸詎:怎麽,何以。此處句法本《莊子·齊物論》:"庸詎知吾所謂知之非不知邪? 庸詎知吾所謂不知之非知邪?"

〔一三〕此句謂明知事情決定於命運然而聊且鳴號,這也是命運決定的。而且:聊且;而,猶也,且也。

　　愈今者實有類於是。是以忘其疏愚之罪,而有是説焉〔一四〕。閣下其亦憐察之〔一五〕。

〔一四〕疏愚:疏遠而又愚魯,自謙之詞。是説:這樣的議論。

〔一五〕閣下:趙璘《因話録》卷五:"古者三公開閣,郡守比古之侯伯,亦有閣。所以世之書題有閣下之稱。"其憐察之:請加以哀憐明察。其,勸勉之辭。

【評箋】　謝枋得《文章軌範》卷一:一篇皆是譬喻,只一句"愈今者實類於是"收拾,此文法最妙。

　　茅坤《唐宋八大家文鈔·韓文》卷三:空中樓閣,其自擬處奇,而其文亦奇。

　　儲欣《唐宋八大家類選》卷八:曲折猶龍。自公而後,眉山老蘇最熟此法門矣。

　　林雲銘《韓文起》卷二:一篇譬喻到底,末只點出自己一句。人以爲布局之奇,而不知應科目時與人之書,分明衒玉求售,與鑽營囑託相去幾何?不得不自占地步。若不借喻,恐涉誇詡。況篇中所謂"搖尾乞憐",罵盡前此應舉之徒營求卑屈,如狗之依人;所謂"熟視無覩",罵盡前此主試諸公黑白混淆,如盲之辨色矣,豈不以輕薄取罪乎?按公應科目,四舉而後成進士。卞和之璞,被刖數獻,其心甚苦,且恐落筆必有許多干礙,故出於此,非以譬喻見奇也。或作"與韋舍人",當是貞元九年應"博學宏詞"之書。蓋"博學宏詞"亦算科目,其去取權在中書。玩"不及水"與"尋常尺寸間"句便知。前人亦有詳之者矣。

何焯《義門讀書記‧昌黎集》卷三:應科目是已舉進士及第人,非布衣隱逸、仕進無階者比,故謂己在池之濱、江之潰,但未及水耳。世得云:怪物者,土也;得水不得水者,窮達也;有力者,援引也。劈頭便分三柱。以下復應三段:"哀之,命也",結"庸詎知"數句;"不哀之,命也",結"熟視無覩"數句;"知其在命而且鳴號",又回護"寧樂泥沙而不乞憐"意,要之亦命也。見己之出處制之於天,仍自負是怪物之意。難於致詞,而託物爲喻,此詩人比興之道也。直道正意,醜不可耐,晚唐四六啓是已。

王元啓《讀韓記疑》卷五:此文前半分四節,謂力能變化昇天而不能自致乎水,又不肯乞憐于人,所以既往之困如此。佳在筆筆用逆,使人莫測其蹤跡之所之。後半純繞喻意說下,局陣彌覺迷離。

曾國藩《求闕齋讀書録》卷八:其意態詼詭瑰瑋,蓋本諸《滑稽傳》。干澤文字,如是乃爲軒昂,他篇皆不能自振。

爭　臣　論〔一〕

或問諫議大夫陽城於愈:可以爲有道之士乎哉?學廣而聞多,不求聞於人也〔二〕;行古人之道,居於晉之鄙〔三〕,晉之鄙人薰其德而善良者幾千人〔四〕;大臣聞而薦之天子，以爲諫議大夫〔五〕，人皆以爲華，陽子不色喜〔六〕；居於位五年矣，視其德如在野，彼豈以富貴移易其心哉〔七〕？愈應之曰：是《易》所謂"恒其德，貞，而夫子凶"者也〔八〕，惡得爲有道之士乎哉〔九〕！在《易·蠱》之上九云："不事王侯，高尚其事。"〔一〇〕《蹇》之六二則曰："王臣蹇蹇，匪躬之故"〔一一〕。夫不以所居之時不一而所蹈之德不同也〔一二〕？若《蠱》之上九，居無用之地，而致匪躬之節〔一三〕；以《蹇》之六二，在王臣之位，而高不事之心〔一四〕，則冒進之患生，曠官之刺興〔一五〕，志不可則而尤不終無也〔一六〕。今陽子在位不爲不久矣，聞天下之得失不爲不熟矣，天子待之不爲不加矣〔一七〕；而未嘗一言及於政，視政之得失，若越人視秦人之肥瘠，忽焉不加喜戚於其心〔一八〕。問其官，則曰諫議也；問其祿，則曰下大夫之秩也〔一九〕；問其政，則曰我不知也。有道之士，固如是乎哉！且吾聞之："有官守者，不得其職則去；有言責者，不得其言則去。"〔二〇〕今陽子以爲得其言言乎哉〔二一〕？得其言而不言，與不得其言而不去，無一可者也。陽子將爲祿仕乎〔二二〕？古之人有云："仕不爲貧，而有時乎爲貧。"〔二三〕謂祿仕者也。宜乎辭尊而居卑，辭富而居貧，若抱關擊柝者可也〔二四〕。蓋孔子嘗爲委吏矣，嘗爲乘田矣，亦不敢曠其職；必曰會計當而已矣，必曰牛羊遂而已矣〔二五〕。若陽子之秩祿不爲卑且貧，章章明矣〔二六〕。而如此，其可乎哉！

〔一〕争(zhèng)臣，諍臣，能言敢諫之臣。争，通"諍"。《荀子·子道》："昔萬乘之國，有争臣四人，則封疆不削。"本篇是評論諫議大夫陽城的。諫議大夫掌侍從贊相、規諫諷諭，正五品上。陽城，字亢宗，定州北平(今河北唐縣北)人，徙陝州夏縣(今山西夏縣)；世爲官族，資好學，及進士第，乃居中條山，遠近慕其行。李泌爲相，召拜右諫議大夫，縉紳想望風采，士以爲且死職。他諫官論事，苛細紛紛，帝厭苦；而城寖聞得失且熟，猶未肯言。韓愈本文即針對此情而作。後陽城曾諫阻權奸裴延齡爲相，下遷國子司業；又被侮以有黨，貶道州(今湖南道縣)刺史，皆爲後來的事。順宗繼位，朝命召還，而城已卒。陽城任諫議大夫在貞元四年，文中説"居於位五年"，則文爲貞元九年作。題或作《諫臣論》。

〔二〕學廣而聞多：學問廣博，多所聞知。《論語・爲政》："多聞闕疑，慎言其餘，則寡尤。"不求聞於人：聞(wèn)，聲譽，名聲。諸葛亮《出師表》："苟全性命于亂世，不求聞達于諸侯。"

〔三〕晉之鄙：晉地的邊邑。古晉國約相當於今山西與河北西南部；陽城隱居於唐河東道夏縣中條山柳谷，在晉西南邊地。

〔四〕鄙人：邊鄙之人，貶稱。《荀子・非相》："楚之孫叔敖，期思之鄙人也。"注："鄙人，郊野之人也。"薰其德：習染他的德行。薰，薰習。幾(jǐ)千人：竟達千人之多。幾，近。《舊唐書・陽城傳》："隱於中條山，遠近慕其德行，多從之學。閭里相訟者，不詣官府，詣城請決。"

〔五〕大臣：指李泌。泌貞元元年除陝州長史充陝、虢都防禦觀察使，三年六月擢中書侍郎同中書門下平章事。《舊唐書・陽城傳》："李泌聞其名，親詣其里訪之，與語，甚悦。泌爲宰相，薦爲著作郎。德宗令長安縣令楊寧齎束帛詣夏縣所居而召之。城乃衣褐赴京，上章辭讓。德宗遣中官持章服衣之而後召，賜帛五十四。尋遷諫議大夫。"

〔六〕以爲華：認爲有光彩。色喜：喜形於顏色。

〔七〕在野：在草野，言未居官。《孟子・萬章下》："在國曰市井之臣，在野曰草莽之臣，皆謂庶人。"移易其心：改變其心志。

〔八〕此引用《易・恒》䷟卦六五爻辭。《易經》每一卦象均由陰(--)、陽

(一)兩個基本範疇組成六爻,陽爲九,陰爲六,自最下算起爲第一爻,依次爲序稱名,如恒卦六爻的名稱是初六、九二、九三、九四、六五、上六。恒卦爻辭有:"六五:恒其德,貞,婦人吉,夫子凶。"《正義》:"'恒其德,貞'者,六五係應在二,不能傍及他人,是恒常貞一其德,故曰'恒其德,貞'也;'婦人吉'者,用心專貞,從唱而已,是婦人之吉也;'夫子凶'者,夫子須制斷事宜,不可專貞從唱,故曰'夫子凶'也。"爻辭大意是説堅持貞一不變,本是正當的,但對男子卻是凶事,借以評論陽城堅持不干世事之志爲不知變通。

〔九〕惡(wū)得:何得。

〔一〇〕此引《易·蠱》☶☴卦上九的爻辭。《蠱》上九的爻辭中説"不事王侯,高尚其事"。《正義》:"最處事上,不復以世事爲心,不係累於職位,故不承事王侯,但自尊高,慕尚其清虚之事,故云'高尚其事'也。"意謂不仕君主,隱居避官。

〔一一〕此引《蹇》☵☶卦第二爻六二的爻辭,《正義》曰:"王謂五也,臣謂二也,九五居於王位而在難中,六二是五之臣,往應於五,履正居中,志匡王室,能涉蹇難而往濟蹇,故曰'王臣蹇蹇'也;盡忠於君,匪以私身之故而不往濟君,故曰'匪躬之故'。"蹇蹇:通"謇謇",忠直貌。匪躬:盡忠而不顧身。這裏是説忠於朝廷而不顧惜自己。

〔一二〕此句是根據上二句引文提出看法:謂不是由於所處時勢不同,所以履行的道德原則也不同嗎?所蹈:所踐,所處。

〔一三〕此謂如按《蠱》之上九所説相矛盾的辦法行動:處於不被任用的地位,而去效爲王盡忠的節操。

〔一四〕此謂按與《蹇》之六二所説相矛盾的辦法行事:在王臣之位,而崇尚不事王侯之心。

〔一五〕冒進之患生:上承"居無用之地,而致匪躬之節";冒進,冒昧行事。曠官之刺興:上承"在王臣之位,而高不仕之心";曠官,曠廢職守。

〔一六〕志不可則:志意不可效法。尤不終無:過失不能沒有。尤,過失。

〔一七〕不加:不厚,不多。

〔一八〕越人:越地之人;古越國地約當今蘇、皖、浙、贛交界的部分地區。秦人:秦地之人;古秦國地約當今陝西中部和甘肅東南部。肥瘠:肥瘦,指民生狀況。忽焉:不經意貌。不加喜戚:内心没有喜悦或憂傷。

〔一九〕下大夫:先秦周王室及諸侯國,卿以下的大夫分上、中、下三等。《韓非子・外儲説左下》:“故晉國之法……下大夫專乘。”秩:俸禄。這裏把諫議大夫比爲古之下大夫。

〔二〇〕引文出《孟子・公孫丑下》,趙注:“官守,居官守職者;言責,獻言之責、諫諍之官也。”

〔二一〕或以爲“言”字重出,朱《考》以爲非是。童《詮》:“乃公問陽子之語,故下云得其言而不言,與不得其言而不去,無一可者也。上句以得其言否爲問,下以得其言、不得其言兩意承之,詞意明白,本無可疑。”

〔二二〕禄仕:爲取俸禄而作官。《詩經・王風・君子陽陽》序:“君子遭亂,相招爲禄仕。”鄭箋:“禄仕者,苟爲禄而已,不求道行。”

〔二三〕古之人:指孟子。《孟子・萬章下》:“仕非爲貧也,而有時乎爲貧。”

〔二四〕此句意本前引《孟子・萬章下》下文:“爲貧者,辭尊居卑,辭富居貧。辭尊居卑,辭富居貧,惡乎宜乎,抱關擊柝。”抱關擊柝者:謂門卒和警夜者。柝,警夜所擊木。

〔二五〕此仍取義《孟子・萬章下》文意:“孔子嘗爲委吏矣,曰:‘會計當而已矣。’嘗爲乘田矣,曰:‘牛羊茁壯長而已矣。’”委吏:負責倉庫保管、會計事務的官吏。乘田:春秋時魯國管理牧場、飼養六畜的小吏。會計當:財物及其出納等事完善。牛羊遂:牛羊生長順利。

〔二六〕章章:顯明昭著貌;《荀子・法行》:“故雖有珉之雕雕,不若玉之章章。”

或曰：否，非若此也。夫陽子惡訕上者，惡爲人臣招其君之過而以爲名者〔二七〕。故雖諫且議，使人不得而知焉〔二八〕。《書》曰："爾有嘉謨嘉猷，則入告爾后于内，爾乃順之于外。曰：斯謨斯猷，惟我后之德。"〔二九〕夫陽子之用心亦若此者。愈應之曰：若陽子之用心如此，滋所謂惑者矣〔三〇〕。入則諫其君，出不使人知者，大臣宰相者之事，非陽子之所宜行也。夫陽子本以布衣，隱於蓬蒿之下〔三一〕；主上嘉其行誼，擢在此位〔三二〕。官以諫爲名，誠宜有以奉其職，使四方後代知朝廷有直言骨鯁之臣，天子有不僭賞、從諫如流之美〔三三〕。庶巖穴之士，聞而慕之，束帶結髮，願進於闕下而伸其辭説〔三四〕，致吾君於堯舜，熙鴻號於無窮也〔三五〕。若《書》所謂，則大臣宰相之事，非陽子之所宜行也。且陽子之心將使君人者惡聞其過乎？是啓之也〔三六〕。

〔二七〕惡訕上者：厭惡毀謗居上位者之人；惡，討厭，憎恨。訕，毀謗，譏刺。招(qiào)其君之過：張揚其君主的過錯。招，通"翹"，舉。賈誼《過秦論》："招八州而朝同列。"

〔二八〕此意本《禮·曲禮下》："爲人臣之禮，不顯諫。"鄭注："爲奪美也。顯，明也。謂明言其君惡不幾微。"

〔二九〕此引《書·君陳》。孔傳曰："汝有善謀善道，則入告汝君於内，汝乃順行之於外。此善謀此善道，惟我君之德。善則稱君，人臣之義。"謨(mó)、猷(yóu)同義，均謂謀劃。后，古稱天子或諸侯。

〔三〇〕滋：滋生、增長。

〔三一〕布衣：庶人之服，引申指平民。蓬蒿之下：猶言草野之間。蓬蒿，蓬草與艾蒿。

〔三二〕行誼：猶行義、品行。

155

〔三三〕骨鯁：謂正直。《漢書・杜欽傳》：“王氏世權日久，朝無骨鯁之臣。”僭(jiàn)賞：濫賞。僭，越分。《左傳》襄公二六年：“善爲國者賞不僭而刑不濫。”從諫如流：謂隨時虚心聽取諫言。班彪《王命論》：“從諫如順流，趣時如嚮赴。”

〔三四〕庶：《廣韻》：“冀也，幸也，庶幾也。”巖穴之士：即隱居之士。巖穴謂巖居穴處。《韓非子・外儲説左上》：“其君見好巖穴之士。”束帶結髮：相對於隱逸不仕的披衣散髮而言，表示準備出仕。《論語・公冶長》：“子曰：‘赤也，束帶立於朝，可使與賓客言也。’”闕下：宮闕之下，指朝廷。《史記・鄒陽列傳》：“則士伏死堀穴巖藪之中耳，安肯有盡忠信而趨闕下者哉！”伸其辭説：陳述其言辭議論。

〔三五〕致吾君於堯舜：輔佐君主如堯、舜一樣的聖明。杜甫《自京赴奉先縣詠懷五百字》：“致君堯舜上，再使風俗淳。”熙鴻號於無窮：使帝王美名傳之久遠。熙，光明；鴻號，大名。

〔三六〕啓之：啓發他，誘導他。此謂這是促使君主惡聞己過。

　　或曰：陽子之不求聞而人聞之，不求用而君用之，不得已而起，守其道而不變，何子過之深也〔三七〕？愈曰：自古聖人賢士皆非有求於聞用也。閔其時之不平，人之不乂〔三八〕，得其道不敢獨善其身，而必以兼濟天下也〔三九〕。孜孜矻矻，死而後已〔四〇〕。故禹過家門不入，孔席不暇暖，而墨突不得黔〔四一〕。彼二聖一賢者，豈不知自安佚之爲樂哉〔四二〕？誠畏天命而悲人窮也〔四三〕。夫天授人以賢聖才能，豈使自有餘而已〔四四〕？誠欲以補其不足者也。耳目之於身也，耳司聞而目司見，聽其是非，視其險易，然後身得安焉。聖賢者，時人之耳目也〔四五〕；時人者，聖賢之身也。且陽子之不賢，則將役於賢以奉其上矣〔四六〕；若果賢,則固畏天命而閔人窮也,惡得以自暇逸乎哉〔四七〕!

〔三七〕過之深:責難苛深。過,責難,指斥。

〔三八〕閔:憐恤,哀痛。不平:不太平。不乂(yì):不治。乂,治理。

〔三九〕《孟子·盡心上》:"古之人得志澤加於民,不得志修身見於世。窮則獨善其身,達則兼濟天下。"獨善謂保持個人操守,兼濟謂救濟衆人。

〔四〇〕孜孜矻矻:勤勉勞苦貌。孜孜,勤勉不怠。《書·益稷》:"予思日孜孜。"矻矻,勞苦。《漢書·王褒傳》:"勞筋苦骨,終日矻矻。"死而後已:死而後止。《三國志·蜀書·諸葛亮傳》注《漢晉春秋》錄諸葛亮《聞孫權破曹休魏兵東下關中虛弱上言》:"臣鞠躬盡力,死而後已,至於成敗利鈍,非臣之明所能逆覩也。"

〔四一〕此舉聖賢孜孜矻矻以行兼濟之例。《孟子·滕文公上》:"禹疏九河,瀹濟、漯,而注諸海,決汝、漢,排淮、泗,而注之江,然後中國可得而食也。當是時也,禹八年於外,三過其門而不入。"《淮南子·脩務訓》:"孔子無黔突,墨子無煖席。"高誘注:"黔,言其突竈不至於黑,坐席不至於溫,歷行諸國,汲汲於行道也。"班固《答賓戲》把孔、墨相交換,謂"是以聖哲之事,棲棲遑遑,孔席不暖,墨突不黔。"韓用班固語。席,坐席;突,竈頭。

〔四二〕二聖一賢:禹、孔子爲聖人,墨子爲賢人。安佚:安閑逸樂。《孟子·盡心下》:"四肢之於安佚也,性也。"

〔四三〕《論語·季氏》:"君子有三畏:畏天命,畏大人,畏聖人之言。"

〔四四〕此"天授人"之"人"指人類;賢聖指人的品質。賢,善;聖,明。

〔四五〕時人:同時之人,謂凡人。

〔四六〕且:假如。劉淇《助字辨略》卷三:"假得爲且,故且亦得爲假也。"役於賢:被賢人所役使。

〔四七〕暇逸:偷暇逸樂。

　　或曰：吾聞君子不欲加諸人而惡訐以爲直者〔四八〕。若吾子之論，直則直矣，無乃傷於德而費於辭乎？好盡言以招人過，國武子之所以見殺於齊也〔四九〕。吾子其亦聞乎？愈曰：君子居其位，則思死其官〔五○〕；未得位，則思修其辭以明其道。我將以明道也，非以爲直而加人也。且國武子不能得善人而好盡言於亂國，是以見殺。《傳》曰："惟善人能受盡言。"〔五一〕謂其聞而能改之也。子告我曰：陽子可以爲有道之士也。今雖不能及已，陽子將不得爲善人乎哉〔五二〕！

〔四八〕《論語·公冶長》："子貢曰：'我不欲人之加諸我也，吾亦欲無加諸人。'"又《論語·陽貨》："惡徼以爲知者，惡不孫以爲勇者，惡訐以爲直者。"韓愈兩取其義。加諸人：謂淩駕於人之上。訐以爲直：攻發他人陰私以成己直。

〔四九〕盡言：盡其言而無避忌。招人過：舉人過。國武子：名佐，齊卿。《國語·周語下》："柯陵之會……齊國佐見，其語盡……單子（周卿士）曰：'……齊國子亦將與焉。立於淫亂之國，而好盡言以招人過，怨之本也……'……齊人殺國武子。"韋注："是年，齊又殺國佐也。齊慶剋通於靈公之母聲孟子。國佐召慶剋而謂之。慶剋以告夫人。夫人愬之於靈公，靈公殺之。殺在魯成十八年也。"

〔五○〕死其官：爲其職守而死。

〔五一〕《傳》曰：引文出《國語·周語下》，是單襄子的話；《國語》又稱《春秋外傳》。

〔五二〕此句意謂現在陽子雖不能達到（有道之士），還不能作（能受盡言的）善人嗎？王引之《經傳釋詞》卷八："將，猶乃也。"

【評箋】　王禹偁《答丁謂書》：……又謂韓吏部不當責陽城不諫小事，不當與李紳爭臺參，以爲不存遠大者。吾曰：退之皆是也。夫"守道不如守官”，《春秋》之義也。今不仕則已，仕則舉其職而已矣。舜作漆器，諫者不止。君豈有明於舜乎？事豈有小於漆器乎？蓋塞其漸也……（《小畜集》卷一八）

葉適《習學記言序目》卷四三：韓愈作《諍臣論》，年甚少，是時意盛，謂天下事當如是爲之。及出入憂患，終不能有所爲，去陽城遠矣。城與元德秀，卷舒以己而不以人，唐人未有及者，近於東漢人矣。

謝枋得《文章軌範》卷二：前五段攻擊陽子，直是説他無逃避處；末一段，假或人之辭以攻己，其言甚峻，其文法最高。　此末句結得絕妙。蘇東坡作《范增論》，攻得他無逃避處，結句乃云：“雖然，增，高帝之所畏也。增不去，項羽不亡。增亦人傑也哉！”正是學韓子。

李塗《文章精義》：孟子譏蚳鼃不諫，蚳鼃卒以諫顯；退之譏陽城不諫，陽城卒以諫顯；歐陽永叔譏范仲淹不諫，范仲淹卒以諫顯。三事相類，然孟子數語而已，退之費多少糾説，永叔步驟退之而微不及。古今文字優劣，於此可見。

茅坤《唐宋八大家文鈔·韓文》卷九：截然四問四答，而首尾關鍵如一線。

過珙《古文評注》卷六：此篇到底是諷陽子以必諫，不是譏陽子之不諫也。若説以不諫譏陽子，安見非好盡言以招人過哉！看其從寬處逼緊，更從逼緊處放寬，層層辨駁，始終只是聳動陽子。其後陽子果論裴延齡、陸贄兩事，其欲裂其麻，安知非退之一擊之力。

按：本篇爲駁論，取“問論”形式，四問四答，主旨在闡發對“爭臣”的看法，評陽城只是作者借用的題目。孔子即已提出“士志於道”（《論語·里仁》）、曾子要求“仁以爲己任”（《論語·泰伯》），孟子更主張“士窮不失義，達不離道”（《孟子·盡心上》），“樂其道而忘人之勢”（同上），如此等等，都主張士人以道義原則爲立身行事依據，並堅持對違反道義的統治者取批判態度，以此確立士人的人格價值及其社會作用。韓愈生當朝廷闇弱、四郊多壘、社會矛盾叢生之秋，正是要發揚儒家傳統的士人道德，並據此闡述了自己對官守言責的認識。因此本文就有了更普遍的思想價值。文中明確提出"君子居其位，則思死其官；未得位，則思修其辭以明其道"，這是韓愈首次概括出"文以明道"的觀念，並把立功、立言提到並列的地位。而文中大量引據儒典來論說，正是致力"明道"之文的具體體現。

答崔立之書〔一〕

斯立足下〔二〕：

僕見險不能止，動不得時〔三〕，顛頓狼狽，失其所操持，困不知變，以至辱於再三〔四〕；君子小人之所憫笑，天下之所背而馳者也〔五〕。足下猶復以爲可教，貶損道德，乃至手筆以問之〔六〕。扳援古昔，辭義高遠，且進且勸，足下之於故舊之道得矣〔七〕。雖僕亦固望於吾子，不敢望於他人者耳〔八〕。然尚有似不相曉者，非故欲發余乎〔九〕？不然，何子之不以丈夫期我也〔一〇〕？不能默默，聊復自明〔一一〕。

〔一〕崔立之，字斯立；貞元四年（七八八）進士，六年中博學宏辭，與韓愈交誼甚篤。韓三試吏部不售，崔致書勉之，韓以此書作答，時在貞元十一年。

〔二〕足下：古人下對上或同輩間的敬稱。

〔三〕《易·蹇》象辭："蹇，難也。險在前也，見險而能止，知矣哉。"又《書·説命中》："慮善以動，動惟厥時。"

〔四〕顛頓：顛沛困頓。《淮南子·要略》："今學者無聖人之才，而不爲詳説，則終身顛頓乎混溟之中。"狼狽：童《詮》謂同"狼跟"、"狼跋"，顛沛之意。操持：操守，平素的品行志節。

〔五〕憫笑：憐憫嘲笑。背而馳：謂離棄。

〔六〕貶損道德：降低自己的道德標準。貶損，降低。《公羊》桓公十一
年："行權有道，自貶損以行權。"手筆以問之：親自寫信來慰問
我。手筆，親自執筆。

〔七〕扳援古昔：扳，同"攀"；援引往古成例。且進且勸：又勉勵又規
勸。故舊之道：對待故人舊友的道義。《論語·泰伯》："故舊不
遺，則民不偷。"

〔八〕固望：執意期望。

〔九〕發余：啟發我。此謂從崔書言詞看對我似乎還有不太了解（謂估
計過低）之處，是不是有意激發我呢？

〔一〇〕此謂不然的話，您爲什麼不用大丈夫的標準來要求我呢？丈夫：
奮發有爲之人。期：望。

〔一一〕聊復自明：姑且再作表白。

　　僕始年十六七時，未知人事，讀聖人之書，以爲人之
仕者皆爲人耳，非有利乎己也〔一二〕。及年二十時，苦家
貧，衣食不足，謀於所親，然後知仕之不唯爲人耳〔一三〕。
及來京師，見有舉進士者，人多貴之，僕誠樂之〔一四〕。就
求其術，或出禮部所試賦、詩、策等以相示〔一五〕。僕以爲
可無學而能，因詣州、縣求舉。有司者好惡出於其心，四
舉而後有成，亦未即得仕〔一六〕。聞吏部有以博學宏辭選
者，人尤謂之才，且得美仕〔一七〕。就求其術，或出所試文
章，亦禮部之類。私怪其故，然猶樂其名，因又詣州、府求
舉〔一八〕。凡二試於吏部，一既得之，而又黜於中書〔一九〕。
雖不得仕，人或謂之能焉。退自取所試讀之，乃類於俳優
者之辭，顏忸怩而心不寧者數月〔二〇〕。既已爲之，則欲有

所成就,《書》所謂"恥過作非"者也〔二一〕。因復求舉,亦無幸焉〔二二〕。乃復自疑,以爲所試與得之者,不同其程度。及得觀之,余亦無甚愧焉。夫所謂"博學"者,豈今之所謂者乎?夫所謂"宏辭"者,豈今之所謂者乎?誠使古之豪傑之士若屈原、孟軻、司馬遷、相如、揚雄之徒進于是選,必知其懷慙乃不自進而已耳〔二三〕。設使與夫今之善進取者競於蒙昧之中,僕必知其辱焉〔二四〕。然彼五子者,且使生於今之世,其道雖不顯於天下,其自負何如哉〔二五〕?肯與夫斗筲者決得失於一夫之目而爲之憂樂哉〔二六〕!故凡僕之汲汲於進者,其小得蓋欲以具裘葛、養窮孤〔二七〕,其大得蓋欲以同吾之所樂於人耳〔二八〕。其他可否,自計已熟,誠不待人而後知〔二九〕。今足下乃復比之獻玉者,以爲必竢工人之剖然後見知於天下,雖兩刖足不爲病,且無使勍者再剜〔三〇〕。誠足下相勉之意厚也。然仕進者豈捨此而無門哉!足下謂我必待是而後進者,尤非相悉之辭也〔三一〕。僕之玉固未嘗獻,而足固未嘗刖,足下無爲爲我戚戚也〔三二〕。

〔一二〕未知人事:謂不知世事的複雜性。

〔一三〕此處意本《孟子·萬章下》"仕非爲貧也"一節,參閱《爭臣論》注〔二三〕、〔二四〕。韓愈興元元年(七八四)年十七從嫂夫人鄭氏避亂至宣城(今安徽宣州市);貞元二年年十九,至京師求進士;《殿中少監馬君墓誌》云:"始余初冠,應進士貢在京師,窮不能自存。"

〔一四〕唐代科舉科目甚多,而以進士爲人所重。趙匡《舉選議》謂"進士者,時共羨之"(杜佑《通典》卷一七);李肇《唐國史補》卷下亦稱"進士爲時所尚久矣"。

〔一五〕術:謂技藝,此處特指應試時的文章技巧。

〔一六〕有司者：此指主持科舉考試官員，一般爲禮部侍郎；韓愈“四舉禮部”，知貢舉者貞元四、五年爲禮部侍郎劉太真，七年爲禮部侍郎杜黄裳，八年在兵部侍郎陸贄(權知)門下中舉。

〔一七〕博學宏辭：由吏部主持的科目選的科目之一。美仕：好的官職。唐俗，科目試入選者，一般任校書、正字或京畿簿、尉，品階雖低，但昇遷較易。

〔一八〕唐代吏部科目選參加者，亦先由州、縣選集。《册府元龜》卷六三五《銓選》録開元三年(七一五)六月詔書：“其明經、進士擢第者，每年委州長官訪察行業修謹、書判可觀者，三選聽集。”

〔一九〕此指韓愈參加三次吏部科目試的前兩次，在貞元九、十兩年，一次已合格，被中書省所黜落。中書省是唐中央三省之一，掌軍國之政令，有參議申復之權。

〔二〇〕俳優者：古代以舞樂言辭娱人的藝人。俳優者之辭謂言詞低俗嘩衆。忸怩(niǔ ní)：羞愧貌。《書·五子之歌》：“鬱陶乎予心，顔厚有忸怩。”此意本《漢書·揚雄傳》：“武帝好神仙，(司馬)相如上《大人賦》欲以諷，帝反縹縹有陵雲之志。繇是言之，賦勸而不止明矣。又頗似俳優淳于髡、優孟之徒，非法度所存、賢人君子詩賦之正也。”

〔二一〕《書·説命中》：“無恥過作非。”孔傳：“恥過誤而文之，遂成大非。”

〔二二〕此指貞元十一年的一次科目試亦未通過。

〔二三〕相如：司馬相如，字長卿，蜀郡成都人，西漢文學家，著有《子虚賦》、《上林賦》等。揚雄：字子雲，蜀郡成都人，西漢文學家、思想家，著有《長楊》、《羽獵》等賦和《法言》、《太玄》等。進于是選：謂參與此種科目選。不自進：謂不會去參與。

〔二四〕蒙昧：愚昧。陸機《弔魏武帝文》：“迄在兹而蒙昧，慮噤閉而無端。”辱：埋没。此謂假使讓上述五人與今之善取功名者在這愚昧的狀況中比高下，我知道他們必定屈辱失敗。

〔二五〕且使：若使。王引之《經傳釋詞》卷八：“且，猶‘若’也。隱三年《公羊傳》曰：‘且使子而可逐，則先君其逐臣矣。’”自負：自恃。

《史記·高祖本紀》："高祖乃心獨喜，自負。"集解："應劭曰：負，恃也。"

〔二六〕斗筲(shāo)者：見識短淺、器量狹小的人。斗，量器；筲，竹器，容斗二升。《論語·子路》："斗筲之人，何足算也。"一夫之目：指考官個人的看法。此謂彼五子難道肯與那些鄙陋狹隘之徒在考官面前一決得失並爲此而或憂或喜嗎？

〔二七〕汲汲於進：謂急切地求進身出仕。汲汲，急切貌。《禮·問喪》："其往送也，望望然，汲汲然，如有追而弗及也。"具裘葛：備辦冬裘夏葛。裘，皮衣；葛，葛布，製夏服。《公羊》桓公八年："士不及茲四者，則冬不裘，夏不葛。"養窮孤：撫養親族中困頓與孤獨者。

〔二八〕此意本《孟子·梁惠王下》："孟子對曰：'……樂民之樂者，民亦樂其樂；憂民之憂者，民亦憂其憂。樂以天下，憂以天下，然而不王者，未之有也……'"

〔二九〕自計已熟：自己考慮得已很細緻。

〔三〇〕此用《韓非子·和氏》典，參閱《孟生》詩注〔二六〕。竢工人之剖：謂等待工匠破石見璧。竢(sì)，通"俟"，待。兩刖(yuè)足：兩次受斷足之刑。刖，斷，砍。不爲病：不算是恥辱。《儀禮·士冠禮》："賓對曰：'某不敏，恐不能共事，以病吾子，敢辭。'"賈注："病，猶辱也。"勍(qíng)者再剋(kè)：强有力者再次取勝。勍，强。《左傳》僖公二二年："且今之勍者，皆吾敵也。"剋，取勝。

〔三一〕相悉：複義偏指，謂了解我。

〔三二〕無爲：不要如此。劉淇《助字辨略》卷一："《漢書·高帝紀》：'父子俱屠，無爲也。'無爲，猶云莫如此。"戚戚：憂懼。《論語·述而》："子曰：'君子坦蕩蕩，小人長戚戚。'"

方今天下風俗尚有未及於古者，邊境尚有被甲執兵者〔三三〕。主上不得怡而宰相以爲憂〔三四〕。僕雖不賢，亦且潛究其得失，致之乎吾相，薦之乎吾君〔三五〕，上希卿大夫之位，下猶取一障而乘之〔三六〕。若都不可得，猶將耕於寬閑之野，釣於寂寞之濱〔三七〕，求國家之遺事，考賢人哲士之終始〔三八〕，作唐之一經，垂之於無窮〔三九〕；誅姦諛於既死，發潛德之幽光〔四〇〕。二者將必有一可。足下以爲僕之玉凡幾獻而足凡幾刖也？又所謂勃者果誰哉？再剄之刑信如何也？士固信於知己，微足下無以發吾之狂言〔四一〕。愈再拜。

〔三三〕被甲執兵：身披鎧甲、手執兵器。被，通"披"。此謂邊境尚不太平。

〔三四〕怡：喜樂。

〔三五〕潛究：深入考察。

〔三六〕希：求。卿大夫：謂朝廷高官。參閱《上宰相書》注〔五七〕。取一障而乘之：奪取一處堡寨並守衛住他。障，邊境險要處的堡寨。此語本《漢書·張湯傳》："匈奴求和親，羣臣議前，博士狄山曰：'和親便。'……上(武帝)作色曰：'吾使生居一郡，能無使虜入盜乎？'(狄)山曰：'不能。'曰：'居一縣。'曰：'不能。'復曰：'居一障間？'山自度辯窮且下吏，曰：'能。'迺遣山乘障。至月餘，匈奴斬山頭而去。"

〔三七〕此暗用許由耕於潁水之陽(參閱《贈侯喜》詩注〔九〕)和周姜尚釣於渭濱事。寬閑，寬曠。

〔三八〕遺事：謂歷史事實。哲士：明智之人。《書·皋陶謨》："知人則哲。"終始：指一生事業。

〔三九〕唐之一經：謂唐王朝歷史。《春秋》本爲魯史而稱經，古文家堅持經史一致觀念並重修史。垂之無窮：傳之永久。

〔四〇〕誅：責罰。姦諛：邪惡諂媚之人。潛德：不爲人知的美德。劉歆《遂初賦》："處幽潛德，含聖神兮。"幽光：潛隱的光輝。陸雲《太尉王公以九錫命大將軍讓公將還京邑祖餞贈此詩》："闡縱絕期，平顯幽光。"

〔四一〕知己：瞭解自己的人。《戰國策‧趙策》："豫讓……曰：'士爲知己者死……'"微足下：不是你；微，非，無。發：引，啓。狂言：狂放的言辭。

【評箋】 儲欣《唐宋八大家類選》卷八：極失意時，極得意文。余竊謂司馬《報任安》文中絕調，越數百年，惟公此書足以抗之。馬悲韓豪，憤則均耳。

林雲銘《韓文起》卷三：公應博學宏詞之選，三番見黜，則當日主司之眼力與得選者之伎倆，何待再問。崔斯立貞元四年進士，屢試亦不得志於吏部，謂仕進之門非得主司賞識無以自見，欲其圖再舉以俟知音，所以慰之亦以勉之也。公乃謂應舉之文可不學而能；博學宏詞其文類俳優實可羞恥；或四舉而後成，或三試而不就，皆非文章之罪，何必藉此以求知於俗眼。然前此所以求試之故，不過爲貧而仕，冀有利於人己耳。其實自家尚有兩副大本領，出則行道，處則著書。揣摩業已成熟，無不可以自見於天下者，不在主司之賞識不賞識也。文之反覆曲折，總緣失意時有激而發，遂覺勁悍之氣，沛然莫禦耳。

何焯《義門讀書記‧昌黎集》卷三：……來書蓋有戒其崛强，惜其冷落之意，其爲不知公也甚矣。前後作兩段分析，却將崔書點在中間，文勢妙有斷續，自覺激昂磊落……

按：本文是三試吏部被黜後答覆友人慰安之作，構思上先聲奪人，善占地步，因此不見衰憊之態，反有豪壯之氣。第一段即責對方"不相曉"與"不以丈夫期我"；第二段中心部分就此二義，一以表白心迹，二以明丈夫之志，結處以"尤非相悉"相照應；第三段從正面抒寫志願，結尾以"足凡幾刖"與前"比之獻玉"呼應。表達上議論侃侃，寬衍奔放。句法上多用長句，又用感嘆、反詰、排比句式造成激越緊促的情致。

畫　記〔一〕

雜古今人物小畫共一卷。

騎而立者五人，騎而被甲載兵立者十人〔二〕，一人騎執大旗前立，騎而被甲載兵、行且下牽者十人，騎且負者二人，騎執器者二人，騎擁田犬者一人〔三〕，騎而牽者二人，騎而驅者三人，執羈靮立者二人〔四〕，騎而下倚馬、臂隼而立者一人〔五〕，騎而驅涉者二人〔六〕，徒而驅牧者二人〔七〕，坐而指使者一人，甲胄、手弓矢、鈇鉞植者七人〔八〕，甲胄、執幟植者十人〔九〕，負者七人，偃寢休者二人〔一〇〕，甲胄坐睡者一人，方涉者一人，坐而脫足者一人，寒附火者一人，雜執器物役者八人〔一一〕，奉壺矢者一人〔一二〕，舍而具食者十有一人〔一三〕，挹且注者四人〔一四〕，牛牽者二人〔一五〕，驢驅者四人，一人杖而負者〔一六〕，婦人以孺子載而可見者六人〔一七〕，載而上下者三人〔一八〕，孺子戲者九人：凡人之事三十有二，爲人大小百二十有三而莫有同者焉〔一九〕。

〔一〕本篇記述一幅人物畫卷及自己得而復失之的緣由。據文中所述，作於貞元甲戌之明年即貞元十一年（七九五），時在河陽故里。

〔二〕載兵：謂肩負兵器。

〔三〕田犬：田，通“畋”；田犬，獵犬。《禮·少儀》：“犬則執緤，守犬，田犬。”孔疏：“犬有三種，……二曰田犬，田獵所用也。”

〔四〕執羈靮（dí）：牽着馬絡頭和馬韁繩。羈，絡頭；靮，韁繩。《禮·檀弓下》：“如皆守社稷，則孰執羈靮而從。”

〔五〕臂隼(sǔn)：臂上駕鷹。隼，即鶚，獵鷹的一種。

〔六〕驅涉：驅馬涉水。

〔七〕徒：步行。

〔八〕甲胄(zhòu)：謂披甲戴胄；胄，戰士戴的頭盔。手弓矢：手執弓矢。鈇(fū)鉞(yuè)植：把鈇鉞植立于地。鈇，斧；鉞，形如大斧，有長柄。鈇鉞本爲刑戮之具，後轉化爲儀仗。

〔九〕執幟植：手執旗幟，把旗竿植立。

〔一〇〕偃寢：臥睡。偃，臥倒。

〔一一〕雜執器物役：謂拿着各種器物從事勞作。

〔一二〕奉壺矢：奉，通“捧”。壺矢，古代宴客時一種娛樂器具，以矢投壺中，稱爲“投壺”。《禮·投壺》：“投壺之禮，主人奉矢，司士奉中，使人執壺。”

〔一三〕舍而具食：止息而備辦食物。

〔一四〕挹且注：舀水並倒入。挹，舀。

〔一五〕牛牽：“牽牛”的倒裝。下“驢驅”同。

〔一六〕杖而負：拄杖負物。朱《考》疑“一人”二字在“負者”之下。

〔一七〕婦人以孺子載：婦人與孩子坐在車上。孺子，小孩。別本作“婦女孺子載”。

〔一八〕載而上下：謂正在上下車的。

〔一九〕人之事：謂有關人的行事。爲：魏《集》作“焉”，屬上。

　　馬大者九匹。於馬之中又有上者、下者、行者、牽者〔二〇〕、涉者、陸者〔二一〕、翹者〔二二〕、顧者、鳴者、寢者、訛者〔二三〕、立者、人立者、齕者〔二四〕、飲者、溲者〔二五〕、陟者〔二六〕、降者、痒磨樹者、噓者〔二七〕、嗅者、喜相戲者、怒相踶齧者〔二八〕、秣者〔二九〕、騎者、驟者〔三〇〕、走者〔三一〕、載服物者、載狐兔者：凡馬之事二十有七，爲馬大小八十

有三而莫有同者焉〔三二〕。牛大小十一頭；橐駝三
頭〔三三〕；驢如橐駝之數而加其一焉；隼一；犬、羊、狐、兔、
麋、鹿共三十。旃車三兩〔三四〕。雜兵器、弓矢、旌旗、刀
劍、矛楯、弓服、矢房、甲胄之屬〔三五〕，缾盂、簦笠、筐筥、
錡釜、飲食服用之器〔三六〕，壺矢、博弈之具，二百五十有
一，皆曲盡其妙〔三七〕。

〔二〇〕“牽”或作“奔”，或下有“奔”字。朱《考》謂“奔”與“走”重複，不當
　　　有；童《詮》引《爾雅》“中庭謂之走，大路謂之奔”，以爲二者有別，
　　　當存。
〔二一〕陸者：陸，通“踛”，跳躍。《莊子·馬蹄》：“齕草飲水，翹足而陸，
　　　此馬之真性也。”
〔二二〕翹者：此指後足舉起，翹尾。《文選》郭璞《江賦》李善注引《莊子》
　　　上文作“翹尾而踛”。
〔二三〕訛者：訛，通“吪”，移動。《詩經·小雅·無羊》：“或降于阿，或飲
　　　于池，或寢或訛。”
〔二四〕齕(hé)者：謂吃草。齕，咬。
〔二五〕溲：便溺。
〔二六〕陟者，謂上坡者。
〔二七〕噓者：謂呼氣者。
〔二八〕踶(dì)齧(niè)者：踢咬者。踶，踢。《莊子·馬蹄》：“夫馬……怒
　　　則分背相踶。”齧，咬。
〔二九〕秣者：謂被餵飼料者。
〔三〇〕驟者：奔跑者。《詩經·小雅·四牡》：“駕彼四駱，載驟駸駸。”
〔三一〕走者：跑行者。
〔三二〕爲，魏《集》作“焉”，屬上。
〔三三〕橐駝：駱駝。
〔三四〕旃(zhān)車：氈篷的車子。旃，通“氈”，毛織物；或依《説文》“旃，

旗曲柄也”，則旃車爲插曲柄旗的車子。兩：通“輛”。

〔三五〕矛楯：楯，“盾”之借字；長矛與盾牌。弓服：服，通“箙”；裝弓的袋子。《説文》：“箙，弩矢箙也。”矢房：裝箭的盒子，背在身上。

〔三六〕簦笠：笠，草帽；簦，有長柄的笠；《急就篇》注：“簦笠，皆所以禦雨也。大而有把，手執以行，謂之簦；小而無把，首戴以行，謂之笠。”童《詮》以爲應作“簦豆”。“簦”爲“登”俗字，“笠”爲“豆”之訛；《詩·生民》：“於豆於登。”毛注：“木爲豆，瓦爲登。”爲祭器或食器，與“缾盂”、“筐筥”相類。筐筥(jǔ)：筐，方形竹器，筥，圓形竹筐。《詩經·召南·采蘋》：“于以盛之，維筐及筥。”毛傳：“方曰筐，圓曰筥。”錡釜：釜爲無脚鍋，錡爲釜之有足者。《詩經·召南·采蘋》：“于以湘之，維錡及釜。”毛傳：“有足曰錡，無足曰釜。”

〔三七〕博奕：六博與圍棋；六博本稱“六簿”，共十二棋，黑白各半，兩人相博爲戲。奕，通“弈”。曲盡其妙：細微處都窮盡其奧妙。曲，謂隱微。

貞元甲戌年〔三八〕，余在京師，甚無事。同居有獨孤生申叔者，始得此畫，而與余彈棊，余幸勝而獲焉〔三九〕。意甚惜之，以爲非一工人之所能運思，蓋蒐集衆工人之所長耳，雖百金不願易也〔四○〕。明年，出京師，至河陽，與二三客論畫品格，因出而觀之〔四一〕。座有趙侍御者，君子人也，見之，戚然若有感然〔四二〕。少而進曰〔四三〕：“噫，余之手摸也，亡之且二十年矣〔四四〕。余少時常有志乎兹事，得國本，絶人事而摸得之，遊閩中而喪焉〔四五〕。居閑處獨，時往來余懷也，以其始爲之勞而夙好之篤也〔四六〕。今雖遇之，力不能爲已，且命工人存其大都焉〔四七〕。”余既甚愛之，又感趙君之事，因以贈之。而記其人物之形狀與數，而時觀之，以自釋焉〔四八〕。

〔三八〕貞元甲戌年：公元七九四年，貞元十年。

〔三九〕獨孤生申叔：獨孤申叔，字子重，作者友人；後於貞元十三年中進士，官秘書省校書郎（參閱柳宗元《亡友故秘書省校書郎獨孤生墓碣》，《柳河東集》卷一一）。彈棊：棊，“棋”本字。彈棋是漢魏流傳下來的博戲；《後漢書》卷三四《梁統傳》李賢注引《藝經》：“彈棋，兩人對局，白、黑棋各六枚，先列棊相當，更先彈也。其局以石爲之。”又柳宗元《棋序》：“……得木局，隆其中而規焉，其下方以直，置棋二十有四。貴者半，賤者半；貴曰上，賤曰下，咸自第一至十二，下者二乃敵一，用朱墨以別焉。”（《柳河東集》卷二四）此謂彈棋賭畫，僥幸獲勝贏得。

〔四〇〕工人：指匠人，畫工。蘽集：蘽，“叢”的異體，聚集。百金：極言價重。《公羊傳·隱公五年》：“百金之魚公張之。”何休注：“百金，猶百萬也，古者以金重一斤若重萬錢矣。”

〔四一〕謂貞元十一年吏部試不利，三上宰相書不報，遂於五月出長安歸河陽故里。

〔四二〕趙侍御：趙姓侍御史（或前曾任此職），不詳其名。侍御史爲御史臺屬官，從六品下。沈欽韓《補注》：“張彥遠《歷代名畫記》：‘趙博宣亦解畫，弟博文畫子母犬兔，善寫貌。’按趙博宣，尚書左丞。涓子《畫史會要》：‘博文、博宣，皆師周昉。’疑即是趙侍御也。”戚然若有感然：表情悲傷像很有感觸的樣子。

〔四三〕少而進：過一會兒進前。少，少頃。

〔四四〕手摸：摸，通“摹”，規倣；手摸謂親自臨摹。亡：失。且二十年：將二十年。

〔四五〕國本：精甲全國的畫本。絕人事：謝絕人事往還。閩中：古郡名，治侯官（今福建閩中縣），相當於今福建一帶地方。

〔四六〕往來余懷：謂自己常常想到。夙好之篤：平素愛好深厚。夙好，同“宿好”。

〔四七〕存其大都：保存其大略，此謂摹寫其大概。

〔四八〕自釋：自我寬慰。

【評箋】 鄭獬《記畫》：始予讀韓退之《畫記》，愛其文尤工，謂如《禹貢》、《周官》。然其言趙御史得國本而模之，則退之之意，無乃亦類於此乎？（《郇溪集》卷一八）

秦觀《五百羅漢圖記》：余家既世崇佛氏，又嘗覽韓文公《畫記》，愛其善敘事，該而不煩縟，詳而有軌律。讀其文，恍然如即其畫，心竊慕焉。於是傚其遺意，取羅漢佛之像而記之。顧余文之陋，豈能使人讀之如即其畫哉！姑致敘之私意云爾。（《淮海集》卷一七）

陳善《捫蝨新話》卷九：……韓以文爲詩，杜以詩爲文，世傳以爲戲。然一文之中要自有詩，詩中要自有文。文中有詩，則句語精確……退之之《畫記》，觀其鋪張收放，字字不虛，但不肯入韻耳。或者謂其始自甲乙，非也。以此知杜詩韓文，闕一不可。

楊慎《丹鉛總錄》卷一一：東坡不喜韓退之《畫記》，謂之甲乙帳簿。此老千古卓識，不隨人觀場者也。

茅坤《唐宋八大家文鈔·韓文》卷八：妙處在物數龐雜，而詮次特悉，於其記可以知其畫之絕世矣。

林雲銘《韓文起》卷七：記本因畫而作，然記中實有畫。在當日，畫固爲入神之畫，而記尤爲入神之記也。中分人之事爲一段，馬之事爲一段，諸畜器物共爲一段。而穿插變化，使人莫可端倪。如記人一段內所騎之馬，於記馬一段內點出。所擁、所牽、所驅、所臂之畜，及所披、所戴、所執、所植、所奉、所抱注，與婦人以孺子所載之具，皆於記諸畜、器物內點出，此亦不難參互稽核。但當日畫卷中，定不是把這些人物寫在空空一個地面，必有山川草木、廬舍水火、牀榻槽櫪等件，然後人畜可行可止，器物可藏可出也。細思如此一併入記，看他記人有上下，馬有陟降，人與馬皆有涉者，非山川乎？人有驅牧，馬有磨樹，非草木乎？人有舍而具食，非廬舍乎？人有抱注，有附火，非水火乎？人有偃寢，馬有秣者，非牀榻槽櫪乎？凡畫中所有，難以入記者，無不歷歷如見，所以謂之入神。世人

与孟东野书

只在有字句中讀書,余一生崗在無字句中讀書。若世人有能向無字句中讀書,余雖不敏,願安承教。

王元啓《讀韓記疑》卷四:歐陽公云:“吾不能爲退之《畫記》。”東坡云:“此文僅如甲乙帳,了無可取。”余謂坡題韓幹十四匹馬詩,純學公此記……余評此記,描摹生動而腕力勁道,不失簡嚴之度。使東坡爲之,正使波瀾富有,而讕詞謰語必不能盡削,則此筆固韓所獨擅也。蘇斥歐語爲妄庸人僞託,吾謂蘇説乃妄庸人僞託耳。

陳衍《石遺室論文》卷四:韓退之(愈)《畫記》……方望溪以爲周人以後無此種格力。然望溪亦未言與周文何者相似也。按退之此記,直叙許多人物,從《尚書·顧命》脱化而來……中間一段,又從《考工記·梓人》職脱化而來……有言如記帳簿,不畏人議其冗長者,又從《史記·曹世家》專叙攻城下邑之功,如記帳簿,千餘言皆平鋪直叙,惟用兩三處小結束……退之學而變化之,何嘗必周以前哉!

按:文中用“甲乙帳簿”的羅列鋪叙,正是求“奇”的一途。宋人張耒《鳳翔吴生畫記》、秦觀《五百羅漢圖記》等正有意規倣這種寫法。

與孟東野書〔一〕

與足下別久矣,以吾心之思足下,知足下懸懸於吾也〔二〕。各以事牽,不可合并〔三〕。其於人人,非足下之爲見而日與之處,足下知吾心樂否也〔四〕。吾言之而聽者誰歟?吾唱之而和者誰歟〔五〕?言無聽也,唱無和也,獨行而無徒也〔六〕,是非無所與同也〔七〕,足下知吾心樂否也。

〔一〕本篇作於貞元十六年三月,時在張建封幕下。孟郊於一年前離汴州南歸,時在常州(治武進,今江蘇常州市)。

〔二〕懸懸:挂念。署名蔡琰《胡笳十八拍》:“身歸國兮兒莫之隨,心懸懸兮長如飢。”

〔三〕合并:相會。

〔四〕人人:謂衆人,自指爲平庸之人。朱《考》:“人人乃衆人之義。此篇(《答張籍書》)下文及後《與孟東野書》、別本《歐陽詹哀詞》皆有之。然不見於他書,疑當時俗語也。”非足下之爲見:非與足下相見;爲,和“與”同義;王引之《經傳釋詞》卷二:“家大人(王念孫)曰:爲,猶‘與’也。《管子·戒》篇曰:‘自妾之身之不爲人持接也。’尹知章注曰:‘爲,猶與也。’”此謂對於我這樣平庸的人,不能見到你並天天與你在一起,你會知道我心裏能否快樂。

〔五〕《荀子·樂論》:“唱和有應,善惡相象,故君子慎其所去就也。”

〔六〕獨行無徒:謂無志同道合者。獨行,進退自任。《易·晉》:“象曰:晉如摧如,獨行正也。”正義:“獨行正者,獨猶專也,言進與退專行其正也。”徒,《左傳》宣公一二年:“知季曰:‘原、屏,咎之徒也。’杜注:‘徒,黨也。’”

〔七〕與同:贊同。與,隨附。

　　足下才高氣清,行古道,處今世,無田而衣食,事親左右無違〔八〕。足下之用心勤矣,足下之處身勞且苦矣。混混與世相濁,獨其心追古人而從之〔九〕。足下之道其使吾悲也。

〔八〕才高氣清:才能傑出,神氣清明。左右無違:謂扶侍無有差違;《禮·檀弓上》:“左右就養有方。”正義:“此左右,言扶持之謂。子在親左相右相而奉持之。”

〔九〕混混:渾濁。王逸《九思》:“時混混兮澆饡,哀當世兮莫知。”注:“混混,濁也。”與世相濁:謂與世相混同,俯仰隨俗。此意本《楚辭·漁父》:"舉世皆濁我獨清,衆人皆醉我獨醒。"

去年春,脱汴州之亂,幸不死,無所於歸,遂來于此〔一〇〕。主人與吾有故,哀其窮,居吾于符離睢上〔一一〕。及秋,將辭去,因被留以職事〔一二〕。默默在此,行一年矣〔一三〕。到今年秋,聊復辭去〔一四〕。江湖,余樂也,與足下終幸矣〔一五〕。

〔一〇〕去年春:指貞元十五年春。汴州之亂:參閱《此日足可惜贈張籍》詩注〔二一〕。於歸:往歸。童《詮》:"《詩·桃夭》:'之子于歸。'毛傳:'于,往也。'陳奐曰:'于讀爲於,《采蘩》、《燕燕》傳皆云"于,於也"。於者自此至彼之詞。自此至彼謂之於,又謂之往,則於與往同義,于亦與往同義矣。'"

〔一一〕主人與吾有故:謂張建封與自己有舊交。考建封大曆末曾爲河陽三城鎮遏使馬燧判官,貞元初韓愈在長安求舉曾乞援於馬燧門下,二人其時應即相識。居吾于符離睢上:安頓我在符離縣(隸徐州,今安徽宿縣)睢水邊居住。參閱《此日足可惜贈張籍》詩注〔四二〕。

〔一二〕留以職事:指被辟署爲徐州觀察推官。

〔一三〕行:將。

〔一四〕聊:願。

〔一五〕江湖:指閑放之地。《史記·貨殖列傳》:"(范蠡)乃乘扁舟浮於江湖。"引申爲棄官退隱。終幸:謂以終於江湖爲幸。

李習之娶吾亡兄之女,期在後月,朝夕當來此〔一六〕。張籍在和州居喪,家甚貧〔一七〕。恐足下不知,故具此白,冀足下一來相視也。自彼至此雖遠，要皆舟行可至〔一八〕。速圖之，吾之望也〔一九〕。春且盡，時氣向熱，惟侍奉吉慶〔二〇〕。愈眼疾比劇，甚無聊，不復一一〔二一〕。愈再拜。

〔一六〕亡兄：指堂兄、雲卿之子弇。貞元三年，弇從渾瑊入吐蕃定盟遇害，夫人韋氏年十七，有女一人，並歸於韓愈。愈嫁女於李翱，詳李《昌黎韓君夫人京兆韋氏墓誌銘》(《李文公集》卷一五)。

〔一七〕居喪：謂尊親亡歿，守喪家居。

〔一八〕自彼至此：謂自常州來徐州。要皆舟行可至：唐時自江南北上，行漕渠(運河)，入淮水至泗州，轉入汴水可至符離南埇橋。要(yāo)，劉淇《助字辨略》卷四："又韓退之《與孟東野書》云云，《答劉正夫書》云云，此'要'字，猶云究竟也，乃約其終竟之辭。"

〔一九〕圖：謀劃。

〔二〇〕侍奉吉慶：謂孟郊奉養老母平安。

〔二一〕比劇：近來加劇。無聊：精神無所寄託。王逸《九思‧逢尤》："心煩憒兮意無聊，嚴載駕兮出戲遊。"不復一一：不再一一細叙。

【評箋】 儲欣《唐宋八大家類選》卷八：己之所處，足使東野悲；東野之道，足使己悲。惟共老江湖，則不悲而樂且幸矣。韓、孟賢而不遇，故其書如此。讀之令人流涕。

林雲銘《韓文起》卷三：人生知己最難相遇，即相遇亦不能同在一方。若同在，貧賤寥落，尤可悲也。公詩與東野唱和聯句最多。願化爲雲龍，上下四方相逐，則其交情非他人可比矣。考公少東野十六歲，想定交在先；翱、籍二人以同學爲文，遂爲兩家姻親。其《送東野序》亦帶叙二人在內，蓋以此也。張徐州非知公者，其從事皆非孟比，益難與爲伍。江湖之樂，有激而談，細讀是書自見。

林紓《韓柳文研究法‧韓文研究法》：昌黎懷才不遇，間有人叩以文章，則昌黎報書，其語必與仕進相關係。其《與孟東野書》，説到自己，著眼在一樂字；説到東野，著眼在一悲字。言無倡所以無和；倡無和，所以獨行；身既獨行，則當世之是非，遂不爲一己之是非。且不説到“道”字，而抱道自高，不爲時賞，又胡能言樂？矧東野之行古道，當更不宜於今世。明明爲道悲，偏言爲東野悲。悲東野之道不行，即悲己之道不行。寄“道”字於東野身上，因東野而自悲，分外尤見親密。

歐 陽 生 哀 辭〔一〕

歐陽詹世居閩越，自詹已上皆爲閩越官，至州佐、縣令者累累有焉〔二〕。閩越地肥衍，有山泉禽魚之樂，雖有長材秀民通文書吏事與上國齒者，未嘗肯出仕〔三〕。今上初，故宰相常衮爲福建諸州觀察使，治其地〔四〕。衮以文辭進，有名於時，又作大官臨蒞其民，鄉縣小民有能誦書作文辭者，衮親與之爲客主之禮〔五〕。觀游宴饗，必召與之〔六〕。時未幾，皆化翕然〔七〕。詹于時獨秀出，衮加敬愛，諸生皆推服〔八〕。閩越之人舉進士繇詹始〔九〕。

〔一〕歐陽生，歐陽詹，字行周，泉州晉江人，韓愈友人，集十卷行世，《新唐書》有傳。哀辭是哀祭文的一種，“或以有才而傷其不用，或以有德而痛其不壽”（徐師曾《文體明辨序説》），一般用韻語。歐陽詹死於貞元十六年（八〇〇）或稍後，本篇爲悼念之作。
〔二〕閩越：古國名，據七閩之地，相當於今福建省；歐陽詹家鄉晉江在其地。州佐：州別駕、長史、司馬、録事等佐吏。縣令：縣的令長。累累：屢屢。
〔三〕肥衍：肥沃豐饒。衍，豐饒。《荀子·君道》：“聖王財衍以明辨異。”長材：高才。材通“才”。《晉書·劉輿傳》：“時稱越府有三才：潘滔大才，劉輿長才，裴邈清才。”秀民：民衆中才德優異者。

與上國齒：古諸侯稱帝室爲上國，引申爲都城，京畿。齒，可比
併。此謂雖有傑出人才通曉文書吏事可以與中原人比美，但没有
肯于出去做官的。

〔四〕今上：指唐德宗李适，大曆十四年(七七九)即帝位，次年改元建
中。常衮：京兆人，大曆十二年四月至閏五月爲宰相，故稱故相；
建中元年遷福建觀察使，四年正月卒。

〔五〕衮以文辭進：指常衮由進士而非由門蔭、經術或武功等出身。
《舊唐書·常衮傳》："衮天寶末舉進士，歷太子正字，累授補闕、起
居郎；寶應二年選爲翰林學士，考功員外、郎中、知制誥，依前翰林
學士；永泰元年遷中書舍人。衮文章俊拔，當時推重。"臨蒞：面
對，此謂治理。客主之禮：謂以主待客之禮。

〔六〕觀游：遊覽。宴饗：宴會。召與：召請參加。與，通"豫"、"預"，
參與。

〔七〕皆化翕(xī)然：全都受到教化而和睦相處。翕，聚集。《詩經·小
雅·常棣》："兄弟既翕，和樂且湛。"毛傳："翕，合也。"

〔八〕秀出：傑出。秀，特異。《禮·王制》："司徒論選士之秀者而升之
學，曰俊士。"諸生：指州、縣學生員。

〔九〕此乃稱頌之詞，或表示由于詹文詞震躍而不知有他人，實則如《唐
摭言》記載：薛令之，閩之長溪人，神龍二年(七〇六)趙彥昭下及
第；《蘇州府志》：林披字彥則，莆田人，年二十以經業擢第，爲汀
州别駕，大曆中，御史大夫李栖筠奏授太子詹事兼蘇州别駕；《登
科記考》：莆人林藻貞元七年杜黄裳下進士及第，皆在詹前。

建中、貞元間，余就食江南，未接人事，往往聞詹名閭
巷間〔一〇〕。詹之稱於江南也久〔一一〕。貞元三年，余始至
京師舉進士，聞詹名尤甚〔一二〕。八年春，遂與詹文辭同考
試登第，始相識〔一三〕。自後詹歸閩中，余或在京師、他

處。不見詹久者，惟詹歸閩中時爲然；其他時與詹離，率不歷歲〔一四〕。移時則必合，合必兩忘其所趨，久然後去〔一五〕。故余與詹相知爲深。

〔一○〕就食江南：建中二年(七八一)十二月，以"建中之亂"，中原多故，韓愈隨嫂夫人鄭氏避亂至宣城，約滯留至貞元元年(七八五)。未接人事：謂不涉外務。韓《復志賦》："值中原之有事兮，將就食於江之南。始專專於講習兮，非古訓爲無所用其心。"閭巷間：謂同里居人之間。

〔一一〕稱：被稱譽。

〔一二〕此謂自己第一次參加貢舉至長安。韓初至長安實在貞元二年十九歲時，見《祭十二郎文》。

〔一三〕貞元八年，兵部侍郎陸贄知貢舉，試《明水賦》、《御溝新柳詩》，進士二十三人，即賈稜、陳羽、歐陽詹、李博、李觀、馮宿、王涯、張季友、齊孝若、劉遵古、許季同、侯繼、穆贄、韓愈、李絳、溫商、庾承宣、員結、胡諒、崔羣、邢冊、裴光輔、萬璆，時稱得人，詳徐松《登科記考》卷一三。

〔一四〕關於韓愈與歐陽詹的離合可考見者：貞元九年，詹有《江夏留別華二》詩、《泉州刺史席公宴邑中赴舉秀才於東湖亭序》，可知詹擢第後即歸閩；貞元十一年五月，詹有《右街副使廳壁記》，可知詹已回京，是年五月韓愈出長安東歸，二人有會合機會；貞元十四年，詹赴洛陽求調選，途中次汴，有《東風二章》詩頌董晉，時韓愈在晉幕，或爲之介；貞元十五年，詹授四門助教，是年冬，韓愈以徐州部屬身份朝正京師，詹曾謀薦之國學，見下。

〔一五〕所趨：所向，謂離異之地。

詹事父母盡孝道，仁於妻子，於朋友義以誠，氣醇以方,容貌嶷嶷然〔一六〕。其燕私善謔以和,其文章切深喜往復,善自道〔一七〕。讀其書,知其於慈孝最隆也〔一八〕。十五年冬,余以徐州從事朝正於京師〔一九〕。詹爲國子監四門助教,將率其徒伏闕下舉余爲博士〔二〇〕。會監有獄,不果上〔二一〕。觀其心有益於余,將忘其身之賤而爲之也〔二二〕。

〔一六〕仁於妻子:《禮·仲尼燕居》鄭注:“仁,猶存也;凡存此者,所以全善之道也。”氣醇以方:神氣醇樸而方正。嶷嶷(nì nì):魁梧貌。嶷,高峻。《詩經·大雅·生民》:“誕實匍匐,克岐克嶷。”毛傳:“嶷,識也。”鄭箋:“嶷嶷然有所識別也。”

〔一七〕燕私:本指祭祀畢宴請同姓的私誼,引申爲退公休暇游息。善謔(xuè)以和:善於諧戲而和樂。謔,戲言。《詩經·衛風·淇奧》:“善戲謔兮,不爲虐兮。”切深:切實而深刻。自道:表述自己心志。

〔一八〕隆:盛,厚。

〔一九〕從事:漢制,以州守佐官爲從事史,因此以之稱屬官。朝正:參閱《歸彭城》詩注〔一〕。

〔二〇〕國子監四門館教授一般官員與平民子弟,助教六人,從八品上,官品低微,因此下有“忘其身之賤”之語。伏闕下:謂跪伏朝堂前請求。

〔二一〕此指國子監有訟案,没能上奏。訟案詳情不可考,或以爲指前一年陽城貶道州。

〔二二〕有益:謂做自己的益友,意本《論語·季氏》:“益者三友:……友直,友諒,友多聞,益矣。”

嗚呼,詹今其死矣。詹,閩越人也,父母老矣,捨朝夕之養以來京師，其心將以有得於是而歸爲父母榮也〔二三〕。雖其父母之心亦皆然〔二四〕。詹在側，雖無離憂，其志不樂也；詹在京師，雖有離憂，其志樂也。若詹者，所謂以志養志者歟〔二五〕！詹雖未得位，其名聲流於人人，其德行信於朋友，雖詹與其父母皆可無憾也〔二六〕。詹之事業文章，李翶既爲之傳，故作哀辭，以舒余哀，以傳于後，以遺其父母而解其悲哀，以卒詹志云〔二七〕。

〔二三〕朝夕之養：指對父母定省問安，引申爲孝養。《禮·曲禮上》：“凡爲人子之禮，冬温而夏清，昏定而晨省。”有得於是：謂致身通顯。

〔二四〕雖：縱使。

〔二五〕以志養志：指從順父母之意，使在精神上得到安慰。語出《孟子·離婁上》：“……此所謂養口體者也；若曾子，則可謂養志也。”趙注：“有恐違親意也，故曰養志。”

〔二六〕人人：衆人，參閱《與孟東野書》注〔四〕。信於朋友：被朋友所信任。《論語·學而》：“與朋友交而不信乎？”

〔二七〕舒：展。遺(wèi)其父母：留贈給他的父母。遺，留贈。卒詹志：謂完成其“以志養志”的心願。朱《考》謂當刪後“哀”字，馬《校》亦謂“上文已有兩‘哀’字，不應如此重複。”

求仕與友兮，遠違其鄉。父母之命兮，子奉以行。友則既獲兮，禄實不豐〔二八〕。以志爲養兮，何有牛羊〔二九〕。事實既修兮，名譽又光〔三〇〕。父母忻忻兮，常若在旁〔三一〕。命雖云短兮，其存者長。終要必死兮，願不永傷〔三二〕。友朋親視兮，藥物甚良。飲食孔時兮，所欲無妨〔三三〕。壽命不齊兮，人道之常。在側與遠兮，非有不同。山川阻深兮,魂魄流行〔三四〕。祀祭則及兮,勿謂不通〔三五〕。哭泣無益兮,抑哀自彊〔三六〕。推生知死兮,以慰孝誠〔三七〕。嗚呼哀哉兮,是亦難忘。

〔二八〕禄:官吏的俸給。四門助教從八品,按唐初定制每年禄米五十石、月俸一千六百文,後續有變動。

〔二九〕何有牛羊:謂何須有牛羊,不須有牛羊。

〔三〇〕事實既修:謂立身行事既已修美。

〔三一〕忻忻(xīn):忻,通“欣”;欣喜貌。

〔三二〕終要:終究。要,總歸。

〔三三〕孔時:甚爲適時。孔,甚,很。無妨:無阻礙,指所欲均已達到。

〔三四〕流行:謂四處游走。

〔三五〕祀祭則及:謂人死在外,但魂魄游行無阻,祭祀可得馨饗。

〔三六〕自彊:自我勉勵,此謂自制。

〔三七〕推生知死:謂由生前可知死後(指必給家屬帶來福德)。

【評箋】 葛立方《韻語陽秋》卷一九:韓退之作《歐陽詹哀詞》,言其事父母至孝。又曰:“讀其書,知其於慈孝最隆。”又曰:“詹舍朝夕父母之養,而來京師,其心將以有得而歸爲父母榮也。”及觀《閩川名士傳》,載詹溺太原之妓,未及迎歸,而有京師之行。既愆期,而妓病革將死,割髻付女奴以授詹,詹一見大慟,亦卒。集中載《初發太原寄所思》詩,所謂“高城已不見,況復城中人”者,乃其人也。豈退之以同榜之故,而固護其短,飾詞而解人之疑歟?嗚呼!詹能義何蕃之不從亂,而不能割愛於一婦人;能薦韓愈之賢,而不能以貽親憂爲念,殆有所蔽而然也。如《樂津北樓》絕句與《聞唱涼州》詩,皆賦情不薄,有以知其享年之不長也。(按:歐陽詹溺太原妓,事詳孟簡《詠歐陽行周事并序》(《全唐詩》卷四七三)。文中所謂“仁於妻子”,顯然是有所回護。但哀詞著其仁義大節,而略其私情細事,不僅是文體所求,亦出於朋友之義。葛氏所舉詩題爲《聞鄰舍唱涼州有所思》和《樂津店北陂》。)

曾國藩《求闕齋讀書録》卷八：前半敘述矜富，後半就"父母老矣"反復低佪，絶耐紬誦。"詹，閩越人也"，油然入情。

林紓《春覺齋論文》：昌黎集中，哀辭凡兩篇，一《哀獨孤申叔文》，無序；一爲《歐陽生哀辭》……詞中既哀詹矣，又哀其父母；見詹之死，尚有父母悲梗於上，所以可哀也……子固、震川皆不長於韻語，去昌黎遠甚。

答李翊書〔一〕

六月二十六日，愈白，李生足下〔二〕：

生之書辭甚高，而其問何下而恭也〔三〕？能如是，誰不欲告生以其道？道德之歸也有日矣，況其外之文乎〔四〕？抑愈所謂望孔子之門牆而不入于其宮者，焉足以知是且非邪〔五〕？雖然，不可不爲生言之。

〔一〕李翊：貞元十八年進士；《唐摭言》卷八："貞元十八年，權德輿主文，陸傪員外通榜帖。韓文公薦十人於傪。"薦書即《與祠部陸員外書》，李翊爲十人之一。本篇爲翊未及第前向韓請教爲文之道的答覆，姑繫於貞元十七年(八〇一)。題中"翊"或作"翱"，訛。

〔二〕或無"六月二十六日"六字。

〔三〕辭甚高：文辭甚爲高妙。下而恭：謙下而恭敬。

〔四〕道德之歸：此承上"告生以其道"，"德"字連類而及。其外之文：意文爲"道"的外在表現。"外"別本作"餘"，童《詮》引《論語·學而》"行有餘力，則以學文"，謂亦通。

〔五〕此意本《論語·子張》："子貢曰：'譬之宫牆，賜之牆也及肩，窺見室家之好；夫子之牆數仞，不得其門而入，不見宗廟之美，百官之富。'"自謙謂個人對聖人之道尚未登堂入室。宮:室;《爾雅·釋宮》:"宮謂之室,室謂之宮。"

　　生所謂立言者是也〔六〕。生所爲者與所期者甚似而幾矣〔七〕。抑不知生之志蘄勝於人而取於人邪〔八〕?將蘄至於古之立言者邪?蘄勝於人而取於人,則固勝於人而可取於人矣。將蘄至於古之立言者,則無望其速成,無誘於勢利〔九〕;養其根而竢其實,加其膏而希其光〔一〇〕。根之茂者其實遂,膏之沃者其光曄〔一一〕;仁義之人,其言藹如也〔一二〕。

〔六〕《左傳》襄公二四年:"大上有立德,其次有立功,其次有立言,雖久不廢,此之謂不朽。"孔疏:"立言,謂言得其要,理足可傳。"

〔七〕似而幾(jī):相似而接近。幾,近。

〔八〕蘄:通"祈",求。此謂但不知道李生的志向是求勝過別人並被別人所贊許呢?

〔九〕速成:急速有所成就。《論語·憲問》:"闕黨童子將命……子曰:'……非求益者也,欲速成者也。'"勢利:權勢與私利。

〔一〇〕喻如培養根部以求菓實豐碩,增加油膏而求燈火光明。膏,油。

〔一一〕此謂根部生長繁茂則菓實長成,油膏豐盛則燈光明亮。遂,成。《吕氏春秋·去私》:"而萬物得遂長焉。"高注:"遂,成也。"沃,豐美。

〔一二〕藹如:和氣可親貌。

　　抑又有難者,愈之所爲,不自知其至猶未也。雖然,學之二十餘年矣〔一三〕。始者非三代兩漢之書不敢觀,非聖人之志不敢存〔一四〕；處若忘，行若遺，儼乎其若思，茫乎其若迷〔一五〕；當其取於心而注於手也，惟陳言之務去，戛戛乎其難哉〔一六〕！其觀於人，不知其非笑之爲非笑也。如是者亦有年，猶不改，然後識古書之正僞，與雖正而不至焉者，昭昭然白黑分矣〔一七〕。而務去之，乃徐有得也〔一八〕。當其取於心而注於手也，汩汩然來矣〔一九〕。其觀於人也，笑之則以爲喜，譽之則以爲憂，以其猶有人之說者存也〔二〇〕。如是者亦有年，然後浩乎其沛然矣〔二一〕。吾又懼其雜也，迎而距之，平心而察之，其皆醇也，然後肆焉〔二二〕。雖然，不可以不養也〔二三〕。行之乎仁義之途，遊之乎《詩》、《書》之源，無迷其途，無絕其源，終吾身而已矣〔二四〕。氣，水也；言，浮物也。水大而物之浮者大小畢浮。氣之與言猶是也，氣盛則言之短長與聲之高下者皆宜〔二五〕。雖如是，其敢自謂幾於成乎〔二六〕？雖幾於成，其用於人也奚取焉〔二七〕？雖然，待用於人者其肖於器邪〔二八〕？用與舍屬諸人〔二九〕。君子則不然：處心有道，行己有方〔三〇〕；用則施諸人，舍則傳諸其徒，垂諸文而爲後世法〔三一〕。如是者其亦足樂乎？其無足樂也？

〔一三〕韓愈自稱十三歲學文，至此二十一年。

〔一四〕韓愈論文，多不取揚雄以後，李翶《行狀》謂其“深於文章，每以爲自揚雄之後，作者不出”（《李文公集》卷一一）。參見《送孟東野序》、《進學解》等篇。“兩漢”別本作“秦漢”；童《詮》以爲作“秦漢”是。

〔一五〕忘：通“亡”，與下“遺”同義。儼：端莊。《禮記·曲禮》：“儼若思。”茫：迷茫。此狀學文時神情集中沉迷的情形：居止和外出都若有所失，儼然似在思索，茫然又若迷惑。

〔一六〕注於手：謂流注於手下，狀文字自筆下流泄而出。戛戛(jiá jiá)：艱難的樣子。關於"陳言務去"，黃宗羲《論文管見》謂："昌黎'陳言之務去'，所謂'陳言'者，每一題必有庸人思路共集之處，纏繞筆端，剝去一層，方有至理可言。"

〔一七〕正僞：指是否符合"聖人之志"，合爲正，不合爲僞。雖正而不至：指大體醇正但仍有不足，即《讀荀》所謂"大醇而小疵"者。昭昭：清晰貌。

〔一八〕謂務去其"僞"與"不至"者，則逐漸有所長進。

〔一九〕汩汩(gǔ gǔ)：擬聲詞，流水聲，這裏狀文思如水流，即陸機《文賦》所謂"淋漓於翰墨"。

〔二〇〕有人之説者存：謂尚介意於他人之褒貶。

〔二一〕沛然：充盛貌。此意取《孟子·公孫丑上》"吾善養吾浩然之氣"和《盡心上》"及其聞一善言，見一善行，若決江河，沛然莫之能禦也"。

〔二二〕此形容對沛然湧出的文思的態度，由於懼其駁雜不純，因而要停蓄神思，靜下心來明察；當其全部醇正時，再放手寫出來。醇，通"純"，純正；肆，放縱。

〔二三〕謂對已取得的成果加以培養。

〔二四〕《詩》《書》：代指儒家經典；《論語·述而》："子所雅言，《詩》《書》執禮。"

〔二五〕此謂氣盛大則文辭音節的短長與聲調的抑揚全都適宜。

〔二六〕幾於成：接近於完善。

〔二七〕謂雖然接近於完善了，其爲人所接受又被何所取呢？

〔二八〕謂雖然如此，文之待他人所接受就像器物一樣吧？

〔二九〕此承上"肖於器"，謂取舍之權決於他人。舍：通"捨"，棄而不用。

〔三〇〕處心：謂安頓自心。行己：謂自己立身行事。有方：方與上"道"同義，皆指正確的方法。《論語·雍也》："可謂仁之方也已。"

〔三一〕垂諸文：傳之於文章。爲後世法：做後世的法則。此意本《論語·述而》"用之則行，舍之則藏"，但突出傳之後學，爲後代立法的意義,態度更爲積極。

有志乎古者希矣〔三二〕。志乎古必遺乎今〔三三〕。吾誠樂而悲之。亟稱其人,所以勸之,非敢褒其可褒而貶其可貶也〔三四〕。問於愈者多矣,念生之言不志乎利,聊相爲言之〔三五〕。愈白。

〔三二〕希:同"稀",少。志乎古即《論語・述而》所謂"好古敏以求之者也"。
〔三三〕謂好古者必爲今人所遺棄。
〔三四〕亟稱其人:屢屢表揚其人。亟(qì),屢次,一再;《左傳・成公十六年》:"吾先君之亟戰也。"杜注:"亟,數也。"勸之:勉勵之。非敢褒其可褒而貶其可貶:杜預《春秋左氏傳序》謂《春秋》"以一字爲褒貶","推變例以正褒貶";韓愈作此謙詞,實爲高自標識。
〔三五〕相爲:複義偏指,爲你。此句暗用《論語・里仁》:"君子喻於義,小人喻於利。"

【評箋】 宋祁《宋景文公筆記》卷上:夫文章,必自名一家,然後可以傳不朽。若體規畫圓,準方作矩,終爲人之臣僕。古人譏屋下作屋,信然。陸機曰:"謝朝花於已披,啓夕秀於未振。"韓愈曰:"惟陳言之務去。"此乃爲文之要。《五經》皆不同體。孔子没後,百家奮興,類不相沿,是前人皆得此旨。嗚呼,吾亦悟之晚矣。

王安石《韓子》:紛紛易盡百年身,舉世何人識道真。力去陳言夸末俗,可憐無補費精神。(《臨川先生文集》卷三四)

吕本中《童蒙詩訓》:韓退之《答李翺(翊)書》、老泉《上歐陽公書》,最見爲文養氣之妙。

朱熹《滄州精舍諭學者》:予謂老蘇但爲欲學古人説話聲響,極爲細事,乃肯用功如此,故其所就,亦非常人所及。如韓退之、柳子厚輩,亦是如此。其答李翊、韋中立之書,可見其用力處矣。然皆只是要作好文章,令人稱賞而已。究竟何預己事,却用了許多歲月,費了許多精神,甚可惜也。(《朱文公文集》卷七四)

劉克莊《詩話》:韓退之嘗云:"氣,水也;言,浮物也。水大而物之浮者小大畢浮。氣之與言猶是也,氣盛則言之短長與聲之高下者皆宜。"此論最親切。李、杜是甚氣魄?豈但工於有韻者及古體乎?(《後村先生大全集》卷一七六)

黃震《黃氏日鈔》卷五九:自叙歷學之次第,然後及其養所自出者,當熟味,如面承公之教我可也。

郝經《答友人論文法書》:二帝三王無文人。仲尼之門,雖曰文學,亦無後世篇題辭章之文,故先秦不論文。騷人作而辭賦盛,故西漢始論文,時則有揚雄之書;東漢復論文,時則有蔡邕之書。建安以來,詩文益盛,語三國則有魏文帝、陳思王之論;語晉、宋則有陸機、沈約之作;折衷南北七代,則有文中子之說;至李唐,則韓、柳氏爲規矩大匠。如韓之《答李翊》、《上于襄陽》、《答尉遲生》、《與馮宿》,柳之《與楊京兆》、《答韋中立》、《報陳秀才》、《答韋珩》、《復杜温夫》及《與友人》等作,加之以李翱之《答王(朱)載言》、《寄從弟正辭》、皇甫湜之《答李生》、《復答李生》,下逮歐、王、蘇、黃之論議,則窮原極委,無所不至其極,無法復可説,百世有餘師矣。(《郝文忠公文集》卷九)

林雲銘《韓文起》卷四:李生以立言問於韓愈,不過欲求其文之工而已,初未嘗必以古之立言爲期也。昌黎却就其所問,詰其所志,把求用於人而取於人伎倆擱置一邊,而以古人立言不朽處用功取效,説過一番,然後把自己一生工夫,層層叙出。其曰"二十年"、"亦有年"、"終其身"等語,是"無望速成"注脚;其曰"不知其非笑"、"笑則喜"、"譽則悲"等語,是"無誘勢利"注脚。至得手之後,尤須養氣,探本溯源,所謂"仁義之人,其言藹如",有自然而然之妙矣。末段以樂、悲二意見得學古立言,必不能蘄用於人而取於人,耐得悲過,方期得樂來,原不敢以此加褒貶於其間,使世人必從事乎此,但論其人之志何如耳。此一篇之大旨也。其行文曲折無數,轉換不窮,盡文章之致矣……

劉大櫆《初月樓古文緒論》:《莊子》文章最靈脱,而最妙於宕,讀之最有音節。姚惜抱評昌黎《答李翊書》,以爲善學《莊子》,此意須會。能學《莊子》,則出筆甚自在。

高步瀛《唐宋文舉要》甲編卷二:養氣之説,發自孟子;《論衡·自紀》篇亦言之。而以氣論文,則始自魏文帝《典論·論文》。其言"文以氣爲主",遂開後來善氣之功。《文心雕龍·風骨》篇、《顔氏家訓·文章》篇皆有所闡發。而公言"氣盛則言之短長與聲之高下者皆宜",尤爲深造自得之言。

按:本文講文章與學養俱進的三階段,體會有得,深切著明,與後來王國維論治學三種境界見(《人間詞話》)實有異曲同工之妙。文中闡發自己見解,多隱括《語》、《孟》文意,融彙貫通,不見痕跡,正表明作者自身學養之深厚,也爲寫作明道之文樹立了一個典範。

答 尉 遲 生 書 〔一〕

愈白,尉遲生足下:

夫所謂文者,必有諸其中,是故君子慎其實;實之美惡,其發也不揜〔二〕:本深而末茂,形大而聲宏,行峻而言厲,心醇而氣和〔三〕;昭晰者無疑,優游者有餘〔四〕;體不備不可以爲成人,辭不足不可以爲成文〔五〕——愈之所聞者如是。有問於愈者,亦以是對〔六〕。

〔 一 〕"尉遲"下或注"汾"字。尉遲汾與李翊等均爲貞元十八年進士,考試前韓愈曾薦之陸傪,見《答李翊書》注〔一〕。韓集《遺文》中有

《洛北惠林寺題名》，中有"尉遲汾"，時在貞元十七年七月。本文
即作於其時前後。《金石萃編》卷一〇八收尉遲汾《狀嵩高靈勝詩
刻》，題"朝散大夫守衛尉少卿"，爲後來歷官。

〔二〕有諸其中：謂心中確有所得。慎其實：謂注重在心中實有所得。
其發也不揜：揜，同"掩"；其發露於外者不會被掩蔽。

〔三〕謂根本深固則枝葉茂盛，形體宏大則發聲響亮，行爲高直則言辭
嚴正，內心純厚則神氣平和。

〔四〕昭晰：即"昭晢"，清晰明白。陸機《文賦》："情瞳曨而彌鮮，物昭
晰而互進。"童《詮》謂"晰"當作"晰"。優游：悠閒不迫；班固《東
都賦》："莫不優游而自得，玉潤而金聲。"此謂文字表達清晰者心
中必無疑惑，文思優游不迫者所得必充沛有餘。

〔五〕體：謂體格，規範。《管子·君臣上》："君明，相信，五官肅，士廉，
農愚，商工愿，則上下體。"注："上下各得其體也。"成人：成就人
格，成材。《論語·憲問》："子路問成人。子曰：'若臧武仲之知，
公綽之不欲，卞莊子之勇，冉求之藝，文之以禮樂，亦可以爲成人
矣。'曰：'今之成人者何必然？見利思義，見危授命，久要不忘平
生之言，亦可以爲成人矣。'"

〔六〕例如上《答李翊書》。

今吾子所爲皆善矣，謙謙然若不足而以徵於愈〔七〕。
愈又敢有愛於言乎〔八〕？抑所能言者皆古之道。古之道
不足以取於今，吾子何其愛之異也〔九〕？

〔七〕謙謙：謙虛貌。《易·謙》："謙謙君子，卑以自牧也。"

〔八〕有愛於言：謂吝惜言辭。有，語辭。愛，吝嗇；《孟子·梁惠王
下》："百姓皆以王爲愛也。"趙注："愛，嗇也。"

〔九〕愛之異：喜好特殊。

賢公卿大夫在上比肩，始進之賢士在下比肩，彼其得之必有以取之也〔一〇〕。子欲仕乎？其往問焉，皆可學也。若獨有愛於是而非仕之謂，則愈也嘗學之矣，請繼今以言〔一一〕。

〔一〇〕比肩：并肩，狀人數衆多。《晏子春秋·雜下》：“比肩繼踵而在。”
有以取之：指有用來取得“在上”的官位或“在下”的進身之道的手段。

〔一一〕有愛於是：謂喜愛這裏所説的爲文之道。非仕之謂：即非謂仕，不是説仕進爲官。繼今以言：謂以後再詳談。

【評箋】 林雲銘《韓文起》卷四：文本乎實，立心勵行是也。起手提出“心”與“行”二字，則知古人言立不苟，非如後世從事雕琢以爲求仕之資者也。尉遲生之問，想不能忘求仕之意，故分言之，聽其自擇。把應時之文，明明説他不顧行，不由中，可羞可醜。

曾國藩《求闕齋讀書録》卷八：傲兀自喜。

送李愿歸盤谷序〔一〕

太行之陽有盤谷〔二〕。盤谷之間，泉甘而土肥，草木藂茂，居民鮮少〔三〕。或曰：謂其環兩山之間，故曰盤；或曰：是谷也，宅幽而勢阻，隱者之所盤旋〔四〕。友人李愿居之。

〔一〕李愿，據五百家注本所載《唐人跋盤谷序後》：“隴西李愿，隱者也，不干譽以求達，每韜光而自晦……昌黎韓愈，知名之士，高愿之

賢,故叙而送之。"又有代、德兩朝名將、曾封西平郡王的李晟子名
愿,貞元初,起家銀青光禄大夫、太子賓客,後屢遷夏州、徐州、鳳
翔、汴州等大鎮,晚年結託權幸,縱情聲色。自宋人多以爲所送非
此李愿。盤谷,在河南府濟源縣(今河南濟源市)。此文寫作年代
不可確考,據舊本跋語有"貞元辛巳歲建丑月"語,爲貞元十七年、
離徐州後,依以繫於此。又韓愈有《盧郎中雲夫寄示送盤谷子詩
兩章歌以和之》詩,中有"昔尋李愿向盤谷"之句,詳詩意作於元和
七年(八一二)。可確證文作於此前。

〔二〕太行之陽:太行山在唐河東道(大體相當今山西省)和河北道(大
　　　體相當今河北省)之間,北起淶水(今拒馬河),南行至黄河北轉向
　　　西南。文中"太行之陽"指太行山南端向陽一面,即濟源一帶。

〔三〕叢茂:叢,同"叢";繁雜茂密。

〔四〕宅幽:處於幽閉之處。勢阻:山勢險阻。盤旋:謂逗留不出;此
　　　意本《詩經・衛風・考槃》:"考槃之澗,碩人之寬。"毛傳:"考,成;
　　　槃,樂也。"槃,通"盤";《小序》:"刺莊公也,不能繼先公之業,使賢
　　　者退而窮處。"

　　愿之言曰:"人之稱大丈夫者,我知之矣〔五〕:利澤施
于人,名聲昭于旹,坐於廟朝,進退百官而佐天子出
令〔六〕;其在外則樹旗旄,羅弓矢,武夫前呵,從者塞途,供
給之人各執其物,夾道而疾馳〔七〕;喜有賞,怒有刑,才畯
滿前,道古今而譽盛德,入耳而不煩〔八〕;曲眉豐頰,清聲
而便體,秀外而惠中,飄輕裾,翳長袖,粉白黛緑者,列屋
而閑居,妬寵而負恃,爭妍而取憐〔九〕——大丈夫之遇知
於天子、用力於當世者之所爲也〔一〇〕。吾非惡此而逃之,
是有命焉,不可幸而致也〔一一〕。窮居而野處,升高而望
遠,坐茂樹以終日,濯清泉以自潔〔一二〕;採於山,美可茹,

釣於水，鮮可食〔一三〕；起居無時，惟適之安〔一四〕；與其有譽於前，孰若無毀於其後，與其有樂於身，孰若無憂於其心〔一五〕；車服不維，刀鋸不加，理亂不知，黜陟不聞〔一六〕——大丈夫不遇於時者之所爲也，我則行之。伺候於公卿之門，奔走於形勢之途〔一七〕；足將進而趦趄，口將言而囁嚅〔一八〕；處穢污而不羞，觸刑辟而誅戮，徼倖於萬一，老死而後止者〔一九〕，其於爲人，賢不肖何如也〔二〇〕？"

〔五〕《孟子·滕文公下》："富貴不能淫，貧賤不能移，威武不能屈，此之謂大丈夫。"此文中"大丈夫"語所本。

〔六〕利澤：恩惠。昭於昔：昔，"時"古體；顯耀于一時。廟朝：指朝廷之上。進退百官：昇黜各級官吏。此形容在朝廷坐而議政，掌握朝政大權。

〔七〕羅弓矢：謂排列弓矢儀仗。武夫前呵：衛士在前面喝道。供給之人：侍候應用物品的僕從。此形容外出威勢赫奕，僕從成羣。

〔八〕喜有賞，怒有刑：語本《左傳》昭二五年："喜有施舍，怒有戰鬬。"而語意則取《新序·雜事》："喜則無賞，怒則無刑，今禍福已在前矣。"才畯：畯，通"俊"，才能傑出之人。盛德：崇高的道德。此謂賞罰由己，喜逢迎詔媚。

〔九〕清聲而便(pián)體：謂歌喉清亮，舞姿靈活。便，童《詮》釋爲便嬛，輕利。秀外而惠中：惠，通"慧"；外貌秀美，內心聰慧。飄輕裾：飄動衣襟。裾，衣前襟。曹植《美女篇》："羅衣何飄飄，輕裾隨風還。"翳(yì)長袖：長袖遮身。翳，遮蔽。曹植《洛神賦》："揚輕袿之猗靡兮，翳修袖以延佇。"粉白黛綠：面敷粉而白，眉施黛而青，語本《漢武故事》："同輦者十六人……皆自然美麗，不假粉白黛綠。"又《戰國策·楚策》："張子(儀)曰：'彼鄭、周之女，粉白黛黑，立於衢閭，非知而見之者以爲神。'"妒寵而負恃：嫉妒爭寵，自負有所依恃。爭妍而取憐：相互爭比美貌，取得寵愛。此謂女伎成羣。

〔一○〕遇知：即知遇，謂受重用。

〔一一〕有命：有天命，即天命所注定。幸而致：僥倖達到。

〔一二〕濯(zhuó)清泉：以泉水洗濯體膚。濯，洗去污垢。意本《孟子·離婁上》《孺子歌》："滄浪之水清兮，可以濯我纓；滄浪之水濁兮，可以濯我足。"

〔一三〕美可茹：鮮美的野菜野菓可以吃。茹，吃。《詩經·大雅·蒸民》："人亦有言，柔則茹之，剛則吐之。"鮮可食：鮮，通"蟱"；鮮魚可吃。《老子》："治大國者若烹小鮮。"

〔一四〕謂坐息沒有一定的時間約束，只求安身適體。"惟適之安"即惟安于適。

〔一五〕孰若：何若；此猶言不若，不如。無毀：不受譏謗。毀，謗。

〔一六〕車服不維：不受車服的約束。車服指做官乘坐的車子和穿的官服。維，維繫。《書·舜典》："車服以庸。"孔傳："功成則賜車服以表顯其能用。"刀鋸不加：不受刀鋸之刑。刀鋸，古刑具，刀用於割截，鋸用於刖劓。《國語·魯語上》："中刑用刀鋸。"理亂不知：謂不理會國家治亂。理爲"治"之諱。黜陟不聞：謂沒有昇遷與貶黜之事。《書·舜典》："三載考績，三考，黜陟幽明。"孔傳："黜退其幽者，升進其明者。"

〔一七〕公卿：古有三公九卿，此謂顯貴。形勢：同"形埶"，權力地位。《荀子·正論》："爵列尊，貢祿厚，形埶勝。"注："形埶，猶埶位也。"此本蔡邕《釋誨》："卑俯乎外戚之門，乞助乎近貴之譽。"

〔一八〕趦趄(zī jī)：且進且退、徘徊不進貌。張載《劍閣銘》："矧兹狹隘，土之外區。一人荷戟，萬夫趦趄。"童《詮》："段(玉裁)以'趦趄'爲俗字，其本字應依《易》作'次且'('其行次且')，是也。"囁嚅(niè rú)：謂言而又止。東方朔《七諫·怨世》："改前聖之法度兮，喜囁嚅而妄作。"此二句意本揚雄《解嘲》："欲談者宛舌而固聲，欲行者擬足而投迹。"

〔一九〕穢污：謂貪黷非義之事。刑辟：刑法。辟(bì)，法；《詩經·小雅·雨無正》："如何昊天，辟言不信。"毛傳："辟，法也。"誅戮：被處罰或殺戮。徼倖：非分之幸，此謂萬一幸運而未被誅殺。

〔二〇〕此謂這種人的爲人(比起前兩種人)好壞如何呢？或釋爲如此爲人其是否賢明不是很顯然嗎？亦通。

　　昌黎韓愈聞其言而壯之，與之酒而爲之歌曰〔二一〕：盤之中，維子之宮；盤之土，可以稼〔二二〕。盤之泉，可濯可沿；盤之阻，誰争子所〔二三〕。窈而深，廓其有容；繚而曲，如往而復〔二四〕。嗟盤之樂兮，樂且無殃〔二五〕。虎豹遠跡兮，蛟龍遁藏〔二六〕。鬼神守護兮，呵禁不祥〔二七〕。飲則食兮壽而康，無不足兮奚所望〔二八〕。膏吾車兮秣吾馬，從子於盤兮終吾生以徜徉〔二九〕。

〔二一〕壯之：謂認爲以上言論有魄力。

〔二二〕維子之宮：是你的居室。維，同"惟"，發語詞。宮，室。可以稼：可以種植。

〔二三〕可濯：應前"濯清泉"。或以爲"濯"通"櫂"，棹舟而行。可沿：沿，同"沿"；可順流而下；《書·禹貢》："沿于江海，達于淮、泗。"阻：險阻之處。

〔二四〕窈(yǎo)而深：幽遠而深邃；窈，幽深。廓其有容：開闊寬敞。有，通"又"，語辭。繚而曲：繚繞盤曲。

〔二五〕無殃：無患害。"殃"別本或作"央"，義爲盡；俞樾《俞樓雜纂》卷二六以爲"作'央'是"。

〔二六〕遠跡：蹤跡遠離。遁藏：逃避隱藏。遁，逃走。

〔二七〕呵禁不祥：喝止妖怪魑魅之類爲祟者。

〔二八〕飲則食：飲而食。王引之《經傳釋詞》卷八："則，猶'而'也。"

　　“則”，魏《集》作“且”，許景重《韓文校注辯證》謂“且”爲是。奚所
　　望：何所望。
〔二九〕膏吾車：給我的車軸加油。秣吾馬：喂我的馬。徜徉：徘徊，留
　　連不去。

　　【評箋】　歐陽修《集古録跋尾》卷八《唐韓愈盤谷詩序》：右《送李愿
歸盤谷序》，韓愈撰。盤谷在孟州濟源縣。貞元中，縣令刻石於其側。令
姓崔，其名浹。今已磨滅。其後書云：“昌黎韓愈，知名士也。”當時退之
官尚未顯，其道未爲當世所宗師，故但云知名士也。然當時送愿者爲不
少，而獨刻此序，蓋其文章已重於時也。以余家集本校之，或小不同，疑
刻石誤。集本世已大行，刻石乃當時物，存之以爲佳翫爾，其小失不足較
也(石真蹟)。(《歐陽文忠公集》卷一四一)
　　蘇軾《跋退之〈送李愿序〉》：歐陽文忠公嘗謂：“晉無文章，惟陶淵明
《歸去來》一篇而已。”余亦謂唐無文章，惟韓退之《送李愿歸盤谷》一篇而
已。平生願效此作一篇，每執筆輒罷，因自笑曰：不若且放教退之獨步。
(《東坡題跋》卷一)
　　洪邁《容齋三筆》卷一《韓歐文語》：《盤谷序》云：“坐茂林以終日，濯
清泉以自潔；采於山，美可茹，釣於水，鮮可食。”《醉翁亭記》云：“野花發
而幽香，佳木秀而繁陰。”“臨溪而漁，溪深而魚肥；釀泉爲酒，泉香而酒
冽。山殽野蔌，雜然而前陳。”歐公文勢，大抵化韓語也。然“釣於水，鮮
可食”與“臨溪而漁，溪深而魚肥”，“采於山”與“山殽……前陳”之句，煩
簡工夫，則爲不侔矣。
　　劉克莊《詩話》：退之自負去“陳言”，然“坐茂樹”、“濯清泉”，即《楚
辭》“飲石泉”、“蔭松柏”也；“飄輕裾，翳長袖”即《洛神賦》“揚輕袿，翳修
袖”也，豈非熟讀忘其相犯耶？(《後村先生大全集》卷一七五)
　　周密《浩然齋雅談》卷上：昔人有言韓退之《送李愿歸盤谷序》，所述
官爵、侍御、賓客之盛，皆不過數語，至於聲色之奉則累數十言，或以譏
之。余謂豈特退之爲然，如宋玉《招魂》……《大招》……皆長言摹寫，極
女色燕私之盛。是知聲色之移人，古今皆然。戲書爲退之解嘲。

茅坤《唐宋八大家文鈔·韓文》卷七：通篇全舉李愿説話，自説只數語，此又別是一格。而其造語形容處，則又鑄六代之長技矣。

吳楚材等《古文觀止》卷八：一節是形容得意人，一節是形容閒居人，一節是形容奔走伺候人，都結在"人賢不肖何如也"一句上。全舉李愿自己説話，自説只前數語寫盤谷，後一歌詠盤谷，別是一格。

包世臣《書韓文後》上篇：……《送李愿歸盤谷》，摹寫情狀，間入駢語，緩慢乏氣勢……（《藝舟雙楫·論文》卷二）

曾國藩《求闕齋讀書錄》卷八：別出奇徑，跌宕自喜。

陳衍《石遺室論文》卷五：……其實昌黎文，有工夫者多，有神味者少。有神味者，惟《送董邵南序》、《藍田縣丞廳壁記》。若《送李愿歸盤谷序》，則至塵下者……

高步瀛《唐宋文舉要》甲編卷二：……宋時常有妄人評古人詩文，必託名人之言以欺世。如歐陽永叔謂晉無文章、蘇子瞻謂唐無文章，已不成語。且《送李愿序》，在韓公文中亦非其至者，徒以奇瑰爲流俗所喜，遂妄爲此言，託之子瞻耳。大抵東坡題跋，其中真贋參半，《七集》內殊無此等文。後人無識，概收入全集中。即使此語果出子瞻，亦正如王從之所謂一時戲語，殊不足爲典要。況子瞻未必果有此語乎？……

按：蘇軾有《跋退之送李愿序》一文説："歐陽文忠公嘗謂：晉無文章，惟陶淵明《歸去來》一篇而已。余亦謂唐無文章，惟韓退之《送李愿歸盤谷》一篇而已。平生願效作此一篇，每執筆輒罷，因自笑曰：'不若且放教退之獨步。'"蘇軾對這篇文章的讚譽可謂達到極致。這篇送序是送友人隱居的，沒有直接説明隱居的原因，也沒有表同情或鳴不平的話。前幅用數語點染盤谷景致，後幅以詠盤谷一歌作結，中間主要部份借友人之口描寫三種人：第一種是掌權有勢的得意人，第三種是爲追求權位奔走的人，中間夾叙鄙薄權威而退隱閒居的人。三者相互映襯，對比鮮明，對世態人情作了極其尖刻的揭露和諷刺，對友人遭遇的不平、無奈和讚歎、同情等複雜感情盡在言外。作者善於利用典型細節刻畫描摹，寥寥數語，窮神盡相；行文兼用駢、散，後幅一闋騷體長歌，亦怨亦嘆，搖曳多姿;錘煉語言極見功夫,如"飄輕裾,翳長袖,粉白而黛綠"等,熔鑄前人成語,了無痕跡;如"採於山,美可茹,釣於水,鮮可食","足將進而趑趄,口將言而囁嚅",鮮活生動,自創新語。全篇體現濃郁的詩情。此文乃是韓文中所謂"馳騖於東京、六朝沈博絕麗之途"以"極其才"(凌揚藻《蠡勺編》卷三八《王鐵夫論韓柳》)者。

送孟東野序〔一〕

　　大凡物不得其平則鳴〔二〕。草木之無聲,風撓之鳴〔三〕;水之無聲,風蕩之鳴——其躍也或激之,其趨也或梗之,其沸也或炙之〔四〕;金石之無聲,或擊之鳴。人之於言也亦然,有不得已者而后言〔五〕。其謌也有思,其哭也有懷,凡出乎口而爲聲者,其皆有弗平者乎〔六〕?樂也者,鬱於中而泄於外者也,擇其善鳴者而假之鳴〔七〕。金、石、絲、竹、匏、土、革、木八者,物之善鳴者也〔八〕。維天之於時也亦然,擇其善鳴者而假之鳴。是故以鳥鳴春,以雷鳴夏,以蟲鳴秋,以風鳴冬。四時之相推敓,其必有不得其平者乎?〔九〕

〔一〕孟郊於貞元十六年至洛陽應銓選,選爲溧陽(屬宣州,今江蘇溧陽市)尉;以不治官事,調爲假尉,意甚不愜。十八年,嘗因事至京師。將歸,韓作此序送之。時韓爲國子四門博士。
〔二〕不得其平:謂不處於平正無頗狀態。《資治通鑑》卷二○八:"御史大夫李承嘉附武三思,詆尹思貞於朝。思貞曰:'公附會姦臣,將圖不軌,先除忠臣邪!'承嘉怒,劾奏思貞,出爲青州刺史。或謂思貞曰:'公平日訥於言,而廷折承嘉,何其敏邪?'思貞曰:'物不能鳴者,激之則鳴……'"韓用語或本之尹思貞之言。

〔三〕撓:擾動。

〔四〕或:有。《後漢書·應劭傳》:"開闢以來,莫或茲酷。"李賢注:"或,有也。"此謂水飛濺是由于有物激蕩,流急是由于有物梗阻,沸騰是由于有火燒烤。

〔五〕不得已:不能自制。

〔六〕其謌也有思:謌,同"歌";人歌唱是由于有所思慕。有懷:有悲傷。《詩經·邶風·終風》:"願言則懷。"毛傳:"懷,傷也。"

〔七〕鬱於中:謂內心感情鬱積。泄於外:發露在外。此意本《禮·樂記》:"凡音之起,由人心生也。人心之動,物使之然也。感於物而動,故形於聲;聲相應,故生變;變成方,謂之音;比音而樂之,及干戚羽旄,謂之樂。樂者,音之所由生也,其本在人心之感於物也。"

〔八〕《周禮·春官·大師》:"皆播之以八音:金、石、土、革、絲、木、匏、竹。"金,鐘、鎛之屬;石,磬之屬;土,塤(xūn)之屬,塤,陶制,形如紡錘,中空有孔;革,鼓之屬;絲,琴、瑟之屬;木,柷(zhù)、敔(yǔ)之屬,柷亦名"椌",如四方漆桶,中有椎柄,左右擊之,敔亦名"楬",形如伏虎,以木棒擊之;匏(páo),笙、竽之屬;竹,管、籥之屬。

〔九〕推敓:敓,"奪"古字;推移。

其於人也亦然:人聲之精者爲言;文辭之於言,又其精也,尤擇其善鳴者而假之鳴。其在唐虞,咎陶、禹其善鳴者也,而假以鳴〔一〇〕;夔弗能以文辭鳴,又自假於《韶》以鳴〔一一〕;夏之時,五子以其歌鳴〔一二〕;伊尹鳴殷〔一三〕;周公鳴周〔一四〕——凡載於《詩》、《書》六藝,皆鳴之善者也〔一五〕。周之衰,孔子之徒鳴之,其聲大以遠〔一六〕。

《傳》曰〔一七〕："天將以夫子爲木鐸〔一八〕。"其弗信矣乎？其末也，莊周以其荒唐之辭鳴〔一九〕。楚，大國也，其亡也，以屈原鳴〔二〇〕。臧孫辰、孟軻、荀卿，以道鳴者也〔二一〕。楊朱、墨翟、管夷吾、晏嬰、老聃、申不害、韓非、慎到、田駢、鄒衍、尸佼、孫武、張儀、蘇秦之屬，皆以其術鳴〔二二〕。秦之興，李斯鳴之〔二三〕。漢之時，司馬遷、相如、揚雄最其善鳴者也。其下魏、晉氏，鳴者不及於古，然亦未嘗絶也〔二四〕。就其善者，其聲清以浮，其節數以急，其辭淫以哀，其志弛以肆，其爲言也亂雜而無章〔二五〕。將天醜其德莫之顧邪〔二六〕？何爲乎不鳴其善鳴者也〔二七〕？

〔一〇〕唐虞：唐爲傳説中堯的國號，虞爲傳説中舜的國號。咎陶（gāo yáo）：同"皋陶"、"咎繇"，傳説中東夷首領，偃姓，舜時曾任掌刑法之官。《今文尚書》中有《皋陶謨》，爲後儒增補之作。禹：姒姓，以治水功，被舜定爲繼承人，偽《古文尚書》中有《大禹謨》，爲後人偽託。

〔一一〕夔（kuí）：相傳爲堯、舜時樂官。假於《韶》以鳴：借助於《韶》而鳴，假，借；《韶》傳説是堯、舜時樂曲名。《禮記·樂記》："昔者舜作五弦之琴以歌《南風》，夔始製樂以賞諸侯。"鄭注："夔，舜時典樂者也。"但經典中不見夔作《韶》事；歸有光《文章指南·文章體則》舉韓此句爲"將無作有"例。

〔一二〕五子：《書·五子之歌》："（夏啓之子）太康失邦，昆弟五人，須於洛汭，作《五子之歌》。"孫星衍《尚書古今文注疏》考"歌"爲地名。偽《古文尚書》誤"歌"爲"歌唱"義，並偽撰五篇歌詞。

〔一三〕伊尹：商初臣，伊姓，尹爲官名。偽《古文尚書》中有《伊訓》、《太甲》、《咸有一德》等篇，偽託爲他的著作。

〔一四〕周公：姬姓，名旦，周武王之弟，曾助武王滅商。武王死後，成王年幼，暫行攝政。相傳他制禮作樂，言論見於《今文尚書》之《大誥》、《康誥》、《多士》、《無逸》、《立政》等篇。

〔一五〕《詩》、《書》六藝：此六藝即六經(《詩》、《書》、《易》、《禮》、《樂》、
《春秋》)，以《詩》、《書》爲代表，故稱《詩》、《書》六藝(非指禮、樂、
射、御、書、數等六種技藝)。

〔一六〕孔子之徒：孔子一派人；徒，徒衆。相傳孔子删《詩》、《書》，定
《禮》、《樂》，贊《易》，作《春秋》，其弟子編集其言論爲《論語》；又
相傳其弟子卜商序《詩》，作《喪服傳》，曾參撰《孝經》、著《曾
子》等。

〔一七〕《傳》：此指《論語》，相對於"經"而言。下語出《八佾》篇。

〔一八〕木鐸：以木爲舌的大鈴。鐸，鈴。《周禮·天官·小宰》："徇以木
鐸。"鄭注："木鐸，木舌也。文事奮木鐸，武事奮金鐸。"此謂上天
利用孔子像木鐸一樣做傳佈教化的工具。童《詮》謂："《春秋緯》：
'聖人不空生，必有所制，以顯天心。丘爲木鐸，制天下法。'是以
夫子定六藝爲木鐸也。此又一義也。公此文乃用後一義。"

〔一九〕荒唐之辭：《莊子·天下篇》中自稱所著爲"荒唐之言"；荒唐，廣
大無邊。此句"鳴"下魏《集》或有"於楚"二字，方《正》、朱《考》、
馬《校》均以爲莊子未嘗仕於楚；童《詮》則以爲莊子居鍾離，屬楚，
"於楚"不誤，且與下文"楚，大國也"相呼應。

〔二○〕楚：古國名，芈姓，始祖鬻熊，西周時立國於荆山一帶，常與周發
生戰争。春秋時兼併周圍諸小國，曾與晉争霸，爲霸主。戰國時
又攻滅越國，故稱大國。楚於前二二三年被秦所滅。屈原身處楚
衰敗之際，政治理想不得實現，作品寄託故國破敗的哀思，因此説
楚亡以屈原鳴。

〔二一〕臧孫辰：又稱臧文仲(字仲，諡文)，春秋時魯國執政，歷仕魯莊、
閔、僖、文四公，其言論見《左傳》及《國語·魯語》；《左傳》襄公二
四年："臧文仲既殁，其言立。"荀卿：名況，尊稱爲荀子；戰國末期
思想家，儒家代表人物，亦爲法家先驅，著有《荀子》。

〔二二〕楊朱、墨翟：楊朱，又稱楊子居、楊生，戰國初期魏國人，其學説主
"貴生"、"重己"、"全性葆真"，提倡"爲我"，屬早期道家；墨翟，春

秋、戰國之際魯國人,一説宋國人,其學説主張"兼愛"、"尚賢"、"非攻"、"節用"、"天志"、"明鬼"等。楊、墨在戰國時曾是與儒家並立的顯學。管夷吾:字仲,又稱管敬叔,春秋初期思想家、政治家,助齊桓公稱霸,事迹見《國語·齊語》等資料中;今傳《管子》係後人偽託,但存有其遺説。晏嬰:字平仲,尊稱爲晏子,春秋時齊國人,政治家,《列子·楊朱》注列之爲墨家,唐以後多從其説;今傳《晏子春秋》,多疑爲後人採綴晏子言行而作。老聃:姓李名耳,字伯陽,謚曰聃,尊稱爲老子。今傳《老子》又稱《道德經》,近人一般認爲編定於戰國中期。申不害:戰國中期法家,鄭國人,韓昭侯相,所著《申子》已佚,今存唐《羣書治要》中所輯《大體》一篇,言論又見《藝文類聚》、《意林》等書。韓非:韓國公子,戰國末期法家,荀子弟子,著有《韓非子》五十五篇。慎到:慎,"慎"古字;戰國時期法家,趙國人,《史記·孟子荀卿列傳》謂其著《十二論》,《漢書·藝文志》著録《慎子》四十二篇,今殘七篇。田駢:亦名陳駢,戰國時人,學黄老之術,被列爲慎到一派,所著《田子》二十五篇已佚,學説主張見於《莊子》、《吕氏春秋》等書。鄒衍:鄒亦作"騶",戰國時齊國人,陰陽家,《漢書·藝文志》著録《鄒子》四十九篇,《鄒子終始》五十六篇,皆佚,學説主張見於《史記·孟子荀卿列傳》等書。尸佼:戰國時晉國人(一説魯國人),爲商鞅門下客,鞅曾師之,《漢書·藝文志》著録《尸子》二十篇,已佚,唐《羣書治要》中録有《勸學》等十三篇。孫武:字長卿,齊國人,春秋末期兵家,助吴王闔閭争霸,著有《孫子》,亦稱《孫子兵法》。張儀:戰國時縱橫家,魏公子,爲秦相,倡連橫以强秦,《漢書·藝文志》著録《張子》十篇,已佚。蘇秦:字季子,東周洛陽人,戰國時縱橫家,合縱派代表人物,曾拜燕、趙、韓、魏、齊、楚六國相印,《漢書·藝文志》著録著作三十一篇,今佚。以上各家論著,清人多有輯本,近代考古亦續有發現,詳情不贅。以其術鳴:此"術"指學術、學説,與"道"(聖人之道)相對照。

〔二三〕李斯:秦政治家,楚國人,善文工書,著有《諫逐客書》、《蒼頡篇》(已佚,有輯本)等,秦泰山、琅邪等刻石傳亦出自他的手筆。
斯助秦始皇統一中國,因此説他鳴"秦之興",後爲趙高所忌而
被殺。

〔二四〕魏、晉氏:謂魏、晉王朝;魏曹氏,晉司馬氏。

〔二五〕就其善者:即使是其中之善者。劉淇《助字辨略》卷四:"(就)設
辭,猶云縱也。"清以浮:清輕飄浮,謂音韻輕浮。數(shuò)以急:
繁多而急促,謂音節繁雜。數,繁多。淫以哀:文彩華豔而内容
悽惻。淫,過度。哀,傷感。弛(shǐ)以肆:鬆懈而放縱;弛,鬆懈。
亂雜而無章:混雜無條理。章,法規,引申爲規章,條理。

〔二六〕難道是上天憎惡其品德低劣而不加看顧嗎? 將,猶"抑"。醜:
憎惡。

〔二七〕不鳴其善鳴:謂不使那些善鳴者鳴。

　　唐之有天下,陳子昂、蘇源明、元結、李白、杜甫、李觀
皆以其所能鳴〔二八〕。其存而在下者,孟郊東野始以其詩
鳴,其高出魏、晉,不懈而及於古;其他浸淫乎漢氏
矣〔二九〕。從吾遊者,李翱、張籍其尤也〔三〇〕。三子者之
鳴信善矣。抑不知天將和其聲而使鳴國家之盛邪〔三一〕?
抑將窮餓其身、思愁其心腸而使自鳴其不幸邪〔三二〕? 三
子者之命則懸乎天矣。其在上也奚以喜,其在下也奚
以悲〔三三〕?

〔二八〕陳子昂:字伯玉,梓州射洪(今四川射洪縣)人,初唐文學家,唐代
　　　詩文革新先驅,有《陳伯玉集》。蘇源明:字弱夫,武功(今陝西武
　　　功縣)人,與杜甫、元結友善,文章好古,不循時風,唐時有盛名,
　　　《新唐書·藝文志》著録文集三十卷,久佚。元結:字次山,河南
　　　(今河南洛陽市)人,盛唐文學家,與杜甫結交,繼陳子昂之後致力

于詩文"復古"，貢獻巨大，原有集，已佚，編有《篋中集》，明人輯有《元次山集》。李觀：字元賓，趙州贊皇（今河北贊皇縣）人，與韓愈同榜進士，存有《李觀集》和清人輯録的《李元賓文集》。

〔二九〕浸淫：此以水的浸漬喻逐漸接近。漢氏：漢代，此指文章。此謂現今活着而屈沉下位的人中有孟郊以詩鳴，其作品高出於魏、晉人之作，堅持不懈地努力則可達到古代（秦漢以前）的水平；其他人的作品也接近漢代人的水準。

〔三〇〕尤：突出。李翺、張籍從遊參閲《此日足可惜贈張籍》詩。

〔三一〕和其聲：謂使互相唱和。

〔三二〕思愁其心腸：使其内心怨思愁苦；思，悲感。

〔三三〕在上、在下：指地位高低、官階大小。

東野之役於江南也，有若不釋然者〔三四〕。故吾道其命於天者以解之〔三五〕。

〔三四〕役於江南：指爲溧陽尉，溧陽屬江南道。不釋然：内心煩鬱不解。釋，開釋。

〔三五〕命於天：上天所命定。解：開解，安慰。

【評箋】　洪邁《容齋隨筆》卷四《送孟東野序》：韓文公《送孟東野序》云："物不得其平則鳴。"然其文云："在唐虞時，咎陶、禹其善鳴者，而假之以鳴；夔假於《韶》以鳴；伊尹鳴殷；周公鳴周。"又云："天將和其聲而使鳴國家之盛。"然則非所謂不得其平也。

謝枋得《文章軌範》卷七：此篇凡六百二十餘字，"鳴"字四十，讀者不覺其繁，何也？句法變化凡二十九樣。有頓挫，有升降，有起伏，有抑揚，如層峯叠巒，如驚濤怒浪，無一句懈怠，無一字塵埃，愈讀愈可喜。

李塗《文章精義》：退之《送孟東野序》，一"鳴"字發出許多議論，自《周禮》"梓人爲筍簴"來。

　　俞文豹《吹劍四録》:《送孟東野序》云:"凡物不得其平則鳴。草木無聲風撓之,金石無聲或擊之。""人之歌也有思,其哭也有懷,皆鳴其不平者也。"文豹謂此説甚偉。然謂鳥之鳴春,雷之鳴夏,蟲之鳴秋,風之鳴冬,與夫禹、咎以文鳴,夔以《韶》鳴,伊尹鳴殷,周公鳴周,此乃天機之動,人文之正也,謂之"不得其平"則不可。

　　黄震《黄氏日鈔》卷五九:自"物不得其平則鳴"一語,由物而至人之所言,又至天之於時,又至人言之精者爲文,歷序唐虞、三代、秦、漢以及於唐,節節申以鳴之説,然後歸之"東野以詩鳴"終之。曰"不知天將和其聲以鳴國家之盛耶?抑將窮餓其身、思愁其心腸而使自鳴其不幸也?"歸宿有味,而所以勸止東野之不平者有道矣。師友之義,於斯乎在。而世徒以文觀之,豈惟不知公,抑不知文者耶?

　　林雲銘《韓文起》卷四:……故凡人之有言,皆非無故而言,其胸中必有不能已者。這不能已,便是不得其平爲天所假處。篇中從物聲説到人言,從人言説到文辭,從歷代説到唐朝,總以天假善鳴一語作骨,把個千古能文的才人,看得異樣鄭重。然後落入東野身上,盛稱其詩,與歷代相較一番,知其爲天所假,自當聽天所命。又扯李翱、張籍二人伴説,用"從吾遊"三字連自己插入其中,自命不小。以此視人世之得失升沉,宜不足以入其胸次也。語語悲壯。

　　王元啓《讀韓記疑》卷六:此序或以爲一"鳴"字成文,推爲命世筆力;或又以爲重在善鳴,單舉"鳴"字,便錯綜不得其緒。鄙意"鳴"與"善"皆不重,只重"不得其平"四字。"不得其平",謂有觸而動於中也,該後"鳴國家之盛"及"自鳴不幸"二意,其實皆天使之也。起句便暗藏一"天"字。末後"在上奚喜"二語,是通體精神歸宿處。

　　徐時棟《烟嶼樓筆記》卷七:選家選昌黎文,無集不有《送孟東野序》、《祭十二郎文》二篇。余生平最不喜此。送序拉雜太甚,使事點綴,信口而出,與其篇腦所云"物不得其平則鳴"者迥異。祭文描頭畫角,裝腔作勢,而真意反薄。余謂退之作二文初成時,當極得意,後必悔。此語非門外漢所能知者。

　　林紓《韓柳文研究法・韓文研究法》:《送孟東野序》最岸異。然可謂之格奇而調變,不能謂爲有道理之文。舉禹、咎陶、伊尹、周公、孔子、孟軻、荀卿與蟲鳥同聲,今人斷無此等文膽。而昌黎公然出之自在遊行者,段落分得清楚,則人與物所據之界限,自然不紊。若不變其調,亦積疊如纍棋,未有不至於顛墜者。人但見以"鳴"字驅駕全篇,不知中間只人物分疏而已。入手是説物,由物遂轉及人;由人而寓感於物,因思天不能鳴,亦假氣假物以鳴,猶之人耳。故由天復歸到人之本位。自"唐虞"句起,直至於"唐之有天下,陳子昂、蘇源明、元結、李白、杜甫、李觀皆以所能鳴",作一停蓄,然後振起。"存而在下者,孟郊東野始以其詩鳴",似有千勠力量,用一語力支以上無數之陪客。讀者無不奪氣結舌,以爲得未曾有。不知亦少有弊病,猝讀之不能即覺。須知以上所鳴者,或以道,或以術,或以文,初未及詩。陳子昂諸人,正以詩鳴者也。此數人既以詩鳴,不應用一"始"字……

錢基博《韓愈志·韓集籀讀録》:《送孟東野序》、《送高閑上人序》,憑空發論,妙遠不測,如入漢武帝建章宮、隋煬帝迷樓,千門萬户,不知所出;而正事正義,止瞥然一見,在空際蕩漾,恍若大海中日影,空中雷聲。此《莊子》内、外篇《逍遥遊》、《秋水》章法也。《送孟東野序》以"命於天者"爲柱意,而多方取譬,細大不捐,疊以"鳴"字點眼,學《周官·考工記·梓人》章法。然離合斷續,波瀾要似《莊子》"荒唐之言,無端厓之辭",迷離惝恍。只是問天將使鳴國家之盛,將使自鳴其不幸,而於東野則"奚喜"、"奚悲","在上"、"在下"自繫國家之盛衰。愈寫得東野無干,愈擡高東野身份。而今"存而在下",以覘國家之衰,意在言外,妙能含茹。以此知文有文心,有文眼。"命於天者",文心也;疊用"鳴"字,點眼也……

按:韓愈"不平則鳴"説,上承司馬遷《報任少卿書》:"左丘失明,厥有《國語》;孫卿臏脚,《兵法》脩列……"而史遷所言則取義於《孟子·盡心上》:"人之有德慧術知者,恒存乎疢疾。獨孤臣孽子,其操心也危,其慮患也深,故達。"但韓愈又將主旨歸結到"命於天"。這固然有勸人安於天命的消極意義,但從另一方面看也是肯定"不平則鳴"正是天意,是合理的。在此前提之下，文中將古聖賢人之"鳴"與"存而在下"的困頓文人之"鳴"並列，把"鳴國家之盛"與"自鳴其不幸"並列，從而大大擡高了孟郊這樣的落魄文人的地位，肯定了他們的創作的批判現實的意義。這樣，韓愈不僅闡發了一個有意義的文學觀念，還表露了一種肯定自身價值的"文人"意識。到宋代，歐陽修更概括出文"愈窮則愈工"(《梅聖俞詩集序》)的説法，實際上是更明確地把文之工與道之充實相統一起來，比起韓愈這裏的看法就有較大的局限了。本文用博喻説理，用"鳴"字的重複造成氣勢，表現韓愈使用藝術手段總偏向用其"極"。這正顯示出求"奇"的努力，也是他審美觀念的一個特徵。

圬者王承福傳〔一〕

圬之爲技，賤且勞者也，有業之其色若自得者〔二〕。聽其言，約而盡〔三〕；問之，王其姓，承福其名，世爲京兆長安農夫〔四〕。天寶之亂，發人爲兵，持弓矢十三年〔五〕；有官勳，棄之來歸，喪其土田，手鏝衣食，餘三十年〔六〕。舍於市之主人，而歸其屋食之當焉〔七〕。視時屋食之貴賤，而上下其圬之傭以償之〔八〕；有餘，則以與道路之廢疾餓者焉〔九〕。

〔 一 〕圬(wū)，泥鏝，或用泥鏝塗牆。《史記·仲尼弟子列傳》："糞土之牆，不可圬也。"圬者亦稱圬人，泥瓦匠人。《左傳》襄公三一年："圬人以時塓館宮室。"文中謂主人公自"安史之亂"從軍十三年，又操圬三十餘年，則此文應作於貞元後期。姑繫於此。
〔 二 〕業之：謂從事圬的工作。
〔 三 〕約而盡：簡要而又透徹。盡，盡意。《易·繫辭上》："書不盡言，言不盡意。”

〔四〕京兆長安：關内道京兆府治京畿地區。長安縣管轄長安城西部，治所在長壽坊。

〔五〕天寶之亂：即“安史之亂”；自唐玄宗天寶十四載(七五五)冬，平盧、范陽、河東三鎮節度使安禄山等人發動叛亂，延續九年，代宗廣德元年(七六三)始平定。發人爲兵：征調民衆從軍。人，“民”之諱。

〔六〕有官勳：有立功所授武散官官階與勳位。唐武散官自從一品驃騎大將軍至從九品下陪戎副尉，勳自上柱國至武騎尉，均有許多等級名稱。來歸：謂回鄉。手鏝衣食：以手操鏝供衣食之費。鏝，泥瓦匠抹泥的工具。

〔七〕舍於市之主人：寄宿在市的主人家中。唐長安城内有東、西二市，是商業、手工業集中地區，此指在長安縣的西市。屋食之當(dàng)：住房飲食之費。當，指所當之值。

〔八〕上下其坯之傭：提高或降低他做泥瓦活的工錢。童《詮》引王培德云：“上下”用語本《周禮·夏官·槀人》：“書其等以饗工。乘其事書其弓弩，以上下其食而誅賞。”

〔九〕廢疾餓者：殘廢與飢餓的人。《禮·王制》：“廢疾非人不養者，一人不從政。”鄭注：“廢，廢於人事。”

又曰：“粟，稼而生者也；若布與帛，必蠶績而後成者也〔一〇〕；其他所以養生之具，皆待人力而後完也，吾皆賴之〔一一〕。然人不可徧爲，宜乎各致其能以相生也〔一二〕。故君者，理我所以生者也〔一三〕；而百官者，承君之化者也〔一四〕。任有小大，惟其所能，若器皿焉〔一五〕。食焉而怠其事，必有天殃〔一六〕。故吾不敢一日捨鏝以嬉〔一七〕。夫鏝，易能可力焉〔一八〕；又誠有功，取其直，雖勞無愧，吾心安焉〔一九〕。夫力，易强而有功也；心，難强而有智也〔二〇〕。用力者使於人，用心者使人，亦其宜也〔二一〕。吾特擇其易爲而無愧者取焉〔二二〕。嘻！吾操鏝以入貴富之家有年矣，有一至者焉，又往過之，則爲墟矣〔二三〕；有再至、三至者焉，而往過之，則爲墟矣。問之其鄰，或曰：噫！刑戮也；或曰：身既死而其子孫不能有也；或曰：死而歸之官也〔二四〕。吾以是觀之，非所謂食焉怠其事而得天殃者邪？非强心以智而不足、不擇其才之稱否而冒之者邪〔二五〕？非多行可愧、知其不可而强爲之者邪〔二六〕？將富貴難守、薄功而厚饗之者邪〔二七〕？抑豐悴有時、一去一來而不可常者邪〔二八〕？吾之心憫焉，是故擇其力之可能者行焉。樂富貴而悲貧賤，我豈異於人哉！

〔一〇〕蠶績：養蠶緝麻。麻以織布，絲以織帛。

〔一一〕養生之具：使人得以生養的手段。

〔一二〕徧爲：全部去做。各致其能：各盡所能。致，盡，極。相生：相互生養。社會各階層相生養是韓愈的重要觀念，參見《原道》。

〔一三〕此謂君主即是治理我們所賴以生存的一切的。理，"治"之諱。馬《校》："諸本'以生'或作'出令'，與《原道》意同，似當從之。"

〔一四〕謂百官是承續君主的教化的。

〔一五〕謂職務有大小，只依其能力而定，就像器皿一樣（大小方圓各適其用）。

〔一六〕食焉：謂取食于某事，靠某種職務爲生。怠其事：荒廢其事。天殃：天降的災禍。

〔一七〕捨鏝以嬉：放掉手中的鏝去游樂。嬉，戲樂。

〔一八〕易能可力：易於學會，可用上力氣。

〔一九〕有功：有實効。直：通"値"。

〔二〇〕易强而有功：容易勉力而取得成効。難强而有智：難於勉力來求
得智慧。

〔二一〕此意本《孟子·滕文公上》：“百工之事，固不可耕且爲也；然則治
天下獨可耕且爲歟？有大人之事，有小人之事。且一人之身而百
工之所爲備，如必自爲而後用之，是率天下而路也。故曰或勞心，
或勞力；勞心者治人，勞力者治於人；治於人者食人，治人者食於
人，天下之通義也。”又《孟子·滕文公下》：“孟子曰：‘非其道，則
一簞食不可受於人；如其道，則舜受堯之天下不以爲泰。子以爲
泰乎？’(彭更)曰：‘否。士無事而食不可也。’曰：‘子不通功易
事，以羨補不足，則農有餘粟，女有餘布。子如通之，則梓匠輪輿，
皆得食於子。於此有人焉，入則孝，出則悌，守先王之道，以待後
之學者，而不得食於子。子何尊梓匠輪輿，而輕爲仁義者哉？’曰：
‘梓匠輪輿，其志將以求食也。君子之爲道也，其志亦將以求食
與？’曰：‘子何以其志爲哉！其有功於子，可食而食之矣。且子食
志乎？食功乎？’曰：‘食志。’曰：‘有人於此，毁瓦畫墁，其志將以
求食也，則子食之乎？’曰：‘否。’曰：‘然則子非食志也，食
功也。’”

〔二二〕取：謂接受，施行。

〔二三〕墁：廢墟。

〔二四〕歸之官：被官府所没收。

〔二五〕强心以智：勉强心力來謀劃。不擇其才之稱否：不計才能是否相
應。冒之：謂冒受富貴。

〔二六〕多行可愧：多作愧對於心的事。知其不可而强爲之：《公羊》宣公
八年：“存其心焉爾者何？知其不可而爲之也。”

〔二七〕薄功而厚饗之：功業少而享受豐厚。饗，通“享”。

〔二八〕豐悴有時：盛衰有一定時機。豐悴：茂盛與疲萎。一去一來：謂
豐去悴來。

又曰："功大者，其所以自奉也博〔二九〕。妻與子，皆養於我者也。吾能薄而功小，不有之可也。又吾所謂勞力者。若立吾家而力不足，則心又勞也。一身而二任焉，雖聖者不可能也〔三〇〕。"

〔二九〕自奉也博：奉養自身豐厚。

〔三〇〕一身而二任：謂一人而兼勞力、勞心。聖者：《書·洪範》："聰作謀，睿作聖。"孔傳："於事無不通謂之聖。"

愈始聞而惑之，又從而思之，蓋賢者也，蓋所謂獨善其身者也〔三一〕。然吾有譏焉，謂其自爲也過多，其爲人也過少〔三二〕。其學楊朱之道者邪〔三三〕？楊之道，不肯拔我一毛而利天下〔三四〕。而夫人以有家爲勞心，不肯一動其心以畜其妻子，其肯勞其心以爲人乎哉〔三五〕？雖然，其賢於世之患不得之而患失之者〔三六〕，以濟其生之欲、貪邪而亡道以喪其身者，其亦遠矣〔三七〕。又其言有可以警余者，故余爲之傳而自鑒焉〔三八〕。

〔三一〕賢者：謂善者。語出《禮·內則》："獻其賢者於宗子。"鄭注："賢，猶善也。"獨善其身：《孟子·盡心上》語。參閱《爭臣論》注〔三九〕。

〔三二〕譏：非議。

〔三三〕楊朱之道：參閱《送孟東野序》注〔二二〕。

〔三四〕孟子謂楊朱"拔一毛而利天下不爲也"（《孟子·盡心上》）。韓非子則說他"不以天下大利易其脛一毛"（《韓非子·顯學》）。

〔三五〕夫人：那個人；夫，那個。畜，養。《論語·鄉黨》："君賜生，必畜之。”正義：“君賜己牲之未殺者，必畜養之以待祭祀之用也。”

〔三六〕患不得之而患失之：意本《論語·陽貨》：“子曰：‘鄙夫可與事君也與哉？其未得之也，患得之；既得之，患失之。苟患失之，無所不至矣。’”患，憂慮。

〔三七〕濟其生之欲：滿足其生存慾望。貪邪而亡道：貪婪邪惡而無道。亡，通“無”。

〔三八〕警余：警醒自己。自鑒：自作龜鑒。朱《考》疑“自鑒”應爲“日覽”。

【評箋】 李塗《文章精義》：傳體前叙事，後議論。獨退之《圬者王承福傳》，叙事議論相間，頗有太史公《伯夷傳》之風。

程端禮《昌黎文式》卷一前集上：西山云：韓文當以此爲第一。

儲欣《唐宋八大家類選》卷一三：人有以言傳者，王承福是也。詳盡流利，熟之最利舉業。議論本《孟子》，借圬者口中發出，便奇。

林雲銘《韓文起》卷七：王承福本有官爵，不難致身富貴。其所以棄之而業圬者，自度其能不足以任其事，故寧爲賤且勞，自食其力，博得一個心安無愧而已。此即不處富貴、不去貧賤一幅大本領也。若仕宦人肯存是念，必能爲清官，必能爲勞臣，致君澤民之道，盡於此矣。其所言二段，自疏其所以業圬之意，與不能畜妻子之因，語語總是自安本分。中間即借操鏝所見，述富貴之家不能自保，把舉朝尸位素餐輩，盡行罵殺。不但罵之，且詛之矣，何等淋漓盡致。末段斷語，二抑二揚，俱有深意。蓋惜承福不肯仕宦，爲舉朝挽回風氣；又嘆世之患得患失，貪邪亡道，不止於尸位素餐，進一層而罵之詛之，疾時已甚之言也。嗚呼！千古如斯，蓋有不勝其罵、不勝其詛者矣。

吳楚材等《古文觀止》卷八：前略叙一段，後略斷數語，中間都是借他自家説話，點成無限烟波。機局絶高，而規世之意已極切至。

蔡鑄《蔡氏古文評注補正全集》卷六：按“王其姓，承福其名”，不必有其人也，不必有其事也。公疾當世之“食而怠其事者”，特借圬者口中以警之耳。憑空結撰，此文家無中生有法也。

　　錢基博《韓愈志·韓集籀讀録》:《圬者王承福傳》,仿《尚書》記言之法,而用筆之排宕抑揚全學《孟子》。起提王承福以圬爲業,色若自得,而後入口氣叙一生業圬經歷,此仿《尚書》之《誓》、《誥》,起先叙明所言之原委,而後入口氣以叙言,《尚書》記言之體則然也。至王承福言勞力、勞心各致其能以相生,祇是脱胎《孟子》"有爲神農之言者許行"一章意思,而作翻案文字。孟子貶絶許行之勞力,此則不以勞力爲菲薄,而賢於世之强心以智而不足、食焉而怠其事之有天殃。"樂富貴而卑貧賤,吾豈異於人哉!""吾特擇其易爲而無愧者取焉。"世故極深,見理極明,而處身極卑,出以坦迤,妙在老實。其立言愈平實,其設心愈坦白,光風霽月,正在不大聲以色也。

　　按:全謝山把《圬者王承福傳》這類作品稱作"寄託之傳",區別於一般的人物傳記,也區別於《毛穎傳》之類的"遊戲之傳"(《答沈東甫徵君文體雜問》,《鮚埼亭集》外集卷四七)。魯迅先生則説《毛穎傳》和柳宗元《種樹郭橐駝傳》等都是"幻設爲文","以寓言爲本"(《中國小説史略》)。實則《王承福傳》與《毛穎傳》等在寫法上很接近,都是兼用了史傳、傳奇、寓言的筆法,這在散文文體史上是富有創造性的。

與崔羣書[一]

　　自足下離東都,凡兩度枉問[二]。尋承已達宣州,主人仁賢,同列皆君子[三]。雖抱羈旅之念,亦且可以度日,無入而不自得[四]。樂天知命者,固前修之所以禦外物者也[五]。況足下度越此等百千輩,豈以出處近遠累其靈臺邪[六]?宣州雖稱清涼高爽,然皆大江之南,風土不並以北[七]。將息之道,當先理其心,心閑無事,然後外患不入〔八〕。風氣所宜,可以審備,小小者亦當自不至矣〔九〕。足下之賢,雖在窮約猶能不改其樂,況地至近,官榮禄厚,親愛盡在左右者邪〔一〇〕?所以如此云云者,以爲足下賢者,宜在上位,託於幕府則不爲得其所〔一一〕。是以及之,乃相親重之道耳,非所以待足下者也〔一二〕。

〔一〕崔羣:字敦詩,清河武城(屬貝州,今山東武城縣)人;貞元八年與韓愈同榜進士,制策登科,授秘書省校書郎;後於元和初,召爲翰林學士,歷中書舍人等職,元和十二年拜相,迴翔中外,屢經大鎮。此文作於貞元十八年國子四門博士任上,時羣爲宣州判官。

〔二〕枉問:猶下問,指來信問候。枉,屈就。

〔三〕主人仁賢:主人指宣、歙、池觀察使崔衍。據《舊唐書・德宗紀》、《憲宗紀》,貞元十二年八月至永貞元年八月在任;又據《新唐書・崔衍傳》,衍爲政"簡静,爲百姓所懷,幕府奏聘皆有名士,後多顯於時"。同列皆君子:同列,同僚。韓愈《送楊支使序》:"愈在京師時,嘗聞當今藩翰之賓客,惟宣州爲多賢。與之遊者二人:隴西李博,清河崔羣。"

〔四〕羈旅之念:謂長年流落在外的悲哀。無入而不自得:遇到什麼境況都心境安然。《禮・中庸》:"君子素其位而行,不願乎其外。素富貴行乎富貴,素貧賤行乎貧賤,素夷狄行乎夷狄,素患難行乎患難。君子無入而不自得焉。"

〔五〕樂天知命:《易・繫辭上》:"樂天知命,故不憂。"正義:"順天施化,是歡樂於天;識物始終,是自知性命。順天道之常數,知性命之始終,任自然之理,故不憂也。"前修:謂古代有品德之人。屈原《離騷》:"謇吾法夫前脩兮,非世俗之所服。"脩,通"修"。禦外物:抵禦外來事物的侵擾。

〔六〕度越:超過。百千輩:謂大多數人。輩,表示多數人。《漢書・揚雄傳》:"今揚子之書文義至深,而論不詭於聖人,若使遭遇時君,更閱賢知,爲所稱善,則必度越諸子矣。"出處近遠:謂或出仕,或在草野,距朝廷或遠或近。累其靈臺:指令其憂慮;累,牽累;靈臺,指心識;《莊子・庚桑楚》:"不可內於靈臺。"郭象注:"靈臺者,心也。清暢故憂患不能入。"

〔 七 〕不並以北:謂不與北方相同。以,語辭。

〔 八 〕將息之道:保養身心的辦法。將,養。息,生。理其心:治其心。理,"治"之諱。

〔 九 〕風氣所宜:風土氣候所適宜的東西。審備:細心準備。審,慎。小小者:指外患。

〔一〇〕雖在窮約猶能不改其樂:意本《論語・雍也》:"子曰:'賢哉回也。一簞食,一瓢飲,在陋巷,人不堪其憂,回也不改其樂。賢哉回也。'"窮約,猶困頓。地至近:《元和郡縣圖志》卷二八:"(江南道)宣州……西北取和、滁路至上都三千一十里,取潤州路三千七十里。"此安慰之詞。

〔一一〕託於幕府:指在崔衍觀察使府任職。幕府,《史記・李牧列傳》作"莫府",索隱:"崔浩云:古者出征爲將帥,軍還則罷,理無常處,以幕帟爲府署,故曰幕府。"則"莫"當作"幕",字之訛耳。得其所:謂得其應處之所。

〔一二〕相親重:謂愛護敬重你。待足下:謂期待你。此表示說以上一番話,是愛護敬重你,並非期待你去做什麼。

　　僕自少至今,從事於往還朋友間一十七年矣〔一三〕。日月不爲不久,所與交往相識者千百人,非不多。其相與如骨肉兄弟者,亦且不少〔一四〕。或以事同〔一五〕;或以藝取〔一六〕;或慕其一善;或以其久故〔一七〕;或初不甚知而與之已密,其後無大患,因不復決捨〔一八〕;或其人雖不皆入於善,而於己已厚,雖欲悔之不可。凡諸淺者固不足道,深者止如此〔一九〕。至於心所仰服,考之言行而無瑕尤,窺之閫奧而不見畛域,明白淳粹、輝光日新者,惟吾崔君一人〔二○〕。僕愚陋無所知曉,然聖人之書無所不讀,其精麤巨細,出入明晦,雖不盡識,抑不可謂不涉其流者也〔二一〕。以此而推之,以此而度之,誠知足下出羣拔萃〔二二〕。無謂僕何從而得之也。與足下情義,寧須言而后自明邪?所以言者,懼足下以爲吾所與深者多,不置白黑於胷中耳〔二三〕。既謂能粗知足下,而復懼足下之不我知,亦過也。

〔一三〕此自貞元二年至長安求貢舉算起。

〔一四〕相與:相結交。

〔一五〕以事同:因爲職事在一起。

〔一六〕以藝取:由于才藝而接納。

〔一七〕久故:久有交誼。

〔一八〕決捨:謂絕裂,斷交。

〔一九〕止:只,僅。

〔二○〕無瑕尤:沒有毛病。瑕,玉的斑點。尤,過失。閫奧:本指内室深隱之處,此謂内心隱秘處,參閱《薦士》詩注〔一三〕。畛域:範圍,界限。《莊子·秋水》:"泛泛乎其若四方之無窮,其無所畛域。"明白淳粹:光鮮皎潔,醇厚精粹。

〔二一〕出入明晦:出入謂表裏、内外;謂由表及裏的所有明晰處與深晦處。涉其流:喻深入其中,有所了解。

〔二二〕出羣拔萃:卓越出衆。《孟子·公孫丑上》:"出於其類,拔乎其萃。"

〔二三〕不置白黑:猶言不分黑白,不辨是非。《史記·秦始皇本紀》:"丞相李斯曰:'……別黑白而定一尊。'"

比亦有人説足下誠盡善盡美，抑猶有可疑者〔二四〕。僕謂之曰：何疑？疑者曰：君子當有所好惡，好惡不可不明。如清河者，人無賢愚，無不説其善，伏其爲人〔二五〕。以是而疑之耳。僕應之曰：鳳皇芝草，賢愚皆以爲美瑞〔二六〕；青天白日，奴隸亦知其清明〔二七〕。譬之食物，至於遠方異味，則有嗜者有不嗜者；至於稻也，梁也，膾也，炙也，豈聞有不嗜者哉〔二八〕！疑者乃解。解不解，於吾崔君無所損益也。

〔二四〕比：近來。盡善盡美：完美無缺。《論語・八佾》："子謂《韶》盡美矣，又盡善也；謂《武》盡美也，未盡善也。"

〔二五〕清河：指崔羣，依俗以郡望稱，崔羣出清河小房。伏其爲人：伏，通"服"；佩服他的爲人。

〔二六〕芝草：靈芝，古以爲瑞草。美瑞：祥瑞；迷信中指瑞氣感應而産生的預示吉祥的現象。

〔二七〕奴隸：奴僕。隸，供賤役者。

〔二八〕遠方異味：遠方珍異食品。膾：細切的魚或肉。炙（zhè）；烹炒的肉。

自古賢者少，不肖者多。自省事已來，又見賢者恒不遇，不賢者比肩青紫〔二九〕；賢者恒無以自存，不賢者志滿氣得〔三〇〕；賢者雖得卑位則旋而死，不賢者或至眉壽〔三一〕。不知造物者意竟如何？無乃所好惡與人異心哉〔三二〕？又不知無乃都不省記、任其死生壽夭邪〔三三〕？未可知也。人固有薄卿相之官、千乘之位而甘陋巷菜羹者〔三四〕。同是人也，猶有好惡如此之異者；況天之與人，當必異其所好惡無疑也。合於天而乖於人何害〔三五〕？況又時有兼得者邪？崔君崔君，無怠無怠！

〔二九〕 省事：懂事；省(xǐng)，明白。比肩青紫：謂有許多人作高官。漢丞相、太尉皆金印紫綬，御史大夫銀印青綬，在三府官中最崇貴；《漢書·夏侯勝傳》：“士病不明經術。經術苟明，其取青紫如俛拾地芥耳。”比肩：參閱《答尉遲生書》注〔一〇〕。

〔三〇〕 無以自存：沒有辦法存活。志滿氣得：謂如願得意。

〔三一〕 旋：很快地。眉壽：長壽。《詩經·豳風·七月》：“爲此春酒，以介眉壽。”毛傳：“眉壽，豪眉也。”

〔三二〕 無乃：得無，詰問之詞。王引之《經傳釋詞》卷一〇：“無乃，猶得無也。”

〔三三〕 省記：理睬，察問。

〔三四〕 薄卿相之官、千乘之位：謂鄙棄卿相、王侯的高位。卿，指九卿；相，後世指宰相。千乘，戰國時諸侯大者稱萬乘，小者千乘。甘陋巷菜羹：寧可住在陋巷(貧家所居)，喝菜湯。此暗用顏回典，參見本篇注〔一〇〕。又《論語·鄉黨》：“雖疏食菜羹瓜，祭，必齊如也。”

〔三五〕 謂合於天意而背離世人好惡又有何患害？

僕無以自全活者，從一官於此，轉困窮甚〔三六〕。思自放於伊、潁之上，當亦終得之〔三七〕。近者尤衰憊，左車第二牙無故動搖脫去〔三八〕；目視昏花，尋常間便不分人顏色〔三九〕；兩鬢半白，頭髮五分亦白其一，鬚亦有一莖兩莖白者。僕家不幸，諸父諸兄皆康彊早世〔四〇〕；如僕者，又可以圖於久長哉〔四一〕？以此忽忽，思與足下相見，一道其懷〔四二〕。小兒女滿前，能不顧念！足下何由得歸北來？

僕不樂江南，官滿便終老嵩下，足下可相就〔四三〕。僕不可去矣。珍重自愛，慎飲食，少思慮——惟此之望。愈再拜。

〔三六〕從一官於此：韓愈時任四門博士，從七品上，因此自嘆“困窮”。轉：浸，漸。劉淇《助字辨略》卷三：“轉，猶浸也。《王右軍帖》：‘但恐前路轉欲逼耳。’……轉得爲浸者，言其展轉非向境也。”

〔三七〕自放於伊、潁之上：謂在伊水和潁水邊度閑放的生活；參閱《贈侯喜》詩注〔九〕、《縣齋有懷》詩注〔三五〕。

〔三八〕衰憊：衰老疲憊。左車：左邊牙床。《左傳》僖公五年：“諺所謂輔車相依，唇亡齒寒者，其虞、虢之謂也。”杜注：“輔，頰輔；車，牙車。”第二牙：指第二顆下牙；《說文解字》卷二下：“齒，口齗骨也，象口齒之形，止聲。……牙，牡齒也，象上下相錯之形。”《字彙》：“上曰齒，下曰牙。”

〔三九〕尋常間：八尺爲尋，倍尋爲常。謂近距離。

〔四〇〕康彊早世：體魄康健無患却早年謝世。彊，同“强”，《書·洪範》：“身其康彊，子孫其逢吉。”早世，早死。《左傳》昭公三年：“早世隕命，寡人失望。”韓愈父仲卿大曆五年（七七〇）終秘書郎；叔父少卿，李白《武昌宰韓君去思頌碑》謂“當塗縣丞，感慨重諾，死節於義”（《李太白集》卷二九），事蹟他無可考。雲卿，韓愈《科斗書後記》謂“愈叔父，當大曆世，文辭猶行中朝”，仕終禮部郎。紳卿，曾爲淮南節度使崔圓錄事參軍，崔圓爲淮南自上元二年（七六一）至大曆三年（七六八），亦應歿於大曆年間。兄會，卒於大曆十四年（七七九），年四十二。介及不知名之另一兄，亦早卒。

〔四一〕圖於久長：謂求長壽。

〔四二〕忽忽：失意貌。宋玉《高唐賦》：“悠悠忽忽，怊悵自失。”

〔四三〕終老嵩下：在嵩山下度過餘生；嵩下即指伊、潁之上，參閱《縣齋有懷》注〔三五〕。

【評箋】 儲欣《昌黎先生全集録》卷三：敦詩之賢，公心仰服，故爾傾瀉無餘。書中迴折最有味。

沈闇《韓文論述》卷三：自起至終，已用無數獎許，無數解慰，無數勸勉，而其間又用無數拂拭，有若惟恐不能悦其心、釋其懷者然。蓋敦詩負其才略，屈於幕府，必有世不我知、天下不我厚之意藴於中懷。此意既藴於懷，必至偶有感觸即俯仰自傷，羈旅之間不加將息，或身攖疾病，死生遂不可知。此皆公所深慮而切念者。致以書，安得不竭盡其情致如此。

彭際清《與大紳書》：自三代以降，雄於文者，無過子長、退之……退之自負不在孟子下，然《與崔羣書》，謂生死壽夭造物者都不省記，又謂天之與人好惡異心，乖自求多福之旨……(《二林居集》卷四)

平步青《霞外攟屑》卷七上《縹錦廛文築》上：《韓歐文駢語》：《好雲樓初集》卷二十八《雜識》之二云：昌黎《與崔羣書》："鳳皇芝草，賢愚皆以爲美瑞；青天白日，奴隸亦知其清明。"於散文用駢語。後來古文家以駢語爲厲禁，不思魏、晉以前，初不分駢、散爲兩途，分之自韓、柳始。而昌黎亦且屢用如此。庸按《居士集》卷四十四《思穎詩後序》末云："不類倦飛之鳥，然後知還；惟恐勒移之靈，卻回俗駕"云爾，亦駢語也。

按：文中講"將息之道，當先理其心"，顯然是受到當時流行的禪宗心性學說的影響，可看作是暗中接受佛家思想的一例。

師　説〔一〕

古之學者必有師。師者，所以傳道、受業、解惑也〔二〕。人非生而知之者，孰能無惑〔三〕？惑而不從師，其爲惑也，終不解矣。生乎吾前，其聞道也，固先乎吾，吾從而師之；生乎吾後，其聞道也，亦先乎吾，吾從而師之。吾師道也，夫庸知其年之先後生於吾乎〔四〕？是故無貴無賤，無長無少，道之所存，師之所存也〔五〕。嗟乎，師道之不傳也久矣，欲人之無惑也難矣〔六〕。古之聖人，其出人也遠矣，猶且從師而問焉〔七〕；今之衆人，其下聖人也亦遠矣，而恥學於師。是故聖益聖，愚益愚，聖人之所以爲聖，愚人之所以爲愚，其皆出於此乎〔八〕！

〔一〕師説意爲論師之説。“説”爲文體名。吴訥《文章辨體序説》：“説者，釋也，述也，解釋義理而以己意述之也。”文中説到“李氏子蟠年十七，好古文……學於余”，考李蟠元和元年才識兼茂明於體用科登科（徐松《登科證考》卷一六），則前此應已中進士（舊注謂蟠貞元十九年進士，無據，恐與李礎相混淆）。本文作於蟠未及第前，姑繫於韓愈爲四門博士時。

〔二〕傳道：傳授聖人之道。受業：受，通“授”；教授藝業。解惑：解除道與業上的疑惑。此意本《禮·文王世子》：“入則有保，出則有師，是以教喻而德成也。師也者，教之以事而喻諸德者也。”

〔三〕《論語·述而》：“孔子曰：‘我非生而知之者，好古敏以求之者也。’”

〔四〕庸知：豈顧及。庸，方《正》作“豈”。

〔五〕此意本《吕氏春秋·勸學》：“是故古之聖王，未有不尊師者也。尊師則不論其貴賤貧富矣。若此，則名號顯矣，德行彰矣。故師之教也，不争輕重、尊卑、貧富，而争于道。”

〔六〕師道：謂尊師、爲師之道。

〔七〕出人：超出一般人。猶且：尚且。

〔八〕聖益聖：聖人越發聖明。愚益愚：愚人越發愚昧。出於此：謂由于是否從師。

愛其子，擇師而教之；於其身也，則恥師焉，惑矣〔九〕。彼童子之師，授之書而習其句讀者，非吾所謂傳其道、解其惑者也〔一○〕。句讀之不知，惑之不解，或師焉，或不焉〔一一〕。小學而大遺，吾未見其明也〔一二〕。

〔九〕其身：指自身。恥師：恥於從師。

〔一○〕句讀(dòu)：讀，通“逗”；文中的休止與停頓。句讀謂章句誦讀功夫。

〔一一〕或不焉：不，同“否”；謂或不從師。

〔一二〕小學而大遺：學其小者而忽略其大者。

巫醫、樂師、百工之人不恥相師〔一三〕。士大夫之族，曰師曰弟子云者，則羣聚而笑之〔一四〕。問之，則曰：彼與彼，年相若也，道相似也〔一五〕。位卑則足羞，官盛則近諛〔一六〕。嗚呼！師道之不復可知矣〔一七〕。巫醫、樂師、百工之人，君子不齒〔一八〕。今其智乃反不能及，其可怪也歟〔一九〕！

〔一三〕巫醫：《論語·子路》：“南人有言曰：‘人而無恒，不可以作巫醫。’”古代巫與醫不分，因被視為僅習技藝之人。樂師：《周禮·春官·宗伯》有“樂師下大夫四人，上士八人，下士十有六人，府四人，史八人，胥八人，徒八十人”；《周禮·春官·樂師》曰：“樂師掌國學之政，以教國子小舞”。百工：工匠。

〔一四〕士大夫之族：指官僚、士人。族，類。

〔一五〕相若：相彷彿，不相上下。

〔一六〕謂所師之人地位卑下則足以讓人羞愧，如地位顯赫又迹近諂媚。

〔一七〕師道之不復：謂師道不得恢復。

〔一八〕不齒：不與等列。《左傳》隱公一一年：“不敢與諸任齒。”杜注：
　　　　“齒，列也。”
〔一九〕別本或無“其”字。原本無“可”字。自方《正》至馬《校》等多以爲
　　　　有“可”字是，據補。

　　聖人無常師〔二〇〕。孔子師郯子、萇弘、師襄、老
聃〔二一〕。郯子之徒，其賢不及孔子。孔子曰：“三人行，
則必有我師”〔二二〕。是故弟子不必不如師，師不必賢於弟
子，聞道有先後，術業有專攻，如是而已〔二三〕。

〔二〇〕《書·咸有一德》：“德無常師。”又《論語·子張》：“子貢曰：‘……
　　　　夫子焉不學，而亦何常師之有？’”
〔二一〕郯(tán)子：郯，春秋國名，爲少昊之後，己姓，故地在今山東省郯
　　　　城縣，郯子爲其國君。孔子師剡子見《左傳》昭公一七年：“秋，剡
　　　　子來朝，公與之宴。昭公問焉，曰：‘少皞氏鳥名官，何故也？’郯子
　　　　曰：‘吾祖也，我知之……’孔子聞之，見於郯子而學之。”萇弘：春
　　　　秋時周敬王大夫，後以晉公族内鬨被殺。孔子曾向萇弘問樂，見
　　　　《孔子家語·觀周》：孔子至周，“訪樂於萇弘”。師襄：春秋時衛
　　　　樂官(按：與《論語·微子》中的魯樂官擊磬襄非同一人)。《史
　　　　記·孔子世家》：“孔子學鼓琴師襄子。”孔子曾習禮於老子(按：
　　　　不一定是史實)，見《史記·老子韓非列傳》：“孔子適周，將問禮於
　　　　老聃。”又《孔子家語·觀周》：“孔子謂南宮敬叔曰：吾聞老聃博
　　　　古知今，通禮樂之原，明道德之歸，則吾師也。今將往矣……問禮
　　　　於老聃。”
〔二二〕《論語·述而》：“孔子曰：‘三人行，必有我師焉。擇其善者而從
　　　　之，其不善者而改之。’”集解：“我三人行，本無賢愚，擇善而從
　　　　之，不善而改之，無常師。”
〔二三〕術業：技藝學業。專攻：專長。

李氏子蟠年十七，好古文，六藝經傳皆通習之〔二四〕。不拘於時，學於余〔二五〕。余嘉其能行古道，作《師說》以貽之〔二六〕。

〔二四〕六藝經傳：六藝指《詩》、《書》、《易》、《禮》、《樂》、《春秋》。六藝經傳指六經的經與傳。司馬談《六家要旨》：“夫儒者以六蓺為法。六蓺經傳以千萬數，累世不能通其學，當年不能究其禮。”蓺，同“藝”。

〔二五〕不拘於時：不受時風所拘束，即不拘於當代輕師的風氣。魏《集》“學”前有“請”字，似當從。

〔二六〕能行古道：謂能行古代師道來向我問學。

【評箋】　柳宗元《答韋中立論師道書》：孟子稱“人之患在好為人師”。由魏、晉氏以下，人益不事師。今之世，不聞有師；有輒譁笑之，以為狂人。獨韓愈奮不顧流俗，犯笑侮，收召後學，作《師說》，因抗顏而為師。世果羣怪聚罵，指目牽引，而增與為言辭。愈以是得狂名，居長安，炊不暇熟，又挈挈而東，如是者數矣。（《柳河東集》卷三四）

柳開《續師說》：昌黎先生作《師說》，亦極言於時也。謂夫今之士大夫，其智反不及巫醫、樂師、百工之人。噫，可悲乎！誠哉，尚其能實乎事而未原盡其情，予故後其辭而作《續師說》云。（《河東先生集》卷一）

俞文豹《吹劍三錄》：韓文公作《師說》，蓋以師道自任。然其說不過曰：“師者，所以傳道、授業、解惑也。”愚以為未也。《記》曰：“天生時，地生財，人其父母而師教之，君以正而用之。”是師者，固與天、地、君、親並立而為五。夫與天、地、君、親並立而為五，則其為職，必非止於“傳道、授業、解惑”也。孟子曰：“君子之所以教者五，有如時雨化之者，有成德者，有達材者，有答問者，有私淑艾者。”荀子曰：“師術有四，而傳習不與焉。蓋古之所謂師弟子者，皆相與而終身焉。”……然則以“傳道，授業，解惑”為事，則世俗訓導之師，口耳之傳爾。時而化之，德而成之，材而達之，而傳習不與焉。如孟、荀所云，則夫子之為師也。知此，而後可與論師道。

黄震《黄氏日鈔》卷五九：前起後收,中排三節,皆以輕重相形。初以聖與愚相形,聖且從師,況愚乎? 次以子與身相形,子且擇師,況身乎? 末以巫醫、樂師、百工與士大夫相形,巫、樂、百工且從師,況士大夫乎? 公之提誨後學,亦可謂深切著明矣,而文法則自然而成者也。

陶宗儀《輟耕録》卷九《文章宗旨》："説"則出自己意,横説竪説。其文詳贍抑揚,無所不可,如韓公《師説》是也。

歸有光《文章指南・禮集》：救首救尾,段段有力,是謂擊蛇勢也,《師説》似之。

章學誠《文史通義》内篇六《師説》：……韓氏蓋爲當時之敝俗而言之也,未及師之究竟也。《記》曰："民生有三,事之如一,君,親,師。"此爲傳道言之也。授業、解惑,則有差等矣。業有精粗,惑亦有大小。授且解者之爲師,固然矣,然與傳道有間也……

曾國藩《求闕齋讀書録》卷八："傳道",謂修己治人之道;"授業",謂古文六藝之業;"解惑",謂解此二者之惑。韓公一生學道好文,二者兼營,故往往並言之。末幅云"聞道有先後,術業有專攻",仍作雙收。

按：韓愈倡"師道","好爲人師",首先是因爲確立師道是振興儒道的先決條件,同時又爲召集後學、推廣"古文"確立名分上的依據。所以其意義遠超于單純的尊師之外。本文關聯對"師道"的推重,頗有些新鮮思想,如強調人非生而知之,肯定聖人無常師,以至如前人指出的把道與藝並舉、傳道與授業並重,以至批評當世士大夫不及"巫醫、樂師、百工之人"等等,都反映韓愈的觀念相當開闊而富於矜創。文章寫作上十分清通簡要,結構也很精嚴。開端先立一柱"古之學者必有師";然後概括地指出師的作用、從師的必要、師的對象、師道的現狀;再用古今對比作轉換,提出"愛子擇師"、"巫醫等不恥相師"、"聖人無常師"三項來展開論證;最後點出作文緣起。語言精確廉悍,明快順暢。

祭十二郎文〔一〕

年月日〔二〕，季父愈聞汝喪之七日，乃能銜哀致誠，使建中遠具時羞之奠，告汝十二郎之靈〔三〕：嗚呼！吾少孤，及長，不省所怙，惟兄嫂是依〔四〕。中年，兄歿南方，吾與汝俱幼，從嫂歸葬河陽〔五〕。既又與汝就食江南，零丁孤苦，未嘗一日相離也〔六〕。吾上有三兄，皆不幸早世〔七〕；承先人後者，在孫惟汝，在子惟吾〔八〕。兩世一身，形單影隻〔九〕。嫂常撫汝指吾而言曰：“韓氏兩世，惟此而已。”汝時尤小，當不復記憶；吾時雖能記憶，亦未知其言之悲也。

〔一〕《文苑英華》題作《祭姪老成文》。十二郎名老成，韓愈兄介之子。介有二子：百川、老成。百川早卒；以長兄韓會無子，老成過繼爲後。老成亦有二子：湘，滂；滂後歸其祖介。據本文，老成卒於孟郊來京南歸之次年，即貞元十九年；與《文苑英華》所收本文首作“貞元十九年五月二十六日”正合。是年四月韓愈《上李尚書書》，題“將仕郎前守四門博士”，可知其時已罷博士職；七月，作《論今年權停選舉狀》中稱“雖非朝官”，則仍未任新職。此間寫本祭文，多身世落拓之感，自不能不流露更深一層的哀慟之情。

〔二〕《文苑英華》作“貞元十九年五月二十六日”。

〔三〕季父愈：季父，父之幼弟。唐俗叔可稱名。《史記·項羽本紀》：“其季父項梁。”索隱：“崔浩云：伯、仲、叔、季，兄弟之次，故叔云叔父，季云季父。”銜哀致誠：心懷悲哀致以誠意。建中：僕人名。時羞之奠：謂以應時果品爲祭品；《儀禮·公食大夫禮》：“士羞庶羞，皆有大蓋。”賈注：“羞，進也；庶，衆也；進衆珍味可進者也。”以此羞指美味食品。《文苑英華》"郎"下或有"子"字,朱《考》謂"郎子是當時語,雖不必存,亦不可不知也。"

〔四〕不省所怙(hù):不知依靠誰,意謂失去父母。怙,依靠。《詩經·小雅·蓼莪》:"無父何怙,無母何恃。"兄嫂是依:指依靠長兄韓會與嫂鄭氏夫人。李翶《行狀》:"生三歲,父歿,養於兄會舍。"(《李文公集》卷一一)

〔五〕中年,兄歿南方:《舊唐書·德宗紀》:"(大曆十二年三月)辛巳制:中書侍郎平章事元載賜自盡……四月……起居舍人韓會等十餘人皆坐元載貶官也。"十四年會再貶韶州(屬嶺南道,治曲江縣,今廣東韶關市),卒,年四十二。從嫂歸葬河陽:謂隨從嫂鄭氏夫人將韓會靈柩歸葬河陽祖塋。《祭鄭夫人文》:"兄罹讒口,承命遠遷。窮荒海隅,天闋百年。萬里故鄉,幼孤在前。相顧不歸,泣血號天。微嫂之力,化爲夷蠻。水浮陸走,丹旐翩然。至誠感神,返葬中原。"歸葬具體時日不詳,當在大曆末或建中初。

〔六〕就食江南:謂建中二年至貞元初爲避亂至宣州。參閱《歐陽生哀辭》注〔一〇〕;《祭鄭夫人文》:"既克反葬,遭時艱難。百口偕行,避地江濆。"零丁:孤單貌。李密《陳情表》:"臣少多疾病,九歲不行,零丁孤苦,至于成立。"

〔七〕韓愈兄會、介外,當有一人不知名,亦早卒。參閱《與崔羣書》注〔四〇〕。

〔八〕承先人後:謂繼承先人爲後嗣。"在孫"、"在子"都依韓仲卿計算。

〔九〕兩世一身:謂兩代單傳。《北史·王慧龍傳》:"自慧龍入國,三世一身。"形單影隻:狀孤單。李密《陳情表》:"煢煢獨立,形影相弔。"

吾年十九,始來京城,其後四年而歸視汝〔一〇〕。又四年,吾往河陽省墳墓,遇汝從嫂喪來葬〔一一〕。又二年,吾佐董丞相于汴州，汝來省吾，止一歲，請歸取其孥〔一二〕。明年，丞相薨，吾去汴州，汝不果來〔一三〕。是年，吾佐戎徐州，使取汝者始行，吾又罷去，汝又不果來〔一四〕。吾念汝從於東，東亦客也，不可以久〔一五〕。圖久遠者，莫如西歸，將成家而致汝〔一六〕。嗚呼，孰謂汝遽去吾而歿乎〔一七〕！吾與汝俱少年，以爲雖暫相別，終當久相與處，故捨汝而旅食京師，以求斗斛之祿〔一八〕。誠知其如此，雖萬乘之公相，吾不以一日輟汝而就之〔一九〕。

〔一〇〕韓愈貞元二年(七八六)初至長安；以下據此推算。

〔一一〕省墳墓：祭掃先人墳墓。從嫂喪來葬：鄭夫人應於貞元九年歿于宣城(《祭鄭夫人文》晁本起首作"貞元九年歲次癸酉九月朔日")；來葬，謂歸葬河陽祖塋，時當在貞元十年。

〔一二〕佐董丞相于汴州：指自貞元十二年起在董晉宣武節度使府爲觀察推官。取其孥(nú)：取其妻小。孥，《孟子·梁惠王下》："澤梁無禁，罪人不孥。"趙注："孥，妻子也。"

〔一三〕明年：謂"歸取其孥"的明年，貞元十五年。丞相薨：指董晉死。古諸侯死曰薨，唐三品以上死曰薨。

〔一四〕佐戎徐州：指在徐州張建封武寧節度使府爲節度推官，乃軍府幕職，故稱佐戎。

〔一五〕從於東：歸於東方，或具體指宣州。東亦客：在東方亦是客居。韓愈《河之水二首寄子侄老成》云："河之水，去悠悠。我不如，水東流。我有孤侄在海陬，三年不見兮使我生憂。"

〔一六〕西歸：謂回到長安。成家而致汝：安家接你來。

〔一七〕遽：匆促。

〔一八〕旅食京師：客居京城。斗斛之祿：謂微薄的俸祿。唐官員受祿米，因此以斗斛計，十斗爲斛。

〔一九〕萬乘之公相：萬乘之國的三公與宰相。此萬乘指天子，公相指宰輔。輟汝而就：留下你去就任。

去年，孟東野往[二〇]。吾書與汝曰："吾年未四十，而視茫茫，而髮蒼蒼，而齒牙動搖[二一]。念諸父與諸兄，皆康彊而早世，如吾之衰者，其能久存乎[二二]？吾不可去，汝不肯來，恐旦暮死，而汝抱無涯之戚也[二三]。"孰謂少者歿而長者存，彊者夭而病者全乎！嗚呼，其信然邪？其夢邪？其傳之非其真邪？信也，吾兄之盛德而夭其嗣乎[二四]？汝之純明而不克蒙其澤乎[二五]？少者、彊者而夭歿，長者、衰者而存全乎？未可以爲信也。夢也，傳之非其真也，東野之書、耿蘭之報，何爲而在吾側也[二六]？嗚呼，其信然矣！吾兄之盛德而夭其嗣矣！汝之純明宜業其家者不克蒙其澤矣[二七]！所謂天者誠難測，而神者誠難明矣[二八]！所謂理者不可推，而壽者不可知矣[二九]！雖然，吾自今年來，蒼蒼者或化而爲白矣，動搖者或脫而落矣。毛血日益衰，志氣日益微，幾何不從汝而死也[三〇]。死而有知，其幾何離；其無知，悲不幾時，而不悲者無窮期矣。汝之子始十歲，吾之子始五歲，少而彊者不可保，如此孩提者又可冀其成立邪[三一]？嗚呼哀哉！嗚呼哀哉！

〔二〇〕指孟郊來京返溧陽，參閱《送孟東野序》注〔一〕。
〔二一〕茫茫：茫，"芒"後出字；迷茫不清；陸機《歎逝賦》："何視天之芒芒。"別本或作"荒荒"，方《正》謂"古書如荒忽、茫忽之類，皆一字也，音義多相近，當存之。"齒牙動搖：參閱《與崔羣書》注〔三八〕。
〔二二〕康彊而早世：參閱《與崔羣書》注〔四〇〕。

〔二三〕旦暮：猶一旦。無涯之戚：無盡的悲傷。

〔二四〕此謂如果真如此，以我長兄那樣崇高的品德竟使其後嗣天折嗎？

〔二五〕此謂以你的精純聰明竟不能蒙受吾兄的恩澤嗎？不克，不能。

〔二六〕耿蘭：前來送訃告的僕人名。報：指喪報。

〔二七〕宜業其家：謂應當繼承其家業。

〔二八〕此意本《史記・伯夷列傳》："或曰：天道無親，常與善人。若伯夷、叔齊，可謂善人者非耶？積仁絜行如此而餓死。且七十子之徒，仲尼獨薦顏淵爲好學；然回也屢空，糟糠不厭，而卒蚤天。天之報施善人，其何如哉！……余甚惑焉。儻所謂天道，是邪非邪？"此並由"神明"一語而拆成"神者誠難明"一句。

〔二九〕不可推：不可追問。推，推算，追問。

〔三〇〕毛血：毛髮血脈。志氣：心志氣力。幾何：多少，此指時間。

〔三一〕汝之子：指韓湘。吾之子：韓愈二子，長曰昶，貞元十五年生於符離，小字符郎，本年五歲，後於長慶四年（八二四）中進士；韓愈《祭侯主簿文》曰"遣男殿中省進馬佶"，洪《譜》以爲"即昶舊名"；又《新唐書・宰相世系表》記次子名州仇，富平令。孩提：《孟子・盡心上》："孩提之童，無不知愛其親者。"趙注："孩提，二三歲之間，在襁褓、知孩笑、可提抱者也。""十歲"魏《集》或作"一歲"，方《正》云："老成二子曰湘，曰滂，滂以季子出繼，則湘固宜十歲也。"

　　汝去年書云："比得軟脚病，往往而劇。"〔三二〕吾曰：是疾也，江南之人常常有之，未始以爲憂也〔三三〕。嗚呼，其竟以此而殞其生乎〔三四〕？抑別有疾而至斯乎？汝之書，六月十七日也；東野云汝歿以六月二日；耿蘭之報無月日。蓋東野之使者，不知問家人以月日；如耿蘭之報，不知當言月日〔三五〕。東野與吾書，乃問使者，使者妄稱以應之耳〔三六〕。其然乎？其不然乎？

〔三二〕比得軟脚病：近來得脚氣病。軟脚病即脚氣病。

〔三三〕未始：未曾。

〔三四〕殞其生：謂死亡。殞，死亡。

〔三五〕訃告之體，當具日月以報。

〔三六〕使者：指送喪報之人。妄稱以應之：胡亂説而應答。

　　今吾使建中祭汝，弔汝之孤與汝之乳母〔三七〕。彼有食可守以待終喪，則待終喪而取以來〔三八〕；如不能守以終喪，則遂取以來。其餘奴婢並令守汝喪。吾力能改葬，終葬汝於先人之兆，然後惟其所願〔三九〕。嗚呼！汝病吾不知時，汝殁吾不知日；生不能相養以共居，殁不得撫汝以盡哀〔四○〕；斂不憑其棺，窆不臨其穴〔四一〕；吾行負神明而使汝夭，不孝不慈，而不得與汝相養以生，相守以死，一在天之涯，一在地之角；生而影不與吾形相依，死而魂不與吾夢相接，吾實爲之，其又何尤〔四二〕？彼蒼者天，曷其有極〔四三〕！

〔三七〕弔汝之孤：弔問你留下的孤兒。弔，慰問，悼念。

〔三八〕此謂他們如有辦法生活就讓他們依制守喪到期滿，然後把他們接到長安來；舊時守喪依與死者關係親疏而決定期限長短，父母之喪三年，服斬衰之服。

〔三九〕先人之兆：祖先的墓地，指河陽祖塋。兆，《周禮·春官·小宗伯》：“兆五帝於四郊。”鄭注：“兆，爲壇之營域。”惟其所願：指奴婢去留任其自由。

〔四○〕撫汝：謂撫汝尸而哭。撫，通“拊”，拍擊。

〔四一〕斂不憑其棺：謂没有在棺木前看其入殮。斂，通“殮”，易衣爲小殮，入棺爲大殮。憑，依，靠。窆(biǎn)不臨其穴：謂下葬時未親

231

臨墓穴;窆,葬時穿土下棺。

〔四二〕何尤：謂責怪誰。尤,責備,歸咎。

〔四三〕彼蒼者天：呼天之語。《詩經·秦風·黄鳥》："彼蒼者天,殲我良
人。"曷其有極：意爲無常,無法度。曷,何。極,準則。《詩經·
唐風·鴇羽》："悠悠蒼天,曷其有極。"

　　自今已往,吾其無意於人世矣,當求數頃之田於伊、
潁之上,以待餘年〔四四〕。教吾子與汝子,幸其成；長吾女
與汝女,待其嫁——如此而已！嗚呼！言有窮而情不可
終,汝其知也邪？其不知也邪？嗚呼哀哉,尚饗〔四五〕！

〔四四〕伊、潁之上：參閱《與崔羣書》注〔三七〕。

〔四五〕此爲哀祭文字套語,"尚饗"謂請亡靈馨享祭品。

【評箋】　邵博《邵氏聞見後録》卷一四：文用助字,柳子厚論當否,不
論重複。《檀弓》曰："南宮縚之妻之姑之喪。"退之亦曰："吾年未四十,而
視茫茫,而髮蒼蒼,而齒牙動摇。"近時六一、文安、東坡三先生知之。

　　曾季貍《艇齋詩話》：韓文、杜詩,備極全美。然有老作,如《祭老成
文》、《大風卷茅屋歌》,渾然無斧鑿痕,又老作之尤者。

　　費袞《梁溪漫志》卷六《文字用語助》：文字中用語助太多,或令文氣
卑弱。典謨訓誥之文,其末句初無"耶"、"歟"、"者"、"也"之辭,而渾渾灝
灝噩噩,列於六經。然後之文人,多因難以見巧。退之《祭十二郎老成
文》一篇,大率皆用助語。其最妙處,自"其信然耶"以下,至"幾何不從汝
而死也"一段,僅三十句,凡句尾連用"耶"字者三,連用"乎"字者三,連用
"也"字者四,連用"矣"字者七,幾於句句用助辭矣。而反覆出没,如怒濤
驚湍,變化不測,非妙於文章者,安能及此？其後歐陽公作《醉翁亭記》繼
之,又特盡紆徐不迫之態。二公固以爲游戲,然非大手筆不能也。

薛瑄《薛文清公讀書録》卷四：凡詩文出於真情則工，昔人所謂出於肺腑者是也。如《三百篇》、《楚辭》，武侯《出師表》、李令伯《陳情表》、陶靖節詩、韓文公祭兄子老成文，歐陽公《瀧岡阡表》，皆所謂出於肺腑者也，故皆不求工而自工。故凡作詩文，皆以真情爲主。

茅坤《唐宋八大家文鈔・韓文》卷一六：通篇情意刺骨，無限悽切，祭文中千年絶調。

過珙《古文評注》卷七：想提筆作此文，定是夾哭夾寫。乃是逐段連接語，不是一氣貫注語。看其中幅，接連幾個"乎"字，一句作一頓，慟極後，人真有如此一番恍惚猜疑光景；又接連幾個"矣"字，慟極後，人又真有如此一番槌胸頓足光景。寫生前離合，是追述處要哭；寫死後慘切，是處置處要哭。至今猶疑滿紙血淚，不敢多讀。

姚範《援鶉堂筆記》卷四二：耕南云："退之文，獨此篇未免俗韻。"蓋本稱述家人骨肉，俗情俗事故也。正如婦女之哭，數説長短，丈夫聞之，有忸怩不寧者。然原其出於真實，亦不以爲笑端也。

林紓《韓柳文研究法・韓文研究法》：……《祭十二郎文》，至病徹心，不能爲辭，則變調爲散體，飽述其哀。只用家常語，節節追維，皆足痛哭。文作於貞元十九年，公又在不得意中。十二月貶陽山之命下，以家難之劇，猝生於不得意之時，雖以昌黎聖手，亦萬不能處處作韻語，故直起直落。文中所謂"吾兄之盛德而夭其嗣"，"兄"指韓會也。以下或叙事，或叙悲，錯錯雜雜，説來俱成文理。吾亦不能繩以文字之法，分爲段落，但覺一片哀音，聽之皆應節奏。《瀧岡阡表》作於二百七十年後，固宜與之作配。然歐公自得意後述哀，不如昌黎在不得意中述哀，尤爲懇摯。且二公通塞不同，故語亦稍别。

錢基博《韓愈志・韓集籀讀録》：《祭十二郎文》，骨肉之痛，急不暇修飾。縱筆一揮，而於噴薄處見雄肆，於嗚咽處見深懇，提振轉折，邁往莫禦。如雲驅飆馳，又如龍虎吟嘯，放聲長號，而氣格自緊健。

按：本篇祭悼的韓老成，病弱早卒，無功業事蹟可述，且韓愈與之暌隔已久，對生活狀況亦乏了解。文章妙處在全從虚處斡旋，架空叙情，翻空以出奇。叙述重點側重在自己的哀情,特別是生不得相聚、死亦不相知的矛盾悽苦。行文全用散體,瑣瑣如道家常,沉痛處傾洩而出,把悲情寫得淋漓盡致;而虛詞與感嘆句的使用,更增加了一唱三嘆的效果。

贈 崔 復 州 序〔一〕

有地數百里,趨走之吏自長史、司馬已下數十人,其祿足以仁其三族及其朋友故舊〔二〕;樂乎心則一境之人喜,不樂乎心則一境之人懼,丈夫官至刺史亦榮矣〔三〕。

〔 一 〕崔復州:崔姓復州(屬山南道,治沔陽,今湖北省仙桃市)刺史。據《一統志》名訏,嘉慶《湖北通志》卷四八亦同,未詳其據。文中説到“愈嘗辱于公之知”,指于頔;頔貞元十四年爲襄州刺史充山南東道節度使,至元和三年裴均代之。諸家以爲文作於貞元十九年,姑從之,繫於此。

〔 二 〕趨走之吏:供驅遣的官吏。趨走,本義爲疾走,《吳越春秋·勾踐入臣外傳》:“范蠡對(吳王)曰:‘……願得入備掃除,出給趨走,臣之願也。’”唐制,州的僚佐有長史、司馬、別駕等上佐,司功、司倉、司户、司兵、司法、司士參軍事等判司與録事參軍事,計數十人之衆。仁其三族:恩及諸親族。仁,猶存,惠利。《禮·仲尼燕居》:“郊社之義,所以仁鬼神也;嘗禘之禮,所以仁昭穆也。”鄭注:“仁,猶存也;凡存此者,所以全善之道也。”三族:説法不一,《周禮·春官·小宗伯》注謂父、子、孫爲三族,《史記·秦本紀》集解引張晏謂父母、兄弟、妻子爲三族。

〔 三 〕此狀喜怒任情,作威作福。“丈夫”上或有“大”字,許景重《韓文校注辯證》謂“‘丈夫’與‘大丈夫’之義不同。大丈夫者,係指天爵而言;刺史,乃屬人爵。如一人之天爵,足稱之爲大丈夫者,若官至刺史，又何足榮之也？”

　　雖然，幽遠之小民，其足跡未嘗至城邑，苟有不得其所，能自直於鄉里之吏者鮮矣，況能自辨於縣吏乎〔四〕？能自辨於縣吏者鮮矣，況能自辨於刺史之庭乎〔五〕？由是刺史有所不聞，小民有所不宣〔六〕。賦有常而民產無恒，水旱癘疫之不期〔七〕。民之豐約懸於州〔八〕。縣令不以言，連帥不以信，民就窮而斂愈急，吾見刺史之難爲也〔九〕。

〔四〕幽遠之小民：僻遠鄉村的百姓。城邑：城市；大曰都，小曰邑。不得其所：不得安居之地，此謂有冤抑不平等情。自直：自己申理。自辨：自己辨白。

〔五〕庭：謂公庭。

〔六〕不宣：謂冤抑不得宣洩。

〔七〕此謂賦稅有定數而百姓的田產無常，水旱瘟疫之災不可預料。其時實行“兩稅法”，據《舊唐書·食貨志》：“建中元年二月……其詔略曰：‘戶無主客，以見居爲簿；人無丁中，以貧富爲差。行商者在郡縣稅三十之一。居人之稅，秋夏兩徵之，各有不便者正之，餘征賦悉罷，而丁額不廢。其田畝之稅，率以大曆十四年墾數爲準。徵夏稅無過六月，秋稅無過十一月，違者進退長吏。令黜陟使各量風土所宜、人戶多少均之，定其賦。尚書度支總統焉。’”

〔八〕民之豐約懸於州：百姓的豐實與貧困決定於。“州”魏《集》或作“前”，朱《考》以爲非是；童《詮》謂“作‘前’是也……謂民之有餘不足，上下皆知之。”

〔九〕連帥：古代十國諸侯之長，此指節度使。《禮·王制》：“十國以爲連，連有帥。”民就窮而斂愈急：百姓已處困境，賦斂愈加緊迫。

崔君爲復州,其連帥則于公〔一○〕。崔君之仁足以蘇復人,于公之賢足以庸崔君〔一一〕。有刺史之榮而無其難爲者,將在於此乎!

〔一○〕爲復州:治復州。于公:指于頔。《舊唐書·于頔傳》謂其在襄州"公然聚斂,恣意虐殺,專以凌上威下爲務。"

〔一一〕蘇復人:蘇息復州百姓。困頓後復獲生機爲蘇。《書·仲虺之誥》:"徯予后,后來其蘇。"孔傳:"蘇,息也。"庸崔君:任用崔君。庸,任用。

愈嘗辱于公之知而舊游于崔君,慶復人之將蒙其休澤也,於是乎言〔一二〕。

〔一二〕辱于公之知:得到于公的知遇。韓愈貞元十八年有《與于襄陽書》,可知與于頔有舊;辱,謙詞。舊游于崔君:以前曾與崔君交游。蒙其休澤:受到他們的恩澤。休,美。

【評箋】 謝枋得《文章軌範》卷五:此序諷諫于公,與《送許郢州序》同意。此序尤涵蓄。只民就窮而斂愈急,下民苦之,使于公聞之,皆勸于公寬賦斂以安州縣,以安百姓。觀察使賦斂苛急,則爲刺史者見其難而不見其榮;觀察使賦斂寬緩,則爲刺史者見其榮而不見其難,以此諷諫于公最切。

林雲銘《韓文起》卷五:唐中葉賦斂最重,刺史以催科爲考成,不言撫字。故是篇與《送許郢州》,皆以民窮斂急立論。然其行文則又迥別。《郢州序》謂觀察使與刺史情貴相通,此則謂刺史與小民情不容隔。《郢州序》有贈有規,分明揭出于公、許公二人來;此則泛論爲刺史者之難,轉出于公、崔公之仁賢,可使復人蒙其休澤,直頌到底。未嘗規,未嘗贈,而規贈之意隱隱在言外也。蓋觀察位尊，小民分疏，其情之相通，權各有屬，不可以一例論耳。讀者安可囫圇作一例看邪！

    按：史稱于頔在山南“橫暴已甚”、“公然聚斂”，是當時有名的貪酷鎮帥。而韓愈頌“于公之賢”，顯然是隱惡溢美之詞。但這類應酬文字，本難於置筆。韓愈避實就虛，架空斡旋，發了一套爲官治民的道理，反映出當時吏治的某些實情，對所送者似諷似勸，有一定的現實意義。這也反映出他立意、構思的技巧。

送 董 邵 南 序〔一〕

    燕、趙古稱多感慨悲歌之士〔二〕。董生舉進士，連不得志於有司，懷抱利器，鬱鬱適茲土〔三〕。吾知其必有合也〔四〕。董生勉乎哉！夫以子之不遇時，苟慕義彊仁者皆愛惜焉，矧燕、趙之士出乎其性者哉〔五〕！

〔一〕韓愈有《嗟哉董生行》詩，中有云：“壽州屬縣有安豐，唐貞元時縣人董生召南，隱居行義於其中。刺史不能薦，天子不聞名聲，爵禄不及門。門外惟有吏，日來徵租更索錢。嗟哉董生朝出耕，夜歸讀古人書，盡日不得息。或山而樵，或水而漁。入厨具甘旨，上堂問起居。父母不慼慼，妻子不咨咨……”此“召南”與“邵南”應同爲一人，“召”、“邵”未知孰是。由詩可知其人生平大節。他求舉不利，以壽州（屬淮南道，治壽春縣，今安徽壽縣）安豐人而往遊割據之地河北，韓愈作序送之。寫作年代不可確考，姑繫於貞元十九年。題目或作《送董邵南遊河北序》。

〔二〕《漢書·地理志》：“趙、中山地薄人衆……丈夫相聚游戲，悲歌忼

慨。"古燕國地相當於今河北中部和北部,古趙國地相當於今河北
南部和山西北部;感慨悲歌之士指荆軻、高漸離等類人。《史記・
刺客列傳》:"荆軻嗜酒,日與狗屠及高漸離飲於燕市。酒酣以往,
高漸離擊筑,荆軻和而歌於市中,相樂也。已而相泣,旁若無
人者。"

〔三〕懷抱利器:謂有傑出才能。利器,精良的工具。《三國志・魏
　　　書・陳思王植傳》:"植常自憤怨,抱利器而無所施。"鬱鬱:不得
　　　志貌。《史記・淮陰侯列傳》:"吾亦欲東耳,安能鬱鬱久居此乎!"

〔四〕有合:有所遇合,謂受到當地統治者重用。

〔五〕慕義彊仁:仰慕道義,勉力於仁德。《史記・田儋列傳贊》:"田橫
　　　之高節,賓客慕義而從橫死,豈非至賢。"矧(shěn),況且。出乎其
　　　性:出於其本性,意指不假外鑠與勉強。

　　然吾嘗聞風俗與化移易,吾惡知其今不異於古所云
邪〔六〕?聊以吾子之行卜之也〔七〕。董生勉乎哉!

〔六〕風俗與化移易:風氣習俗隨教化不同而有所改變。此意本仲長
　　　統《昌言・損益》篇:"時政彫敝,風俗移易。"惡知:何知。此暗示
　　　如今河北地方在强藩割據下風氣已與古代不同。《新唐書・藩鎮
　　　傳序》:"安、史亂天下,至肅宗,大難略平,君臣皆幸安,故瓜分河
　　　北地付授叛將,護養孽萌,以成禍根。亂人乘之,遂擅署吏,以賦
　　　稅自私,不朝獻于廷。效戰國肱髀相依,以土地傳子孫,脅百姓,
　　　加鋸其頸,利怵逆汙。遂使其人自視由羌狄然。一寇死,一賊生,
　　　訖唐亡百餘年,卒不爲王土。"

〔七〕卜之:卜本義爲占卜,此引申爲估量,判斷。

　　吾因子有所感矣〔八〕。爲我弔望諸君之墓〔九〕,而觀

於其市，復有昔時屠狗者乎〔一〇〕？爲我謝曰〔一一〕：明天子在上，可以出而仕矣。

〔八〕"因子有所感"別本或作"因之有感"，王元啓《記疑》謂"較更簡脱"。

〔九〕望諸君：《史記·樂毅列傳》："趙封樂毅於觀津，號望諸君。"樂毅原爲燕昭王時上將，聯合趙、楚、韓、魏伐齊，下七十餘城，後以齊反間奔趙；燕惠王致書爲謝，往來燕、趙間。舊注謂望諸君冢在邯鄲西數里，《日下舊聞》謂在河北良鄉縣南三里。

〔一〇〕據前注〔二〕荆軻故事，屠狗者爲隱於市的豪俠之士。

〔一一〕謝：致意。

【評箋】 朱熹《昌黎先生集考異》卷六：此篇言燕、趙之士，仁義出於其性，乃故反其詞，深譏其不臣而習亂之意，故其卒章又爲道上威德以警動而招徠之，其旨微矣，讀者詳之。

李塗《文章精義》：文章有短而轉折多、氣長者，韓退之《送董邵南序》、王介甫《讀孟嘗君傳》是也。有長而轉折少且氣短者，盧哀《西征記》是也。

茅坤《唐宋八大家文鈔·韓文》卷七：文僅百餘字，而感慨古今，若與燕、趙豪儁之士，相爲叱咤嗚咽。其間一涕一笑，其味不窮。昌黎序文當屬第一首。

郭正域《韓文杜律·韓文》：妙在轉折，意在言外。

儲欣《昌黎先生全集録》卷三：此序惟朱晦菴得其意義所歸，謂是深譏燕、趙之不臣，而其卒道上威德以警動而招徠之，其旨微矣。蓋仁義出於其性者，昔日之燕、趙；而風俗與化移易，今之燕、趙，尚能如昔之燕、趙乎？序中明明道破，而劉辰翁、茅鹿門乃有燕、趙豪俊云云，何異説夢？

過珙《古文評注》卷七：勸其往又似勸其不必往，言必有合又似恐其未必合。語意一半是愛惜邵南，一半是不滿藩鎮。通篇只以"風俗與化移易"句爲上下過脈，而以"古"、"今"二字呼應，含蓄不露，曲盡吞吐之妙。唐文惟韓奇,此又爲韓中之奇。

朱宗洛《古文一隅》卷中:本是送他往,却要止他住,故"合"一層易説,"不合"一層難説。文語語作吞吐之筆。曰"吾聞",曰"烏知",曰"聊以",於放活處隱約其意,立言最妙。其末一段,忽作開宕,與"不合"意初看若了不相涉,其實用借筆以提醒之,一曰"爲我",再曰"爲我",囑董生正以止董生也。想其用筆之妙,真有烟雲繚繞之勝。凡文之短者,越要曲折,蓋曲則有情,而意味倍覺深長也。

按:林紓云:"唐世一有韓愈,以吞言咽理之文,施之贈送序中,覺唐初諸賢,對之一皆無色。"(《春覺齋論文》)本篇可視爲其代表作。

雜　　説〔一〕

其　一

龍嘘氣成雲〔二〕。雲固弗靈於龍也,然龍乘是氣,茫洋窮乎玄間,薄日月,伏光景,感震電,神變化,水下土,汩陵谷——雲亦靈怪乎哉〔三〕!

〔一〕《雜説》,寫作年代不可確考,姑繫之於貞元十九年冬貶陽山以前。其三或另作《題崔山君傳》。

〔二〕《易·乾卦·文言》孔疏:"龍是水畜,雲是水氣,故龍吟則景雲出,是雲從龍也。"

〔三〕茫洋窮乎玄間:謂窮盡天空最深遠處。茫洋,同"望羊"、"眈羊",遼闊深遠貌。玄間,天空。《易·坤卦》:"天玄而地黄。"薄日月:逼近日月。薄,迫。伏光景:謂使日月星辰隱没光輝。景,同"影",光景指日月星辰。感震電:感應得雷電交加。神變化:謂變化莫測。《管子·水地》："龍生於水,被五色而游,故神。欲小則化如蠶蠋,欲大則藏於天下,欲上則凌於雲氣,欲下則入於深泉,變化無日,上下無時,謂之神。"水下土:浸潤大地。汩(gǔ)陵谷:謂使陵谷中溪流滿溢。汩,水流貌。

雲,龍之所能使爲靈也。若龍之靈,則非雲之所能使爲靈也。然龍弗得雲,無以神其靈矣〔四〕。失其所憑依,信不可歟? 異哉,其所憑依,乃其所自爲也。

〔四〕神其靈:使其靈怪變化神妙莫測。

《易》曰:"雲從龍。"〔五〕既曰龍,雲從之矣。

〔五〕《易·乾卦·文言》:"九五曰……子曰:同聲相應,同氣相求:水流濕,火就燥,雲從龍,風從虎……"

其　　二

善醫者,不視人之瘠肥,察其脈之病否而已矣〔一〕。善計天下者,不視天下之安危,察其紀綱之理亂而已矣〔二〕。天下者,人也;安危者,肥瘠也;紀綱者,脈也。脈不病,雖瘠不害;脈病而肥者,死矣。通於此説者,其知所以爲天下乎〔三〕!

〔一〕脈之病否:血脈是否有病。《素問·痿論》:"心主身之血脈。"

〔二〕天下,指國家。紀綱之理亂:指法度倫常之治亂。《書・五子之歌》:"今失厥道,亂其紀綱,乃厎滅亡。"又《禮・樂記》:"紀綱既正,天下大定。"此謂善於謀劃國家。

〔三〕謂明瞭這一説法的人,就算知道如何治理天下了罷。

　　夏、殷、周之衰也,諸侯作而戰伐日行矣〔四〕。傳數十王而天下不傾者,紀綱存焉耳〔五〕。秦之王天下也,無分勢於諸侯,聚兵而焚之,傳二世而天下傾者,紀綱亡焉耳〔六〕。是故四支雖無故,不足恃也,脈而已矣〔七〕。四海雖無事,不足矜也,紀綱而已矣〔八〕。憂其所可恃,懼其所可矜,善醫善計者,謂之天扶與之〔九〕。

〔四〕諸侯作:謂諸侯紛起。作,起。

〔五〕據傳夏自啓至桀十三代十六帝,自第二代太康失位,動亂頻仍,至第十三帝帝胤甲時已衰微;殷商自湯至紂十七代三十王,第六代中丁至第十代陽甲政治衰亂,盤庚中興後不久,又陷入混亂局面;周至平王東遷,列國併起,王室衰微,進入春秋戰國時代,又歷二十二王乃亡。

〔六〕無分勢於諸侯:没有把權勢分給諸侯。指秦王朝兼併諸侯,立郡縣制,實行統一集權。聚兵而焚之:指秦收天下兵器,銷毀改鑄爲阿房宫前十二銅人。傳二世:秦傳二代,統一天下僅十五年。

〔七〕四支雖無故:支,通"肢";四肢雖没有毛病。不足恃:不足以爲依靠。脈而已矣:謂血脈已病罷了。

〔八〕不足矜:不足以爲驕傲。紀綱而已矣:意謂紀綱已亂罷了。

〔九〕此謂在所可依恃處憂慮,在所可驕矜處戒懼,這種善於醫術、善於謀國的人,可以説是得天之助;扶與,馬《校》:"猶扶助也。"朱《考》謂"此句未詳,疑有誤字"。

《易》曰："視履考祥。"〔一〇〕善醫善計者爲之。

〔一〇〕出《易·履卦》上九爻辭；王注："禍福之祥生乎所履處。履之極，
　　履道成也。故可視履而考祥也。"履，踐履之處；考祥，考知其興衰
　　徵兆。詳，徵兆。

其　三

談生之爲《崔山君傳》，稱鶴言者，豈不怪哉！然吾觀
於人，其能盡其性而不類於禽獸異物者希矣〔一〕。將憤世
嫉邪、長往而不來者之所爲乎〔二〕？

〔 一 〕盡其性：謂盡其爲人之天性。
〔 二 〕將：劉淇《助字辨略》卷二："將，寧也；寧，豈也，轉相訓。"長往而
　　不來者：指超世高蹈之士。此謂談生之鶴言豈不是他作爲憤世
　　嫉邪的超世高蹈之士的作爲嗎？

昔之聖者，其首有若牛者，其形有若蛇者，其喙有若
鳥者，其貌有若蒙倛者〔三〕。彼皆貌似而心不同焉，可謂
之非人邪？即有平脅曼膚、顏如渥丹、美而很者，貌則人，
其心則禽獸，又惡可謂之人邪〔四〕！然則觀貌之是非，不
若論其心與其行事之可否爲不失也〔五〕。

〔 三 〕《帝王世紀》："伏羲女媧，蛇身人首；神農，人身牛首。"《太平御覽》
　　卷八二引《尸子》："禹長頸鳥喙。""鳥"別本或作"馬"，童《詮》引
　　《淮南子·脩務訓》"皋陶馬喙"，證作"馬"不訛。《荀子·非相》：
　　"仲尼之狀，面如蒙倛。"蒙倛又名方相，職掌驅鬼之官，面貌凶惡

可怖。

〔四〕平脅曼膚：形容身形肥壯,皮膚滋潤。《楚辭·天問》:“平脅曼膚,何以肥之?”王注:“言紂爲無道,諸侯背畔,天下乖離,當懷憂癯瘦,而反形體曼澤,獨何以能平脅肥盛乎?”洪興祖補注:“曼音萬;李善云:曼,輕細也。”顏如渥丹：形容臉色紅潤。《詩經·秦風·終南》:“顏如渥丹。”鄭箋:“渥,厚漬也;顏色如厚漬之丹,言赤而澤也。”渥,沾潤。美而很：《左傳》襄公二六年:“太子痤美而很。”杜注:“很,戾。”很,通“狠”,凶惡。

〔五〕本節意本《列子·黃帝》:“包羲氏、女媧氏、神農氏、夏后氏,蛇身人面,牛首虎鼻,此有非人之狀,而有大聖之德;夏桀、殷紂、魯桓、楚穆,狀貌七竅皆同於人,而有禽獸之心。”

怪神之事,孔子之徒不言〔六〕。余將特取其憤世嫉邪而作之,故題之云爾〔七〕。

〔六〕《論語·述而》:“子不語怪、力、亂、神。”此“孔子之徒”謂習孔子之學者。

〔七〕取其憤世嫉邪：謂肯定其憤世嫉邪一點。題之:指爲《崔山君傳》題辭。

其 四

世有伯樂,然後有千里馬〔一〕。千里馬常有,而伯樂不常有〔二〕。故雖有名馬,祇辱於奴隸人之手,駢死於槽櫪之間,不以千里稱也〔三〕。

〔一〕伯樂：春秋時秦國人,姓孫名陽,與秦穆公同時,善馭馬;趙翼據

《左傳》杜注、《國語》韋昭注，謂即是以御趙簡子得名之王良，而"《孟子》之王良，即《左傳》之郵良、郵無恤；《左傳》之郵無恤，即《國語》之郵無正，本一人，而伯樂則其字也"（《陔餘叢考》卷四）。伯樂相馬故事，出《戰國策·楚策四》汗明見楚春申君一節，汗明曰："君亦聞驥乎？夫驥之齒至矣，服鹽車而上太行，蹄申膝折，尾湛胕潰，漉汁灑地，白汗交流，中坂遷延，負轅不能上。伯樂遭之，下車攀而哭之，解紵衣以冪。驥於是俛而噴，仰而鳴，聲達於天，若出金石聲者，何也？彼見伯樂之知己也……"

〔二〕意本《楚辭·懷沙》："伯樂既没，驥焉程兮？"又《韓詩外傳》卷七："使驥不得伯樂，安得千里之足。"

〔三〕奴隸人：奴僕，參閱《與崔羣書》注〔二七〕。駢死於槽櫪之間：成排地死在馬槽間。駢，並。槽櫪，馬槽。揚雄《方言》卷五："櫪……或謂之皁。"郭注："養馬器也。"

馬之千里者，一食或盡粟一石。食馬者不知其能千里而食也〔四〕。是馬也，雖有千里之能，食不飽，力不足，才美不外見，且欲與常馬等不可得，安求其能千里也〔五〕？

〔四〕食馬者：食，同"飼"；指餵馬的人。朱《考》疑下"食"字下脱"一石"二字。

〔五〕外見：見，通"現"；表現出來。且欲：別本或無"且"字，"且"或作"而"，朱《考》謂"'且'字恐當在'等'字下"，王元啓《記疑》則謂"著'欲'上語勢尤健"。

策之不以其道，食之不能盡其材，鳴之而不能通其意〔六〕；執策而臨之曰：天下無馬。嗚呼！其真無馬邪？

其真不知馬也〔七〕？

〔六〕策之不以其道：謂不按對待千里馬的辦法鞭策它。策，馬鞭，此謂鞭打。食之不能盡其材：飼食不能滿足其材質所需。鳴之：謂喚馬；或以爲指馬鳴，亦通。

〔七〕其真無馬邪：難道真的無馬嗎？其，通"豈"。下"其"字不同，爲語辭。又關於"邪"和"也"，《説文》段注："今人文字，'邪'爲疑詞，'也'爲絶詞，古書則多不分別。"即舉此二句爲例。錢鍾書謂"邪"表"明知其不然而故問"，"也"表"不知其然而真問，亦可明知其然而反詰"(《管錐篇》第三册八八二頁)。

【評箋】 黄震《黄氏日鈔》卷五九：《龍喻》言君不可以爲臣；《醫喻》明治不可以恃安；《鶴喻》言人不可以貌取；《馬喻》言世未嘗無逸俗之賢。

茅坤《唐宋八大家文鈔・韓文》卷一○：並變幻奇詭，不可端倪。

馬位《秋窗隨筆》：宋玉《九辯》："當世豈無騏驥兮，誠莫之能善御。見執轡者非其人兮，故跼跳而遠去。"退之《雜説》"千里馬"一篇，即廣此意，而激昂感慨，同一寄託。

林紓《韓柳文研究法・韓文研究法》：《説馬》及《獲麟解》，皆韓子自方之辭也。説馬語壯，言外尚有希求；解麟詞悲，心中別無餘望。兩篇均重在"知"字，篇幅雖短，而伸縮蓄洩，實具長篇之勢。説馬篇入手，伯樂與千里馬對舉成文。似千里馬已得倚賴，可以自酬其知，一跌落"伯樂不常有"，則一天歡喜，却凄然化爲冰冷。且説到"駢死槽櫪之間"，行文到此，幾無餘地可以轉旋矣。忽叫起"馬之千里者"五字，似從甚敗之中，挺出一生力之軍，怒騎犯陣，神威凛然。既而折入"不知其能"句，則仍是奴隸人作主，雖有才美，一無所用，興致仍復索然。至云"安求其能千里也"，"安求"二字，仍有斯須生機，似主者尚有欲得千里馬之心，弊在不知而已。苟有道以御馬，則材尚可以盡，意尚可以通。若但抹煞一言曰"天下無馬"，則一朝握權，懷才者何能與抗？故結穴以嘆息出之。以"真無"、"真不知"相質問，既不自失身份，復以冷雋語折服其人，使之生媿。

文心之妙，千古殆無其匹……然伯樂與聖人，皆不常有之人，而昌黎自命，則不亞麟與千里馬。千里馬不幸遇奴隸，麟不幸遇俗物，斥爲不祥。然出非其時，故有千里之能，抹煞之曰"無馬"；有蓋代之祥，抹煞之曰"不祥"。語語牢騷，却語語占身分，是昌黎長技。

林紓《春覺齋論文》：……獨昌黎之《馬説》、子厚之《捕蛇者説》，則出以寓言，此説之變體也。愚謂《馬説》之立意，固主於士之不遇而言，然收束語至含蓄。子厚《捕蛇者説》，則發露無遺，讀之轉無意味矣。

按：劉熙載評韓文"結實處何嘗不空靈，空靈處何嘗不結實"（《藝概·文概》）。如本篇四首短文，内容充實，感情飽滿，但構思紆徐有態，結撰騰挪變化，雖很簡短，却有尺幅千里之勢，典型地做到了結實與空靈的統一。錢鍾書評《雜説》四謂"以摇曳之調繼斬截之詞，兼'卓犖爲傑'與'紆徐爲妍'"（《管錐篇》第二册六一九頁）。這種文章發展和豐富了論説文字的體制，具有現代雜文文體的特徵，也是文學散文演進上的新貢獻。

子産不毀鄉校頌〔一〕

我思古人，伊鄭之僑〔二〕。以禮相國，人未安其教〔三〕。游于鄉之校，衆口囂囂〔四〕。或謂子產："毀鄉校則止。"曰："何患焉？可以成美〔五〕。夫豈多言，亦各其志〔六〕。善也吾行，不善吾避。維善維否，我於此視〔七〕。川不可防，言不可弭〔八〕。下塞上聾，邦其傾矣〔九〕。"既鄉校不毀，而鄭國以理。

〔一〕子產：名僑，子產是字，諡成子；鄭穆公之孫，故稱公孫僑；爲子國

韓愈選集

之子,以父字爲氏,故稱國僑;春秋後期政治家。鄉校即鄉學。
《禮‧學記》:"古之教者,家有塾,黨有庠,術有序,國有學。"孔疏:
"鄉學曰庠。"子産不毀鄉校見《左傳》襄公三一年:"鄭人游於鄉
校,以論執政。然明謂子産曰:'毀鄉校何如?'子産曰:'何爲? 夫
人朝夕退而游焉,以議執政之善否。其所善者,吾則行之;其所惡
者,吾則改之。是吾師也,若之何毀? 我聞忠善以損怨,不聞作
威以防怨。豈不遽止? 然猶防川,大決所犯,傷人必多,吾不克救
也。不如小決使道,不如吾聞而藥之也。'然明曰:'蔑也今而後知
吾子之信可事也。小人實不才。若果行此,其鄭國實賴之,豈唯
二三臣?'仲尼聞是語也,曰:'以是觀之,人謂子産不仁,吾不信
也。'"本文寫作年代不詳。從文意看應寫於貶陽山前,姑繫於此。

〔二〕伊:語辭,無實義。

〔三〕相國:謂輔佐治理國家。安其教:安於他的教化。

〔四〕衆口:衆人之口。《國語‧周語下》:"衆口鑠金。"囂囂:喧嘩聲。
《詩經‧小雅‧十月之交》:"無罪無辜,讒口嚻嚻。"嚻,同"囂"。

〔五〕成美:成就美善之事。

〔六〕各其志:《論語‧先進》:"子曰:'亦各言其志也已矣。'"

〔七〕謂衆人以爲善否,我在此可以看清;維,語辭。否(pǐ),惡。

〔八〕弭:止。

〔九〕下塞上聾:謂下情閉塞,在上位者聾瞶。《穀梁》文公六年:"上泄
則下闇,下闇則上聾,且闇且聾,無以相通。"邦其傾矣:國家就將
滅亡罷。傾,傾覆。

在周之興,養老乞言〔一○〕。及其已衰,謗者使
監〔一一〕。成敗之迹,昭哉可觀〔一二〕。

〔一○〕《詩經‧大雅‧行葦》序:"周家忠厚,仁及草木,故能内睦九族,外
尊事黄耇,養老乞言,以成其福禄焉。"又《禮‧文王世子》:"凡祭

248

與養老、乞言、合語之禮,皆小樂正詔之於東序。"鄭注:"養老乞言,養老人之賢者,因從乞善言可行者也。"

〔一一〕謗者使監:派人監視指責過失者。謗,指責過失。《國語‧周語上》:"厲王虐,國人謗王。邵公告曰:'民不堪命矣。'王怒,得衛巫,使監謗者。以告,則殺之。國人莫敢言,道路以目。"

〔一二〕昭:明顯。

　　維是子產,執政之式〔一三〕。維其不遇,化止一國〔一四〕。誠率是道,相天下君〔一五〕。交暢旁達,施及無垠〔一六〕。

〔一三〕執政之式:執政柄者的楷模。
〔一四〕謂只由于他不遇於時,教化只限於鄭國一國。
〔一五〕誠率是道:謂確實能遵行這個辦法。《詩經‧大雅‧假樂》:"不愆不忘,率由舊章。"鄭箋:"率,循也。"
〔一六〕交暢旁達:謂普及到四方。交暢,交相暢通。旁達,旁及。施(yì)及無垠:謂無遠不到。施,蔓延,延續;《詩經‧大雅‧旱麓》:"莫莫葛藟,施于條枚。"無垠,無限。

　　於虖〔一七〕!四海所以不理,有君無臣〔一八〕。誰其嗣之,我思古人〔一九〕。

〔一七〕於虖:同"嗚呼"。
〔一八〕有君無臣:謂有明君而無賢臣;語出王符《潛夫論‧愛日》:"所謂有君無臣,有主無佐,元首聰明,股肱怠惰者也。"
〔一九〕嗣之:繼承、延續之;指繼承子產不毀鄉校的故事。

【評箋】 俞文豹《吹劍四録》：夫進賢退不肖，君相之任也。自用舍不公，邪正雜揉，而後學校公論，始不可遏。昔子產不毀鄉校，蓋知公論之所從出，故韓愈追嘆而誇頌之。漢、唐間太學生勇於義者，如王咸之救鮑宣、劉陶之薦膺穆，何蕃之留陽城，皆盛舉也。

林雲銘《韓文起》卷七：此欲國家大開言路而作也。所引乞言監謗，明明是人君之事，因不便斥言人君，故歸重於執政；又不便突言執政，故借子產之相鄭國，惜其不得大用，而以"有君無臣"四字作籠統話，逗出立言本旨，多少渾雅。起結皆用"我思古人"句，見得是道必不可復見於今之意。妙在"誰其嗣之"四字，乃國人誦子產現成語，不即不離間，有無窮之味。

吳汝綸《桐城吳氏古文讀本》卷一一：縱橫跌宕，使人忘其爲有韻之文。

按：本文隱括《左傳》文字，把散文改爲韻文，又加入了一些引證、議論、感嘆，而只用了《左傳》原文大體相當的字數，可見韓愈利用韻文的技巧。就是如此簡短的韻文，也是敘議開闔，在語句、音韻、虛詞運用上變化多端，使文氣飽滿而又靈動，不同於一般空洞呆板的頌美文字。

送 區 册 序〔一〕

陽山，天下之窮處也〔二〕。陸有丘陵之險，虎豹之虞〔三〕；江流悍急，橫波之石，廉利侔劍戟〔四〕。舟上下失勢、破碎淪溺者往往有之〔五〕。縣郭無居民，官無丞、尉〔六〕。夾江荒茅篁竹之間，小吏十餘家，皆鳥言夷面〔七〕。始至，言語不通，畫地爲字，然後可告以出租賦，奉期約〔八〕。是以賓客游從之士，無所爲而至〔九〕。

〔一〕區册是韓愈貶陽山時前來從學者。册于貞元二十年末返回家鄉
南海(嶺南道廣州治所,今廣東廣州市)省親,韓愈爲作此序。

〔二〕窮處:僻遠之處。

〔三〕虎豹之虞:謂虎豹之害。虞,憂。

〔四〕悍急:强勁急速。橫波之石:橫阻水波的石頭。廉利倅劍戟:稜
角鋒利如劍戟。廉,有稜角。《吕氏春秋·孟秋》:"其器廉以深。"
注:"廉,利也。"

〔五〕失勢:失去控制。勢,勢態。淪溺:沉没。

〔六〕縣郭:縣城;外城爲郭。官無丞、尉:丞、尉都是佐縣令以理庶務
的官員,陽山是下縣,依制應有丞、尉各一人。

〔七〕篁竹:竹叢。《漢書·嚴助傳》:"臣聞越非有城郭邑里也,處谿谷
之間,篁竹之中,習於水鬭,便於用舟。"或釋"篁"爲竹田。鳥言夷
面:形容當地少數族人言如鳥語,面貌與中原不同,即《後漢書·
度尚傳》所謂"椎髻鳥語之人"。《周禮·秋官·司隸》夷隸掌"與
鳥言",鄭注謂"夷狄之人,或曉鳥獸之言",爲詞之所本。

〔八〕奉期約:遵守一定期限規約。

〔九〕無所爲而至:謂没有到這裏來做什麽的。

　　愈待罪於斯且半歲矣〔一〇〕。有區生者,誓言相好,自
南海挐舟而來〔一一〕。升自賓階,儀觀甚偉〔一二〕;坐與之
語,文義卓然。莊周云:"逃空虛者,聞人足音跫然而喜
矣。"〔一三〕況如斯人者,豈易得哉!入吾室,聞《詩》、《書》
仁義之説,欣然喜,若有志於其間也。與之翳嘉林,坐石
磯,投竿而漁,陶然以樂,若能遺外聲利而不厭乎貧
賤也〔一四〕。

〔一〇〕待罪:謙詞,指被貶黜任職。且半歲:將半年;韓愈應於貞元二十

年中接任陽山令。

〔一一〕榜(ráo)舟而來：謂乘船來。榜，通"橈"，船槳。《莊子・漁父》：
　　　　"方將杖挐而引其船。"釋文："挐……司馬(彪)云：橈也，音饒。"

〔一二〕升自賓階：古時主賓相見，客自西階升堂，曰賓階。《孔子家語・
　　　　儒行解》："公自阼階，孔子賓階升堂立侍。"儀觀甚偉：儀表相貌
　　　　甚爲壯偉。

〔一三〕語出《莊子・徐無鬼》："夫逃虛空者，藜藋柱乎鼪鼬之逕，踉位其
　　　　空，聞人足音跫然而喜矣。"意謂逃避到空谷之中的人，雜草充塞
　　　　了鼪鼬出没的小徑，長久居住在空曠裏，聽到人的脚步聲就高興
　　　　起來。跫(qióng)，脚步響聲；一説喜悦貌；又一説"虛"通"墟"，
　　　　"空虛"指壞塚。

〔一四〕翳嘉林：在茂密的樹林下遮蔭。坐石磯：坐水邊石上。遺外聲
　　　　利：把名利置之度外。不厭乎貧賤：不避貧賤。厭，棄，惡。《論
　　　　語・雍也》："予所否者，天厭之，天厭之！"

歲之初吉，歸拜其親，酒壺既傾，序以識别〔一五〕。

〔一五〕初吉：古代以農曆每月朔(初一)至上弦(初七、八)爲初吉。《詩
　　　　經・小雅・小明》："二月初吉。"鄭箋以爲專指朔日，此歲之初吉
　　　　指貞元二十一年正月初一歲首。序以識(zhì)别：作序以紀念離
　　　　别。識，通"誌"，記。

【評箋】　朱翌《猗覺寮雜記》卷上：淮南王《諫武帝伐閩越》云："拖舟
而入水，行數百里，夾以深林叢竹，水道上下擊石，林中多蝮蛇猛獸。"又
云："嶺水之山峭峻，漂石破舟。"退之《送區册》云："陽山，天下之窮處。
陸有邱陵之險，虎豹之虞；水有江流悍急，横波之石，廉利侔劍戟。舟上
下失勢、破碎淪溺者往往有之。"退之似祖述助者，然皆奇語。

　　林雲銘《韓文起》卷五：區生以南海人，其到陽山，實欲質其所學，非

若後世遊客之謁宰官,全爲干澤起見。乃昌黎正當寂寞無聊之時,而忽得之,自然喜慰不已。是篇提出"窮"字,極寫其山川險阻,官署荒涼,令人驚愕淒愴。而云"賓客遊從之士,無所爲而至",見得擧世熙熙攘攘往來不絕者,皆有所爲于其間。而區生誓言相好,特至窮邑而訪窮宦,不顧險阻荒涼,爲難得耳。初叙其威儀、文辭,以嘉其外之所著;繼叙其有志有守,以讚其內之所存,則區生學問人品,亦可槪見。文中歷歷如繪,真寫生妙手也。

沈闇《韓文論述》卷四:前半共知爲"陽山天下之窮處"七字洗發,更當知後半於此七字,亦極關合。

按:本篇突顯出韓愈"好爲奇語"的藝術表現特徵。但在這裏並不只求用字遣詞的新異,而更求創造新奇的意境,烘托出場景的奇情異趣。

原　道〔一〕

博愛之謂仁,行而宜之之謂義,由是而之焉之謂道,足乎己無待於外之謂德〔二〕。仁與義爲定名,道與德爲虛位〔三〕。故道有君子小人,而德有凶有吉〔四〕。老子之小仁義,非毀之也,其見者小也〔五〕。坐井而觀天,曰天小者,非天小也〔六〕。彼以煦煦爲仁,孑孑爲義,其小之也則宜〔七〕。其所謂道,道其所道,非吾所謂道也〔八〕;其所謂德,德其所德,非吾所謂德也。凡吾所謂道德云者,合仁與義言之也,天下之公言也;老子之所謂道德云者,去仁與義言之也,一人之私言也。周道衰,孔子没,火于秦,黄、老于漢,佛于晉、魏、梁、隋之間〔九〕。其言道德仁義者,不入于楊,則入于墨〔一〇〕;不入于老,則入于佛〔一一〕。入于彼,必出于此〔一二〕。入者主之,出者奴之〔一三〕;入者附之,出者汙之〔一四〕。噫,後之人其欲聞仁義道德之説,孰從而聽之!老者曰:“孔子,吾師之弟子也。”〔一五〕佛者曰:“孔子,吾師之弟子也。”〔一六〕爲孔子者習聞其説,樂其誕而自小也,亦曰:“吾師亦嘗師之云爾。”〔一七〕不惟舉之於其口,而又筆之於其書。噫,後之人雖欲聞仁義道德之説,其孰從而求之?甚矣,人之好怪也。不求其端,不訊其末,惟怪之欲聞〔一八〕。

〔一〕原,《説文》:“水泉本也。”《淮南子》有《原道訓》、《文心雕龍》有《原道》篇,爲韓愈命題之所本。本篇與後録《原毁》,以及《原性》、《原人》、《原鬼》,俗稱“五原”,是表達韓愈思想觀點的綱領性著作。吴訥《文章辨體序説》云:“若文體謂之‘原’者,先儒謂始於退之之《五原》。蓋推其本原之義以示人也”。“五原”作於何時,是否爲同時所作,不可確考。但韓愈在陽山作酬李伯康《李員外寄紙筆》詩中有“虞卿正著書”之句(李伯康爲郴州刺史);而《史記·虞卿列傳》曰“虞卿非窮愁,亦不能著書以自見於後世云”;又永貞元年末在江陵獻李巽《上兵部李侍郎書》中有“謹獻舊文一卷,扶樹教道,有所明白”之語,或以爲所著、所獻即《原道》等篇,其説近是。因繫於永貞元年離陽山前。

〔二〕博愛之謂仁:意本《論語·顔淵》:“樊遲問仁。子曰:‘愛人。’”“博愛”語出《孝經·三才》:“是故先之以博愛,而民莫遺其親。”又佛典中始大量使用“博愛”語,如康僧鎧譯《無量壽經》“仁慈博愛”、郗超《奉法要》“博愛兼拯”等。行而宜之之謂義:意本《禮·中庸》:“義者,宜也。”又《孟子·離婁上》:“義,人之正路也。”由是而之焉之謂道:謂由仁、義之途前進謂之道;《禮·中庸》:“率性之謂道。”鄭注:“循性行之是謂道。”此性即仁義之性。足乎己無待於外之謂德：意本《禮·鄉飲酒義》：“德也者，得於身也。”無待謂不待外鑠。《關尹子·二柱》：“天非自天，有爲天者；地非自地，有爲地者……彼不自成，知彼有待，知此無待。”

〔三〕定名：有固定内容的概念。名，概念。《公孫龍子·名實》：“夫名，實謂也。”虚位：没有固定内容的範疇。《黄氏日抄》：“仁與義爲道德，去仁與義亦自以爲道德，故特指其位爲虚，而未嘗以道德爲虚也。”

〔四〕道有君子小人：《易·泰》象傳：“君子道長，小人道消也。”《禮·中庸》：“故君子之道闇然而日章，小人之道的然而日亡。”德有凶有吉：《左傳》文公一八年：“孝敬忠信爲吉德，盗賊藏姦爲凶德。”

〔五〕老子之小仁義：小謂輕視；《老子》：“大道廢，有仁義。”“失道而後德，失德而後仁，失仁而後義，失義而後禮。”毁：詆毁。

〔六〕舊注謂意本《尸子·廣澤》：“因井中視星，所視不過數星；自邱上以視，則見其始出，又見其入。”朱《考》謂“韓公未必用《尸子》語”。

〔七〕煦煦：惠愛貌。煦，温暖。孑孑：特出貌；孑，孤單。《詩經·鄘風·干旄》：“孑孑干旄。”陳奂：“孑孑猶桀桀，特立之意。”童《校》：“公言道德原於仁義；老子則云失道而後德，失德而後仁，失仁而後義，揭仁義於道德之外，仁義小於道德。煦煦爲仁，言其小；孑孑爲義，言桀然揭義以示於衆。”

〔八〕道其所道：謂以其所躬行之道爲道。下“德其所德”句法同。

〔九〕周道衰：指春秋戰國時期周王室衰微，列國争起。孔子没：没，通“歿”，死。火于秦：謂秦王朝燬禁儒家之書。據《史記·秦始皇本紀》：三十四年（前二一三）李斯請“史官非《秦記》皆燒之，非博士官所職，天下敢有藏《詩》、《書》、百家語者，悉詣守尉雜燒之……制曰：可”。黄、老于漢：謂漢代黄老之學流行；黄，指黄帝，與老子被道家推崇爲創始人；西漢前期文、景年間黄老之學盛行一時；此“黄”、“老”與前“火”、後文“佛”同作動詞用，意謂“黄老化”。佛於晉、魏、梁、隋：謂佛教盛行於這四個朝代；晉代以前佛教雖已傳入中土，但影響有限，至晉代始朝野普遍奉佛，並大量傳譯佛典;北魏高祖元宏、世宗元恪等好佛,在平城(今山西大同市)雲崗和洛陽龍門鑿窟建寺,塔像極盛;梁代佛教地位崇高,梁武帝蕭衍是著名的佞佛君主,曾四次捨身佛寺;隋王朝亦崇佛,立國後即普詔天下,聽任百姓出家爲僧尼,並計口出錢,營造佛像。

〔一〇〕意本《孟子·滕文公下》:"楊朱、墨翟之言盈天下,天下之言不歸楊,則歸墨。"楊、墨,參閱《送孟東野序》注〔二二〕。

〔一一〕謂不歸於道家,則歸於佛教。

〔一二〕彼:謂楊、墨、釋、老。此:謂儒家聖人之道。

〔一三〕此謂歸附哪種學説就奉之爲主,出離聖人之道則鄙之爲奴。

〔一四〕歸附者則依存之,出離者則污衊之。

〔一五〕老者:指崇奉老子學説之人,即道家。《莊子·天運》:"孔子行年五十有一而不聞道,乃南之沛見老聃。"言及孔子師事老子者,還有《史記·孔子世家》及《老子韓非列傳》、葛洪《神仙傳》等。

〔一六〕佛者:謂佛教徒。後周釋道安《二教論·服法非老第九》引僞《清净法行經》:"佛遣三弟子震旦教化:儒童菩薩,彼稱孔丘;光净菩薩,彼稱顏回;摩訶迦葉,彼稱老子。"

〔一七〕"嘗"下原無"師之"二字,據魏《集》校補。爲孔子者:即學孔子之道。《禮記·曾子問》、《孔子家語·觀周》等儒家典籍皆言及孔子向老子問禮。(按:孔子是否師事老子是學術史上的疑案,韓愈在《師説》中亦引此事論證學無常師;謂孔子習佛則純爲佛教徒僞撰,二事不可並論。)

〔一八〕不求其端:不探求仁義道德之説的根據。端,謂端緒。不訊其末:不考察仁義道德之説的表現。末,謂後果。惟怪之欲聞:只願聞怪異之言。

古之爲民者四,今之爲民者六〔一九〕。古之教者處其一,今之教者處其三〔二〇〕。農之家一而食粟之家六,工之家一而用器之家六,賈之家一而資焉之家六,奈之何民不

窮且盜也〔二一〕？古之時，人之害多矣。有聖人者立，然後
教之以相生養之道，爲之君，爲之師，驅其蟲蛇禽獸而處
之中土〔二二〕。寒然後爲之衣；飢然後爲之食〔二三〕；木處
而顚、土處而病也，然後爲之宫室〔二四〕；爲之工以贍其器
用〔二五〕；爲之賈以通其有無；爲之醫藥以濟其夭死；爲之
葬埋祭祀以長其恩愛；爲之禮以次其先後〔二六〕；爲之樂以
宣其壹鬱〔二七〕；爲之政以率其怠勌〔二八〕；爲之刑以鋤其
强梗〔二九〕。相欺也，爲之符璽、斗斛、權衡以信之〔三〇〕；
相奪也，爲之城郭甲兵以守之。害至而爲之備，患生而爲
之防。今其言曰：“聖人不死，大盜不止。剖斗折衡，而民
不争。”〔三一〕嗚呼！其亦不思而已矣。如古之無聖人，人
之類滅久矣。何也？無羽毛鱗介以居寒熱也，無爪牙以
争食也〔三二〕。是故君者，出令者也；臣者，行君之令而致
之民者也；民者，出粟米麻絲、作器皿、通貨財以事其上者
也。君不出令，則失其所以爲君；臣不行君之令而致之
民，民不出粟米麻絲、作器皿、通貨財以事其上，則
誅〔三三〕。今其法曰〔三四〕：必棄而君臣，去而父子，禁而相
生養之道，以求其所謂清净寂滅者〔三五〕。嗚呼！其亦幸
而出於三代之後，不見黜於禹、湯、文、武、周公、孔子
也〔三六〕；其亦不幸而不出於三代之前，不見正於禹、湯、
文、武、周公、孔子也〔三七〕。

〔一九〕《穀梁》成公元年：“古者有四民：有士民，有商民，有農民，有工
　　　民。”“四民”加僧、道爲六。
〔二〇〕古之教者：即指實行“先王之教”者。處其一：楊樹達《詞詮》謂此
　　　類“其”“實爲‘其爲’二字之義”；“處其一”即處在唯我獨尊的地

位。而"今之教者"加佛、老所以爲三。

〔二一〕資焉：以之資生。《漢書·食貨志》："士農工商，四民有業：學以
　　　　居位曰士，闢土殖穀曰農，作巧成器曰工，通財鬻貨曰商。"

〔二二〕意本《孟子·梁惠王下》引《書》曰："天降下民，作之君，作之師。"
　　　　此文出《尚書》逸篇；據《周禮·地官·師氏》："師氏……以三德教
　　　　國子"。又《孟子·滕文公上》："舜使益掌火，益烈山澤而焚之，禽
　　　　獸逃匿。"中土即中國；古人認爲所居住的中原地區居天下之中。

〔二三〕《孟子·滕文公下》："后稷教民稼穡，樹藝五穀，五穀熟而民
　　　　人育。"

〔二四〕《易·繫辭下》："上古穴居而野處，後世聖人易之以宮室。"木處而
　　　　顛：居住在樹上有顛墜之虞。土處而病：居住于洞穴會感染病
　　　　痛。宮室：房屋。

〔二五〕贍：供給。

〔二六〕次其先後：謂規定尊卑長幼的次序。

〔二七〕宣其壹(yīn)鬱：宣洩其抑鬱不平之情。壹，或作"湮"、"堙"；朱
　　　　《考》謂"'壹'、'湮'古通用"，壅塞之意。

〔二八〕率其怠勌：勌，同"倦"；督促其怠惰疲塌。率，督促。

〔二九〕鋤其强梗：剷除其强橫不法。

〔三〇〕符璽：符爲古代傳達命令、徵調軍隊的憑證，用金、玉、銅、竹、木
　　　　等材料製成。璽即印。《獨斷》："秦以來，天子獨以印稱璽。"權
　　　　衡：秤。權謂秤錘，衡謂秤桿。此謂製作符璽、斗斛、權衡以使人
　　　　誠信。

〔三一〕語出《莊子·胠篋》；又《老子》中亦有類似説法，如："絕聖棄智，民
　　　　利百倍；絕仁棄義，民復孝慈；絕巧棄利，盜賊無有。"

〔三二〕居寒熱：抵禦寒暑。居，停，止。《易·繫辭下》："變動不居。"

〔三三〕誅：罰。《廣韻·釋詁》："誅，責也。"

〔三四〕今其法：以下指佛法。

〔三五〕此指佛教徒出家背棄倫常，不事生產，追求超脫輪迴的涅槃。清
　　　　淨寂滅即涅槃，是早期意譯；袁宏《後漢紀》卷一〇："浮屠者，佛

也，……其教以修善慈心爲主，不殺生，專務清净。（按：此"清净"與道家和道教絕仁棄義、還樸守静的"清静"含義迥别。）又什譯《維摩詰所説經·弟子品》："法本不然，今則無滅，是寂滅義。"涅槃是佛教徒所追求的超越輪迴、不生不滅的絶對狀態。

〔三六〕此從佛、道立場講；幸，僥倖；不見黜：未被排斥，未被廢棄。

〔三七〕此從維護聖人之道角度講。不見正：不被糾正。《左傳·隱公三年》："君義，臣行，父慈，子孝，兄敬，弟愛，所謂六順也。"爲此段義之所本。

　　帝之與王，其號名殊，其所以爲聖一也〔三八〕。夏葛而冬裘，渴飲而飢食，其事雖殊，其所以爲智一也〔三九〕。今之言曰：曷不爲太古之無事〔四〇〕？是亦責冬之裘者曰："曷不爲葛之之易也〔四一〕？"責飢之食者曰："曷不爲飲之之易也？"《傳》曰〔四二〕："古之欲明明德於天下者，先治其國；欲治其國者，先齊其家；欲齊其家者，先修其身；欲修其身者，先正其心；欲正其心者，先誠其意。"〔四三〕然則古之所謂正心而誠意者，將以有爲也〔四四〕。今也欲治其心，而外天下國家，滅其天常，子焉而不父其父，臣焉而不君其君，民焉而不事其事〔四五〕。孔子之作《春秋》也，諸侯用夷禮則夷之，進於中國則中國之〔四六〕。《經》曰〔四七〕："夷狄之有君，不如諸夏之亡。"〔四八〕《詩》曰："戎狄是膺，荆舒是懲。"〔四九〕今也舉夷狄之法而加之先王之教之上，幾何其不胥而爲夷也〔五〇〕！

〔三八〕此帝指五帝，王指三王；意本《白虎通·號》："帝王者何？號也。號者，功之表也。所以表功明德、號令臣下者也。德合天地者稱帝,仁義合者稱王。"道家尊上古,貶低後王,韓愈針對此而言。

〔三九〕"事"下原本無"雖"字,依方《正》據別本校補。夏葛:夏天服葛布衣。冬裘:冬天穿皮衣。

〔四〇〕曷不爲:爲何不去實行。曷,何故。太古:指人類原始時代。《老子》主張還醇返樸,嚮往往古風俗:"小國寡民,使有什佰之器而不用,使民重死而不遠徙。雖有舟輿,無所乘之;雖有甲兵,無所陳之。使人復結繩而用之。甘其食,美其服,安其居,樂其俗,鄰國相望,雞犬之聲相聞,民至老死不相往來。"

〔四一〕葛之易:使人換穿葛衣。或以爲"之"不當複出。然有無複出"之"字含義不同,"葛之"是服葛的行動,"葛"只是表葛布、葛衣的概念。下"飲之之易"同。

〔四二〕此《傳》指《禮記》,文出《大學》篇。《禮記》唐時爲《九經》之一,此"傳"字汎稱經典。

〔四三〕明明德:發揚光大美德。鄭注:"謂顯明其至德也。"齊其家:整治其家庭。本節文字據孔疏爲講"大學之道"的"明明德之理",但韓愈引文在原文完整一句話中略去了下面"欲誠其意者,先致其知;致知在格物"十四字。

〔四四〕將以有爲:謂將要有所作爲,指治國平天下之事。

〔四五〕外天下國家:將天下國家置之度外。天常:倫常。儒家謂倫理本之於天,爲常道,故曰天常。

〔四六〕夷之:謂待之爲夷狄。中國之:謂待之如中原人。中國指奉行先王之教的中原地區。此謂孔子修《春秋》時,對中原諸侯不從教化、實行蠻夷禮俗的,就按蠻夷對待;而對居于蠻夷但進而遵行中土教化的,就當作中土禮義之邦來對待。這是儒家"華夷之辨"在解釋《春秋》時的應用,如《春秋》僖公二十三年:"杞子卒。"《左傳》:"書曰'子',杞,夷也。"二十七年:"杞子來朝。"《左傳》:"用夷禮故曰'子'。"《公羊》桓公十五年:"邾婁人、牟人、葛人來朝。皆何以稱'人'?夷狄之也。"《公羊》莊公二十三年:荆人來聘。"荆何以稱'人'?始能聘也。"何休《解詁》:"明夷狄能慕王化、修聘禮、受正朔者，當進之，故使稱‘人’也。”《穀梁》哀公十三年："公會諸侯及吳子於黃池。黃池之會，吳子進乎哉，遂‘子’矣。吳，夷狄之國也，祝髮文身，欲因魯之禮，因晉之權，而請冠端而襲其藉於成周以尊天王，吳進矣……"

〔四七〕此《經》指《論語》，文出《八佾》篇。漢代一般稱《論語》爲“傳”，後漢靈帝熹平中，蔡邕寫六經文字立石柱於太學門外，中有《論語》，故亦可稱“經”。

〔四八〕諸夏：指中原華夏各諸侯國。亡：通“無”。邢昺疏："言夷狄雖有君長而無禮義，中國雖偶無君若周、召共和之年，而禮義不廢。"

〔四九〕文出《詩經·魯頌·閟宮》。戎狄是膺：謂抵禦戎狄；戎是對居於西部諸族的統稱，狄是對居於北部諸族的統稱；膺，抵擋。荆舒是懲：謂懲治荆、舒二國。荆是楚國的別稱，古楚國亦被視爲蠻夷之邦。舒是楚盟國。《孟子·滕文公上》引此詩屬周公；趙注："周家時擊戎狄之不善者，懲止荆舒之人，使不敢侵陵也。"

〔五〇〕此謂現在將佛教這夷狄之法加到先王之教之上，不要多少時間不是全都化爲夷狄了嗎。胥，皆。

　　夫所謂先王之教者何也？博愛之謂仁，行而宜之之謂義，由是而之焉之謂道，足乎己無待於外之謂德。其文《詩》、《書》、《易》、《春秋》〔五一〕；其法禮、樂、刑、政；其民士、農、工、賈；其位君臣、父子、師友、賓主、昆弟、夫婦；其服麻絲；其居宫室；其食粟米、果蔬、魚肉。其爲道易明，而其爲教易行也。是故以之爲己，則順而祥；以之爲人，則愛而公；以之爲心，則和而平；以之爲天下國家，無所處而不當〔五二〕。是故生則得其情，死則盡其常〔五三〕；郊焉而天神假，廟焉而人鬼饗〔五四〕。曰：斯道也，何道也？曰：斯吾所謂道也，非向所謂老與佛之道也。堯以是傳之舜,舜以是傳之禹,禹以是傳之湯,湯以是傳之文、武、周公,文、武、周公傳之孔子,孔子傳之孟軻〔五五〕。軻之死,不得其傳焉。荀與揚也,擇焉而不精,語焉而不詳〔五六〕。由周公而上,上而爲君,故其事行;由周公而下,下而爲臣,故其説長〔五七〕。然則如之何而可也?曰:不塞不流,不止不行〔五八〕。人其人,火其書,廬其居,明先王之道以道之,鰥寡孤獨廢疾者有養也,其亦庶乎其可也〔五九〕。

〔五一〕此“文”謂文獻;以下經典名稱是按今文學家排列。董仲舒《春秋繁露・玉杯》:“《詩》、《書》序其志,《禮》、《樂》純其美,《易》、《春秋》明其知。”

〔五二〕無所處而不當:謂所處理之事無有不當。

〔五三〕得其情:謂得人情之正。盡其常:盡其常道,謂終其天年。

〔五四〕郊焉而天神假(gé):假,通“格”,感通;謂祭天時天神則感通降臨。郊,祭天。廟焉而人鬼饗:謂祭祀祖廟時祖先的亡靈前來馨享;廟,指廟祭。饗,通“享”。

〔五五〕意本《孟子・盡心下》:“孟子曰:由堯、舜至於湯,五百有餘歲。若禹、皋陶,則見而知之;若湯,則聞而知之。由湯至於文王,五百有餘歲。若伊尹、萊朱,則見而知之;若文王,則聞而知之。由文王至於孔子,五百有餘歲。若太公望、散宜生,則見而知之;若孔子,則聞而知之。由孔子而來,至於今百有餘歲,去聖人之世若此其未遠也,近聖人之居若此其甚也。然而無有乎爾,則亦無有乎爾。”

〔五六〕此謂荀子與揚雄對聖人之道有所揀選但不精確,雖有闡述但不詳明。

〔五七〕其説長:謂其學説長久得以闡揚。

〔五八〕此意本《孟子・滕文公下》:“楊、墨之道不熄,孔子之道不著。”謂對佛、老之道不塞不止,則聖人之道不得流傳興行。

〔五九〕人其人：謂使僧侶、道士還俗爲編民；上“人”字爲“民”之譌。火其書：謂燒燬佛、道二教典籍。廬其居：謂把寺、觀變爲民宅。明先王之道以道之：下“道”,通“導”；謂闡揚先王之道而加以教導之。鰥寡孤獨廢疾者有養：意本《孟子・梁惠王下》：“老而無妻曰鰥,老而無夫曰寡,老而無子曰獨,幼而無父曰孤。此四者,天下之窮民而無告者。文王發政施仁,必先斯四者。”又《禮記・禮運》：“矜寡孤獨廢疾者皆有所養。”“矜”,通“鰥”。廢(fèi),殘廢。庶乎其可：差不多可以了罷。

【評箋】　皮日休《請韓文公配饗太學書》：於戲！聖人之道,不過乎用。用之生前,則一時可知也；用於死後,則百世可知也。……夫孟子、荀卿,翼傳孔道,以至於文中子；文中子之末,降及貞觀、開元,其傳者醨,其繼者淺,或引刑名以爲文,或援縱橫以爲理,或作詞賦以爲雅。文中之道,曠百祀而得室授者,唯昌黎文公之文。蹴楊、墨於不毛之地,蹂釋、老於無人之境,故得孔道巍然而自正……(《皮子文藪》卷九)

石介《尊韓》：道始於伏羲氏,而成終於孔子。道已成終矣,不生聖人可也。故自孔子來二千餘年矣,不生聖人。若孟軻氏、揚雄氏、王通氏、韓愈氏,祖述孔子而師尊之,其智足以爲賢。孔子後,道屢廢塞,闢於孟子,而大明於吏部。道已大明矣,不生賢人可也。故自吏部來三百有餘年矣,不生賢人。若柳仲塗、孫漢公、張晦之、賈公諫,祖述吏部而師尊之,其智實降。噫！伏羲氏、神農氏、黃帝氏、少昊氏、顓頊氏、高辛氏、唐堯氏、虞舜氏、禹、湯氏、文、武、周公、孔子者,十有四聖人,孔子爲聖人之至。噫！孟軻氏、荀況氏、揚雄氏、王通氏、韓愈氏五賢人,吏部爲賢人之卓。不知更幾千萬億年,復有孔子；不知更幾千數百年,復有吏部。孔子之《易》、《春秋》,自聖人以來未有也；吏部《原道》、《原仁》、《原毀》、《行難》、《禹問》、《佛骨表》、《諍臣論》,自諸子以來未有也。嗚呼至矣！(《徂徠集》卷七)

張耒《韓愈論》：韓退之以爲文人則有餘,以爲知道則不足……愈之

《原道》曰:"博愛之謂仁……德有吉有凶。"若如此,道與德特未定,而仁與義皆道也。是愈於道,本不知其何物,故其言紛紛異同而無所歸。而獨不知子思之言乎:"天命之謂性,率性之謂道,修道之謂教。"曰性,曰道,曰教,而天下之能事畢矣。禮、樂、刑、政,所謂教也,而出於道;仁、義、禮、智,所謂道也,而出於性。性則原於天,論至於此而足矣。未嘗持一偏,曰如是謂之道,如是謂之非道;曰定名,曰虛位也,則子實知之矣。愈者擇焉而不精,語焉而不詳,而健於言者歟!(《張右史文集》卷五六)

范溫《潛溪詩眼》:山谷言文章必謹布置。每見後學,多告以《原道》命意曲折。後予以此概考古人法度,如杜子美《贈韋見素》詩……前賢録爲壓卷。蓋布置最得正體,如官府甲第、廳堂房室,各有定處,不可亂也。韓文公《原道》與《書》之《堯典》蓋如此,其他皆謂之變體可也。蓋變體如行雲流水,初無定質,出於精微,奪乎天造,不可以形器求矣。然要之以正體爲本,自然法度行乎其間。譬如用兵,奇正相生,初若不知正而徑出於奇,則紛然無復綱紀,終於則亂而已矣。《原道》以仁義立意,而道德從之,故老子捨仁義,則非所謂道德。繼叙異端之汩正,繼叙古之聖人不得不用仁義也如此,繼叙佛、老之捨仁義則不足以治天下也如彼,反復皆數疊,而復結之以"先王之教",終之以"人其人,火其書",必以是禁止而後可以行仁義,於是乎成篇……然則自古有文章,便有布置,講學之士不可不知也。

朱熹《讀唐志》:……東京以降,迄于隋唐,數百年間,愈下愈衰,則其去道益遠,而無實之文亦無足論。韓愈氏出,始覺其陋,慨然號於一世,欲去陳言,以追《詩》、《書》六藝之作。而其弊精神,糜歲月,又有甚於前世諸人之所爲者。然猶幸其略知不根無實之不足恃,因是頗溯其源而適有會焉。於是《原道》諸篇始作。而其言曰:"根之茂者其實遂,膏之沃者其光曄,仁義之人,其言藹如也。"其徒和之,亦曰:"未有不深於道而能文者。"則亦庶幾其賢矣。然今讀其書,則其出於諂諛、戲豫、放浪而無實者,自不爲少。若夫所原之道,則亦徒能言其大體,而未有見其探討服行之效,使其言之爲文者,皆必由是以出也。故其論古人,則又直以屈原、孟軻、馬遷、相如、揚雄爲一等,而猶不及於董、賈。其論當世之弊,則但以詞不已出,而遂有神狙聖伏之嘆。至於其徒之論,亦但以剽掠僭竊爲文之病,大振頹風,教人自爲爲韓之功,則其師生之間,傳授之際,蓋未免裂道與文以爲兩物,而於其輕重緩急、本末賓主之分,又未免於倒懸而逆置之也。(《朱文公文集》卷七〇)

劉壎《隱居通議》卷二《龍川議論》:文以載道也。道不在我,雖有文,直與利口者爭長耳。退之《原道》無愧孟、荀,終不免以文爲本,故程氏謂之"倒學"。

歸有光《文章指南·智集》:凡句法直下來,如良馬下峻嶺,如輕舟下長湍,若無一句攔截,便不成文章。此篇末"堯以是傳之舜"云云,截以"軻之死不得其傳焉",此兩句絶妙,可以爲法。

何偉然《廣快書》:韓子《原道》、胡子《崇正辨》,乃闢俗僧狂道,何關聃、曇本色。

馬叙倫《讀書小記》卷一:韓昌黎議論文字,如《原道》、《原性》,題目極大。然《原道》開口即誤,已見譏於昔人。余謂此文論辨,已非退之之精粹;衡議,真所謂味同馬勃耳。包慎伯《書韓文後》云:"今觀《原道》,大都門面語。徵引蒙莊,已非老子之旨,尤無關於釋氏。以退之屏棄釋氏,未見其書,故集中所力排者,皆俗僧聳動愚衆以邀利之説。繼自度其力,不能入室操戈以伐之,故文昌諄勸著書,而告以須五、六十時也。"此言深中其疵。

陳寅恪《論韓愈》:唐太宗崇尚儒學,以統治華夏,然其所謂儒學,亦不過承繼南北朝以來正義義疏繁瑣之章句學耳。又高宗、武則天以後,偏重進士詞科之選,明經一目僅爲中材以下進取之途徑,蓋其所謂明經者,止限於記誦章句,絶無意義之發明,故明經之科在退之時代,已全失去政治社會上之地位矣(詳見拙著《唐代政治史述論稿》上篇)。南北朝後期及隋唐之僧徒亦漸染儒生之習,詮釋内典,襲用儒家正義義疏之體裁,與天竺詁解佛經之方法殊異(見拙著《楊樹達論語義證序》),如禪學及禪宗最有關之三論宗大師吉藏、天台宗大師智顗等之著述與賈公彦、孔穎達諸儒之書其體製適相冥會,新禪宗特提出直指人心見性成佛之旨,一掃僧徒繁瑣章句之學,摧陷廓清,發聾振瞶,固吾國佛教史上一大事也。退之生值其時，又居其地，睹儒家之積弊，效禪侶之先河，直指華夏之特性，掃除賈、孔之繁文，《原道》一篇中心旨意實在於此……（《歷史研究》一九五四年第二期，收録《金明館叢稿初編》）

按：本篇是韓愈表述自己哲學、社會、經濟、倫理思想的綱領性文章。雖然他早在《爭臣論》裏已明確提出"文以明道"的主張，但正如張籍在汴州時致書批評的，他"多尚駁雜無實之説"，而把"爲一書以興存聖人之道"（《上韓昌黎書》，《全唐文》卷六八四）的大事放在以後。及至得罪貶陽山，才鄭重實現其明道著書的志願，寫出了《原道》等一系列論著。《原道》爲求端訊末之言，所原爲儒家聖人之道。但歷來却又受到一些批評。除近、現代不少人把它當作宣揚封建意識典型文章而批判外，以宋代道學家攻之最力，代表性意見前已引述。然而如從當時現實狀況與歷史發展看，《原道》確實具有不容低估的價值。歸納起來，主要有四個方面。第一，他提出了一個自堯、舜、禹、湯以來相延不絶的傳道統緒，並以承繼這個統緒爲職志，這就肯定了儒家聖人之道的正統地位，並爲宋人"道統"論開了先河。文中特別受宋人攻難的是"定名"、"虛位"之説，程頤已指斥爲"亂説"（《二程語録》卷一二）；朱熹則説《原道》"首句極不是……大要未説到頂頭上"（黎靖德編《朱子語類》卷一三七），因爲認"道與德爲虛位"則抽空了它們的内容。實則韓愈是把道與德看作本體意義的範疇，從而把儒道與釋、老之道嚴格區分開來。正如楊萬里所理解的："聖人之道，非以虛爲道德。非虛而曰虛位者，道德之實非虛也，而道德之位則虛也。"（《韓子論上》，《誠齋集》卷八六）第二，對個人實踐聖人之道，韓愈突出强調《中庸》、《大學》"正心"、"誠意"之旨。他不重天志而重聖人，不法太古而法後王，要求人性的自我完善。這是對思、孟一派心性論的發揮，又顯然接受了當時流行的禪宗的影響。第三，在社會實踐方面，韓愈把聖人之道解釋爲易明易行的"相生養之道"，認爲君臣四民應各司其職，達到順人之情，無所不當，這是發揮了儒家、特別是孟子的仁政、王道思想。第四，他以儒家聖人之道反對釋、道二教，雖然批評的理論水平不高，又缺乏分析的態度，但對於扼制宗教唯心主義起了巨大作用；特別是他以一代文宗身份闢佛，成了後代反佛的一面旗幟。當然，這篇文章也有不少重大局限，起過消極作用，此不贅述。《原道》的文章言簡意賅，氣勢磅礴。全篇立論與駁論相結合，逐層深入。批駁兼佛、老雙方，以佛爲重點，相互映帶。多用排比與對偶，造成疏蕩條暢的氣勢；用設問與反詰，則造成文情的波瀾，使語氣健舉；像“人其人，火其書”之類句法，名詞作動詞用，句子既凝重又生動。如此等等，在表達上都突顯出義正而辭嚴的效果。

原　　毀〔一〕

　　古之君子，其責己也重以周，其待人也輕以約〔二〕。重以周，故不怠〔三〕；輕以約，故人樂爲善。聞古之人有舜者，其爲人也，仁義人也〔四〕。求其所以爲舜者，責於己曰：“彼，人也；予，人也。彼能是，而我乃不能是〔五〕。”早夜以思，去其不如舜者，就其如舜者〔六〕。聞古之人有周公者，其爲人也，多才與藝人也〔七〕。求其所以爲周公者，責於己曰：“彼，人也；予，人也。彼能是，而我乃不能是。”早夜以思，去其不如周公者，就其如周公者。舜，大聖人也，後世無及焉；周公，大聖人也，後世無及焉。是人也，乃曰：“不如舜，不如周公，吾之病也〔八〕。”是不亦責於己者重以周乎〔九〕？ 其於人也，曰：“彼，人也，能有是，是足爲良人矣；能善是，是足爲藝人矣〔一〇〕。”取其一不責其二，即其新不究其舊，恐恐然惟懼其人之不得爲善之利〔一一〕。一善易修也，一藝易能也，其於人也，乃曰：“能有是，是亦足矣。”曰：“能善是，是亦足矣。”不亦待於人者輕以約乎？

〔一〕毀：《戰國策・齊策》：“夏侯章每言，未嘗不毀孟嘗君也。”高注：
“毀，謗也。”本篇寫作年代不可確考，一般繫於《原道》同時。又文
題或作《毀原》。

〔二〕古之君子：“君子”有二義，一爲成年男子的尊稱，一稱有德者；此
取後一義。下文“今之君子”則指當今僭稱爲“君子”者。責己：
要求自身。重以周：嚴格而又全面。輕以約：寬大而又簡約。此
意本《尚書・伊訓》：“與人不求備，檢身若不及。”又《論語・衛靈
公》：“子曰：‘躬自厚而薄責於人，則遠怨矣。’”

〔三〕不怠：不懈惰。《禮・檀弓》：“雖止不怠。”鄭注：“怠，惰也。”

〔四〕意本《孟子・離婁下》：“（舜）由仁義行，非行仁義也。”

〔五〕意本《孟子・滕文公上》引顏淵曰：“舜，何人也？予，何人也？有
爲者亦若是。”

〔六〕就其如舜者：謂成就那如舜的仁義品德。此意本《孟子・離婁
下》：“舜，人也；我，亦人也。舜爲法於天下，可傳於後世，我由未
免爲鄉人也，是則可憂也。憂之如何？如舜而已矣。”

〔七〕此周公作爲爲臣的代表，與前舜作爲爲君的代表相對待。多才與
藝：語本《書・金縢》：“予仁若考，能多才多藝，能事鬼神。”古傳
周公制禮作樂。

〔八〕吾之病：我的患害。

〔九〕“己”原作“身”，據魏《集》校改。

〔一○〕藝人：謂有技藝之人。

〔一一〕恐恐然：惶恐戒懼貌。

今之君子則不然，其責人也詳，其待己也廉〔一二〕。
詳，故人難於爲善；廉，故自取也少〔一三〕。己未有善，曰：
“我善是，是亦足矣。”己未有能，曰：“我能是，是亦足矣。”

外以欺於人，内以欺於心，未少有得而止矣〔一四〕。不亦待
其身者已廉乎〔一五〕？其於人也，曰：“彼雖能是，其人不
足稱也；彼雖善是，其用不足稱也。”舉其一不計其十，究
其舊不圖其新，恐恐然惟懼其人之有聞也〔一六〕。是不亦
責於人者已詳乎？夫是之謂不以衆人待其身，而以聖人
望於人，吾未見其尊己也〔一七〕。

〔一二〕詳：周全；意略同“重以周”。廉：簡約；意略同“輕以約”。
〔一三〕自取也少：謂自身進德成績小。
〔一四〕少：通“稍”。
〔一五〕已廉：已，太，甚。《禮・檀弓上》：“所知，吾哭諸野；於野則已疏，
　　　於寢則已重。”鄭注：“已，猶太也。”
〔一六〕有聞(wèn)：謂有令聞，有名聲。
〔一七〕意謂這就叫做不以對待他人的標準對待自己，而以聖人的標準要
　　　求別人，我認爲這是不自尊重的表現；衆人，指平常人，他人；望，
　　　責望。此“夫是之謂不以衆人待其身”，或疑“不”字衍；童《校》則
　　　認爲：“‘不’字非衍，‘衆人’當作‘聖人’，‘聖’誤爲‘衆’耳。”

　　雖然，爲是者有本有原，怠與忌之謂也。怠者不能
修，而忌者畏人修〔一八〕。吾嘗試之矣，嘗試語於衆曰：
“某良士，某良士。”其應者必其人之與也〔一九〕；不然，則
其所疏遠不與同其利者也；不然，則其畏也。不若是，强
者必怒於言，懦者必怒於色矣〔二○〕。又嘗語於衆曰：“某
非良士，某非良士。”其不應者必其人之與也；不然，則其
所疏遠不與同其利者也；不然，則其畏也。不若是，强者
必説於言，懦者必説於色矣。是故事修而謗興，德高而毁

來。嗚呼，士之處此世而望名譽之光，道德之行，難已〔二一〕。

〔一八〕修：指進德修業。

〔一九〕與：黨與，友好。

〔二〇〕懦者必怒於色：謂怯懦者把憤怒流露在顏面上。色，臉色。

〔二一〕名譽之光：名譽的光大。道德之行：道德的興行。

　　將有作於上者，得吾説而存之，其國家可幾而理歟〔二二〕？

〔二二〕將有作於上者：指欲在上位有所作爲的人；作，起；《易·乾·文言》：“聖人作而萬物睹。”幾：庶幾。

【評箋】　謝枋得《文章軌範》卷一：此篇曲盡人情，巧處妙處，在假託他人之言辭，模寫世俗之情狀。孰於此，必能作論。

　　黃震《黃氏日抄》卷五九：傷後世議論之不公，爲國家者不可不察也。

　　貝瓊《唐宋六家文衡序》：……若《原道》、《原毀》，由孟軻之後，諸子未之能及。（《清江貝先生文集》卷二八）

　　茅坤《唐宋八大家文鈔·韓文》卷九：此篇八大比，秦漢來故無此調，昌黎公創之。然感慨古今之間，因而摹寫人情，曲邕骨裏，文之至者。

　　吳楚材等《古文觀止》卷七：全用重周、輕約、詳廉、怠忌八字立説。然其中只以一忌字原出毀者之情，局法亦奇。若他人作此，則不免露爪張牙，多作仇憤語矣。

　　姚範《援鶉堂筆記》卷四二：後頗用《管子·九變》及《戰國策·爲齊獻書趙王》文法。

伯　夷　頌〔一〕

　　士之特立獨行、適於義而已、不顧人之是非，皆豪傑之士、信道篤而自知明者也〔二〕。一家非之，力行而不惑者寡矣〔三〕；至於一國一州非之，力行而不惑者，蓋天下一人而已矣；若至於舉世非之，力行而不惑者，則千百年乃一人而已耳；若伯夷者，窮天地、亘萬世而不顧者也〔四〕。昭乎日月不足爲明，崒乎泰山不足爲高，巍乎天地不足爲容也〔五〕。

〔一〕伯夷：商孤竹君之子。相傳孤竹君死後他不願繼承王位，與弟叔齊一起逃到周國。周武王伐紂，二人叩馬諫；商滅，恥食周粟，逃至首陽山（今山西永濟市南），採薇而食。本文寫作年代不可確考，頌伯夷顯然有顛頓明志意味，應是貞元末被貶前後所作，姑繫於離陽山前。

〔二〕特立獨行：桀然自立，獨有所行。語出《禮·儒行》：“儒有澡身而浴德，陳言而伏，靜而正之，上弗知也；粗而翹之，又不急爲也；不臨深而爲高，不加少而爲多；世治不輕，世亂不沮，同弗與，異弗非也。其特立獨行有如此者。”適於義：滿足於道義。適，安適，滿足。信道篤而自知明：信仰聖人之道堅定，對自己了解深刻。篤，篤厚，純真。《論語·泰伯》：“君子篤於親。”

〔三〕力行：勉力而爲。《禮·中庸》：“力行進乎仁。”

〔四〕窮天地：窮盡天地之間。亘萬世：在萬代之中。亘，連接。不顧：不見。

〔五〕此謂伯夷如此光輝，日月比起他都不算光明；如此崇高，泰山比起他都不算高大；如此巍峨，天地容納他都不够開闊。昭，光明。崒

(zú)，同“崒”，高峻。巍，高大。三句中的“爲”，義同“謂”，《經傳
釋詞》卷二：“家大人曰：爲，猶‘謂’也……《莊子‧天地》：‘四海
之内共利之之爲悦……’”

　　當殷之亡，周之興，微子賢也，抱祭器而去之〔六〕。武
王、周公，聖也，從天下之賢士，與天下之諸侯而往攻之，
未嘗聞有非之者也〔七〕。彼伯夷、叔齊者，乃獨以爲不可。
殷既滅矣，天下宗周，彼二子乃獨恥食其粟，餓死而不
顧〔八〕。繇是而言，夫豈有求而爲哉〔九〕？信道篤而自知
明也。

〔六〕《史記‧宋微子世家》：“周武王伐紂克殷，微子乃持其祭器造於軍
　　　門，肉袒面縛，左牽羊，右把茅，膝行而前以告。於是武王乃釋微
　　　子，復其位如故。”微子開爲殷帝乙之長子，殷紂王之庶兄；祭器指
　　　祭祀用禮器，如樽、彝、簠、豆之類。

〔七〕從(zòng)天下之賢士：率領天下之賢士。從，使隨從。與天下之
　　　諸侯：同天下之諸侯。據《史記‧周本紀》：武王伐紂前，八百諸
　　　侯會於盟津，皆曰紂可伐；居二年，率師東伐，諸侯咸會，戰於
　　　牧野。

〔八〕《史記‧伯夷列傳》：“及至，西伯卒，武王載木主號爲文王東伐紂。
　　　伯夷、叔齊叩馬而諫曰：‘父死不葬，爰及干戈，可謂孝乎？以臣弑
　　　君，可謂仁乎？’左右欲兵之。太公曰：‘此義人也。’扶而去之。武
　　　王已平殷亂，天下宗周，而伯夷、叔齊恥之，義不食周粟，隱於首陽
　　　山，采薇而食之……遂餓死於首陽山。”天下宗周，謂天下以周王
　　　室爲宗主。

〔九〕繇：通“由”。

今世之所謂士者，一凡人譽之，則自以爲有餘〔一〇〕；一凡人沮之，則自以爲不足〔一一〕。彼獨非聖人而自是如此〔一二〕。夫聖人，乃萬世之標準也〔一三〕。余故曰：若伯夷者，特立獨行、窮天地、亙萬世而不顧者也。雖然，微二子，亂臣賊子接跡於後世矣〔一四〕。

〔一〇〕一凡：大抵；劉淇《助字辨略》卷二：“凡，《説文》云：‘最括也。’愚按：大率也，一切也……韓退之《伯夷頌》云云，大凡、一凡，並大率也。”

〔一一〕沮（jǔ）：敗壞，詆毀。《漢書·李陵傳》：“上以（司馬）遷誣罔，欲沮貳師。”

〔一二〕獨：唯。劉淇《助字辨略》卷五：“獨得爲語辭者，‘唯’之轉也。”自是：自以爲是。

〔一三〕標準：規範，楷模。

〔一四〕微二子：無伯夷、叔齊二人。微，無。《論語·憲問》：“微管仲，吾其被髮左衽矣。”亂臣賊子：謂叛逆者。《孟子·滕文公下》：“孔子成《春秋》而亂臣賊子懼。”接跡於後世：謂在後世接連出現。此句兩取《論》、《孟》語意而言。

【評箋】 王安石《伯夷》：……孔、孟皆以伯夷遭紂之惡，不念以怨，不忍事之以求其仁，餓而避，不自降辱，以待天下之清，而號爲聖人耳。然則司馬遷以爲武王伐紂，伯夷叩馬而諫，天下宗周，而恥之義不食周粟，而爲《采薇》之歌。韓子因之，亦爲之頌，以爲“微二子，亂臣賊子接迹於後世”。是大不然也。夫商衰而紂以不仁殘天下，天下孰不病紂，而尤者伯夷也。嘗與太公聞西伯善養老，則往歸焉。當是之時，欲夷紂者，二人之心豈有異耶？……余故曰：聖賢辯之甚明而後世偏見獨識者之失其本也。嗚呼！使伯夷之不死以及武王之時，其烈豈獨太公哉！（《臨川先生文集》卷六三）

程頤《語録》：韓退之頌伯夷甚好，然只説得伯夷介處。要知伯夷之心，須是聖人。語曰："不念舊惡，怨是用希。"此甚説得伯夷心也。(《二程語録》卷一一《遺書伊川先生語》)

黄庭堅《伯夷叔齊廟記》：伯夷、叔齊餓於首陽之下，民到于今稱之。孟子以爲非其君不事，非其民不使，不立於惡人之朝，不與惡人言，故聞伯夷之風者，貪夫廉，懦夫有立志，此則二子之行也。至於諫武王不用，去而餓死，則予疑之。陽夏謝景平曰："二子之事，凡孔子、孟子之所不言，可無信也。其初蓋出莊周，空無事實；其後司馬遷作《史記》列傳；韓愈作《頌》。事傳三人，而空言成實。若三家之學，皆有罪於聖人者也。徒以文章擅天下，學者又弗深考，故從而信之。"以予觀謝氏之論，可謂篤信好學者矣。(《豫章黄先生文集》卷一七)

俞文豹《吹劍録》：韓文公《伯夷頌》，無一辭及武王。末後方云："雖然，微二子，則亂臣賊子接跡於後世矣。"其罪武王也，凜然如刀鋸斧鉞之加，而鋒鋩不露……

王若虛：退之評伯夷，止是議論。散文而以"頌"名之，非其體也。(《滹南遺老集》卷三五《文辨》)

劉開《書韓退之〈伯夷頌〉後》：韓子所以推崇伯夷者，美矣至矣，蔑以加矣。然彼非無爲言之也。伯夷當商、周革命之際，獨顯斥其非，且以一死存萬世君臣之義，固其立行之高，亦所見之能決也。……伯夷行一己之安，且以衆聖人之行爲恥。而近世之抗志希古者，乃爲一凡人之毀譽所奪，此退之所以慨乎其言之也。且退之亦嘗負當世之謗矣……故其論古，於伯夷有深契云。(《孟塗文集》卷一)

馬其昶：用筆全在空際取勢，如水之一氣奔注，中間却有無數迴波，盤旋而後下。後幅換意換筆，語語令人不測，此最是古人行文秘密處也。(《韓昌黎文集校注》卷一)

按：近人評論本文，或以爲伯夷思想守舊，是周武王革命的反對派，韓愈是頌錯了。這主要是利用韓文來評判現實問題的一種解釋。實則本篇在贊揚一種"特立獨行"、"信道篤而自知明"的人格，而不在論武王伐紂的歷史是非。唐宋古文家根據自己的立意來運用歷史材料往往如此（在另一些文章中，韓愈又是高度讚揚文、武、周公的）。文章一起有千鈞之力，"士之特立獨行……"一長句，劈頭頂立，頓挫拗折，造成氣勢。接着"一家非之"，"一國一州非之"，"舉世非之"，"窮天地、亘萬世而不顧"，一氣宣洩，勢如破竹，突出"特立獨行"四字。接着具體指明"特立獨行"的表現，歸結到"信道篤而自知明"。最後用對比，再一次肯定"特立獨行"，以與開端照應，並強調了這種精神的現實意義。文爲頌體，而通篇議論；立意精審，用語廉悍；組織材料嚴密，關合緊湊；雖爲短篇，但氣勢雄直，意味雋永。

張中丞傳後叙〔一〕

　　元和二年四月十三日夜，愈與吳郡張籍閲家中舊書，得李翰所爲《張巡傳》〔二〕。翰以文章自名，爲此傳頗詳密，然尚恨有闕者〔三〕：不爲許遠立傳，又不載雷萬春事首尾〔四〕。

〔一〕本篇是李翰所作《張巡中丞傳》的後叙。《新唐書·藝文志》史部雜傳記類著録李翰《張巡姚誾傳》二卷，已佚；今存翰《進張巡中丞傳表》一文（《全唐文》卷四三〇）。張巡，鄧州南陽（今河南省南陽市）人，開元末擢進士第，由太子通事舍人出爲清河（貝州治所，今河北省清河縣）令，更調真源（屬河南道亳州，今河南鹿邑縣）令。安禄山反，譙郡（即亳州）太守楊萬石降賊，逼巡爲長史，使西迎賊軍。巡率吏哭玄元皇帝廟，遂起兵討賊，士卒乃奉巡主軍。賊常數萬，而巡衆纔千餘，每戰輒克。河南節度使嗣虢王李巨屯彭城（今江蘇徐州市），假巡先鋒。俄而魯東平（即鄆州，治鄆城，今山東鄆城縣)陷賊,巨引兵東走臨淮(河南道泗州治所,今江蘇盱眙縣),賊將楊朝宗謀趨寧陵(屬河南道宋州,今河南寧陵縣),絶巡餉路。巡拔衆保寧陵,馬裁三百,兵三千。至睢陽(即宋州治所宋城縣,今河南商丘市),與太守許遠、城父令姚誾等合。有詔拜巡主客郎中,副河南節度使。自至德二載(七五七)正月堅守睢陽孤城,以萬名疲弊之卒抗十餘萬强敵,至十月城陷,大小四百戰,斬將三百,破敵十萬,阻遏叛軍不得南取江、浙,支援官軍收復兩京。城陷後,許遠被俘,張巡與殘存將士三十六人就義,城中遺民僅四百。城陷三日,張鎬始率軍來援;後十日,洛陽收復。十二月,朝廷施赦,褒獎功臣,許遠、張巡依例贈官。然議者或罪巡等守睢陽不去,謂與其食人,曷若全人。有李澣等人咸言巡等之功,巡友人李翰亦表上《張巡姚誾傳》。後至大曆年間,巡子去疾責以城陷而遠獨生,請追奪其官爵,兩家子弟爲先人争功而相互攻訐。朝廷詔下尚書省,使去疾與遠子峴與百官議。韓文即針對這一情況而作,時在元和二年(八〇七)。此文以議爲主幹,叙事乃立議之證,不得題爲“傳”、“逸事”等,故名爲“後叙”。

〔二〕吳郡(今江蘇蘇州市)爲張籍郡望,故稱“吳郡張籍”。李翰:字子羽,趙州贊皇(今河北贊皇縣)人,官至左補闕。《舊唐書·文苑傳》:“祿山之亂,(翰)從友人張巡客宋州。巡率州人守城。賊攻圍經年,食盡矢窮方陷。當時薄巡者言其降賊。翰乃序巡守城事迹,撰《張巡姚誾等傳》兩卷,上之肅宗,方明巡之忠義。士友稱之。”

〔三〕自名:自稱許。《舊唐書·文苑傳》謂翰“爲文精密,用思苦澀”。恨有闕者:抱憾有殘闕。恨,通“憾”;闕,同“缺”,缺失。

〔四〕許遠:《舊唐書·忠義傳》:“許遠者,杭州鹽官人也……祿山之亂,不次拔將帥,或薦遠素練戎事。玄宗召見,拜睢陽太守,累加侍御史、本州防禦使。及賊將尹子奇攻圍,遠與張巡、姚誾嬰城拒守經年。外救不至,兵糧俱盡而城陷。尹子奇執送洛陽,與哥舒翰、程千里俱囚之客省。及安慶緒敗,渡河北走,使嚴莊皆害之。”

（按：《新唐書》謂送至河南偃師被處死。）不載雷萬春事首尾：謂
未記述雷萬春事始末；《新唐書·忠義傳》云“雷萬春者，不詳所
來，事巡爲偏將”，亦僅述其助巡守雍丘（屬河南道汴州，今河南杞
縣），事在入睢陽前，而未述其始末。但李塗《文章精義》謂“‘雷萬
春’爲‘南霽雲’之誤。前半篇是説巡、遠，後半篇是南霽雲，即不
及雷萬春事”。茅坤《文鈔》、閻若璩《潛邱劄記》卷五《與唐器之》
等看法亦同。然韓文主旨在辨張、許之功，霽雲與此有關，故詳
述；萬春事迹佚失，故致憾，不必疑其有誤。

　　遠雖材若不及巡者，開門納巡，位本在巡上，授之柄
而處其下，無所疑忌，竟與巡俱守死，成功名〔五〕。城陷而
虜，與巡死先後異耳。兩家子弟材智下，不能通知二父
志，以爲巡死而遠就虜，疑畏死而辭服於賊〔六〕。遠誠畏
死，何苦守尺寸之地，食其所愛之肉，以與賊抗而不降
乎〔七〕？當其圍守時，外無蚍蜉蟻子之援，所欲忠者，國與
主耳〔八〕。而賊語以國亡主滅〔九〕。遠見救援不至而賊來
益衆，必以其言爲信〔一〇〕。外無待而猶死守，人相食且
盡，雖愚人亦能數日而知死處矣〔一一〕。遠之不畏死亦明
矣。烏有城壞其徒俱死，獨蒙愧恥求活〔一二〕？雖至愚者
不忍爲。嗚呼！而謂遠之賢而爲之邪〔一三〕！

〔五〕《新唐書·忠義傳》：“遠自以材不及巡，請禀軍事而居其下。巡受
　　不辭。遠專治軍糧戰具。”張巡入睢陽時爲真源縣令、河南節度先
　　鋒使，許遠則爲睢陽太守兼本州防禦使，地位高於巡，所謂“授之
　　柄”即把統率軍事權柄授予張巡。
〔六〕首先攻訐許遠者爲張巡子去疾，但遠子峴亦爲先人辯護不力，故
　　俱爲所咎。通知：了解。辭服：明言降服。《新唐書·忠義傳》：

“大曆中,巡子去疾上書曰:‘孽胡南侵,父巡與睢陽太守遠各守一
面。城陷,賊所入自遠分。尹子奇分郡部曲各一方,巡及將校三
十餘皆割心剖肌,慘毒備盡。而遠與麾下無傷……故遠心向背,
梁、宋人皆知之……則遠於臣不共戴天。請追奪官爵,以刷冤
耻。’詔下尚書省,使去疾與許峴及百官議。皆以去疾證狀最明
者,城陷而遠獨生也;且遠本守睢陽,凡屠城,以生致主將爲功,則
遠後巡死不足惑;若曰後死者與賊,其先巡死者,謂巡當叛,可乎?
當此時去疾尚幼,事未詳知,且艱難以來,忠烈未有先二人者,事
載簡書若日星,不可妄輕重。議乃罷。”

〔七〕《新唐書·忠義傳》:“巡士多餓死,存者皆痍傷氣乏。巡出愛
妾……殺以大饗。坐者皆泣。巡彊令食之。遠亦殺奴僮以
哺卒。”

〔八〕蚍蜉蟻子:此喻極其微小。蚍蜉:大螞蟻,參閱《調張籍》注〔四〕。

〔九〕至德元載(七五六)五月,玄宗自長安出亡西川;七月,肅宗繼位於
靈武。早在是年初,張巡自真源起兵西守雍丘,降敵將領令
狐潮與巡善,曾語以“本朝危蹙,兵不能出關,天下事去矣”;困守睢陽
時,一時王命不通,必有如是欺詐誘降之事。

〔一○〕救援不至:睢陽圍城時,河南節度使賀蘭進明在臨淮,靈昌(河南
道滑州)太守許叔冀在譙郡,唐將尚衡在彭城,皆坐視不救。特別
是睢陽本爲河南節度使轄下,賀蘭因與宰相房琯有隙,擁兵自重。

〔一一〕數日而知死處:謂明知短期内必死。數日,計日。

〔一二〕烏有:何有。城壞:城被攻陷。

〔一三〕此文勢取《孟子·萬章上》:“鄉黨自好者不爲,而謂賢者爲之乎?”

　　説者又謂遠與巡分城而守,城之陷自遠所分始,以此
訴遠〔一四〕。此又與兒童之見無異。人之將死,其藏腑必
有先受其病者〔一五〕;引繩而絶之,其絶必有處〔一六〕。觀
者見其然,從而尤之,其亦不達於理矣〔一七〕。小人之好議

論，不樂成人之美，如是哉〔一八〕！如巡、遠之所成就，如此卓卓，猶不得免，其他則又何説？

〔一四〕守睢陽時張巡分守東北面，許遠分守西南面，敵人首先攻破許遠防地城池。説者，指張去疾等有非議者；詬，謂責駡。

〔一五〕藏腑：藏，同"臟"。五臟：心、肝、肺、脾、腎；六腑：胆、胃、大腸、小腸、膀胱、三焦。

〔一六〕絶：謂斷裂。

〔一七〕尤之：謂歸過于它們（臟腑先受其病者或繩之斷裂處）。不達於理：不明事理。

〔一八〕好議論：謂喜好譏評。成人之美：成全他人的善事。意本《論語·顔淵》："子曰：'君子成人之美，不成人之惡；小人反是。'"

當二公之初守也，寧能知人之卒不救，棄城而逆遁〔一九〕？苟此不能守，雖避之他處何益？及其無救而且窮也，將其創殘餓羸之餘，雖欲去，必不達〔二〇〕。二公之賢，其講之精矣〔二一〕。守一城，捍天下，以千百就盡之卒，戰百萬日滋之師，蔽遮江淮，沮遏其勢，天下之不亡，其誰之功也〔二二〕？當是時，棄城而圖存者，不可一二數〔二三〕；擅彊兵坐而觀者，相環也〔二四〕。不追議此，而責二公以死守，亦見其自比於逆亂，設淫辭而助之攻也〔二五〕。

〔一九〕此謂當巡、遠初守城時，怎能預料到全城人終於不得援救而事前棄城撤退？卒不救，終于未得救。逆遁，事先逃避。

〔二〇〕無救而且窮：沒有救援又將至絶境。且，將要；窮，困。將其創

279

(chuāng)殘餓羸(léi)之餘：統率其嚴重傷亡又饑餓衰弱的殘餘。創，受傷；羸，衰弱。

〔二一〕講：謀劃。《左傳》襄公五年："講事不令。"杜注："講，謀也，言謀事不善。"

〔二二〕就盡：謂將消耗殆盡。日滋：謂一日日增援加強。蔽遮：掩蔽，屏衛。沮遏：遏制，阻止。李翰《進張巡中丞傳表》："……賊遂潛盜神器，鴟峙兩京，南臨漢江，西偪岐雍。羣師遷延而不進，列郡望風而出奔。而巡獨守孤城，不爲之却。賊乃遠出巡後，議圖江淮。巡退軍睢陽，扼其咽領，前後拒守，自春徂冬。大戰數十，小戰數百，以少擊衆，以弱制強。出奇無窮，致勝如神，殺其凶醜凡九、十餘萬。賊所以不敢越睢陽而取江淮，江淮所以保全者，巡之力也。"

〔二三〕如五月山南東道節度使魯炅棄南陽奔襄陽，靈昌太守許叔冀奔彭城。

〔二四〕此指賀蘭進明、尚衡等人；擅彊兵，據有強大軍隊。

〔二五〕自比(bì)於逆亂：謂把自己等同於叛逆者。比，並。設淫辭而助之攻：製造無根的邪説幫助叛逆者施以攻擊。淫辭，邪惡不實之詞。

愈嘗從事於汴、徐二府，屢道於兩府間，親祭於其所謂雙廟者〔二六〕。其老人往往説巡、遠時事，云：南霽雲之乞救於賀蘭也，賀蘭嫉巡、遠之聲威功績出己上，不肯出師救〔二七〕。愛霽雲之勇且壯，不聽其語，彊留之，具食與樂，延霽雲坐。霽雲慷慨語曰："雲來時，睢陽之人不食月餘日矣。雲雖欲獨食，義不忍；雖食，且不下咽。"因拔所佩刀，斷一指，血淋漓，以示賀蘭。一座大驚，皆感激，爲雲泣下。雲知賀蘭終無爲雲出師意，即馳去。將出城，抽矢射佛寺浮圖,矢著其上甎半箭〔二八〕,曰:"吾歸破賊,必滅賀蘭,此矢所以志也〔二九〕。"——愈貞元中過泗州,船上人猶指以相語〔三〇〕。——城陷,賊以刃脅降巡。巡不屈,即牽去,將斬之;又降霽雲,雲未應。巡呼雲曰:"南八,男兒死耳,不可爲不義屈〔三一〕。"雲笑曰:"欲將以有爲也〔三二〕。公有言,雲敢不死。"即不屈。

〔二六〕從事於汴、徐二府:指供職於汴州和徐州二節度使府。屢道:屢次行經。道,取道。雙廟:指睢陽張巡、許遠廟。《新唐書・忠義傳》:肅宗收復兩京後,褒獎死難功臣,"下詔贈巡揚州大都督,遠荆州大都督……皆立廟睢陽,歲時致祭"。

〔二七〕南霽雲:魏州頓丘(今河南頓丘縣)人,少微賤;從鉅野(今山東巨野縣)尉張沼討賊,後爲尚衡軍先鋒,遣至睢陽計事,遂留不去。南霽雲乞師賀蘭進明事《資治通鑑》卷二一九係於至德二載八月至閏八月:"是時,許叔冀在譙郡,尚衡在彭城,賀蘭進明在臨淮,皆擁兵不救,城中日蹙。巡乃令南霽雲將三十騎犯圍而出,告急於臨淮。霽雲出城,賊衆數萬遮之。霽雲直衝其衆,左右馳射,賊衆披靡,止亡兩騎。既至臨淮,見進明……霽雲察進明終無出師意,遂去。至寧陵,與城使廉坦同將步騎三千人。閏月,戊申夜,冒圍,且戰且行,至城下。大戰,壞賊營,死傷之外,僅得千人入城。城中將吏知無救,皆慟哭。賊知援絕,圍之益急。"

〔二八〕浮圖:梵文音譯,亦譯爲"佛陀"、"浮屠"。原指佛教創始人釋迦牟尼,此謂佛塔,即臨淮香積寺塔。矢著其上甎半箭:甎,同"磚"。謂箭射在塔上,箭頭一半没入塔磚。

〔二九〕志:通"識",作標記。

〔三〇〕泗州:指臨淮,在古淮河旁,與盱眙隔岸相對,故城康熙時已没入洪澤湖中;泗州是由韓愈曾寄居的宣州經運河北上入淮至兩京的必經之地。

〔三一〕南八：以排行稱呼，示親切。唐俗按從兄弟大排行，南霽雲第八。
〔三二〕將以有爲：意謂保全性命、待機報國。參閱《原道》注〔四四〕。
　　　　“欲將”二字中朱《考》謂或疑衍一字。

　　張籍曰：有于嵩者，少依於巡。及巡起事，嵩常在圍中〔三三〕。籍大曆中於和州烏江縣見嵩，嵩時年六十餘矣。以巡初嘗得臨渙縣尉，好學，無所不讀〔三四〕。籍時尚小，粗問巡、遠事，不能細也。云：巡長七尺餘，鬚髯若神〔三五〕。嘗見嵩讀《漢書》，謂嵩曰：“何爲久讀此？”嵩曰：“未熟也。”巡曰：“吾於書讀不過三徧，終身不忘也。”因誦嵩所讀書，盡卷不錯一字。嵩驚，以爲巡偶熟此卷，因亂抽他帙以試，無不盡然〔三六〕。嵩又取架上諸書，試以問巡，巡應口誦無疑〔三七〕。嵩從巡久，亦不見巡常讀書也。爲文章，操紙筆立書，未嘗起草。初守睢陽時，士卒僅萬人，城中居人戶亦且數萬，巡因一見問姓名，其後無不識者〔三八〕。巡怒，鬚髯輒張。及城陷，賊縛巡等數十人坐，且將戮。巡起旋〔三九〕。其衆見巡起，或起或泣。巡曰：“汝勿怖。死，命也。”衆泣，不能仰視。巡就戮時，顏色不亂，陽陽如平常〔四〇〕。遠寬厚長者，貌如其心〔四一〕。與巡同年生，日月後於巡，呼巡爲兄。死時年四十九。嵩貞元初死於亳、宋間。或傳嵩有田在亳、宋間，武人奪而有之。嵩將詣州訟理〔四二〕，爲所殺。嵩無子，張籍云。

〔三三〕常：通“嘗”，曾經。
〔三四〕以巡初嘗得臨渙縣尉：謂當初以從巡之功曾被任命爲臨渙縣尉。
〔三五〕鬚髯若神：鬚髯飄拂，若神明一般。在頤爲鬚，在頰爲髯。

〔三六〕亂抽他帙：隨便抽取其他一函書。帙，書套。

〔三七〕應口誦無疑：應答背誦無疑滯。

〔三八〕僅萬人：多達萬人。《説文》段注："唐人文字，'僅'多訓庶幾之義，如杜詩'山城僅百層'，韓文'初守睢陽時，士卒僅萬人'，又'家累僅三十口'。"亦且數萬：亦將及數萬。

〔三九〕起旋：起來小便。《左傳》定公三年："夷射姑旋焉。"杜注："旋，小便。"或以爲旋，轉也，亦通。

〔四〇〕陽陽：鎮定自如貌。《詩經・王風・君子陽陽》毛傳："陽陽，無所用其心也。"

〔四一〕長者：性情謹厚者。《史記・高祖本紀》："吾視沛公大人長者。"貌如其心：謂其内心如外表一樣寬厚老成。

〔四二〕詣州訟理：到州府訴訟。

【評箋】 茅坤《唐宋八大家文鈔・韓文》卷一〇：通篇句、字、氣，皆太史公髓，非昌黎本色。今書畫家亦有效人而得其解者，此正見其無不可處。

顧炎武《與人書十八》：韓文公文起八代之衰，若但作《原道》、《原毁》、《爭臣論》、《平淮西碑》、《張中丞傳後序》諸篇，而一切銘、狀概爲謝絶，則誠近代之泰山北斗矣。今猶未敢許也。此非僕之言，當日劉叉已譏之。（《亭林文集》卷四）

章學誠《評沈梅村古文》：唐、宋大家如韓、歐陽氏，間有襲用不察之處，以爲可法而强解者，又有虚作議論不妨假借、實叙事迹乃必謹嚴之語以爲調停。不知唐、宋大家猥承六朝駢麗浮辭之後，摧陷廓清之烈誠不可誣，而語失檢點，仍蹈前人餘弊之處亦所不免……《張中丞傳後叙》忽曰"南霽雲"，忽曰"霽雲"，又忽曰"雲"，亦豈可因韓氏文而即爲善歟！（《文史通義補遺》）

錢基博《韓愈志・韓集籀讀録》：《張中丞傳後叙》，拾遺蒐聞以補傳後，此太史公書傳後贊法。而起逕提翰"爲傳頗詳密，然尚恨有闕者，不爲許遠立傳，又不載雷萬春事首尾"，然後虚實相生，前半議論，後半叙事。然"不載雷萬春事首尾",未以敘事交代;而"不爲許遠立傳",則以議論交代。前半逐承起筆辨"不爲許遠立傳",以爲遠雪不死之冤,而兼彰巡之功以距淫辭,息衆囂。後半敘事以拾軼聞,補傳闕,而出力寫南霽雲乞救,奕奕如生。特點城陷"巡呼雲曰:'南八,男兒死耳'"一筆,乃知霽雲特借以烘託巡,加倍義烈。以題曰《張中丞傳後敘》,何得拋荒張中丞,看似奮筆直書,其實扣題行文也。議論自出議論,而難人之"好議論";敘事不敢造作故事,而託之人口。一則曰"愈嘗從事於汴、徐二府,屢道於兩州間,親祭於其所謂雙廟者。其老人往往説巡、遠時事,云",再則曰"張籍曰",信以傳信,語有來歷。而述"其老人往往説巡、遠時事,云",未及竟語,橫插入"愈貞元中過泗州,船上人猶指以相語",融入見聞;然後接"城陷"云云,以畢老人之語,心領神會,情況如繪。述"張籍曰",本之于嵩;嵩之語畢,而窮究嵩死,敘"嵩貞元初,死於亳、宋間"云云,傳聞異詞,倒結以"張籍云"。語已畢而異峯突起,勢欲連而橫風吹斷,隨事曲注,不用鈎連,而神氣果貫,章法渾成,直起直落,言盡則意止,而生氣奮動,筆有餘勢,跌宕俊邁,蓋學太史公而神行氣化,不爲字模句擬之貌似者也。

　　按:曾鞏曾説韓愈與子夏、左氏、史遷,爲古今"能叙事使可行於遠者"的"拔出之材"(《王容季文集序》,《元豐類稿》卷十二)。這一篇文字即充分展示了他的叙事技巧。文章主旨本在批判攻擊張巡等平叛功臣的讕言,但以叙爲議,叙議結合。組織結構上以記張巡爲中心,以許遠、南霽雲爲陪襯,每個人物只選取幾個細節加以描寫,着力爲人物傳神,刻劃出幾個鮮明動人的形象。段落間側接橫出,變化莫測,又密切關合,相互補充,使全文形成一個主題集中的有機整體,文勢又奔放雄肆,猖狂恣睢。

諱　　辯[一]

愈與李賀書,勸賀舉進士;賀舉進士,有名。與賀争名者毀之曰：“賀父名晉肅，賀不舉進士爲是，勸之舉者爲非。”聽者不察也，和而唱之，同然一辭〔二〕。皇甫湜曰〔三〕：“若不明白〔四〕，子與賀且得罪。”愈曰：然。

〔一〕諱，依舊禮俗，對君主和長輩不直呼其名以示尊敬，稱避諱。避諱的規則即諱律隨時代而變化。李賀欲舉進士，其父名晉肅，根據諱嫌名即同音或音近字亦須避諱的規定，由於“進”與“晉”同音，有人加以阻止，韓愈作此文爲之辯護。李賀元和初年在洛陽求貢舉，有《河南府試十二月樂詞並閏月》詩，即元和二年春應河南府試而作。韓愈其時爲國子博士分教東都，李賀在這一時期曾拜見過他。文即其時所作。

〔二〕和而唱之：唱，同“倡”。謂應和而大加宣揚。

〔三〕此時皇甫湜與韓愈的關係，參閱《陸渾山火和皇甫湜用其韻》注〔一〕。

〔四〕明白：表白清楚。

　　《律》曰：“二名不偏諱〔五〕。”釋之者曰：謂若言徵不稱在、言在不稱徵是也〔六〕。《律》曰：“不諱嫌名。”釋之者曰：謂若禹與雨、丘與蓲之類是也〔七〕。今賀父名晉肅，賀舉進士，爲犯“二名律”乎？爲犯“嫌名律”乎？父名晉肅，子不得舉進士；若父名仁，子不得爲人乎？

〔五〕《律》曰：指《唐律》“二名偏犯”不坐的規定。

〔六〕釋之者：指長孫無忌《唐律疏議》，其卷十《職制》解釋説“二名，謂言‘徵’不言‘在’，言‘在’不言‘徵’之類”。唐律又據《禮・曲禮上》：“二名不偏諱。”鄭注：“偏，謂二名不一一諱也。孔子之母名徵在，言在不稱徵，言徵不稱在。”童《詮》謂“偏”爲“徧”之訛。

〔七〕《唐律》謂"若嫌名……不坐。"注："嫌名,謂若'禹'與'雨','丘'與'區'。"區:同"蓲"(qiū),草名。又《禮·曲禮上》:"不諱嫌名。"鄭注:"爲其難辟也。嫌名謂音聲相近,若禹與雨,丘與區也。"

　　夫諱始於何時?作法制以教天下者,非周公、孔子歟〔八〕?周公作詩不諱〔九〕;孔子不偏諱二名〔一〇〕;《春秋》不譏不諱嫌名〔一一〕。康王釗之孫實爲昭王〔一二〕;曾參之父名晳,曾子不諱昔〔一三〕。周之時有騏期,漢之時有杜度,此其子宜如何諱〔一四〕?將諱其嫌遂諱其姓乎〔一五〕?將不諱其嫌者乎?漢諱武帝名"徹"爲"通",不聞又諱車轍之"轍"爲某字也〔一六〕;諱吕后名"雉"爲"野雞",不聞又諱治天下之"治"爲某字也〔一七〕。今上章及詔,不聞諱"滸"、"勢"、"秉"、"饑"也〔一八〕。惟宦官宮妾乃不敢言"諭"及"機",以爲觸犯〔一九〕。士君子言語行事宜何所法守也〔二〇〕?

〔八〕此"作法制以教天下"指制禮作樂,相傳成於周公,孔子正訂之。
〔九〕《詩經·周頌》本爲西周祭祀樂歌,傳爲周公制作,在《雝》中有"克昌厥後",而文王名昌,《噫嘻》中有"駿發爾私",而武王名發。
〔一〇〕孔子母名徵在,而在《論語·衛靈公》中有"某在斯",《八佾》中有"宋不足徵也"。
〔一一〕謂《春秋》對不諱嫌名未予貶斥。
〔一二〕周康王名釗,周昭王名瑕,"昭"與"釗"同音不諱。據《史記·周本紀》:"康王卒,子昭王瑕立",則韓愈誤"子"爲"孫"。
〔一三〕如《論語·泰伯》記曾子語,中有"昔者吾友嘗從事於斯矣"的話。曾子之父名晳是據《世本》、《説苑·建木》等文獻,一般記載名點。
〔一四〕周之時有騏期:沈欽韓《補注》:"余知古《渚宮故事》:悼王時,魏

吳起來奔,以爲令尹。悼王薨,魯陽騏期及陽城君殺王母闕姬而
攻起。”漢之時有杜度:《三國志·魏書》卷二一《劉劭傳》注引衛
恒《草書序》:“至章帝時,齊相杜度號善作篇。”又蔡邕《勸學篇》佚
文:“齊相杜度,美守名篇。”

〔一五〕將:猶“抑”。謂還是爲諱嫌名而把姓也避諱掉呢?

〔一六〕諱“徹”爲“通”,如稱“徹侯”爲“通侯”,“蒯徹”爲“蒯通”之類。

〔一七〕《史記·封禪書》:“野雞夜雊。”集解:“如淳曰:野雞,雉也;吕后
名雉,故曰野雞。”然“雉”“治”並不同音,且在唐“治”爲正諱,韓愈
此例不妥。錢大昕《十駕齋養新録》卷十六説:“吕氏名雉,雉在上
聲旨部,不與‘治’同音。治有兩讀,一平聲直之切,一去聲直吏
切,非上聲也。且其字爲高宗諱,即云元和之世,親盡不避,於義
終未安。”然陳《勘》爲韓辯解謂“已祧不諱,禮也。”

〔一八〕上章:向朝廷上章奏。“澔”與“虎”(高祖之祖名李虎)同音;“勢”
與“世”(太宗李世民)同音;“秉”與“昞”(世祖李昞)同音;“饑”與
“基”(玄宗李隆基)同音。

〔一九〕宮妾:宮女;《史記·衛康叔世家》:“獻公十三年,公令師曹教宮
妾鼓琴。”不敢言“諭”及“機”:“諭”與“豫”(代宗李豫)、“機”與
“基”同音。

〔二〇〕法守:效法遵循。

　　今考之於經,質之於律,稽之以國家之典,賀舉進士
爲可邪?爲不可邪〔二一〕?凡事父母得如曾參,可以無譏
矣〔二二〕;作人得如周公、孔子,亦可以止矣。今世之士,
不務行曾參、周公、孔子之行,而諱親之名則務勝於曾參、
周公、孔子,亦見其惑也。夫周公、孔子、曾參卒不可
勝〔二三〕。勝周公、孔子、曾參,乃比於宦者宮妾,則是宦
者宮妾之孝於其親,賢於周公、孔子、曾參者耶〔二四〕?

〔二一〕考之於經：指按《禮記·曲禮》考核；《禮記》在唐爲大經。質之於律：
指據《唐律》來衡量。質，平量。《禮·王制》：“司會以歲之成質於天
子。”孔疏：“質，平也。”稽之於國家之典：考之於當朝的典章制度。
《易·繫辭下》：“於稽其類，其衰世之意邪？”鄭注：“稽，猶考也。”

〔二二〕得如曾參：能像曾參一樣。曾參以孝聞，舊傳曾參爲陳孝道而作
《孝經》（按：實爲其弟子或再傳弟子作）。無譏：不受譏評。

〔二三〕卒不可勝：終於不能勝過。

〔二四〕比於宦者宫妾：謂等同於宦者宫妾。

【評箋】　謝枋得《文章軌範》卷二：一篇辯明，理强氣直，意高辭嚴。
最不可及者，有道理可以折服人矣，全不直説破，盡是設疑，佯爲兩可之
辭，待智者自擇。此别是一樣文法。此《辯》文法從《孟子》來。

蔡啓《蔡寬夫詩話·杜詩避家諱》：唐人避家諱嚴甚。韓退之爲李賀
作《諱辯》，當時闃然非之。舉子就試題目有犯其家諱者，皆託題目不便，
不敢就試而出。其嚴固如此……

張端義《貴耳集》卷中：《禮》云：私諱不出門，二名不偏諱，臨文不
諱。韓文公辯諱一論，其説詳盡。

茅坤《唐宋八大家文鈔·韓文》卷一○：古今以來，如此文不可多得。
此文反覆奇險，令人眩掉，實自顯快。前分律、經、典三段，後尾抱前辨
難。只因三段中時有遊兵點綴，便足迷人。

吳訥《文章辨體序説》：……（孟子）終而又曰：“豈好辯哉？予不得已
也。”蓋非獨理明義精，而字法、句法、章法亦足爲作文楷式。迨唐韓昌黎
作《諱辯》，柳子厚辯桐葉封弟，識者謂其文學《孟子》，信矣。大抵辯須有
不得已而辯之意。

儲欣《昌黎先生全集録》卷一：事有舉世迴惑、沿流日甚者，必詼諧談
笑，使積迷之人，自欲噴飯，則釋然解矣。如“父名仁子不得爲人”之類是
也。若但正容莊語，公與賀且不免得罪。

何焯《義門讀書記·昌黎集》卷二：此易辯之事，故不難於辯論之長，
而美在深厚。……《律》曰：二名不偏諱”至“爲犯嫌名律乎”，引《律》以

明其無罪。但言"晉"本不當諱,況又其嫌乎?"父名晉肅"至"子不得爲人乎",二十字,詞氣不類公文,杭本無之,是也。況又非律非經,夾和在此,亦錯雜無序。"周公作詩不諱"至"曾子不諱昔",引經以明其是非。"二名"、"嫌名",意雙頂來。然當時執以責賀者乃嫌名也,故辯嫌名尤詳。"周之時有騏期"至"將不諱其嫌者乎",但有不諱一層,波瀾更狹。妙在將"諱"字對面縱開,與前段文法一樣。"漢諱武帝名徹爲通"四句,上下俱從不諱翻到諱,此從諱翻到不諱,變換……"今上章及詔不聞諱滸、勢、秉、饑也",又旁引典故,以見當世亦無有行之者。"乃不敢言諭及機,以爲觸犯","諭"是嫌名,"機"是二名之嫌,仍有兩層,密甚。"今考之於經,質之於律",先經後律,理當然也。前本先舉《律》者,承上"得罪"言之也,與下文先"曾參"語勢一也。"不務行曾參、周公、孔子之行"三句,安溪云"此處承上事父母説,故先曾參;以下泛論,故先周、孔",韓文之不苟如此。"夫周公、孔子、曾參卒不可勝"至末,只用反掉,截然而止,推辨中有餘味。

曾國藩《求闕齋讀書録》卷八:此種文爲世所好,然太快利,非韓公上乘文字。

蔡鑄《蔡氏古文評注補正全集》卷六:按劉海峯曰:結處反復辨難,曲盤瘦硬,已開半山門户。但韓公力大,氣較渾融;半山便露筋節,第覺其刻薄云。篇中"周公、孔子、曾參"六字凡六用,絶不覺煩數,且愈複愈妙。則字之瑣屑繁冗者,可悟其用法矣。

按:避諱的規則歷代多有變化,寬嚴有所不同。韓愈通過對李賀事例的分析,表達個人見解,揭示過分嚴格的避諱規則的荒謬及其消極作用。本篇和《諍臣論》一樣,也是駁論,但寫法不同:不是就對方的論點、論據層次清晰地進行辯駁,而是依據不容置疑的經、律、國家之典三者,舉出正、反兩方面事例,説明對方使用的規則與之有所不合;語氣多設疑詞,全不説破,讓讀者自己得出結論;修辭上則語多譏刺,多反詰,又多出之以幽默譏戲,從而字裏行間流露出對於那些不達通變的拘攣固陋之徒的蔑視,顯得義正辭嚴,文氣健舉。

毛穎傳〔一〕

毛穎者,中山人也〔二〕。其先明眡,佐禹治東方土,養
萬物有功,因封於卯地,死爲十二神〔三〕。嘗曰:"吾子孫
神明之後,不可與物同,當吐而生〔四〕。"已而果然。明眡
八世孫䶉,世傳當殷時居中山,得神仙之術〔五〕。能匿光
使物,竊姮娥,騎蟾蜍入月,其後代遂隱不仕云〔六〕。居東
郭者曰㕙,狡而善走,與韓盧爭能,盧不及〔七〕。盧怒,與
宋鵲謀而殺之,醢其家〔八〕。

〔一〕毛穎:穎本義爲禾末,毛穎指筆尖,代毛筆。爲毛穎立傳,顧炎武
    "比於稗官之屬"(參閱《日知録》卷一九《古人不爲人立傳》條)。
    宋袁淑有《雞九錫文》、《驢山公九錫文》(見《全宋文》卷四四),出
    《誹諧記》;梁沈約有《修竹彈甘蕉文》(見《全梁文》卷二七),都擬
    人託喻,意含譏諷,爲韓愈立意之所本。柳宗元有《讀韓愈所著
    〈毛穎傳〉後題》,言及內弟楊誨之去臨賀省父(楊憑),持《毛穎傳》
    過永州,時在元和五年(八一○)十一月。可確定本文爲前此作於
    長安。姑繫於元和四年。

〔二〕中山:東周時國名,在今河北正定縣東北,古稱郡縣必標郡國,且
    下文有與韓盧、宋鵲相爭事,韓、宋二國與中山緊鄰,於前三二三
    年同時稱王。又溧水縣(今江蘇溧水縣)中山出兔毫;《元和郡縣
    圖志》卷二八《江南道》宣州溧水縣:"中山在縣東南一十五里,出
    兔毫,爲筆精妙。"下文蒙恬南征次中山即指此地;則韓愈捏合二
    典而出"中山人"設想。

〔三〕明眡:眡,"視"古字,擬兔名。據《禮·曲禮下》:"兔曰明視。"孔
    疏:"兔曰明視者,兔肥則目開而視明也。"十二神:即配合十二支

的十二種動物：子鼠、丑牛、寅虎、卯兔、辰龍、巳蛇、午馬、未羊、申猴、酉雞、戌狗、亥豬。以十二支配四方，東方房宿在卯宫，屬兔；又東方屬春，主生成，故有“佐禹”等設想。又“東方土”之“土”或作“吐”，以爲屬下讀，童《詮》謂“義亦自通”。

〔四〕神明之後：指爲明际的後代。語出《左傳》襄公二五年：“我先王賴其利器用也，與其神明之後也。”吐而生：張華《博物志》卷二：“兔舐毫望月而孕，口中吐子，舊有此説，余目所見也。”

〔五〕毚(wán)：《廣韻·釋獸》：“毚，兔子也。”

〔六〕匿光使物：隱匿其形，驅使物怪。《本草綱目集解》引《天玄主物簿》：“孕環之兔，懷於左腋，毛有文彩。至百五十年，環轉於腦，能隱形也。”竊姮娥、騎蟾蜍入月：姮娥爲神話中后羿之妻，後爲月中仙人；《淮南子·覽冥訓》：“羿請不死之藥於西王母，姮娥竊以奔月。”“姮娥”即“嫦娥”，是嫦娥竊藥，非兔竊嫦娥。蟾蜍，癩蛤蟆。《初學記》引《淮南子》上文有“託身於月，是爲蟾蜍，而爲月精”十二字，是嫦娥變成蟾蜍爲月精的另一傳説，亦未言兔騎蟾蜍。韓愈將古傳説捏合改造而成此情節。入月：傅玄《擬天問》佚文：“月中何有？白兔搗藥。”

〔七〕居東郭者曰㕙(jùn)：本劉向《新序·雜事》：“齊有良兔曰東郭㕙，蓋一旦而走五百里。”㕙，狡兔。韓盧：韓國良犬。焦贛《易林·蹇之坤》有“兔聚東郭，衆犬俱獵”的説法，爲發想所本。

〔八〕宋鵲：同“宋䣬”，宋國良犬。《初學記》卷二九引吕忱《字林》：“獹，韓良犬也；䣬，宋良犬也。”醢(hǎi)其家：屠殺全家。醢，剁成肉醬。《戰國策·齊策》：“淳于髡謂齊王曰：‘韓子盧者，天下之疾犬也；東郭逡者，海内之狡兔也。韓子盧逐東郭逡，環山者三，騰山者五，兔極於前，犬廢於後……’”爲發想所本。

秦始皇時，蒙將軍恬南伐楚，次中山，將大獵以懼楚〔九〕。召左右庶長與軍尉，以《連山》筮之，得“天與人

文"之兆〔一〇〕。筮者賀曰："今日之獲，不角不牙，衣褐之
徒，缺口而長鬚，八竅而趺居〔一一〕。獨取其髦，簡牘是
資，天下其同書，秦其遂兼諸侯乎〔一二〕！"遂獵，圍毛氏之
族，拔其豪，載穎而歸〔一三〕。獻俘于章臺宮，聚其族而加
束縛焉〔一四〕。秦皇帝使恬賜之湯沐，而封諸管城，號曰管
城子，日見親寵任事〔一五〕。

〔九〕蒙恬：爲秦名將；史載秦始皇二四年（前二二三）擊楚，但未言蒙
　　　恬領軍。《博物志》有"蒙恬造筆"之説，以下即據以生發。（按：
　　　筆並不始於秦代，詳趙翼《陔餘叢考》卷一九《造筆不始於蒙恬》。）

〔一〇〕左右庶長與軍尉：秦制，武爵有庶長以賞有功，十級爲左庶長，十
　　　一級爲右庶長，見《漢書·百官公卿表》；軍尉爲軍中武官，在將軍
　　　下有都尉、國尉。以《連山》筮（shì）之：用《連山》占卜。《連山》傳
　　　爲夏代古《易》名。《周禮·春官·大卜》："掌三《易》之灋，一曰
　　　《連山》，二曰《歸藏》，三曰《周易》。"筮，本義爲用蓍草占卦，引申
　　　爲占卜。相傳《連山》卦象以純艮始，艮象山，而兔居山中，故設想
　　　以筮之。得"天與人文"之兆：得到"天與人文"的卦辭。"天與人
　　　文"出自虛擬（《孟子·萬章上》有"天與賢則與賢"之説，爲發想所
　　　本），暗示得到筆以書寫文字；兆，占兆，預示吉凶的卦象。

〔一一〕此描繪兔。衣褐：穿粗布短衣，"衣褐之徒"本指寒賤之人，而
　　　"褐"又通"鶡"，引申爲黄黑色，指兔的毛色。八竅：陸佃《埤雅》：
　　　"兔只八竅。"咀嚼者九竅而胎，獨兔雌雄八竅。趺（fū）居：盤腿
　　　坐。趺，足背。此謂兔坐後腿上；童《詮》謂"趺"同"跗"，"居"同
　　　"踞"，可備一解。

〔一二〕獨取其髦：髦，毛中長毫。《爾雅·釋言》："髦，俊也。"邢昺疏：
　　　"毛中之長毫曰髦，士之俊選者借譬爲名焉。"此處所謂"取其髦"
　　　語意雙關。簡牘是資：古代書寫用竹簡和木片（牘），所以簡牘泛
　　　指文書。此謂取資爲書寫簡牘的材料。天下其同書：文意表面

取意秦“書同文字”（《史記·秦始皇本紀》），實際上是説天下共同
用筆書寫。兼諸侯：兼併各諸侯國而統一天下。

〔一三〕毛氏之族：字面是説毛姓家族，實指兔。拔其豪：豪，通“毫”；字
面取豪强義，實指毫毛。載穎而歸：由上“拔豪”引出載毛端而
歸；至此出傳主“毛穎”。

〔一四〕獻俘：戰勝後獻俘虜於宗廟社稷的儀式。章臺宫：即章臺，秦離
宫。《史記·秦始皇本紀》：“諸廟及章臺、上林皆在渭南。”聚其族
而加束縛：文意表面是説聚其宗族而加管束，實指收集毛穎扎束
爲筆頭。

〔一五〕賜之湯沐：謂賜給他湯沐邑。《禮·王制》：“方伯爲朝天子，皆有
湯沐之邑於天子之縣内。”湯沐邑後泛指出賦税的封地。此實指
蘸墨水的硯臺。封諸管城：管城本爲周初管叔封地，在今河南鄭
州；此管城實指筆管，謂把筆頭固定在筆管上。日見親寵任事：
一天天更被寵愛、重用。

穎爲人强記而便敏，自結繩之代以及秦事，無不纂
録〔一六〕。陰陽、卜筮、占相、醫方、族氏、山經、地志、字
書、圖畫，九流、百家、天人之書，及至浮圖、老子、外國之
説，皆所詳悉〔一七〕。又通於當代之務，官府簿書，市井貨
錢注記，惟上所使〔一八〕。自秦皇帝及太子扶蘇、胡亥、丞
相斯、中車府令高，下及國人，無不愛重〔一九〕。又善隨人
意，正直、邪曲、巧拙，一隨其人〔二〇〕。雖見廢棄，終默不
洩〔二一〕。惟不喜武士，然見請亦時往。累拜中書令，與上
益狎〔二二〕。上嘗呼爲“中書君”。上親決事，以衡石自
程，雖宫人不得立左右，獨穎與執燭者常侍，上休方
罷〔二三〕。穎與絳人陳玄、弘農陶泓及會稽褚先生友善，相

推致，其出處必偕〔二四〕。上召穎，三人者不待詔輒俱往，
上未嘗怪焉〔二五〕。

〔一六〕强記：記憶力强。便敏：輕巧敏捷。《荀子・性惡》：“齊給便敏而
　　　無類。”注：“便，謂輕巧；敏，速也。”結繩之代：指上古。《易・繫
　　　辭下》：“上古結繩而治。”結繩是古代記事的手段。纂録：編纂
　　　記録。

〔一七〕陰陽：指戰國陰陽五行説，以鄒衍爲代表。卜筮：古代以火灼龜
　　　甲占吉凶爲卜，以蓍草爲筮。占相：觀察面相以占吉凶。醫方：
　　　醫療方劑之學。族氏：此指宗族譜系之學。山經：記録山脈的輿
　　　地書。地志：輿地書。九流：《漢書・藝文志》著録儒家、道家、陰
　　　陽家、法家、名家、墨家、縱横家、雜家、農家九家學説。或以爲
　　　“九”是虚數，流謂學派。百家：諸家學説。《漢書・孝武帝紀
　　　贊》：“罷黜百家。”顔注：“百家，謂諸子雜説。”天人：即有關天、人
　　　之際的著作，探討天人關係的書。浮圖：此指佛經，亦稱浮屠經。
　　　參閲《張中丞傳後叙》注〔二七〕。老子：被道家徒尊爲始祖。老
　　　子之説泛指道教經典。陳叔方《潁川語小》卷上：“浮屠之書秦時
　　　未至中國，《毛穎》託秦時，不應預悉佛經。”實際上道典亦出東漢
　　　後，韓愈這裏排比誇飾，以文滑稽耳。

〔一八〕市井貸錢注記：街市買賣錢財記録。市井，指經商處。《管子・
　　　小匡》：“處商必就市井。”惟上所使：聽憑秦始皇驅使。上指秦
　　　始皇。

〔一九〕扶蘇：秦始皇長子。始皇死，趙高、李斯矯命賜死。胡亥：秦始皇
　　　十八子，繼承他的帝位爲秦二世，國滅身亡。丞相斯：李斯，秦併
　　　六國後任丞相。中車府令高：趙高，秦宦官，任中車府令。國人：
　　　此指無官爵的平民。

〔二〇〕一隨其人：謂完全隨不同的人任意書寫。一，完全。

〔二一〕此謂雖被廢棄不用，却始終沉默不洩露書寫内容。

〔二二〕累拜中書令：屢次遷官爲中書令。趙翼《陔餘叢考》卷二六：“中

書之名,漢武初以宦者爲之。司馬遷被刑後,亦爲中書令,蓋主傳宣詔命者也。《成帝紀》:'罷中書宦官。'"此用"中書",或下稱"中書君"皆兼取字面適用於書寫義。益狎:越發親密。狎,親暱。

〔二三〕以衡石自程:衡石爲衡器。衡,秤;石,重一百二十斤。程,程期,定限。《史記·秦始皇本紀》:"天下之事無大小,皆決於上。上至以衡石量書,日夜有呈,不中呈不得休息。"

〔二四〕絳人陳玄:指墨。絳爲古邑名,春秋時晉地,在今山西翼城縣東;又唐時河東道絳州絳縣(今山西絳縣)土貢有墨,而墨以年陳色黑者爲佳,故擬名陳玄;用古邑名稱郡望,故曰絳人,實指絳縣。弘農陶泓:指硯。弘農爲漢郡,在河南西部;唐時虢州弘農縣(今河南靈寶市)土貢有瓦硯;瓦硯爲陶製,泓爲水下深貌,象硯池,故擬稱瓦硯曰陶泓;稱郡望爲弘農郡,實指弘農縣。會稽褚先生:借稱紙。會稽爲古郡名,轄今江、浙、皖部分地區;唐江南道越州會稽縣(今浙江紹興市)土貢有紙,而桑皮紙以楮樹皮製成;又漢時續《史記》的褚少孫稱褚先生,借名本之。

〔二五〕不待詔:不待有詔命。

後因進見,上將有任使,拂拭之,因免冠謝〔二六〕。上見其髮禿,又所摹畫不能稱上意。上嘻笑曰〔二七〕:"中書君老而禿,不任吾用。吾嘗謂君中書,君今不中書邪〔二八〕?"對曰:"臣所謂盡心者〔二九〕。"因不復召,歸封邑,終于管城。其子孫甚多,散處中國、夷狄,皆冒管城〔三〇〕。惟居中山者能繼父祖業〔三一〕。

〔二六〕免冠謝:本謂脫帽謝罪的禮節。"冠"與"管"同音,此指拔下筆管。

〔二七〕嘻笑:帶嘲弄意味地笑。

〔二八〕此用"中書"一語的雙關含義,戲言筆禿不中用。

〔二九〕盡心:竭盡心力。本自《孟子·梁惠王上》:"寡人之於國也,盡心焉耳矣。"《孟子》又本《書·康誥》"往盡乃心"。此又直用筆心耗盡之意。

〔三〇〕冒管城:謂冒稱管城爲郡望;實指毛筆皆有竹爲筆管。

〔三一〕此指中山兔毫宜製筆。

　　太史公曰〔三二〕:毛氏有兩族〔三三〕:其一姬姓,文王之子封於毛,所謂魯、衛、毛、聃者也,戰國時有毛公、毛遂〔三四〕;獨中山之族不知其本所出,子孫最爲蕃昌〔三五〕。《春秋》之成,見絕於孔子,而非其罪〔三六〕。及蒙將軍拔中山之豪,始皇封諸管城,世遂有名。而姬姓之毛無聞。穎始以俘見,卒見任使,秦之滅諸侯,穎與有功〔三七〕。賞不酬勞,以老見疏,秦真少恩哉〔三八〕!

〔三二〕太史公:漢司馬遷掌天官之太史,修《史記》,自稱太史公,對所叙人物進行評論,此戲做其體。

〔三三〕古時姓、氏有別,姓是表明宗族系統的稱謂,氏是姓的分支,秦漢以後姓、氏始不分。以下講姬姓有兩氏本此。

〔三四〕姬姓:周部族姓。《左傳》僖公二四年:"昔周公吊二叔之不咸,故封建親戚以蕃屏周。管、蔡、郕、霍、魯、衛、毛、聃、郜、雍、曹、滕、畢、原、酆、郇,文之昭也。"此列文王之子所封國。據《通志·氏族》:周文王子毛伯明食采於毛(今河南宜陽縣),世爲周世卿,子孫以邑爲氏,此即毛國。毛公,趙隱士,以規勸信陵君歸國救魏聞名。毛遂:趙平原君之客,以自薦隨平原君使楚名重一時。此謂毛姓聞名於世者。

〔三五〕不知其本所出:謂不詳其氏族本源。

〔三六〕此用孔子修《春秋》絶筆於“西狩獲麟”典。絶筆的本義爲停筆不
　　　　再續寫,這裏説“見絶於孔子”意謂被孔子棄絶,所以有“非其罪”
　　　　之説。

〔三七〕穎與有功: 毛穎參與其事有功。

〔三八〕此謂獎賞不抵償功勞,因年老而被疏棄,秦王朝待下真少恩德。

　　【評箋】　柳宗元《讀韓愈所著〈毛穎傳〉後題》:自吾居夷,不與中州
人通書。有來南者,時言韓愈爲《毛穎傳》,不能舉其辭,而獨大笑以爲
怪,而吾久不克見。楊子誨之來,始持其書,索而讀之,若捕龍蛇、搏虎
豹,急與之角而力不敢暇。信韓子之怪於文也。世之模擬竄竊、取青媲
白、肥皮厚肉、柔筋脆骨而以爲辭者之讀之也,其大笑固宜。且世人笑之
也,不以其俳乎? 而俳又非聖人之所棄者。《詩》曰:“善戲謔兮,不爲虐
兮。”《太史公書》有《滑稽列傳》,皆取乎有益於世者也。故學者終日討説
答問,呻吟習復,應對進退,掬溜播灑,則罷憊而廢亂,故有“息焉”、“遊
焉”之説。不學操縵,不能安弦;有所拘者,有所縱也。大羹玄酒,體節之
薦,味之至者;而又設以奇異小蟲、水草、楂梨、橘柚,苦鹹酸辛,雖蜇吻裂
鼻,縮舌澀齒,而咸有篤好之者。文王之昌蒲菹,屈到之芰,曾晳之羊棗,
然後盡天下之奇味以足於口,獨文異乎? 韓子之爲也,亦將弛焉而不爲
虐歟? 息焉遊焉而有所縱歟? 盡六藝之奇味以足其口歟? 而不若是,則
韓子之辭,若甕大川焉,其必決而放諸陸,不可以不陳也。且凡古今是
非、六藝百家,大細穿穴、用而不遺者,毛穎之功也。韓子窮古書,好其
文,嘉穎之能盡其意,故奮而爲之傳,以發其鬱積,而學者得以勵。其有
益於世歟! 是其言也,固與異世者語,而貪常嗜瑣者,猶咕咕然動其喙,
彼亦甚勞矣乎! (《柳河東集》卷二一)

　　李肇《唐國史補》卷下: 沈既濟撰《枕中記》,莊生寓言之類。韓愈撰
《毛穎傳》,其文尤高,不下史遷。二篇真良史才也。

　　劉昫《舊唐書·韓愈傳》: ……愈所爲文,務反近體,抒意立言,自成
一家新語……又爲《毛穎傳》,譏戲不近人情,此文章之甚紕繆者。

　　王定保《唐摭言》卷五: 韓文公著《毛穎傳》,好博塞之戲,張水部以書

勸之，凡三書……（按：張籍勸韓愈著書書，在貞元中作，遠在《毛穎傳》寫作以前，但王定保的記述反映了當時人對這篇作品的看法。）

劉壎《隱居通議》卷一五《文章》：宋袁淑俳諧文《廬山公九錫》……韓文公效此體作《毛穎傳》。而洪慶善乃云：《毛穎傳》柳子厚以爲怪，洪以爲子虛、烏有之比，其流出於莊周寓言，則是不知韓之所始矣。但袁、韓俱以文爲戲者，而淑之文則六朝體耳；韓祖太史公，故高。近世劉會孟稱江丞相爲廬山公，無乃不雅，豈不念及此邪？

袁宗道《論文上》：昌黎好奇，偶一爲之。如《毛穎》等傳，一時戲劇，他文不然也……（《白蘇齋類集》卷二二）

林紓《韓柳文研究法・韓文研究法》：《毛穎傳》爲千古奇文。舊史譏之，而柳子厚則傾服至於不可思議。文近《史記》，然終是昌黎真面，不曾片語依傍《史記》。前半直是一篇兔傳，至“獨取其髦”，始爲毛穎伏案。及敍到圍毛氏族，拔毫載穎，聚族束縛，此方爲傳之正文。則以上傳兔，特述穎之家世耳。得管城封而親寵用事，下至“累拜中書公”止，均細疏其能並其爵秩。與持燭者常侍，應以上親寵句。絳之陳、弘農之陶、會稽之褚，此爲傳中應有之人。冠兔髮禿，敍穎末路，應如此。惟“盡心”二字妙極。傳後論追述毛穎身世，若有餘慨，則真肖史公矣。崔豹《古今注》：“蒙恬造筆，以柘木爲管，鹿毛爲柱，羊毛爲被。”不言兔毫。究竟公讀古書多，必有所本。就文論文，略之可也。

按：本篇是戲倣史傳的寓言，結穴處在最後的“秦真少恩”，譏刺當權者疏忌士大夫之“盡心”者。文章使用非古非今、亦莊亦諧的文筆，用了擬人、雙關、戲倣等手法，幽默生動，富於情趣。這種“戲謔之言”也豐富了古文創作的體裁、語言和表現方法。

送石處士序〔一〕

河陽軍節度、御史大夫烏公爲節度之三月，求士於從事之賢者〔二〕。有薦石先生者。公曰："先生何如？"曰："先生居嵩、邙、瀍、穀之間，冬一裘，夏一葛，食朝夕飯一盂，蔬一盤〔三〕。人與之錢則辭。請與出遊，未嘗以事免〔四〕。勸之仕，不應。坐一室，左右圖書。與之語道理，辨古今事當否，論人高下，事後當成敗，若河決下流而東注，若駟馬駕輕車、就熟路而王良、造父爲之先後也，若燭照數計而龜卜也〔五〕。"大夫曰："先生有以自老，無求於人，其肯爲某來邪〔六〕？"從事曰："大夫文武忠孝，求士爲國，不私於家。方今寇聚於恒，師環其疆，農不耕收，財粟殫亡〔七〕；吾所處地，歸輸之塗，治法征謀，宜有所出〔八〕。先生仁且勇，若以義請而彊委重焉，其何説之辭〔九〕？"於是譔書詞，具馬幣，卜日以授使者，求先生之廬而請焉〔一〇〕。先生不告於妻子，不謀於朋友，冠帶出見客，拜受書禮於門內〔一一〕。宵則沐浴，戒行李，載書册，問道所由，告行於常所往來〔一二〕；晨則畢至，張上東門外〔一三〕。

〔一〕本篇是送石洪應河陽軍帥烏重胤之召的送序。《文苑英華》、魏《集》作《送石洪處士赴河陽參謀序》。石洪，字濬川，其先姓烏石蘭，後獨以石爲氏；舉明經，爲黃州（治黃岡，今湖北黃岡市）錄事參軍；罷歸東都十餘年，隱居不仕；後烏重胤鎮河陽，辟爲從事；招爲昭應尉、集賢校理。烏重胤本爲盧從史潞州牙將，與吐突承璀謀縛從史帳下，以功授潞府左司馬；元和五年四月，遷懷州（治河內，今河南沁陽市）刺史兼河陽三城節度使；後以討淮西功，加檢校尚書右僕射轉司空，屢經大鎮；史稱重胤善待賓客，禮分同至，當時名士咸願依之。文中説"烏公爲節度之三月"，則作於元和五年六月。

〔二〕御史大夫：此爲節度使所加虚銜。從事之賢者：指部屬中之有德者。

〔三〕嵩、邙(máng)、瀍、穀之間：指洛陽城北。嵩，嵩山；邙，洛陽北北
　　邙山；瀍，瀍水，發源於洛陽西北穀城山，東南流入洛；穀，穀水，發
　　源於澠池(今河南澠池縣)西，東流入洛。《書‧禹貢》：“伊、洛、
　　瀍、澗，既入於河。”冬一裘，夏一葛：冬衣一皮裘，夏衣一葛服；參
　　閲《答崔立之書》注〔二七〕。

〔四〕免：原作“辭”，據魏《集》改。王元啓《記疑》曰：“‘辭’字與上句
　　複，今從謝枋得本作‘免’。”

〔五〕河決下流而東注：謂黄河在下流決口而東流。河，特指黄河。駟
　　馬：一車套四馬。王良、造父爲之先後：謂王良、造父來駕馭。王
　　良，春秋時晉之善御馬者，或以爲即伯樂。造父，周之善御者，傳
　　説曾以駿馬獻周穆王。先後，支配。《周禮‧秋官‧士師》：“以五
　　戒先後刑罰。”鄭注：“先後，猶左右也。”燭照數計而龜卜：謂龜卜
　　時明晰如燭照、精確如數計。

〔六〕有以自老：有自己終老的原則。

〔七〕寇聚於恒：指成德軍王承宗叛亂。成德軍駐恒州(治真定，今河
　　北正定縣)；元和四年三月，節度使王士眞死，其子副大使承宗自
　　爲留後，九月，朝廷授節度使號，而割其德(治安德，今山東陵縣)、
　　棣(治厭次，今山東惠民縣)二州，別以德州刺史薛昌期爲觀察使，
　　承宗不服朝命，以兵擄昌期。師環其疆：謂征伐的官軍駐在恒州
　　周圍。元和四年十月，制削奪承宗官爵，以神策軍中尉吐突承璀
　　爲招討、宣慰等使，率神策兵並命恒州四面藩鎮進討，師久無功
　　(至明年七月罷兵，此文作於罷兵之前)。殫(dān)亡：謂耗盡。
　　殫，盡；《孫子‧作戰篇》：“力屈財殫。”亡：通“無”。

〔八〕歸輸之塗：歸，通“饋”；歸輸，同“饋輸”，轉運供應糧餉。由洛口
　　倉向河北運糧，懷州是必經之路。治法征謀：致治之法，征討之
　　謀。宜有所出：應當有所從出，謂應有人來謀劃。

〔九〕以義請而彊委重：以道義相請並勉強委以重任。何説之辭：辭以
　　何説，用什麽話來推辭。

〔一〇〕譔書詞：謂撰寫招聘文書；據洪邁《容齋三筆》卷十六：唐世節度、觀察諸使辟置僚佐，以至州郡差掾屬，牒語皆用“四六”，大略如告詞。具馬幣：備下迎請的車馬玉帛。古以束帛爲祭祀或贈送賓客的禮物，後稱聘享禮品曰幣。卜日：卜吉日，以示鄭重。求先生之廬：謂訪求隱居之處；廬本義爲小屋，《詩經·小雅·信南山》謂“中田有廬”，爲用字所本。

〔一一〕冠帶出見客：戴冠束帶而見迎請之人，表謹敬。拜受書禮：禮拜而接受書詞與馬幣。

〔一二〕戒行李：“李”原作“事”，據魏《集》改，錢《釋》同。戒，準備。《詩經·小雅·大田》：“既種既戒，既備乃事。”行李，出行的衣物用品。告行：辭別。

〔一三〕張(zhàng)上東門外：張，通“帳”，供帳，設帳幕飲宴作別。上東門：洛陽外郭東側北門。

　　酒三行，且起，有執爵而言者曰〔一四〕：“大夫真能以義取人；先生真能以道自任，決去就〔一五〕。爲先生別〔一六〕！”又酌而祝曰〔一七〕：“凡去就出處何常？惟義之歸，遂以爲先生壽〔一八〕！”又酌而祝曰：“使大夫恒無變其初，無務富其家而飢其師，無甘受佞人而外敬正士，無味於諂言，惟先生是聽，以能有成功，保天子之寵命〔一九〕。”又祝曰：“使先生無圖利於大夫而私便其身〔二〇〕。”先生起拜，祝辭曰：“敢不敬蚤夜以求從祝規〔二一〕！”

〔一四〕酒三行：飲酒三巡。執爵而言：拿起酒杯祝酒。爵爲古代禮器，亦爲酒具，此指酒杯。

〔一五〕決去就：決定去留進退。《荀子·樂論》：“故君子慎其所去就也。”

〔一六〕此謂爲送別而飲此酒。

〔一七〕酌而祝：斟酒並祝頌。

〔一八〕出處：出仕或居草野。《易·繫辭上》："子曰：'君子之道，或出或處……'"惟義之歸：只歸於道義。遂以爲先生壽：祝頌語，謂祝長壽健康。

〔一九〕恒無變其初：永遠不變其以義濟人之初心。飢其師：師，衆，謂使其衆飢。無甘受佞人而外敬正士：不要喜歡接近阿諛奉承之人而表面上恭敬正直之士。佞人，花言巧語之人。《論語·衛靈公》："放鄭聲，遠佞人。"外敬，貌敬。無味於諂言：不要愛聽諂媚的話。天子之寵命：皇帝的厚愛重用。李密《陳情表》："過蒙拔擢，寵命優渥。"

〔二〇〕此謂希望先生不是到大夫那裏謀私利而只求自己一身遂所願。

〔二一〕此謂豈敢不從命，每日時時都會努力遵行祝頌規勸。蚤，通"早"；早晚，謂時時。祝規，祝願規勸。

　　於是東都之人士咸知大夫與先生果能相與以有成也，遂各爲歌詩六韻〔二二〕。退，愈爲之序云〔二三〕。

〔二二〕相與以有成：相互結交而成就功業。歌詩六韻：古詩隔句用韻，六韻十二句；今存韓愈《送石洪處士赴河陽軍幕得起字》詩，他人詩佚。

〔二三〕退：指飲宴散後。爲之序：爲送行歌詩作序；這是送序的一般作法。

　　【評箋】　歐陽修《唐石洪鍾山林下集序（貞元二十年）》：右《鍾山林下集序》者，石洪爲浮圖總悟作也。石洪爲處士而名重當時者，以常爲韓退之稱道也。唐世號處士者爲不少矣。洪終始無他可稱於人者，而至今其名獨在人耳目，由韓文盛行於世也。而洪之所爲，與韓道不同而勢不相容也。然韓常嘆籍、湜輩叛己而不絕之也，豈諸子駁雜不能入於聖賢之域，而韓子區區誨誘思援而出於所溺歟？此孔、孟之用心也。治平元年八月八日書。是日，上以霖雨不止，分命羣臣祈禱，余祈於太社，既歸，而雨遂止。某謹記。右真蹟（《集古錄跋尾》卷八）。

謝枋得《文章軌範》卷一："與之語道理"云云，此一章譬喻文法最奇。韓文公作文，千變萬化，不可捉摸，如雷電鬼神，使人不可測。其作《韋侍講盛山十二詩序》云："夫儒者之於患難……況一不快于考功盛山一出入息之間哉！"此段分明是《送石處士序》譬喻文法，恐人識破，便變化三樣句，分作三段。此公平生以怪怪奇奇自負，其作文要使人不可測識。如陳后山《送參寥序》云："其議古今、張人情貌肖否、言之從違、詩之精粗，若水赴壑、阪走丸、倒囊出物、鷟鳥舉而風逼之也；若升高視下、爬痒而鑑貌也。"此一段文亦新奇不蹈襲，只是被人看破，全是學韓文公《送石洪處士序》文。

葛立方《韻語陽秋》卷一一：烏從胤之節度河陽也，求賢者以為之屬，乃得石洪處士為參謀。韓退之送之序，又為詩曰："長把種樹書，人云避世士。忽騎將軍馬，自號報恩子。"蓋吏非吏，隱非隱，故於洪有譏焉。後有《寄盧仝》詩云："水北山人得名聲，去年去作幕下士。"其意與前詩同。昔人有"門一杜其可開"之語，宜乎韓子以洪與溫造同科，而獨尊盧仝也。

吳楚材等《古文觀止》卷八：純以議論行叙事，序之變也。看前面大夫、從事四轉反覆，又看後面四轉祝詞，有無限曲折變態，愈轉愈佳。

儲欣《唐宋八大家類選》卷一〇：不是以議論行叙事，正是以叙事行議論耳。此法自韓而創，然大較由《史》、《漢》出。而公尤變動不測，參差歷落，氣盛則言之短長與聲之高下皆宜。

林雲銘《韓文起》卷六：元和五年，烏公授河陽節度，時方討王承宗。河陽饋運之衝，貴在得人相助。吃緊尤在不私其利，方可濟軍之急，與他時不同。處士石洪……蓋蒿目時艱，勉其速往共事也。嗣考功為天下從事第一，可謂不負烏公所求矣。若論作文之法，要説處士賢，又要説節度賢；要説目前相得，又要説異日建功。若係俗筆敷衍，便成濫套。看他特地尋出一個從事，一個祖餞之人，層層説來，段落句法，無不錯落古奧。

乃知推陳出新,總在練局,此文家秘密訣也。

何焯《義門讀書記·韓愈集》卷三:送石處士與贈石處士不同,序己詩與序衆人詩又不同。無限議論都化在敘事中。此篇命意,蓋因處士之行,望重胤盡力轉輸,使朝廷克成討王承宗之功,不可復若盧從史陰與之通;而位置有體,藏諷諭于不覺。"先生居嵩、邙、瀍、穀之間"至"左右圖書",此一篇明石洪非圖利便私之人。"與之語道理"至"燭照數計而龜卜也",此一層明重胤能敬信其言,而後可以保其禄位。當否成敗,即爲後祝規伏脈,人之高下亦視此而已。"其肯爲某來耶",頓挫。"吾所處地,歸輸之塗",眼目在此。"有執爵而言者"至"而私便其身",議論妙有翦裁,於送行上更有生色,不寂寞也。宋人便一片寫去,了無風神。側重大夫,却藏在中間,與《許郢州序》法同。"無務富其家而飢其師",切"歸輸"。"無甘受佞人而外敬正士",如盧從史之於孔戡,此重胤前車之鑒。

王元啓《讀韓記疑》卷六:叙石洪與人交接處分,一却一就,一默一語,句法字法,無一不工妙奇絶,而參差入化,皇甫湜所謂"精能之至,入神出天"者也。前三項各分一問一答,末段問處分四項條欵,答處叠下五箇譬喻,變作三樣句法,而其中又暗點上文四項,真可謂精能至極。

送 窮 文[一]

元和六年正月乙丑晦,主人使奴星結柳作車,縛草爲船,載糗輿粻,牛繫軛下,引帆上檣,三揖窮鬼而告之曰[二]:"聞子行有日矣[三]。鄙人不敢問所塗,竊具船與車,備載糗粻,日吉時良,利行四方[四]。子飯一盂,子啜一觴,攜朋挈儔,去故就新,駕塵彍風,與電争先[五]。子無底滯之尤,我有資送之恩,子等有意於行乎[六]?"

〔一〕舊俗正月晦日送窮。宗懍《荊楚歲時記》:"正月晦日,送窮鬼。"相傳顓頊高辛時,宮中生一子(或謂高陽氏子),不着完衣,號爲窮子,後於正月晦死,宮中葬之,自是相承送之。姚合有《晦日送窮三首》云:"年年到此日,瀝酒拜街中。萬户千門看,無人不送窮。"則晦日送窮之俗在唐時仍盛行。本文如文中所記作于元和六年晦日,即舊曆正月的最後一日。

〔二〕乙丑晦:乙丑是表示日期的干支,這一天爲晦日。主人:自稱。奴星:奴僕名星。載糗(qiǔ)輿粻(zhāng):謂用車裝載乾糧。糗,乾糧。粻,食米。牛繫軛下:把牛套到車軛之下。引帆上檣:把帆拉上檣杆。檣,船檣。

〔三〕有日:謂多日。方《正》謂"行有日"《左氏》全語。

〔四〕所塗:所走路途,謂去哪裏。日吉時良:謂吉利時日。《九歌·東皇太一》:"吉日兮辰良。"利行四方:利於出行四方。

〔五〕子飯一盂:請你(窮鬼)吃一盂飯。子啜(chuò)一觴:請你(窮鬼)飲一杯酒。啜,飲。此二句本《墨子·節用中》:"飯于土塯,啜于土形。"攜朋挈儔:攜帶朋友伙伴。挈,帶領。儔,同輩,伙伴。去故就新:意謂離開舊主人到新主人那裏去。《九辯》:"愴怳懭悢兮,去故而就新。"駕塵彍(kuò)風:指牛車飛奔揚起塵土,風吹船帆如彎弓。彍,拉滿弓。《孫子·執篇》:"埶如彍弩。"

〔六〕底滯之尤:留滯不去的過失。底滯,停滯。《國語·楚語下》:"夫民,氣縱則底,底則滯,滯久而不振,生乃不殖。"韋注:"底,著也。"資送之恩:以財物相送的恩德。

　　屏息潛聽,如聞音聲,若嘯若啼,札刜嚘嚶〔七〕。毛髮盡豎,竦肩縮頸,疑有而無,久乃可明〔八〕。若有言者曰:"吾與子居,四十年餘,子在孩提,吾不子愚〔九〕;子學子耕,求官與名,惟子是從,不變于初。門神户靈,我叱我

呵,包羞詭隨,志不在他〔一〇〕。子遷南荒,熱爍濕蒸,我
非其鄉,百鬼欺陵〔一一〕。太學四年,朝虀暮鹽,維我保
汝,人皆汝嫌〔一二〕。自初及終,未始背汝,心無異謀,口
絕行語〔一三〕。於何聽聞,云我當去,是必夫子信讒,有間
於予也〔一四〕。我鬼非人,安用車船,鼻齅臭香,糗糧可
捐〔一五〕。單獨一身,誰爲朋儔,子苟備知,可數已
不〔一六〕?子能盡言,可謂聖智,情狀既露,敢不
迴避〔一七〕?"

〔七〕若嘯:嗷口出聲爲嘯。咻欻(xū xū):細小窸窣聲。嚘嚶(yōu
yīng):義猶"咻欻",細小雜聲。

〔八〕竦肩:聳肩膀。竦,通"聳"。

〔九〕孩提:小孩子。參閱《祭十二郎文》注〔三一〕。吾不子愚:謂我不
愚弄你。

〔一〇〕門神戶靈:指保護門戶的神明。《禮・喪服大記》:"君釋菜。"鄭
注:"禮門神也。"《荆楚歲時記》引《風俗通》謂荼與鬱住度朔山簡
百鬼,於臘除夕畫於門以驅不祥。我叱我呵:叱,大聲呵叱。此
謂由我來呵叱統轄。包羞詭隨:忍受恥辱而曲從人意。《易・
否》:"包羞,位不當也。"正義:"所包承之事,唯羞辱已。"《詩經・
大雅・民勞》:"無縱詭隨,以謹無良。"毛傳:"詭隨,詭人之善,隨
人之惡者。"志不在他:謂無二心。

〔一一〕子遷南荒:指貞元十九年冬貶陽山。熱爍濕蒸:被炎熱所傷,被
濕氣薰蒸。爍,同"鑠",銷熔。

〔一二〕太學四年:韓愈元和元年六月任國子博士,二年夏分司東都,至
四年改都官員外郎分司,前後四年。朝虀(jī)暮鹽:早晚只有鹹
菜鹽水下飯。虀,細切的醬菜。人皆汝嫌:衆人全都嫌棄你。

〔一三〕心無異謀:謂心裏沒有另外的打算。口絕行語:嘴裏沒有離開他
去的話。

〔一四〕有間(jiàn)：有隔閡。間，隔閡。

〔一五〕鼻臭(xiù)臭香：謂自己(作爲鬼)接受祭享時僅受馨香。臭，以鼻
　　　　聞味。糗粻可捐：謂不接受所準備的糗粻。捐，棄。

〔一六〕可數已不：據錢《釋》，已，同"以"，又同"與"；不，同"否"；謂可以
　　　　數一數嗎。

〔一七〕聖智：聰明有智慧。《書·洪範》："聰作謀，睿作智。"孔傳："於事
　　　　無不通謂之聖。"迴避：躲開。

　　　主人應之曰："子以吾爲真不知也邪？子之朋儔，非
六非四，在十去五，滿七除二〔一八〕。各有主張，私立名
字，捩手覆羹，轉喉觸諱〔一九〕。凡所以使吾面目可憎、語
言無味者，皆子之志也。其名曰智窮〔二〇〕：矯矯亢亢，惡
圓喜方，羞爲姦欺，不忍害傷〔二一〕。其次名曰學窮：傲數
與名，摘抉杳微，高摭羣言，執神之機〔二二〕。又其次曰文
窮：不專一能，怪怪奇奇，不可時施，秖以自嬉〔二三〕。又
其次曰命窮：影與形殊，面醜心妍，利居衆後，責在人
先〔二四〕。又其次曰交窮：磨肌戞骨，吐出心肝，企足以
待，真我讐冤〔二五〕。凡此五鬼，爲吾五患，飢我寒我，興
訛造訕〔二六〕。能使我迷，人莫能間，朝悔其行，暮已復
然〔二七〕。蠅營狗苟，驅去復還〔二八〕。"

〔一八〕謂你的同伴有五個。

〔一九〕捩(liè)手覆羹：扭手翻了羹湯。捩，扭轉。轉喉觸諱：開口講話
　　　　就犯忌諱。

〔二〇〕智窮：此"窮"可作二解：一爲貧窮，智窮即貧於智；二爲窮困，智
　　　　窮即爲智慧所困，文中明取前義而暗指後義，表達上似貶而實褒。

下“學窮”等同。“其”下魏《集》或有“一”字，王元啓《記疑》曰：
“‘一’字對下四‘次’字言之，必不可少。”

〔二一〕矯矯亢亢：矯，通“趫”，强；亢，高。矯亢形容高自標置，不同流俗。《禮·中庸》：“故君子和而不流，强哉矯。”

〔二二〕傲數與名：數，術數，技藝。《孟子·告子上》：“今夫弈之爲數，小數也。”名，名相，概念。《管子·心術上》：“物固有形，形固有名。”此謂輕視一般術數與玩弄概念的學問。摘抉杳微：擇取發掘深幽的道理。杳微，深幽微妙。高挹羣言：居高臨下酌取百家之言。挹，舀，此謂酌取。執神之機：把握住神妙的樞機、關鍵。《淮南子·齊俗訓》：“神機陰閉，剞劂無迹。”

〔二三〕不專一能：不專習一種技能。此指一般的時下流行的文字技巧。不可時施：不能施用於時。秖以自嬉：僅用來自我消遣。

〔二四〕影與形殊：影子與形體不同，意指外表與實質不同。面醜心妍：面目醜陋但内心美好。利居衆後：獲利在衆人之後。責在人先：受責難在別人之前。

〔二五〕磨肌戛(jiá)骨：磨掉肌肉，刮出骨頭，形容坦露、剖白自己。企足以待：企，踮起腳跟，形容急切地等待。《漢書·高帝紀》：“日夜企而望歸。”實我讎寃：置我於寃仇之中。

〔二六〕興訛造訕：造成錯誤，引來誹謗。訕，誹謗。

〔二七〕人莫能間：沒有人能加以離間。《論語·先進》：“人不間於其父母昆弟之言。”

〔二八〕蠅營狗苟：像蒼蠅一樣飛來飛去，如狗一樣苟且偷生。《詩經·小雅·青蠅》：“營營青蠅，止於棘。”

言未畢，五鬼相與張眼吐舌，跳踉偃仆，抵掌頓腳，失笑相顧〔二九〕。徐謂主人曰：“子知我名，凡我所爲，驅我令去，小黠大癡〔三〇〕。人生一世，其久幾何？吾立子名，百世不磨〔三一〕。小人君子，其心不同，惟乖於時，乃與天通〔三二〕。攜持琬琰，易一羊皮〔三三〕；飫於肥甘，慕彼糠麋〔三四〕。天下知子，誰過於予，雖遭斥逐，不忍子疏〔三五〕。謂予不信，請質《詩》、《書》〔三六〕。”

〔二九〕跳踉(liáng)：踉，跳躍。《晉書・諸葛長民傳》：“眠中驚起，跳踉，如與人相打。”僵仆：仆倒。抵(zhǐ)掌：抵，拍，擊。《後漢書・隗囂傳》：“而王之將吏，群居六處之徒，人人抵掌，欲爲不善之計。”《戰國策・秦策一》：“抵掌而談。”此形容五鬼張狂諧笑之狀。

〔三〇〕小黠(xiá)大癡：黠，機敏，聰明。有小聰明而實非常愚蠢。《抱朴子・道意》：“凡人多以小黠而大愚。”此四句錯綜成文，實意是子知我名，驅我令去；凡我所爲，小黠大癡。

〔三一〕謂我使你名揚四方，經百世也不磨滅。磨，滅。

〔三二〕惟乖於時：惟，童《詮》：“惟、雖，古通用。”雖違背時俗。乃與天通：乃與天意相通。

〔三三〕謂懷抱美玉却去換一張羊皮，喻身有重寶却不自貴重。琬琰(wǎn yǎn)，美玉。《楚辭・遠遊》：“吸飛泉之微液兮，懷琬琰之華英。”

〔三四〕飫(yù)於肥甘：飽足了肥肉甘旨。飫，飽。慕彼糠麋：希望得到那糠粥。此與上句意同。

〔三五〕不忍子疏：不忍心疏遠你。

〔三六〕謂假如説我所言不實，請與《詩》、《書》相對證。

　　主人於是垂頭喪氣，上手稱謝，燒車與船，延之上座〔三七〕。

〔三七〕上手稱謝：舉手謝罪。延之上座：請他坐在上座。

【評箋】 宋祁《宋景文公筆記》卷中：柳子厚《正(貞)符》、《晉問》，雖模寫前人體裁，然自出新意，可謂文矣。劉夢得著《天論》三篇，理雖未極，其辭至矣。韓退之《送窮文》、《進學解》、《毛穎傳》、《原道》等諸篇，皆古人意思未到，可以名家矣。

黃庭堅《跋韓退之〈送窮文〉》：《送窮文》蓋出於揚子雲《逐貧賦》，制度始終極相似，而《逐貧賦》文類俳。至退之亦諧戲，而語稍莊，文采過《逐貧》矣。大概擬前人文章，如子雲《解嘲》擬宋玉《答客難》，退之《進學解》擬子雲《解嘲》，柳子厚《晉問》擬枚乘《七發》，皆文章之美也。至於追逐前人，不能出其範圍，雖班孟堅之《賓戲》、崔伯庭之《達旨》、蔡伯喈之《釋誨》，僅可觀焉，況下者乎！（《山谷題跋》卷八）

馬永卿《懶真子》卷二：僕少時在高郵學讀《送窮文》，至"五鬼相與張眼吐舌，跳踉偃仆，抵掌頓腳，失笑相顧"，僕不覺大笑。時同舍王抃彥法問曰："何矧(笑至甚爲矧)？"僕曰："豈退之真見鬼乎？"彥法曰："此乃髑髏之深噸蹙頞，蓋想當然耳。且古人作文，必有所擬。此擬揚子雲《逐貧賦》也。"僕後以此言問於舅氏張奉議(從聖)。舅氏曰："不然。規矩，方圓之至也。若與規矩合，則方圓自然同也。若學問至古人，自然與古人同，不必擬也。譬如善射，後矢續前矢；善馬，後足及前足，同一理也。"昨日讀韓文，忽憶此話，今三十年矣，撫卷驚嘆者久之。

王楙《野客叢書》卷二三《絕交論》：劉孝標《絕交論》，如曰："寵鈞董、石，權壓梁、竇，摩頂至踵，墮膽抽腸，是爲勢交，其流一也；富埒陶、白，貲巨程、羅，山擅銅陵，家藏金穴，是曰賄交，其流二也；頷頤蹙頞，涕唾流沫，敘溫燠則寒谷成暄，論嚴苦則春叢零葉，是曰談交，其流三也；陽舒陰慘，憂合歡離，是曰窮交，其流四也；衡重錙銖，纖微影撤，是曰量交，其流五也。凡斯五交，義同賈鬻。"云云，此正韓退之《送窮文》鋪叙五窮之體。五窮之大意祖揚子雲《逐貧賦》、王延壽《夢賦》，而鋪叙又用此體，焉得謂無所本哉！

謝榛《四溟詩話》卷四：揚子雲《逐貧賦》曰："人皆文繡，予褐不完；人皆稻粱，我獨藜飧。貧無寶玩，予何爲歡？"此作辭雖古老，意則鄙俗。其心急於富貴，所以終仕新莽，見笑於窮鬼多矣。韓昌黎作《送窮文》，其文勢變化，辭意平婉，雖言送而復留。段成式所作效韓之題，反揚之意，雖流於奇澀，而不失典雅，較之揚子，筆力不同。揚乃尺有所短，段乃寸有所長，惟韓子無得而譏焉。

何焯《義門讀書記·昌黎集》卷四：卓犖宏肆。只“固窮”二字，翻出爾許波瀾。“攜朋挈儔”，伏中間。“子在孩提，吾不子愚”，下五者首曰“智窮”，故著此二句。“我非其鄉”，波瀾。“心無異謀”至“敢不迴避”，逐層應轉。“情狀”二字，開下。“羞爲姦欺”二句，上句是義，下句是仁，正言若反。“磨肌戛骨”四句，上二句就己說，下二句就人言。“能使我迷”四句，先伏“固窮”在內，應前“自初至終”及“有間於余”等語。“乃與天通”，天之心即君子之心也。“攜持琬琰”四句，足上“癡”字。“請質《詩》、《書》”，希聖人也，聖則與天一矣。

包世臣《讀韓文後》上篇：……《送窮文》起結亦朴率，俱足累通體，使精神不發越……（《藝舟雙楫·論文》卷二）

吳闓生《古文範》卷三：此篇詼詭之趣，較前篇（《進學解》）尤勝。曾文正公嘗謂詼詭之文，爲古今最難到之詣，從來不可多得者也。公以游戲出之，而渾穆莊重，儼然高文典冊，尤爲大難。

按：黃山谷説：“子雲賦《逐貧》，退之文《送窮》。二作雖類俳，頗見壯士胸。”（《寄晁元忠十首》之二，《山谷外集詩注》卷一二）本文雖爲游戲文章，發揮的是傳統的“君子固窮”的觀念，但確實流露出有道之士特立獨行、不隨流俗的品格。文用四言韻語，又靈活地組織進散句，恰當地使用了對偶與排比，使文氣流暢自如又富於波瀾。文章表達生動，描摹處頗能傳神，造成氣氛，在語詞錘煉上更見功力。至於運用諷刺筆法，富於幽默情趣，又善於以莊寓諧等，都能體現韓文的一種獨特風格。

送幽州李端公序〔一〕

元年，今相國李公爲吏部員外郎，愈嘗與偕朝，道語

幽州司徒公之賢〔二〕。曰：某前年被詔告禮幽州〔三〕。入
其地，迓勞之使里至，每進益恭〔四〕；及郊，司徒公紅帓首，
鞾袴握刀，左右雜佩，弓韣服，矢插房，俯立迎道左〔五〕。
某禮辭曰〔六〕："公天子之宰，禮不可如是〔七〕。"及府，又以
其服即事〔八〕。某又曰："公三公，不可以將服承命〔九〕。"
卒不得辭。上堂，即客階，坐必東向〔一〇〕。

〔一〕本篇是送友人李益回幽州任所的序。益字君虞，隴西姑臧(今甘
　　　肅武威市)人，大曆進士，以仕途不順，客遊燕、趙間，並在幽州劉
　　　濟幕任職。唐侍御史官居御史臺之首，故稱端公；李益帶侍御史
　　　京銜，稱李端。益後榮顯，官至禮部尚書。劉濟，貞元元年繼其
　　　父怦爲幽州節度使，貞元五年加左僕射；順宗繼位，再遷檢校司
　　　徒；元和初，加兼侍中。自貞元中朝廷姑息方鎮，兩河擅自繼襲者
　　　尤驕蹇不法，惟濟尚稱恭順，然在鎮二十餘年不朝覲；後爲子總及
　　　親吏所殺。李益自幽州幕來東都省親，歸途，士大夫集送，韓愈作
　　　此序。文中説到"今相國李公"，指李藩；李藩爲相在元和四年二
　　　月至六年二月，文作於其時。

〔二〕元年：指元和元年。今相國李公：李藩，字叔翰，曾在徐州爲張建
　　　封從事；後入朝，永貞元年爲吏部員外郎；四年，爲相。作本文時
　　　李藩爲相，故稱"今相國"。吏部員外郎：尚書吏部屬官，從六品
　　　上。偕朝：一起上朝。時韓愈權知國子博士。幽州司徒公：指劉
　　　濟。《舊唐書·劉濟傳》："順宗即位，再遷檢校司徒。"(按：《順宗
　　　紀》謂"(貞元二十一年三月)戊寅……李師古、劉濟兼檢校
　　　司空"。)

〔三〕某前年被詔告禮幽州：某，謙稱自己而不名；前年指前一年，永貞
　　　元年；告禮，指報喪。德宗死，李藩受詔副太原、幽、鎮等十道告哀
　　　使楊於陵出使，曾至幽州。

〔四〕入其地：謂入幽州節度使割境。迓(yà)勞之使里至：迓，迎接；

勞,慰問;謂每前進一里路都有人迎接使臣。

〔五〕及郊:至幽州城外。紅袜(mò)首:袜,《玉篇》:"巾也。"謂繫紅頭巾。鞾袴:腳穿靴,身穿套褲。雜佩:指佩玉、魚袋之類。《禮‧內則》:"左右佩用:左佩紛帨、刀、礪、小觿、金燧;右佩玦、捍、管、遰、大觿、木燧。"弓韔(chàng)服:佩弓裝在弓袋裏,韔,弓袋。《詩經‧小雅‧采綠》:"之子于狩,言韔其弓。"服,通"箙",盛箭的器具。矢插房:箭插在箭匣裏。房,插箭的匣子。俯立迎道左:躬身而立迎於道左。古尚右,立左表謙恭。以上劉濟將服迎使臣,表示自己是屏藩王室的戎臣。

〔六〕禮辭:以禮辭謝。

〔七〕公天子之宰:劉濟有僕射銜,帶宰相銜,是使相的身份,故稱爲"天子之宰"。禮不可如是:謂依禮不可自貶以將服迎使臣。

〔八〕又以其服即事:謂又穿將服行事;即事指宣達詔命等事。

〔九〕公三公:劉濟位爲司徒,爲三公。唐時太尉、司徒、司空爲三公;但僅存名位,是宰相或節使的加官。將服承命:穿武將之服接受詔命。《左傳》僖公一五年:"苟列定矣,敢不承命。"

〔一〇〕即客階:客階又稱賓階,即西階,爲賓客所行。劉濟反主爲賓,把使臣當作主人以示恭敬。坐必東向:古人以東向爲尊,故賓位東向,見顧炎武《日知錄》卷二十八和閻若璩《潛邱劄記》卷四之下;這也是自謙爲客。

　　愈曰:"國家失太平,於今六十年矣〔一一〕。夫十日十二子相配,數窮六十,其將復平〔一二〕。平必自幽州始,亂之所出也〔一三〕。今天子大聖,司徒公勤於禮,庶幾帥先河南北之將來覲奉職,如開元時乎〔一四〕?"李公曰:"然。"今李公既朝夕左右,必數數爲上言,元年之言殆合矣〔一五〕。

〔一一〕“安史之亂”起於天寶十四載(七五五),至作文時(元和六年,八一一)不足六十年,舉成數。

〔一二〕十日十二子相配:即天干、地支相配。《史記·律書》:“十母十二子。”數窮六十:天干、地支相配盡於六十,爲一週。其將復平:將歸於太平。

〔一三〕謂“安史之亂”起於幽州。《舊唐書·玄宗紀》:“(天寶十四載十一月)丙寅,范陽節度使安禄山率蕃漢之兵十餘萬,自幽州南向詣闕,以誅楊國忠爲名。”

〔一四〕庶幾:希冀之辭。帥先河南北之將來覲奉職:在河南、北諸藩鎮中帶頭朝見皇帝、奉行職守。時河南的淄青節度使李師道、淮西節度使吳少陽、河北的魏博節度使田季安、恒冀節度使王承宗等均負固割據,不服朝命,劉濟亦不朝覲。來覲,《禮·曲禮下》:“諸侯北面而見天子曰覲。”奉職,奉行職守,謂服從朝命。開元:唐玄宗年號,計二十九年(七一三一七四一),其時號稱“盛世”。《新唐書·食貨志》:“是時海内富實,米斗之價錢十三,青齊斗纔三錢。絹一匹錢二百。道路列肆,具酒食以待行人。店有驛驢,行千里不持尺兵。”

〔一五〕朝夕左右:朝夕在皇帝左右,指爲相輔佐皇帝。數數爲上言:屢屢對皇帝獻議。元年之言殆合:上述元年説的話大概可以實現。合,謂與事實相合。

　　端公歲時來壽其親東都,東都之大夫、士莫不拜于門〔一六〕。其爲人佐甚忠,意欲司徒公功名流千萬歲,請以愈言爲使歸之獻〔一七〕。

〔一六〕歲時:一年中的一定節期。《禮·哀公問》:“歲時以敬祭祀,以序宗族。”來壽其親:來向雙親祝賀。壽,對年長者表祝賀。東都之大夫、士:指東都洛陽的官員。拜于門:到其家裏拜會。

〔一七〕此謂李益作爲慕僚忠於幕主劉濟,希望劉濟事功名譽流傳後代,
　　請拿我的這一番話作爲歸去的獻言。

【評箋】　程端禮《昌黎文式》卷二前集下:形容司徒恭順之狀如畫。
此篇似《史記》文,句句精思,字字有力。

茅坤《唐宋八大家文鈔・韓文》卷六:命意高,結體奇,轉掣從天降。

林雲銘《韓文起》卷五:唐人呼侍御爲端公。李端公名益,時東都人,
爲幽州節度使劉濟從事。此番奉使,且歸壽其親,欲歸而報命也。作序
送之,少不得要説端公之忠于濟,在勸濟之忠于唐。其實濟在幽州,處心
積慮雖不可知,然未嘗有背朝命實跡。觀其于憲宗五年,能自將擊王承
宗可知,但未曾入覲奉職如開元時耳。若令其勸濟入朝,最難落筆。是
篇只閒閒借李相國元年之言,極贊濟之賢在勤於禮,則入覲奉職爲禮之
至大者,尤不可以不勤。所謂因其勢而利導之也。隨把相國今日在朝以
安其心,使之不疑,則帥先河南北之將以開國家太平之運,功名孰有大於
此者。濟能行之,所以爲賢;端公能佐之,所以爲忠。且恰值亂極當治之
時,機會尤不可失,純是一片聳動之意。人只贊其文有關係,全不理會其
吞吐布置之妙,殊可笑也。

陳景雲《韓集點勘》卷三:貞元間,劉禹錫在杜佑淮南幕府,與僚友會
飲聯句,李端公益爲座客之首。唐人稱御史爲端公,蓋是時已爲使府御
史矣。後佑入朝,府罷,端公宦久不調,因遊河朔,入幽帥劉濟幕,嘗作
詩,有"不上望京樓"之句,蓋中之鬱鬱深矣。及至東都而韓子送之歸府,
諷其效忠燕帥修開元時藩臣之禮,蓋深以乃心王室勖之。觀舊史所載端
公在幽州詩,則知斯序立言之旨矣。

何焯《義門讀書記・昌黎集》卷三:空中結撰。"及郊"一段,《儀禮》
也。幽州從事非李相國之子,端公或佐他鎮,作序者非公,皆不可移用一
字,故歸熙甫謂不切者爲陳言……來壽相國,歸佐司徒,絕不黏題,却句
句緊密。

曾國藩《求闕齋讀書録》卷八:骨峻上而詞瑰瑋,極用意之作。

按：幽州二十年不朝觀，文中却極寫劉濟的恭順，顯然有微意；期待李藩對朝廷獻言，亦含諷刺。爲表達深微用意，本篇構思極盡狡獪變化之能事：題爲送李益赴幽州，重點寫李藩赴幽州，寫後事又集中在劉濟對朝廷的態度上。文中寫劉濟郊迎勅使一節，歷來被稱贊爲卓越的"寫真文字"，把負固鎮帥對朝廷的虛與委蛇表露無遺。

進　學　解〔一〕

國子先生晨入太學，招諸生立館下，誨之曰〔二〕："業精于勤荒于嬉，行成于思毀于隨〔三〕。方今聖賢相逢，治具畢張，拔去兇邪，登崇畯良〔四〕。占小善者率以録，名一藝者無不庸〔五〕。爬羅剔抉，刮垢磨光〔六〕，蓋有幸而獲選，孰云多而不揚〔七〕？諸生業患不能精，無患有司之不明〔八〕；行患不能成，無患有司之不公。"

〔一〕韓愈於元和七年二月復爲國子博士，次年三月改官，本文作於其間；《舊唐書·韓愈傳》："復爲國子博士，愈自以才高，累被擯黜，作《進學解》以自喻……執政覽其文而憐之，以其有史才，改比部郎中、史館修撰。"進學，謂使學有長進；解，文體名，吳訥《文章辨體序説》："若夫'解'者，亦以講釋解剝爲義，其與'説'亦無大相遠焉。"

〔二〕國子先生：自稱，時韓愈爲國子博士。唐時學館中由博士分經教授生徒，有助教佐之；諸學中博士、助教品階不同，如國子博士正五品上，書學、算學博士從九品下。太學：本是唐代國學的一部分；唐朝廷設國子、太學、四門、律、書、算六學，後增廣文爲七學，總統於國子監；其中太學生員爲文武官五品以上及郡、縣公子孫、從三品曾孫。此泛指國子監。館下：學館前。

〔三〕意謂學業由于勤奮而專精，由于戲遊而荒廢；德行由于多思而成就，由于苟且而敗壞。行（xíng），行爲，此指良善行爲。隨，率意而爲，參閱《送窮文》注〔一〇〕。

〔四〕聖賢相逢：謂聖主、賢臣同時出現。治具畢張：治具，法令，《史記・酷吏列傳》：“法令者，治之具。”謂朝廷政令得以貫徹。拔去凶邪：除去殘暴邪惡之人。登崇畯良：畯，通“俊”，才智出衆；進用才德出衆之人。

〔五〕占小善者率以録：謂有微小長處的人大抵都已録用。占：具有。名一藝者無不庸：名一藝，以一種技藝而知名的人；庸，通“用”；謂凡有某一種技藝者都已任用。

〔六〕爬羅剔抉：形容仔細搜求揀選（人才）。爬，“杷”的假借字，本義爲收麥器，引申爲引取。羅，網羅。剔，揀擇。抉，挖掘。刮垢磨光：刮掉污垢，打磨光亮，喻對人才加以認真地磨煉教育。

〔七〕意謂只有人僥倖得到選拔，誰能説有才能而不被重用。多，指才能高。不揚，不被顯揚。

〔八〕患：謂憂慮。下“無患”即勿患，不必憂慮。

　　言未既，有笑於列者曰〔九〕：“先生欺余哉！弟子事先生於兹有年矣〔一〇〕。先生口不絶吟於六藝之文，手不停披於百家之編〔一一〕；記事者必提其要，纂言者必鈎其玄〔一二〕；貪多務得，細大不捐〔一三〕；焚膏油以繼晷，恒兀兀以窮年〔一四〕：先生之業，可謂勤矣。觝排異端，攘斥佛老〔一五〕；補苴罅漏，張皇幽眇〔一六〕；尋墜緒之茫茫，獨旁搜而遠紹〔一七〕；障百川而東之，迴狂瀾於既倒〔一八〕：先生之於儒，可謂有勞矣〔一九〕。沉浸醲郁，含英咀華，作爲文章，其書滿家〔二〇〕；上規姚、姒，渾渾無涯，周《誥》殷

《盤》,佶屈聱牙〔二一〕;《春秋》謹嚴,《左氏》浮誇,《易》奇而法,《詩》正而葩〔二二〕;下逮《莊》、《騷》,太史所録,子雲、相如,同工異曲〔二三〕:先生之於文,可謂閎其中而肆其外矣〔二四〕。少始知學,勇於敢爲;長通於方,左右具宜〔二五〕:先生之於爲人,可謂成矣〔二六〕。然而公不見信於人,私不見助於友,跋前躓後,動輒得咎〔二七〕。暫爲御史,遂竄南夷〔二八〕;三年博士,冗不見治〔二九〕。命與仇謀,取敗幾時〔三〇〕。冬煖而兒號寒;年豐而妻啼饑。頭童齒豁,竟死何裨〔三一〕?不知慮此,而反教人爲〔三二〕?”

〔九〕言未既:話猶未了。笑於列:訕笑於諸生行列中。

〔一〇〕事先生:侍奉你,謂從學於你。有年:多年。“年”《文苑英華》、魏《集》均作“時”,方《正》謂“公時以職方下選,蓋非久於博士”,以爲“時”是。

〔一一〕口不絶吟:口裏不停止吟誦。六藝之文:六經的文章。參閱《師説》注〔二三〕。手不停披:手不停止翻動。披,翻開。百家之編:諸子百家的著作,此處用夏侯湛《抵疑》句法:“志不輟著述之業,口不釋《雅》、《頌》之音。”

〔一二〕謂記事時必能抓住要點,論説時必能取其精微。纂言,纂集文詞,即著述,這裏與“記事”對稱,指議論。鉤玄,鉤取玄微。

〔一三〕此形容熱心學問,知識不論巨細都努力習得。

〔一四〕焚膏油以繼晷(guǐ):膏油,指燈油。繼晷,晷,日影,繼晷謂夜以繼日,點燈繼續苦讀。恒兀兀以窮年:兀兀,勤奮不止貌。窮年,整年。這裏説整年勤學不止。

〔一五〕觝排:觝,通“抵”;觝排謂抵擋排斥。異端:指不合儒家義理的諸家學説。《論語・爲政》:“子曰:‘攻乎異端,斯害也已。’”攘斥:義同“觝排”。佛老:指佛教和道家與道教。

〔一六〕補苴(jū)罅(xià)漏:苴,包圍;補苴,縫補,補綴。罅,裂縫;罅漏,漏縫。此指修補儒道傳繼的缺失。張皇幽眇：張大深微的義理；
“幽眇”或以爲指掩没的儒道。

〔一七〕尋墜緒之茫茫：墜緒，墜落的統緒。茫茫，茫無頭緒貌。謂追尋
迷失不明的儒道統緒。獨旁搜而遠紹：旁搜，向四方搜求；遠紹，
謂承續久遠古老的傳統。

〔一八〕障百川而東之：謂圍攔天下百川使向東流。障，阻隔，引申爲築
起堤壩。“障”原注作“停”，童《詮》以爲“停”是，通“亭”：“《史
記・始皇本紀》：‘禹鑿龍門，通大夏，决河亭水放之海。’《正義》：
‘亭，平也。’……史云‘亭水’，公云‘停川’，其義正同。若作‘障
川’，障，塞也，防也，壅也，爲水者决之使導，防水則水壅，必將橫
决。”迴狂瀾於既倒：挽回傾洩而下的狂怒巨浪。此用《晉書・簡
文帝孝武帝紀贊》句法：“静河海於既泄，補穹圓於已紊。”

〔一九〕有勞：勞，功績；有勞即有功。《詩經・大雅・民勞》：“無棄爾勞，
以爲王休。”鄭箋：“勞，猶功也。”

〔二〇〕沉浸醲郁：浸没在濃烈深厚的香氣之中。含英咀華：英，花瓣。
華，通“花”。咀嚼芳香的鮮花。《梁書・昭明太子傳》：“屬飲膏
腴，含咀看核。”此用賞玩鮮花比喻欣賞、消化古人文章。

〔二一〕上規姚、姒(sì)：相傳舜生於姚墟，以姚爲姓；禹，姒姓；此謂向上
古規傲舜、禹時代的著作，指《尚書》中的《虞書》（包括《堯典》、《皋
陶謨》，僞《古文尚書》又增加《舜典》、《大禹謨》、《益稷》，共五篇）
和《夏書》（包括《禹貢》、《甘誓》，僞《古文尚書》又增加《五子之
歌》、《胤征》，共四篇）。渾渾無涯：浩渺無邊際貌。揚雄《法言・
問神》：“虞、夏之書渾渾爾。”周《誥》殷《盤》：誥，上告下的文告，
《尚書》中《周書》的《大誥》、《康誥》、《洛誥》、《酒誥》等篇，相傳是
周初周公、成王的文告。《尚書》中《商書》有《盤庚》三篇，相傳是
殷王盤庚的文告。佶屈聱牙：謂艱澀拗口。佶屈，屈曲，蔡邕《篆
勢》：“研桑不能數其佶屈。”

〔二二〕《春秋》謹嚴：《春秋》經文謹慎嚴密。杜預《春秋左氏傳序》：“《春
秋》雖以一字爲褒貶，然皆須數句以成言。”《左氏》浮誇：《左傳》

多藻飾誇張。范甯《春秋穀梁傳集解序》：“《左氏》艷而富，其失也巫。”《易》奇而法：《周易》文字多奇變而又有法則。《詩》正而葩（pā）：葩，草木的花，引申爲華美。謂《詩經》義旨正大而言辭華美。《論語·爲政》：“子曰：‘詩三百，一言以蔽之，曰思無邪。’”

〔二三〕下逮《莊》、《騷》：下至《莊子》和《離騷》，此以《離騷》代《楚辭》諸作品。太史所録：指《史記》。司馬遷爲史官，《史記》中自稱“太史公”，書因稱《太史公書》。子雲、相如：揚雄與司馬相如。揚雄字子雲。同工異曲：謂曲調不同却演奏得同樣完美，喻文章體制風格不同却同樣精美。

〔二四〕閎（hóng）其中而肆其外：閎，寬大；肆，縱恣。謂内含宏闊而表現上自由恣肆。

〔二五〕長通於方：年長後通達大道。《漢書·韓安國傳》：“通方之士，不可以文亂。”顏注：“方，道也。”左右具宜：謂行動總是相宜。

〔二六〕先生之於爲人，可謂成矣：謂可以算“成人”了。參閱《答尉遲生書》注〔五〕。

〔二七〕跋前躓後：喻進退失據；跋，跌倒；躓，同“跲”，跌倒。《詩經·豳風·狼跋》：“狼跋其胡，載疐其尾。”毛傳：“跋，躐；疐，跲也。老狼有胡，進則躐其胡，退則跲其尾，進退有難。”“疐”，三家《詩》作“躓”。動輒得咎（jiù）：每一動作就有禍殃。咎，災禍；《書·大禹謨》：“天降之咎。”

〔二八〕指貞元十九年冬爲監察御史，十二月即貶陽山。竄，流放。南夷，南方少數族聚居地區。

〔二九〕三年博士：自元和元年六月至四年六月任國子博士（其中自元和二年夏分司洛陽）整三年。《舊唐書》本傳“年”作“爲”，則指貞元十八年到十九年初爲四門博士，元和元年到四年任國子博士，七年二月復爲國子博士。冗不見（xiàn）治：謂冗禄無爲被上官置之不理。冗，閒散，多餘。見，同“現”；謂無所事事沒有治蹟。或以爲“見”如字，“治”指功狀。《周禮·天官·小宰》：“以叙進其治。”鄭注：“治，功狀也。”

〔三〇〕命與仇謀：命運與仇敵相伴。謀，計議，引申爲相合。取敗：謂遭
　　　　受失敗。或以“取”爲語辭，亦通。幾時：猶言不須幾時。
〔三一〕頭童齒豁：頭頂秃了，牙齒掉了。山無草木曰童，引申爲秃。竟
　　　　死何裨(bēi)：竟，終，窮；裨，益；謂直到老死又有什麼益處。
〔三二〕反教人爲：反而來教訓别人。爲，語辭。

　　先生曰：“吁，子前來〔三三〕。夫大木爲㮚，細木爲桷，
欂櫨侏儒，椳闑扂楔，各得其宜、施以成室者，匠氏之工
也〔三四〕。玉札丹砂，赤箭青芝，牛溲馬勃，敗鼓之皮，俱
收並蓄、待用無遺者，醫師之良也〔三五〕。登明選公，雜進
巧拙，紆餘爲妍，卓犖爲傑，校短量長、惟器是適者，宰相
之方也〔三六〕。昔者孟軻好辯，孔道以明，轍環天下，卒老
於行〔三七〕；荀卿守正，大論是弘，逃讒於楚，廢死蘭
陵〔三八〕。是二儒者，吐辭爲經，舉足爲法，絶類離倫，優
入聖域，其遇於世何如也〔三九〕？今先生學雖勤而不繇其
統，言雖多而不要其中，文雖奇而不濟於用，行雖修而不
顯於衆〔四〇〕；猶且月費俸錢，歲靡廩粟，子不知耕，婦不
知織，乘馬從徒，安坐而食，踵常途之促促，窺陳編以盜
竊〔四一〕；然而聖主不加誅，宰相不見斥，兹非其幸
歟〔四二〕？動而得謗，名亦隨之〔四三〕；投閒置散，乃分之
宜〔四四〕。若夫商財賄之有亡，計班資之崇庳，忘己量之所
稱，指前人之瑕疵，是所謂詰匠氏之不以杙爲楹、而訾醫
師以昌陽引年、欲進其豨苓也〔四五〕。”

〔三三〕吁(xū)：嘆詞。
〔三四〕大木爲㮚(máng)：㮚，屋的正梁；《爾雅・釋宫》：“㮚廇謂之梁。”

注:"屋大梁也。"細木爲桷(jué):桷,方形的椽子。《穀梁》莊公二四年:"刻桓宮桷。"集解:"桷,榱也。方曰桷,圓曰椽。"樽櫨(bó lú),同"薄櫨",柱上承梁的方形短木,即斗栱。《淮南子·本經訓》:"標枺薄櫨,以相支持。"侏儒:同"棳儒",梁上短柱,猶身材矮小的侏儒。《禮·明堂位》:"山節藻棁。"鄭注:"藻棁,畫侏儒柱爲藻文也。"椳(wēi)闑(niè)扂(diàn)楔(xiè):椳,承托門樞的門臼。《爾雅·釋宮》:"樞謂之椳。"闑,門橛,門中央地上所豎短木。《禮·玉藻》:"大夫中棖與闑之間。"孔疏:"闑謂門之中央所豎短木也。"扂,門閂。楔,門兩旁的木柱。《爾雅·釋宮》:"棖謂之楔。"注:"門兩旁木。"匠氏之工:木匠的工作。

〔三五〕玉札:藥用植物,即"地榆"、"玉豉"。賈思勰《齊民要術》卷一〇:"《神仙服食經》云:'地榆,一名玉札。'……其實黑如豉,北方呼豉爲札,當言玉豉。"丹砂:硃砂,可入藥。赤箭:即天麻,草本植物,其根入藥,詳《本草綱目》卷一二《草·赤箭》。青芝:青色的靈芝。牛溲:牛尿。溲,大小便。牛溲可入藥,治水腫、腹脹、腳滿。馬勃:菌類植物,入藥,治惡瘡。敗鼓之皮:破鼓皮,可入藥,治蠱毒。俱收幷蓄:全都收留、儲藏起來。以上二句用《淮南子·主術訓》:"賢主之用人也,猶巧工之制木也,大者以爲舟航柱梁,小者以爲楫楔,修者以爲櫚榱,短者以爲朱儒枅櫨。無小大脩短,各得其所宜,規矩方圓,各有所施。天下之物,莫凶於雞毒,然而良醫橐而藏之,有所用也。是故林莽之材猶無可棄者,而況人乎。"

〔三六〕登明選公:登,進用;進用、選拔人材光明正大。雜進巧拙:謂多方進用才質各異的人。巧拙指靈巧的人與笨拙的人。紆餘爲妍:謂人的品格含蓄從容是美好的。紆餘,形容山水地勢曲折蜿蜒,此引申謂人的氣質含蓄從容。卓犖(luò)爲傑:犖,超絕。謂超絕出衆的人是傑特不凡的。校短量長:謂比較其優、缺點。惟器是適:器,指才具;只求適於每個人的才具。宰相之方:宰相的用人之道。方,道,見前注〔二五〕。

〔三七〕孟軻好辯：《孟子·滕文公下》：“孟子曰：‘予豈好辯哉？予不得
　　　　已也。’”孔道以明：孔子之道得以發揚。轍環天下：謂乘車週遊
　　　　天下；孟子曾歷遊齊、宋、滕、魏等國。卒老於行：終於老死於奔
　　　　波路途之中，意謂一生未得重用。

〔三八〕荀卿守正：守正謂持守正道。“守正”兩《唐書》、《文苑英華》作
　　　　“宗王”，陳《勘》：“東坡《荀卿論》言卿明王道，述禮樂，則作‘宗
　　　　王’似較‘守正’尤精切，非訛也。”大論是弘：弘揚正大的議論。
　　　　或以爲“論”特指《荀子》中《天》、《正》、《禮》、《樂》四論。逃讒於
　　　　楚：荀子本爲齊稷下學宮祭酒，被讒逃到楚國。廢死蘭陵：楚春
　　　　申君任荀子爲蘭陵(今山東蒼山縣境)令，春申君死，被廢去官，在
　　　　當地講學而死。

〔三九〕吐辭爲經：經謂恒久不變的真理；此謂發言則爲經。舉足爲法：
　　　　每有行動則成爲法則。絕類離倫：超越同類的人。倫，同輩。優
　　　　入聖域：優異而達到聖人的水平。《漢書·賈捐之傳》：“禹入聖
　　　　域而不優。”臣瓚：“禹之功德，裁入聖人區域，但不能優泰耳。”

〔四〇〕不繇其統：謂不出於正統。統，世代相承的統緒。不要(yāo)其
　　　　中(zhòng)：謂不求切中根本。要，求；中，中的，中肯。

〔四一〕歲靡廩(lǐn)粟：謂每年領取俸祿，耗費官糧。廩，俸米。廩粟，指
　　　　國家俸祿糧食。乘馬從徒：騎着馬，有僕從跟隨。踵常途之促
　　　　促：謂謹小慎微，墨守陳規。踵，追隨。常途，世俗的舊路。促
　　　　促，同“娖娖”，小心謹慎貌。“促促”《唐文粹》、魏《集》作“役役”，
　　　　童《詮》引《莊子·齊物論》“衆人役役”，又云“終身役役，而不見
　　　　其成功”等，謂作“役役”爲長；《莊子》郭象注“役役”爲“馳騖於是
　　　　非之境也”。窺陳編以盜竊：謂從古書中盜取文句寫成文章。陳
　　　　編指古舊的文書。

〔四二〕不加誅：不予處罰；誅，責罰。不見斥：不予斥逐。此“見”表他人
　　　　行爲及於自身。“茲非”，原無“茲”字，據魏《集》、馬《校》補。

〔四三〕謂每有行動就受譏謗，但由此也造成了自己的名聲。

〔四四〕投閒置散：被安置到閒散位置上。學官、特別是分司官是閑職。

乃分之宜：乃自己分所應得。分，本份。

〔四五〕商財賄之有亡：謂計較有没有俸禄可得。財賄，財物。計班資之
崇庳：班資：任官的品階資歷。崇庳，庳，同"卑"；高低。忘己量
之所稱(chèn)：己量，指自身材具；稱，相應。詰匠氏之不以杙
(yì)爲楹：杙，一頭尖的短木；楹，廳堂的前柱：喻如責難木匠不
用小木椿作廳堂前柱。訾(zǐ)醫師不以昌陽引年、欲進其豨苓(xī
líng)也：訾，詆毁；昌陽引年，用昌陽來延年益壽。昌陽，菖蒲別
名。陶弘景《名醫別録》别爲二物，後世多作爲一物；豨苓，又稱
"豕苓"，藥用植物，主治瘧疾，解毒；此喻如欲用豨苓來代替昌陽
收到延年益壽的功劾。

【評箋】 孫樵《與王霖秀才書》：鸞鳳之音必傾聽，雷霆之聲必骇心。
龍章虎皮，是何等物？日月五星，是何等象？儲思必深，摛辭必高，道人
之所不道，到人之所不到。趨怪走奇，中病歸正。以之明道，則顯而微；
以之揚名，則久而傳。前輩作者正如是。譬玉川子《月蝕詩》、楊司成《華
山賦》、韓吏部《進學解》、馮常侍《清河壁記》，莫不拔地倚天，句句欲活，
讀之如赤手捕長蛇，不施控騎生馬，急不得暇，莫不捉搦；又似遠人入大
興城，茫然自失，詎比十家縣，足未及東郭，目已極西郭耶？(《孫樵集》
卷二)

葉夢得《避暑録話》卷上：東方朔始作《答客難》，雖揚子雲亦因之作
《解嘲》，此猶是《太玄》、《法言》之意，正子雲所見也。故班固從而作《答
賓戲》，東京以後諸(賢)以《釋譏》、《應問》，紛然迭起；枚乘始作《七發》，
其後遂有《七啓》、《七攄》等，後世始集之爲《七林》。文章至此，安得不衰
乎？唯韓退之、柳子厚始復傑然知古作者之意。古今文辭，變態已極，雖
源流不免有所從來，終不肯屋下架屋。《進學解》即《答客難》也，《送窮
文》即《逐貧賦》也，小有出入，便成一家。子厚《天對》、《晉問》、《乞巧文》
之類，高出魏晉，無後世因緣卑陋之氣。至於諸賦，更不蹈襲屈、宋一句，
則二人皆在嚴忌、王褒上數等也。

王十朋《讀〈進學解〉》：韓退之《進學解》，蓋揚子雲《解嘲》、班孟堅

《賓戲》之流也。然文詞雄偉過班、揚遠矣……(《梅溪王先生文集》前集卷一九)

黄震《黄氏日鈔》卷五九：類賦體,逐段布置,各有韻。

趙秉文《答李天英書》：……韓退之"惟陳言之務去",若《進學解》則《客難》之變也,《南山詩》則子厚之餘也,豈遠汙漫自師胸臆,至不成語,然後爲快哉? 然此詩人造語之工,古人謂之一藝可也。至於詩文之意,當以明王道、輔教化爲主……(《閑閑老人滏水文集》卷一九)

王夫之《薑齋詩話》卷二：……愚嘗判韓退之爲不知道,與揚雄等。以《進學解》、《送窮文》悻悻然怒,潸潸然泣,此處不分明,則其云堯、舜、禹、湯相傳者,何嘗夢見所傳何事? 經義害道,莫此爲甚,反不如詩賦之翛然於春花秋月間也。

林雲銘《韓文起》卷二：首段以進學發端,中段句句是駁,末段句句是解,前呼後應,最爲綿密。其格調雖本《客難》、《解嘲》、《答賓戲》諸篇,但諸篇都是自疏己長,此則把自家許多伎倆,許多抑鬱,盡數借他人口中說出,而自家却以平心和氣處之。看來無嘆老嗟卑之迹,其實嘆老嗟卑之心無有甚於此者,乃《送窮》之變體也。至其文,語語作金石聲,尤不易及。按本傳,公作是篇,宰相見之,奇其才,改比部郎中、史館修撰。考元和六、七年,宰相爲權德輿、李絳,皆有文名,自然針芥相投,愛才汲引,不比貞元中趙憬輩,見三書而漠無一報也。嗚呼! 文章知己,豈不以其氣類哉!

錢大昕《續通志列傳總叙》：……至韓愈《進學解》、《平淮西碑》,柳宗元《貞符》、《與許孟容書》之類,文雖工而無裨於政治,亦可從删……(《潛研堂文集》卷一八)

章學誠《文史通義》内篇二《博約》上：韓昌黎曰："記事者必提其要,纂言者必鈎其玄。"鈎玄提要,千古以爲美談。而韓氏所自爲玄要之言,不但今不可見,抑且當日絶無流傳,亦必尋章摘句、取備臨文摭拾者耳。而人乃欲仿鈎玄提要之意而爲撰述,是亦以蘇氏類求誤爲學問,可例觀也。或曰：如子所言,韓、蘇不足法歟? 曰：韓、蘇用其功力以爲文辭助爾,非以此謂學也。

林紓《韓柳文研究法・韓文研究法》：《進學》一解，本於東方《客難》，揚雄《解嘲》，孫可之比諸玉川子《月蝕》詩，謬矣。《月蝕》詩既沈黑牽拗，讀之棘齒；《進學解》則所謂"沈浸濃鬱，含英咀華"者，真是一篇漢人文字。李華有其氣，然微枒；蕭穎士有其韻，然微脆。昌黎所長在濃淡疏密相間，錯而成文，骨力仍是散文。以自得之神髓，略施丹鉛，風采遂煥然於外。大旨不外以己所能，借人口爲之發洩，爲之不平，極口肆詈，然後制爲答詞，引聖賢之不遇時爲解。說到極謙退處，愈顯得世道之乖，人情之妄，只有樂天安命而已。其驟也若盲風潑雨，其夷也若遠水平沙。文不過一問一答，而啼笑橫生，莊諧間作，文心之狡獪，嘆觀止矣。

錢基博《韓愈志・韓集籒讀錄》：《進學解》雖抒憤慨，亦道功力。圓亮出以儷體，骨力仍是散文。濃郁而不傷繡雕，沈浸而能爲流轉。參漢賦之句法，而運以當日之唐格。或謂《進學解》仿東方朔《客難》、揚雄《解嘲》，氣味之淵懿不及，祗是皮相之談。其實東方朔《客難》，以"彼一時也，此一時也"柱意；揚雄《解嘲》則結穴於"亦會其時之可爲也"一語，皆以時勢不同立論；而《進學解》則靠定自身發揮，此命意之不同也。《客難》瑰邁宏放，猶是《國策》縱橫之餘；《解嘲》鏗鏘鼓舞，則爲漢京詞賦之體，而《進學解》跌宕昭彰，乃開宋文爽朗之意，此文格之不同也。所同者，則以主客之體，自譬自解以抒憤鬱耳。

按：本篇也有"以文爲戲"色彩。首先是體裁上戲仿東方朔《客難》等前人之作，在表現上更亦莊亦諧，正言若反，極盡譏嘲、幽默之能事。而在內容上，却表達了對於立身行道、治學作文等人生重大問題的相當正大深刻的看法，並在自嘲自解中抒寫出憤激不平的心情，因而其意義與價值就遠超過前後作者的同類作品。例如在治學上他主張既要勤習"六藝之文"，又不廢"百家之篇"，並特別宣揚爲堅持真理而敢於"迴狂瀾於既倒"的大無畏精神；在作文上主張"沉浸醲郁，含英咀華"，通過轉益多師而"閎中肆外"，如此等等，都是作者多年實踐、體會有得之言。本文文體上多用駢。前人謂"凝重多出於偶，流美多出於奇。體雖駢必有奇以振其氣，勢雖散必有偶以植其骨"（包世臣《藝舟雙楫・論文》卷一），本文正發揮了駢散結合的優勢。至於造語矜創，表達形象，注重文從字順，音節和諧等，這些韓文的優長，在本篇中表現得也很突出。

石鼎聯句詩序〔一〕

元和七年十二月四日，衡山道士軒轅彌明自衡下來〔二〕。舊與劉師服進士衡湘中相識，將過太白〔三〕。知師服在京，夜抵其居宿。有校書郎侯喜，新有能詩聲，夜與劉説詩〔四〕。彌明在其側，貌極醜，白鬚黑面，長頸而高結喉，中又作楚語〔五〕。喜視之若無人。彌明忽軒衣張眉，指鑪中石鼎謂喜曰〔六〕："子云能詩，能與我賦此乎？"劉往見衡湘間，人説云年九十餘矣，解捕逐鬼物，拘囚蛟螭虎豹，不知其實能否也〔七〕。見其老，頗貌敬之，不知其有文也〔八〕。聞此説大喜，即援筆題其首兩句〔九〕。次傳於喜，喜踴躍即綴其下云云〔一〇〕。道士啞然笑曰〔一一〕："子詩如是而已乎？"即袖手聳肩，倚北牆坐，謂劉曰〔一二〕："吾不解世俗書，子爲我書。"因高吟曰："龍頭縮菌蠢，豕腹漲彭亨〔一三〕。"初不似經意，詩旨有似譏喜。二子相顧慙駭，欲以多窮之〔一四〕。即又爲而傳之喜，喜思益苦，務欲壓道士。每營度欲出口吻，聲鳴益悲〔一五〕。操筆欲書，將下復止，竟亦不能奇也。畢，即傳道士，道士高踞大唱曰〔一六〕："劉把筆，吾詩云云。"其不用意而功益奇，不可附説，語皆侵劉、侯〔一七〕。喜益忌之。劉與侯皆已賦十餘韻，彌明應之如響，皆穎脱含譏諷〔一八〕。夜盡三更，二子思竭不能續，因起謝曰〔一九〕：“尊師非世人也，某伏矣，願爲弟子，不敢更論詩〔二〇〕。”道士奮曰〔二一〕：“不然，章不可以不成也。”又謂劉曰：“把筆來，吾與汝就之。”即又唱出四十字，爲八句。書訖使讀，讀畢，謂二子曰：“章不已就乎？”二子齊應曰：“就矣。”道士曰：“此皆不足與語，此寧爲文邪？吾就子所能而作耳，非吾之所學於師而能者也〔二二〕。吾所能者，子皆不足以聞也，獨文乎哉！吾語亦不當聞也，吾閉口矣。”二子大懼，皆起，立牀下〔二三〕，拜曰：“不敢他有問也，願聞一言而已。先生稱吾不解人間書，敢問解何書？請聞此而已。”道士寂然，若無聞也。累問不應，二子不自得，即退就座〔二四〕。道士倚牆睡，鼻息如雷鳴。二子恒然失色，不敢喘〔二五〕。斯須，曙鼓動鼕鼕，二子亦困，遂坐睡〔二六〕。及覺，日已上，驚顧，覓道士不見，即問童奴。奴曰：“天且明，道士起出門，若將便旋然，奴怪久不返〔二七〕，即出到門覓，無有也。”二子驚惋自責，若有失者。閒遂詣余言〔二八〕。余不能識其何道士也，嘗聞有隱君子彌明，豈其人耶〔二九〕？韓愈序。

〔一〕本篇是爲衡山道士軒轅彌明和友人劉師服、侯喜以石鼎爲題作聯句詩所寫的序。或以爲軒轅彌明本無其人，此序是以文滑稽之作。文中有所諷諭很顯然，但是否爲假托，則難下斷語。石鼎，石鑿之鼎；鼎本爲烹飪器，一般爲三足兩耳，後轉化爲禮器。聯句詩相傳起於漢武帝在栢梁臺與羣臣賦詩，各出一句，集而成篇，但後人多疑其僞；現存最早的可靠聯句見於《陶靖節集》，人各四句；其後代有作者，形式不一。至唐，韓、孟（郊）聯句把這一詩體的技巧推向新高峯。本文如文中所述作於元和七年十二月。

〔二〕衡山：參閱《謁衡嶽廟遂宿嶽寺題門樓》詩注〔一〕。下“衡下”指衡山下。道士軒轅彌明:《仙傳拾遺》有傳,然多祖述本文。

〔 三 〕劉師服進士:劉師服爲韓愈友人,韓有《贈劉師服》、《送進士劉師
服東歸》等詩,然劉何年中進士無考。又《舊唐書·憲宗紀》:"(元
和十二年四月)辛丑,駙馬都尉于季友居嫡母喪,與進士劉師服歡
宴夜飲。季友削官爵,笞四十,忠州安置;師服笞四十,配流連州;
于頔不能訓子,削階。"衡湘:湖南南部衡山和湘江流域地區。湘
江發源於廣西興安縣海陽山,入湖南北流入洞庭湖。將過太白:
將過訪太白山;太白山在陝西周至縣南;參閱《南山詩》注〔二二〕。

〔 四 〕校書郎侯喜:侯喜,字叔起,參閱《贈侯喜》注〔一〕。侯喜貞元十
九年進士,元和三年作《唐復黃陂記》(見《寶刻叢編》卷五)稱"前
鄉貢進士",則任校書郎在其後;終國子主簿。

〔 五 〕高結喉:頸部喉嚨現高結。結喉爲唐時用語,周煇《清波雜志》一
○:"唐路巖爲相,密奏臣下有罪賜死,皆令使者剔取結喉三寸以
進,驗其實。"楚語:楚地方言。古楚國指今湖、湘一帶。或主張
在"結"下斷句,"喉"屬下,"結"通"髻","高結"意爲高髻,亦可備
一說。

〔 六 〕軒衣:振衣。軒,高揚。張眉:擡起眼眉。軒衣張眉是神采飛揚
的樣子。

〔 七 〕解捕逐鬼物:謂能捕捉、驅逐鬼魂與物怪。

〔 八 〕貌敬之:表面上恭敬他。有文:有文采,善文章。

〔 九 〕援筆:拿起筆。

〔一○〕綴其下:接續其下。云云:此代所寫詩句,下同。

〔一一〕啞(è)然:啞,笑聲;啞然狀笑出聲來的樣子。《吳越春秋·越王
無餘外傳》:"禹乃啞然而笑。"

〔一二〕竦肩:端起肩膀。

〔一三〕龍頭縮菌蠢:謂像龍頭短小臃腫。菌蠢,臃腫如菌頭狀。張衡
《南都賦》:"芝房菌蠢生其隈。"豕腹漲彭亨:謂如豬肚一樣飽滿。
豕腹,豬肚。漲,通"脹"。彭亨,同"膨脝",腹滿。《詩經·大雅·
蕩》:"女炰烋于中國。"毛傳:"炰烋,猶彭亨也。"鄭箋:"自矜氣健

之貌。”此二句表面是描寫石鼎形狀,實際如下文所説是譏嘲侯喜的外貌。

〔一四〕慙駭:羞愧吃驚。欲以多窮之:謂想以多寫困住他。

〔一五〕營度:謂構思。出口吻:出口。成公綏《嘯賦》:“隨口吻而發揚。”

〔一六〕高踞:挺其身蹲着。大唱:大聲吟唱。

〔一七〕其不用意:好像不用意。其,若。附説:應和。

〔一八〕十餘韻:《石鼎聯句》的形式是人各二句一韻,此“十餘韻”指已各寫十餘韻。穎脱:言迅利如錐芒之脱出。穎,帶芒的穀穗,引申爲鋒芒。《史記·平原君列傳》:“毛遂曰:‘臣乃今日請處囊中耳。使遂蚤得處囊中,乃穎脱而出,非特其末見而已。’”

〔一九〕起謝:起身道歉。

〔二〇〕尊師:對道士的尊稱。某伏矣:伏,通“服”,謂我心服了。

〔二一〕奮:振作起來。

〔二二〕此寧爲文:這難道是作詩嗎。寧,豈。自六朝以來“有韻爲文”,因此作詩稱“爲文”。就子所能:根據你們的所能。

〔二三〕牀下:牀指坐牀。牀下謂牀前。

〔二四〕累問:屢次發問。不自得:不知所措的樣子。

〔二五〕怛(dá)然:驚愕貌。

〔二六〕曙鼓動鼕鼕:謂拂曉的街鼓鼕鼕響起。街鼓是長安城坊用以警夜的,《新唐書·百官志》:“日暮,鼓八百聲而門閉……五更二點,鼓自內發,諸街鼓承振,坊市門皆啓,鼓三千撾,辨色而止。”又劉肅《大唐新語》卷一〇:“舊制,京城內金吾曉暝傳呼,以戒行者。馬周獻封章,始置街鼓,俗號鼕鼕,公私便焉。”困,通“睏”。

〔二七〕天且明:天將明。便旋:小便。參閲《張中丞傳後叙》注〔三八〕。又童《校》:“便旋,叠韻字。《方言》十三注:‘便旋,庳小也。’便旋有低徊却顧之意,故曰庳小,與盤桓同。《文選》張平子《西京賦》:‘奎蹰盤桓。’薛綜曰:‘盤桓,便施也。’”亦可備一説。

〔二八〕若有失:若有所亡失。《莊子·德充符》:“若有亡也。”閒(jiàn)遂詣余言:得機會到我這裏説。閒,乘間。

〔二九〕此謂嘗聽説有隱居君子名叫彌明，難道就是這個人嗎；彌明意爲
　　　越發鮮明，切軒轅彌明的名字；此義取王肅《易·賁·六五》注：
　　　"失位無應，隱處邱園，蓋蒙闇之人道德彌明，必有束帛之聘也。"

【評箋】　洪興祖《韓子年譜》：《石鼎聯句詩》或云皆退之所作，如《毛
穎傳》以文滑稽耳。軒轅寓公姓，彌明寓公名，侯喜、師服皆其弟子也。
余曰不然。公與諸子嘲戲見於詩者多矣。皇甫湜不能詩，則曰"掎摭糞
壤間"；孟郊思苦，則曰"腸肚鎮煎熬"；樊宗師語澀，則曰"辭慳義卓闊"，
止於是矣，不應譏誚輕薄如是之甚也。且《序》云"衡山道士軒轅彌明，貌
極醜，白鬚黑面，長頸而高結喉，中又作楚語，年九十餘"，此豈亦退之自
謂邪？予同年李道立云：嘗見唐人所作《賈島碣》云："《石鼎聯句》所稱軒
轅彌明即君也。"島范陽人，彌明衡山人；島本浮圖，而彌明道士，附會之
妄，無可信者。獨《仙傳拾遺》有《彌明傳》，雖祖述退之之語，亦必有其人
矣。《聯句》若以爲公作，則若出一口矣。
　　朱熹《昌黎先生集考異》卷六：此詩句法全類韓公，而或者所謂寓公
姓名者，蓋"軒轅"反切近"韓"字，"彌"字之義又與"愈"字相類，即張籍所
譏"與人爲無實駁雜之説"者也。故竊意或者之言近是。洪氏所疑容貌
聲音之陋，乃故爲幻語，以資笑謔，又以亂其事實，使讀者不之覺耳。若
《列仙傳》，則又好事者因此序而附著之，尤不足以爲據也。
　　張淏《雲谷雜記》卷二：……予謂此序要不可以《毛穎傳》爲比。《穎
傳》蓋明爲寓言，今《石鼎詩序》詳著年月，及言劉師服嘗識之衡湘間："見
衡湘間，人云年九十餘，解捕逐鬼物，拘囚蛟螭虎豹"，茲皆指實而云。詎
可以《毛穎傳》例言之哉？
　　曾國藩《求闕齋讀書録》卷八：傲兀自喜。此等情事，亦適與公筆勢
相發也。
　　林紓《韓柳文研究法·韓文研究法》：《石鼎聯句詩序》……聞退之之
死，亦服丹汞，雖不可知。吾觀此文，似亦微中於道家之言，服其靈丹。
其寫軒轅，奕奕有生氣，胡不以異端貶之？特抑劉、侯二子以崇軒轅，此
又何也？

按：本篇有多少紀實成份，現在還難以確論。值得注意的是寫法上的創新。六朝時興起的詩序，"其體有二：一曰議論，二曰叙事"（徐師曾《文體明辨序說》）。本篇屬叙事體，但用了傳奇小説筆法，在生動的場面中栩栩如生地刻劃人物。這是對"古文"技巧的拓寬，也顯示了韓愈"好奇"的一端。文章以贊賞態度描寫了隱君子軒轅彌明這個人物，也反映了作者思想傾向的一個側面。有人認爲文中"石鼎"是暗指喻爲"鼎鼐"的宰輔而對之有所譏嘲，則似求之過於深曲了。

貞曜先生墓誌銘〔一〕

唐元和九年歲在甲午八月己亥，貞曜先生孟氏卒〔二〕。無子，其配鄭氏以告。愈走位哭，且召張籍會哭〔三〕。明日，使以錢如東都供葬事，諸嘗與往來者咸來哭弔韓氏，遂以書告興元尹故相餘慶〔四〕。閏月，樊宗師使來弔，告葬期，徵銘〔五〕。愈哭曰："嗚呼，吾尚忍銘吾友也夫！"興元人以幣如孟氏賵，且來商家事〔六〕。樊子使來速銘曰〔七〕："不則無以掩諸幽〔八〕。"乃序而銘之：

〔一〕貞曜先生爲孟郊私諡（即非朝廷所贈諡號，而是由親朋友好所定的），取貞正光曜之義。本文作於元和九年。

〔二〕元和九年八月乙亥朔，己亥爲二十五日。

〔三〕走位哭：到靈位前哭祭。位指家中所設靈位。 沈欽韓《補注》引《逸奔喪禮》曰："哭朋友于寢門外，壹哭而已，不踊。"然韓孟交誼深厚，不比一般朋友，故爲設置靈位哭。且召張籍會哭：張籍時在長安爲太常寺太祝，故召來一起哭祭而自爲之主。

〔四〕使以錢如東都供葬事：派人拿着錢去東都供營辦葬禮之用。咸來哭弔韓氏：孟郊喪事在洛，在長安韓愈主之。義本《禮記·檀弓上》：“伯高死於衛，赴於孔子，孔子曰：‘……夫由賜也見我，我哭諸賜氏。’遂命子貢爲之主。”興元尹故相餘慶：《舊唐書·憲宗紀》：“(元和九年三月)辛酉，以太子少傅鄭餘慶檢校右僕射、興元尹、山南西道節度使。”興元府(今陝西南鄭縣)爲山南西道節度使治所，府尹爲地方長官。

〔五〕閏月：是年閏八月。樊宗師：韓、孟友人，字紹述，南陽(今河南南陽市)人，一作河中寶鼎(今山西萬榮縣)人，始爲國子主簿，擢軍謀宏遠科，終絳州(屬河東道，治正平縣，今山西新絳縣)刺史。徵銘：徵求韓愈爲作墓誌銘。

〔六〕謂鄭餘慶送財物助喪事，並到韓愈處商量家屬後事；韓愈《與鄭相公書》云：“再奉示問，皆緣孟家事。”幣，指供祭祀的繒、帛等，賻(fù)，以財物助喪事。《春秋》隱公三年：“武氏子來求賻。”

〔七〕速銘：催促寫作銘文。速：催促。

〔八〕不則：同“否則”。掩諸幽：謂下葬。掩，埋。幽，幽宅，墳墓。

　　先生諱郊，字東野。父庭玢，娶裴氏女，而選爲崑山尉，生先生及二季郢、郐而卒〔九〕。先生生六七年，端序則見〔一〇〕；長而愈騫，涵而揉之，內外完好，色夷氣清，可畏而親〔一一〕。及其爲詩，劌目鉥心，刃迎縷解，鉤章棘句，搯擢胃腎，神施鬼設，間見層出〔一二〕。唯其大翫於詞，而與世抹摋，人皆劫劫，我獨有餘〔一三〕。有以後時開先生者，曰〔一四〕：“吾既擠而與之矣，其猶足存邪？〔一五〕”年幾五十，始以尊夫人之命來集京師，從進士試，既得即去〔一六〕。閒四年，又命來選，爲溧陽尉，迎侍溧上〔一七〕。去尉二年，而故相鄭公尹河南，奏爲水陸運從事、試協律郎，親拜其母於門內〔一八〕。母卒五年，而鄭公以節領興元軍，奏爲其軍參謀，試大理評事〔一九〕。挈其妻行之興元，次于閿鄉，暴疾卒〔二〇〕。年六十四。買棺以斂，以二人輿歸〔二一〕。郳、郍皆在江南〔二二〕。十月庚申，樊子合凡贈賻而葬之洛陽東其先人墓左，以餘財附其家而供祀〔二三〕。

〔一九〕選爲崑山尉：經吏部調選爲崑山縣尉。崑山縣（今江蘇昆山市），屬江南道蘇州。二季：兩個弟弟。

〔一〇〕端序則見：序，通“叙”；見，通“現”；端序謂苗頭。

〔一一〕長而愈騫(qiān)：長大後愈加超拔。騫，騫舉，高揚。涵而楺之：經過涵養磨練。涵，本義爲沉。《方言》卷一〇：“潛，涵，沉也。”楺，本義爲使木變形。《易·繫辭下》：“揉木爲末。”色夷氣清：顏色平和，神氣清明。

〔一二〕劌(guì)目鉥(shù)心：劌，刺傷；鉥，本義爲長針，此謂以針刺；劌目鉥心意同怵目驚心。刃迎縷解：如絲縷迎着刀刃被切斷。《晉書·杜預傳》：“譬如破竹，數節之後，皆迎刃而解。”鉤章棘句：鉤、棘都是兵器，鉤似劍而曲，棘通“戟”。此以兵器形狀爲喻，形容作文艱苦如鉤聯成篇、刺取文句。搯擢(qiā zhuó)胃腎：搯，抓；擢，拔；謂文章效果强烈如能掏出腸胃。神施鬼設：謂奇妙如鬼神所施爲。閒見層出：謂層出不窮。

〔一三〕大玩於詞：謂其非常喜好作文。玩，玩習。嵇康《琴賦序》：“余少好音聲，長而玩之。”與世抹摋：對待世事一切不顧。抹摋，掃滅，勾銷。人皆劫劫：別人都竭盡努力去追求。劫劫猶言“汲汲”。童《詮》以爲“劫劫”應作“欪欪”，欪，同“呿”，張口貌，謂人皆志倦而欠欪。

〔一四〕後時：指以後的事業。開先生：開導、啓發先生。

〔一五〕意謂我已(把後時的榮利)推辭讓與了別人，還值得存念於心嗎？

〔一六〕年幾五十：年近五十。尊夫人：指孟郊母。來集京師：指隨從鄉貢士子集於京城。

〔一七〕孟郊調選爲溧陽尉並迎母奉養,參閱《薦士》詩注〔二二〕〔二三〕;溧上指溧陽,溧水出今安徽蕪湖縣,經溧陽入太湖。

〔一八〕鄭公尹河南:《舊唐書・憲宗紀》:"(元和元年十一月甲申)以國子祭酒鄭餘慶爲河南尹。"水陸運從事、試協律郎:鄭餘慶帶水陸轉運使銜,以孟郊爲屬官;試協律郎爲使府幕職奏授虛銜。太常寺協律郎,正八品上。親拜:指鄭餘慶登門往拜。

〔一九〕以節領興元軍:節指古代出使所持符節,此謂朝命爲興元節度使。時稱山南西道節度兵馬爲興元軍。奏其爲軍參謀、試大理評事:據《新唐書・百官志》,外官中有行軍參謀;試大理評事亦爲虛銜。

〔二〇〕挈(xié):帶領。次于閿(wèn)鄉:再宿曰次,此謂居停。閿鄉,屬河南道虢州,今河南靈寶市境。

〔二一〕輿歸:車載而歸。

〔二二〕此應指家鄉湖州武康。

〔二三〕以餘財附其家而供祀:以剩餘財物付予其家以供平日祭祀。

　　將葬,張籍曰:"先生揭德振華,於古有光,賢者故事有易名,況士哉〔二四〕! 如曰貞曜先生,則姓名字行有載,不待講說而明。"皆曰:"然。"遂用之。

〔二四〕揭德振華:華,指文采詞華,此謂發揚道德,振起文辭。於古有光:於古道有光彩。故事有易名:故事謂舊事、成例;這裏説以前有給予謚號的舊俗。

　　初,先生所與俱學同姓簡,於世次爲叔父,由給事中觀察浙東〔二五〕。曰："生吾不能舉,死吾知恤其家〔二六〕。"
銘曰:

〔二五〕同姓簡:孟簡。簡,字幾道,昌平(今北京昌平縣)人。《爾雅·釋親》:"族晜,弟之子,相謂爲親同姓。"郊與孟簡同出昌平郡望,故稱"同姓"。世次:輩份。由給事中觀察浙東:《舊唐書·憲宗紀》:"(元和九年九月戊戌)以給事中孟簡爲越州刺史、浙東觀察使。"

〔二六〕舉:舉拔。恤:撫恤。

　　於戲貞曜〔二七〕! 維執不猗,維出不訾〔二八〕;維卒不施,以昌其詩〔二九〕。

〔二七〕於戲:同"嗚呼"。

〔二八〕維執不猗(yǐ):維,語辭;執,持;猗,倚靠,委曲依人。謂有所持而不依倚,是爲"貞"。維出不訾(zī):訾,通"貲",計量。謂發揚光大不可計量,是爲"曜"。

〔二九〕維卒不施:謂貞曜之德不得施爲。以昌其詩:謂使其詩歌創作取得成就。

　　【評箋】　張耒《答李文叔爲兄立諡簡》:王通死,門人私諡"文中";孟郊死,韓愈、張籍諡以"貞曜"。然而讀通所著書《續經》,其狂誕野陋,乃可爲學者發笑。郊以餓士,偶工於詩爾。世之言通與郊之實不過如此,"文中"、"貞曜"竟何補哉?(《張右史文集》卷四六)
　　林雲銘《韓文起》卷一一:東野生平行文,俱當在古人中求之。故張籍定諡,有"揭德振華,於古有光"之説。其客死無子,貧又不能舉葬,在公尤爲關情。走位之哭,事事俱依古禮而行,原不敢以時人相待。隨於徵銘時,作"不忍銘"一語,便已淒絕。但虧他拉拉雜雜說來,純用省筆。揆其所以能用省筆之故,只在上伏下應,天然位置,針針縫接,一絲不亂。較之他篇,另是一格。若文之佳,惟中間敘爲詩一段,是公本色。前後古質處,直逼周、秦。此等文字,當在筆墨外尋其氣味,愈讀愈見其高。任他如何妙手,總不能仿佛其萬一也……

按:歐陽修詩云:"韓、孟於文詞,兩雄力相當。篇章綴談笑,雷電擊幽荒。"(《讀蟠桃詩寄子美》,《六一居士集》卷二)本篇銘東野,用語、氣格頗似東野。這一方面反映韓文風格多變化,另一方面也由於如此才能更好地傳達所記人物精神。由于孟郊一生落拓,仕宦不得意,所以文章主要記敘其文章才能與事母盡孝兩點。開頭以友人哭弔起筆,在"哭"字上斡旋;後面又寫張籍、孟簡哀悼的兩個情節,這又是從交誼上來渲染。這都是構思上的匠心。又弟子"私謚"老師的習俗,起於東漢中葉以後,是推重師道的表現,又有與朝廷賜謚抗衡的意味。韓愈等私謚孟郊,也有一定的批判現實的意義。

試大理評事王君墓誌銘〔一〕

君諱適,姓王氏,好讀書,懷奇負氣,不肯隨人後舉選〔二〕。見功業有道路可指取,有名節可以戾契致,困於無資地,不能自出,乃以干諸公貴人,借助聲勢〔三〕。諸公貴人既志得,皆樂熟軟媚耳目者,不喜聞生語,一見輒戒門以絕〔四〕。上初即位,以四科募天下士〔五〕。君笑曰:"此非吾時邪?"即提所作書,緣道歌吟,趨直言試〔六〕。既至,對語驚人,不中第,益困〔七〕。

〔一〕本篇是友人王適的墓誌銘。作於元和十年。

〔二〕懷奇負氣：懷抱奇節,恃其意氣不肯下人。顔之推《顔氏家訓·文章》：“顔延年負氣摧黜。”舉選：指科舉選官。

〔三〕指取：指而取之,言其輕易。戾(liè)契致：戾,通“捩”,扭轉；契,多節；戾契即扭曲多節目。方《正》引董彦遠云：“江北人謂好生事、多節目爲臾叟,《方言》作諛詬。”“戾契致”謂經過曲折才能達到；或以爲“契”通“鍥”,“戾契”爲刻劃義。無資地：没有門資地位。干諸公貴人：請託於有權勢者。干,干請。

〔四〕樂熟軟媚耳目者：喜歡性格圓滑、諂媚於人的人。生語：謂生硬直率的話。戒門以絶：告誡看門人回絶不見。

〔五〕上初即位：指唐憲宗李純即位。以四科募天下士：《資治通鑑》卷二三七：“(元和元年四月)丙午,策試制舉之士。”又據《唐會要》卷七六：元和二年亦行制舉。制舉科目繁多,常行者爲賢良方正能直言極諫科、博通墳典達于教化科、軍謀宏遠堪任將帥科、達于吏治可使從政科,“四科”即指此,元和二年即舉此四科。

〔六〕緣道歌吟：走在路上,一面大聲吟唱。趨直言試：赴賢良方正直言極諫科試。制舉科目中此科尤有名。

〔七〕對語驚人：謂對策中多有言詞尖銳、聳人視聽的話。不中第：王定保《唐摭言》卷一二：“王適侍御元和初舉賢良方正直言極諫科,太直見黜。”

久之,聞金吾李將軍年少喜士,可撼,乃踏門告曰〔八〕：“天下奇男子王適,願見將軍白事。”一見,語合意,往來門下。盧從史既節度昭義軍,張甚,奴視法度士,欲聞無顧忌大語〔九〕。有以君生平告者,即遣客鉤致〔一〇〕。君曰：“狂子不足以共事。”立謝客。李將軍由是待益厚,奏爲其衛冑曹參軍,充引駕仗判官,盡用其言〔一一〕。將軍遷帥鳳翔，君隨往，改試大理評事、攝監察御史、觀察判官〔一二〕。櫛垢爬痒，民獲蘇醒〔一三〕。

〔八〕金吾李將軍：李惟簡，成德鎮節度使李寶臣第三子。《舊唐書·李寶臣傳》：“惟簡……元和初，檢校户部尚書、左金吾衛大將軍、充街使。”左、右金吾衛大將軍屬禁軍，從三品。可撼：可動，謂可以言辭説動。蹐(jī)門：輕步入門。蹐，小步行走。《詩經·小雅·正月》：“謂地蓋厚，不敢不蹐。”毛傳：“蹐，累足也。”

〔九〕盧從史：曾爲昭義節度使李長榮兵馬使；貞元二十年八月，長榮卒，從史以得軍情，善逢迎中使，得檢校工部尚書兼潞州長史、昭義節度使，澤、潞、磁、邢、洺觀察使；昭義軍駐節潞州上黨(今山西長治市)。《舊唐書·盧從史傳》：“……丁父憂，朝旨未議起復，屬王士真卒，從史竊獻誅承宗計，以希上意。用是起授，委其成功。及詔下討賊，兵出，逗留不進，陰與承宗通謀，令軍士潛懷賊號；又高其芻粟之價，售於度支；諷朝廷求宰相，且誣奏諸軍與賊通，兵不可進。上深患之。護軍中尉吐突承璀將神策兵與之對壘，從史往往過其營博戲。從史沓貪好得，承璀出寶帶奇玩以炫耀之，時其愛悦而遺焉。從史喜甚，日益狎。上知其事，取裴垍之謀，因戒承璀伺其來博，揖語，幕下伏壯士，突起持捽出帳後縛之，内車中，馳以赴闕。從者驚亂，斬十數人，餘號令乃定。且宣喻密詔，詔赴闕庭。”張(zhàng)甚：謂非常驕橫；張，自大，《左傳》桓公六年：“隨張，必棄小國。”杜注：“張，豬亮反，自侈大也。”奴視法度士：鄙視按禮法行事的士人。無顧忌大語：没有忌諱的狂言，指違背禮義的話。

〔一〇〕遣客鉤致：派遣門下人招引來。《莊子·天運》：“一君無所鉤用。”《鬼谷子·飛箝》：“引鉤箝之辭。”注：“鉤，謂誘致其情……内惑而得其情曰鉤。”

〔一一〕奏爲其衛冑曹參軍：謂上奏朝廷任命他爲左金吾衛冑曹參軍。金吾衛冑曹參軍，正八品下。充引駕仗判官：以高兼低爲“充”。

據《新唐書·百官志》：左、右金吾衛有引駕仗三衛六十人。判官
是佐理事務的僚屬。

〔一二〕將軍遷帥鳳翔：《舊唐書·憲宗紀》：“(元和六年五月)庚子，以左
金吾衛將軍李惟簡檢校户部尚書、鳳翔尹、隴右節度使。”改試大
理評事、攝監察御史、觀察判官：李惟簡帶觀察使銜，王適爲其觀
察判官。試大理評事、攝監察御史都是幕職京銜。

〔一三〕櫛垢爬癢：用櫛除去污垢，以手搔癢，喻爲民除去弊端，解脫困
擾。民獲蘇醒：使民衆獲得了生機。

居歲餘，如有所不樂。一旦載妻子入閿鄉南山不
顧〔一四〕。中書舍人王涯、獨孤郁、吏部郎中張惟素、比部
郎中韓愈日發書問訊，顧不可強起，不即薦〔一五〕。明年九
月，疾病，輿醫京師〔一六〕。某月某日卒，年四十四。十一
月某日，即葬京城西南長安縣界中。曾祖爽，洪州武寧
令〔一七〕；祖微，右衛騎曹參軍〔一八〕；父嵩，蘇州崐山
丞〔一九〕；妻，上谷侯氏，處士高女〔二○〕。

〔一四〕閿鄉：參閱《貞曜先生墓誌銘》注〔二○〕。不顧：謂不顧世事。

〔一五〕中書舍人王涯：王涯，參閱《赴江陵途中寄贈三學士》注〔一〕。據
《舊唐書·王涯傳》：“(元和)九年八月正拜舍人。”獨孤郁：河南
人，貞元十四年進士。據《舊唐書·獨孤郁傳》：“(元和八年)十
月，復召爲翰林學士；九年，以疾辭内職；十一月，改秘書少監，
卒。”文寫於辭内職之後，因此無官稱。吏部郎中張惟素：《唐會
要》卷五八：“元和八年六月，罰吏部郎中張惟素一月俸料，懲慢官
也。”比部郎中韓愈：韓愈元和九年三月擢比部郎中、史館修撰，
十月爲考功郎中，依前史館修撰；比部屬尚書刑部，郎中從五品
上。顧不可強起：但不可勉強起用爲官。

〔一六〕明年：據前列諸人行歷，指元和十年。沈欽韓《補注》：“此明年上
　　　　無所承，不妥。”疾病：病重；《論語·子罕》：“子病疾，子路使門人
　　　　爲臣。”集解：“包曰：疾甚爲病。”輿醫京師：用車子載送到京城
　　　　就醫。

〔一七〕洪州武寧：洪州屬江南道，治南昌縣(今江西南昌市)，下轄武寧
　　　　縣(今江西武寧縣)。

〔一八〕右衛騎曹參軍：禁軍左、右衛屬官；騎曹參軍，正八品下。

〔一九〕蘇州崑山：參閱《貞曜先生墓誌銘》注〔九〕。

〔二〇〕上谷侯氏：上谷爲侯氏郡望，大致包括今河北中西部地(唐易州
　　　　又稱上谷郡)。處士高：李翱《故處士侯君墓志》(《李文公集》卷
　　　　一四)略曰：高字玄覽，上谷人，少爲道士，居廬山，號華陽居士。
　　　　每激發則爲文達意，有漢魏之風。性剛勁，懷救物之略。與韓愈、
　　　　孟郊、李渤、獨孤朗、李翱等結交。

　　高固奇士，自方阿衡、太師，世莫能用吾言〔二一〕。再
試吏，再怒去，發狂投江水〔二二〕。初，處士將嫁其女，懲
曰〔二三〕：“吾以齟齬窮，一女，憐之，必嫁官人，不以與凡
子〔二四〕。”君曰：“吾求婦氏久矣，惟此翁可人意，且聞其
女賢，不可以失〔二五〕。”即謾謂媒嫗〔二六〕：“吾明經及第，
且選，即官人〔二七〕。侯翁女幸嫁，若能令翁許我，請進百
金爲嫗謝〔二八〕。”諾許，白翁〔二九〕。翁曰：“誠官人邪？取
文書來〔三〇〕。”君計窮吐實〔三一〕。嫗曰：“無苦，翁大人，
不疑人欺我。得一卷書，粗若告身者，我袖以往，翁見，未
必取眎，幸而聽我〔三二〕。”行其謀。翁望見文書銜袖，果
信不疑，曰〔三三〕：“足矣。”以女與王氏。生三子，一男二
女。男三歲夭死；長女嫁亳州永城尉姚挺〔三四〕；其季始十

歲〔三五〕。銘曰：

〔二一〕自方阿衡、太師：自比爲伊尹和吕望。伊尹名摯，爲湯妻陪嫁奴隸，據傳曾"負鼎干湯"，後佐湯伐夏桀，被尊爲"阿衡"。《書·太甲上》："唯嗣王不惠于阿衡。"孔疏："伊尹，湯倚而取平，故以爲官名。"吕望，姜姓，吕氏，名望，相傳曾釣於渭濱，周文王出獵相遇，佐武王滅殷，尊爲師尚父。《書·周官》中有"立太師、大傅、太保，茲惟三公"的話，然吕望時僅稱師，尚無太師名。世莫能用吾言：謂世人不能聽信自己(侯高)的話。

〔二二〕再試吏：兩次試用爲吏。再怒去：兩次均與上官不合，發怒棄官。李肇《國史補》卷中："李遜爲衢州刺史，以侯高試守縣令。高策杖入府，以議百姓，亦近代所難也。"發狂投江水：此事不見李翱《誌》，蓋爲所譁。

〔二三〕懲：受創而知戒。

〔二四〕齟齬(jǔ yǔ)窮：謂由于與世不合而困頓。齟齬，牙齒不合，引申爲抵牾不合。官人：顧炎武《日知録》卷二四："唐時有官者方得稱官人也。"凡子：指平民。

〔二五〕可人意：合人心意。

〔二六〕諛謂：欺騙説。

〔二七〕明經：唐科舉科目之一，主要以通經義取士，又分五經、三經、二經、學究一經、三禮、三傳、史科等名目。且選：將經史部調選。

〔二八〕百金：原指金(黄銅)百鎰，引申爲重資、厚禮。爲媪謝：作爲給媒媪的謝禮。

〔二九〕諾許：應許。

〔三〇〕文書：指任命官職的告身之類。

〔三一〕計窮吐實：計謀暴露吐露了實情。

〔三二〕大人：謂君子人。一卷書：一卷文書。粗若告身：大體像是告身。袖以往：放在袖子裏帶去。取際：取來看。際，"視"古字。

〔三三〕銜袖：帶在袖子裏。"袖"或作"軸"，沈欽韓《補注》："作'軸'者

是。"《會要》七十五："元和八年八月吏部奏,請差定文武官告紙軸
之物色……六品下朝官裝寫大花綾紙及小花綾裏,檀木軸。"

〔三四〕亳州永城:亳州治譙縣(今安徽亳州市);永城,今河南永城縣。

〔三五〕季:此指年幼者。

鼎也不可以柱車,馬也不可使守閭〔三六〕。佩玉長裾,
不利走趨〔三七〕。秖繫其逢,不繫巧愚〔三八〕。不諧其須,
有銜不袪〔三九〕。鑽石埋辭,以列幽墟〔四○〕。

〔三六〕此謂物不得適其用,以喻人不能盡其才;柱,通"拄",柱車謂支撐
　　　　車子;閭,里門,守閭謂守門;意本《淮南子·齊俗訓》:"柱不可以
　　　　摘齒,筐不可以持屋,馬不可以服重,牛不可以追速。"

〔三七〕謂腰佩玉飾、拖着長衣襟不利於奔跑;裾,衣襟;走,跑;趨,急走;
　　　　《禮·玉藻》:"古之君子必佩玉,左徵角,右宮羽,趨以采齊,行以
　　　　施夏,周還中規,折還中矩,進則揖之,退則揚之,然後玉鏘鳴也。"

〔三八〕謂秖關係到能否遇到時機,而無關於機敏還是愚笨。

〔三九〕不諧其須:諧,合;須,求;謂不合所需求。有銜不袪:謂有所包容
　　　　却不得施展。銜,含容。袪,散開。或訓"銜"爲"恨","袪"爲
　　　　"去",意謂有恨未去,亦可備一説。

〔四○〕謂刻石碑埋在墓穴之中。幽墟,墳墓。

【評箋】　張表臣《珊瑚鈎詩話》卷一:又退之《大理評事王適墓誌》
云……予嘆曰:斯文中之虎耶?晁無咎爲其季父沈丘縣令端中作
《誌》……余曰:斯文中之鳳邪?不然,何魁雄如彼,而焕爛若是乎!

　　吳子良《荆溪林下偶談》卷一《退之作墓銘》:……吾觀退之之作《王適
墓銘》,載娶侯高女一事,幾二百言,此豈足示後耶?然退之作銘數十,時
亦有諷有勸,諒非特虛美而已。《題歐陽生哀辭》謂"古之道不苟毀譽於
人",則吾之爲斯文,皆有實也……

黄震《黄氏日鈔》卷五九：以怪文狀强士，極可觀。

茅坤《唐宋八大家文鈔·韓文》卷一四：澹宕多奇。

黄宗羲《與李杲堂、陳介眉書》：……銘法既亡，猶幸一二大人先生一掌以埋江河之下，言有裁量，毀譽不渚。如昌黎銘王適，言其"謾婦翁"；銘李虚中、衛之玄、李于，言其燒丹致死；雖至善若柳子厚，亦言其"少年勇於爲人，不自貴重"。豈不欲爲之諱哉？以爲不若是，則其人之生平不見也。其人之生平不見，則吾之所銘者亦不知誰何氏也，將焉用之？（《南雷文案》卷三）

林雲銘《韓文起》卷一一："懷才負氣"四字，是王君一生本領，逐段以此作綫。蓋惟懷才負氣，所以不用於世；即用亦不能盡其用，卒致長往不顧、鬱鬱病殞者，此也。擇婦先擇翁，以爲惟此翁可人意，則茫茫宇宙間欲別求第二人，必不可得矣。婿入南山，翁投江水，諸公貴人之側，皆一班熟軟媚耳目物件，方枘入鑿，無所容身。冰清玉潤，又得一樂廣、衛玠，真奇緣也。紿媒得婦，雖於名節有所戾契，然不羈遊戲，所以成其爲天下奇男子。不然，一法度士而已。篇中叙事，錯落可喜，而銘詞復峭拔古奥，誠昌黎得意妙文。

曾國藩《求闕齋讀書録》卷八：以蔡伯喈碑文律之，此等文已失古意。然能者遊戲，無所不可。末流效之，乃墮惡趣矣。"妻上谷侯氏"云云，通首寫奇崛疏狂之態，皆因此事而引申之：

按：陶宗儀説："碑文惟韓文最高，每碑行文言道，人人殊面目，首尾決不再行蹈襲。"（《輟耕録》卷九《文章宗旨》）本篇也正表現出韓文墓誌奇譎的一面。墓主王適本是不遇於世的"奇男子"。作者不是叙述人物生平經歷，而是捕捉能够集中表現其精神的幾個細節加以渲染，寫出其落拓的生活和狂放的個性。特别是在寫了"卒葬"後補叙詒媒娶婦的一大段，充滿諧趣地展示了人物個性，在碑傳中完全是創格，也是古文中運用傳奇筆法的例子。在道方面清楚地表現出韓文尚奇創新的意義。

藍田縣丞廳壁記〔一〕

丞之職所以貳令，於一邑無所不當問〔二〕。其下主簿、尉，主簿、尉乃有分職〔三〕。丞位高而偪，例以嫌不可否事〔四〕。文書行，吏抱成案詣丞，卷其前，鉗以左手，右手摘紙尾，鴈鶩行以進〔五〕。平立，睨丞曰〔六〕："當署〔七〕。"丞涉筆占位，署惟謹，目吏問可不可〔八〕。吏曰："得。"則退，不敢略省，漫不知何事〔九〕。官雖尊，力勢反出主簿、尉下〔一〇〕。諺數慢，必曰"丞"，至以相訾謷〔一一〕。丞之設，豈端使然哉〔一二〕！

〔一〕本篇是爲藍田縣丞官署所寫的壁記。據封演《封氏聞見記》卷五："朝廷百司諸廳皆有壁記，叙官秩創置及遷授始末。原其作意，蓋欲著前政履歷，而發將來健羨焉。"當時州縣官署亦有壁記。作者寫此文時藍田縣丞爲友人崔立之。立之行事略見前《答崔立之書》注〔一〕。文章作於元和十年。

〔二〕貳令：謂於縣令爲副佐。《通典·職官》："大唐縣有令而置七司，一如郡制。丞爲副貳，主簿上轄，尉分理諸曹。"一邑：一縣。邑本指古大夫所封地，後以稱縣。

〔三〕主簿、尉乃有分職：分職謂具體分擔的職守。縣主簿掌付事句稽、省署抄目、糾正非違、監印、給紙筆雜用之事；縣尉則親理庶務、分判衆曹、割斷追徵、收率課調。

〔四〕丞位高而偪(bī)：偪，同"逼"，侵迫，逼近；謂丞的職位高又太接近縣令。例以嫌不可否事：依例以有侵權之嫌而對公事不置可否。

〔五〕文書行：行謂行文。按辦事程序傳遞文書。成案：已經辦好的文案。鉗：通"拑"，夾持。摘：採取，此謂提起。鴈鶩行：謂如鴈鶩排成一列。《詩經·鄭風·大叔于田》:"兩服上襄,兩驂雁行。"

〔六〕睨:斜視。

〔七〕當署:應當簽署通過。

〔八〕涉筆占位:動筆看位置。朱《考》:"'涉'或作'濡'。"占,視。署惟謹:謹慎地簽署。目吏:用眼神向小吏示意。

〔九〕漫:茫然貌。

〔一〇〕力勢:權力與威勢。

〔一一〕諺數慢:慢,指閑散冗員;謂諺語指數閑慢官員。韓愈《崔十六少府攝伊陽以詩及書見投因酬三十韻》詩中有"但聞赤縣尉,不比博士慢"之語,"慢"義同此。訾謷(zǐ áo):詆毀。

〔一二〕謂設立丞這個職位,難道就是讓它這個樣子嗎?

　　博陵崔斯立,種學績文,以蓄其有,泓涵演迤,日大以肆〔一三〕。貞元初,挾其能,戰藝於京師,再進再屈于人〔一四〕。元和初,以前大理評事言得失黜官,再轉而爲丞茲邑〔一五〕。始至,喟曰:"官無卑,顧材不足塞職〔一六〕。"既噤不得施用,又喟曰〔一七〕:"丞哉丞哉!余不負丞,而丞負余〔一八〕。"則盡枿去牙角,一躡故跡,破崖岸而爲之〔一九〕。丞廳故有記,壞漏污不可讀。斯立易桷與瓦,墁治壁,悉書前任人名氏〔二〇〕。庭有老槐四行,南牆鉅竹千梃,儼立若相持,水㶁㶁循除鳴〔二一〕。斯立痛掃漑,對樹二松,日哦其間〔二二〕。有問者輒對曰:"余方有公事,子姑去〔二三〕。"

〔一三〕博陵:崔氏郡望。漢桓帝在其地爲父立博陵,因以名縣,故城在今河北蠡縣南。種學績文:喻治學習文如耕種績紡一樣辛勤艱苦。意本《禮記·禮運》:"修禮以耕之,陳義以種之,講學以耨之。"泓涵演迤：泓，水深；涵，水含容廣大；演，流行；迤，逶迤，曲折而連延；謂深博而又流傳廣遠。日大以肆：一天天昌大而又發揚。肆，伸展，擴張。

〔一四〕戰藝：指應科舉考試。再進再屈于人：謂兩次中舉結果均失利於別人。再進指貞元四年中進士，貞元六年中吏部博學宏辭科目試；再屈於人指兩次均未被調選爲官。"于"原爲缺文，據魏《集》校補；或作"千"，朱《考》以爲應作"其"，吳汝綸謂"千"爲是。

〔一五〕言得失黜官：謂議論朝政得失而被貶官。再轉而爲茲邑丞：謂經兩次轉官作了藍田縣丞。

〔一六〕謂官職沒有卑下的，只是材質不足以擔負起這個職責。

〔一七〕嗫不得施用：謂被迫箝口不得施展才能。嗫，閉口，《史記·鼂錯傳》："且臣恐天下之士嗫口，不敢復言也。"

〔一八〕謂丞啊丞啊，我不辜負丞這個職位，而是丞這個職位辜負了我。

〔一九〕梈(niè)去牙角：如除去分梈一樣去掉稜角。梈，同"櫱"、"蘖"，伐木後新生的枝條。一蹋故跡：謂完全按照舊例行動。《漢書·鄒陽傳》："人主必襲按劍相眄之迹矣。"顏注："言蹋其故迹。"崖岸：山崖水岸，引申爲高傲不合時俗。魏徵《唐故邢國公李密墓誌銘》："(楊素)崖岸峻峙，天資宏亮。"

〔二〇〕易楲與瓦：換了屋椽與瓦。墁治壁：抹刷牆壁。

〔二一〕千梃(tǐng)，巨竹千竿。儼立：整齊地樹立。瀄瀄(guó guó)：象聲詞，流水聲。循除鳴：除，臺陛，謂順着臺階流淌。

〔二二〕痛掃溉：痛加掃除洗滌。溉，洗滌。《詩經·檜風·匪風》："誰能亨魚，溉之釜鬵。"毛傳："溉，滌也。"日哦其間：每日吟哦於其間。

〔二三〕姑去：暫且離開。

考功郎中、知制誥韓愈記〔二四〕。

〔二四〕韓愈元和九年十二月戊午(十五日)爲考功郎中、知制誥，至元和十一年正月丙戌(二十日)遷中書舍人。

【評箋】 洪邁《容齋四筆》卷五《藍田丞壁記》：韓退之作《藍田縣丞廳壁記》，柳子厚作《武功縣丞廳壁記》，二縣皆京兆屬城，在唐爲畿甸，事體正同。而韓文雄拔超峻，光前絕後，以柳視之，殆猶碔砆之與美玉也。莆田方崧卿得蜀本，數處與今文小異。其"破崖岸而爲文"一句，繼以"丞廳故有記"，蜀本無"而"字。考其語脈，乃"破崖岸爲文丞"是句絕。"文丞"者，猶言文具備員而已，語尤奇崛。若以"丞"字屬下句，則既是丞廳記矣，而又云"丞廳故有記"，雖初學爲文者不肯爾也。此篇之外，不復容後人出手……

林雲銘《韓文起》卷七：縣丞一席，論國家設官之意，於一邑無所不當問；及其後有避嫌之例，又於一邑無所當問者也。文書方行，吏抱成案請署景況，不但不如簿尉，反不如吏猶有所知矣。至諺以丞爲慢語相訾相警，不但不成其爲有用之官，且不成其爲有用之人矣。丈夫當爲雄飛，不當爲雌伏。到此地位，把畢生之學問氣節，俱應一刀兩斷，付之東流大海。即平日無所短長之人且不能堪，況崔君乎？昌黎不便説丞當問邑事，又不便説崔君不當爲丞，只痛發丞之職例不得施用，轉入崔君平日有學問，有氣節，到此不得不循例而行，即以其兩番喟嘆之言叙入。則丞原非空設，而崔君不當爲丞之意，無不俱見。末叙崔君哦松對人之言，以明其超然於川舍之外，代占却許多地步。細玩結語竟住，此後又加一語不得，真古今有數奇文。

何焯《義門讀書記・昌黎集》卷二：極意摹寫，見其流失非一日。既爲斯立發其憤懣，亦望爲政者聞之，使無失其官守也。 "鉗以左手"三句，細瑣如畫。"丞濡筆占位"，更細；"濡"從《苑》本改。 "諺數慢，必曰丞"，又著此語，伏後"故"字。 "丞之設豈端使然哉"，應"於一邑無不當問"，即反呼"故"字。 "一蹋故跡"，書名之意寄喟於"蹋故跡"，故一篇皆從此感慨，非恐其名氏之將湮也。 "悉書前任人名氏"，皆不得施用者也。"余方有公事，子姑去"，以不問一事反結，跌宕，殊有《簡兮》詩人之意。

陳衍《石遺室論文》卷四：韓退之雜記文字本不如子厚，而《藍田縣丞廳壁記》殊有別趣。

按：這篇壁記，既不寫官署創置始末，也不表現前賢任職政績，在寫法上完全是創格。前段寫縣府習俗是鋪墊，重點在此後寫崔斯立的仕途坎坷和失意頹唐，從而揭露了當時吏治腐敗和人材的受到壓抑，對友人則流露出同情、顧惜和批評的複雜感情。文章模寫情境極其簡潔而又傳神，如吏抱成案請署和斯立吟哦于庭院兩節，都顯示了作者的筆力。作者強烈的感情亦從情境中自然流露出來。

祭河南張員外文〔一〕

維年月日，彰義軍行軍司馬守太子右庶子兼御史中丞韓愈，謹遣某乙以庶羞清酌之奠，祭于亡友故河南縣令張十一員外之靈〔二〕：

〔一〕河南張員外即張署，參閱《答張十一》詩注〔一〕；署官終河南令，故稱河南張員外。韓愈另有《唐故河南令張君墓誌銘》。文作於元和十二年。

〔二〕原作"張十二"，韓愈與署贈答皆稱"張十一"，據改。韓參與討淮西之役任彰義軍行軍司馬，參見《奉和裴相公東征經女几山下作》詩注〔一〕；凡任官階卑而職高曰守，其時韓愈散官階位爲朝議郎，正六品上，任太子右庶子，正四品下，故曰"守"。某乙：指代僕從某人。庶羞清酌之奠：佳肴與清酒的祭品。庶羞：參閱《祭十二郎文》注〔三〕。《禮·曲禮下》："酒曰清酌。"

貞元十九，君爲御史，余以無能，同詔並跱〔三〕。君德
渾剛，標高揭己，有不吾如，唾猶泥滓〔四〕。余戇而狂，年
未三紀，乘氣加人，無挾自恃〔五〕。

〔三〕《唐故河南令張君墓誌銘》："以進士舉博學宏詞，爲校書郎，自京
　　　兆武功尉拜監察御史。"韓愈以同詔被命爲御史，故曰"同詔並跱
　　　(zhì)"。跱，安置。

〔四〕渾剛：渾厚剛正。標高揭己：高自標置，露才揚己。有不吾如：
　　　謂如有不合自己心意者。

〔五〕戇(zhuàng)而狂：愚直而狂放。戇，剛直而愚。年未三紀：當年
　　　韓愈三十六歲；參閲《寄盧仝》詩注〔四〕。乘氣加人：意氣用事，
　　　喜凌人上。無挾自恃：雖無挾持却自負。

彼婉孌者，實憚吾曹，側肩帖耳，有舌如刀〔六〕。我落
陽山，以尹鼯猱〔七〕；君飄臨武，山林之牢〔八〕。歲弊寒兇，
雪虐風饕，顛於馬下，我泗君咷〔九〕。夜息南山，同臥一
席，守隸防夫，觚頂交跖〔一〇〕。洞庭漫汗，粘天無壁，風
濤相陷，中作霹靂〔一一〕。追程盲進，颷船箭激〔一二〕。南
上湘水，屈氏所沉〔一三〕；二妃行迷，淚蹤染林〔一四〕。山哀
浦思，鳥獸叫音〔一五〕。余唱君和，百篇在吟〔一六〕。

〔六〕婉孌(wǎn luán)：年少嬌美貌。《詩經·齊風·甫田》："婉兮孌
　　　兮，總角丱兮。"此婉孌者意謂諂媚取寵者，指王叔文、王伾等人；
　　　或以爲指李實，《順宗實録》卷一："(李)實諂事李齊運，驟遷至京
　　　兆尹，恃寵强愎，不顧文法。"參閲《赴江陵途中寄贈三學士》詩注
　　　〔二〇〕。實憚吾曹：確實畏懼我們這些人。側肩帖耳：奸諂狀。

〔七〕我落陽山：謂我被流放到陽山。落，指黜放。以尹鼯(wú)猱：謂

陽山荒僻,只作齯猱之主。尹,治理。齯,亦稱夷由,飛鼠。

〔八〕謂張署飄落到臨武,那裏是山林築成的牢獄。

〔九〕歲弊寒兇:歲弊謂歲暮,韓、張貶官南行在十二月嚴冬。雪虐風饕(tāo),饕,貪婪;謂大雪疾風施虐。"雪虐"方《正》作"嘯虎",或曰:"以顛於馬下言之,由虎聲懼也。"我泗君咷:泗,涕泗,流淚,《詩經·陳風·澤陂》:"寤寐無爲,涕泗滂沱。"毛傳:"自目曰涕,自鼻曰泗。"咷,哭。《易·同人》:"同人先號咷而後笑。"《釋文》:"號咷,啼呼也。"

〔一〇〕南山:指從長安南行的商山。《赴江陵途中寄贈三學士》詩:"商山季冬月,冰凍絕行輈。"守隸防夫:韓愈等是流人,有士卒遞送。觝頂交跖(zhí):謂頭足相頂着睡在一起。觝,通"抵",拒,觸;跖,同"蹠",脚掌。

〔一一〕漫汗:水勢浩大貌。張衡《南都賦》:"布濩漫汗,漭沆洋溢。"粘天無壁:謂水天相連沒有界限。相豗(huī):豗,擬聲詞,水相擊聲。木華《海賦》:"泗泊栢而迆颺,磊砢匒而相豗。"霹靂:雷擊聲。

〔一二〕追程盲進:迫於程期而冒險前進。驷(fán)船箭激:驷,船帆;謂張帆使船,行如箭飛。

〔一三〕"南上"二句:參閱《湘中》詩注〔一〕。

〔一四〕二妃行迷:舜二妃娥皇、女英迷路。傳說舜南巡死,葬蒼梧之野,二妃追行至洞庭不及。淚蹤染林:林謂竹林;《初學記》卷二八引張華《博物志》:"舜死,二妃淚下,染竹即斑。"

〔一五〕山哀浦思:山水都一起哀痛。浦,水濱。思,悲思。曹植《幽思賦》佚文:"仰清風以嘆息,寄予思於悲弦。"

〔一六〕謂二人唱和詩多達百篇。張署存《贈韓退之》詩(《全唐詩》卷三一四),然非南行途中作,二人此次唱和詩已佚。

　　君止于縣,我又南踰,把觴相飲,後期有無〔一七〕。期宿界上,一夕相語,自別幾時,遽變寒暑〔一八〕。枕臂欹

眠，加余以股〔一九〕。僕來告言，虎入厩處，無敢驚逐，以
我驍去〔二○〕。君云是物，不駿於乘，虎取而往，來寅其
徵〔二一〕。我預在此，與君俱膺，猛獸果信，惡禱
而憑〔二二〕。

〔一七〕南踰：謂越南嶺赴陽山。把觴：觴，同"盞"、"琖"；謂把盃對飲。
後期：後會之期。

〔一八〕"夕"原作"又"，據魏《集》校改。陳《勘》、馬《校》等均以"夕"爲
是，王元啓《記疑》則曰"作'夕'語拙，非是。"期宿界上：相約在臨
武與連州界上相會同宿。遽變寒暑：謂寒暑變易，即過了一年，
則相會在貞元二十年冬。

〔一九〕欹(qí)眠：側臥而眠。

〔二○〕以我驍(méng)去：驍，驢子；謂把我的驢子叩走。

〔二一〕不駿於乘：謂騎乘走起來不快。駿，迅速；《詩經·周頌·清廟》：
"對越在天，駿奔走在廟。"來寅其徵：謂來年寅月將有其徵驗；十
二生肖中寅爲虎神，故云。

〔二二〕我預在此：我也在此參與。與君俱膺：膺，當，受；與你同受預兆
之福。惡禱而憑：惡，何；何須祝禱才可憑信呢？"猛獸"或作"孟
首"，朱《考》謂"'孟首'謂正月，孟春之首也，張言'來寅其徵'，以
虎爲寅神，故言來歲寅月當有徵驗，孟首果得歸也。然且作'猛
獸'亦通"。

　　余出嶺中，君竢州下，偕掾江陵，非余望者〔二三〕。郴
山奇變，其水清寫，泊砂倚石，有還無捨〔二四〕。衡陽放
酒，熊咆虎嗥，不存令章，罰籌蝐毛〔二五〕。委舟湘流，往
觀南嶽，雲壁潭潭，穿林攸擢〔二六〕。避風太湖，七日鹿
角，鈎登大鮎，怒頰豕狗〔二七〕。劘盤炙酒，羣奴餘

啄〔二八〕。走官階下，首下尻高〔二九〕。下馬伏塗，從事
是遭〔三〇〕。

〔二三〕州下，指郴州。謂二人貞元二十一年遇赦，在郴州待命並同授江
　　　　陵掾。參閱《八月十五夜贈張功曹》注〔一〕。
〔二四〕清寫：清澄流瀉。寫，"瀉"本字。泊砂倚石：泊於沙灘，依倚岩
　　　　石。此表玩賞山水之趣。有遻(è)無捨：謂遇到景物都不捨棄。
　　　　遻，遇，《九章·懷沙》："重華不可遻兮，孰知余之從容。"
〔二五〕放酒：狂飲。"酒"魏《集》等作"湎"，童《詮》以爲"作'湎'爲長"。
　　　　熊咆虎嗥：形容醉酒喧嘩的情形。不存令章：令章謂酒令；謂飲
　　　　酒沒有約束。罰籌蝐毛：飲酒行令，以籌記罰，罰籌如蝐毛一樣
　　　　多。籌是記數的工具。
〔二六〕委舟湘流：放舟湘江。往觀南嶽：謂遊衡山。參閱《謁南嶽廟遂
　　　　宿嶽寺題門樓》注〔一〕。雲壁潭潭：連雲如壁一樣廣大。潭潭，
　　　　寬大貌。穹林攸擢：謂林木高聳。穹，《爾雅·釋詁》："穹……大
　　　　也。"攸，是；擢，獨出貌；張衡《西京賦》："逕百常而莝擢。"
〔二七〕太湖：指洞庭湖。鹿角：鹿角山在岳陽南五十里洞庭湖濱。《水
　　　　經注·湘水》："湘水左逕鹿角山東。"元稹《元氏長慶集》有《鹿角
　　　　鎮》詩，原注曰："洞庭湖中地名。"洞庭遇風，參閱《洞庭湖阻風贈
　　　　張十一署》。鈎登大鮐：鈎登，釣上；鮐，鮐魚，又名鱷、鯤。怒頰
　　　　豕狗(hòu)：頰，指魚腮；豕狗，豬叫，狗，豕聲。形容被釣上的魚
　　　　兩腮怒張發出聲音。
〔二八〕臠盤炙酒：臠，切成塊狀的肉。謂盤子裏裝着切成塊的肉(即釣
　　　　上來的魚的肉)，還有燙好的酒。餘啄：謂吃掉剩餘。啄，原義爲
　　　　鳥用嘴取食，此指飲啄。
〔二九〕走官階下：上任到官府臺階之下。首下尻(kāo)高：形容卑身下
　　　　氣，頭低得很低。《漢書·東方朔傳》："朔笑之曰：咄！口無毛，
　　　　聲謷謷，尻益高。"
〔三〇〕謂路上遇到江陵府從事，也得下馬伏於道邊。韓愈在江陵任法曹

參軍爲州佐，從事爲府幕僚，六朝時州職爲重，府職爲輕，以此督府碎職非士人所爲，至唐則相反，所以韓愈就州佐之職有此感慨。

予徵博士，君以使已，相見京師，過願之始〔三一〕。分教東生，君掾雍首，兩都相望，於別何有〔三二〕。解手背面，遂十一年，君出我入，如相避然〔三三〕。生闊死休，吞不復宣〔三四〕。

〔三一〕予徵博士：指元和元年六月被徵爲國子博士。君以使已：指張署罷使職。據《墓誌銘》：“……俱從掾江陵，半歲，邕管奏君爲判官，改殿中侍御史，不行，拜京兆府司録。”時邕管經略使爲路恕。

〔三二〕分教東生：指元和二年分教東都國子監。君掾雍首：指張署任京兆府司録。雍指京兆府，司録持糾曹之權，當要害之地，判曹事，爲掾首，即掾吏首席。於別何有：謂兩都距離很近，豈談到什麼離別。

〔三三〕解手背面：謂離別。據《墓誌銘》：署解京兆司録，爲鳳翔觀察使判官，出爲三原令，遷尚書刑部員外郎，時韓愈在東都。韓回京，張出爲虔州刺史，改澧州刺史，又改河南令卒，自元和元年起十一年未見。

〔三四〕生闊死休：闊，遠離，《詩經·邶風·擊鼓》：“于嗟闊兮，不我活兮。”活着時遠離，死了一切全完了。吞不復宣：吞聲忍哭不再宣洩。

刑官屬郎，引章詡奪，權臣不愛，南康是榦〔三五〕。明條謹獄，氓獠户歌，用遷澧浦，爲人受瘥〔三六〕。還家東都，起令河南，屈拜後生，憤所不堪〔三七〕。屢以正免，身伸事蹇，竟死不昇，孰勸爲善〔三八〕。

〔三五〕刑官屬郎：指署任刑部員外郎。引章訐(jié)奪：章，法律條章；訐，發人陰私。《墓誌銘》：“遷尚書刑部員外郎，守法爭議，棘棘不阿。”南康是幹：南康原作“南昌”，據朱《考》校改；幹本義爲旋轉，引申爲轉官；指署改虔州刺史；虔州，隋改南康郡置，屬江南道，治贛縣(今江西贛州市)。

〔三六〕明條謹獄：宣明條令，愼重處置刑獄。氓獠戶歌：氓，草野之民。獠，指稱古代南方少數族。《墓誌銘》：“改虔州刺史。民俗相朋黨，不訴殺牛，牛以大耗，又多捕生鳥雀魚鼈，可食與不可食相買賣，時節脫放，期爲福祥，君視事，一皆禁督，立絶……度支符州，析民戶租，歲徵綿六千屯……君獨疏言：‘治迫嶺下，民不識蠶桑。’月餘，免符下，民相扶攜守州門，叫讙爲賀。”用遷澧浦：用，因。澧浦，澧水濱，指澧州。澧州屬江南道，今湖南澧縣。爲人受瘥(cuō)：人，“民”之諱。瘥，病。《詩經·小雅·節南山》：“天方薦瘥，喪亂弘多。”謂替百姓承受罪責；《墓誌銘》：“改澧州刺史。民稅出雜產物與錢，尚書有經數，觀察使牒州，徵民錢倍經，君曰：‘刺史可爲法，不可貪官害民。’留嗓不肯從，竟以代罷。觀察使使劇吏案簿書，十日不得毫毛罪。”

〔三七〕起令河南：謂起身爲河南令。屈拜後生：謂拜長官之年少者；《墓誌銘》：“改河南令。而河南尹適君平生所不好者。君年且老，當日日拜走，仰望階下，不得已就官。數月，大不適，即以病辭免。”

〔三八〕屢以正免：屢次因爲正直而罷官。身伸事蹇：蹇，屈，困；謂一身雖得所願而事業却不順利。竟死不昇：至死不得昇遷。孰勸爲善：孰，何，還有什麼勉勵人爲善呢！

丞相南討，余辱司馬，議兵大梁，走出洛下〔三九〕。哭不憑棺，奠不親罇，不撫其子，葬不送野〔四〇〕。望君傷懷,有隕如瀉〔四一〕。銘君之績,納石壙中,爰及祖考,紀德事功〔四二〕。外著後世,鬼神與通,君其奚憾,不余鑒衷〔四三〕?嗚呼哀哉,尚饗!

〔三九〕丞相南討:指裴度率師討淮西。余辱司馬:辱,謙詞,謂被命,時韓愈爲行軍司馬。議兵大梁:大梁,汴州。謂至汴州商議軍事;時韓弘爲宣武軍節度使,都統諸軍,駐節汴州《新唐書‧韓愈傳》:"愈請乘遽先入汴,説韓弘使叶力。"走出洛下:洛下,洛陽。

〔四〇〕哭不憑棺:參閱《祭十二郎文》注〔四一〕。奠不親斝(jiǎ):斝,古代一種銅製酒器;謂自己不能去灑酒爲祭。

〔四一〕有隕如瀉:謂淚如傾瀉。隕,落。

〔四二〕銘君之績:謂把你的業績刻在碑上。爰及祖考:謂亦銘刻祖、父姓名。爰,語辭;考:古以父爲考,後只稱亡父。事功:猶言頌功。

〔四三〕外著後世:身外揚名於後世。不余鑒衷:鑒,察;此謂難道不察我的衷懷嗎。

【評箋】 茅坤《唐宋八大家文鈔‧韓文》卷一六:公之奇崛戰鬪鬼神處,令人神眩。

林雲銘《韓文起》卷八:二公交情之深,在同官同貶,同行同遷,不必復道。第張公爲人,一生持正到底,屢蹶不移,薑桂老而愈辣,與昌黎聲氣相投,所以關情尤切耳。篇中步步細叙其宦途潦倒之況,與往來山水之奇,離合悲歡之意,能令千載之下,猶宛然在目。令讀者欲驚欲怒,欲笑欲哭,所以人不能及。至於摛詞俶詭,練句鏗鏘,則剩技也。

曾國藩《求闕齋讀書録》卷八:以奇崛鳴其悲鬱,鏖戰神鬼,層疊可愕。

林紓《韓柳文研究法‧韓文研究法》:祭文體,本以用韻者爲正格。若不駕馭以散文之法,終覺直致。昌黎《祭河南張員外文》,曲折詳盡,造語尤奇麗。員外名曙,與公同爲御史,順宗朝又俱徙江陵,同官復同患難,故言之歷歷,情致自生。按之前後際,仍寓提挈結束之法。入手敘同官,以直見讉,陽山、臨武,皆二公貶所。"以尹齟猱"句,"尹"字是字法,甚之之詞也。陽山、臨武,路過湖南,其寫過江風物,與旅宿逢虎,狀極逼真。"洞庭漫汗,黏天無壁",語尤雄警。"偕掾江陵"是量移內地,又將洞庭一提。元和元年六月,公召爲國子博士,曙仍掾江陵,文中言"相見京師"者,元和二年曙爲京兆府司錄參軍也。其云"解手背面,遂十一年"者,言曙守虔州,見惡於觀察,拜河南令,又不見悦於尹,所云"屢以正免,身伸事蹇"者也。用字造句固是昌黎長技,然綜敘張曙生平及與己交際,伸縮繁簡,讀之井井然。繁處極意抒寫,簡處用縮筆。讀之不已,可悟韻語長篇之法。

按:這篇祭文在寫法上與散體的《祭十二郎文》可做對比,而二者又有異曲同工之妙。本篇雖是韻語,但句法變化自如,敘事波瀾起伏,摹寫生動,音情暢朗,有散文的流利條暢,避免了韻文的呆板拘束。《祭十二郎文》則雖是散體,却把駢語、韻語融入其中,敘事述情注意語氣頓挫、造句整飾,具有韻文的情韻,而避免了散體的平淡疏冗。

平 淮 西 碑 并序[一]

天以唐克肖其德,聖子神孫,繼繼承承,於千萬年,敬戒不怠[二]。全付所覆,四海九州,罔有内外,悉主悉臣[三]。高祖、太宗,既除既治[四];高宗、中、睿,休養生息[五];至于玄宗,受報收功,極熾而豐,物衆地大,孽牙其間[六];肅宗、代宗,德祖、順考,以勤以容[七]。大懲適去,粮莠不薅,相臣將臣,文恬武嬉,習熟見聞,以爲當然[八]。

〔一〕本篇是爲平定淮西鎮(彰義軍)所寫的紀功碑。唐憲宗李純繼位
後，採取武力平藩的政策。元和九年(八一四)，彰義節度使吳少
陽死，其子攝蔡州(淮西鎮駐節地，今河南汝南縣)刺史吳元濟反，
朝命嚴綬爲申、光、蔡招撫使，督諸道兵進討。由于諸軍顧望，叛
軍又得到成德鎮王承宗、淄青鎮李師道等聲援，征討久未有功。
次年五月，遣中丞裴度詣行營宣慰，度還，言淮西必可取。時爲考
功郎中、知制誥的韓愈上書，以爲淮西“三小州，殘弊困劇之餘，而
當天下之全力，其破敗可立而待也。然所未可知者，在陛下斷與
不斷耳”(《論淮西事宜狀》)，因條陳用兵利害。九月，朝命以宣武
節度使韓弘爲淮西諸軍都統，但征討軍近九萬，互相顧望，留屯不
進，饋運疲弊。至元和十二年，師老財竭，朝臣競言罷兵。時裴度
自請督師，七月，以門下侍郎同平章事兼彰義節度使，仍充淮西宣
慰、招討、處置等使，出討淮西。行營皆一時之選，韓愈爲彰義行
軍司馬隨行。八月出師；十月，擒吳元濟，平蔡州；十二月還朝。
韓愈以功授刑部侍郎，仍詔撰《平淮西碑》，本文即應詔而作。然
蔡州擒吳元濟一役，唐、隨、鄧節度使李愬功第一，而韓愈多叙裴
度定策指揮之功，愬不平之。愬妻唐安公主女，出入宮禁，因訴碑
不實，因此後有詔段文昌重撰碑文事。段文今存(《平淮西碑》，
《全唐文》卷六一七)。

〔二〕天以唐克肖其德：克，能够；肖，似。謂上天以唐王朝之德與之等
齊。意本《春秋繁露・順命》：“德侔天地者，皇天右而子之，號稱
天子。”繼繼承承：繼者繼而承者承，謂代代延續。敬戒不怠：恭
敬戒懼，不敢稍懈。

〔三〕全付所覆：謂全部付與天之所覆。《禮・中庸》：“天之所覆，地之
所載。”四海九州：猶言天下。《書・大禹謨》：“文命敷于四海。”
罔有内外：罔，無；不分内外。悉主悉臣：悉爲之主，悉臣服之。

〔四〕高祖、太宗：高祖，唐開國皇帝李淵的廟號；太宗，李世民廟號。
既除既治：謂乃除暴亂，達於至治。既，乃。

〔五〕高宗、中、睿：高宗，太宗子李治廟號；中宗，高宗子李顯廟號；睿

宗,高宗子李旦廟號。

〔 六 〕玄宗:睿宗子李隆基廟號。極熾而豐:謂國勢興旺繁盛,指所謂
　　　　"開元之治"。孽牙其間:孽,通"櫱",萌,牙,通"芽",亦訓萌;謂
　　　　其時已養成以後動亂的肇端。《漢書·金日磾傳》:"霍氏有事萌
　　　　牙。"顔注:"萌牙之言始有端緒,若草之始生。"

〔 七 〕肅宗、代宗:肅宗,玄宗子李亨廟號;代宗,肅宗子李豫廟號。德
　　　　祖、順考:德宗爲代宗子李适廟號,於憲宗爲祖;順宗爲德宗子李
　　　　誦廟號,於憲宗爲皇考。以勤以容:謂勤於致治,對負逆多所含
　　　　容。以,語助。

〔 八 〕大慝適去:慝,惡;大慝指巨奸。謂剛剛除去巨奸,指"安史之
　　　　亂"、"建中之亂"被討平,首惡安祿山、史思明與朱泚、李希烈等被
　　　　除去。稂莠(láng yǒu)不薅(hāo):稂莠,有害禾苗的雜草。《詩
　　　　經·小雅·大田》:"既堅既好,不稂不莠。"毛傳:"稂,童粱也;莠,
　　　　似苗也。"薅,拔去田草。謂叛亂餘黨仍負固割據,未能清除。將
　　　　臣相臣:指文武朝臣。文恬武嬉:恬,安;謂文武官員安於逸樂。

　　睿聖文武皇帝既受羣臣朝,乃考圖數貢,曰〔九〕:"嗚
呼! 天既全付予有家,今傳次在予〔一〇〕;予不能事事,其
何以見于郊廟〔一一〕。"羣臣震慴,奔走率職〔一二〕。明年平
夏〔一三〕;又明年平蜀〔一四〕;又明年平江東〔一五〕;又明年平
澤潞,遂定易定,致魏、博、貝、衛、澶、相,無不從志〔一六〕。
皇帝曰:"不可究武,予其少息〔一七〕。"

〔 九 〕睿聖文武皇帝:唐憲宗李純尊號;《舊唐書·憲宗紀》:"(元和三
　　　　年)春正月癸未朔,癸巳,羣臣上尊號曰睿聖文武皇帝。"考圖數
　　　　貢:查考輿地圖、計算貢賦之地。《資治通鑑》卷二二六:"安史之
　　　　亂,數年間,天下戶口什亡八九,州縣多爲藩鎮所據,貢賦不入。"

〔一〇〕天既全付予有家：謂上天把天下交付我家。有，語辭。《書·梓材》："皇天既付中國民。"又《漢書·蓋寬饒傳》："三王家天下。"傳次在予：以次傳繼于我。

〔一一〕事事：謂從事帝王之業。何以見于郊廟：郊廟指祭祀天地祖先處；謂在祭祀時以什麼面對天地祖宗。

〔一二〕震懾：震驚恐懼。《後漢書·任隗傳》："內外朝臣莫不震懾。"率職：奉行職事。

〔一三〕明年平夏：指討平夏、綏、銀節度使楊惠琳在夏州(屬關內道，治朔方縣，今陝西靖邊縣境)的叛亂；憲宗於永貞元年(八〇五)八月即位，明年指元和元年；《舊唐書·憲宗紀》："(元和元年三月)先是，(夏州刺史兼鹽、夏、綏、銀節度使)韓全義入朝，令其甥楊惠琳知留後。俄有詔除李演爲節度，代全義。演赴任，惠琳據城叛。詔發河東、天德兵討之。辛巳，夏州兵馬使張承金斬惠琳，傳首以獻。"

〔一四〕又明年平蜀：指討平劍南西川節度行軍司馬劉闢於成都的叛亂。西川節度使駐節成都府(今四川成都市)，平夏與平蜀均在元和元年，"又明年"有誤。據《新唐書·憲宗紀》：永貞元年八月，劍南西川節度使韋臯卒，行軍司馬劉闢自稱留後。元和元年正月，長武城使高崇文爲神策行營節度使以討劉闢。九月辛亥，高崇文克成都。十月戊子，劉闢伏誅。

〔一五〕又明年平江東：指平定浙西節度使李錡在潤州的叛亂。浙西節度使駐節潤州，治丹徒(今江蘇鎮江市)，在江東。據《舊唐書·憲宗紀》：元和二年十月己酉，以浙西節度使李錡爲左僕射，以御史大夫李元素爲潤州刺史、鎮海軍浙西節度使。庚申，李錡據潤州反。壬戌，詔以淮南節度使王鍔充諸道行營招討使，內官薛尚衍爲監軍，率汴、徐、鄂、淮南、宣歙之師，取宣州路進討。癸酉，潤州大將張文(子)良、李奉僊等執李錡以獻。十一月甲申，斬李錡於獨柳樹下。"又明年"如連上文計亦有誤。

〔一六〕又明年平澤潞：指平定昭義節度使盧從史的叛亂。盧從史，參閱

《試大理評事王君墓誌銘》注〔九〕。又《舊唐書·憲宗紀》："(元和
五年夏四月)甲申,鎮州行營招討使吐突承璀執昭義節度使盧從
史,載從史送京師。"遂定易定:指義武節度使張茂昭將易、定二
州歸於朝廷。義武節度使駐定州,治安喜縣,今河北定縣,易州治
易縣,今河北易縣。《新唐書·憲宗紀》:"(元和五年)十月,(義武
軍節度使)張茂昭以易、定二州歸于有司。"致魏、博、貝、衛、澶、
相:指魏博節度使田弘正(賜名興)以六州土地歸順朝廷。魏博
節度使駐節魏州,治貴鄉縣,今河北大名縣境。博州治聊城市,今
山東省聊城市。貝州治清河縣,今河北清河縣。衛州治汲縣,今
河南衛輝市。澶州治頓丘縣,今河南清豐縣境。相州治安陽縣,
今河南安陽市。《新唐書·憲宗紀》:"(元和七年十月)魏博節度
使田興,以六州歸于有司。""又明年"亦有誤。

〔一七〕究武:究,《易·説卦》:"其究爲躁卦。"正義:"究,極也。"謂窮極
　　　武力。少息:少,通"稍";暫停。

九年,蔡將死,蔡人立其子元濟〔一八〕。以請,不許,
遂燒舞陽,犯葉、襄城,以動東都,放兵四劫〔一九〕。皇帝
歷問于朝,一二臣外,皆曰:"蔡帥之不廷授,于今五十年,
傳三姓四將,其樹本堅,兵利卒頑,不與他等〔二〇〕;因撫
而有,順且無事〔二一〕。"大臣臆決唱聲,萬口和附,并爲一
談,牢不可破〔二二〕。

〔一八〕《新唐書·憲宗紀》:"(元和九年)閏八月丙辰,彰義軍節度使吳少
　　　陽卒,其子元濟自稱知軍事。"《資治通鑑》卷二三九:"少陽死近四
　　　十日,不爲輟朝,但易環蔡諸鎮將帥,益兵爲備。"

〔一九〕《新唐書·藩鎮傳》:"……元濟不得命,乃悉兵四出,焚舞陽及葉,
　　　掠襄城、陽翟。時許、汝居人皆竄伏榛莽間。剽係千餘里,關東大

恐。"舞陽,屬河南道許州,今河南舞陽縣。葉,屬河南道汝州,今河南葉縣。襄城,屬河南道汝州,今河南襄城縣。放兵四劫:縱兵四出劫奪。

〔二〇〕不廷授:謂不由朝廷任命,即擁兵自立。傳三姓四將:自至德元載(七五六)置淮西鎮,先後割據淮西者有李希烈、陳仙奇、吳少誠、吳少陽。其樹本堅:其樹立基礎牢固。兵利卒頑:兵器精良,士卒頑强。

〔二一〕因撫而有:利用安撫辦法而據有其地。

〔二二〕臆決唱聲:憑主觀倡言。并爲一談:謂衆口一詞,據《資治通鑑》:元和十一年正月,翰林學士、中書舍人錢徽,駕部郎中、知制誥蕭俛各解職,守本官。時羣臣請罷兵者衆,上患之,故黜徽、俛以警其餘。中書侍郎、同平章事韋貫之又數請罷用兵,八月,罷爲吏部侍郎。九月,右拾遺獨孤朗坐請罷兵,貶興元府倉曹。元和十二年,李逢吉等競言師老財竭,意欲罷兵,翰林學士令狐楚與逢吉善,罷爲中書舍人,等等。

皇帝曰:"惟天惟祖宗所以付予任者,庶其在此,予何敢不力〔二三〕? 況一二臣同,不爲無助〔二四〕。"曰:"光顔,汝爲陳許帥,維是河東、魏博、郃陽三軍之在行者,汝皆將之〔二五〕。"曰:"重胤,汝故有河陽、懷,今益以汝,維是朔方、義成、陝、益、鳳翔、延、慶七軍之在行者,汝皆將之〔二六〕。"曰:"弘,汝以卒萬二千屬而子公武往討之〔二七〕。"曰:"文通,汝守壽,維是宣武、淮南、宣歙、浙西四軍之行于壽者,汝皆將之〔二八〕。"曰:"道古,汝其觀察鄂岳〔二九〕。"曰:"愬,汝帥唐、鄧、隨,各以其兵進戰〔三〇〕。"曰:"度,汝長御史,其往視師〔三一〕。"曰:"度,惟汝予同,汝遂相予,以賞罰用命不用命〔三二〕。"曰:"弘,汝其以節都統諸軍〔三三〕。"曰:"守謙,汝出入左右,汝惟近臣,其往撫師〔三四〕。"曰:"度,汝其往,衣服、飲食予士,無寒無飢,以既厥事,遂生蔡人〔三五〕。賜汝節、斧、通天御帶,衛卒三百〔三六〕。凡茲廷臣,汝擇自從,惟其賢能,無憚大吏〔三七〕。庚申,予其臨門送汝〔三八〕。"曰:"御史,予憫士大夫戰甚苦,自今以往,非郊廟祠祀,其無用樂〔三九〕。"

〔二三〕庶其在此:謂天與祖先所付予任大概即在平定叛亂。庶:或然之詞,或許。

〔二四〕指裴度等少數大臣贊成平叛。元和十年五月,憲宗遣中丞裴度詣行營宣慰,察用兵形勢,度還,言淮西必可取之狀。元和十二年,李逢吉等諫罷兵,裴度自請詣行營督師。

〔二五〕以下詔命遣將用兵,指示方略。首先命李光顏,據《舊唐書·李光顏傳》:光顏自憲宗元和已來,歷授代、洺二州刺史兼御史大夫;九年,將討淮蔡,九月,遷陳州刺史充忠武軍都知兵馬使;踰月,遷忠武軍節度使。會朝廷討吳元濟,詔光顏以本軍獨當一面,光顏於是引兵臨溵水,抗洄曲。陳許節度使駐節許州,治長社縣,今河南許昌市。光顏統河東軍,待考。統魏博軍,《舊唐書·憲宗紀》:元和十年二月,田弘正子布、韓弘子公武各率師隸李光顏討賊。統郃陽軍,樊曰:"(元和十年)二月,命神策軍郃陽鎮遏將索日進以涇原兵六百人會李光顏。"郃陽屬關內道同州,今陝西合陽縣。

〔二六〕此命烏重胤。《舊唐書·憲宗紀》:元和五年夏四月壬申,以昭義都知兵馬使烏重胤爲懷州刺史、河陽三城、懷州節度使;九年閏八月辛西,以河陽節度使烏重胤兼汝州刺史。此即"故有河陽、懷,今益以汝"。朔方軍即朔方節度使,管靈、會、鹽三州,駐節靈州,今寧夏靈武市境;義成軍即鄭滑節度使,管滑、鄭二州,駐節滑州,今河南滑縣境;陝指陝虢觀察使,管陝、虢、汝三州,駐節陝州,今河南陝縣。益指西川節度使,管成都府、彭、蜀等二十六州,治成都府(益州);鳳翔指鳳翔節度使,管鳳翔府(岐州)、隴州,駐節鳳翔,今陝西鳳翔縣;延指鄜延觀察使,管鄜、坊、丹、延四州,駐節延州,今陝西延安市境;慶指邠寧節度使,管邠、寧、慶三州,駐節邠州,今陝西彬縣。

〔二七〕此命韓弘。《舊唐書・韓弘傳》:弘,潁川人,世居滑之匡城。憲宗欲用形勢以臨淮泗,弘方鎮汴州,當兩河賊之衝要,朝廷慮其異志,欲以兵柄授之,而令李光顏、烏重胤實當旗鼓,乃授弘淮西諸軍行營都統。弘令其子公武率師三千隸李光顏軍。此“三千”上脫“萬”字,且與本文“二”不同。

〔二八〕此命李文通。《資治通鑑》卷二三九:元和十年二月,壽州團練使令狐通爲淮西兵所敗。癸丑,以左金吾大將軍李文通代之。壽州治壽春,今安徽壽縣。宣武軍,屢見前。淮南指淮南節度使,領揚、楚等七州,治揚州,今江蘇揚州市。宣歙指宣歙觀察使,領宣、歙、池三州,駐節宣州,今安徽宣城市。浙西指浙西觀察使,領潤、常、蘇、杭、湖、睦六州,駐節潤州,今江蘇鎮江市。

〔二九〕此命李道古。《舊唐書・李道古傳》:道古由黔中觀察爲鄂、岳、沔、蘄、安、黃團練觀察使,時元和十一年也。初,以柳公綽在鎮無功,議將代之。裴度言道古嗣曹王皋之子,皋嘗以江漢兵遏李希烈之亂,威惠至今在人,復用其子,必能繼美。憲宗然之,故有此授。鄂岳指鄂岳觀察使,駐節鄂州,今湖北武漢市武昌。

〔三〇〕此命李愬。《舊唐書・憲宗紀》:元和十一年十二月甲寅,以閑厩宮苑使李愬檢校左散騎常侍兼鄧州刺史,充唐、隨、鄧等州節度使。唐、隨、鄧指襄陽節度使,領唐、隨、鄧等八州,駐節襄州,今湖北襄樊市。

〔三一〕此命裴度。長御史:謂任御史臺長官御史中丞。視師:督率軍隊。《舊唐書・裴度傳》:九年十月,改御史中丞,尋遷刑部侍郎。《資治通鑑》卷二三九:元和十年,諸軍討淮西久未有功,五月,上遣中丞裴度詣行營宣慰,察用兵形勢。

〔三二〕予同：謂與我同謀。相予：謂作宰相輔佐我。《舊唐書·憲宗紀》：元和十年六月乙丑，制以朝議郎守御史中丞兼刑部侍郎裴度爲朝請大夫、刑部侍郎同中書門下平章事。用命不用命：意本《書·甘誓》：“用命賞于祖，弗用命戮于社。”

〔三三〕此再命韓弘。節謂領軍的符節。《舊唐書·憲宗紀》：元和十年九月癸酉，以宣武軍節度使韓弘充淮西行營兵馬都統。

〔三四〕此命梁守謙。梁爲樞密使；樞密使代宗朝置，以宦者爲之，掌承受表奏，爲侍從近臣。撫師指監軍，唐中葉有宦者監軍制度；《資治通鑑》卷二三九：元和十一年十一月辛巳，命知樞密梁守謙宣慰，因留監其軍。

〔三五〕衣服飲食予士：謂使士卒飽暖。以既厥事：既，完成；厥，其；指完成平叛事業。生蔡人：使蔡州人復蘇。《舊唐書·憲宗紀》：元和十二年秋七月丙辰，制以中書侍郎平章事裴度守門下侍郎同平章事、使持節蔡州諸軍事、蔡州刺史充彰武軍節度、申、光、蔡觀察、處置等使，仍充淮西宣慰、處置使。

〔三六〕節斧：符節與斧鉞。斧鉞爲儀仗。通天御帶：皇帝服用的衣帶。

〔三七〕惟其賢能，無憚大吏：謂選擇從官只看材能，不要避忌高官即不敢任用。《舊唐書·憲宗紀》：“以刑部侍郎馬總兼御史大夫，充淮西行營諸軍宣慰副使；以太子右庶子韓愈兼御史中丞，充彰義軍行軍司馬；以司勳員外郎李正封、都官員外郎馮宿、禮部員外郎李宗閔皆兼侍御史，爲判官、書記，從度出征。”時裴度幕府皆一時之選。

〔三八〕《資治通鑑》卷二四〇：八月庚申，度赴淮西，上御通化門送之。庚申爲三日；通化門爲長安城東北數第一門。

〔三九〕朝廷撤樂表謙下恭儉。

顏、胤、武合攻其北，大戰十六，得柵、城、縣二十三，降人卒四萬〔四〇〕。道古攻其東南，八戰，降萬三千，再入申，破其外城〔四一〕。文通戰其東，十餘遇，降萬二千〔四二〕。愬入其西，得賊將，輒釋不殺，用其策，戰比有功〔四三〕。十二年八月，丞相度至師〔四四〕。都統弘責戰益急，顏、胤、武合戰，益用命〔四五〕。元濟盡并其衆洄曲以備〔四六〕。十月壬申，愬用所得賊將，自文城因天大雪，疾馳百二十里，用夜半到蔡，破其門，取元濟以獻，盡得其屬人卒〔四七〕。辛巳，丞相度入蔡，以皇帝命赦其人。淮西平，大饗賚功〔四八〕。師還之日，因以其食賜蔡人〔四九〕。凡蔡卒三萬五千，其不樂爲兵願歸爲農者十九，悉縱之〔五〇〕。斬元濟京師。

〔四〇〕栅：軍事據點。人卒：居民與士卒。李光顏曾與叛將董重質在蔡州北郾城縣激戰，佔據洄曲，悉收其衆。

〔四一〕《舊唐書·李道古傳》：道古前後再破申州外城而不能拔；申州治義陽縣，今河南信陽市境。

〔四二〕十餘遇：與叛軍十幾次遭遇。

〔四三〕比有功：謂屢次取勝建功。《資治通鑑》卷二四〇：元和十二年二月，李愬謀襲蔡州，遣十將馬少良將十餘騎巡邏，遇吳元濟捉生都虞侯丁士良，與戰，擒之。士良，元濟驍將，常爲東邊患，召詰之，無懼色。愬曰："真丈夫也。"命釋其縛，給其衣服器械，署爲捉生將。丁士良言於李愬曰："吳秀琳擁三千之衆，據文城栅，爲賊左臂，官軍不敢近者，有陳光洽爲之謀主也。光洽勇而輕，好自出戰，請爲公先擒光洽，則秀琳自降矣。"擒光洽以歸。三月，吳秀琳以文城栅降于李愬，愬撫其背慰勞之。降其衆三千人。秀琳將李憲有材勇，愬更其名忠義而用之。愬每得降卒，必親引問委曲，由是賊中險易遠近虛實盡知之。愬厚待吳秀琳，與之謀取蔡。秀琳曰："公欲取蔡，非李祐不可，秀琳無能爲也。"祐者，淮西騎將，有勇略，守興橋栅，常陵暴官軍。六月庚辰，廂虞侯史用誠生擒祐以歸。將士以祐嘗日多殺官軍,爭請殺之。愬不許,釋縛,待以客禮。時愬欲襲蔡,而更密其謀,獨召祐及李忠義屏人語,或至夜分,他人莫得豫聞。

〔四四〕《舊唐書·憲宗紀》:詔以郾城爲行蔡州治所。八月甲申(二十七日),裴度至郾城。郾城,今河南郾城縣。

〔四五〕責戰:督戰。用命:遵命行動。

〔四六〕并其衆洄曲以備:集中其部衆於洄曲以備官軍;洄曲,汝水上地名,《清一統志》:"許州洄曲河,在郾城縣東南三十里。唐元和中,吳元濟叛,以重兵委董重質守洄曲,即此。"

〔四七〕壬申:二十二日。文城:《清一統志》:"河南汝寧府:文城柵在遂平縣西南五十里。"遂平即今河南遂平縣。據《資治通鑑》卷二四○:李祐言於李愬曰:"蔡之精兵皆在洄曲。及四境拒守,守州城者皆羸老之卒,可以乘虛直抵其城。比賊將聞之,元濟已成擒矣。"愬然之。冬十月甲子(十四日),遣掌書記鄭澥至郾城,密白裴度。度曰:"兵非出奇不勝,常侍良圖也。"辛未(二十一日),李愬命馬步都虞候、隨州刺史史旻留鎮文城,命李祐、李忠義帥突將三千爲前驅,自與監軍將三千人爲中軍,命李進誠將三千人殿其後。軍出,不知所之。愬曰:"但東行。"行六十里,夜,至張柴村,盡殺其戍卒及烽子。留義成軍五百人鎮之,以斷洄曲及諸道橋樑。復夜引兵出門,諸將請所之,愬曰:"入蔡州取吳元濟。"諸將皆失色。夜半,雪愈甚,行七十里,至州城,近城有鵝鴨池,愬令擊之以混軍聲。愬遣李進誠攻牙城,毀其外門,得甲庫,取器械。癸酉(二十三日),復攻之,燒其南門,晡時,門壞。元濟於城上請罪,進誠梯而下之。甲戌(二十四日),愬以檻車送元濟諧京師。

〔四八〕辛巳:十一月一日。《資治通鑑》卷二四○:"庚辰(十月三十日),裴度遣馬總先入蔡州宣慰。辛巳,度建彰義軍節,將降卒萬餘人入城。"大饗:大張宴席。賚(lài)功:賚,賜予;謂獎賞功臣。

〔四九〕指把多餘的軍糧救濟蔡州人民。

〔五○〕悉縱之:謂全部放之歸農。

　　册功〔五一〕：弘加侍中，愬爲左僕射帥山南東道，顏、胤皆加司空，公武以散騎常侍帥鄜坊、丹、延，道古進大夫，文通加散騎常侍〔五二〕；丞相度朝京師，道封晉國公，進階金紫光祿大夫，以舊官相〔五三〕；而以其副總爲工部尚書，領蔡任。既還奏，羣臣請紀聖功，被之金石〔五四〕。皇帝以命臣愈。臣愈再拜稽首而獻文曰：

〔五一〕册功：册封功臣。

〔五二〕據《舊唐書·憲宗紀》：十一月，録平淮西功，加宣武軍節度使韓弘兼侍中。侍中爲門下省長官，正二品，因官高位重，大曆後不單置，爲功臣兼銜。隨唐節度使、檢校左散騎常侍李愬檢校尚書左僕射、襄州刺史充山南東道節度、襄、鄧、隨、唐、復、郢、均、房等州觀察等使。忠武軍節度使李光顏、河陽軍節度使烏重胤並檢校司空；司空爲三公之一，中唐以後常爲節度使兼銜。以宣武軍都虞候韓公武檢校左散騎常侍、鄜州刺史、鄜、坊、丹、延節度使；散騎常侍屬門下省，無實職，爲功臣兼銜。又據《新唐書·李道古傳》：淮西平，加檢校御史大夫。

〔五三〕《舊唐書·憲宗紀》：十二月壬戌，以彰義軍節度使、淮西宣慰、處置使、門下侍郎同平章事裴度守本官，賜上柱國、晉國公，食邑三千户。又《裴度傳》：詔加度金紫光祿大夫，弘文館大學士，復知政事。裴度爲晉（聞喜）人，故封於晉；國公食邑三千户，從一品；金紫光祿大夫，文散官，正三品。

〔五四〕《舊唐書·憲宗紀》：十一月戊申，以淮西宣慰副使、刑部侍郎馬總爲彰義軍節度留後；十二月壬戌，以蔡州留後馬總檢校工部尚書、蔡州刺史、彰武軍節度使，溵州、潁、陳、許節度使。被之金石：謂刻之於金石之上。金指鼎，石指碑；此即指將此文刻石。

唐承天命，遂臣萬邦，孰居近土，襲盜以狂〔五五〕。往在玄宗，崇極而圮，河北驕悍，河南附起〔五六〕。四聖不宥，屢興師征，有不能剋，益戍以兵〔五七〕。夫耕不食，婦織不裳，輸之以車，爲卒賜糧〔五八〕。外多失朝，曠不嶽狩，百隸怠官，事亡其舊〔五九〕。帝時繼位，顧瞻咨嗟，惟汝文武，孰恤予家〔六〇〕。既斬吳、蜀，旋取山東，魏將首義，六州降從〔六一〕。淮蔡不順，自以爲强，提兵叫讙，欲事故常〔六二〕。始命討之，遂連姦鄰，陰遣刺客，來賊相臣〔六三〕。方戰未利，内驚京師，羣公上言，莫若惠來〔六四〕。帝爲不聞，與神爲謀，乃相同德，以訖天誅〔六五〕。乃敕顔、胤，恕、武、古、通，咸統於弘，各奏汝功〔六六〕。三方分攻，五萬其師，大軍北乘，厥數倍之〔六七〕。常兵時曲，軍士蠢蠢，既翦陵雲，蔡卒大窘〔六八〕。勝之郾陵，郾城來降，自夏入秋，復屯相望〔六九〕。兵頓不勵，告功不時，帝哀征夫，命相往釐〔七〇〕。士飽而歌，馬騰於槽，試之新城，賊遇敗逃〔七一〕。盡抽其有，聚以防我，西師躍入，道無留者〔七二〕。頷頷蔡城，其壃千里，既入而有，莫不順俟〔七三〕。帝有恩言，相度來宣，誅止其魁，釋其下人〔七四〕。蔡之卒夫，投甲呼舞，蔡之婦女，迎門笑語。蔡人告飢，船粟往哺，蔡人告寒，賜以繒布〔七五〕。始時蔡人，禁不往來，今相從戲，里門夜開〔七六〕。始時蔡人，進戰退戮，今旰而起，左飧右粥〔七七〕。爲之擇人，以收餘憊，選吏賜牛，教而不税〔七八〕。蔡人有言，始迷不知，今乃大覺，羞前之爲。蔡人有言，天子明聖，不順族誅，順保性命〔七九〕。汝不吾信，視此蔡方，孰爲不順，往斧其吭〔八〇〕。凡叛有數，聲勢相倚，吾強不支，汝弱奚恃〔八一〕？其告而長，而父而兄，奔走偕來，同我太平〔八二〕。淮蔡爲亂，天子伐之，既伐而飢，天子活之。始議伐蔡，卿士莫隨，既伐四年，小大並疑〔八三〕。不赦不疑，由天子明，凡此蔡功，惟斷乃成〔八四〕。既定淮蔡，四夷畢來，遂開明堂，坐以治之〔八五〕。

〔五五〕襲盜以狂：承襲爲盜，猖狂施虐。

〔五六〕往在玄宗：句法本《書·無逸》：“昔在殷王中宗。”崇極而圮(pǐ)：圮，毁；極盛而衰敗，此指“安史之亂”。河北驕悍，河南附起：指安、史降將割據河北，繼則河南藩鎮起而效尤；割據河北道的有始於田承嗣的魏博鎮、始於李寶臣的鎮冀(成德)鎮、始於李懷仙的盧龍鎮，割據河南道的有始於侯希逸的淄青鎮、始於李希烈的淮西鎮等。

〔五七〕四聖不宥，屢興師征：宥，寬赦。指肅、代、德、順四朝藩鎮屢次肇亂，“不宥”、“師征”爲文飾之詞。肅宗時“安史之亂”正劇；代宗廣德元年(七六三)變亂平定，割據局面接着形成，有魏博鎮等叛亂；德宗即位不久，即有山南東道梁崇義、淄青李納、魏博田悦，成德李惟岳“四鎮之亂”，接着淮西李希烈、前盧龍節度使朱泚先後稱帝；順宗在位日短，有西川節度留後劉闢求鎮三川等。

〔五八〕謂百姓飢寒，朝廷傾財力以助軍需。常袞《劉晏宣慰河南淮南制》：“自兵亂一紀，事殷四方，耕夫困於軍旅，蠶婦病於饋餉……靡室靡家，皆籍其穀；無衣無褐，亦調其庸。”

〔五九〕外多失朝：謂外官多朝覲失時。曠不嶽狩：曠，廢；嶽狩，巡狩四嶽，皇帝外出巡視曰狩，四嶽指四方諸侯。百隸怠官：謂朝廷百官荒於職守。事亡其舊：朝廷諸事皆失其舊制。

〔六〇〕謂憲宗繼位後審度形勢，咨嗟嘆息，求助文武百官，幫助鞏固唐王朝。恤，憂慮；予家，李姓王朝。

〔六一〕指平定浙西李錡(吳)、西川劉闢(蜀)、澤潞盧從史(古山東之地)，田弘正以魏博六州歸於有司。

〔六二〕提兵叫讙(xuān)：讙，同“嚾”，通“喧”；拿起武器喧嘩。欲事故常：想按常規辦事。指欲行驕兵悍將親黨膠固、變易主帥的故伎。

〔六三〕指成德鎮王承宗、淄青鎮李師道與吳元濟相呼應，沮止用兵，陰助爲亂，李師道並派刺客刺殺宰相武元衡等。賊，害。《資治通鑑》卷二三九：“上自李吉甫薨，悉以用兵事委武元衡。李師道所養客說李師道曰：‘天子所以銳意誅蔡者，元衡贊之也，請密往刺之。元衡死，則他相不敢主其謀，爭勸天子罷兵矣。’師道以爲然，即資給遣之……(十年)六月癸卯，天未明，元衡入朝，出所居靖安坊東門，有賊自暗中突出射之，從者皆散走。賊執元衡馬，行十餘步而殺之，取其顱骨而去。又入通化坊擊裴度，傷其首，墜溝中。度氈帽厚，得不死……李師道客竟潛匿亡去。”

〔六四〕惠來：謂以恩惠招致，指採取安撫辦法。來，通“倈”，招倈。

〔六五〕與神爲謀：謀之神明。乃相同德：同德謂同心之人，指任命裴度爲相。以訖天誅：訖，竟；以完成上天的責罰。

〔六六〕謂敕命李光顏、烏重胤、李愬、李道古、韓公武、李文通等皆統於韓弘，各自出戰立功。奏功，奏，通“走”，趨，立。《詩經·小雅·六月》：“以奏膚公。”毛傳：“奏，爲，膚，大，公，功也。”

〔六七〕謂李道古攻其東南，文通戰其東，愬戰其北，是爲“三方”。李光顏等合攻其北，是爲“北乘”。乘，加，陵。厥數倍之，謂倍“五萬”。

〔六八〕常兵時曲：常，通“嘗”，曾經；謂曾用兵時曲。時曲在陳州商水縣(今河南商水縣)西南五十里。軍士蠢蠢：蠢蠢，動擾貌。《資治通鑑》卷二三九：“十年(八月)乙丑，李光顏敗於時曲。”既翦陵雲：翦，除滅。陵雲，陵雲栅。《資治通鑑》卷二三九：“(十一年九月)乙酉，李光顏、烏重胤奏拔吳元濟陵雲栅。”胡注：“陵雲栅在溵水西南，郾城東北，蔡人立栅於此，以陵雲爲名。”蔡卒大窘：謂蔡兵大感困迫。

〔六九〕勝之邵陵:邵陵,即召陵,舊城在河南郾城縣東。郾城來降:《舊唐書‧李光顏傳》:"十二年四月,光顏敗元濟之衆三萬于郾城,其將張伯良奔于蔡州……郾城守將鄧懷金請以城降,光顏許之,而收郾城。"復屯相望:屯,屯兵。《史記‧傅寬傳》:"一月,徙爲代相國,將屯。"集解:"按律謂勒兵而守曰屯。"此謂屯戍相連接。

〔七〇〕兵頓不勵:頓,通"鈍";勵,通"厲";兵器禿鈍不猛厲,謂出戰不利。告功不時:不能按時取得成功。命相往釐:指命宰相裴度前往統軍。釐,治理。

〔七一〕試之新城,賊遇敗逃:官軍在洀口築城,蔡兵進攻,力戰拒之。《資治通鑑》卷二四〇:裴度至郾城,"帥僚佐觀築城於洀口。董重質帥騎出五溝邀之,大呼而進,注弩挺刃,勢將及度。李光顏與田布力戰,拒之,度僅得入城。"此曰賊"敗逃",亦文飾之語。

〔七二〕謂吳元濟抽調兵力增援董重質以守洄曲,李愬率師自西方攻入蔡州,掃平敵軍。

〔七三〕額額(éé)蔡城:額額,高大貌。童《詮》謂"兀兀"借字;或用《書‧益稷》:"傲虐是作,罔晝夜額額。"孔傳:"無晝夜常額額,肆惡無休息。"解爲肆惡不休。莫不順俟:無不馴順地等待官軍。

〔七四〕恩言:指大赦詔令。來宣:前來宣示。誅止其魁:誅罰限于首惡。

〔七五〕船粟往哺:謂漕運糧食供養飢民。

〔七六〕《資治通鑑》卷二四〇:"先是吳氏父子阻兵,禁人偶語於塗,夜不然燭,有以酒食相過從者罪死。度既視事,下令惟禁盜賊,餘皆不問,往來者不限晝夜,蔡人始知有生民之樂。"

〔七七〕進戰退戮:進則戰,退則遭殺戮。今旰(gàn)而起:旰,晚;謂現在日晚而起。左飱右粥:飱,通"飧",精米;粥,通"鬻"、"餗",鼎中食。左粲右餗狀食物充足。

〔七八〕謂替蔡人選節帥,以解除積久的疲困,又選擇官吏,賜以耕牛,施行教化而免其租稅。

〔七九〕族誅:刑及整個家族;《舊唐書‧吳元濟傳》:以元濟獻廟社,徇于市，斬之，年三十五；妻沈没入掖庭，二弟、三男流江陵，皆殺之。

〔八〇〕斧其吭(háng)：謂去斫他的喉嚨。吭，同"亢"，喉嚨。

〔八一〕謂大凡叛亂都有其定數，聲勢必互相倚靠，勢强一方都不能支持，勢弱者又有何依恃。有數，謂有定數。

〔八二〕而長：而，通"爾"；你的首領。偕來：謂一起歸順朝廷。

〔八三〕卿士：泛指羣臣。小大並疑：謂上下臣僚皆懷疑伐叛能够成功。

〔八四〕惟斷乃成：只有決斷才保證得以成功。

〔八五〕四夷：古稱東夷、西戎、南蠻、北狄爲四夷，泛指邊疆諸族。《書·大禹謨》："無怠無荒，四夷來王。"遂開明堂，坐以治之：意本《禮·明堂位》："昔者周公，朝諸侯于明堂之位。"

【評箋】　李商隱《韓碑》：元和天子神武姿，彼何人哉軒與羲。誓將上雪列聖恥，坐法宫中朝四夷。淮西有賊五十載，封狼生貙貙生羆。不據山河據平地，長戈利矛日可麾。帝得聖相相曰度，賊斫不死神扶持。腰懸相印作都統，陰風慘澹天王旗。愬武古通作牙爪，儀曹外郎載筆隨。行軍司馬智且勇，十四萬衆猶虎貔。入蔡縛賊獻太廟，功無與讓恩不訾。帝曰汝度功第一，汝從事愈宜爲辭。愈拜稽首蹈且舞，金石刻畫臣能爲。古者世稱大手筆，此事不繫於職司。當仁自古有不讓，言訖屢頷天子頤。公退齋戒坐小閣，濡染大筆何淋漓。點竄《堯典》、《舜典》字，塗改《清廟》、《生民》詩。文成破體書在紙，清晨再拜鋪丹墀。表曰臣愈昧死上，詠神聖功書之碑。碑高三丈字如手，負以靈鼇蟠以螭。句奇語重喻者少，讒之天子言其私。長繩百尺拽碑倒，麤砂大石相磨治。公之斯文若元氣，先時已入人肝脾。湯《盤》孔鼎有述作，今無其器存其辭。嗚呼聖皇及聖相，相與烜赫流淳熙。公之斯文不示後，曷與三五相攀追。願書萬本誦萬過，口角流沫右手胝。傳之七十有二代，以爲封禪玉檢明堂基。(《玉谿生詩箋注》卷一)

穆修《唐柳先生集後序》：唐之文章，初未去周、隋、五代之氣，中間稱得李、杜，其才始用爲勝，而號雄歌詩，道未及渾備。至韓、柳氏起，然後能大吐古人之文，其言與仁義相華實而不雜。如韓《元和聖德》、《平淮

西》、柳《雅章》之類，皆辭嚴義密，製述如經，能崒然聳唐德於盛漢之表蔑愧讓者，非二先生之文則誰與？（《河南穆公集》卷二）

王安石《董伯懿示裴晉公平淮右題名碑詩用其韻和酬》：……退之道此尤儁偉，當鏤玉版東燔柴。欲編詩書播後嗣，筆墨雖巧終類俳……（《臨川先生文集》卷七）

陳師道《後山詩話》：龍圖孫學士覺喜論文，謂退之《淮西碑》敘如《書》、銘如《詩》。

王讜《唐語林》卷二：柳八駁韓十八《平淮西碑》云：“‘左飧右粥’何如我《平淮西雅》云‘仰父俯子’。”禹錫曰：“美憲宗俯下之道盡矣。”柳曰：“韓碑兼有冒子，使我爲之，便説用兵討叛矣。”

李塗《文章精義》：退之《平淮西碑》是學《舜典》。

郎瑛《推淮西碑事不同》：韓文公《平淮西碑》，當時謂事不實，命斷去之，勅段文昌別撰。《舊史·文公傳》、《行狀》、《神道碑》及《新史·吳元濟傳》，皆謂李愬妻唐安公主女也，碑辭多歸裴度功，而愬特以入蔡居第一，故其妻出入禁中，訴碑不實，遂斷去別撰。而李商隱讀《韓碑》詩，亦有“讒之天子言其私”之句。然而羅隱有説石孝忠推碑殺吏之事甚悉。丁用晦《芝田録》又曰：“元和中，有還卒推倒《平淮西碑》，帝怒，命縛來，朕自斫殺之。囚至，曰：碑中只言裴度功，不述李愬力，微臣是以不平。上命放罪，勅段文昌別撰。”與羅説同。余謂推碑之事顯，而訴碑之事幽，何國史等乃遺其顯明，而録其幽隱不可知者耶？況殺吏以致帝問，且賜孝忠烈士號，當時豈有不知？無乃執筆者謂婦言爲私，而卒論近公，故顛倒去取，以爲韓公諱耶？（《七修類稿》卷二五《辯證類》）

茅坤《唐宋八大家文鈔·韓文》卷一一：通篇次第戰功摹倣《史》、《漢》，而其辭旨特自出機軸。其最好處在得臣下頌美天子之體。

姚範《援鶉堂筆記》卷四二：自元和九年用兵淮蔡，至十二年而始平，銘及之。其間命將出師、攻城降卒俱非一時事，亦非盡是裴度後事也，而序皆類之若一時者，蓋序所以聳唐憲奮武者功、申命伐叛之威。裴度以宰相宣慰，君臣協謀，亦應特書。著度之勳而主威益隆，此《江漢》、《常武》之義也。於以見保大定功、綏馭震疊之謨。若詳著入蔡禽一叛臣，其於推崇唐宗威德替矣,此公表所云"《詩》、《書》之文,各有品章條貫"者也。而宋子京乃云:"公以元濟之平,繇度能固天子意,得不赦,故諸將不敢首鼠,卒禽之,多歸度功。"此與義山詩見處同耳,未達撰次之旨也。但序事非實,王介甫有"類俳"之譏,或以是與?或云銘辭當出於序之外,補序所不及,僅以避重文複說者,其亦未達《詩》、《書》之殊軌,文質之異用矣。昔人謂"序似《書》,銘似《詩》",余謂銘辭酣恣奮動,正以不全似《詩》爲佳。而子厚乃以《淮夷雅》矜出其上,謬矣。規橅章句,何處得此生氣橫出耶?

王鳴盛《十七史商榷》卷八九:……愬既爲大功臣之子,入蔡功又甚偉,自請縶鞬見裴度,使蔡人知有上下分,其公忠不伐如此。韓昌黎《平淮西碑》叙愬之功,實爲太略……

包世臣《書韓文後》上:《平淮西碑》最爲今古所重。然推本君德而上斥列祖,歸功裴相而揶揄通朝,立言既爲非宜,且《六月》、《采芑》、《江漢》諸什並美宣王,而詩人止述將士勞苦。良以將士用命以有功,則君美自見,何必如碑言乃爲善頌哉?然其詩則佳甚,分別觀之可也。(《藝舟雙楫·論文》卷一)

林紓《春覺齋論文·用筆八則》:昌黎作《平淮西碑》,起筆曰:"天以唐克肖其德。"幾于嘔出心肝,方成此語。後生若皆如此喫力,便趨奇走怪,入太學體矣。須知文之能奇,必爲情理中之所有,不過造語異于恒蹊。非背理而求奇,匪情而求奇也。

陳登原《國史舊聞》卷二五:……淮西之平,仍爲文、武爭衡之一諷刺,段碑固不必有,韓碑亦可不作。

按:本篇是典型的歌功頌德之作。頌美憲宗平淮西之功,自有一定現實意義;但溢美不實之處也不少,前人已多指出。本文技巧的突出處在結構安排:頌美憲宗重點寫他睿思獨斷、推賢舉能之功,而表現主帥運籌帷幄、發跡指揮之蹟又恰恰表明了憲宗的英明,此所以爲"元和聖德"。在具體組織材料上,對一次龐大複雜的戰事主要從指揮布置角度展開描述:在序的部分,重點說明朝內爭議、命將用兵等情事,去掉支蔓,不冗不雜;在銘的部分,則發揮韻文易於鋪揚形容的特長,描寫了平叛及勝利後的情形,從而與前面相照應、相補充。全文用語則適應頌揚功業的碑版體裁,力求典重樸雅,作到所謂"造語必純古,結響必堅奡,賦色必雅樸。往往宜長句者,必節為短句,不多用虛字,則句句落紙始見凝重"(林紓《春覺齋論文》),但這樣也就留下了較重的擬古痕跡。

論 佛 骨 表〔一〕

臣某言:伏以佛者,夷狄之一法耳〔二〕。自後漢時流入中國,上古未嘗有也〔三〕。昔者黃帝在位百年,年百一十歲〔四〕;少昊在位八十年,年百歲〔五〕;顓頊在位七十九年,年九十八歲〔六〕;帝嚳在位七十年,年百五歲〔七〕;帝堯在位九十八年,年百一十八歲〔八〕;帝舜及禹年皆百歲〔九〕;此時天下太平,百姓安樂壽考,然而中國未有佛也〔一○〕。其後殷湯亦年百歲〔一一〕。湯孫太戊在位七十五年〔一二〕;武丁在位五十九年〔一三〕。書史不言其年壽所極,推其年數,蓋亦俱不減百歲〔一四〕。周文王年九十七歲〔一五〕;武王年九十三歲〔一六〕;穆王在位百年〔一七〕,此時佛法亦未入中國,非因事佛而致然也〔一八〕。漢明帝時始有佛法,明帝在位纔十八年耳〔一九〕。其後亂亡相繼,運祚不長〔二○〕。宋、齊、梁、陳、元魏已下,事佛漸謹,年代尤促〔二一〕。惟梁武帝在位四十八年,前後三度捨身施佛,宗廟之祭,不用牲牢,晝日一食,止於菜果〔二二〕;其後竟為侯景所逼,餓死臺城,國亦尋滅〔二三〕。事佛求福,乃更得禍。由此觀之,佛不足事,亦可知矣。

〔一〕《舊唐書·憲宗紀》:"(元和十四年正月丁亥)迎鳳翔法門寺佛骨至京師,留禁中三日,乃送諸寺。王公士庶奔走捨施如不及。刑部侍郎韓愈上疏極諫其弊。癸巳,貶愈爲潮州刺史。"本篇即韓愈所上奏章。佛骨是佛教文物,相傳釋迦牟尼死後火化,留下遺骨佛舍利,當地信奉佛法的各族人將其分送四方供養,據傳法門寺佛骨即爲其中一部分。此骨藏寺内護國真身塔内,其法三十年一開,開則歲稔人泰,至元和十四年恰值三十年之期,故有迎佛骨之舉。此佛骨近已在陝西鳳翔縣法門寺發現。

〔二〕此意本《晉書·蔡謨傳》:"佛者夷狄之俗,非經典之制。"一法謂一種教法、法術,是對佛教的貶抑説法。

〔三〕關於佛教傳入中國的時間,説法有種種不同,韓愈取唐代流行的漢明求法説。此説最早見於東漢末《四十二章經序》:"昔漢孝明皇帝,夜夢見神人,身體有金色,項有日光,飛在殿前。意中欣然,甚悦之。明日問羣臣:'此爲何神也?'有通人傅毅曰:'臣聞天竺有得道者,號曰佛,輕舉能飛,殆將其神也。'於是上悟,即遣使者張騫、羽林中郎將秦景、博士弟子王遵等十二人至大月支國,寫取佛經四十二章,在十四石函中,登起立塔寺。於是道法流布。"(《出三藏記集》卷六)實則佛教傳入漢地年代已難以確考,大體應在兩漢之際。

〔四〕古史稱黃帝爲少典之子,姓公孫,又號軒轅氏、有熊氏,與蚩尤戰於涿鹿之野,代神農氏被尊爲天子,有土德之瑞,故號稱黃帝。《史記·五帝本紀》集解引皇甫謐《帝王世紀》:"在位百年而崩,年百一十一歲。"(《太平御覽·皇王部》作"年百一十歲")據《大戴禮·五帝德》:黃帝與顓頊、帝嚳、堯、舜合稱"五帝"。

〔五〕少昊即"少皡",古史稱名摯,字青陽,黃帝子,己姓,亦稱金天氏、窮桑氏。《周易·繫辭下》正義引《帝王世紀》:"在位八十四年而崩。"

〔六〕顓頊(zhuān xū):古史稱爲黃帝之孫,昌意之子,生十年而佐少皡,二十年而登帝位,亦稱帝陽氏。《史記》集解引《帝王世紀》:

“在位七十八年，年九十八。”

〔七〕帝嚳：古史稱爲黃帝曾孫，堯父，又號高辛氏。《史記》集解引《帝王世紀》：“在位七十年，年百五歲。”

〔八〕《史記》集解引徐廣曰：“堯在位凡九十八年。”正義引皇甫謐：“凡年百一十七歲。”《太平御覽・皇王部》引《帝王世紀》作“百一十八歲”。

〔九〕《史記・五帝本紀》：“舜者……年六十一代堯踐帝位。踐帝位三十九年，南巡狩，崩于蒼梧之野。”《史記》集解引皇甫謐：“（禹）年百歲也。”

〔一○〕壽考：長壽。考，老。《詩經・大雅・棫樸》：“周王壽考。”

〔一一〕殷湯爲商王，商王朝的創立者，亦稱天乙、成湯。《史記・殷本紀》集解引皇甫謐：“爲天子十三年，年百歲而崩。”

〔一二〕太戊爲湯玄孫，太庚子，在位時商衰微，用尹陟、巫咸等，使殷中興，稱殷中宗。《尚書・無逸》：“肆中宗之享國，七十有五年。”

〔一三〕武丁爲太戊六世孫，用傅說爲相，使殷再度由衰轉盛，又稱高宗。《帝王世紀輯存》：“享國五十九年，年百歲。”

〔一四〕所極：所至。

〔一五〕《禮・文王世子》：“文王九十七乃終。”

〔一六〕同上：“武王九十三而終。”

〔一七〕周穆王名滿，昭王子，西擊犬戎，東征徐戎。《尚書・呂刑》：“（穆）王享國百年。”

〔一八〕事佛：謂信仰佛教。致然：謂使之如此。

〔一九〕東漢明帝劉莊，公元五八—七五年在位，年號永平，計十八年。

〔二○〕運祚：祚，福；運祚謂國運。東漢末年有董卓之亂、黃巾起義，在豪強割據中形成三國分立的局面，東漢從而滅亡。

〔二一〕漸謹：謂越發誠敬。尤促：尤其短暫。宋、齊、梁、陳爲南朝的四個王朝，宋八帝六十年（四二○—四七九）、齊七帝二十四年（四七九—五○二）、梁六帝五十六年（五○二—五五七）、陳五帝三十三年（五五七—五八九）；元魏即北魏、拓拔魏，自孝文帝改姓元,計十四帝(包括南安王、東海王)一百四十九年(三八六—五三四)。

〔二二〕梁武帝:蕭衍,字叔達,梁王朝的實際建立者,五〇二至五四九年在位。三度捨身施佛:捨身是佛教修行施捨的項目之一,方法是自加苦行以至施捨性命。事實上梁武帝于大通元年(五二七)、中大通元年(五二九)、中大同元年(五四六)、太清元年(五四七)四度捨身同泰寺爲奴。不用牲牢:牲牢是供祭祀的牲畜。《詩經·小雅·瓠葉序》:“上棄禮而不能行,雖有牲牢饔飪,不肯用也。”毛傳:“牛、羊、豕爲牲,繫養者曰牢。”佛教戒殺,故祭祀不用牲牢。晝日一食:佛教戒律,過午不食。止於菜果:《南史·梁武帝紀》:“(天監十六年)冬十月,宗廟薦羞,始用蔬果。”“溺信佛道,日止一食,膳無鮮腴,惟豆羹糲飯而已。”

〔二三〕侯景字景萬,梁懷朔鎮(今內蒙烏拉特中旗)人,爲北朝爾朱榮將;歸高歡,又附梁,封河南王;後舉兵叛,攻破建康。蕭衍被圍於臺城,餓死。景尋敗,被部下所殺。臺城在建康(今江蘇南京市)玄武湖側,本戰國吳後苑城,晉、宋後爲朝廷禁省所在;禁省名臺,故稱臺城。

高祖始受隋禪,則議除之〔二四〕。當時羣臣材識不遠,不能深知先王之道、古今之宜,推闡聖明,以救斯弊〔二五〕。其事遂止,臣常恨焉〔二六〕。伏惟睿聖文武皇帝陛下,神聖英武,數千百年已來未有倫比〔二七〕。即位之初,即不許度人爲僧尼、道士,又不許創立寺觀〔二八〕。臣常以爲高祖之志必行於陛下之手。今縱未能即行,豈可恣之轉令盛也〔二九〕?今聞陛下令羣僧迎佛骨於鳳翔,御樓以觀,舁入大內,又令諸寺遞迎供養〔三〇〕。臣雖至愚,必知陛下不惑於佛、作此崇奉以祈福祥也〔三一〕。直以年豐人樂，徇人之志，爲京都士庶設詭異之觀、戲翫之具耳〔三二〕。安有聖明若此，而肯信此等事哉！然百姓愚冥，易惑難曉，苟見陛下如此，將謂真心事佛〔三三〕。皆云天子大聖，猶一心敬信；百姓何人，豈合更惜身命〔三四〕？焚頂燒指，百十爲羣，解衣散錢，自朝至暮，轉相倣效，惟恐後時〔三五〕。老少奔波，棄其業次〔三六〕。若不即加禁遏，更歷諸寺，必有斷臂臠身以爲供養者〔三七〕。傷風敗俗，傳笑四方，非細事也。

〔二四〕唐高祖李淵仕隋，爲太原太守，後起兵反隋建唐王朝，形式上是接受隋恭帝禪讓稱帝的，故稱"受隋禪"。唐初，武德七年(六二四)太史令傅奕上疏反佛，九年，有詔詢問皇太子"散除形象，廢毀僧尼"(《法琳別傳》卷上)，要求對僧尼"正本澄源，宜從沙汰"(《舊唐書·高祖本紀》)。

〔二五〕此指大臣裴寂等反對廢佛，如寂諫云："陛下昔創義師，志憑三寶，云安九五，誓啓玄門……毀廢佛教……理不可也。"(《法琳別傳》卷上)推闡聖明：謂推廣發揚高祖除佛的聖明之志。

〔二六〕恨：通"憾"，遺憾。

〔二七〕睿聖文武皇帝陛下：指唐憲宗。參閱《平淮西碑》注〔九〕。倫比：同類。《禮·曲禮下》："儗人必於其倫。"注："儗，猶比也；倫，猶類也。"

〔二八〕《舊唐書·憲宗紀》載元和二年二月詔僧尼、道士同隸左街、右街功德使，自是祠部、司封不復關奏，此爲見於記載的憲宗初年限制僧徒的措施；但不許度人爲僧尼、道士和不許創立寺觀，史實待考。

〔二九〕恣之：放縱、助長之。

〔三〇〕御樓以觀：登上宮城門樓觀看。舁(yú)入大内：舁，擡，扛；大内，皇宮。遞迎供養：交替迎接加以供養。佛教徒把香花、明燈、食物等獻給佛、法、僧"三寶"叫作供養。

〔三一〕福祥：福佑吉祥。

〔三二〕徇人之志：曲從衆人的志意。《史記·項羽本紀》："今不恤士卒而徇其私。"士庶：猶官民。詭異之觀：奇詭不凡的景觀。戲翫之具：戲樂的手段。

〔三三〕愚冥：愚昧不明事理。冥，暗。易惑難曉：易受迷惑，難以曉喻。

〔三四〕百姓何人：謂百姓是何等微賤之人。

〔三五〕焚頂燒指：此爲佛法中的"身供養"（見《法華經·藥王菩薩本事品》）。焚頂，以香火燒頭頂。解衣散錢：謂以衣服、金錢布施。後時：落後。

〔三六〕奔波：奔走勞碌。仲長統《昌言》："救患赴急、跋涉奔波者，憂樂之盡也。"（見《文選·齊安陵王碑文》注）業次：未成之業。童《詮》："《孟子·盡心下》：'有業屨。'趙注：'業織之，有次業而未成也。'焦循曰：'有次業而未成，謂織草爲扉，已有次等而尚未成。'……此文'棄其業次'，承上不惜性命金錢來，謂即依以爲生未成之業，亦棄之不顧，而專心奉佛也。"

〔三七〕禁遏：禁止。遏，止。斷臂臠身：亦爲"身供養"的方式，臠身指從身上割肉。

　　夫佛本夷狄之人，與中國言語不通，衣服殊製〔三八〕；口不言先王之法言，身不服先王之法服，不知君臣之義、父子之情〔三九〕。假如其身至今尚在，奉其國命，來朝京師，陛下容而接之，不過宣政一見，禮賓一設，賜衣一襲，衛而出之於境，不令惑衆也〔四〇〕。況其身死已久，枯朽之骨，凶穢之餘，豈宜令入宮禁〔四一〕？孔子曰："敬鬼神而遠之〔四二〕。"古之諸侯行弔於其國，尚令巫祝先以桃茢祓除不祥，然後進弔〔四三〕。今無故取朽穢之物，親臨觀之，

巫祝不先,桃茢不用,羣臣不言其非,御史不舉其失,臣實
恥之〔四四〕。乞以此骨付之有司,投諸水火,永絶根本,斷
天下之疑,絶後代之惑,使天下之人知大聖人之所作爲,
出於尋常萬萬也〔四五〕。豈不盛哉!豈不快哉!佛如有
靈,能作禍祟,凡有殃咎,宜加臣身〔四六〕。上天鑒臨,臣
不怨悔〔四七〕。無任感激懇悃之至,謹奉表以聞〔四八〕。臣
某誠惶誠恐〔四九〕。

〔三八〕 佛教創始人釋迦牟尼被尊稱爲"佛陀",簡稱爲"佛"。他出生於古
印度北部迦毗羅衛國,因之被稱爲夷狄。夷狄,對"中國"而言,泛
指外國。衣服殊製:謂衣服式樣不同中國。《漢書·叔孫通傳》:
"通儒服,漢王憎之,迺變其服,服短衣,楚製。"顏注:"製謂裁衣之
形製。"

〔三九〕 法言、法服:謂合乎禮法的言語、服裝。《孝經·卿大夫》:"非先
王之法服不敢服,非先王之法言不敢道。"

〔四〇〕 宣政一見:在宣政殿接見一次。《資治通鑑》卷二四〇胡注:"唐
之四夷入朝貢者,皆引見於宣政殿。"禮賓一設:在禮賓院設宴一
次。同上:"唐有禮賓院,凡有胡客入朝,設宴於此。"賜衣一襲:
賞賜衣服一套。一襲,一套。

〔四一〕 凶穢之餘:不吉利的、污穢的遺物。

〔四二〕 《論語·雍也》:"子曰:'務民之義,敬鬼神而遠之,可謂知矣。'"

〔四三〕 行弔於其國:在自己國家弔喪。巫祝:通鬼神的巫師。以桃茢
(liè)袚(fú)除不祥:茢,苕帚。古請鬼畏桃木,因以桃枝編的掃帚
掃除不祥。袚,除凶去垢。《左傳》僖公六年:"武王親釋其縛,受
其璧而袚之。"杜注:"袚,除凶之禮。"《禮·檀弓下》:"君臨臣喪,
以巫祝桃茢執戈,惡之也,所以異於生也。"

〔四四〕 巫祝不先:謂巫祝不先行袚除。臣實恥之:語本《論語·公冶
長》:"左丘明恥之,丘亦恥之。"

〔四五〕出於尋常萬萬：謂超出一般人非常之遙遠。

〔四六〕禍祟：鬼神造成的禍患。殃咎：災殃。《左傳》莊公二〇年："哀樂
　　　　失時，殃咎必至。"

〔四七〕鑒臨：如明鏡在上照明，意謂明察。

〔四八〕謂自己以極其感激誠懇的心情上表陳述意見；悃（kǔn），忠誠。

〔四九〕這是上表的套語，表現惶恐不安的待罪心情。

【評箋】　王禹偁《三諫書序》：臣聞前事者後事之元龜也……因採掇
古人章疏，可救今時弊病者凡三篇：……其二，以齊民顛耗，象教彌興，蘭
若過多，緇徒孔熾，蠹人害政，莫甚於斯，臣故獻韓愈《論佛骨表》……斯
皆事可遵行，言非迂闊。亦欲使昔賢遺恨，發自微臣，前代遺文，興於聖
主者也。（《小畜集》卷一九）

　　趙令時《侯鯖錄》卷八：韓退之以論佛骨貶潮州，給事中馮宿亦貶歙
州刺史。論者謂前一日馮宿於韓家，蓋宿教令上疏，遂貶焉。嗚呼！如
退之者不免人疑受他人風旨，君子使人必信難矣。

　　邵博《邵氏聞見後錄》卷八：太史令傅奕上疏請除佛法云："不忠不
孝，削髮而揖君親；遊手遊食，易服以逃租賦。偽啓三塗，謬張六道，恐喝
愚民，詐欺庸品。"又云："生死壽夭，由於自然；刑德威福，關之人主。貧
富貴賤，功業所招，而愚僧皆矯云由佛。"又云："降自羲、農，至於有漢，皆
無佛法。君明臣忠，祚長年永。漢明帝始立胡神，洎於符、石，羌胡亂華，
主庸臣佞，祚短政虐"云云。韓退之《論佛骨》奏：伏羲至周文、武時，皆未
有佛，而年多至百歲，有過之者。自佛法入中國，帝王事之，壽不能長。
梁武事之最謹，而國大亂。憲宗得奏大怒，將加極法，曰："愈言我奉佛太
過猶可容，至言東漢奉佛之後，帝王咸致天促，何其乖剌也？"予謂愈之
言，蓋廣傅奕之言也。故表出之。

　　李塗《文章精義》：韓退之闢佛，是説吾道有來歷，浮圖無來歷，不過
辨邪正而已。歐陽永叔闢佛，乃謂修本足以勝之，吾道既勝，浮圖自息，
此意高於退之百倍。

　　茅坤《唐宋八大家文鈔·韓文》卷一：韓公以天子迎佛，特以祈壽護

國爲心，故其議論亦只以福田上立説，無一字論佛宗旨。

王夫之《讀通鑑論》卷二五：韓愈之諫佛骨，古今以爲闢異端之昌言，豈其然哉？……所奉者義也，所志者利也，所言者不出其貪生求福之心量，口辨筆鋒，順此以邁流，使琅琅足動庸人之欣賞，愈之技止此耳，惡足以衛道哉！若曰：“深言之而憲宗不察，且姑以此怖之。”是譎也，欺也，謂吾君之不能也，爲賊而已矣。

林雲銘《韓文起》卷一：……昌黎此表，亦不辯佛骨是真是僞，止把古帝王未事佛與後世人主事佛禍福較論一番，而以崇奉失當處，層層翻駁，冀其省悟，可謂明切。至“投諸水火”數語，分明是雲門一棒打殺、丹霞燒出舍利之意。謂其有功吾道可也，即謂其有功佛法亦無不可也。若謂不言法言、不服法服、不知君臣之義，則深中佛氏膏肓。然佛不如此，又不能空諸所有，以成其爲佛。治天下者，所謂“道不同，不相爲謀”者矣。

潘耒《法海一滴序》：昔人不信佛而力排之者無如韓愈。而昌黎乃真可與學佛者，惜其不遇耳。福田利益乃佛氏最淺末之説，而當時帝王卿相所崇信者惟此。此豈佛教本旨？昌黎《佛骨》一表與達磨“實無功德”一言不相謀而適相合。其天資英邁，自是禪門種草。遇大顛而降心咨訪，殊有入道機緣。（《遂初堂別集》卷三）

按：本篇是韓愈反佛的代表作。文章的思想内容，充分顯示了作者反佛的成就與弱點。他明儒反佛的堅定鮮明的立場和英勇無畏的戰鬥精神，在佛教勢力猖獗、朝野佞佛成風的形勢下，具有重大進步意義；他對佛教迷信的批判，也有一定理論價值。但他對佛教義理的重要問題幾乎毫不涉及，因此反佛主要限於形迹，且看法多是南朝梁以來反佛的人如荀濟、郭祖深、傅奕等人一再講過的，因此其理論水平又是有限的。反映在寫法上，本文不以論理和邏輯見長，而是以排宕的語氣，反詰、排比、感嘆的筆法造成氣勢；文中多獨斷之語，處處流露出道義在手、無暇多辯的精神，從而做到了所謂“氣盛言宜”。但論理的精密嚴整顯然不足。

潮州刺史謝上表〔一〕

臣某言：臣以狂妄戇愚，不識禮度，上表陳佛骨事，言涉不敬，正名定罪，萬死猶輕〔二〕。陛下哀臣愚忠，恕臣狂直，謂臣言雖可罪，心亦無他，特屈刑章，以臣爲潮州刺史〔三〕。既免刑誅，又獲祿食，聖恩弘大，天地莫量，破腦刳心，豈足爲謝〔四〕。臣某誠惶誠恐，頓首頓首。

〔一〕本篇是韓愈爲諫迎佛骨被貶潮州刺史就任時向朝廷謝恩的表章。唐時制度，外官甫抵任所即具表謝恩。韓愈以元和十四年正月十四日貶潮州刺史，二月二日過宜城（今湖北宜城市），見《宜城驛記》；三月中旬至韶州，見《瀧吏》注〔一〕；到潮州應已四月。題中或無"刺史"二字。

〔二〕戇愚：愚，直；戇，愚而剛直。不敬：《唐律疏議》卷一"十惡"："六曰大不敬，謂……指斥乘輿，情理切害及對捍制使，而無人臣之禮。"正名：謂正定罪名。

〔三〕特屈刑章：特別枉改刑法規定。章，條款。此爲感恩之詞。

〔四〕破腦刳（kū）心：猶肝腦塗地。刳，剖開；刳心，剖心。

臣以正月十四日蒙恩除潮州刺史，即日奔馳上道〔五〕。經涉嶺海，水陸萬里，以今月二十五日到州上訖〔六〕。與官吏、百姓等相見，具言朝廷治平，天子神聖，威武慈仁，子養億兆人庶，無有親疏遠邇〔七〕。雖在萬里之外，嶺海之陬，待之一如畿甸之閒、輦轂之下，有善必聞，有惡必見〔八〕。早朝晚罷，兢兢業業，惟恐四海之內，天地之中，一物不得其所〔九〕。故遣刺史面問百姓疾苦，苟有不便，得以上陳。國家憲章完具，爲治日久，守令承奉詔條，違犯者鮮，雖在蠻荒，無不安泰〔一〇〕。聞臣所稱聖德，惟知鼓舞讙呼，不勞施爲，坐以無事〔一一〕。臣某誠惶誠恐，頓首頓首。

〔五〕《册府元龜·帝王部》卷六三：天寶五載七月詔，左降官量情狀稍重者馳十驛以上赴任。

〔六〕上訖：辦理完上任手續。舊注以爲時在三月，按注〔一〕所考，似應在四月。

〔七〕子養億兆人庶：謂養育天下衆多百姓。子養，謂待民如子。人庶，民衆。

〔八〕嶺海之陬(zōu)：指嶺外海濱的僻遠之地。陬，隅，角落。畿甸之間：指京城附近地區；參閱《赴江陵途中寄贈三學士詩》注〔一六〕。輦(niǎn)轂(gū)之下：指皇帝車駕之下。輦，人推輓的車；轂，車輪中心的圓木，用以插軸。司馬遷《報任少卿書》："僕賴先人緒業，得待罪輦轂下二十餘年矣。"

〔九〕早朝晚罷：謂朝見羣臣議事時間很長。唐制，皇帝天明即朝見羣臣。兢兢業業：戒懼謹慎貌；《書·皋陶謨》："兢兢業業，一日二日萬幾。"

〔一〇〕憲章完具：典章制度完備。憲章，法令。守令承奉詔條：守令，州守、縣令，泛指地方官(唐代除玄宗時一度改州爲郡，改刺史爲太守外，州守爲刺史)。詔條：詔命條款。

〔一一〕不勞施爲，坐以無事：謂不須改作，無爲而致太平。

臣所領州在廣府極東界上，去廣府雖云纔二千里，然來往動皆經月〔一二〕。過海口，下惡水，濤瀧壯猛，難計程期〔一三〕。颶風鰐魚，患禍不測。州南近界漲海連天，毒霧瘴氛，日夕發作〔一四〕。臣少多病，年纔五十，髮白齒落，理不久長。加以罪犯至重，所處又極遠惡，憂惶慚悸，死亡無日〔一五〕。單立一身，朝無親黨，居蠻夷之地，與魑魅爲羣〔一六〕。苟非陛下哀而念之，誰肯爲臣言者？

〔一二〕廣府：廣州爲嶺南五府經略使理所，故稱廣府。動皆經月：動輒就要一個多月。

〔一三〕惡水：指韓江。上游爲福建汀江，其一分支至廣東揭陽入海，名惡谿。濤瀧：湍急的溪流。

〔一四〕漲海：狀海面波濤騰起。瘴氛：瘴癘之氣。

〔一五〕憂惶慚悸：憂愁驚恐，慚愧不安。悸，心動。

〔一六〕親黨：親朋。此自明朝無黨援，實有自負貞剛之意。

臣受性愚陋，人事多所不通。惟酷好學問文章，未嘗一日暫廢，實爲時輩所見推許。臣於當時之文，亦未有過人者〔一七〕。至於論述陛下功德，與《詩》、《書》相表裏〔一八〕；作爲歌詩，薦之郊廟〔一九〕；紀泰山之封，鏤白玉之牒，鋪張對天之閎休，揚厲無前之偉蹟，編之乎《詩》、《書》之策而無愧，措之乎天地之閒而無虧，雖使古人復生，臣亦未肯多讓〔二〇〕。

〔一七〕當時之文：即"時下文字"，當時流行的駢體文。

〔一八〕相表裏：謂互爲映襯。《後漢書·盧植傳》："今《毛詩》、《左氏》、《周禮》各有傳記，其與《春秋》共相表裏。"章懷太子注："表裏，言義相須而成也。"

〔一九〕謂制作祭祀樂辭,獻給天地神祇與宗廟。薦,獻。

〔二〇〕紀泰山之封:封,築壇祭天,即封禪,其時勒石紀號,顯揚功業,立碑紀之。紀泰山之封即書寫封泰山文。鏤白玉之牒:鏤,雕刻;牒,書版。《舊唐書·禮儀志》:"金玉重寶,質性貞堅,宗祀郊禋,皆充器幣……今請玉牒長一尺三寸,廣厚各五寸……"舖張對天之閎休:鋪陳張揚可面對上天的偉大美德。揚厲無前之偉蹟:發揚光大前無古人的偉大事業。《禮記·樂記》:"發揚蹈厲,大公之志也。"《詩》、《書》之策:《詩經》、《書經》的册頁。策,通"册"。

伏以大唐受命有天下,四海之内,莫不臣妾,南北東西,地各萬里〔二一〕。自天寶之後,政治少懈,文致未優,武剋不剛〔二二〕。孽臣姦隸,盡居棋處,搖毒自防,外順内悖〔二三〕。父死子代,以祖以孫,如古諸侯自擅其地,不貢不朝六、七十年〔二四〕。四聖傳序,以至陛下〔二五〕。陛下即位以來,躬親聽斷,旋乾轉坤,關機闔開,雷厲風飛,日月清照〔二六〕。天戈所麾,莫不寧順,大宇之下,生息理極〔二七〕。高祖創制天下,其功大矣,而治未太平也〔二八〕;太宗太平矣,而大功所立,咸在高祖之代。非如陛下承天寶之後,接因循之餘,六、七十年之外,赫然興起,南面指麾,而致此巍巍之治功也〔二九〕。宜定樂章,以告神明,東巡泰山,奏功皇天〔三〇〕。具著顯庸,明示得意,使永永年代,服我成烈〔三一〕。當此之際,所謂千載一時、不可逢之嘉會。而臣負罪嬰釁,自拘海島,戚戚嗟嗟,日與死迫〔三二〕。曾不得奏薄伎於從官之内、隸御之間,窮思畢精,以贖罪過〔三三〕。懷痛窮天,死不閉目,瞻望宸極,魂神飛去〔三四〕。伏惟皇帝陛下天地父母,哀而憐之。無任感恩戀闕慙惶懇迫之至,謹附表陳謝以聞〔三五〕。

〔二一〕莫不臣妾:謂無不在統治之下。臣妾本義爲奴隸,男爲臣,女爲妾。

〔二二〕政治少懈:朝廷行政有所鬆弛。文致未優:以人文禮樂致治未達優勝。武尅不剛:以武力致勝不夠堅强。尅,制勝。剛,堅。

〔二三〕孽臣姦隸:忤逆的臣下,邪惡的部屬。賈誼《新書・道術》:"反孝爲孽。"蠹居棊處:形容如蠹居木隙,如星羅棋布。搖毒自防:施行毒害,割據自守。外順内悖:外示順從,實則叛逆。

〔二四〕以上描述"安史之亂"後藩鎮世襲割據情形。《新唐書・藩鎮傳序》:"安、史亂天下,至肅宗,大難略平,君臣皆幸安,故瓜分河北地付授叛將。護養孽萌,以成禍根。亂人乘之,遂擅署吏,以賦稅自私,不朝獻于廷。效戰國肵髀相依,以土地傳子孫,脅百姓,加鋸其頸,利怵逆汙。遂使其人自視由羌狄然。"自安、史亂起至作文時六十四年,故稱"六、七十年";在此期間,成德鎮傳二姓五代(李寶臣、惟岳,王武俊、士真、承宗),魏博鎮傳四代六人(田承嗣、悦、緒、季安、懷諫、弘正),淄青鎮傳二姓四代五人(侯希逸,李正已、納、師古、師道),幽州鎮傳三姓六代七人(李懷仙,朱希彩、泚、滔,劉怦、濟、總)。

〔二五〕四聖指肅、代、德、順四宗。傳序謂相繼承。

〔二六〕旋乾轉坤:即旋轉乾坤,喻改變天下形勢。關機闔開:喻施行治國用兵的方略。關機謂關鍵,機宜。雷厲風飛:如雷霆之猛烈,如狂風之迅疾,喻執行的堅決迅速。

〔二七〕天戈所麾:謂朝廷軍隊所到之處。戈是一種兵器,天戈指官軍;麾,通"揮"。大宇之下:謂普天之下。大宇,天空。生息理極:謂百姓治平達於極致。生息,生物;理,"治"之諱。

〔二八〕唐王朝建立後,金城薛舉、涼州李軌、晉北劉武周、洛陽王世充、兩湖蕭銑仍行割據,至武德七年(六二四)全國方始平定。

〔二九〕接因循之餘：謂在肅宗以後幾代對强藩的姑息求安之後。赫然：顯赫貌。南面指麾：帝王在朝堂面南而坐，謂居帝王之位指麾。

〔三〇〕樂章：指祭祀郊廟的歌詩。東巡泰山：帝王出行曰巡狩，此指東到泰山封禪。奏功皇天：向上天奏告天下治平之功。

〔三一〕具著顯庸：著，顯露；庸，功勳；表揚顯著的功勳。明示得意：宣示志得意滿之情。服我成烈：欣佩我朝成就的功業。

〔三二〕負罪嬰釁(xìn)：背負罪責，遭遇嫌隙。嬰，通"攖"，觸犯。釁，"釁"之後出字，血祭，引申爲嫌隙。自居海島：謂拘囚於潮州。實則潮州臨海而非島，稱"海島"指隔絕之地。

〔三三〕薄伎：微小的伎藝。隸御：御，本義爲駕馭車馬，引申爲近臣宦御。隸御指賤役近臣。窮思畢精：窮盡思慮精神。

〔三四〕懷痛窮天：謂痛悔之情窮盡高天。瞻望宸極：表示對朝廷無限懷戀。宸極，北極星，喻帝位與朝廷。

〔三五〕附表：指未專差衙官入京上表，而附驛遞進上。《唐會要》卷二六：天寶十載勅：自今已後，諸郡太守謝上表並附驛遞進，務從省便。然大郡要地亦有專使遞送者。

【評箋】 歐陽修《與尹師魯第一書》：……又常與安道言，每見前世有名人，當論事時，感激不避誅死，真若知義者。及到貶所，則感感怨嗟，有不堪之窮愁，形於文字，其心歡戚，無異庸人。雖韓文公不免此累。用此戒安道，慎勿作感感之文。(《居士外集》卷一七)

員興宗《跋袁公雅集圖》：韓退之世俗所謂聞道著書者，最後言事斥潮陽，便欲碎腦刳心，以謝時主。嗟乎！書言至此，烏睹所謂聞道者乎？(《九華集》卷二〇)

洪邁《容齋五筆》卷九《韓公潮州表》：韓文公《諫佛骨表》，其詞切直，至云"凡有殃咎，宜加臣身，上天監臨，臣不怨悔"，坐此貶潮州刺史。而《謝表》云："臣於當時之文，未有過人者。至論陛下功德，與《詩》、《書》相表裏，作爲歌詩，薦之郊廟，雖使古人復生，臣亦未肯多遜。而負罪嬰釁，自拘海島，懷痛窮天，死不閉目。伏惟天地父母，哀而憐之。"考韓所言，其意乃望召還。憲宗雖有武功，亦未至"編之《詩》、《書》而無愧"。至於"紀泰山之封，鏤白玉之牒"，"東巡奏功，明示得意"等語，摧挫獻佞，大與諫表不侔。當時李漢輩編定文集，惜不能爲之除去。東坡自黃州量移汝州，上表云："伏讀訓詞，有'人材實難，不忍終棄'之語。臣昔在常州，有田粗給饘粥，欲望許令常州居住，輒叙徐州守河及獲妖賊事，庶因功過相除，得從所便。"讀者謂與韓公相類，是不然。二表均爲歸命君上，然其情則不同。坡自列往事，皆其實跡，而所乞不過見地耳。且略無一佞詞，真爲可服。

樓鑰《跋李莊簡公與其壻曹純老帖》：韓文公《潮州表》、柳河東《囚山》、劉賓客《讁九年》，文愈奇而氣愈下。(《攻媿集》卷七三)

王若虛：韓退之不善處窮，哀號之語，見於文字，世多譏之。然此亦人之至情，未足深怪。至《潮州謝表》，以東封之事迎憲宗，則是罪之大者矣。封禪，忠臣之所諱也。退之不忍須臾之窮，遂爲此諛悦之計，高自稱譽其舖張歌誦之能而不少讓，蓋冀幸上之一動，則可憐之態，不得不至於此。其不及歐、蘇遠矣。(《滹南遺老集》卷二九《臣事實辨》)

儲欣《昌黎先生全集録》卷八：《潮州刺史謝上表》，韓公專精神、致志慮之作，氣盛思精，字鎔句鍊，天地間有數文字。臣子得罪君父，悻悻然自以爲是，不復思惓戀闕者，非純臣也。看韓、蘇貶謫後，是何等忠悃。

何焯《義門讀書記·昌黎集》卷三：此文亦仿虞仲翔《交州上吳大帝書》，須玩其位置之巧。篇中並無乞憐，祇自傷耳。若以文章自任，非惟時輩見推，即憲宗亦自深知之也。孔子曰："文莫吾猶人也。"班固云："著作者前烈之餘事。"公固不僅以文章自任者，勿謂其不謙也。議之者適見其眼孔之淺耳。封禪之事，自宋以後始同辭非之，前此儒者，多以爲盛事，未可守一師之學，疑其導人主以侈心也。《漢書·藝文志》封禪録於"禮十三家"之中。　"臣受性愚陋"至"所見推許"，接縫處有痕無迹。"伏以大唐受命有天下"至"以至陛下"，拓開。　"旋乾轉坤"四句十六字，雖揚子雲不能過也。　"天地父母哀而憐之"，只一語見意，亦使之得奏薄伎以贖罪過，非爲禄位計也。

按：宋人重節義，因此不滿於韓愈的阿諛乞憐；又重性理，因此批評韓愈鼓吹封禪。實則衛道直諫與諛媚乞憐，都出於同一忠於朝廷的立場，反映了韓愈思想的不同側面。本篇值得注意的是，韓愈雖身負罪累，行文却善於自占地步，在悔過乞憐的背後流露出自負與自恃。文章結構上前後呼應亦佳，叙事述情，轉折無迹。因此本文思想內容雖多局限，但作爲代表作者思想藝術一面的一體文章，却值得一讀。

鱷 魚 文〔一〕

維年月日，潮州刺史韓愈使軍事衙推秦濟，以羊一豬一投惡谿之潭水，以與鱷魚食，而告之曰〔二〕：

〔一〕本篇是韓愈抵潮州後在惡谿(參閱《潮州刺史謝上表》注〔一三〕)祭鱷魚文。《舊唐書·韓愈傳》："初，愈至潮陽，既視事，詢吏民疾苦，皆曰：'郡西有湫水，鱷魚卵而化，長數丈，食民畜產將盡，以是民貧。'居數日，愈往視之，令判官秦濟炮一豚一羊，投之湫水，呪之曰云云。"

〔二〕維年月日：原作應有具體日期，魏《集》作"維元和十四年四月二十四日"。衙推：唐代軍府或州郡屬官。《新唐書·百官志》："刺史領使(指兼領軍州事)則置副使、推官、衙官、州衙推、軍衙推。"

昔先王既有天下，列山澤，罔繩擉刃，以除蟲蛇惡物爲民害者，驅而出之四海之外〔三〕。及後王德薄，不能遠有，則江漢之間，尚皆棄之以與蠻夷楚越，況潮嶺海之間，去京師萬里哉〔四〕？鱷魚之涵淹卵育於此，亦固其所〔五〕。

今天子嗣唐位,神聖慈武,四海之外,六合之內,皆撫而有之〔六〕;況禹跡所揜,揚州之近地,刺史、縣令之所治,出貢賦以供天地、宗廟、百神之祀之壤者哉〔七〕!鱷魚其不可與刺史雜處此土也〔八〕。

〔三〕先王:指堯、舜、禹、湯、文、武等上古聖王。列山澤:列,通"烈",熾燃。《孟子・滕文公》:"舜使益掌火,益烈山澤而焚之。"罔繩擉(chuò)刃:結繩爲網,以刃來刺。罔,同"網";擉,"矠"的後出字,刺。《易・繫辭下》:"作結繩而爲罔罟。"《莊子・則陽》:"冬則擉鱉於江。"

〔四〕後王:與"先王"相對,指後代帝王。遠有:領有遠地。《漢書・孝文帝紀》:"德薄而不能遠達。"去京師萬里:萬里舉成數以示遙遠,參閱《左遷至藍關示姪孫湘》注〔二〕。

〔五〕涵淹卵育:潛伏水下,孵化生長。

〔六〕今天子:指唐憲宗。六合:天地四方。《莊子・齊物論》:"六合之外,聖人存而不論。"

〔七〕禹跡所揜,揚州之近地:夏禹曾遠至南方的蒼梧,以此誇說潮州爲他足跡所至。又潮州在九州中屬揚州地區,故爲近地。

〔八〕雜處:混居在一起。

刺史受天子命,守此土,治此民,而鱷魚睅然不安谿潭,據處食民畜、熊、豕、鹿、麞以肥其身,以種其子孫,與刺史亢拒,爭爲長雄〔九〕。刺史雖駑弱,亦安肯爲鱷魚低首下心,伈伈睍睍,爲民吏羞,以偷活於此邪〔一〇〕?且承天子命以來爲吏,固其勢不得不與鱷魚辨〔一一〕;鱷魚有知,其聽刺史言:

〔九〕眸然：目大突出貌，狀凶惡。《左傳》宣公二年："眸其目，皤其
　　腹。"據處：盤據。種其子孫：謂繁殖後代。亢拒：抗拒。亢，通
　　"抗"。

〔一○〕駑弱：軟弱。駑，劣馬。低首下心：猶低聲下氣。"下心"方《正》、
　　魏《集》作"下中"，洪興祖謂"中"指"中身"，"下中"言制服其身。
　　伈伈(xǐn xǐn)睍睍(xiàn xiàn)：戒懼竊視貌。"睍睍"，方《正》：
　　"'睍睍'當作'睆睆'。《莊子》：'睆睆然在纆徽之中。'字書'睆
　　睆'，窮視貌。"朱《考》謂"恐作'睆睆'爲是"，"睆睆"一曰眠目貌，
　　眠目即瞑目，與"低首下心"意合。爲民吏羞：被屬吏和百姓
　　恥笑。

〔一一〕辨：辨明是非。

　　潮之州，大海在其南，鯨鵬之大，蝦蟹之細，無不容
歸，以生以食，鱷魚朝發而夕至也〔一二〕。今與鱷魚約：盡
三日，其率醜類南徙於海，以避天子之命吏〔一三〕。三日不
能至五日，五日不能至七日。七日不能，是終不肯徙也，
是不有刺史聽從其言也〔一四〕。不然，則是鱷魚冥頑不靈，
刺史雖有言，不聞不知也〔一五〕。夫傲天子之命吏，不聽其
言，不徙以避之，與冥頑不靈而爲民物害者，皆可殺。刺
史則選材技吏民，操強弓毒矢，以與鱷魚從事〔一六〕。必盡
殺乃止，其無悔〔一七〕！

〔一二〕鯨鵬之大：語出《莊子・逍遙遊》："北冥有魚，其名爲鯤，鯤之大
　　不知其幾千里也；化而爲鳥，其名爲鵬，鵬之背不知其幾千里也。"
　　以生以食，生存飲食。以，而。

〔一三〕醜類：罵詈之辭，醜惡之物。《左傳》文公一八年："醜類惡物。"杜
　　注："醜，亦惡也。"命吏：正式任命的官員。

〔一四〕不有刺史：謂無視刺史。

〔一五〕冥頑不靈：愚昧頑固，毫無靈性。

〔一六〕材技吏民：有材能技藝（指武藝）的官吏、百姓。從事：謂較量、周旋。

〔一七〕其無悔：告戒之辭，不要後悔。其，擬議之詞，當也，將也。

【評箋】　石介《讀韓文》：……揭揭韓先生，雄雄周孔姿。披榛啓其途，與古相追馳……凌凌逐鱷文，潮民蒙其禧。將無元化合，功與天地齊……（《徂徠集》卷三）

王安石《送潮州呂使君》：……不必移鱷魚，詭怪以疑民……（《臨川先生文集》卷五）

王若虛：韓退之《驅鱷魚文》，苦非佳作。史臣但書其事目足矣，而全録其詞，亦何必也？（《滹南遺老集》卷二一《諸史辨惑》）

茅坤《唐宋八大家文鈔·韓文》卷一六：詞嚴義正，看之便足動鬼神。

何焯《義門讀書記·昌黎集》卷四：浩然之氣，悚懔百靈。誠能動物，非其剛猛之謂。此文曲折次第，曲盡情理，所以近於六經。古者貓虎之類俱有迎祭，而除治蟲獸黿鼉猶設專官，不以爲物而不教且制也。韓子斯舉，明於古義矣。辭旨之妙，兩漢以來未有。　“昔先王既有天下”至“驅而出之四海之外”，發端先提破必無可容之道。“況潮嶺海之間”至“亦固其所”，開其前愆。　“鱷魚其不可與刺史雜處此土也”，責其更新。　“刺史雖駑弱”至“以偷活於此耶”，平之以情。　“且承天子命以來爲吏”二句，又一提，諭之以體。　“潮之州”至“鱷魚朝發而夕至也”，道之以路，應前“驅而出之四海之外”。　“今與鱷魚約”至“至七日”、寬之以期。　“七日不能”至“不聞不知也”，逐層逆捲，後復順下，三段有千層萬疊之勢。“不有刺史”應“與鱷魚辨”。“冥頑”三句，應“有知聽刺史言”。　“夫傲天子之命吏”至“皆可殺”，竦之以法。“爲民物害”應“惡物爲民害”句。“刺史則選材技吏民”至末，迫之以威。“强弓毒矢”，應“罔繩擉刃”句。

曾國藩《求闕齊讀書録》卷八：文氣似《諭巴蜀檄》，彼以雄深，此則矯健。　"出貢賦以供天地、宗廟、百神之祀之壤者哉"，長句，聳拔。

林紓《韓柳文研究法・韓文研究法》：嚮與及門高生論《鱷魚文》，最有工夫在能用兩"況"字。"況潮嶺海之間，去京師萬里哉"，是爲鱷魚出脱，歸罪後王之棄地，故不管鱷魚之涵淹卵育；"況禹跡所揜，揚州之近地"，以牛女分野，潮陽亦屬揚州。且天子有命，刺史有責，其勢萬不足以容鱷魚。兩"況"字，一縱一收，却用得十分有力。篇中凡五提天子之命，頗極鄭重。然在當時讀之，自見其忠；自後人觀之，不免有獸氣。試問鱷魚一無知嗜殺之介蟲，豈知文章？又豈知有天子之命？……

按：祭鱷魚爲地方官職事中的例行公事之一。此文以遊戲筆墨寫出，文氣兀傲，意趣橫生，體現出與惡物戰鬭的精神和道義在手的自信。文章起得高遠，結得斬截，中間敘議結合，莊諧雜出；"今與鱷魚約"以下用排比，造成了磅礡的氣勢，筆法多被後人襲用。

南海神廟碑〔一〕

海於天地間爲物最鉅，自三代聖王莫不祀事〔二〕。考於傳記，而南海神次最貴，在北、東、西三神、河伯之上，號爲祝融〔三〕。天寶中，天子以爲古爵莫貴於公侯，故海嶽之祝，犧幣之數，放而依之，所以致崇極於大神〔四〕。今王亦爵也，而禮海嶽尚循公侯之事，虛王儀而不用，非致崇極之意也〔五〕。由是，册尊南海神爲廣利王，祝號祭式，與次俱昇〔六〕。因其故廟，易而新之，在今廣州治之東南，海道八十里，扶胥之口，黃木之灣〔七〕。常以立夏氣至，命廣州刺史行事祠下，事訖驛聞〔八〕。而刺史常節度五嶺諸軍，仍觀察其郡邑，於南方事無所不統，地大以遠，故常選用重人〔九〕。既貴而富,且不習海事,又當祀時海常多大風,將往,皆憂感;既進,觀顧怖悸〔一〇〕。故常以疾爲解,而委事於其副,其來已久〔一一〕。故明宮齋廬,上雨旁風,無所蓋障〔一二〕;牲酒瘠酸,取具臨時〔一三〕;水陸之品,狼藉籩豆〔一四〕。薦祼興俯,不中儀式〔一五〕;吏滋不供,神不顧享〔一六〕。盲風怪雨,發作無節,人蒙其害〔一七〕。

〔一〕本篇爲應廣州刺史兼御史大夫、嶺南節度使孔戣之請而作。據《太平御覽》卷八八二録《太公金匱》:"南海之神爲祝融。"又《舊唐書・禮儀志》:"(天寶)十載正月,四海並封爲王,遣……義王府長史張九章祭南海廣利王……"南海神廟在番禺(今廣東廣州市番禺區)東南海濱。孔戣,字君嚴,冀州(治信都,今河北冀州市)人;元和十二年,以裴度之薦,出鎮廣府;《舊唐書・孔戣傳》云:"戣剛正清儉,在南海,請刺史俸料之外,絶其取索。先是帥南海者,京師權要多託買南人爲奴婢,戣不受託。至郡,禁絶賣女口。先是,準詔禱南海神,多令從事代祠。戣每受詔,自犯風波而往。韓愈在潮州作詩以美之。"潮州屬嶺南節度所轄,韓在潮爲孔戣部屬,受託作本文。本文石刻首云"使持節袁州諸軍事、守袁州刺史韓愈撰,使持節循州諸軍事、守循州刺史陳諫書並篆額",末署"元和十五年十月一日建",所録爲刻石時官銜與年月(據《舊唐書・穆宗紀》:"〔元和十五年九月〕辛酉,以袁州刺史韓愈爲朝散大夫、守國子祭酒",辛酉爲二十八日,至十月一日朝命尚未傳至南方,故刻石仍録袁州刺史銜)。

〔二〕祀事:祭祀事奉。夏、商、周三代祀海神,夏、商的情況未見記録,周代見《太平御覽》卷八八二《太公金匱》:"武王都洛邑未成,陰寒雨雪十餘日,深丈餘。甲子旦,有五丈夫乘車馬從兩騎止王門外,欲謁武王。武王將不出見。太公曰:'不可。雪深丈餘而車騎無跡,恐是聖人。'太公乃持一器粥出,開門而進五車兩騎,曰:'王在内，未有出意。時天寒，故進熱粥以禦寒，未知長幼從何起？'兩騎曰：'先進南海君，次東海君，次西海君，次北海君，次河伯、雨師。'粥既畢，使者具告太公。太公謂武王曰：'前可見矣，五車兩騎，四海之神與河伯、雨師耳。南海之神曰祝融，東海之神曰勾芒，北海之神曰玄冥，西海之神曰蓐收，請使謁者各以其名召之。'武王乃於殿上，謁者於殿下門内引祝融進。五神皆驚，相視而嘆。祝融拜。武王曰：'天陰乃遠來，何以教之？'皆曰：'天伐殷立周，謹來受命，願敕風伯、雨師，各使奉其職。'"

〔三〕考於傳記：從書傳記載上考察。神次最貴：神的位次最尊貴。指南海神位居四海之首，見上。河伯：又名馮夷，河神，古代帝王封四瀆如侯伯，故稱河伯。

〔四〕天寶：唐玄宗李隆基年號，計十五年(七四二一七五六)。海嶽之祝：祝禱四海五嶽。犧幣之數：祭祀時犧牲幣帛的數量。犧，祭祀時所用純毛牲。幣，玉幣。放而依之：謂依公侯之例。放，同"倣"，依。崇極：極度崇敬。

〔五〕謂現今王也是一種爵位，而尊禮四海五嶽仍按對待公侯的辦法行事，把王的禮儀擱置不用，這不符極度崇敬的本意。

〔六〕天寶十載四海並封王，南海爲廣利王，見注〔一〕。祝號祭式：祝禱時的名號，祭祀的儀式。與次俱昇：與位次一起提高。

〔七〕《廣東通志》卷一〇一："廣州府番禺縣：波羅江，韓愈碑'扶胥之口、黄木之灣'即此，在南海神廟前，嶺南諸水之會也。羅浮夜半見日，然在山巔高處。此從卑處見之，若凌空倒影，最爲奇觀。在府城東八十里。"

〔八〕立夏氣至：立夏節氣到來。行事：指祭祀。事指祀事。驛聞：附驛遞上報朝廷。驛遞是當時利用驛路傳送公文的制度。

〔九〕唐制，廣州刺史常兼嶺南節度使。節度五嶺諸軍：統轄嶺南五管，即廣州、桂州、容州、邕州、交州五都督府。觀察其郡邑：指署理各地行政；桂、容、邕三管或稱觀察使。選用重人：選擇任用德高望重之人。

〔一〇〕憂慼：憂恐。

〔一一〕以疾爲解：託言有疾而推託其事。委事於其副：把事情託付給副使。

〔一二〕明宫：祀廟的宫室。施於神者曰"明"。齋廬：祀前齋戒之所。上雨旁風：屋頂漏雨，牆壁透風。

〔一三〕牲酒瘠酸：即牲瘠酒酸；犧牲瘠瘦，酒已變質。取具臨時：臨祀神之時現準備。

〔一四〕水陸之品：祀神所用之菹(zū，醃菜)出於水，醢(hǎi，魚、肉製的醬)出於陸，故稱水陸之品。狼藉籩(biān)豆：謂盛祭品的籩豆放置零亂。籩，以竹製，盛果、脯等；豆用木(或陶、銅)製，盛韲、醬等。《禮記·郊特牲》："籩豆之實，水土之品也。"

〔一五〕薦祼(guàn)興俯：謂祝祭時鞠躬的禮節。薦，進獻(貢品)；祼，灌祭，以酒灌於地。興俯：起身躬身，鞠躬。

〔一六〕謂執事之吏越發不加恭敬，神也不來理睬、馨饗。供，通"恭"。

〔一七〕盲風怪雨：《禮記·月令》："仲秋之月……盲風至。"鄭注："疾風也。"《山海經·中山經》："……堵山……多怪風雨。"

元和十二年，始詔用前尚書右丞、國子祭酒、魯國孔公爲廣州刺史兼御史大夫以殿南服〔一八〕。公正直方嚴，中心樂易，祗慎所職〔一九〕；治人以明，事神以誠，内外單盡，不爲表襮〔二〇〕。至州之明年，將夏，祝册自京師至，吏以時告〔二一〕。公乃齋被視册，誓羣有司曰〔二二〕："册有皇帝名，乃上所自署，其文曰：'嗣天子某謹遣官某敬祭〔二三〕。'其恭且嚴如是，敢有不承〔二四〕。明日吾將宿廟下，以供晨事〔二五〕。"

〔一八〕原無"丞"字，據魏《集》校補。魯國孔公：指孔戣。戣本冀州人，

魯國爲孔氏郡望。殿南服：鎮服南部地方。殿，鎮撫。服，古稱
王畿之外的地方。

〔一九〕中心樂易：心中和悅。易，平靜。《詩經‧小雅‧何人斯》：“我心
易也。”祗(zhī)慎所職：謹慎地對待自己的職務。

〔二〇〕內外單(dǎn)盡：即內單外盡。內心誠厚，外事盡力。單，誠實，
厚道。童《詮》謂“單”同“殫”，猶盡。表襮(bó)：襮，暴露；表襮即
表露。

〔二一〕祝册：古代天子祭神的文書。

〔二二〕齋祓(fú)：齋戒。祓，古代除災祈福的儀式。誓羣有司：誓，告
誡，相約束；羣有司指部屬。

〔二三〕據《通典‧吉禮》，岳瀆以上祝版皇帝署名，由中使往送。嗣天子
是皇帝謙稱，意謂嗣位爲天子；二“某”字原文應有名字。

〔二四〕敢有不承：謂豈敢有不恭敬承順之理。

〔二五〕晨事：祀事質明而行，故曰晨事。

　　明日，吏以風雨白，不聽。於是州府文武吏士凡百
數，交謁更諫，皆揖而退〔二六〕。公遂陞舟，風雨少弛，櫂
夫奏功〔二七〕。雲陰解駁，日光穿漏，波伏不興〔二八〕。省
牲之夕，載暘載陰〔二九〕；將事之夜，天地開除，月星明
槪〔三〇〕。五鼓既作，牽牛正中，公乃盛服執笏以入即
事〔三一〕；文武賓屬，俯首聽位，各執其職〔三二〕。牲肥酒
香，罇爵靜潔，降登有數，神具醉飽〔三三〕。海之百靈秘
怪，慌惚畢出，蜿蜿虵虵，來享飲食〔三四〕。闔廟旋艫，祥
飆送颿，旗纛旌麾，飛揚晻藹〔三五〕。鐃鼓嘲轟，高管嗷
謿，武夫奮櫂，工師唱和〔三六〕。穹龜長魚，踊躍後先，乾
端坤倪，軒豁呈露〔三七〕。祀之之歲，風災熄滅，人厭魚

蟹，五穀胥熟〔三八〕。明年祀歸，又廣廟宮而大之，治其庭壇，改作東西兩序，齋庖之房，百用具脩〔三九〕。明年其時，公又固往，不懈益虔，歲仍大和，耋艾歌詠〔四○〕。

〔二六〕交謁更諫：交相進見，輪番諫阻。揖而退：禮揖而請退。

〔二七〕少弛：稍緩。櫂夫奏功：謂船夫駕船順利航行。櫂夫，船夫。

〔二八〕謂烏雲解散呈斑駁狀，日光從雲隙穿洩而下，波濤亦平息不起。

〔二九〕省(xǐng)牲：祭祀前察看所用犧牲，是祭祀前的準備。《周禮·春官·小宗伯》：“大祭祀，省牲，眡滌濯。”載暘(yáng)載陰：陰晴不定。暘，出太陽。

〔三○〕開除：謂開朗無雲霧。明概(jì)：明亮而稠密。概，稠。

〔三一〕五鼓既作：五更鼓聲響過。牽牛正中：牽牛即牛宿，屬摩羯座。《禮·月令》：“季春之月……旦，牽牛中。”盛服執笏：謂穿正式官服、捧着手版，此爲恭敬肅穆狀。

〔三二〕聽(tìng)位：處於其位。聽，任。

〔三三〕降登有數：謂尊卑有序。《左傳》桓公二年：臧哀伯曰：“夫德，儉而有度，登降有數。”杜注：“登降謂上下尊卑。”

〔三四〕百靈秘怪：指海中的各種神靈怪物。慌惚畢出：隱約模糊地顯現。蜿蜿蚘蚘(yí yí)，蜿轉自如。蚘蚘，委曲自如貌。歐陽修《集古録跋尾》謂“蚘蚘”集本作“蜓蜓”。來享飲食：“享”别作作“慕”，童《詮》謂爲“簒”之訛。

〔三五〕闔廟旋艫：關上廟門，調轉船頭。艫，《説文》：“舳艫也，一曰船頭。”又“漢律名船方長爲舳艫”。或以爲船尾爲艫。祥飈送颿：祥風吹起風帆。飈，疾風。颿，同“帆”。童《詮》釋“祥飈”爲“扶搖風”。旗纛旌旄：指儀仗中的各種旗幟。晻藹：旌旗蔽日貌。

〔三六〕鐃鼓嘲轟：鐃與鼓轟鳴。鐃，青銅製打擊樂器，如鈴，有柄；高管嘄謲：響亮的管樂器發出高大噪雜的聲音。嘄，呼叫，《説文》：“嘄，吼也。”謲，同“噪”。武夫奮櫂：士卒奮力搖船。童《詮》謂“櫂”爲“蹈”的假借字，“奮櫂”謂發揚蹈厲。工師唱和：船工相互唱和。

〔三七〕穹龜：大龜。乾端坤倪：即乾坤端倪。乾坤，天地。端倪，邊際，引申爲微末之處。軒豁：開朗，清晰。

〔三八〕祀之之歲："祀"：石本作"祝"；馬《校》謂"祀"是。人厭魚蟹：謂人人飽足了魚蟹。厭，同"饜"，飽，足。胥熟：全都成熟。胥，通"與"，皆。

〔三九〕東西兩序：東西廂房。《書·顧命》孔傳："東西廂謂之序。"齋庖之房：齋戒房室與厨房。

〔四〇〕固往：堅持前往。益虔：越發誠敬。耋（dié）艾：老年人。耋，八十曰耋（或七十）；艾，五十曰艾，或泛稱老年人。

始公之至，盡除他名之稅，罷衣食於官之可去者〔四一〕。四方之使，不以資交〔四二〕。以身爲帥，燕享有時，賞與以節〔四三〕。公藏私畜，上下與足〔四四〕。於是免屬州負逋之緡錢廿有四萬，米三萬二千斛〔四五〕。賦金之州，耗金一歲八百，困不能償，皆以丐之〔四六〕。加西南守長之俸，誅其尤無良不聽令者〔四七〕。由是，皆自重慎法〔四八〕。人士之落南不能歸者與流徙之冑百廿八族，用其才良而廩其無告者〔四九〕。其子女可嫁，與之錢財，令無失時〔五〇〕。刑德並流，方地數千里，不識盜賊〔五一〕。山行海宿，不擇處所。事神治人，其可謂備至耳矣。咸願刻廟石以著其美，而繫以詩〔五二〕。乃作詩曰：

〔四一〕除他名之稅：除去常賦以外的各種征課。韓愈《唐正議大夫尚書左丞孔公墓誌銘》："境内諸州負錢至二百萬，悉放不收。蕃舶之至，泊步有下碇之稅，始至有閱貨之燕，犀珠磊落，賄及僕隸，公皆罷之。"衣食於官之可去者：指官吏中之冗員。

〔四二〕謂四方使者往來，不以財賄結交。

〔四三〕燕享：同"宴饗"，指宴飲僚屬。此謂自身爲一府之帥，按一定時日宴飲部下，賞賜部屬有一定節度。

〔四四〕與足：俱足。

〔四五〕負逋(bū)：拖欠賦稅與人口流亡。逋，逃亡。緡錢：緡，穿錢繩，引申爲成串的錢；又千錢爲緡。

〔四六〕嶺南某些州歲貢金，如融州、廉州、交州貢金，蒙州貢麩金，驩州、演州貢金箔等，見《元和郡縣圖志》。此謂貢金州有損耗，無力補償，全部施與之。丏，施與。

〔四七〕《全唐文》卷六九三有孔戣《奏加嶺南州縣官課料錢狀》。

〔四八〕謂以此全都自知貴重，慎於執法。

〔四九〕此謂對於中原士大夫流落南方及流徒人的後代，擢用其有才德者，並存養無依靠的人。據柳芳《姓系論》："魏孝文帝遷洛，有八氏、十姓、三十六族，九十二姓。八氏、十姓出於帝宗屬或諸國從魏者，三十六族、九十二姓世爲部落大人，並號'河南洛陽人'"(《全唐文》卷三七二)，後二者合爲百廿八族。文中百廿八族指士族人；廩謂廩食；無告者謂鰥寡孤獨；謂以官糧接濟鰥寡孤獨。沈欽韓《補注》引《名勝志·廣州》："府城北一里有廣恩館，唐節度使孔戣建，以居南謫子孫不能自存者，歲撥田租千五百石以贍之。"《禮·王制》："少而無父者謂之孤，老而無子者謂之獨，老而無妻者謂之矜，老而無夫者謂之寡，此四者，天民之窮而無告者也。"

〔五○〕失時：錯過適當時機，此謂年長未婚。

〔五一〕刑德並流：刑罰與德治一起流布。

〔五二〕著其美：表顯其美善。

南海陰墟，祝融之宅，既祀於旁，帝命南伯〔五三〕。吏惰不躬，正自今公，明用享錫，右我家邦〔五四〕。惟明天子，惟慎厥使，我公在官，神人致喜。海嶺之陬，既足既濡，胡不均弘，俾執事樞〔五五〕。公行勿遲，公無遽歸，匪我私公，神人具依〔五六〕。

〔五三〕陰墟：幽陰空曠之所。南伯：指嶺南節度使。伯，邦伯，統治一方的長官。

〔五四〕不躬：不躬親行事。享錫：宴饗與賜與。右我家邦：謂有助於國家。右：同“佑”，助。

〔五五〕既足既濡：已經富足並沾濡了仁德。俾執事樞：謂使其執宰相之權。事樞，中樞，指宰相職務。

〔五六〕此謂您不要遲留在南方，但也不要亟急回朝廷，並不是我們對您偏私，而是神與人都信賴您。

【評箋】　蘇軾《頃年楊康功使高麗還奏乞立海神廟》：退之仙人也，遊戲於斯文。談笑出偉奇，鼓舞南海神。（《東坡後集》卷三）

康與之《夢昨錄》：……少董曰：余評隱士之畫，如韓退之作《海神祠記》，蓋劈頭便言“海之爲物，於人閒爲至大”。使他人如此，則後必無可繼者。而退之之文累千言，所言浩瀚無溢。蓋力竭而不窮，文竭而不困，至於奪天巧而破鬼膽，筆勢猶未得已。世之作文者，孰能若是！

張表臣《珊瑚鈎詩話》卷一：退之作《南海神廟碑》，序祀事之大，神次之尊，固已讀之令人生肅恭之心。其述孔公嚴天子之命，必躬必親云：“遂陞舟，風雨少弛……雲陰解駁，日光穿漏。”又云：“省牲之夕，載暘載陰；將事之夜，天地開除，月星明概。五鼓既作，牽牛正中，公乃盛服以入即事。”又云：“牲肥酒香……神具醉飽。百靈秘怪，慌惚畢出，蜿蜿蚲蚲，來饗飲食。”又云：“祥颸送颿，旗纛旌旄，飛揚晻靄……穿龜長魚，踴躍後先。”其造語用字，一至如此。不知何物爲五臟、何物爲心胸乎？

李日華《六研齋筆記》卷二：東坡云：……《南海碑》首曰：“海於天地間爲物最巨。”其後運思施設極奇怪，正爲劈頭得勝氣耳。

儲欣《昌黎先生全集錄》卷五：公潮州以後文字至此乎？辭不足不可謂成文。“談笑出奇偉，鼓舞南海神。”辭足之效也。辭必至此，而後謂之足。吁，其難哉！

林雲銘《韓文起》卷八：題是《南海神廟碑》，文却是孔公重修碑記。不但記重修一事，且純是孔公廣州德政碑也。開手說南海神最貴，本朝祀典最隆，而前此奉行不虔，亦爲孔公作一反襯話頭。次轉入孔公治人以明，事神以誠，分叙二大段，備極贊揚。即舟行致祭，往返海洋，鋪張許多異景，總言其有誠必格。雖寫神靈，亦是寫孔公也。若論廟碑正格，末段許多政績不應一齊攙入。故昌黎因於叙政績之前，加"羹艾歌詠"四字，末又云"咸願刻廟石，以著其美，而繫以詩"，是明明以稱頌之詞，借百姓之意，作個卸擔之法。謂非恐涉於獻諛而然乎？按孔公字君嚴，孔子三十八世孫，嗣爲尚書左丞，以老致仕，公曾上疏請留；及薨，又爲作《墓誌銘》，皆叙其清正，似亦可以當此碑之言而無愧。若文之佳，以排山倒海之力，濟以敲金戛玉之韻，尤不易得也。

曾國藩《求闕齋讀書録》卷八：筆力足以追相如作賦之才，而鋪叙少傷平直，故王氏謂骨力差減。然古來文士，並以賦物爲難。蓋藻繪三才，刻畫萬態，而不可剽襲一字，故其難也。後人雜綴前人字句爲文，又不究事物之情狀，淺矣。

按：本文在表現上突出顯示了注重創意造言、"辭必己出"的特點。描摹雄奇富麗，用語新異傑特；多鋪叙而不傷於繁密堆垛，善刻劃亦未流於險怪艱澀。

柳子厚墓誌銘〔一〕

子厚諱宗元。七世祖慶，爲拓跋魏侍中，封濟陰公〔二〕；曾伯祖奭，爲唐宰相，與褚遂良、韓瑗俱得罪武后，死高宗朝〔三〕；皇考諱鎮，以事母棄太常博士，求爲縣令江南,其後以不能媚權貴失御史,權貴人死,乃復拜侍御史,號爲剛直,所與遊皆當世名人〔四〕。

〔一〕本篇是爲亡友柳宗元所作墓誌銘。柳於元和十四年(八一九)十一月八日卒於柳州(今廣西柳州市)任上(《舊唐書》本傳作十月五日)。是年冬,韓愈自潮州移袁州(屬江南道,治宜春縣,今江西宜春市)刺史。劉禹錫《祭柳員外文》曰:"退之承命,改牧宜陽……勒石垂後,屬於伊人。"(《劉賓客外集》卷一〇),則此文爲受劉所託在袁州作。

〔二〕柳慶,字更興,解(今山西運城市西南)人。據《周書》本傳:慶在後魏官至尚書右丞、通直散騎常侍,封清河縣男,入北周進爵平齊縣公,不言爲侍中、封濟陰公。柳宗元《先侍御史府君神道表》:"六代祖諱慶,後魏侍中、平齊公。"北魏皇族姓拓跋,故稱拓跋魏;侍中秦始置,丞相屬官,自漢以來,權勢日重,南北朝時居天子左右,備對顧問。

〔三〕柳奭,貞觀中爲中書舍人。據《舊唐書·柳亨傳》:"以外生女(王氏)爲皇太子(李治)妃,擢拜兵部侍郎;妃爲皇后,奭又遷中書侍郎。永徽三年(六五二),代褚遂良爲中書令,仍監修國史。俄而後漸見疏忌,奭憂懼,頻上疏,請辭樞密之任,轉爲吏部尚書。及后廢,累貶愛州刺史。爲許敬宗、李義府所構……高宗遣使就愛州殺之,籍没其家。"又據上引《神道表》:"曾伯祖奭,字子燕,唐中書令。"奭與子厚高祖子夏爲從父兄弟,於子厚爲高伯祖,此處輩份有誤。褚遂良與韓瑗都是高宗朝宰相,均以反對廢王皇后、立武則天爲后貶官卒。

〔四〕柳鎮:據柳宗元《神道表》:"常(袞)吏部命爲太常博士。先君固曰:'有尊老孤弱在吳,願爲宣城令。'三辭而後獲徙爲宣城……遷殿中侍御史……後數年,登朝爲真。會宰相與憲府比周,誣陷正士,以校私讎。有擊登聞鼓以聞於上,上命先君總三司以聽理,至則平反之。爲相者……卒中以他事,貶夔州司馬。"此即文中所謂

不能媚權貴失御史事。事發於貞元四年(七八八),陝虢觀察使盧
岳卒,岳妻分貲不及妾子,妾訴之;中丞盧佋欲重妾罪,而侍御史
穆贊不聽,佋與竇參共誣贊受金,賴柳鎮等得以申理;貞元八年,
竇參貶死,柳鎮拜侍御史。所與遊皆當世名人:柳宗元《先君石
表陰先友記》謂"先君之所與友,凡天下善士舉集焉",並列出爲宰
相者姜公輔、齊映、杜黃裳、鄭餘慶及梁肅、許孟容等名人六十五
人的名字。

　　子厚少精敏,無不通達〔五〕。逮其父時,雖年少已自
成人,能取進士第,嶄然見頭角〔六〕。衆謂柳氏有子矣。
其後,以博學宏詞授集賢殿正字〔七〕。儁傑廉悍,議論證
據今古,出入經史百子,踔厲風發,率常屈其座人〔八〕。名
聲大振,一時皆慕與之交。諸公要人爭欲令出我門下,交
口薦譽之〔九〕。

〔五〕精敏:精純聰慧。
〔六〕成人:參閱《進學解》注〔二六〕。嶄然:傑特、突出貌。見頭角:
　　　見,同"現";露出頭角。劉禹錫《唐故尚書禮部員外郎柳君集紀》:
　　　"子厚始以童子有奇名於貞元初。"柳宗元《神道表》:"貞元九年,
　　　宗元得進士第。上問有司曰:'得無以朝士子冒進者乎?'有司以
　　　聞,上曰:'是固抗姦臣竇參者耶? 吾知其不爲子求舉矣。'"
〔七〕"集賢殿正字"魏《集》作"校書郎、藍田尉"。
〔八〕儁傑廉悍:儁,同"俊";儁傑謂才智出衆。廉悍謂品格峻厲。踔
　　　厲風發:踔,超越;踔厲,高超貌。風發,意氣飛揚。
〔九〕諸公要人:指朝中有權位者。薦譽:推薦贊譽。

　　貞元十九年,由藍田尉拜監察御史〔一〇〕。順宗即位,
拜禮部員外郎〔一一〕。遇用事者得罪,例出爲刺史〔一二〕;
未至,又例貶州司馬〔一三〕。居閑,益自刻苦,務記覽,爲
詞章,汎濫停蓄,爲深博,無涯涘,而自肆於山水閒〔一四〕。
元和中,嘗例召至京師,又偕出爲刺史,而子厚得柳
州〔一五〕。既至,歎曰:"是豈不足爲政邪?"〔一六〕因其土
俗,爲設教禁,州人順賴〔一七〕。其俗以男女質錢,約不時
贖,子本相侔,則没爲奴婢〔一八〕。子厚與設方計,悉令贖
歸〔一九〕。其尤貧力不能者,令書其傭,足相當,則使歸其
質〔二〇〕。觀察使下其法於他州,比一歲,免而歸者且千
人〔二一〕。衡湘以南爲進士者,皆以子厚爲師;其經承子厚
口講指畫爲文詞者,悉有法度可觀〔二二〕。

〔一〇〕貞元十七年(八〇一),柳宗元由集賢殿正字出爲藍田尉;十九年,
　　　　拜監察御史裏行。藍田縣隸京兆府,今陝西藍田縣;裏行爲試用
　　　　之意。

〔一一〕順宗李誦即位于貞元二十一年正月。禮部員外郎爲尚書禮部屬
　　　　官,從六品上。

〔一二〕用事者得罪:指"永貞革新"主持者王叔文、王伾、韋執誼等被貶
　　　　黜;參閱《赴江陵途中寄贈……三學士》詩注〔二〇〕〔三七〕
　　　　〔四八〕。例出爲刺史:謂依罪貶之例貶爲刺史;貞元二十一年八
　　　　月順宗被迫禪位,改元永貞,王叔文、王伾、韋執誼先後被斥逐;九
　　　　月,二王所親重者朝官八人被貶爲遠州刺史,柳宗元得邵州(屬江
　　　　南道,治邵陽縣,今湖南邵陽市)。

〔一三〕是年十一月,朝議以爲八人貶斥太輕,加貶爲遠州司馬,柳宗元得
　　　　永州(屬江南道,治零陵縣,今湖南永州市);司馬爲州佐官,永州
　　　　爲中州,司馬正六品下。

〔一四〕居閑：謂無職事。柳宗元爲"永州司馬員外置同正員"，是編外閑
員。又唐司馬多由"内外文武官左遷右移者第居之"（白居易《江
州司馬廳記》，《白氏長慶集》卷四三）。汎濫停蓄：汎，同"泛"；
停，同"淳"；此狀文思如積水横溢而又蓄積淵深。無涯涘：涯涘
本義爲水邊；此謂文章無任何羈束。自肆於山水間：謂在山水間
逸樂不拘。

〔一五〕元和九年末，王叔文之黨謫官者凡十年不量移，執政有憐其才欲
漸進之者，皆召至京師，旋被出爲遠州刺史，官職雖有昇遷，但被
置於更加遠惡之地；柳宗元得柳州；柳州隸桂管經略觀察使，今廣
西柳州市。

〔一六〕謂在此職任上難道不能做出一番政績嗎？

〔一七〕土俗：地方風俗。教禁：條教禁令。

〔一八〕以男女質錢：以兒女作抵押借錢。男女指兒女。約不時贖：相約
不按時贖回。子本相侔：利錢與本錢相等。侔，相等。

〔一九〕方計：辦法。

〔二〇〕書其傭：寫下做工日數。傭，受僱爲人勞作。使歸其質：使放還
做抵押的人。質，抵押品。

〔二一〕觀察使：指桂管經略觀察使，管州十二，柳州爲所轄州之一；時任
職者爲裴行立。比一歲：近一年。且千人：將近千人。

〔二二〕爲進士者：指求進士舉者。悉有法度可觀：謂全都表現得有所規
範。法度指作文的規範、法則。

　　其召至京師而復爲刺史也，中山劉夢得禹錫亦在遣
中，當詣播州〔二三〕。子厚泣曰："播州非人所居，而夢得
親在堂〔二四〕。吾不忍夢得之窮，無辭以白其大人，且萬無
母子俱往理〔二五〕。"請於朝，將拜疏，願以柳易播，雖重得
罪，死不恨〔二六〕。遇有以夢得事白上者，夢得於是改刺連

州〔二七〕。嗚呼！士窮乃見節義。今夫平居里巷相慕悦，酒食遊戲相徵逐，詡詡强笑語以相取下，握手出肺肝相示，指天日涕泣，誓生死不相背負，真若可信〔二八〕；一旦臨小利害，僅如毛髮比，反眼若不相識，落陷穽不一引手救，反擠之又下石焉者，皆是也〔二九〕。此宜禽獸夷狄所不忍爲，而其人自視以爲得計，聞子厚之風，亦可以少媿矣〔三〇〕。

〔二三〕劉禹錫字夢得，洛陽人，郡望中山；中山，參閲《毛穎傳》注〔二〕。亦在遣中：也在放逐人員之中。遣，逐，《左傳》僖公二十三年：“公子不可，姜與子犯謀，醉而遣之。”播州，屬江南道，治遵義縣，今貴州遵義市。

〔二四〕親在堂：謂家有老母。親指母親。

〔二五〕謂我不忍心夢得陷於困境，沒有適當的話向母親説明；而且没有母子一起去播州的道理。《史記·刺客列傳》：“故進百金者，將用爲大人麤糲之費。”此稱母爲“大人”所本。

〔二六〕拜疏：上疏。重得罪：再一次受處罰。死不恨：至死而無遺憾。

〔二七〕此指裴度疏救劉禹錫事。《舊唐書·劉禹錫傳》：“御史中丞裴度奏曰：‘劉禹錫有母，年八十餘。今播州西南極遠，猿狖所居，人迹罕至。禹錫誠合得罪，然其老母必去不得，則與此子爲死別。臣恐傷陛下孝理之風，伏請屈法稍移近處。’憲宗曰：‘夫爲人子，每事尤須謹慎，常恐貽親之憂。今禹錫所坐，更合重於他人，卿豈可以此論之？’度無以對。良久，帝改容而言曰：‘朕所言是責人子之事，然終不欲傷其所親之心。’乃改授連州刺史。”

〔二八〕平居里巷相慕悦：平日居於同一里巷相互企羡友好。相徵逐：相互招呼追隨。徵，召求。詡詡（xǔ xǔ）强笑語以相取下：此謂裝出討好的樣子，談笑風生以示謙卑。詡詡，媚好貌。《漢書·張敞傳》注孟康曰：“北方人謂媚好爲詡。”

〔二九〕不一引手救：不伸手救援。一，表總括之詞。
〔三〇〕子厚之風：柳宗元的風範。少媿：稍感慚愧。

　　子厚前時少年，勇於爲人，不自貴重顧藉，謂功業可立就，故坐廢退〔三一〕。既退，又無相知有氣力得位者推挽，故卒死於窮裔，材不爲世用，道不行於時也〔三二〕。使子厚在臺省時，自持其身已能如司馬、刺史時，亦自不斥〔三三〕；斥時有人力能舉之，且必復用不窮。然子厚斥不久，窮不極，雖有出於人，其文學辭章必不能自力以致必傳於後如今無疑也〔三四〕。雖使子厚得所願，爲將相於一時，以彼易此，孰得孰失，必有能辨之者。

〔三一〕勇於爲人：勇於助人。陳《勘》：“鄭康成詩箋云：爲，猶助也。”此
　　　　指參與“二王”集團事。不自貴重顧藉：謂不珍重顧惜自身。顧
　　　　藉猶顧惜，顧慮。廢退：指貶黜棄置。
〔三二〕推挽：提拔援助。挽，牽引。窮裔：極邊遠之地，指柳州。
〔三三〕臺省：御史臺與尚書省，泛指朝廷。柳宗元任監察御史裏行屬御
　　　　史臺、尚書禮部員外郎屬尚書省。自持其身：約束自身，謂謹慎
　　　　行事。
〔三四〕有出於人：出人頭地，意指爲顯宦。文學辭章：此指詩文創作。

　　子厚以元和十四年十一月八日卒，年四十七〔三五〕。以十五年七月十日歸葬萬年先人墓側〔三六〕。子厚有子男二人，長曰周六，始四歲；季曰周七，子厚卒乃生；女子二人，皆幼。其得歸葬也，費皆出觀察使裴君行立〔三七〕。行

立有節槩,立然諾,與子厚結交〔三八〕。子厚亦爲之盡,竟賴其力〔三九〕。葬子厚於萬年之墓者,舅弟盧遵〔四〇〕。遵,涿人,性謹愼,學問不厭〔四一〕。自子厚之斥,遵從而家焉,逮其死不去。既往葬子厚,又將經紀其家,庶幾有始終者〔四二〕。銘曰:

〔三五〕 "十一月八日"魏《集》作"十月五日"。

〔三六〕 歸葬:指靈柩自柳州運回祖塋安葬。萬年:屬京兆府,治長安西部。

〔三七〕 裴行立,絳州(屬河東郡,治正平縣,今山西新絳縣)人,曾爲安南經略使、桂管觀察使。

〔三八〕 有節槩:有氣節。立然諾:謂然諾必定做到。

〔三九〕 爲之盡:爲之盡全力。

〔四〇〕 舅弟盧遵:子厚母盧氏,遵爲表弟。

〔四一〕 涿人:涿州屬河北道,治范陽縣,今河北涿州市。學問不厭:爲學請問不饜足。

〔四二〕 經紀:料理。庶幾有始終者:算得上是有始有終的人。《莊子·大宗師》:"善始善終。"《晉書·劉聰載記》:"小人有始無終。"

是惟子厚之室〔四三〕。既固既安,以利其嗣人〔四四〕。

〔四三〕 室:墓室。《詩經·唐風·葛生》:"百歲之後,歸於其室。"

〔四四〕 嗣人:後嗣,子孫。

【評箋】 劉禹錫《唐故尚書禮部員外郎柳君集紀》:子厚之喪,昌黎韓退之誌其墓,且以書來弔曰:"哀哉,若人之不淑! 吾嘗評其文,雄深雅健,似司馬子長,崔、蔡不足多也。"安定皇甫湜,於文章少所推讓,亦以退

之之言爲然。凡子厚名氏與仕與年暨行己之大方,有退之之誌若祭文在,今附於第一通之末云。(《劉賓客文集》卷一九)

張端義《貴耳集》卷上:作文之法,先觀時節,次看人品,又當玩味其立意。如退之作《柳子厚墓銘》,自"士窮乃見節義",三、四十言,皆自道胸中事……

程端禮《昌黎文式》卷一前集上:子厚失身王叔文之黨,大節已虧。以柳易播一事,頗合道理。其可傳後世者惟文章。退之乃厚交,欲以善掩惡,故叙二事最詳。自"召至京師"以下,乃反復論子厚之文章卓然,可敬可愛,此文章之妙也。

儲欣《唐宋八大家類選》卷一三:昌黎墓誌第一,亦古今墓誌第一。以韓誌柳,如太史公傳李將軍,爲之不遺餘力矣。

林雲銘《韓文起》卷一二:……若篇首不叙姓氏,却於取進士第後點出柳氏有子;不叙里居,却於歸葬時點出萬年先人墓側,則姓氏里居自見,其作法皆與他篇不同。至中段,忽把世俗交情感慨一番,又把文章必傳欣幸一番,在誌銘尤無此格……總之,公與子厚,文章聲氣,一時無兩;所作祭文、誌銘、廟碑三篇,皆絶頂出色,不可以常格論也。

吳闓生《古文範》:韓、柳至交,此文以全力發明子厚之文學風義,其酣恣淋漓、頓挫盤鬱處乃韓公真實本領,而視所爲墓銘以雕琢奇詭勝者,反爲別調。蓋至性至情之所發,而文字之變格也。

錢基博《韓愈志·韓集籀讀録》:看似順次叙去,其實駕空立論,並不實叙子厚生平。只就其早達終躓、前後盛衰相形,以議論見意。沈鬱以出頓挫,唱嘆而能雄實,不同桐城末流之虛腔搖曳。其原出太史公《六國年表》、《秦楚之際月表》及《游俠》、《貨殖》列傳諸序……抑遏掩蔽,茹涵吞吐,而出之沛然,讀之鏗然。蕩軼俊邁,不見其抑遏掩蔽;祇見其吐而罕見其吞,此太史公之妙筆,惟愈能會之也。

按:本文重點在贊揚柳宗元文章風義,而略於其政治活動,這反映了韓、柳二人政治立場的分歧,在文章寫作上則可見作者取材、結構避實就虛的技巧。文章叙述雅潔精嚴,而特别着力於議論,筆墨間又充滿感情。

這樣,雖然陳述較略,而所敘碑主的人物風彩却顯得鮮明生動,而所議各節又有相當深刻的意義。

祭 柳 子 厚 文〔一〕

維年月日〔二〕,韓愈謹以清酌庶羞之奠,祭於亡友柳子厚之靈:

〔一〕本篇作於袁州任所。《文苑英華》題作《祭亡友柳子厚文》。

〔二〕"維年月日",《文苑英華》作"維某年歲次庚子五月壬寅朔五日丙午"。清酌庶羞:參閱《祭河南張員外文》注〔二〕。

嗟嗟子厚,而至然耶〔三〕?自古莫不然,我又何嗟?人之生世,如夢一覺,其聞利害,竟亦何校〔四〕?當其夢時,有樂有悲,及其既覺,豈足追惟〔五〕?

〔三〕嗟嗟:悲嘆之語。至然:謂至於如此。

〔四〕何校(jiào):謂何所計較。

〔五〕追惟:追思。本節意本《莊子·齊物論》:"夢飲酒者,旦而哭泣;夢哭泣者,旦而田獵。方其夢也,不知其夢也。夢之中又占其夢焉,覺而後知其夢也。且有大覺而後知此其大夢也。而愚者自以爲覺,竊竊然知之。君乎,牧乎,固哉!丘也與女,皆夢也;予謂汝夢,亦夢也。"

凡物之生，不願爲材，犧尊青黃，乃木之災〔六〕。子之中棄，天脫靮羈，玉佩瓊琚，大放厥辭〔七〕。富貴無能，磨滅誰紀〔八〕？子之自著，表表愈偉〔九〕。不善爲斲，血指汗顏，巧匠旁觀，縮手袖閒〔一〇〕。子之文章，而不用世，乃令吾徒，掌帝之制〔一一〕。子之視人，自以無前，一斥不復，羣飛刺天〔一二〕。

〔六〕犧尊青黃：犧尊指犧牛形的酒樽，或以爲樽腹上畫牛形；青黃指所塗青黃文彩；《禮·明堂位》：“尊用犧象山罍，鬱尊用黃目。”此意本《莊子·人間世》：“子綦曰：‘此果不材之木也，以至於此其大也。嗟乎神人，以此不材。’”又《莊子·天地》：“百年之木，破爲犧尊，青黃而文之，其斷在溝中。比犧樽於溝中之斷，則美惡有閒矣，其於失性一也。”

〔七〕子之中棄：謂子厚宦途中被棄置。天脫靮(zhí)羈：謂是上天脫卸了羈束。絡首曰靮，絡足曰羈。語本《莊子·馬蹄》：“及至伯樂，曰：‘我善治馬。’燒之，剔之，刻之，雒之，連之以羈靮，編之以皁棧。”玉佩瓊琚：喻文章之精美華貴。《詩經·衛風·木瓜》：“投我以木瓜，報之以瓊琚。”毛傳：“瓊，玉之美者；琚，佩玉名。”又《詩經·鄭風·有女同車》：“有女同車，顏如舜華，將翱將翔，佩玉瓊琚。”正義：“所佩之玉是瓊琚之玉，言其玉聲和諧，行步中節也。”大放厥辭：謂大肆舖揚其辭章。

〔八〕謂身處富貴而無材能，終當磨滅而無人記錄。意本司馬遷《報任安書》：“古者富貴而名磨滅，不可勝記，唯倜儻非常之人稱焉。”

〔九〕自著：自我表露。《禮·中庸》：“誠則形，形則著，著則明。”表表：特出貌。

〔一〇〕不善爲斲(zhuó)，血指汗顏：斲，砍，削。謂不善於做木匠活，傷指流血，汗流滿面。義本《老子》：“夫代大匠斲者，希有不傷其手矣。”

〔一一〕乃令吾徒,掌帝之制:謂讓我們一輩人來職掌朝廷詔誥的起草工作。制,制書,泛指詔命。韓愈於元和九年十一月到十一年初曾任知制誥之職。

〔一二〕自以無前:自認爲沒有超過自己的。《漢書・尹翁歸傳》:"延年大重之,自以能不及翁歸。"一斥不復:一經貶黜即不復被重用。羣飛刺天:謂攻擊者如大批飛蟲充滿天空;張衡《南都賦》:"杳藹蓊鬱於谷底,森蓴蓴而刺天。"李善注:"皆茂盛貌也。"

　　嗟嗟子厚,今也則亡,臨絶之音,一何琅琅〔一三〕。徧告諸友,以寄厥子,不鄙謂余,亦託以死〔一四〕。凡今之交,觀勢厚薄,余豈可保,能承子託〔一五〕?非我知子,子實命我,猶有鬼神,寧敢遺墮〔一六〕?念子永歸,無復來期,設祭棺前,矢心以辭〔一七〕。嗚呼哀哉,尚饗!

〔一三〕臨絶:臨終。琅琅:聲音響亮貌。司馬相如《子虛賦》:"礧石相擊,琅琅磕磕。"

〔一四〕以寄厥子:謂寄託遺孤。不鄙謂余:不鄙棄我。謂,語辭。亦託以死:也以死後事相託。

〔一五〕謂今日交友,只看勢力大小;如我自身已難以保全,還能接受你的託付嗎?

〔一六〕遺墮:棄置不顧。

〔一七〕永歸:謂死去。矢心以辭:謂以文辭表白自心。矢,誓。

　　【評箋】　林雲銘《韓文起》卷八:子厚卒於官,在元和十四年十一月,時公方調袁州。想歸葬時取道於袁,故得躬詣棺前致祭。開手彼此不叙官爵,以明千古性命之交,與自己骨肉無異,親狎之至也。其大意謂人無不死,即生前之窮通得失,可以付之夢覺,不足輕重。所痛惜者,以蓋世文章,竟不能供國家之用,實因前此爲才名所誤,以致一斥不復,反不如碌碌之徒得以致身通顯,使人皆以才爲戒耳。末以生死相託之情,自矢不負。一片血淚,不忍多讀。

　　吳闓運《古文範》卷三:祭文亦四言詩之一種也。韓公爲之,鎚幽鑿險,神駴鬼眩,蓋導源於《招魂》、《九歌》、《大招》,而以自發其光怪駭愕、磊砢不平之氣……今擇其沉鬱質厚者一首,以備體例,他不具載。

　　按:本篇立意用語,多本《莊子》,句法上又多用反詰,表現出强烈的憤世疾俗之情。取材同樣多從虛處幹旋,這是韓愈哀祭文字善用的筆法。他往往把這種文字作爲抒寫自己情志的作品來寫。

韋侍講盛山十二詩序〔一〕

　　韋侯昔以考功副郎守盛山〔二〕。人謂韋侯美士,考功顯曹,盛山僻郡,奪所宜處,納之惡地以枉其材,韋侯將怨且不釋矣〔三〕。

〔一〕本文是爲韋處厚《盛山詩》及其和詩所作的序,時韋爲翰林侍講學士。處厚,字德載,京兆人,元和初登進士第,賢良方正登科,授秘書省校書郎,歷禮部、考功二員外;爲宰相韋貫之所重。元和十一年貫之以議淮西用兵不合旨出官,坐出開州(屬山南道,治開江縣,開江曾名盛山,今重慶市開縣)刺史;入拜户部侍郎、知制誥,穆宗立,召入翰林爲侍講學士;後再遷中書舍人,文宗時爲相,大和二年卒。韋在開州作《盛山詩》十二篇,白居易、元稹等均有和作,集録爲一卷,韓愈爲作此序。作於長慶二年(八二二)。

〔二〕韋侯:敬稱,古士大夫間相互尊稱爲侯。考功副郎:指考功員外

郎,爲考功郎中之副,故稱副郎,從六品上。守盛山:指署理
開州。

〔三〕美士:優秀人才。顯曹:顯要官署。盛山僻郡:此以舊名稱開
　　州。僻,偏僻。枉其材:屈抑其材。怨且不釋:怨恨且不得開解。

　　或曰:不然。夫得利則躍躍以喜,不利則戚戚以泣
若不可生者,豈韋侯謂哉〔四〕!韋侯讀六藝之文,以探周
公、孔子之意,又妙能爲辭章,可謂儒者〔五〕。夫儒者之於
患難,苟非其自取之,其拒而不受於懷也,若築河堤以障
屋霤〔六〕;其容而消之也,若水之於海,冰之於夏日〔七〕;其
翫而忘之以文辭也,若奏金石以破蟋蟀之鳴、蟲飛之
聲〔八〕。況一不快於考功、盛山一出入息之閒哉〔九〕!

〔四〕躍躍:歡喜踴躍貌。戚戚:憂懼貌;《論語·述而》:"君子坦蕩蕩,
　　小人長戚戚。"豈韋侯謂哉:意謂難道這還算是韋侯嗎(説他絶不
　　會如此)。

〔五〕六藝之文:指六經,參閲《師説》注〔二三〕。儒者:謂聖人之徒。

〔六〕障屋霤(liù):圍擋屋檐流水。霤,通"溜",屋檐水。

〔七〕容而消之:容納並消解之。

〔八〕此謂以寫作文辭來玩賞自遣,就如樂器齊奏壓下了蟋蟀鳴叫、蟲
　　飛的嗡嗡聲。翫,玩味。金石,鐘磬之類樂器,參閲《送孟東野序》
　　注〔八〕。

〔九〕此謂何況是由考功謫守盛山這短時間的不如意呢。一出入息,喻
　　時間短暫。

　　未幾,果有以韋侯所爲十二詩遺余者〔一〇〕。其意方

且以入谿谷、上巖石,追逐雲月不足日爲事〔一一〕。讀而歌詠之,令人欲棄百事、往而與之遊,不知其出於巴東、以屬朐腮也〔一二〕。

〔一〇〕未幾:不久。遺余:贈送給我。

〔一一〕此謂韋詩的立意在要抓緊時日、玩賞山水雲月了此餘生。方且,劉淇《助字辨略》卷三:“又《莊子》:‘方且本身而異形,方且尊知而大馳。’陸德明《音義》云:‘凡言方且者,言方將有所爲也。’”不足日:時日不足,謂時間不够。韋詩今佚,從和詩知道題目爲《宿雲亭》、《隱月岫》、《茶嶺》、《梅溪》、《流盃渠》、《盤石磴》、《桃塢》、《竹岩》、《琵琶臺》、《胡盧沼》、《繡衣石塌》、《上士瓶泉》等。

〔一二〕謂讀了這些詩,讓人想遺棄世務前去與之遊,想不到它們竟寫在巴東原屬朐腮地方。巴東,古郡名,至唐廢,此指開州(開州爲義寧二年〔六一八〕析巴東郡盛山、新浦,通川郡萬世,西流置,見《新唐書·地理志》)。朐腮(chǔn rěn),同“朐忍”,古縣名,漢屬巴郡,即開州一帶,《後漢書·吳漢傳》注引《十三州志》:“朐音春,腮音閏,其地下濕,多朐腮蟲,因以名縣。”朐腮即蚯蚓,《本草綱目》卷四二《蟲》:“《爾雅》謂之螼蚓,巴人謂之朐腮,皆方音之轉也。”

　　于時應而和者凡十人。及此年,韋侯爲中書舍人,侍講六經禁中〔一三〕。和者通州元司馬爲宰相,洋州許使君爲京兆,忠州白使君爲中書舍人,李使君爲諫議大夫,黔府嚴中丞爲秘書監,溫司馬爲起居舍人,皆集闕下〔一四〕。於是盛山十二詩與其和者大行於時,聯爲大卷,家有之焉〔一五〕。慕而爲者將日益多,則分爲別卷。韋侯俾余題其首〔一六〕。

〔一三〕此年,指長慶二年。《舊唐書·穆宗紀》:"(元和十五年三月)壬子,召侍講學士韋處厚、路隨於太液亭講《毛詩·關雎》、《尚書·洪範》等篇。""(長慶二年四月)癸未……翰林侍講學士韋處厚、路隨進所撰《六經法言》二十卷,賜錦綵二百疋,銀器二百事,處厚改中書舍人。"

〔一四〕通州元司馬爲宰相:元稹於元和十年貶通州(屬山南西道,治永穆縣,今四川達縣)司馬,十四年回朝;又《舊唐書·穆宗紀》:"(長慶二年二月辛巳)以工部侍郎元稹守本官同平章事。""六月甲戌朔,甲子……工部侍郎平章事元稹爲同州刺史。"以下包括元稹六人所列官職前者爲和詩時所任,後者爲集闕下時所任,和詩非一時所作,到京亦非同時。洋州許使君爲京兆:許季同,孟容弟,舊史載曾爲京兆少尹,官終宣歙觀察使,而未載爲洋州和京尹事,然據元稹《授吉旼京兆府渭南縣令制》:"今京兆尹季同以旼有幹蠱之稱……"元稹掌制誥在元和十五年五月至長慶元年十月,則許爲京尹在此前後。忠州白使君爲中書舍人:白居易元和十三年爲忠州(屬山南西道,治臨江縣,今重慶市忠縣)刺史,十五年入京;又《舊唐書·穆宗紀》:"(長慶元年十月)壬午,以尚書主客郎中、知制誥白居易爲中書舍人。""(長慶二年七月)壬寅,出中書舍人白居易爲杭州刺史。"李使君爲諫議大夫:李景儉字寬中,貞元十五年進士,曾爲忠州、澧州刺史,《舊唐書·穆宗紀》:"(長慶元年八月)庚寅,以建州刺史李景儉爲諫議大夫。""(十二月)丁卯,貶諫議大夫李景儉爲楚州(今安徽淮安市楚州區)刺史。"黔府嚴中丞爲秘書監:嚴暮,《舊唐書·憲宗紀》:"(元和十四年)二月己酉朔,以商州刺史嚴暮爲黔中觀察使。"中唐時期出使例帶臺省銜,觀察使一般爲御史中丞;又"(長慶二年四月)丁亥,以秘書監嚴暮爲桂管觀察使。"則嚴暮任秘書當在此前;秘書監爲秘書省長官,從三品。温司馬爲起居舍人:温造,字簡輿,河內(屬懷州,今河南省沁陽市)人;少隱王屋山,爲張建封所重,妻以兄女,曾爲建封徐州幕節度參謀;後歷內外官,爲山南西道節度等使,官終禮

部尚書。溫爲司馬,未詳;《舊唐書·穆宗紀》:"(長慶元年十二月
戊寅)起居舍人溫造朗州刺史。"據本傳,任起居舍人在本年;起居
舍人,中書省屬官,從六品上。皆集闕下:全都聚集到京城。

〔一五〕大行於時:一時間大爲流行。聯爲大卷:相聯接爲一長卷;其時
文書以卷軸抄録。

〔一六〕俾余題其首:讓我在卷首寫一篇序。

【評箋】 洪邁《容齋三筆》卷六《韓、蘇文章譬喻》:韓、蘇兩公爲文
章,用譬喻處,重複聯貫,至有七八轉者。韓公《送石洪序》云:"論人高
下,事後當成敗,若河決下流東注,若駟馬駕輕車就熟路而王良、造父爲
之先後也,若燭照數計而龜卜也。"《盛山詩序》云:"儒者之於患難,其拒
而不受於懷也,若築河隄以障屋霤;其容而消之也,若水之於海,冰之於
夏日;其玩而忘之以文辭也,若奏金石以破蟋蟀之鳴、蟲飛之聲。"蘇公
《百步洪》詩云"長虹斗落生跳波,輕舟南下如投梭。水師絶叫鳬鸛起,亂
石一線爭蹉磨。有如兔走鷹隼落,駿馬下注千丈坡。斷弦離柱箭脱手,
飛電過隙珠翻荷"之類是也。

黄震《黄氏日鈔》卷五九:"其拒而不受於懷也……",以上皆雜喻形
容,亦曲盡文字之妙。

茅坤《唐宋八大家文鈔·韓文》卷七:前半是經,下半是緯,而氣亦
跌宕。

答吕蟄山人書〔一〕

愈白:惠書責以不能如信陵執轡者〔二〕。夫信陵,戰
國公子,欲以取士聲勢傾天下而然耳〔三〕。如僕者,自度
若世無孔子,不當在弟子之列〔四〕。以吾子始自山出,有

朴茂之美意，恐未礱磨以世事〔五〕；又自周後文弊，百子為書，各自名家，亂聖人之宗，後生習傳，雜而不貫〔六〕。故設問以觀吾子：其已成熟乎？將以為友也；其未成熟乎？將以講去其非而趨是耳〔七〕。不如六國公子有市於道者也〔八〕。

〔一〕呂醫山人，行年事迹不詳。山人即隱居山野之人，為唐時盛行的稱謂。詳文義，呂醫到韓愈處求汲引，愈答以此書。呂醫比韓愈為信陵君，其時韓必為顯官，而長慶二年九月任吏部侍郎後有用人之權，姑繫於其時。

〔二〕惠書：指來信，自謙之詞。責以不能如信陵執轡：責備我不能像信陵君那樣為侯嬴駕車執轡，參閱《縣齋有懷》詩注〔一一〕。

〔三〕謂信陵君乃是戰國公子，想以取士製造聲勢而傾動天下才這樣做。傾，超越。《史記·田蚡列傳》：“欲以傾魏其諸將。”《史記·呂不韋傳》：“當是時，魏有信陵君，楚有春申君，趙有平原君，齊有孟嘗君，皆下士，喜賓客以相傾。”

〔四〕自度：自己思量。

〔五〕朴茂：質樸優秀。茂，義同“秀”。礱(lóng)磨以世事：經世事磨練。礱，磨。

〔六〕周後文弊：意本《論語·子罕》：“文王既没，文不在兹乎！”聖人之宗：聖人的本旨。宗，本源，主旨。雜而不貫：混雜無條理。杜預《春秋左氏傳序》：“經之條貫，必出於傳。”

〔七〕講去其非而趨是：講習以去其錯誤，達於正確。

〔八〕六國公子：戰國時齊、楚、燕、韓、趙、魏六國合縱以反秦，各招賢納士，以注〔二〕引《史記·呂不韋列傳》所述四公子為代表。有市於道：意謂收買有道義的名聲。《史記·廉頗藺相如列傳》：“夫天下以市道交，君有勢，我則從君；君無勢則去。此固其理也。”

　　方今天下入仕，惟以進士、明經及卿大夫之世耳〔九〕。其人率皆習熟時俗，工於語言，識形勢，善候人主意〔一〇〕。故天下靡靡，日入於衰壞，恐不復振起〔一一〕。務欲進足下趨死不顧利害去就之人於朝，以爭救之耳〔一二〕。非謂當今公卿閒無足下輩文學、知識也〔一三〕。不得以信陵比。

〔九〕卿大夫之世：指官僚後代，以門蔭得官。《新唐書‧選舉志》：“凡用蔭，一品子正七品上，二品子正七品下，三品子從七品上，從三品子從七品下，正四品子正八品上，從四品子正八品下，正五品子從八品上，從五品及國公子從八品下。”唐時，作官除通過科舉外，還有門蔭、流外（即不入流的胥吏）入流、入伍（取軍功）、保舉入幕等途徑。

〔一〇〕工於語言：謂善於語言聲韻、對偶等技巧。識形勢：了解形勢所在。形勢指權勢地位，參閱《送李願歸盤谷序》注〔一七〕。善候人主意：善於伺察帝王心意。

〔一一〕靡靡：相隨附。《書‧畢命》：“商俗靡靡。”正義：“商之舊俗靡靡然好相隨順。”衰壞：衰敗破弊。

〔一二〕趨死不顧利害去就之人：視死如歸、不顧及個人利害與前途的人。去就謂被斥去還是被容納。

〔一三〕足下輩：你們一類人。文學：文章之學。

　　然足下衣破衣，繫麻鞋，率然叩吾門〔一四〕。吾待足下，雖未盡賓主之道，不可謂無意者〔一五〕。足下行天下，得此於人蓋寡，乃遂能責不足於我〔一六〕。此真僕所汲汲求者〔一七〕。議雖未中節，其不肯阿曲以事人者，灼灼明矣〔一八〕。方將坐足下，三浴而三薰之〔一九〕。聽僕之所爲,少安無躁〔二〇〕。愈頓首〔二一〕。

〔一四〕率然：直接地。《論語·先進》：“子路率爾而對。”

〔一五〕不可謂無意：謂不可説無器重之意。

〔一六〕責不足於我：在我身上找缺點。責,取,求。

〔一七〕汲汲：急切貌。參閲《答崔立之書》注〔二七〕。

〔一八〕中節：合乎法度,無過或不及。《禮·中庸》：“喜怒哀樂之未發謂
　　　　之中,發而皆中節謂之和。”阿(ē)曲：曲從所好。灼灼：鮮明貌。

〔一九〕三浴而三薰之：再三沐浴塗香,以表極其敬重。薰,通“釁”、
　　　　“釁”,塗香。《國語·齊語》：“莊公使束縛(管仲)以予齊使,齊使
　　　　受之而退。比至,三釁三浴之。”注：“以香塗身曰釁,亦或爲薰。”

〔二〇〕聽僕之所爲：謂讓我來辦。聽,任憑。少安無躁：規勸之詞,慢慢
　　　　來不要着急。《左傳》襄公七年：“寡君未知所過,吾知其少安。”杜
　　　　注：“安,徐也。”

〔二一〕頓首：《周禮·春官·大祝》九拜之二,以首叩地；後世爲書信中
　　　　致敬套語。

【評箋】　黃震《黃氏日鈔》卷五九：自謂“世無孔子,不當在弟子之
列”。蓋山人,矜誕人也,責公以不能如信陵執轡,公故盛其説以折之。

　　儲欣《昌黎先生全集録》卷三：抑極忽揚,抑盡處揚處倍有聲氣光焰,
得司馬子長之神。

　　曾國藩《求闕齋讀書録》卷八：絶傲兀自負。

　　吳汝綸《桐城吳氏古文讀本》卷四：此篇似《諫獵書》。

　　按：呂醫以一山人身份乞援,顯然是以狂傲態度、責難言詞表乞憐之
意,在高自標幟之中恭維了對方。韓愈的答書正應和了呂醫來信的幽默
情趣,也有爭奇鬭勝的“以文爲戲”之意。在這樣一篇普通的應酬文字
中,對當世士風進行了抨擊,也表明了自己尚義重才的立場。

故幽州節度判官贈給事中
清河張君墓誌銘[一]

張君名徹，字某，以進士累官至范陽府監察御史[二]。長慶元年，今牛宰相爲御史中丞，奏君名迹中御史選，詔即以爲御史[三]。其府惜不敢留，遣之[四]。而密奏幽州將父子繼續，不廷選且久，今新收，臣又始至，孤怯，須强佐乃濟[五]。發半道，有詔以君還之[六]。仍遷殿中侍御史，加賜朱衣、銀魚[七]。至數日，軍亂，怨其府從事，盡殺之，而囚其帥[八]。且相約，張御史長者，毋侮辱，轢蹙我事，無庸殺[九]。置之帥所[一〇]。

〔 一 〕本篇是張徹的墓誌銘。徹，元和四年進士，爲幽州節度判官，被亂軍所殺。徹娶雲卿子俞之女，於韓愈爲堂姪女壻。據《新唐書‧百官志》，節度使、副使下有判官一人；清河爲張姓郡望。本文作於長慶二或三年。

〔 二 〕范陽府監察御史：范陽府指幽州節度使府。監察御史爲張徹任判官的京銜。

〔 三 〕此謂長慶元年(八二一)，牛僧孺上奏張徹的名聲事迹符合監察御史的人選標準，詔命真拜爲監察御史。牛僧孺，字思黯，鶉觚(今甘肅靈臺縣)人，《舊唐書‧穆宗紀》："(元和十五年十二月)己丑，以庫部郎中知制誥牛僧孺爲御史中丞。""(長慶三年三月丁巳)以牛僧孺同中書門下平章事。"

〔 四 〕謂幽州節度使雖珍惜却不敢留難，只得遣張徹回京。時節度使爲張弘靖。弘靖，字元理，憲宗朝曾爲相，《舊唐書‧穆宗紀》："(長慶元年二月)己卯，幽州節度使劉總奏請去位，落髮爲僧。""(三月)癸丑,以幽州、盧龍軍節度副大使知節度事、押奚、契丹兩蕃經略等使、檢校司空同中書門下平章事、楚國公劉總可檢校司徒兼侍中、天平軍節度使、鄆、曹、濮等州觀察等使;以宣武軍節度使、檢校右僕射同平章事張弘靖爲檢校司空同平章事兼幽州大都督府長史充幽州、盧龍軍節度使。"

〔五〕幽州將父子繼續:劉怦於貞元元年任幽州、盧龍節度副大使知節度事,在位三月,九月卒,子濟繼爲幽州節度使;元和五年,濟被子總及親吏所殺,總繼爲使,至是憂懼,請落髮。不廷選且久:不由朝廷選任已久。須强佐乃濟:須有强有力的輔佐才能成功。

〔六〕謂出發至半路,有詔將張徹還給幽州節度使府。

〔七〕殿中侍御史爲京銜,從七品上;而五品以上始得服朱、佩銀魚袋,這是加賜的章服。

〔八〕《舊唐書·張弘靖傳》:"弘靖之入幽州也,薊人無老幼男女皆夾道而觀焉。河朔軍帥冒寒暑多與士卒同,無張蓋安輿之別。弘靖久富貴,又不知風土,入燕之時,肩輿於三軍之中,薊人頗駭之。弘靖以禄山、思明之亂始自幽州,欲於事初盡革其俗,乃發禄山墓,毀其棺柩,人尤失望。從事有韋雍、張宗厚數輩,復輕肆嗜酒,常夜飲醉歸,燭火滿街,前後呵叱,薊人所不習之事。又雍等訴責吏卒,多以反虜名之,謂軍士曰:'今天下無事,汝輩挽得兩石力弓,不如識一丁字。'軍中以意氣自負,深恨之。劉總歸朝,以錢一百萬貫賜軍士,弘靖留二十萬貫充軍府雜用,薊人不勝其憤。遂相率以叛,囚弘靖於薊門館,執韋雍、張宗厚輩數人,皆殺之。"

〔九〕長者:德高望重之人。轢(lì)蹙:轢,車輪輾過;蹙,同"蹴",踏、踢。轢蹙意謂敗壞。無庸:不要。

〔一○〕指囚於張弘靖所在薊門舘。

居月餘,聞有中貴人自京師至〔一一〕。君謂其帥〔一二〕:"公無負此土人〔一三〕。上使至,可因請見自辨,

幸得脫免歸〔一四〕。"即推門求出，守者以告其魁〔一五〕。魁
與其徒皆駭曰："必張御史。張御史忠義，必爲其帥告此
餘人，不如遷之別舘〔一六〕。"即與衆出君〔一七〕。君出門罵
衆曰："汝何敢反！前日吳元濟斬東市，昨日李師道斬於
軍中，同惡者父母妻子皆屠死，肉餧狗鼠鴟鴉〔一八〕。汝何
敢反！汝何敢反！"行且罵，衆畏惡其言，不忍聞〔一九〕。
且虞生變，即擊君以死〔二〇〕。君抵死口不絕罵。衆皆曰：
"義士！義士！"或收瘞之以俟〔二一〕。

〔一一〕中貴人：指前來幽州觀察、安撫的宦官。《史記·李將軍列傳》：
　　　　 "天子使中貴人從廣。"集解引《漢書音義》："内官之貴幸者。"

〔一二〕帥：指張弘靖。

〔一三〕謂您沒有虧待這裏的人。

〔一四〕自辨：謂通過中使向叛軍辯解。脫免歸：脫身免禍回朝廷。

〔一五〕魁：指叛軍首領。《書·胤征》："殲厥渠魁，脅從罔治。"孔傳：
　　　　 "魁，帥。"

〔一六〕必爲其帥告此餘人：謂必定爲張弘靖把這些告訴他人。朱《考》
　　　　 疑"告"當作"言"。遷之別舘：遷住另外的舘舍。

〔一七〕出君：押出張徹。

〔一八〕前日吳元濟斬東市：淮西吳元濟叛，元和十二年裴度帥師討平
　　　　 之。前日，虛指，不久前；東市，長安東市，斬東市取古刑人肆之朝
　　　　 市之義，參閱《奉和裴相公東征途經女几山下作》注〔一〕、《平淮西
　　　　 碑》注〔一〕。昨日李師道斬於軍中：李師道爲淄青節度使李師古
　　　　 異母弟，元和元年繼爲節度使，負固跋扈；元和十四年被部下劉悟
　　　　 率兵殺死。昨日亦虛指，與"前日"相照應。肉餧狗鼠鴟(chī)鴉：
　　　　 鴟，鴟鵂，猫頭鷹的一種；鴉，同"鴉"。

〔一九〕畏惡：畏懼厭惡。

〔二〇〕虞生變：顧慮發生變故。

〔二一〕或收瘗(yì)之以俟：謂有人收屍體掩埋以待朝廷表彰。瘗，埋葬。

　　事聞天子，壯之，贈給事中〔二二〕。其友侯雲長佐鄆使，請於其帥馬僕射，爲之選於軍中〔二三〕。得故與君相知張恭、李元實者，使以幣請之范陽〔二四〕。范陽人義而歸之〔二五〕。以聞，詔所在給船轝，傳歸其家，賜錢物以葬〔二六〕。長慶四年四月某日，其妻子以君之喪葬於某州某所〔二七〕。

〔二二〕謂事跡奏聞皇帝，得到贊許，贈官給事中。
〔二三〕侯雲長佐鄆使：雲長，貞元十八年進士，韓愈《與祠部陸員外書》向陸傪薦舉十人居第二位，被稱爲"文章之尤者"。佐鄆使謂在鄆、濮、曹節度使府爲僚佐，該府爲李師道平後析淄青鎮所設，賜號天平軍，馬總爲使。總於長慶二年加尚書左僕射銜，故稱"馬僕射"。
〔二四〕使以幣請之范陽：謂派人拿着幣帛去范陽請求歸還屍體。
〔二五〕義而歸之：認爲(這一行動)有道義而歸還屍體。
〔二六〕所在給船轝傳歸：所經各地驛站供給車船傳送回來。
〔二七〕"四年"或作"三年"、"二年"。馬總加左僕射在二年秋，三年夏召還，方《正》以"三年"或"二年"爲是。朱《考》謂"或喪歸踰年，與既召還，乃克葬也。"

　　君弟復亦進士，佐汴宋，得疾，變易喪心，驚惑不常〔二八〕。君得閒即自視衣褥薄厚，節時其飲食，而匕箸進養之〔二九〕。禁其家無敢高語出聲。醫餌之藥，其物多空青、雄黃諸奇怪物，劑錢至十數萬，營治勤劇，皆自君手，不假之人〔三〇〕。家貧，妻子常有飢色。祖某，某官；父某，某官。妻韓氏，禮部郎中某之孫，汴州開封尉某之女，於余爲叔父孫女〔三一〕。君常從余學，選於諸生而嫁與之。孝順祗修，羣女效其所爲〔三二〕，男若干人，曰某；女子曰某。銘曰：

〔二八〕張復，元和元年進士。佐汴宋：爲宣武軍幕僚。變易喪心：謂精神有病變。驚惑不常：時時驚悸錯亂。

〔二九〕節時其飲食：按時調節飲食。匕筯進養之：謂親自用羹匙和筷子餵食。匕，匙。

〔三〇〕醫餌之藥：治療服用的藥物。空青：雜於銅礦中的一種礦石，又稱"楊梅青"，入藥可通血脈、養精神。雄黃：亦名"石黃"、"雞冠石"，入藥可除邪氣。營治勤劇：操辦非常辛苦。不假之人：不借助他人之手。

〔三一〕禮部郎中指韓雲卿；汴州開封尉指韓俞。

〔三二〕祗修：謹敬端正；祗，敬。陶潛《感士不遇賦》："獨祗修以自勤。"

嗚呼徹也！世慕顧以行，子揭揭也〔三三〕。噫喑以爲生，子獨割也〔三四〕。爲彼不清，作玉雪也〔三五〕。仁義以爲兵，用不缺折也〔三六〕。知死不失名，得猛厲也〔三七〕。自申於閽明，莫之奪也〔三八〕。我銘以貞之，不肖者之咀也〔三九〕。

〔三三〕謂世人都趨赴顧望而行動，你却高自標置。慕顧，趨赴顧望。《戰國策·齊策》："夫(顏)斶前爲慕勢。"慕勢謂趨附權勢。揭揭，高揚貌。

〔三四〕謂世人都吞聲不語以求生存，你却單單糾治不阿。噫，食塞咽喉。

暗(yīn),通"瘖",啞。割,糾。

〔三五〕謂只因爲別人不清白,自己才做到如玉雪之潔。

〔三六〕謂有仁義爲武器,使用起來永不斷壞。

〔三七〕謂自知死所也要保全名譽,做到了勇猛剛厲。

〔三八〕謂自己在黑暗中得以表顯,没有人能奪去其光彩。申,申張。意本張衡《靈憲》:"縡暗視明,明無所屈……縡明瞻暗,暗還自奪。"

〔三九〕貞之:貞指墓石;貞之謂刻石。呾(dá):呵責。

【評箋】 王應麟《困學紀聞》卷二〇《雜識》:歐陽公記醉翁亭,用"也"字;荆公誌葛源,亦終篇用"也"字,蓋本於《易》之雜卦。韓文公銘張徹亦然。

按:本篇歌頌在與驕兵叛將鬭争中犧牲的張徹。爲突出主旨,重點記述其死前英勇抗暴一節。通過典型細節的描繪,把人物表現得形神兼備,大義凜然。後幅補寫侍弟醫藥事,以明其忠孝出於天性,抗暴犧牲非一時之偶然。銘文疊用"也"字,一唱三嘆,感慨至深。

柳州羅池廟碑〔一〕

羅池廟者,故刺史柳侯廟也。柳侯爲州,不鄙夷其民,動以禮法〔二〕。三年,民各自矜奮〔三〕:"兹土雖遠京師,吾等亦天氓,今天幸惠仁侯,若不化服,我則非人〔四〕。"於是老少相教語,莫違侯令,凡有所爲於其鄉閭及於其家,皆曰:"吾侯聞之,得無不可於意否〔五〕?"莫不忖度而後從事〔六〕。凡令之期,民勸趨之,無有後先,必以其時〔七〕。於是民業有經,公無負租,流逋四歸,樂生興事〔八〕；宅有新屋，步有新船〔九〕；池園潔脩，豬牛鴨雞，肥大蕃息〔一〇〕；子嚴父詔，婦順夫指，嫁娶葬送，各有條法，出相弟長，入相慈孝〔一一〕。先時民貧，以男女相質，久不得贖，盡沒爲隸。我侯之至，按國之故，以傭除本，悉奪歸之〔一二〕。大修孔子廟，城郭巷道，皆治使端正，樹以名木。柳民既皆悦喜。

〔一〕本文是爲柳州祭祀柳宗元的羅池廟寫的碑文。文中記子厚死三年而廟成，明年春謝寧來京師求書碑，則作於長慶三年。

〔二〕謂柳宗元治柳州，不鄙視輕賤那裏的百姓，一切都依禮法行事。鄙，賤視。夷，敪，侮易。

〔三〕矜奮：奮勉。《管子・形勢解》：“矜奮自功，而不因衆人之力。”

〔四〕天氓：天生的百姓。朱駿聲《説文通訓定聲》：“自彼來此之民曰氓，從民從亡會意。”幸惠仁侯：有幸賜給仁愛的長官。

〔五〕得無不可於意否：會有不合意之處嗎；《論語・顔淵》：“子曰：‘爲之難，言之得無訒乎？’”

〔六〕忖度（duó）：揣量。《詩經・小雅・巧言》：“他人有心，予忖度之。”

〔七〕令之期：教令的期約。勸趨：謂竭力奔走；勸，勤勉，努力。《管子・輕重乙》：“若是則田野大辟，而農夫勸其事矣。”

〔八〕民業有經：百姓生業有常規。經，常。公無負租：公府沒有欠下的租税。流逋四歸：失業逃亡的人從四方歸來。樂生興事：以生爲樂，振興事功。

〔九〕步：通“埠”，水船停泊之處。柳宗元《永州鐵爐步志》：“江之滸，凡舟可縻而上下者曰步。”（《柳河東集》卷二八）章《詮》謂“步”爲“浦”之假借字；浦，水瀕也。

〔一〇〕潔脩：清潔整齊。蕃息：繁殖。《莊子・天下》：“以衣食爲主，蕃息畜藏，老弱孤寡爲意，皆有以養民之理也。”

〔一一〕子嚴父詔：兒子遵從父親教訓。嚴，尊重。詔，教訓。《莊子·盜
　　　跖》：“若父不能詔其子，兄不能教其弟，則無貴父子兄弟之親矣。”
　　　郭象注：“詔，如字，教也。”出相弟(tì)長：弟同“悌”；在外弟順兄
　　　從，尊敬長者。入相慈孝：在家愛育子女，敬養父母。

〔一二〕按國之故：謂根據國家成例。唐王朝屢有禁止販賣奴隸的規定。
　　　以備除本：用勞動工值抵所借本錢。參閱《柳子厚墓誌銘》注
　　　〔一八〕—〔二〇〕。

　　嘗與其部將魏忠、謝寧、歐陽翼飲酒驛亭，謂
曰〔一三〕：“吾棄於時而寄於此，與若等好也〔一四〕。明年吾
將死，死而爲神，後三年，爲廟祀我。”及期而死。三年孟
秋辛卯，侯降于州之後堂〔一五〕。歐陽翼等見而拜之。其
夕，夢翼而告曰〔一六〕：“舘我於羅池〔一七〕。”其月景辰，廟
成，大祭〔一八〕。過客李儀醉酒，慢侮堂上，得疾，扶出廟
門即死〔一九〕。明年春，魏忠、歐陽翼使謝寧來京師，請書
其事于石〔二〇〕。

〔一三〕驛亭：唐驛站隸兵部，站有亭，爲行旅休息之處。

〔一四〕棄於時而寄於此：廢棄於當時而託身此處。若等：你們。

〔一五〕三年孟秋辛卯：三年謂越三年，孟秋爲秋季第一個月，即七月，是
　　　年七月己丑朔，辛卯爲三日。侯降于州之後堂：柳侯神靈降臨于
　　　州府後堂。

〔一六〕夢翼：託夢於歐陽翼。

〔一七〕謂在羅池設廟堂供奉。

〔一八〕其月景辰：景爲“丙”之諱，丙辰爲二十二日。王元啓《記疑》：“疑
　　　廟成太速，‘其月’當作‘某月’。”

〔一九〕慢侮：輕肆褻瀆。《史記·留侯世家》：“四人者年老矣，皆以爲上

慢侮人，故逃匿山中。”

〔二〇〕請書其事于石：謂請書寫碑文刻石。

　　余謂柳侯生能澤其民，死能驚動福禍之，以食其土，可謂靈也已〔二一〕。作《迎享送神詩》遺柳民，俾歌以祀焉，而並刻之。柳侯，河東人，諱宗元，字子厚；賢而有文章，嘗位於朝，光顯矣，已而擯不用〔二二〕。其辭曰：

〔二一〕澤其民：給人民以恩澤。食其土：謂接受當地祭饗。

〔二二〕嘗位於朝：謂曾在朝廷有官職。擯不用：棄置不被重用。

　　荔子丹兮蕉黃，雜肴蔬兮進侯堂〔二三〕。侯之船兮兩旗，度中流兮風泊之〔二四〕。待侯不來兮不知我悲。侯乘駒兮入廟，慰我民兮不嚬以笑〔二五〕。鵝之山兮柳之水，桂樹團團兮白石齒齒〔二六〕。侯朝出游兮暮來歸，春與猿吟兮秋鶴與飛〔二七〕。北方之人兮爲侯是非，千秋萬歲兮侯無我違〔二八〕。福我兮壽我，驅厲鬼兮山之左〔二九〕。下無苦濕兮高無乾，秔稌充羨兮蛇蛟結蟠〔三〇〕。我民報事兮無怠其始，自今兮欽於世世〔三一〕。

〔二三〕謂荔枝果實紅了，芭蕉黃了，衆多的佳肴蔬果進獻給柳侯廟堂。

〔二四〕侯之船兮兩旗：據《新唐書・百官志》，節度等使“賜雙旌雙節”，“兩旗”本此。度中流兮風泊之：船渡中流而風止之。蘇軾書“泊”爲“汩”；汩，亂。此下爲迎神想像中事。而方《正》則謂“湖湘士人云：湘中俗以一船兩旗，眞木馬、偶人於舟中，作樂而導之登岸,以趨於廟。"

〔二五〕不嚬(pín)以笑:不愁苦皺眉而歡笑。

〔二六〕鵝山:又稱"峨山",在柳州城西。柳宗元《柳州山水近治可遊者記》:"峨山在野中,無麓,峨水出焉,東流入於潯水。"(《柳河東集》卷二九)柳之水:柳江,西江支流,源於貴州獨山縣,稱都柳江,南流至柳州稱柳江,至廣西象州縣與紅水河交匯稱黔江。團團:同"摶摶"。摶,圜也;屈原《橘頌》:"圓果摶兮。"齒齒:狀白石密布如牙齒排列。

〔二七〕春與猿吟兮秋鶴與飛:謂春天和着猿啼歌吟,秋天與鶴一起自由翱翔。

〔二八〕謂中原士大夫議論柳侯是非,請你永世不再離開我們。"北",童《詮》據方苞等校爲"此";爲,通"謂",別本作"謂",方苞以爲作"惟"。

〔二九〕厲鬼:惡鬼。《左傳》昭公七年:"今夢黃熊入于寢門,其何厲鬼也。"

〔三〇〕秔(jīng)稌(tú)充羨:秔同"稉"、"粳",不黏的稻;稌,稻。謂稻糧充裕。蛇蛟結蟠:謂蛇蛟蟠聚,不出爲民害。

〔三一〕謂百姓報答奉事從一開始就不要輕忽,自今以後要世世敬祭;欽,恭敬。

【評箋】 劉昫《舊唐書》卷一六〇《韓愈傳》:……愈所爲文,務反近體,抒意立言,自成一家新語。後學之士,取爲師法。當時作者甚衆,無以過之,故世稱"韓文"焉。然時有恃才肆意,亦有盭孔、孟之旨。若南人妄以柳宗元爲羅池神,而愈讖碑以實之;李賀父名晉不應進士,而愈爲賀作《諱辨》令舉進士;又爲《毛穎傳》,譏戲不近人情——此文章之甚紕繆者……

歐陽修《集古錄跋尾》卷八《唐韓愈羅池廟碑(長慶中)》:右《羅池廟碑》,唐尚書吏部侍郎韓愈撰,中書舍人、史館修撰沈傳師書。碑後題云:"長慶元年正月建。"按《穆宗實錄》,長慶二年二月傳師自尚書兵部郎中、翰林學士罷爲中書舍人、史舘修撰。其九月,愈自兵部侍郎遷吏部。碑言柳侯死後三年廟成,明年愈爲柳人書羅池事。子厚以元和十四年卒,至愈作碑時,當是長慶三年。考二君官與此碑亦同,但不應在元年正月,蓋後人傳模者誤刻之爾。今世傳《昌黎先生集》載此碑文多同。惟集中以"步有新船"爲"涉","荔子丹兮蕉黄","蕉"下加"子",當以碑爲是。而碑云"春與猿吟兮秋鶴與飛",則疑碑之誤也。嘉祐八年六月二日書_{右真蹟}。(《歐陽文忠公文集》卷一四〇)

沈括《夢溪筆談》卷一四:韓退之集中《羅池神碑銘》,有"春與猿吟兮秋與鶴飛"。今驗石刻,乃"春與猿吟兮秋鶴與飛"。古人多用此格,如《楚詞》"吉日兮辰良",又"蕙肴蒸兮蘭藉,奠桂酒兮椒漿"。蓋欲相錯成文,則語勢矯健耳。杜子美詩:"紅稻啄餘鸚鵡粒,碧梧棲老鳳凰枝。"此亦語反而意全。韓退之《雪》詩"舞鏡鸞窺沼,行天馬度橋",亦效此體,然稍牽強,不若前人之語渾成也。

邵博《邵氏聞見後錄》卷一四:宋玉《招魂》,以東南西北四方之外,其惡俱不可以託,欲屈大夫近入修門耳。時大夫尚無恙也。韓退之《羅池詞》云:"北方之人兮謂侯是非,千秋萬歲兮侯無我違。"時柳儀曹已死。若曰:國中於侯,或是或非,公言未出,不如遠即羅池之人,千萬年奉嘗不忘也。嗟夫!退之之悲儀曹,甚於宋玉之悲大夫也。

陸游《嚴州烏龍廣濟廟碑》:柳宗元死爲羅池之神,其傳甚怪,而韓文公實之。(《渭南文集》卷一六)

董逌《廣川書跋》卷九:文公叙羅池事,亦既異矣。夫鬼神茫昧幽眇,不可致詰,聖人閟而不言,惟知道者深觀其隱,自理得之,然不以示人,恐學者惑也。昔殷人尚祭祀,事死以生,其敝小人以鬼,則立教御俗,可不慎耶?嘗觀文公守儒道甚嚴,以世教爲己任,其論武陵謝自然事,勇決果斷,不惑於世,可謂能守道者。至羅池神,則究極細瑣,惟恐不盡,豈亦敝於好奇而不能自已耶?

張表臣《珊瑚鈎詩話》卷一:韓退之《羅池廟碑》迎饗送神詩蓋出於《離騷》……

茅坤《唐宋八大家文鈔·韓文》卷一二:予覽昌黎碑柳州,不書柳州德政之可載,載其"死而神"一節,似狎而少莊。

儲欣《昌黎先生全集録》卷六：唐人用通俗語入文字自公始，如"宅有新屋，步有新船"之類是也。然惟公能俗而愈雅耳，此未易言也。生爲哲，死爲神，固有是理，而公益以悲柳州之一斥不復，故文與詩，俱慘愴傷懷之音。

全祖望《跋柳州羅池廟碑》：劉昫以爲柳人之妄，而咎昌黎之遽實之，其議雖近於正，然於鬼神之德，則未通也。雖然，柳子生平操論，依乎中庸，故其言曰："聖人之道，不窮異以爲神，不援天以爲高。"其所以詆《左氏春秋》内、外傳，吕不韋《月令》者，不遺餘力。垂老遺言，忽躬蹈之，得毋應自笑耶？且夫柳州之有惠政於柳，其遺愛之惓惓於民，而廟祀之，宜也。必以禍福驚動之，以示其奇，則反淺矣。（《鮚埼亭集》外編卷三五）

曾國藩《求闕齋讀書録》卷八：此文情韻不匱，聲調鏗鏘，乃文章第一妙境。情以生文，文亦足以生情；文以引聲，聲亦足以引文。循環互發，油然不能自已，庶可漸入佳境。"光顯矣，已而擯不用。"不叙一事，文各有裁。　　"荔子丹兮蕉黄。"《九歌》嗣響。

吳汝綸《桐城吳氏古文讀本》卷八：此因柳人神之，遂著其死後精魄凜凜，以見生時之屈抑。所謂深痛惜之意怊，最爲沉鬱。史官乃妄議之，不知此乃左氏之神境也。

　　按：本篇應與柳子厚墓誌與祭文合觀。由於文體不同，内容上各有側重，寫法上也各有特色。本篇主要寫作爲神的柳侯，因此不得不出以幻想，雜以神異。前幅記述處簡括有致，不雜長語；後幅騷體長歌，意新語奇，創爲幻境。全篇集合了散、駢、騷體，格調風神，得屈賦神髓。方崧卿《舉正》説："前輩嘗云：《楚辭》文章，宋玉不得其髣髴，惟公此文，可方駕以出。"

送高閑上人序〔一〕

苟可以寓其巧智，使機應於心，不挫於氣，則神完而

守固,雖外物至不膠於心〔二〕。堯、舜、禹、湯治天下,養叔
治射,庖丁治牛,師曠治音聲,扁鵲治病,僚之於丸,秋之
於弈,伯倫之於酒,樂之終身不厭,奚暇外慕〔三〕? 夫外慕
徙業者,皆不造其堂、不嚌其胾者也〔四〕。

〔一〕本篇爲送僧人高閑序。《能改齋漫録》卷七:"唐人多以僧爲上
　　人。"《宋高僧傳》卷三〇《唐天台山禪林寺廣脩傳》附高閑傳:"又
　　湖州開元寺釋高閑,本烏程人也。髫年卓躒,范露異才。受法已
　　還,有鄰堅志。苦學勞形,未嘗少惰。後入長安,於薦福、西明等
　　寺隸習經律,克精講貫。宣宗重興佛法,召入,對御前草聖,遂賜
　　紫衣。……閑常好將雪川白紵書真草之蹤,與人爲學法焉。"本文
　　寫作年代不可確考。據高閑行年,韓愈與相交應是晚年在長安
　　時,姑繫於此。

〔二〕寓其巧智:寄託他的機智。機應於心:事物變化機微與内心相
　　應。《莊子·至樂》:"萬物皆出於機,皆入於機。"馬叙倫謂"機"通
　　"幾"。《易·繫辭下》:"幾者動之微,吉之先見者也。"不挫於氣:
　　神氣不受挫折。神完守固:精神完滿,守心牢固。不膠於心:謂
　　内心不被困擾。《莊子·天道》:"堯曰:'膠膠擾擾乎! 子,天之合
　　也;我,人之合也。'"

〔三〕養叔治射:養由基,春秋時楚人,善射。《左傳》成公一六年:"潘
　　尫之黨與養由基蹲甲而射之,徹七札焉。"又《戰國策》謂養由基去
　　柳葉百步而射,百發百中。治,研習,從事。庖丁治牛:庖丁是
　　《莊子·養生主》中所寫爲文惠君解牛的厨師。《莊子·養生主》:
　　"庖丁爲文惠君解牛,手之所觸,肩之所倚,足之所履,膝之所踦,
　　砉然嚮然,奏刀騞然,莫不中音,合於桑林之舞,乃中經首之會。"
　　師曠治音聲:師曠,春秋晉樂師,生而目盲,善辨聲樂。《孟子·
　　離婁上》:"師曠之聰,不以六律,不能正五音。"《告子上》:"至於
　　聲,天下期於師曠。"扁鵲治病:扁鵲,戰國時名醫。《史記·扁鵲
　　列傳》:"扁鵲者,勃海郡鄭人也,姓秦氏,名越人,少時爲人舍長。

舍客長桑君過，扁鵲獨奇之，常謹遇之。長桑君亦知扁鵲非常人也。出入十餘年，乃呼扁鵲私坐，間與語曰：‘我有禁方，年老，欲傳與公，公毋泄。’扁鵲曰：‘敬諾。’乃出其懷中藥予扁鵲：‘飲是以上池之水，三十日當知物矣。’乃悉取其禁方書，盡與扁鵲。忽然不見，殆非人也。扁鵲以其言飲藥三十日，視見垣一方人。以此視病，盡見五藏癥結，特以診脈爲名耳。爲醫，或在齊，或在趙。在趙者名扁鵲。”僚之於丸：僚，姓熊，字宜僚，居於市南，號市南子。《莊子·徐無鬼》：“市南宜僚弄丸而兩家之難解。”丸，鈴。秋之於弈：《孟子·告子上》：“弈秋，通國之善弈者也。”趙注：“有人名秋，通一國皆謂之善弈，曰弈秋。”弈，圍棋。伯倫之於酒：《晉書·劉伶傳》：“劉伶，字伯倫，沛國人也。身長六尺，容貌甚陋，放情肆志，常以細宇宙、齊萬物爲心……常乘鹿車，攜一壺酒，使人荷插而隨之，謂曰：‘死便埋我。’其遺形骸如此……伶雖陶兀昏放，而機應不差，未嘗厝意文翰，惟著《酒德頌》一篇。”終身不厭：終身不滿足。厭，同“饜”。奚暇外慕：哪有時間去戀慕外物。

〔四〕外慕徙業：戀慕外物而改變自己的專業。不造其堂：不登堂，即造詣不專精。《漢書·藝文志》：“如孔子之門人用賦也，則賈誼登堂，相如入室矣。”不嚌（jì）其胾（zì）：嚌，嘗；胾，大塊的肉。《禮記·曲禮上》：“三飯，主人延客食胾，然後辯殽。”食胾後於脯醢，故與“登堂”同喻技藝達到一定水平。

往時張旭善草書，不治他伎〔五〕。喜怒、窘窮、憂悲、愉佚、怨恨、思慕、酣醉、無聊、不平，有動於心，必於草書焉發之〔六〕。觀於物，見山水崖谷，鳥獸蟲魚，草木之花實，日月列星，風雨水火，雷霆霹靂，歌舞戰鬥，天地事物之變，可喜可愕，一寓於書〔七〕。故旭之書，變動猶鬼神，不可端倪，以此終其身而名後世〔八〕。

〔五〕張旭:《新唐書·李白傳》附傳:"旭,蘇州吳人,嗜酒,每大醉,呼
　　　叫狂走乃下筆,或以頭濡墨而書。既醒,自視以爲神,不可復得
　　　也,世呼'張顛'。初仕爲常熟尉,有老人陳牒求判,宿昔又來,旭
　　　怒其煩,責之。老人曰:'觀公筆奇妙,欲以藏家爾。'旭因問所藏,
　　　盡出其父書,旭視之,天下奇筆也,自是盡其法。旭自言始見公主
　　　擔夫爭道,又聞鼓吹而得筆法意;觀倡公孫舞劍器得其神。後人
　　　論書,歐、虞、褚、陸皆有異論,至旭,無非短者。"他伎:別的伎藝。
〔六〕愉佚:愉悦。不平:參閱《送孟東野序》注〔二〕。
〔七〕一寓於書:全部寄託在書法之中。
〔八〕不可端倪:謂找不到門徑。端倪,頭緒。《莊子·大宗師》:"反覆
　　　終始,不知端倪。"

　　今閑之於草書,有旭之心哉?不得其心而逐其跡,未
見其能旭也〔九〕。爲旭有道:利害必明,無遺錙銖,情炎
於中,利欲鬭進,有得有喪,勃然不釋,然後一決於書,而
後旭可幾也〔一〇〕。今閑師浮屠氏,一死生,解外膠,是其
爲心,必泊然無所起〔一一〕;其於世,必淡然無所嗜〔一二〕。
泊與淡相遭,頹墮委靡,潰敗不可收拾,則其於書,得無象
之然乎〔一三〕?然吾聞浮屠人善幻,多伎能,閑如通其術,
則吾不能知矣〔一四〕。

〔九〕謂不能達到張旭的精神境界而祇追模其形跡,是不能達到張旭的
　　　水平的。
〔一〇〕無遺錙銖:謂細微處亦不忽略;錙銖是古重量單位,重百黍爲銖,
　　　六銖爲錙。情炎於中:感情在心中燃燒。利欲鬭進:心中慾念不
　　　停地鬭爭。勃然不釋:情緒高昂而不得開解。一決於書:全部在
　　　書法中發洩出來。決,開決,發洩。旭可幾(jī):謂差不多可及於

張旭了。或以爲"幾"通"冀",謂達到張旭有希望了。

〔一一〕浮屠氏：此指佛陀。下"浮屠人"謂佛教徒。一生死：視生死如
　　　　一。佛教追求超離生死的涅槃境界。語出王羲之《蘭亭序》："故
　　　　知一死生爲虛誕。"解外膠：即外物"不膠於心"。"膠"別本或作
　　　　"繆",方《正》："(《莊子》)'内韄者不可繆而捉,將外揵。'韄,猶縛
　　　　也。郭注謂：'欲惡韄於内,則耳目喪於外。雖綢繆以持之,弗能
　　　　止也。'"繆'義用此。"泊然無所起：心情恬静無所感動。

〔一二〕淡然無所嗜：心境淡薄無所愛好。

〔一三〕頽墮委靡：謂衰敗不振。無象之然：指超離一切表象的境界。無
　　　　象,這裏同"無相",(隋)慧遠《大乘義章》："言無相者,釋有兩義：
　　　　一就理彰名,理絶衆相,故名無相；二就涅槃法相釋,涅槃之法離
　　　　十相,故曰無相。"

〔一四〕浮屠人善幻：早期僧侶多善方術,如佛圖澄等。

【評箋】　朱熹《昌黎先生集考異》卷六：韓公本意,但謂人必有不平
之心,鬱積之久,而後發之,則其氣勇決而伎必精。今高閑既無是心,則
其爲伎,宜其潰敗委靡而不能奇,但恐其善幻多伎,則不可知耳。此自韓
公所見,非如《畫史》祖師之説也。

　　謝枋得《文章軌範》卷一：此序奇詭放蕩,學《莊子》文。文雖學《莊
子》,又無一句蹈襲。

　　馬永卿《懶真子》卷二：僕友王彦法善談名理,嘗謂世人但知韓退之
不好佛,反不知此老深明此意。觀其《送高閑上人序》云："今閑師浮屠
氏,一死生,解外膠,是其爲心,必泊然無所起；其於世,必淡然無所嗜。
泊與淡相遭,頽墮委靡,潰敗不可收拾。"觀此言語,乃深得歷代祖師向上
休歇一路。其所見處,大勝裴休。且休嘗爲《圓覺經序》,考其造詣,不及
退之遠甚。唐士大夫中,裴休最號爲奉佛,退之最號爲毁佛,兩人所得之
淺深乃相反如此。始知循名失實,間世如此者多矣。彦法名抃,高郵人,
慕清獻之爲人,卒於布衣。僕今日偶讀《圓覺經序》,因追書之。

　　沈作喆《寓簡》卷四：韓退之謂高閑上人："浮屠氏一死生,解外膠,其

爲心,泊乎無所起;其於世,澹乎無所嗜。”予謂果能爾,則是顏氏子也,而何關於佛乎!

薛瑄《薛文清公讀書録》卷四:《莊子》好文法,學古文者多觀之。苟取其法,不取其詞可也。若併取其詞爲己出而用之,所謂鈍賊也。韓文公作《送高閑上人序》,蓋學其法而不用其一詞,此學之善者也。

儲欣《昌黎先生全集録》卷四:道及張顛,公文即與之俱顛。長史顛於書者也,昌黎顛於文者也。其詭變大約與《南華》相似。

林雲銘《韓文起》卷五:……高閑善草書,想頗得張旭形似。而昌黎特拏一“心”字,發出幾多妙諦。細繹大旨,純是一幅鬭佛口角。蓋昌黎鬭佛,向未提出佛之宗旨。此特借草書一事,要從有觸而發處見長,非一生死、解外膠之心可以糊塗從事。見得佛法在人情物理之外,其不堪爲世用,無小大一也。玩篇首舉各技能,先提“堯、舜、禹、湯治天下”一句,其意可見。末用“幻”字作餘波,非用寬筆,乃言浮屠所爲本領既失,即偶有當,亦算不得真才實能。此提出佛之宗旨而痛鬭之矣。

高步瀛《唐宋文舉要》甲編卷二:韓公鬭佛之旨,《送浮屠文暢師序》既以莊論出之矣,然不能每送釋子,即發此論也。故此文別出手眼,以爲習釋氏者,其心泊然澹然,無勇決之氣,即學書亦不能精,仍以旁見側出,寓其鬭釋氏之旨耳。文心何等靈妙!若認爲爲學書人説法,則幾於癡人説夢矣。

按:韓愈鬭佛却多從僧徒游,這與唐時佛教興盛、特別是南宗禪的發達有關。這個現象本身即反映了佛教對他的影響。關於本篇表現的對佛教的態度,歷來有不同的意見。實際上本文立意在稱贊高閑善書,並借此闡述自己對藝術創作心態的見解,而不在論佛教是非。但在作者的高超書藝亦可能得自“無象之然”的看法中,却明顯可見到禪宗觀念的影響。禪宗是主張“無相爲體”的。高閑一類藝僧,是當時南宗禪發達的畸形産物,他們把禪落實到人生日用百事之中,因此對社會的影響也更爲深刻。本篇句法多用長句,造成跌蕩頓挫的文情,配合了對高閑這位奇人的描述。

賦選

復 志 賦 并序[一]

余既從隴西公平汴州，其明年七月，有負薪之疾，退休於居，作《復志賦》[二]。其辭曰：

〔一〕復志，謂復於初志，義同於劉歆之《遂初》。貞元十三年作於汴州。

〔二〕隴西公：指董晉。平汴州：在貞元十二年，董晉爲汴州刺史、宣武軍節度副大使知節度事，辟韓愈從行；韓在宣武幕中任秘書省校書郎、汴州觀察推官。負薪之疾：指託詞有疾而閑居。《禮·曲禮下》：“君使士射，不能，則辭以疾，言曰：‘某有負薪之憂。’”孔疏：“負，擔；薪，樵也……憂，勞也。言己有擔樵之餘勞，不能射也。”

居悒悒之無解兮，獨長思而永嘆[三]。豈朝食之不飽兮，寧冬裘之不完。昔余之既有知兮，誠坎軻而艱難。當歲行之未復兮，從伯氏以南遷[四]。凌大江之驚波兮，過洞庭之漫漫[五]。至曲江而乃息兮，逾南紀之連山[六]。嗟日月其幾何兮，攜孤嫠而北旋[七]。值中原之有事兮，將就食於江之南[八]。始專專於講習兮，非古訓爲無所用

其心〔九〕。窺前靈之逸迹兮，超孤舉而幽尋〔一〇〕。既識路
又疾驅兮，孰知余力之不任〔一一〕。

〔 三 〕悒悒：憂悶貌。《大戴禮·曾子制言中》：“君子無悒悒於貧。”無
　　　解：無以自解。屈原《九章·悲回風》：“愁鬱鬱而無快兮，居戚戚
　　　而不可解。”長思：憂思深長。思，憂思。永嘆：長嘆。

〔 四 〕歲行之未復：指歲星運行不到一週十二年，參閱《寄盧仝》詩注
　　　〔四〕。從伯氏以南遷：指跟從長兄韓會流放嶺南。參見《祭十二
　　　郎文》注〔五〕。伯氏，長兄。

〔 五 〕凌大江：渡過長江。

〔 六 〕曲江：嶺南道韶州治曲江縣，今廣東韶關市。南紀：南方。《詩
　　　經·小雅·四月》：“滔滔江漢，南國之紀。”鄭箋：“江也，漢也，南
　　　國之大水，紀理衆川，使不壅滯。”

〔 七 〕謂自己隨同嫂鄭氏、姪老成北歸河陽故里。

〔 八 〕指建中二年避戰亂隨嫂夫人南下宣城，參閱《歐陽生哀辭》
　　　注〔一〇〕。

〔 九 〕專專：專，通“顓”，謹慎貌；宋玉《九辯》：“計專專之不可化兮，願
　　　遂推而爲臧。”講習：謂講習儒家經典。古訓：先儒遺訓。《書·
　　　説命下》：“學于古訓乃有獲。”童《詮》引《詩經·大雅·蒸民》：“古
　　　訓是式。”毛傳：“古，故；訓，道。”並謂“義本《爾雅》”。

〔一〇〕謂探視前賢的超羣的業蹟，超遥高舉去尋求幽深的真理。前靈，
　　　前脩，前賢。

〔一一〕不任：不堪，不能。

　　　考古人之所佩兮，閱時俗之所服〔一二〕。忽忘身之不
肖兮，謂青紫其可拾〔一三〕。自知者爲明兮，故吾之所以爲
惑〔一四〕。擇吉日余西征兮，亦既造夫京師〔一五〕。君之門

不可逕而入兮，遂從試於有司〔一六〕。惟名利之都府兮，羌眾人之所馳〔一七〕。競乘時而附勢兮，紛變化其誰推〔一八〕。全純愚以靖處兮，將與彼而異宜〔一九〕。欲奔走以及事兮，顧初心而自非〔二○〕。朝騁騖乎書林兮，夕翱翔乎藝苑〔二一〕。諒却步以圖前兮，不浸近而愈遠〔二二〕。

〔一二〕所佩、所服：本義爲佩飾、服裝，引申爲服習之意。意本屈原《離騷》：“謇吾法夫前脩兮，非世俗之所服。”

〔一三〕青紫其可拾：意謂容易做到高官。漢制丞相、太尉金印紫綬，御史大夫銀印青綬，官職最爲顯貴；《漢書·夏侯勝傳》：“士病不明經術，經術苟明，其取青紫如俛拾地芥耳。”

〔一四〕意本《老子》：“知人者知，自知者明。”

〔一五〕西征：指西去長安。造：去、至。

〔一六〕謂不可能直接被舉薦進入朝廷，只好到官府應試。逕，直接。

〔一七〕都府：都會，引申爲匯聚之處。所馳：所奔競、追求。

〔一八〕謂競相利用時機依附權勢，變化多端難以推測。《書·仲虺之誥》：“簡賢附勢，寔繁有徒。”

〔一九〕謂自己保全愚魯而處於寧靜，就會與眾人不相宜。靖處，安於寧靜。彼，指眾人。

〔二○〕謂想要奔競于世以達到目的，但返顧自己的初心就否定掉了。

〔二一〕藝苑：技藝薈萃之處，句意本楊雄《劇秦美新》：“發秘府，覽書林，遙集乎文雅之囿，翱翔乎禮樂之場。”又班固《答賓戲》：“婆娑乎術蓺之場，休息乎篇籍之囿。”

〔二二〕謂確如倒退着走路而求前進，不能接近目標却越發遠離。《家語·儒行》：“是猶却步而欲求及前人，不可得也。”屈原《九歌·大司命》：“不寖近兮愈疏。”

　　哀白日之不與吾謀兮，至今十年其猶初〔二三〕。豈不登名於一科兮，曾不補其遺餘〔二四〕。進既不獲其志願兮，退將遁而窮居〔二五〕。排國門而東出兮，慨余行之舒舒〔二六〕。時憑高以迴顧兮，涕泣下之交如〔二七〕。戾洛師而悵望兮，聊浮游以躊躇〔二八〕。假大龜以視兆兮，求幽貞之所廬〔二九〕。甘潛伏以老死兮，不顯著其名譽。非夫子之洵美兮，吾何爲乎浚之都〔三〇〕？小人之懷惠兮，猶知獻其至愚〔三一〕。固余異於牛馬兮，寧止乎飲水而求芻〔三二〕。伏門下而默默兮，竟歲年以康娛〔三三〕。時乘閒以獲進兮，顔垂歡而愉愉〔三四〕。仰盛德以安窮兮，又何忠之能輸〔三五〕？

〔二三〕謂時日不我待，過了十年猶如當初一樣落拓。不與吾謀，謂不與我相合。自貞元二年至此已十一年，十年舉成數。

〔二四〕登名於一科：指登進士第。遺餘：指其他方面。

〔二五〕遁而窮居：逃遁而安於困頓。《論語・衛靈公》：“子曰：‘君子固窮，小人窮斯濫矣。’”

〔二六〕排國門：推開國都城門。舒舒：徐緩貌。此指貞元十一年離京東歸。

〔二七〕憑高：登臨高處。交如：相交加。如，語辭。《易・大有》：“厥孚交如。”

〔二八〕戾洛師：到達洛陽。戾，至。洛師，洛京。《書・洛誥》：“予惟乙卯，朝至于洛師。”浮游：謂四處浪游。

〔二九〕謂用龜卜來看其朕兆，訪求幽居者所居之處。幽貞，指隱士。《易・履》：“幽人貞吉。”所廬，所居止處。

〔三〇〕謂不是董晉如此賢德，我爲什麼到汴京來呢。夫子，指董晉。洵美，實在美好。《詩經・鄭風・有女同車》：“彼美孟姜，洵美且都。”鄭箋：“洵，信也。”浚之都，漢置浚儀，地在浚水之下，汴州即以浚儀爲治所。

〔三一〕《論語・里仁》：“子曰：‘君子懷德，小人懷土；君子懷刑，小人懷惠。’”

〔三二〕求芻(chú)：芻，喂牲口的草；求芻即求食。語本《孟子・公孫丑下》：“今有受人之牛羊而爲之牧之者，則必爲之求牧與芻矣。”

〔三三〕默默：失意貌。屈原《卜居》：“吁嗟默默兮，誰知吾之廉貞。”竟歲年：窮盡整年。康娛：安樂。屈原《離騷》：“日康娛而自忘兮，厥首用夫顛隕。”

〔三四〕此謂經常有機會進見董晉，董晉總表現出高興的樣子。乘間，趁機會。愉愉，和顏悅色貌。《論語・鄉黨》：“私覿，愉愉如也。”

〔三五〕謂仰望董晉盛德却安於困頓(時正退居)，又怎樣盡自己一片忠忱呢。安窮，安於困頓生活。能輸，能够進獻。

　　昔余之約吾心兮，誰無施而有獲〔三六〕。嫉貪佞之洿濁兮，曰吾其既勞而後食〔三七〕。懲此志之不脩兮，愛此言之不可忘〔三八〕。情怊悵以自失兮，心無歸之茫茫〔三九〕。苟不內得其如斯兮，孰與不食而高翔〔四○〕？抱關之陋陋兮，有肆志之揚揚〔四一〕。伊尹之樂於畎畝兮，焉富貴之能當〔四二〕？恐誓言之不固兮，斯自訟以成章〔四三〕。往者不可復兮，冀來今之可望〔四四〕。

〔三六〕約吾心：約束自己的心志。

〔三七〕洿(wū)濁：洿，通“污”。洿濁謂人格卑污。此意本《禮・儒行》：“先勞而後禄，不亦易禄乎！”

〔三八〕懲此志之不脩：警惕這樣的志願不能達成。

〔三九〕怊悵(chāo chàng)：感傷失意貌。宋玉《高唐賦》：“悠悠忽忽，怊悵自失。”心無歸：心無所安。

〔四〇〕謂假如内心不能如此自持，不如不食而遠走高飛。

〔四一〕謂抱關者地位雖那樣卑下，但心志開闊陽陽得意。抱關，守門人。隘陋，言地位卑下。揚揚，同“陽陽”。意本《荀子·榮辱》：“故或祿天下而不自以爲多，或監門御旅，抱關擊柝，而不自以爲寡。”

〔四二〕伊尹：參閱《送孟東野序》注〔一三〕。謂伊尹樂於住在田間，怎麽能安於富貴呢。《孟子·萬章上》：“孟子曰：……伊尹耕於有莘之野，而樂堯舜之道焉……湯使人以幣聘之，囂囂然曰：‘我何以湯之聘幣爲哉？我豈若處畎畝之中，由是以樂堯舜之道哉……’”畎畝，田間，《莊子·讓王》：“（舜）居於畎畝之中而遊堯之門。”成玄英疏：“壟上爲畝，壟下爲畎。”

〔四三〕自訟：自責。訟，責備。成章：謂作成此賦。

〔四四〕意本《論語·微子》：“往者不可諫，來者猶可追。”

【評箋】　劉克莊《答陳卓然書》：《離騷》爲詞賦宗祖，固也。然自屈、宋没後，繼而爲之者，如《鵩鳥》……之類，雖名曰賦，皆騷之餘也。至韓退之恥蹈襲，比之盜竊。集中僅有《復志》、《感二鳥》二賦，不類騷體。柳子厚有《乞巧》、《罵尸蟲》、《斬曲几》等作十篇，託名爲騷，然無一字一句與騷相犯。僕嘗謂賈、馬而下，於騷皆學柳下惠者也；惟韓、柳，庶幾魯男子之學柳下惠者矣。（《後村先生大全集》卷一三一）

何焯《義門讀書記·昌黎集》卷一：公在汴，當董公之衰暮，遠猷深慮有所未入，欲去之而耕野，懼食其祿而與其難，故爲此賦以自訟也。“退將遁而窮居”，此句是“志”。“孰與不食而高翔”，此句是“復”。

曾國藩《求闕齋讀書録》卷八：“甘潛伏以老死兮”，將跌入佐汴，先出“潛伏”一層，筆勢跳躍。而志之所以復，亦必有此志爲張本。

劉熙載《藝概》卷三《賦概》：韓昌黎《復志賦》、李習之《幽懷賦》，皆有得於《騷》之波瀾意度而異其迹象。故知獵豔辭、拾香草者，皆童蒙之智也。

按：“唐制，幕僚皆自辟而後命于天子，有不善則得以奏劾之，其去留

甚輕;而帥又多尊貴自恣,以故直道者率不合。"(王懋竑《讀書記疑》卷一
六)韓愈在汴,府主董晉尚稱"長者",但在當時條件下,不能有所作爲,前
志不脩,循默竟年。本篇傾訴内心矛盾,夾叙半生落拓際遇,感慨萬端。
全篇從結構到修辭用語,都有意追模屈賦,前録劉克莊的評論,最後説到
學柳下惠,典出《詩經·小雅·巷伯》毛傳:"魯人有男子,獨處于室,鄰之
釐婦又獨處于室,夜暴風雨至而室壞,婦人趨而託之,男子閉户而不納。
婦人自牖與之言曰:'子何爲不納我乎?'男子曰:'吾聞之也,男子不六十
不閒居,今子幼,吾亦幼,不可以納子。'婦人曰:'子何不若柳下惠然?嫗
不逮門之女,國人不稱其亂。'男子曰:'柳下惠固可,吾固不可;吾將以吾
不可,學柳下惠之可。'"這是説"魯男子"是真正領會了柳下惠的精神品
質,來決定自己如何行事,而不是模仿他的形跡。劉克莊的意思是説韓、
柳學《離騷》,正在於並不是模擬字句,而能融液貫通其精神。以這樣的
標準來衡量,韓愈這篇作品追模屈賦,確實略得神似。但文中缺乏屈賦
那種高遠的意境、宏大的氣勢和驚彩絶豔的文詞,這是時勢使然,亦可見
人格、素養的差異。然而在唐人辭賦中,這仍屬不可多得的作品。